Eva Heller

Der Mann der's wert ist

Eva Heller

Der Mann der's wert ist

Roman

Bechtermünz

Genehmigte Lizenzausgabe
für Weltbild Verlag GmbH, Augsburg

Umschlaggestaltung: Feedback, Christa Gross, München
Umschlagmotiv: Zefa / Steve Thornton, Düsseldorf
Gesamtherstellung: GGP Media GmbH, Pössneck
Printed in Germany
ISBN 3-8289-6890-2

2004 2003 2002 2001

Die letzte Jahreszahl gibt die aktuelle Lizenzausgabe an.

1. Kapitel

Meine Zukunft begann mit einem Happy-End. Deshalb war es reichlich unpassend, daß mein Vater an diesem Abend, an dem wir mein glanzvolles Examen und Benedikts glanzvollen neuen Job feierten, mich vor allen Gästen fragte: »Stell dir vor, Viola, du wärst eine Katastrophe – welche Art von Katastrophe wärst du?«

Und das nach der Vorspeise! Nach Pastete auf Champagnergelee-Würfelchen!

Mein Vater ist überzeugt, daß nichts die Gäste besser unterhält als seine absurden Fragen. Er ist Versicherungs-Jurist und wäre ein alles zerstörendes Feuer in einer Fabrik, die Feuerlöscher herstellt – ein alter Familienscherz. Mein Vater hält das Unwahrscheinlichste für möglich – er glaubt nur an Versicherungen. Meine Mutter wäre ein Erdbeben: Sie kann lange schweigen, aber ab und zu rumst es. Mein Vater liebt Erdbeben, die gelten als Höhere Gewalt, da muß die Versicherung nicht zahlen.

Ich kenne viele Leute, die wären eine Explosion oder ein Vulkanausbruch. Eine jener Katastrophen, bei denen mit einem Schlag alles kaputt ist.

Ich bin anders. Ich wäre eine Sintflut. Erst regnet es, wie es eben so regnet. Dann dauert der Regen tagelang, nächtelang, wochenlang. Aber keiner glaubt, daß es eine Katastrophe ist. Es regnet und regnet, aber täglich gibt es Anzeichen, daß es morgen aufhört. Und jeder weiß Trostworte: Wenigstens gibt es keine Waldbrände, und ein bißchen Regen hat noch niemand geschadet, und auf Regen folgt Sonne. Aber auf Regen folgt Regen, bis alles zu spät ist. Ich wäre eine Katastrophe, die schon lange begonnen hat, ehe man ihren Namen kennt.

Ich bin eben so allmählich. Ich muß immer klein anfangen. Der schlagartige Erfolg liegt mir nicht, das schlagartige Desaster auch nicht.

Aber wenn das Glück vollkommen ist, soll man nicht fragen,

was das Glück stören könnte. An diesem Abend, als Benedikt und ich, meine Familie, Benedikts Mutter und unsere Freunde im Haus meiner Eltern feierten, war alles glanzvoll: mein Examen als Innenarchitektin – ich hatte zusammen mit meiner Freundin Elisabeth den besten Abschluß gemacht –, Benedikts neuer Architekten-Job, und vor allem unsere gemeinsame Zukunft. Da hatte ich keine Lust, die Nachteile und Vorteile meines Charakters zu präsentieren, und spontan sagte ich: »Ich wäre ein nicht abgegebener Lottoschein mit sechs Richtigen.«
Benedikt lachte am lautesten: »Viola, du spielst doch nie Lotto!«
Meine Freundin Elisabeth sagte: »Originell, wie kommst du denn auf die Idee?«
Ich wußte es nicht. Vielleicht habe ich Angst, durch eine einzige Unachtsamkeit die einmalige Chance meines Lebens zu verlieren? Irgendwann den entscheidenden Moment zu verpassen?
»Mach dir keine Sorgen, Viola«, sagte Benedikt, »falls ich Lotto spiele, gebe ich meinen Schein selbst ab.« Und dann sagte er: »Wozu willst du sechs Richtige? Du hast doch mich, den einzig Richtigen!«
So ist Benedikt. So lieb.

* * *

Ja, einmal im Leben hatte sogar ich schlagartigen Erfolg. Benedikt und ich – es war Liebe auf den ersten Blick. Auch bei ihm, hat er geschworen. Seine frühere Freundin, von der er längst getrennt war, als wir uns kennenlernten, war wie ich: dunkelhaarig, dunkeläugig, schlank, und hatte auch keinen großen Busen.
Wir haben uns kennengelernt vor einem Jahr und einem Monat im Fahrstuhl der Münchener Hochschule für Gestaltung und Architektur. Aneinandergequetscht standen wir in der Ecke, vor uns eine Seminargruppe von mindestens fünfzehn Leuten, die in die zehnte Etage wollten. Ich wollte in die achte Etage. Zuerst hielt der Fahrstuhl in der vierten, wo niemand ausstieg, dann fuhr er wieder runter. Dann fuhr er wieder rauf in die vierte, dann wieder ins Erdgeschoß. Dann fuhr er bis zur siebten Etage.

Eine Frau sagte, das käme daher, weil sie die Luft angehalten hätte, um leichter zu sein. Aber dann fuhr er wieder runter ins Erdgeschoß. »Jetzt hat sie wieder eingeatmet«, sagte jemand, und alle lachten fast hysterisch. Es war heiß, und ich stand die ganze Zeit an Benedikt gequetscht. Als dann der Fahrstuhl wieder in der vierten hielt, beschloß die Seminargruppe zu kapitulieren und ging die Treppe hoch. Ich blieb im Fahrstuhl, ich kann warten. Und außer mir blieb nur Benedikt. Nun standen wir natürlich so weit wie möglich auseinander. Und da fuhr der Fahrstuhl ohne anzuhalten in die achte Etage. »Wir beide haben den Weg nach oben geschafft«, das war der erste Satz, den Benedikt zu mir sagte.

Benedikt mit seinem blonden Strähnenwuschelkopf und seinem jungenhaften Lächeln sah so traummannmäßig aus, daß ich nie gewagt hätte, ihn anzusprechen. Was sollte ich nun sagen? Bloß nichts Blödes! Ich lächelte nur, ohne Hoffnung, daß er meine Verlegenheit nicht merkte. Dann fragte mich Benedikt, ob ich weiß, wo das Zimmer von Professor Ziermann ist. Und da sagte ich – der erste Satz, den ich zu Benedikt sagte: »Wir haben beide auch das gleiche Ziel.«

Wir sahen uns an und lachten.

Es war unglaublich, alles war von Anfang an so selbstverständlich zwischen uns. Nie mehr mußte ich nachdenken, ob ich vielleicht etwas Falsches sagen könnte, etwas Blödes machen würde. Plötzlich war alles richtig.

Benedikt fragte mich vor Ziermanns Tür, ob ich auch einen Termin hätte. Hatte ich aber nicht, und weil er wegen des verrückten Fahrstuhls zu spät dran war, ließ ich ihn vor. Es machte mir sogar Spaß, auf ihn zu warten. Ich malte mir aus, daß man sich irgendwann zufällig wiedersehen und sich dann vielleicht irgendwie ein Gespräch ergeben würde.

Nach zwanzig Minuten kam Benedikt strahlend aus Ziermanns Zimmer. Ziermann, ebenfalls lächelnd, verabschiedete ihn mit Händeschütteln. Dann sah Ziermann mich und beendete sein Lächeln.

»Ich möchte nur das Referat von Elisabeth Leibnitz aus dem sechsten Semester abholen, sie ist krank«, sagte ich schnell.

»Und Ihr Name?« fragte Ziermann in dem Feldwebelton, den er Frauen gegenüber für sachlich hält.
»Viola Faber.«
So erfuhr Benedikt meinen Namen. Er lächelte mir zu, als er ging.
Es dauerte keine Minute, bis Ziermann Elisabeths Referat rausgesucht, etwas in einer Karteikarte nachgesehen, »2 +« unter das Referat und auf die Karteikarte geschrieben, mich als Empfängerin des Referats notiert hatte, dann war ich wieder draußen. Vor dem Fahrstuhl wartete Benedikt. Er fragte mich, ob ich bei Ziermann studiere, wie er denn so sei, er kenne sich bei den Innenarchitekten nicht aus, er sei im Fachbereich Architektur zu Hause, und dann lud er mich zur Feier des Tages zum Kaffee in die Mensa ein. Er hatte sich nämlich eben bei Ziermann um eine Stelle als Hilfsassistent beworben, und Ziermann wollte ihn einstellen.
Ich erzählte ihm alles über alle Profs und Lehrbeauftragte unseres Fachbereiches. Beim dritten Kaffee stellten wir fest, daß wir beide nicht aus München kommen: Wir sind beide nur achtzig Kilometer voneinander entfernt aufgewachsen, er nordöstlich von Frankfurt, ich im Südwesten Frankfurts. Ja, Benedikts Stimme klang sofort so vertraut, obwohl Benedikt kaum Dialekt spricht. Als wir uns kennenlernten, war er seit fünf Jahren in München, er hatte erst nach dem Vordiplom hier einen Studienplatz bekommen. Ich war damals schon neun Jahre hier – als ich fünfzehn war, sind meine Eltern hergezogen.
»Wann bist du wieder hier?« fragte Benedikt zum Abschied.
»Morgen um die gleiche Zeit«, sagte ich, ohne nachzudenken. Und am nächsten Tag verabschiedeten wir uns wieder so.

Eine Woche, nachdem wir uns kennengelernt hatten, ging ich mit Benedikt nach Hause. Ich hatte gewußt, daß es an diesem Abend geschehen würde, und hatte mir morgens einen seidenen Slip und einen seidenen BH gekauft. In der Aufregung hatte ich den Plastikfaden am Slip mit dem Preisschild übersehen. Benedikt sah es und sagte: »Ein guter Kauf, den Slip hätte ich auch genommen.« – Alles, was sonst peinlich gewesen wäre, mit Bene-

dikt war es richtig und lustig. Es war, als hätten wir uns schon immer gekannt.
Und alles, was vor Benedikt war, war vergessen.

Vor Benedikt war sowieso nichts Bedeutendes. Vorher hatte ich irgendwie immer Pech, es war nie die reine Liebe.
Tommy, der sogenannte erste Mann meines Lebens, damals war ich schon sechzehneinhalb, Tommy war achtzehn, verließ mich wegen einer älteren Frau – sie war neunzehn. Tommy schwärmte total für »reife Frauen«. Da konnte ich nicht konkurrieren.
Der zweite war Klaus, da war ich achtzehn, er zwanzig. Klaus verließ mich wegen einer jüngeren, unverdorbenen und unverbrauchten, wie er sagte. Ihm hab ich schon gar nicht nachgetrauert: Im Bett führte er sich auf wie ein Holzhacker mit verbundenen Augen. Immer druffhacken, irgendwie wird ein Mann das Ding zwischen den Beinen einer Frau schon auseinanderkriegen. Ich kann es nicht anders beschreiben, er hat sich nicht anders aufgeführt.
Ingo, der dritte, verließ mich, weil er herausfinden mußte, ob er schwul ist. Neulich hat mir jemand erzählt, Ingo habe bis heute nicht rausgefunden, ob er schwul ist oder bi oder doch nur hetero.
Dann Marcel – in seinem Ausweis steht, daß er Max heißt –, vier Jahre war ich mit ihm zusammen. Das heißt, zusammen waren wir selten, es war eher eine Telefonbeziehung. Marcel brauchte mich, um mir zu berichten, was sein Therapeut über ihn gesagt hatte. Über mich sagte der Therapeut, daß ich nicht gut für Marcel sei. Ich versuchte Marcel beizubringen, daß der Therapeut nicht gut für ihn sei. Schließlich fand ich mich damit ab, daß der Therapeut nicht gut für mich war. Trotzdem konnte ich nie richtig mit Marcel Schluß machen – weil unsere Beziehung nie richtig angefangen hatte. Marcel rief mich ständig an, um mir von anderen Frauen zu berichten, die wild hinter ihm her wären. Als ich Benedikt begegnet war und Marcel am Telefon von Benedikt erzählte, beklagte er sich, ich sei neuerdings unkonzentriert und oberflächlich. Und als Marcel Wochen später mich mal wieder spontan zu besuchen geruhte – ich rahmte gerade ein Foto von

Benedikt –, da fragte er nicht mal, wer das sei. Dabei sieht Benedikt mit seinen strahlenden blauen Augen millionenmal besser aus als Marcel.
Bis heute hat Marcel den schönen Band mit Heine-Gedichten, den er von mir geliehen hatte, weil er ein Gedicht für eine Verehrerin brauchte, nicht zurückgegeben. Aber egal, es ist, als ob ich ihn nie gekannt hätte.
Das ist meine ruhmlose Vergangenheit. Ehe ich Benedikt traf, war ich fast fertig mit den Männern.

Benedikt ist jetzt achtundzwanzig und ich fünfundzwanzig. Seit dreizehn Monaten kennen wir uns, seit sechs Monaten wohnen wir zusammen und haben uns noch nie gestritten! Und nächste Woche werden wir wegziehen, zurück in unsere alte Heimat. Manchmal kann ich das Glück gar nicht fassen:
Mein Vater hat Benedikt den Superjob besorgt – ab nächste Woche wird Benedikt im Architekturbüro meines Onkel Georg arbeiten.
Und ich kann ebenfalls demnächst bei Onkel Georg als Innenarchitektin anfangen.
Und – auch davon träumen alle – wir haben ein Haus mit Garten! Wir werden bei Benedikts Mutter wohnen, ihr Haus ist höchstens eine halbe Autostunde vom Büro meines Onkels entfernt!
Das Glück hat sich mit uns verschworen!

* * *

Das Festessen fand am letzten Samstag im August statt. Weil es so heiß war, hatte niemand richtig Hunger. Nach der Vorspeise konnte man sich also Zeit lassen.
Elf Erwachsene und ein Kind waren wir. Ich hatte Platzkärtchen gekauft mit blau-gold-marmoriertem Rand und mit türkisblauer Farbe die Namen draufgepinselt. Mein Vater residierte selbstverständlich am oberen Kopfende der Festtafel. Links von ihm saß Benedikts Mutter, Frau Nora Windrich, neben ihr Vaters Freund, Herr Engelhardt. Rechts von Vater saß Frau Doris Engelhardt, die Fünf-Sterne-Hobbystarköchin. Neben ihr meine

Mutter, sie wollte auch bei der Tür sitzen, denn wenn man ein siebengängiges Gourmet-Menü auftischt, muß man ständig in die Küche rennen.

Ehe die Gäste kamen, hatte mein Vater versucht, zwei Platzkarten zu vertauschen, er hätte lieber mit meiner schönen Freundin Elisabeth geflirtet, statt sich um Benedikts Mutter zu kümmern, aber meine Mutter stellte die Platzkarte »Nora Windrich« zurück neben seine Platzkarte »Viktor Faber«. So war die »Generation von Gourmets«, wie Herr Engelhardt sagte, am oberen Tischende versammelt.

An der anderen Stirnseite der Festtafel saß ich als offizielle Hauptperson. Links von mir Elisabeth und Peter – wir sind die Generation junger Innenarchitekten. Rechts neben mir Benedikt. Dann meine Schwester Annabell und Benedikts bester Freund Niko. Aber ich achtete mehr auf die Gespräche am anderen Tischende als auf die neben mir, es interessierte mich mehr, was meine Eltern mit Benedikts Mutter redeten.

Sie war die heimliche Hauptperson. Frau Windrich ist Deutschlehrerin an einer Realschule, sie ist einundsechzig – man kann nicht behaupten, daß sie jünger aussieht mit ihrer grauen Ponyfrisur, aber sie ist eine Frau mit sehr fortschrittlichen Ansichten. Sie findet es gut, daß wir unverheiratet zusammenleben, sie findet auch, daß man keine Erlaubnis vom Staat braucht, um sich zu lieben. Und sie findet es auch unheimlich wichtig, daß Frauen heutzutage berufstätig sind und eigenes Geld verdienen, Heimchen am Herd kann sie nicht ausstehen. Und Benedikts Mutter trägt immer Hosen. Sie ist ein kumpelhafter Typ und versteht sich mit Benedikt und ihrer Tochter Medi blendend. Medi ist älter als Benedikt und wohnt auch bei Frankfurt, kennengelernt habe ich sie bisher nicht. Benedikts Mutter kannte ich seit ihrem letzten Besuch bei Benedikt, aber meine Eltern sahen sie heute zum erstenmal.

Meine Mutter hatte es darauf angelegt, bei Benedikts Mutter Eindruck zu schinden. Trotz ihrer vierundfünfzig Jahre hat meine Mutter einen Heidenrespekt vor Lehrerinnen. Meine Mutter war in Hochform. Sie trug ihr schlichtestes Kleid, dunkelblau hochgeschlossen, darauf kommt ihr Goldkollier am be-

sten zur Geltung. Benedikts Mutter trug zum grünschwarzen Lurexschlauch-Oberteil weite, schwarze, satinartige Hosen und eine dicke Bernsteinkette. Die überschwengliche Art, wie meine Mutter bei der Begrüßung diese Bernsteinkette gelobt hatte: »Ein sehr apartes Stück!« und: »Haben Sie die Steine selbst aufgefädelt?«, ließ keinen Zweifel, daß die Kette meiner Mutter viel, viel teurer ist.
Mein Vater war auch in Hochform. Galant fragte er: »Verraten Sie uns, was Sie für eine Katastrophe wären, Frau Windrich?«
Lachend sagte sie: »Da müssen Sie Benedikt fragen, ob ich eine Katastrophe bin. Benedikt, der wäre ein Hurrikan, aber im guten Sinn! Er war schon als Kind ein Wirbelwind!« Die Träger ihres Lurexschlauchs, der mit einem Gummizug über dem Busen festgezurrt war, rutschten jedesmal, wenn sie beim Reden mit den Armen wackelte.
Ja, daß Benedikt ein Hurrikan im guten Sinne ist, davon bin ich überzeugt. Er ist das sonnige Auge eines Hurrikans, alles um ihn herum steht kopf, aber Benedikt läßt sich nicht die Laune verderben, er hat die Gabe, Probleme mit einem Achselzucken und einem Lachen aus der Welt zu schaffen.
»Jeder hat seine eigene Art, sich und andere in Katastrophen zu stürzen«, erklärte mein Vater. Er machte eine globale Handbewegung, die besagen sollte, daß er sich ein Universum von Katastrophen vorstellen könne, und ein Gesicht, das besagen sollte, daß er gegen jede Katastrophe gefeit ist. »Wir sind zwar nicht mit den Faber-Castells verwandt, aber wir leben in versicherten Verhältnissen«, das ist sein Lebensmotto.
Meine Mutter behauptete wie üblich, sie sei zwar ein Erdbeben, aber Erdbeben seien äußerst selten, und im Grunde sei sie ein äußerst gutmütiger Mensch. Mein Vater sagt, meine Mutter passe sich jeder Meinung an, die lauter vorgetragen würde als ihre eigene Meinung, und das sei eigentlich jede Meinung. Das darf er aber vor fremden Leuten nicht mehr sagen. Jetzt sagte er: »Anneliese als Erdbeben – da wackelt höchstens der Kronleuchter.«
Trotzdem warf ihm meine Mutter einen warnenden Blick zu und rief, um vom Thema abzulenken: »Ich bin so gespannt, Viola,

was du zu unserer Überraschung sagen wirst! Die bekommst du aber später, erst nach dem Dessert!« Dann eilte sie zu Frau Engelhardt in die Küche. – Meine Mutter kann nicht gut kochen, ein Glück für uns alle, daß Doris Engelhardt angeboten hatte, bei diesem Anlaß ihre Kochkunst zu zelebrieren.
Herr Engelhardt ging auch in die Küche. »Bleib sitzen, Viktor, ich kümmere mich um den Wein«, sagte er zu meinem Vater.
Benedikt sprang auf, kämmte sich mit den Fingern die Strähnen aus der Stirn, winkelte den linken Arm an, verbeugte sich und bat, seine Dienste als Unterkellner zur Verfügung stellen zu dürfen. Er wurde aber nicht gebraucht. Und ich sollte auch nichts tun, nur mich feiern lassen.
Elisabeth hatte sich entschieden: Sie wäre eine Klimakatastrophe. Eine Eiszeit. Das paßte! Elisabeth ist immer cool. Vor einigen Monaten hat sie sich von ihrem Freund, einem Therapeuten, getrennt. Er hätte angefangen, von ihr Perversionen zu verlangen: daß sie in seine Wohnung komme und dort vor dem Beischlaf seine Bettwäsche bügle oder mit einem Putzlappen über den Küchenfußboden krieche. Elisabeth sagt, sie sei keine Masochistin. Lieber lebe sie im Zölibat. Elisabeth braucht keinen Mann als Beweis ihrer Attraktivität.
Elisabeth hatte vorgeschlagen, Peter einzuladen. Peter ist schweigsam, aber der netteste aus unserem Semester. Peter sagte: »Ich bin keine imposante Naturkatastrophe, nur eine Alltagskatastrophe.« Alle lachten.
Mein Vater war weiterhin damit beschäftigt, Benedikts Mutter zu beeindrucken. Er erklärte ihr, daß Herr Engelhardt sein Freund und Kollege sei und daß Herr und Frau Engelhardt die feinsten Weinkenner und Feinschmecker seien, die er jemals kennengelernt habe. Er tat, als verkehre er nur mit Feinschmeckern und Weinkennern. »Welche Rebsorte bevorzugen Sie, Frau Windrich?« fragte er, als erwarte er ein sensationelles Geständnis.
»Wissen Sie, Herr Faber, meine Tochter ist Dolmetscherin für Französisch, die kennt sich da ganz ausgezeichnet aus. Wenn wir mittags zusammen beim Griechen essen, kann ich mich bei der Weinauswahl blind auf sie verlassen.« Falls Benedikts Mutter

erschrocken war, hier unter die Gourmets gefallen zu sein, hatte sie sich gut aus der Affäre gezogen.
Wir tranken sowieso, was Herr Engelhardt aus der Küche brachte und selbst besorgt hatte: einen halbtrockenen Riesling mit nur 0,4 Prozent Restsüße, von einem Winzer, der seinen Wein nur aus Naturstoffen herstellt.
»Das ist ein Wein, der zu Ihnen paßt, Viola«, rief Herr Engelhardt, »jung, aber ausgegoren, spritzig und mit einem eleganten Unterton. Ein Wein mit einer exquisiten Zukunft!« Herr Engelhardt ist Spezialist für absurde Komplimente. Aber wirklich vollkommen charmant. Er prostete mir zu: »Wie entzückend Sie aussehen, Viola! Wie die junge Audrey Hepburn!«
Ich wäre nie auf die Idee gekommen, ich könnte der jungen Audrey Hepburn ähnlich sehen, obwohl ich auch so dunkle Augen und dunkelbraune Haare habe. Aber trug Audrey Hepburn je die Haare kinnlang mit Seitenscheitel? Trotzdem kicherte ich geschmeichelt. Ja, ich sah ehrlich gut aus in meinem schwarzen, mit goldenen Sternen bedruckten Kleid. Es ist das passende Kleid für eine Sternstunde. Obwohl es nur 129 Mark gekostet hat und von C&A ist. Aber das sieht man ihm wirklich nicht an.
»Und Mademoiselle Elisabeth sieht aus wie die junge Cathérine Deneuve«, Herr Engelhardt prostete Elisabeth zu. Da ist was Wahres dran. Sie ist der Typ. Elisabeth kicherte ebenfalls.
Nur meine Schwester Annabell warf Elisabeth einen mitleidigen Blick zu und sagte laut zu Niko: »Kunststück, wenn man sich künstlich blondiert.«
»Lieber eine falsche Blondine als ein echter Glatzkopf«, rief Niko und lachte dröhnend. Niko ist von der lustigen Sorte: ständig macht er dumme Witze und lacht selbst am meisten drüber. Und Niko nimmt es nicht krumm, daß er Annabells Tischherr sein muß.
Niko ist Benedikts bester Freund, obwohl er ganz anders ist als Benedikt, Niko handelt mit Gebrauchtwagen. Benedikt jobbt schon seit Jahren nebenher für Niko: Benedikt sucht in Zeitungsinseraten und auf Automärkten günstige Angebote für Niko, und mindestens zweimal im Monat findet er einen, den

Niko in seinem Gebrauchtwagenhandel teurer verkaufen kann. Niko hat oft Kunden, die einen speziellen Wagen mit spezieller Ausstattung suchen, und wenn Benedikt den irgendwo auftreibt, gibt ihm Niko eine gute Provision. Auch mein Vater hat seinen dunkelblauen Volvo sehr günstig über Benedikt-Niko bekommen.

Meine Mutter aber war sicher nicht zufrieden damit, daß Niko Annabells Tischherr war, sie hatte mich beschworen, einen passenden Mann für meine Schwester einzuladen – sie fand Niko garantiert nicht gut genug. Aber so viele freie Männer um Dreißig gibt es gar nicht. Außerdem sieht Annabell aus wie Königin Margrethe von Dänemark – zwar jünger, aber nicht so schlank.

* * *

Trotz ihrer Großartigkeit ist Annabell schon als Kind ewig neidisch auf mich gewesen. Mir würden die Eltern viel mehr erlauben als ihr im gleichen Alter, war ihr ewiges Lamento. Daß sie sich schon immer alles gerafft hat, stand nie zur Diskussion. Schließlich ist sie drei Jahre älter, und mit dem Alter steigen die Ansprüche, heißt es. Und nun als Mutter von Solveig ist sie sowieso über jede Kritik erhaben.

Außerdem lebt meine Mutter in Illusionen, was Annabell betrifft. Meine Mutter träumte früher, daß Annabell ein Bühnenstar würde. Jawohl. Bühnenstar. Schauspielerin wäre ihr recht gewesen, Opernprimadonna lieber. Die Illusionen begannen, als Annabell vierzehn war, da durfte sie die Hauptrolle in dem Weihnachts-Musical spielen, das unsere Schule in der Aula aufführte. Annabell war die gute Fee – sie bekam die Rolle, weil keine so ausdrucksvoll wie sie das Lied der guten Fee sang. Dafür hatte sie endlos vor dem Spiegel geübt, ihre Arme in Verzweiflung zu verdrehen – aus irgendeinem Grund war die gute Fee verzweifelt –, Annabell drehte ihre Arme umeinander, spreizte die Finger und sang: »ACH! OOH! Was bin ich verzweifelt so! Ich muß, muß, muß dem armen, armen Kinde helfen!« Ganz operettenmäßig sang sie: »dem Ki-hi-hi-hi-nde hä-hä-hä-hälfen!« Dabei verdrehte sie auch die Augen. Und ich hatte als einzige der jüngeren Schülerinnen eine Rolle in diesem Singsangspiel zugedacht bekommen – allein Annabells Fürbitte hatte ich die zu verdanken, betonte sie tausendmal. In dem Stück mußte ich Annabell jedesmal, wenn sie ihr Feenreich verließ, um einem armen, armen Kinde zu hähähälfen, den Feenhut herbeischleppen und den Feenzauberstab. Ich mußte ihr Hut und Stab auf einem violetten Sofakissen reichen und dabei einen Knicks vor ihr machen. Heute bin ich sicher, daß ich die Rolle nur bekam, weil sich alle aus Annabells Klasse geweigert hatten, Annabells Dienstmädchen zu spielen. Mein Vater meinte damals, ich hätte im wahrsten Sinne die einzig tragende Rolle gehabt. Meine Mutter lobte nur Annabell. So beschloß ich bereits mit neun Jahren, niemals Bühnenstar zu werden.

Annabell stellte erst nach dem Abitur fest, daß ihre Stimme gar nicht so außergewöhnlich war. Außerdem stellte sie fest, daß ihr Abiturzeugnis ebenfalls nicht außergewöhnlich war. Und bei der Aufnahmeprüfung zur Schauspielschule fiel sie durch. Also fing sie an, Pädagogik zu studieren. Und noch vor dem Examen wurde Annabell Mutter.

Trotzdem blieb meine Mutter eine unverbesserliche Optimistin, was Annabell betrifft. Irgendwie ist Annabell, emotional gesehen, das Kind meiner Mutter, ich bin das Kind meines Vaters. Das ist mir auch lieber so. Dabei sieht Annabell mit ihren kurzen gelbbraunen Haaren eher meinem Vater ähnlich. Sie kümmert sich auch genausowenig wie mein Vater um die Frisur. Solch oberflächlicher Scheiß interessiert sie nicht, als Mutter habe sie Wesentlicheres zu tun, erzählt sie jedem. Sie habe gelernt, zu sich selbst zu stehen, sie habe ihre eigene Identität entdeckt. Kein Mensch käme auf die Idee, ihr sogenanntes Aussehen eine Erwähnung wert zu finden, also erzählt sie ständig, daß es ihr egal ist, wie sie aussieht. Und glaubt, daß sie dafür bewundert wird!

An diesem Abend trug Annabell einen ihrer »weiblichen« Röcke. Einen graubraungrünen indischen Lappenrock, aus naturreiner Seide, behauptet sie, so zerknittert wie gebrauchtes Klopapier. Als Oberteil einen grauen Fetzen mit spitzem Ausschnitt und weit ausgeschnittenen Armlöchern. Alle Oberteile, die Annabell trägt, müssen weitausgeschnittene Armlöcher haben: nur so ist gewährleistet, daß jeder, der neben ihr steht oder sitzt, ihre Mutterhängebrust sieht und, darauf legt sie fast noch mehr Wert, ihre Achselhaare. Sie sind so lang, daß man sie sogar sieht, wenn sie die Arme runterhängen läßt. Aber das genügt ihr nicht: Dauernd legt Annabell ihre Hände auf dem Kopf zusammen, damit man die krausen Haare in ihrer ganzen natürlichen Ekligkeit sieht. Das ist ihre Lieblingspose. Gerne wackelt sie dabei mit den Armen vor und zurück – so wird der wahnsinnig natürliche Geruch ihrer Achselhaare besser verbreitet.

* * *

Solveig saß unter dem Tisch. Eigentlich sollte sie neben meiner Mutter sitzen, aber sie hatte darauf bestanden, heute ein Kätzchen zu sein. Und Kätzchen essen unter dem Tisch. Im Gegensatz zu Annabell ist Solveig immer todschick angezogen. Sie trug ihr himmelblaues Laura-Ashley-Kleid mit großem Spitzenkragen und eine himmelblaue Satinschleife auf den flachsblonden Haaren. Von weitem sah sie aus wie ein Engel.

Vorher, als wir die Pastete auf Champagnergelee aßen, hatte sie kätzchenmäßig unter dem Tisch an meinen Fogalstrümpfen gekratzt, die einzigen teuren Strümpfe, die ich besitze. Ich hatte ihr zugeflüstert, so daß es Annabell nicht hörte, wenn sie nicht sofort aufhört, würde ich ihren Videorecorder kaputtmachen. Davor hat sie Angst. Der Videorecorder ist der einzige in diesem Haushalt, der nicht Solveigs Wünschen gehorcht: Er funktionierte manchmal nicht. Dabei ist der Videorecorder das einzige, was Solveig nicht kaputtmachen will. Deshalb glaubt sie, wenn der Videorecorder kaputt ist, hätte ihn einer der Erwachsenen kaputtgemacht.

* * *

Sicher vor Solveig stand unser grandioses Modell, die preisgekrönte Abschlußarbeit von Elisabeth und mir, auf der hohen Kommode. Elisabeth hatte das Modell zur Feier des Tages mitgebracht, damit es alle bewundern konnten: das Modell unserer Bankfiliale FABER & LEIBNITZ. Mit Schalterbereichen, Arbeitsbereich und Kundenberatungsbereichen, die wir als kleine, abgeschlossene Zimmer konzipiert hatten. Wir hatten uns nämlich sorgfältig informiert, welche Raumprobleme bei Banken auftauchen, und erfahren, daß es vielen Kunden lieb ist, bei Bankgesprächen nicht gesehen zu werden. Deshalb bekamen wir für unsere Konzeption eine bessere Bewertung als alle anderen, die die modernen offenen Beratungsbereiche präsentiert hatten. Aber das war nur der theoretische Aspekt. Unser Modell sah auch am schönsten aus. Unsere Bankfiliale war altmodisch wie ein viktorianisches Kontor, dunkelgrün, mit winzigen Messinglampen. Der Clou waren die rechteckigen Säulen mit korinthischen Kapitellen. In den Säulen waren Aktenschränke, damit hatten wir den in der Aufgabe vorgeschriebenen Schrankraum stilecht realisiert.

Das Hauptproblem beim Modellbau war gewesen, eine Tapete zu finden, so kleingemustert, daß sie zum Maßstab des Modells paßt. Es gab keine. Schließlich malten Elisabeth und ich die Tapeten selbst mit Aquarellfarben in tagelanger Arbeit. Winzige Ranken in bläulichem Englischgrün auf Moosgrün. Dann malten wir sogar die Schatten der Säulen auf den Teppichboden, um den Lichteinfall zu simulieren. Getreu dem Motto unseres Professors Singer, der immer sagte: »Wenn das Detail nicht stimmt, stimmt überhaupt nichts.« – Er hat vollkommen recht: Zuerst wirkte unser Modell perfekt, aber leblos, erst als wir die Schatten gemalt hatten, war Leben im Modell. Jeder, der es sah, war entzückt. Mit Ausnahme von Solveig und Annabell.

»Sieh mal, das haben Frauen gemacht«, sagte Annabell zu Solveig, als Elisabeth das Modell auf die Kommode stellte. »Willst du die Viola und die Elisabeth fragen, ob sie dir so eine Puppenstube basteln?«

Zum Glück wollte Solveig das nicht, sie war beleidigt, weil sie das Modell nicht anfassen durfte.

»Ich weiß, warum der Solveig euer Modell nicht gefällt«, sagte Annabell traurig, als müßte sie uns eine schreckliche Wahrheit offenbaren, »es ist nicht kindgemäß.«

Ich sah desinteressiert an ihr vorbei. Annabell behauptet ständig, daß irgendwas nicht kindgemäß wäre. Das ist ihre vernichtendste Kritik. Okay, ist unsere Bankfiliale eben nicht kindgemäß.

»Heilige Mutterkuh«, sagte Elisabeth, als Annabell außer Hörweite war.
»Ich bin heilfroh, daß ich sie bald nur noch an höchsten Feiertagen ertragen muß.«

* * *

»Wenn ich eine Katastrophe wäre, dann eine Hungersnot«, rief Herr Engelhardt, als seine Frau mit unserer Suppenterrine, die seit Menschengedenken nicht mehr benutzt worden war, aus der Küche kam.
»Wir servieren jetzt eine kalte Melonensuppe mit Hummer«, sagte Frau Engelhardt. »Guten Appetit.«
»Oh nein, ich wäre lieber eine altägyptische Heuschreckenplage«, sagte Herr Engelhardt entzückt beim Anblick der rosaroten Suppe. »Kalte Melonensuppe mit Hummer! Die schönste Suppe der Jahreszeit!«
»Wo ist der Hummer?« fragte mein Vater.
»Der Hummer wird selbstverständlich püriert«, seufzte meine Mutter, als würde sie täglich Hummer pürieren.
Alle machten »hhhmmm, hhhmmm, hhhmmm«, während sie die Suppe löffelten.
»Benedikt war schon als Kind ein Feinschmecker«, sagte Benedikts Mutter, »keinen Spinat hat er gegessen, keine Zwiebeln, kein Sauerkraut, hat er alles verweigert. Meine Tochter war viel umkomplizierter.«
»Vielleicht liegt es daran, daß Sie vergessen haben, vor dem Servieren den Spinatblock aufzutauen«, rief Niko und lachte dröhnend. Man mußte einfach mitlachen.
Nur meine Schwester sah unter den Tisch und fragte: »Wo ist die Solveig?«
»Sie ißt vor ihrem Videorecorder«, erklärte meine Mutter eilfertig, »Doris hat ihr extra eine Kindersuppe gemacht.«
»Du kannst doch die Solveig nicht allein vor dem Video sitzen lassen!« rief meine Schwester empört und stand auf.
»Sie wollte nur die Sendung mit der Maus sehen«, sagte meine Mutter kleinlaut.
»Verdammte Scheiße«, rief Annabell, »du weißt genau, daß die

Sendung mit der Maus pädagogisch Scheiße ist, wenn sie sie allein sieht, das bringt ihr nichts.« Sie rannte in Solveigs Zimmer.
»Ich habe ihr eine Ketchup-Suppe gemacht«, sagte Frau Engelhardt, »etwas Ketchup in warmem Wasser verrührt, dazu etwas Honig und süße Sahne. Kinder essen so was. Hauptsache süß und rot.« Durch die offene Tür rief sie Annabell hinterher: »Die Suppe ist kindgemäß!«
Wir tranken auf die Köchinnen.
»Und jetzt«, sagte mein Vater, »trinken wir auf Frau Windrich, Violas Schwiegermutter in spe.« Er erhob sein Glas.
Frau Windrich drückte temperamentvoll das Glas meines Vaters auf den Tisch zurück: »Nein, Schwiegermutter will ich nicht genannt werden, das hat so einen altmodischen Beigeschmack. Und meinetwegen müssen die beiden doch nicht heiraten! Wär ich ein junger Mensch, heutzutage, würde ich genau wie Benedikt sagen: Ab mit den alten Zöpfen! – Meinetwegen dürfen die beiden von Herzen gerne in meinem Haus unverheiratet leben!«
»Dann sind Sie eben die uneheliche Schwiegermutter«, sagte mein Vater. »Meinetwegen, solange Viola nicht berufstätig ist, ist sie bei mir krankenversichert.«
Ich sah zu Benedikt. Hatte er gemerkt, daß die konservative Mentalität meines Vaters wieder voll durchgeschlagen hatte? Aber Benedikt lachte nur, er schien es nicht bemerkt zu haben, jedenfalls tat er freundlicherweise so. Typisch mein Vater! Hauptsache ordentlich versichert. Daß es gerade für die wichtigsten Sachen im Leben keine Versicherung gibt, verdrängt er total. Im Grunde glaubt er sogar, die Ehe sei eine Versicherung für die Liebe! Insgeheim freute ich mich, daß ihm Benedikts Mutter gezeigt hatte, daß sogar eine Lehrerin fortschrittlichere Ansichten hat als er!
»Uneheliche Schwiegermutter!« rief sie, »ich denke gar nicht so sehr als Mutter, ich bin eher die beste Freundin meiner Kinder.«
»Demnach sind Sie die beste Freundin von Violas Freund«, sagte Herr Engelhardt.
»Richtig! Und als beste Freundin von Violas Freund möchte ich anregen, daß wir nun die Gläser auf unseren Stararchitekten erheben! Wie großartig, daß er diese Begabung hat!«

»Und diese Beziehungen«, sagte mein Vater, erhob nun wieder sein Glas, zögerte kurz, dann erhob er sich selbst.

Wenn es eine Gelegenheit gibt, eine Rede zu halten, dann hält mein Vater eine Rede. Mit dem Fischmesser schlug er an sein Glas: »Liebe Gäste! Ein weiteres Ereignis, das es heute zu feiern gilt, ist das neue berufliche Wirkungsfeld von Benedikt. Zweifellos der Beginn einer großen Karriere!«
Benedikt, der künftige Stararchitekt, strahlte und lauschte, als sei alles, was mein Vater sagte, völlig neu für ihn. Mein Vater berichtete ausführlichst, wie er erst vor zwei Wochen seinen kleinen Bruder, den renommierten Architekten Georg Faber in Kroneichen bei Frankfurt, angerufen hatte, ob er jetzt eine Innenarchitektin einstellen könne? Ich sei fertig mit dem Studium, ausgezeichnetes Examen. Denn schließlich war es sein Bruder Georg, der ihn damals überzeugt hat, daß ich Innenarchitektur studieren durfte. Mein Vater war zuerst dagegen. Brotlos. Kein Vergleich zu Jura. Aber ich wollte nichts anderes studieren. Deshalb jobbte ich nach dem Abitur bei einem Antiquitätenhändler, der viel unterwegs war, um Antiquitäten einzukaufen oder auszuliefern, ich war seine sogenannte Ladenhüterin. Auch später während des Studiums jobbte ich aushilfsweise bei ihm. Ein Jahr nach dem Abitur, als mein Vater sich immer noch weigerte, dieses brotlose Studium zu finanzieren, machte ich beim Wettbewerb einer Frauenzeitschrift mit: Aufgabe war es, ein dreißig Quadratmeter kleines Apartment preiswert einzurichten, und ich gewann den 1. Preis! Und 5000 Mark. Da war mein Vater beeindruckt. Und damals sagte Onkel Georg, ich sei so begabt, und wenn seine Angela je hätte Innenarchitektur studieren wollen, hätte er es sofort erlaubt. Und mein Onkel sagte auch, es gebe zwar nicht viele Chancen für Innenarchitektinnen, aber für eine gute Innenarchitektin gebe es immer eine Chance, und wenn ich mit dem Studium fertig sei, solle ich mich sofort bei ihm bewerben. »Einen Tag nach Violas Examen rief ich also meinen Bruder an«, berichtete mein Vater, »und als Georg sagte, eine Innenarchitektin könne er im Moment nicht beschäftigen, aber demnächst, zuerst suche er händeringend einen Architekten, einer

seiner Mitarbeiter ist sehr, sehr krank – vermutlich Krebs, mit nicht mal vierzig –, da sagte ich geistesgegenwärtig«, mein Vater hob Zeigefinger und Weinglas, »ich hab den Mann, den du suchst! Violas Boyfriend, der ist Architekt, ein Anfänger, aber der Junge ist in Ordnung, er ist Assistent an der Uni. Ich sag dem Jungen, er soll dir seine Bewerbungsunterlagen schicken.«
Solveig kam ins Wohnzimmer gerannt, schrie: »Ich will mehr Kindersuppe!«
Mein Vater seufzte: »Was weiter geschah, ist bekannt. Prost, ihr Lieben!« und setzte sich. Der eigentliche Zweck seiner Rede, seinen Anteil an Benedikts Karriere hervorzuheben, war zur Genüge erfüllt.
»Viktor, das hast du toll gemacht«, rief Benedikt, »Applaus für Viktor bitte.«
Natürlich klatschten alle. Und ich klatschte auch ein bißchen Benedikt zu, denn Benedikt hatte es auch toll gemacht: Er war sofort zu meinem Onkel gefahren, um sich persönlich vorzustellen, und natürlich war mein Onkel begeistert von Benedikt – wer wäre das nicht!

Und dann gab es Applaus für das Steinbuttfilet im Gemüsekleid auf Currybutter mit wildem Reis! Wieder allgemeines »hhhmmm, hhhmmm, hhhmmm«. Diese Sauce! Pur schmeckte sie am besten. Frau Engelhardt sagte, es sei erlaubt, die Sauce mit dem Dessertlöffel zu essen. Hhhmmm. Wie wundervoll alles zusammenpaßte! So wundervoll wie unsere Zukunft!
Eines Tages werden wir uns gemeinsam selbständig machen... zuerst werden wir zwei, drei Jahre bei meinem Onkel arbeiten. Bis ich den Job bei meinem Onkel bekomme, werde ich weniger Geld haben als bisher, aber ich will nicht, daß mein Vater mich länger unterstützt. Und Benedikt sagt, wenn ich etwas brauche, muß ich es nur sagen. Geld war für uns noch nie ein Thema.
Ein klein wenig mulmig ist mir nur bei dem Gedanken, Benedikts Mutter künftig mit Nora anzureden. Sie hat mir gleich gesagt, ich soll sie duzen, sie sei schließlich keine alte Dame, und Benedikt würde sie auch kaum mehr Mutti, sondern viel häufiger Nora nennen, und das fände sie zeitgemäß. Aber so unge-

zwungen wie Benedikt das mit meinen Eltern macht, schaff ich das nicht. Bisher habe ich es umgangen, seine Mutter irgendwie anzureden. Es fällt mir sogar schwer, sie zu duzen. Aber Benedikt sagt, ich soll mir darüber keine Sorgen machen, das wird sich alles von alleine regeln. Spätestens nächste Woche, wenn wir zusammenwohnen.

Frau Engelhardt verkündete, der nächste Gang würde erst in vierzig Minuten aufgetragen, das Fleisch brauche seine Zeit und sie eine Pause. Aber gern! Alle waren satt genug für eine Pause! Herr Engelhardt dekantierte den Bordeaux für den kommenden Gang. Wir beobachteten, wie er die Flasche durch einen Trichter in eine Karaffe umfüllte, sehr langsam, und dabei hielt er den Flaschenhals über eine Kerze.

»Um was geht's bei dem Spiel?« fragte Niko.

»Sie müssen beobachten, wann der dunkle Satz vom Boden der Flasche in den Flaschenhals kommt. Der Satz muß in der Flasche bleiben, sonst schmeckt der Wein muffelig. Außerdem sieht der Bodensatz häßlich aus, wenn er im Glas rumschwimmt.«

»Darf ich das mal machen?« fragte Niko. »Das muß ich lernen, um meine Kunden zu beeindrucken.«

»Gerne. Dekantieren Sie die zweite Flasche Bordeaux. Nicht direkt in die Kerze halten, nur so, daß der Flaschenhals beleuchtet wird.«

Ganz langsam goß Niko den Bordeaux über der Kerze in den Trichter auf der Karaffe.

»Ich will auch«, kreischte Solveig und griff nach der Kerze.

»Pfoten weg!« sagte Niko so drohend, daß Solveig mit offenem Mund die Hand zurückzog.

»Mein Sohn könnte für mich einen Weißwein dekantieren«, sagte Benedikts Mutter.

»Ich befürchte, wir haben keine Karaffe mehr«, sagte Herr Engelhardt.

»Weißwein dekantiert man nicht«, sagte Frau Engelhardt zu Benedikts Mutter.

»Haben Sie Kinder?« fragte Benedikts Mutter unvermittelt.

»Nein.« Und Frau Engelhardt fragte genauso unvermittelt: »Haben Sie einen Ehemann?«

Meine Mutter hielt sich vornehm erschrocken die Hand vor den Mund. Mein Vater räusperte sich: »Frau Windrich, was macht eigentlich Ihr Mann beruflich? Ich meine, der Vater von Benedikt?«

Mit abwehrender Geste sagte sie: »Der ist weit weggezogen, schon damals, als Benedikt in den Kindergarten kam. Sein Vater hat wieder geheiratet, eine Zahnarztwitwe, aber ohne Kinder.«

»Und was ist er von Beruf?«

»Als Benedikt zur Welt kam, war sein Vater knapp vierzig, und Benedikt ist jetzt achtundzwanzig, also dürfte er nun pensioniert sein.«

»Als was wurde Ihr Mann pensioniert?« Mein Vater kann furchtbar hartnäckig sein, das bringt sein Beruf mit sich. Mich hatte er auch schon gefragt, was Benedikts Vater macht, ich wußte es nicht, über den Vater spricht man nicht. Ich meine, kein Wunder, wenn er die Familie verlassen hat.

»Sein Vater war Beamter.«

»Was haben Beamte und Robinson Crusoe gemeinsam?« fragte Niko in die Runde. »Sie warten immer auf Freitag.«

Mein Vater ließ nicht locker. »Beamte gibt es vielerlei. Vom Papierkorbleerer bis zum Bundesbankchef.«

»Wissen Sie, wie Beamte Mikado spielen?« rief Niko. »Wer sich zuerst bewegt, hat verloren!«

Benedikts Mutter lachte sehr.

Mein Vater kapitulierte mit seiner Fragerei. »Wissen Sie, Frau Windrich, wir haben zwar nicht den Bleistift erfunden, aber wir leben in versicherten Verhältnissen.« – Endlich hatte er seine Lebensweisheit angebracht.

»Wir selbstverständlich auch!« rief Frau Windrich. »Wir besitzen dieses Haus – Benedikt sagt, die modernen Architekten würden es ein villenähnliches Großfamilien-Haus nennen, mit einer geradezu parkartigen Gartenanlage.«

»Dann werden wir Frau Windrich jetzt unsere parkartige Gartenanlage vorführen«, sagte mein Vater.

»Genau, wir rauchen draußen eine Zigarre«, sagte Herr Engelhardt. Die Generation der Gourmets ging hinaus. Hoffentlich verstand Benedikts Mutter es als Scherz, daß mein Vater das kleine Rasenstück hinter unserem Haus als parkartige Gartenanlage bezeichnet hatte!

Niko nahm seinen Stuhl, setzte sich zwischen Annabell und Benedikt. »Soll ich dir den nächsten Ferrari reservieren?« fragte er Benedikt. »Oder erst den übernächsten?«

Benedikt lachte. »Soweit bin ich noch nicht. Außerdem weißt du, daß ich keinen Ferrari will, ich fahre prinzipiell BMW. ›Nomen est omen‹, und ›Benedikt Magnus Windrich‹ ist BMW. Vielleicht ist bald ein größerer drin. Aber erst muß ich sehen, wie sich das mit dem Job entwickelt. Und welchen Wagen mein Chef fährt. Wenn ich einen größeren Wagen als der Chef fahre, ist das reiner Selbstmord.«

»Das ist sogar ein Kündigungsgrund«, rief Niko.

Leider wußte ich auch nicht, welchen Wagen mein Onkel jetzt fährt. Ich hatte Onkel Georg zum letzten Mal vor drei Jahren gesehen, bei seinem 50. Geburtstag. Da saß er die ganze Zeit an seinem großen Swimmingpool, Auto hatte ich keins gesehen.

»Hoffentlich fährt er keinen Opel«, Niko starrte trübe in sein Glas, »und falls dir der Laden sonst nicht paßt, kannst du jederzeit wieder bei mir anfangen.« Niko war echt traurig, daß Benedikt wegzog, wirklich nicht nur, weil er an Benedikt gut verdient hatte.

Annabell gähnte demonstrativ, legte ihre Hände auf dem Kopf zusammen, sah Niko herausfordernd von der Seite an. Weil Niko auf den Anblick ihrer Achselhaare nicht reagierte, sagte sie: »Du hast noch nicht gesagt, was du für eine Katastrophe wärst.«

Niko antwortete wie aus der Pistole geschossen: »Ich wäre ein geplatztes Präservativ!« Er lachte dröhnend.

Annabell wurde knallrot. »Sehr geschmackvoll.« Pikiert ließ sie ihre Arme sinken, als wolle sie Niko durch den Entzug des Anblicks ihrer Achselhaare bestrafen.

»Wenn es voll ist, ist es sehr geschmackvoll, das Präservativ«, dröhnte Niko.

Verkniffen sagte Annabell: »Du stehst wohl mehr auf Frauen wie Viola, vom Typ Kuchenfressendes Pelztier. Solche Damen, die sich ins gemachte Nest legen und sich mit Schmuck garnieren lassen. Denen du das Cabrio vor die Tür lieferst. Und die Männer bezahlen alles. Ekelhaft, solche Damen!«

– Es ist unglaublich: Wenn jemand ein kuchenfressendes Pelztier ist, dann Annabell. Seit der Geburt von Solveig hat sie mindestens zehn Kilo Übergewicht! Und wer hat sich den Waschbärmantel meiner Mutter unter den Nagel gerissen? Damals, als sie schwanger war, brauchte sie unbedingt einen Pelzmantel, um ihren Bauch warmzuhalten. Selbstverständlich hat sie den Pelzmantel behalten, für den Fall, daß sie noch mal schwanger wird. Sogar die Unterstellung mit dem gemachten Nest trifft vollinhaltlich auf Annabell zu. Meine Mutter bedient sie und Solveig von vorn bis hinten!

»Ach komm, so anspruchsvoll ist Viola gar nicht«, sagte Benedikt.

»Ein Cabrio macht Damen froh – und die Herren ebenso«, trällerte Niko.

Ich sagte nichts, ich dachte mir meinen Teil. Es ist der alte Konflikt zwischen Annabell und mir. Sie will emanzipiert sein, ich will glücklich sein. Sie sagt, eine Frau ohne Mann kann nie so unglücklich sein wie eine Frau mit Mann. Aber für mich ist die Liebe das wichtigste im Leben. Und dazu brauche ich einen Mann.

* * *

Niemand hatte meine Schwester gefragt, was sie für eine Katastrophe wäre – jeder weiß, daß meine Schwester eine Katastrophe ist.

Sie weiß nicht mal, wer Solveigs Vater ist. Mein Vater sagt, es sei eine Schande. Annabell sagt, es sei die natürlichste Sache der Welt. Zu Zeiten, als noch das Matriarchat geherrscht habe, vor Einführung der scheißbürgerlichen Monogamie, habe man auch nicht gewußt, wer der männliche Erzeuger eines Kindes war. Annabell tut so, als kämen Dutzende von Männern als Solveigs Vater in Frage. Das ist der größte Witz. In Wahrheit wollte sie ein Kind als Beweis, daß sie mal einen ins Bett bekommen hat. Bei Annabell war es sowieso nur eine Luftmatratze. Vor vier Jahren

fuhr sie mit einer Frauengruppe zum Camping nach Schweden. Nur meine Schwester wurde davon schwanger. Der Typ hätte Sören geheißen, sagt meine Schwester, da sei sie sicher. Sonst weiß sie nichts über den Vater. Er hätte ausgesehen wie ein typischer Schwede, deshalb sei sie schwach geworden! Dabei war es garantiert stockdunkel auf dem Campingplatz, so daß diesem Sören der Zahnbelag meiner Schwester nicht auffiel. Sie putzt sich nie die Zähne, obwohl sie jede Menge Tee trinkt und raucht.
Wir vermuten, daß der männliche Erzeuger von Solveig im Morgengrauen, vom Grauen gepackt, seinen Rucksack packte. Jedenfalls verschwand er sofort, nachdem er meine Schwester befruchtet hatte. Sie hat tagelang auf dem Campingplatz rumgewartet, ob er wieder auftaucht. Eine Frau auf dem Campingplatz erzählte Annabell, dieser Sören sei aus Uppsalami oder Smörrebrödstedt, wie diese schwedischen Städte eben so heißen, aber weil sie seinen Nachnamen nicht wußte, half das nichts. Aber ihrer Tochter hat sie diesen Namen angehängt, damit jeder gleich sagt: »Ah, ein schwedischer Name.« Und dann sagt Annabell: »Du, der Vater von der Solveig ist Schwede.«
Damit gibt sie furchtbar an. Mein Vater sagt, er kapiert es nicht, warum ein unbekannter Schwede besser sein soll als ein bekannter Deutscher.

Für meinen Vater ist es ein doppelter Erfolg, daß Benedikt die Stelle bei seinem Bruder bekommen hat. Denn nun zieht Annabell aus der Wohnung meiner Eltern, und mein Vater hat wieder Ruhe, wenn er nach Hause kommt. Annabell übernimmt die Wohnung, in der Benedikt und ich wohnen. Zwei Zimmer Altbau, Klo und Bad separat. Die Wohnung gehört meinen Eltern, mein Vater hat sie vorletztes Jahr gekauft, eine echte Kapitalanlage, versteht sich. Annabell wollte damals gar nicht in diese Wohnung ziehen, sie lebte in einer Wohngemeinschaft alleinerziehender Frauen mit abgebrochenem Studium.
Zuerst teilte ich die Wohnung mit Maria, einer Kunststudentin. Maria war fast nie da, sie war ständig bei ihrem Freund, der in einer Kleinstadt einen Studienplatz bekommen hatte. Fast hätten

die beiden geheiratet, damit er hier einen Studienplatz bekommt, aber es war aussichtslos. Weil er in der Kleinstadt eine große Wohnung hatte, zog Maria letztes Semester zu ihm, und da konnte Benedikt zu mir ziehen.

Kaum war Benedikt bei mir eingezogen, wollte meine Schwester die Wohnung für sich und Solveig. Ihre Wohngemeinschaft alleinerziehender Studienunterbrecherinnen sei Solveig nicht länger zuzumuten. Wegen Unvereinbarkeit der Erziehungsstile. Solveig müsse ständig spielen, was die zwei anderen alleinerzogenen Kinder spielen wollten. Solveig müsse aus dieser autoritären Spielstruktur befreit werden. Und sie hätte auch das Recht, mietfrei in der Eigentumswohnung ihrer Eltern zu wohnen. Mietfrei! Ich bekam genau wie Annabell den Bafög-Satz von unserem Vater, und davon zog er mir die Miete ab, die ein mittelteures Zimmer in einem Studentenwohnheim kosten würde. Und für das andere Zimmer zahlte Benedikt ebenfalls soviel, genau wie vorher Maria. Es war völlig gerecht! Annabell sagte, sie müsse die Wohnung haben, für sie sei es unmöglich, bei der bekannten Kinderfeindlichkeit in unserem Land eine kindgemäße Wohnung zu finden. Aber ich war mitten im Examen.

Dann zog sie zu meinen Eltern. Da ist ihr ehemaliges Zimmer seit der Geburt von Solveig sowieso zum Solveig-Zimmer geworden. Außerdem hat Annabell mein ehemaliges Zimmer in Beschlag genommen, das sich meine Mutter, nachdem ich ausgezogen war, als Zweitfernsehzimmer eingerichtet hatte. Also, obwohl Annabell bei unseren Eltern zwei Zimmer hat, pestet sie den ganzen Tag herum, ich würde mit meinem Lover in der Eigentumswohnung der Eltern residieren, während sie als alleinerziehende Mutter auf der Straße sitzt.

Annabell hätte nie soviel Arbeit und Geld wie ich in die Wohnung gesteckt. Ich habe überall Einbauschränke gebaut, um den Platz optimal zu nutzen. Ich habe die grausamen schlappgrünen Kacheln im Bad und in der Küche abgeklopft. Ich habe alles neu verputzt, gestrichen, lackiert. – Und kaum ist alles fertig, ziehen wir weg.

Weil die Einrichtung total auf diese Wohnung abgestimmt ist, finde ich es am besten, wenn wir sie hierlassen. So können wir uns im neuen Heim wieder neu einrichten. Annabell legt zwar keinen Wert auf meine Schickimicki-Einrichtung, aber gnädigerweise wollte sie alles gratis übernehmen. Mein Vater hat mir heimlich eine angemessene Entschädigung versprochen. Dabei wollte Annabell sogar unser Bett haben, aber das nehmen wir mit.

Das Bett war unsere dritte gemeinsame Anschaffung. Die erste war unser BMW. Niko hat ihn Benedikt überaus günstig angeboten, ein kleineres Modell, aber wie neu. Wir haben den BMW gemeinsam gekauft, damals, als wir beschlossen hatten, immer zusammenzubleiben. Und Benedikt hat gesagt, statt zwei Blechschachteln lieber ein vernünftiges Auto für uns beide. Das fand ich auch sehr vernünftig, es gibt viel zuviele Autos. Unsere zweite gemeinsame Anschaffung war ein sündhaft teurer, extrabreiter, königsblauer Kaschmirschal. Wir trugen ihn von November bis März abwechselnd: Benedikt an den geraden Tagen des Monats, ich an allen ungeraden Tagen. Die dritte gemeinsame Anschaffung war unser Bett, wir kauften es, als Benedikt bei mir einzog. Ein großes französisches Bett. Mehr brauchen wir nicht, um glücklich zu sein.

* * *

Solveig kam unter dem Tisch hervor. »Ich will auch Wein«, kreischte sie.

Annabell zerrte Solveig auf ihren Schoß und blickte wie eine Schmerzensreiche Muttergottes auf Solveig: »Willst du nicht lieber ein Eis? Mamabell will lieber ein Eis.«

»Ich will Wein«, beharrte Solveig. Sie ist nicht leicht zu übertölpeln.

»Hast du nicht vorher gesagt, du wärst ein Miezekätzchen?« sagte Annabell mit ihrer Ich-bin-eine-glückliche-Mutter-Stimme. »Kätzchen mögen keinen Wein, weißt du.« Dabei setzte sie ihr Ich-bin-eine-glückliche-Mutter-Lächeln auf und blickte beifallheischend um sich. »Komm, wir gehen gucken, was Kätzchen trinken.«

Jeder nickte ihr zustimmend zu, als sie Solveig hinausführte.

Peter, der den ganzen Abend kaum ein Wort gesagt hatte,

seufzte: »Dauernd zieht dieses Kind unterm Tisch an meiner Hose rum.« Er betrachtete seine Hose und sprang auf. An der weißen Designerhose waren bräunliche Streifen. »Was ist denn das? – Pastete!«

»Ich würd da auf ganz andere Ideen kommen!« brüllte Niko.

»Wenn sie mich noch einmal anfaßt, tret ich zu!« jammerte Peter. Niko schrie vor Lachen: »Wenn sie ihm noch mal an die Hose faßt, tritt er zu!«

»Ich wechsel den Platz mit dir«, sagte Benedikt hilfsbereit, »mir tut sie nichts.«

Das ist nicht wahr, Solveig schreckt vor keinem zurück, aber natürlich war Peter heilfroh, den Platz gegenüber von Annabell mit dem Platz neben mir zu tauschen. Sofort blühte er auf: »Kannst du mir nicht auch einen Job besorgen?« fragte er mich. »Ohne Beziehungen geht nichts.«

Ehe ich antworten konnte, sagte Benedikt: »Beziehungen sind nicht alles. Du mußt auch die Konkurrenz ausbooten.«

»Waren andere Bewerber da?« Ich war erstaunt, mein Vater hatte getan, als wäre mit seinem Anruf alles geregelt gewesen.

»Andere Bewerber gibt es immer. Außerdem konnte ich dem Herrn Faber schlecht meine Abschlußarbeit zeigen, die war nicht besonders populär. Ich bin doch damals bei der Prüfung reingefallen mit diesem kleinkarierten Prüfer, der irgendwas in meinem Entwurf irgendwie anders berechnet hätte.« Benedikt machte ein Gesicht wie jemand, der vor einem Rätsel steht, das ihn nicht interessiert.

»Du hast bei dem Faber die Supershow abgezogen«, sagte Niko stolz.

Aha, da wußte Niko mehr als ich. Ich lachte, typisch Männerkumpanei!

»Ich weiß nicht, ob ich euch meine kleinen Geheimnisse verraten soll«, sagte Benedikt, »andererseits will ich nicht, daß der Eindruck entsteht, ich hätte diesen Job nur durch Beziehungen. Soll ich euch die Wahrheit erzählen?«

Natürlich wollten wir die Wahrheit wissen.

»Also, abgesehen von diesem blöden Diplom hatte ich nicht viel vorzuweisen. Die Jobs bei Niko und bei Ziermann gelten nicht als Praxiserfahrung für Architekten. Mit diesen Themen konnte ich den Faber nicht langweilen. Da mußte ich mir was einfallen lassen. Also worin bestand mein Problem, analytisch betrachtet?«

Niemand wußte, worin Benedikts Problem bestand, analytisch betrachtet.

»Einen Grund zu finden, daß er mich sofort einstellt, ohne diesen Diplom-Kram gesehen zu haben. Also hatte ich zehn Kilometer vor dem Büro des Herrn Faber eine Autopanne. Ich hab umständlich mit dem Anlasser rumgemurkst, bis der Motor abgesoffen ist, man weiß nie, wer einen zufällig beobachtet. Dann ein Taxi organisiert. Klappte alles vorzüglich. Nur war ich dann leider eine Viertelstunde zu früh vor dem Büro. Das ging natürlich nicht.«

»Warum nicht?«

»Die hätten doch gedacht, ich lechze nach ihrem Job. Das drückt den Preis. Also sag ich dem Taxifahrer: Fahren Sie unauffällig weiter, ich will um 15 Uhr und 45 Sekunden hier ankommen, keine Sekunde früher. Wir haben in einer Seitenstraße gewartet – und dann rasten wir vors Büro, mit Karacho und quietschenden Bremsen, ich rausgehechelt und stehe im Büro, pünktlich auf die letzte Sekunde.«

»So muß das funktionieren«, sagte Niko.

Ich lachte: Das war Benedikt, der Hurrikan.

»Violas Onkel war natürlich beeindruckt, daß ich weder Geld noch Mühe gescheut hatte, trotz Autopanne pünktlich bei ihm einzutreffen. Unpünktlichkeit kommt teuer in unserem Beruf. Daß ich die Unterlagen der furchtbar vielen bedeutenden Projekte, die ich vermutlich gemacht habe, unmöglich durch die Gegend schleppen konnte, als ich verzweifelt das Taxi suchte, war klar. Das interessierte ihn auch nicht mehr, nur noch meine Pilotenjacke...«

»Genau«, rief ich, Benedikt wollte unbedingt eine alte Pilotenjacke beim Vorstellungsgespräch tragen. Zwei Tage, ehe er zu meinem Onkel fuhr, hatten wir sämtliche Secondhand-Läden nach einer echten alten Pilotenjacke abgeklappert. Wir fanden sie, allerdings kostete sie ein Vermögen!

»... die Investition hat sich bezahlt gemacht. Ich wußte von Violas Vater, daß sein jüngerer Bruder immer Pilot werden wollte. Ich mit meiner Pilotenjacke gefiel ihm natürlich zehnmal besser als andere Bewerber in braven Anzügen. Er ist ja selbst ein lässiger Sportstyp. Als ich ihm dann erklärte, daß ich mich leider sofort entscheiden müßte, ob ich bei ihm anfange, denn am Monatsende würde mein Uni-Job bei Professor Ziermann automatisch um ein Semester verlängert, da sagte der Boß: ›Okay, wenn Sie sich sofort entscheiden müssen, muß ich mich auch sofort entscheiden.‹ «
»Und wie hast du dein Gehalt ausgehandelt?« fragte Elisabeth.
»Der Reihe nach, der Chef sagte wörtlich: ›Ich bin ein Geschäftsmann alten Stils, per Handschlag besiegeln wir nun, daß Sie am 1. September bei mir anfangen. Sie passen in unser Team.‹ Aber da sagte ich: ›Vor dem Handschlag sollten wir übers Geld reden.‹ Ich hab es knallhart direkt gesagt. Und da hat er mir ein Angebot gemacht, da konnte ich nicht nein sagen.«
»Du mußtest also gar nicht verhandeln«, sagte Peter.
»Wenn ein Angebot wirklich gut ist, dann ist es besser, den Chef zu loben, als undankbar rumzufeilschen. Wenn du ihn lobst, bekommst du bald die nächste Gehaltserhöhung, weil der Chef bald wieder gelobt werden will.«
»Ich werd an dich denken«, sagte Elisabeth.
»Du wirst es auch schaffen«, sagte Benedikt zu ihr.
Elisabeth hat die besten Chancen beim schicksten Einrichtungsladen, bei Hagen und von Müller, als Einrichtungsberaterin anzufangen. Ende des Monats wollen sie ihr endgültig Bescheid geben. »Ich muß den Job bekommen, ich bin total pleite«, seufzte Elisabeth.
Peter seufzte auch: Er hat keinen Job in Aussicht. Er hat tolle Lampen entworfen, nur verkaufen kann er sie nicht. Peter meint, seine Arbeiten müßten für sich selbst sprechen. Traurig sagte er: »Bisher schweigen meine Arbeiten.«
»Bewirb dich um meinen alten Job bei Ziermann«, sagte Benedikt zu Peter, »er muß die Stelle neu besetzen. Zehn Stunden pro Woche, anständige Bezahlung, und Frauen haben bei der Bewerbung keine Chance.«

»Ich hasse diesen Mann«, sagte Elisabeth, »erzähl mir Widerliches über ihn.«
Elisabeth wußte zwar, daß Benedikt seit einem Jahr Hilfsassistent bei Ziermann war, aber mehr nicht, denn Benedikt hatte mich gebeten, nicht über seinen Job zu reden, sonst hätte ihn Ziermann wahrscheinlich gefeuert. Außerdem war es für uns sowieso egal: Wir hatten in den letzten zwei Semestern, seit Benedikt den Ziermann-Job gegen die Konkurrenz von mindestens einem Dutzend Innenarchitektinnen bekommen hatte, nichts mehr mit Ziermann zu tun.
Prof. Ziermann hatte Benedikt einmal vertraulich erklärt, er hätte keine Frau nehmen können, denn egal welche er genommen hätte, man hätte gemunkelt, er habe ein Verhältnis mit der Dame. Und da er größten Wert darauf legte, korrekt zu sein, hätte er allenfalls eine furchtbar häßliche oder behinderte nehmen können, aber die Bewerberinnen seien ausnahmslos sehr attraktiv und im Vollbesitz ihrer körperlichen Kräfte gewesen.
»Da muß Ziermann sehr vorsichtig sein«, sagte Elisabeth, »alle Frauen sind wild nach einem alten Fettwanst, dem die Haare büschelweise aus den Ohren wachsen.«
Benedikt lachte und erzählte, daß seine Aufgabe bei Ziermann darin bestand, Artikel aus Fachzeitschriften zu kopieren. Da es oft Artikel aus alten und seltenen Zeitschriften waren, mußte er in der Unibibliothek rausfinden, wo es diese Zeitschriften gab. Besonders kompliziert war es, wenn Ziermann Artikel aus französischen Zeitschriften über altfranzösische Literatur haben wollte. Benedikt hatte sich monatelang gefragt, wozu er diesen Kram brauchte, bis Ziermann stolz erzählte, daß sein hochbegabter Sohn Romanistik studiert und eines Tages, ganz der Papa, garantiert Professor würde. Die anderen Artikel, die Benedikt besorgen mußte, waren über Pfahlbauten.
Pfahlbauten sind die Leidenschaft von Ziermann. In seinen Seminaren über »Architektur im Wandel der Zeiten« bekommt man den Eindruck, die Welt sei auf Pfählen gebaut. Von der Schweiz bis Südamerika, von der Steinzeit bis Disneyworld, Amsterdam bis Mexiko – Pfahlbauten, Pfahlbauten, Pfahlbauten.
»Wußtet ihr, daß ganz Venezuela auf Pfählen erbaut ist?« fragte Benedikt.

Wir lachten. »Wußtest du, daß Venezuela das spanische Wort für Venedig ist? Rat mal, warum!«

»Pfahlbau ist Architektur für Anfänger, genau das richtige für Innenarchitektinnen«, pflegte Ziermann zu sagen. Jeder muß zwei Pflichtscheine bei ihm machen, man muß in seinen Seminaren anwesend sein und noch ein Referat schreiben. Benedikts Job war es, in den Referaten sämtliche Tippfehler zu unterstreichen. Ziermann hatte ihm gesagt: »Tippfehler zeugen von Schlamperei, Rechtschreibfehler von Dummheit« und: »Wenn alle Fehler angestrichen sind, merken die Studenten, daß die Arbeit gelesen wurde.« Benedikt hatte auf Karteikarten die Anzahl der Tippfehler und die Seitenzahl des Referats einzutragen und welche Autoren wörtlich zitiert worden waren und wie oft. Faule Studentinnen würden nämlich in Literaturlisten Autoren aufzählen, die in der Arbeit gar nicht erwähnt werden, »so komme ich der Eindruckschinderei der Studenten auf die Schliche«, hatte er Benedikt verraten.

Außerdem mußte Benedikt jedes Ziermann-Zitat Wort für Wort prüfen. Jeder Student muß Ziermanns Gesammelte Werke kaufen, zum Glück hat er nur zwei Bücher geschrieben. Das eine hat 160 Seiten: ›Pfahlbauten in Südeuropa im Wandel der Jahrtausende‹, das andere 128 Seiten: ›Pfahlbauten im Vorderen Orient gestern und heute‹. Seit Jahren arbeitet er über Pfahlbauten in Mexiko, »ein prächtiges Arbeitsgebiet«, hatte er Benedikt vorgeschwärmt, »ich darf meine Urlaubsreisen steuerlich geltend machen«.

Wenn man ein Referat für Ziermann schreibt, muß man auf Teufel komm raus Ziermann zitieren. Das größte Problem dabei ist seine furchtbar wissenschaftliche Sprache. In unserem Semester hatte eine statt ›originäre Strukturen der Architektur‹ mehrmals falsch ›ordinäre Strukturen‹ zitiert. Und eine andere statt ›tradierte Pfahlbauformen‹ versehentlich ›radierte Pfahlbauformen‹. »Typisch Freudsche Fehlleistungen von Innenarchitektinnen«, hatte Ziermann gemosert. »Wer solche Fehler nicht merkt, beweist, daß sie nichts kapiert hat.« Es ist auch verdammt schwierig zu kapieren, was Ziermann meint, ich habe es bis heute nicht begriffen.

»Fünf Ziermann-Zitate sind die Mindestmenge, um eine Eins zu bekommen«, erklärte Benedikt.
»Vorausgesetzt, du bist keine Frau«, sagte Elisabeth, »dann bekommst du höchstens eine Zwei, damit keiner ihm nachsagen kann, er bevorzuge Frauen. Er ist ja so korrekt.«
Ja, das hatte Ziermann tatsächlich öffentlich gesagt. Niemand hatte sich darüber aufgeregt, weil wir froh gewesen wären, überhaupt eine Zwei zu bekommen. Nur Elisabeth hatte es gewagt, ihm zu sagen, er bevorzuge offensichtlich Männer und es sei ungerecht, wenn er seine privaten Neigungen zur Richtlinie der Notengebung mache. Ziermann hatte gebrüllt, er verbitte sich derart unqualifizierte Anwürfe. Wem es nicht passe, der könne in ein anderes Seminar gehen. Elisabeth hatte gekontert, das sei nicht der Fall, sein Seminar sei Pflicht. Dann möge sich Elisabeth um eine Änderung der Studienordnung bemühen, statt ihn zu stören, hatte Ziermann gebrüllt. Elisabeth ging danach nicht mehr in sein Seminar und war überzeugt, daß er ihr eine extra schlechte Note für ihr Pflichtreferat geben würde. Damit Elisabeth Ziermann nicht mehr sehen mußte, hatte ich ihr Referat abgeholt – und Elisabeth hatte sogar eine 2+ bekommen und ich nur eine 2,5 – obwohl wir exakt dasselbe, nur in veränderter Reihenfolge, geschrieben hatten.
»Elisabeth hatte weniger Tippfehler oder hat ihn einmal mehr zitiert«, vermutete Benedikt.
»Im Mittelalter hätte man ihn gepfählt«, sagte Elisabeth. Ihre üblichen letzten Worte zum Thema Ziermann.
»Auch das größte Übel hat seine guten Effekte«, meine üblichen letzten Worte zum Thema Ziermann: Schließlich hätte ich ohne ihn Benedikt nicht kennengelernt.
»Man müßte Ziermanns Praktiken öffentlich machen«, meinte Peter.
»Bewirb dich lieber um die Stelle«, sagte Benedikt.
»Nein, das macht Peter nicht.« Elisabeth sagte es sehr entschieden.

Die Generation der Gourmets samt Annabell und Solveig kam aus dem Garten und nahm die Plätze ein.

Herr Engelhardt sagte: »Das ist das Geheimnis eines optimalen Menügenusses – jeder Gang sättigt so lange, wie das Warten auf den nächsten dauert.«
Solveig saß nun auf Annabells Schoß. Annabell nahm Solveigs Zeigefinger und zeigte damit auf Niko: »Das ist der Niko. Hast du Lust, mit dem Niko zu spielen?«
»Ich will nicht«, sagte Solveig, »ich will Wein.«
»Au, da kommt ja unser Kinderschnitzel«, rief Annabell mit ihrer Ich-bin-eine-fröhliche-Mutter-Stimme, nahm Solveigs kleine Hände in ihre Hände und klatschte sie zusammen.
Das Kinderschnitzel war ein Rehrückenfilet mit Pfefferjus und Pfifferlingen, dazu das leckerste, samtigste Kartoffelgratin.
»Ich will Pommes frites«, sagte Solveig.
»Komm, Solveig, wir gehen in die Küche, da hab ich was extra Leckeres für dich«, rief meine Mutter und stand auf.
»Iß zuerst«, sagte Frau Engelhardt beleidigt, »die Sauce vom Rehrückenfilet schmeckt kalt nicht.«
Solveig war schon in die Küche gerannt. Meine Mutter rannte mit ihrem Teller hinterher.
»Ist schon Scheiße«, sagte Annabell, »die Erwachsenen schütten sich mit Alkohol zu, klar, daß ein Kind auch Wein will.«

Dem Rehrücken folgten die Lobeshymnen auf Frau Engelhardt.
»Wartet ab, bist ihr das Dessert erlebt habt«, sagte sie, »es gibt ein Sorbet mit Weinbergpfirsichen und Kaffeecreme mit Waldhimbeeren, wartet ab.«
»Ich muß den Waldhimbeermund der Köchin küssen«, rief Herr Engelhardt, ging um den Tisch und küßte seine Frau.
Frau Engelhardt küßte ihren Mann zurück: »Aber vorher gibt es Käse.«
»Sollten wir nicht zuerst ein Eau de vie trinken? Wir haben zur Auswahl ein Eau de vie de framboise und ein Eau de vie de pêche. Wer trinkt was am liebsten?« fragte mein Vater.
»Ich trink am liebsten mehrere«, rief Niko, »egal, was es ist!«
Ein Verdauungsschnäpschen war es, Himbeergeist oder Pfirsichgeist. Benedikt durfte den Getränkekellner spielen, mit weißem Handtuch über dem angewinkelten Arm.

Herr Engelhardt wollte den Käse selbst servieren, er rollte auf dem Servierwagen eine Platte herein mit verschiedenen Käsesorten und Butterscheiben, in Herzform ausgestochen. »Viola, was darf ich Ihnen geben? Kuhkäse oder Ziegenkäse? Kräftig oder mild? Was bevorzugen Sie?«

Ich habe keine Ahnung von Käse. Aber ich wollte mich nicht durch eine falsche Auswahl blamieren: »Ich esse alles, was Sie mir empfehlen.«

»Sehr gut.« Herr Engelhardt legte routiniert sechs Happen Käse ringsum auf den Rand meines Tellers. Dann deutete er auf das Käsestück oben am Tellerrand: »Bitte essen Sie diesen Käse zuerst und dann im Uhrzeigersinn rundum.«

»Warum?«

»Der Käse, der oben, bildlich gesprochen, bei der Zwölf liegt, ist der mildeste. Die andern sind im Uhrzeigersinn fortlaufend würziger.« Er zeigte auf den Käsehappen, der, bildlich gesprochen, bei zehn Uhr lag: »Dieser ist ein sehr kräftiger, in Asche gereifter Ziegenkäse, den essen Sie zuletzt, sonst verderben Sie sich den Geschmack.«

Wie raffiniert! Nach dem Käse tranken wir noch ein Eau de vie, um nicht zu platzen.

Und erst das Dessert: weiße Kaffeecreme mit Himbeeren und bitterer Schokoladensauce. Und außerdem eine Platte mit zwölf halben gratinierten Pfirsichen und Pfirsichsorbet. Solveig war so begeistert, daß sie nur noch »Ich! Ich! Ich!« rief.

Meine Mutter servierte Kaffee.

Niko brauchte einen weiteren Verdauungsschnaps. »Kaum zu glauben, wie fünf Schnäpse einen Menschen verändern können«, rief er und starrte Benedikts Mutter an.

»Aber Herr Niko, ich hab keine fünf Schnäpse getrunken«, rief sie empört, »Benedikt kann das bestätigen!«

»Sie nicht«, lachte Niko dröhnend, »aber ich! Hahaha! Benedikt kann das bestätigen!«

»Jetzt ist es Zeit für die Riesenüberraschung!« Mein Vater stand auf. Meine Mutter stand auch auf. »Ich möchte zuvor nur ein paar Worte sagen«, sagte mein Vater. Meine Mutter setzte sich wieder. »Liebe Viola, lieber Benedikt«, er machte eine Pause,

»mir fehlen fast die Worte – ich kann nicht sagen, nun, da ihr beide in ein gemeinsames Leben hinausgeht – ihr steht beide bereits gemeinsam im Leben... und auch in die Fremde zieht ihr nicht, im Gegenteil, beide kehrt ihr in lang bekannte Gefilde zurück, in das Bundesland eurer Kindheit und Jugend... dennoch ist es ein Schritt in ein neues Leben! Die Studentenzeit liegt hinter dir, Viola!« Mein Vater machte ein Gesicht, als hätte er eine Sensation verkündet. Benedikt applaudierte. »Und deshalb dachten deine Mutter und ich, daß wir dir, unserer jüngsten Tochter...«

Jüngste Tochter! Als hätte er ein ganzes Mädchenpensionat aufgezogen.

»... ein Geschenk mit auf den Weg geben. Ein Geschenk, das deinen Weg erleuchtet, erhellt! Das Erinnerung sein soll an dein Elternhaus und an dein Examen, das du so blendend absolviert hast. Das dich, so hoffen wir, durchs ganze Leben begleiten wird.« Große Pause. »Das war's, was ich sagen wollte.« Mein Vater war von seiner Rede sehr gerührt. Applaus.

»Ich kann es kaum erwarten«, sagte meine Mutter.

»Es ist noch nicht ganz soweit«, sagte mein Vater, »ich brauch die Hilfe starker Männer.«

»Und Viola muß in der Küche warten«, rief meine Mutter, »und mach die Tür zu. Bis wir dich rufen!«

Also ging ich in die Küche. Durch die geschlossene Tür hörte ich Gelächter und Klirren. »Wenn das nur gutgeht!« rief meine Mutter. Es klirrte leiser.

»Keine Angst, das ist ein normaler Anschluß«, hörte ich Peter.

»Wenn das nur gutgeht!« wieder meine Mutter.

Alle riefen »Hauruck!«, und es klirrte wieder.

Solveig kam in die Küche gestürmt.

»Kann ich kommen, Solveig?«

»Ich will sofort Wein!« Solveig stampfte mit dem Fuß auf. Sie war kurz vor einem ihrer Tobsuchtsanfälle. Ich bekam Angst, daß Solveig die Überraschung verderben würde, deshalb sagte ich sanft wie meine Schwester: »Wenn du im Flur aufpaßt, ob sie mich rufen, dann bring ich dir sofort Wein.«

Auf dem Küchentisch stand, was ich brauchte: weinroter Kirschsaft. Ich füllte ein großes Glas und brachte es Solveig.
»Ich will Wein!« Mit wutverzerrtem Gesicht warf sie sich auf den Boden.
»Das ist Wein«, sagte ich sanft.
»Ich will ein Glas mit Stengel!«
Mit Stengel? Das war's also, was sie wollte. Ich ging zurück in die Küche, goß den Saft in ein Weinglas und brachte es Solveig. Zufrieden verzog sie den Mund.
»Paß bitte auf, daß du nichts verschüttest. Wein macht Flecken!«
»Viola, kommen!« rief es. Ich ging ins Wohnzimmer.
»Komm raus in den Garten!«
Ich sah hinaus in den dunklen Garten und sah nichts. Als ich auf die Terrasse trat, wurde es mit einem Schlag taghell. Ich war geblendet. Bestimmt blieb mir vor Staunen der Mund offen... an der Platane hing das Tollste, was ich je an einem Baum hängen sah: An einem Rohr, das über zwei Äste gelegt war, hing der größte, schönste, wahnsinnigste Kronleuchter!
Ein dreistöckiger Kronleuchter. Oben sechs vergoldete Leuchterarme, in der Mitte zehn Leuchterarme, unten sechzehn Leuchterarme. Jeder Leuchterarm war wie ein goldener, geflügelter Drache! Zwischen jedem Drachenflügelpaar ragte eine gedrehte goldene Hülse mit einer spitzen Glühbirne. Aus den Drachenmäulern bogen sich Drachenzungen wie Ösen, daran hingen Prismen aus Kristallglas, zickzackig geschliffen wie Blitze. Ich sah zweiunddreißig strahlende Glühbirnen, zweiunddreißig goldene Drachen, zweiunddreißig gläserne Blitze! Wahnsinn!!!
Der untere Teil des Kronleuchters war so groß, daß ich ihn kaum zur Hälfte umfassen konnte. Von den sechzehn Leuchterarmen zogen sich sechzehn Ketten aus sternförmigen Kristallprismen in sanftem Schwung zur Mitte des Kronleuchters, wo sie an eine goldene Sonne gekettet waren. Und an dieser Sonne hing als Abschluß eine azurblaue Porzellankugel, bemalt mit goldenen Sternen.
Ich fiel meinem Vater um den Hals und meiner Mutter. »Vielen Dank, Papa! Vielen Dank, Mama! Wo habt ihr ihn her? Er ist unglaublich schön!«

»Ich hab ihn für dich ersteigert. Er ist aus der alten Empfangshalle unserer Hauptfiliale.«
»Hat Ihre Firma bankrott gemacht?« fragte Peter, ohne den Blick vom Kronleuchter zu wenden.
»Bankrott?!« rief mein Vater entsetzt, »so was machen wir nicht!«
»Wieso mußte man sonst dieses Prachtstück verkaufen?«
»Weil der Werbeberater unseres Konzerns der Meinung war, eine rote, plüschige Empfangshalle und dieser Kronleuchter mit Drachen und Blitzen passe nicht zum optimistischen Erscheinungsbild einer modernen Versicherungsgesellschaft. Jetzt wird alles in Orange und Chrom designt. Es gefällt niemand, aber es ist modern.«
»Der Kronleuchter war das teuerste Objekt bei der Versteigerung«, erklärte meine Mutter stolz.
»Er ist aus feuervergoldeter Bronze«, rief Peter.
»Ist das etwas Gutes?«
»Unglaublich gut«, sagte Peter begeistert. »Das ist ein Wunderwerk alter französischer Manufaktur. Alles ist so konstruiert, daß man es problemlos zerlegen und in alle Welt verschicken kann. Jeden Leuchterarm kann man einzeln aushängen. Und jeden Ring einzeln installieren. Ich muß ein Foto davon haben.«
»Richtig, ich wollte fotografieren!« Meine Mutter rannte ins Haus.
»Ich frag mich nur, wo wir ihn aufhängen«, lachte Benedikt, »er ist so groß.«
»Im Empfangsbereich unseres Hauses würde er hübsch aussehen, meinst du nicht?« sagte Benedikts Mutter.
»Eigentlich gehört er in ein Schloß«, rief Benedikt.
»Wenn ihr jetzt keinen Platz habt«, sagte mein Vater, »müßt ihr eben warten, bis Viola ein eigenes Büro hat, und dann hängst du ihn in dein Büro.«
»Du kannst zuerst einen Ring in ein kleines Büro hängen, und wenn das Büro größer wird, zwei Ringe, und wenn du ein Schloß hast, den ganzen Kronleuchter«, sagte Peter. Und er meinte es ganz im Ernst.
Meine Mutter brachte ihren Fotoapparat. Peter wollte fotogra-

fieren. »Passen Sie auf, daß nicht nur der Kronleuchter auf den Fotos ist«, sagte mein Vater. »Auf zum Gruppenbild mit Kronleuchter!«
»Wo ist Solveig?« fragte Annabell.
»Viola, du mußt dich unter den Kronleuchter legen, mit deinem Sternenkleid!« rief Elisabeth.
Der Leuchter endete knapp einen Meter über dem Rasen, ich legte mich darunter, ohne Rücksicht auf mein Kleid. So was gibt's nur einmal. Benedikt legte sich neben mich und küßte mich.
»Lüstern küßte er sie unter dem Lüster«, flüsterte er mir zu.
Alle klatschten entzückt.
Frau Mogner, die im ersten Stock wohnt, kam auf den Balkon und klatschte auch. Herr und Frau Langholz aus der Dachwohnung kamen in den Garten herunter. Obwohl es beinahe Mitternacht war, beschloß man, zur Feier des Kronleuchters ein Gläschen Champagner im Garten zu servieren. Mutter ging den Champagner holen.
Aus dem Wohnzimmer war ein kurzes Klirren zu hören. Aus dem Wohnzimmer gellte ein Schrei. »Viola, komm!« Sekundenlang ahnte ich nicht, was passiert sein könnte.
Im Wohnzimmer vor der hohen Kommode stand ein Stuhl. Auf dem Stuhl stand Solveig und lächelte. Auf der Kommode, in unserem Modell, zwischen den Säulen, den kleinen Schreibtischen, den kleinen Sesseln, lag ein zerbrochenes Weinglas. Der Teppich, die Säulen, die Wände, die Möbel, alles war mit roten Spritzern bekleckert.
Elisabeth nahm das Modell von der Kommode. Die rote Soße auf dem Teppichboden durchzog sich langsam mit blaugrauen Schlieren – die Aquarellfarbe, mit der wir die Lichteffekte auf den Teppich gemalt hatten, löste sich auf, vermischte sich mit dem Kirschsaft. Wir waren gelähmt.
»Wie hat sie das geschafft?« fragte ich schließlich.
Solveig lächelte, stellte sich auf dem Stuhl auf die Zehenspitzen, machte eine schwungvolle Handbewegung. »Ich will den Scheißwein nicht«, sagte sie.
Mir wurde schlecht. Solveig hatte das Modell erreicht, weil ich

ihr das Weinglas mit dem langen Stiel gegeben hatte. Mit einem normalen Glas hätten die entscheidenden Zentimeter gefehlt. Wir hatten dieses Modell gehütet wie die Kronjuwelen, und nun... ich hätte heulen können... hätte nicht Elisabeth schon geheult.

»So viele Wochen Arbeit«, heulte Elisabeth, »und sie läßt dieses Kind unser Modell kaputtmachen.«

»Verdammte Scheiße, das verbitte ich mir«, schrie Annabell, »ich habe dieses Kind nichts kaputtmachen lassen!«

Solveig fing zu plärren an.

Ich stellte mich vor Annabell, um Elisabeth ihren Anblick zu ersparen. Ich umarmte Elisabeth. Ich hatte sie noch nie heulen sehen. »Diese wahnsinnige Arbeit«, schluchzte Elisabeth, »warum haben wir es nicht sofort fotografiert?«

»Du wolltest warten, bis dir deine Tante das Geld für das Makro-Objektiv schenkt«, sagte ich leise, ich hatte Angst, es könnte wie ein Vorwurf an Elisabeth klingen. Ich war froh gewesen, daß Elisabeth sich das Objektiv kaufen wollte, ich hätte auch kein Geld gehabt, um so ein teures Objektiv für meinen Apparat zu kaufen.

»Morgen will meine Tante mir das Geld geben. Morgen ist ein Tag zu spät!«

»Wir nehmen es mit«, sagte Benedikt, »Viola hat in den nächsten Wochen genügend Zeit, um es zu reparieren.«

»Ich habe auch genügend Zeit!« heulte Elisabeth. »Wenn ich den Job bei Hagen und von Müller nicht bekomme und was anderes suchen muß, dann habe ich kein Modell und keine Fotos!«

»Du bekommst den Job«, sagten Benedikt und ich gleichzeitig.

Und mein Vater sagte: »Da muß Annabells Haftpflichtversicherung zahlen. Wir beweisen, daß Annabell ihre Aufsichtspflicht nicht verletzt hat. Das Problem ist nur die Wertbestimmung des Modells.«

Annabell tappte mit dem Finger in die Soße auf dem Teppichboden, leckte stirnrunzelnd an ihrem Finger: »Sag mir bitte, Solveig, hat dir die Viola gesagt, das ist Wein in dem Glas?«

Solveig plärrte und nickte.

»Und du hast gemerkt, daß es kein Wein ist, ja?«
Solveig nickte plärrend wieder.
Jeder schrak zusammen, als Annabell schrill schrie: »Viola hat die Solveig angelogen! Zum ersten Mal in ihrem Leben ist mein Kind belogen worden!«
Jetzt war es soweit: Solveig kreischte tobsüchtig, warf sich auf den Boden und haute mit ihren Fäusten gegen die Beine meiner Mutter.
»Ein Kind spürt so was!« schrie Annabell. »Die Solveig hat darauf unheimlich richtig reagiert!«
Wir standen noch wie erstarrt, als mein Vater brüllte: »Du bringst jetzt das Kind ins Bett!«
Abrupt beendete Solveig ihr Gebrüll.
Annabell nahm Solveig auf den Arm und ging langsam zur Tür. An der Tür drehte sie sich um und sagte mit tieftrauriger Stimme: »Für euch ist nur ein Modell kaputtgegangen. Etwas Totes aus Beton und Plastik. Aber für die Solveig ist eine ganze Welt in Scherben zersprungen! Du, Viola, hast ein Kind gelehrt, was Lüge ist.« Annabell knallte die Tür hinter sich zu.
Nun mußte ich auch heulen. »Beton und Plastik – diese blöde Kuh!«
»Schluß jetzt«, sagte Elisabeth, »fangen wir eben von vorne an.«
»Sehr gut, Mademoiselle Elisabeth«, sagte Herr Engelhardt, »verzweifeln Sie bitte nicht. Sehen Sie, eine Säule ist sogar völlig intakt.«
»Noch eine hohe Säule zeugt von verschwund'ner Pracht«, deklamierte mein Vater trübsinnig.
Benedikts Mutter fuhr fort: »Auch diese, schon geborsten, kann stürzen über Nacht, versunken und vergessen – Benedikt, wie geht es weiter? Als Kind konntest du das wie am Schnürchen runterrasseln. Von Ludwig Uhland ›Des Sängers Fluch‹, das hat dir so gefallen.«
»Das war Solveigs Fluch«, sagte Elisabeth. »Schluß jetzt, ich werde es renovieren.«
»Wir bekommen von der Haftpflicht eine Entschädigung für den Wiederaufbau der ruinierten Bankfiliale, ich kümmere mich drum«, sagte mein Vater.

»Gottseidank«, sagte ich. Manchmal sind Versicherungen doch praktisch.
»Vielleicht sollten wir den Kronleuchter einpacken, ehe er vom Baum fällt«, schlug Peter vor.
Ja. Wir gingen hinaus in den Garten, lösten die Kristallblitze von den Drachenzungen, verpackten sie einzeln, zerlegten unter Peters Anleitung das Prunkstück so, wie es in drei Holzkisten verpackt gewesen war.

Es war zwei Uhr morgens, bis schließlich alle Gäste gegangen waren. Peter half Elisabeth, das Modell nach Hause zu bringen. Niko ließ sogar sein Auto stehen und brachte Benedikts Mutter mit dem Taxi zu ihrer Pension. Benedikt und ich halfen meinen Eltern bis kurz vor drei beim Aufräumen. Ehe wir in unsere Wohnung zurückfuhren, gingen wir beide noch einmal in den Garten, standen im Finstern unter dem Baum, an dem der Kronleuchter gestrahlt hatte.
»Was denkst du?« fragte Benedikt.
»Ich denke, daß alles ganz toll ist und trotzdem noch toller wird. Und du?«
Benedikt küßte mich: »Das denke ich auch.«
Ich küßte Benedikt.
Es war eine merkwürdige Stimmung – ich war komplett verwirrt. Unser traumhaftes Modell, unsere Arbeit war zerstört worden. Und gleichzeitig hatte ich diesen traumhaften Kronleuchter geschenkt bekommen. Eigentlich, dachte ich, brauche ich das Modell gar nicht mehr. Für mich war es eher der Abschluß, das Symbol meiner Vergangenheit. Der Kronleuchter war das Symbol, der Beginn meiner Zukunft. Oder?
Ich sah Benedikt an, dann sah ich zum Himmel.
Der Himmel hing voller Kronleuchter.

2. Kapitel

Die Abfahrt in unser neues Leben verschob sich auf die letzte Minute. Benedikts Architektenkarriere begann am Freitag, dem 1. September, aber mein Onkel hat ihm den Freitag geschenkt für den Umzug. Das war sehr günstig für uns, denn der Mann von der Umzugsspedition hatte erklärt, wenn unsere Sachen am Samstag eingeladen und erst am Donnerstag in unserer neuen Wohnung ausgeladen würden, könnte die Spedition in der Zwischenzeit eine kleinere Fracht zuladen, und dadurch würden unsere Kosten fast halbiert. Mein Vater hatte das, wie üblich, optimal für uns ausgehandelt. Und es war wirklich besser, sich zuerst einige Tage einzuleben und nicht sofort mit dem Einrichten beginnen zu müssen. Ich war wahnsinnig gespannt auf das villenähnliche Großfamilien-Haus von Benedikts Mutter. Ich würde das ehemalige Zimmer von Benedikts Schwester Medi bekommen. Wir hatten alles besprochen.

Endlich, spät am Sonntagnachmittag, fuhren wir los. Als wir auf der Autobahn an dem Frankfurter Stadtteil vorbeifuhren, wo ich mit meinen Eltern früher gewohnt hatte, klopfte mein Herz vor Freude: Ich kehrte in die Heimat zurück unter den glücklichsten Umständen! Mit brillantem Examen! Mit brillanten Berufsaussichten! Und – es klingt kitschig, aber so ist es: mit dem brillanten Mann meines Herzens an meiner Seite!!!

Den Vorort, in dem Benedikts Mutter wohnt, kannte ich nicht, und das Haus lag im Dunkel, als wir in der Münzbergstraße 19 ankamen. Benedikt hupte dreimal, schon stand seine Mutter in der Tür: »Mein Junge, willkommen daheim! Ich bin so glücklich, weil du zurück bist!« Sie sah jünger aus als vorletzte Woche, sie trug einen orangeroten Jogginganzug, ein interessanter Kontrast zu ihrer grauen Ponyfrisur.

Größte Begrüßung. Lachend zeigte sie auf ein vergilbtes Schild in einer Plastikhülle, mit Pflasterband an die Tür gepappt. Darauf stand in krummer Kinderschrift: »Ich bin so glüklich weil du zurük bist!!!« Oben war links eine lachende Sonne gemalt, unten eine stromlinienförmige Lokomotive, die schwarze Rauchwolken von sich gab.

»Das hast du gemalt, als ich damals im Krankenhaus war, als ich die gutartige Zyste an der Gebärmutter hatte, da warst du acht Jahre alt!« rief Benedikts Mutter.
»Eine E-Lok mit Rauchwolken«, lachte Benedikt.
»Du warst schon als Kind so kreativ!«
Ich ging als letzte ins Haus. Als ich die Tür zumachte, sah ich, daß es anfing zu regnen.
Der Flur war düster.
»Ich soll herzlich von Medi grüßen, sie ist bis nächsten Sonntag mit ihrem ständigen Verehrer in Urlaub, sonst wär sie natürlich zur Begrüßung gekommen«, sagte Benedikts Mutter, machte das Licht im Wohnzimmer an und den Fernseher aus.
Ich erschrak, als ich mich umsah. Es war ein langes Zimmer, genauer: zwei ineinander übergehende Zimmer, an beiden Stirnseiten ein Fenster. Im rechten Teil ein Eßtisch mit cremebräunlicher Häkeldecke. Stühle aus dunkler Eiche. Die Lampe über dem Tisch war handgeschnitzt, auf fünf klobigen Balken saß je eine Glühbirne, die ein gerüschtes Häubchen aus Plastikstoff mit Leinenstruktur trug. In der Mitte des Zimmers ein massiger Schrank aus hellem Ahornholz mit verglastem Mittelteil. Auf der oberen Glasplatte standen ein gelbes, ein rotes, ein blaues und ein grünes Weinglas, die makellosen Papieraufkleber ›Echt handgeschliffenes Kristall‹ bewiesen, daß die Gläser niemals benutzt worden waren. Auf der mittleren Glasplatte links ein Rauschgoldengel und diverse kleinere, aus Wollfäden geknüpfte Engel, rechts aus Knetmasse geformte Eierbecher, in denen von Kinderhand bemalte Ostereier steckten. Jedes zweite Osterei trug einen handgehäkelten Eierwärmer als Mütze. Zwischen Engeln und Eiern stand eine große Flasche Klosterfrau Melissengeist. Der Blick in die Vitrine war ein Blick in eine andere Kultur. Hilfesuchend sah ich Benedikt an.
»Mach mal mehr Licht«, sagte er.
»Ich mach dir deine Knutschbeleuchtung an.« Lachend knipste seine Mutter einen Leuchtglobus auf einem Tischchen neben dem Fernseher an. Im bläulichen Licht des Globus wirkte das braungrüne Bäumchenmuster der Tapete wie endloser Schimmelkäse.

Links und rechts vom Schrank hingen Kunstdrucke, auf Spanplatten aufgezogen. Auf der einen Seite van Goghs Sonnenblumen, passend zu den Sonnenblumen waren die Kanten der Spanplatten sonnenblumengelb lackiert. Auf der anderen Seite van Goghs Schwertlilien, mit blauen Kanten. Beim Fernseher eine Sitzecke: zwei Sessel mit grünem Noppenstoff bezogen, die Sitzflächen mit braunem Plastik. Die Krönung war ein dreibeiniger Mosaiktisch, mit einer nierenförmig gebogenen Version von van Goghs Selbstporträt mit abgeschnittenem Ohr. Ich sah sprachlos auf den Tisch.

»Den hat meine Tochter gestaltet«, erklärte Benedikts Mutter, »Medi ist auch so künstlerisch veranlagt.« Dann zeigte sie auf eine schmale ausgeklappte Schlafcouch beim Fenster, darauf lag eine Decke mit orange-braunem Zackenmuster: »Hier darfst du schlafen, wir gehen jetzt rauf in Benedikts Zimmer.«

Eine Holztreppe führte nach oben. Jede Stufe knarrte anders. Benedikt spielte Reiseführer: »Hier sehen wir das Klo«, er zeigte auf die Tür rechts neben der Treppe, »dann das Bad«, er zeigte auf die nächste Tür rechts, »es folgt Muttis Schlafzimmer, dann mein Gemach, dann Medis Zimmer.«

In Benedikts Gemach war die Zimmerdecke mit Styroporplatten beklebt, im Würfelmuster abwechselnd eine Platte blau, eine orange bemalt! »Hast du das gemacht?!«

Benedikt lachte: »Blau und Orange waren früher meine Lieblingsfarben.«

»Da warst du deiner Zeit weit voraus«, sagte seine Mutter, »die anderen hatten das erst Jahre später.«

Ich mußte lachen, es war das Zimmer eines Vierzehnjährigen. Genauer gesagt: das Zimmer eines Vierzehnjährigen, der vor vierzehn Jahren vierzehn war. An der Wand entlang in zwei Reihen Regalbretter, darauf wenige Bücher und viele Modellautos. Über den Regalbrettern hingen, auf Spanplatten aufgezogen, vier Fotos von alten Rennwagen mit orangelackierten Kanten, dann die brennende Giraffe von Dali mit blaulackierten Kanten und zwei expressionistische Bilder von nackten Mädchen, rosa umrandet. Am Fenster ein sogenannter Jugendschreibtisch, Fichtenholzimitation aus Resopal. Links ein Schrank, mit Folie

beklebt, Limbaholzimitation aus d-c-fix. An der anderen Wand ein schmales Bett aus Buche. In dieses Bett paßten nicht mal zwei Ölsardinen.
Benedikts Mutter schüttelte ein verwaschenes blau-orangegestreiftes Kopfkissen. »Dein Lieblingsbettbezug«, sagte sie stolz.
»Mein Geschmack hat sich ein bißchen geändert«, lachte Benedikt, »außerdem haben wir unser eigenes Bettzeug im Auto mitgebracht.«
»Um dir keine Mühe zu machen«, sagte ich.
»Wie du willst.« Seine Mutter klang deutlich enttäuscht.
Draußen flüsterte ich Benedikt zu: »Ich glaube, deine Mutter will nicht, daß wir zusammen schlafen.«
»Glaubst du?«
»Und dein Bett ist zu eng für uns beide«, flüsterte ich, »und die Couch unten auch. Aber ich will nicht allein unten schlafen. Ist im Zimmer deiner Schwester kein Bett?«
Benedikt versuchte sich zu erinnern.
»Frag doch deine Mutter.«
Benedikt rief durchs Treppenhaus hinauf: »Viola kann in Medis Zimmer schlafen, oder?«
»Benedikt, das muß Medi selbst entscheiden«, rief seine Mutter zurück. »Es sind ja ihre Sachen in ihrem Zimmer. Du mußt warten, bis sie zurückkommt.«
»Ach so. Ist das schlimm?« fragte mich Benedikt.
»Nein.« Eigentlich war ich so müde, daß ich sofort und überall hätte einschlafen können.

Es wurde Mitternacht, bis wir den BMW ausgeladen hatten. Benedikt hatte Hunger. »Ich hab Salami gekauft, die ißt du so gerne«, sagte seine Mutter.
Es war mir neu, daß Benedikt gern Salami ißt. Also setzten wir uns an den Tisch mit der Häkeldecke, und seine Mutter brachte Salami, Brot und gartenfrische Tomaten. »Wann mußt du morgen im Büro sein?« fragte sie.
»Um acht. Das ist der Nachteil an dem Job, man muß so früh anfangen, weil die Handwerker so früh anfangen.«

»Da mußt du spätestens um sieben aufstehen. Ich bin mehrmals zu deinem Büro probegefahren, du brauchst im Durchschnitt fünfunddreißig Minuten. Und du mußt vorher in Ruhe frühstükken. Und wo willst du mittagessen? Diese Woche habe ich noch Schulferien, aber nächste Woche kannst du in der Mittagspause zu dem Griechen kommen, wo Medi und ich so gerne essen.«
»Ich kann jetzt nicht sagen, wo ich esse. Ich muß sehen, wie das die Kollegen handhaben.«
»Bei unserem Griechen ist das Preis-Leistungs-Verhältnis sehr gut, und er ist nur fünfzehn Minuten von deinem Büro entfernt. Und wann kommst du abends wieder?«
»Ich hoffe, ich bin gegen sieben zurück. Hoffentlich machen die Kollegen nicht zu gerne Überstunden.« Benedikt gähnte.
»Du mußt ins Bett«, rief Benedikts Mutter, »sofort! Deine Viola kann sich hier in der Küche waschen, es ist ja alles so praktisch bei uns. Da bist du oben ungestört.«
»Gut«, gähnte Benedikt, »ich komm dann noch mal runter.«
Ich half seiner Mutter, die Teller in die Küche zu tragen. Die Küchenwände waren halbhoch mit einer gelblichen Ölfarbe gestrichen, überall Fettspritzer, an denen der Staub pappte. An der rissigen Decke warf abgeplatzte Farbe Schatten wie Messer.
Alles war so altmodisch wie im Wohnzimmer. Nur die Tiefkühltruhe war neu. Auf dem Küchentisch eine scheußliche braun-orange-weiß-karierte Plastikdecke. Über dem Tisch wieder ein Kunstdruck auf Spanplatte: Das Schlaraffenland von Brueghel, mit den schlafenden Bauern, denen die gebratenen Gänse ins Maul fliegen. »Das war immer Benedikts Lieblingsbild«, erklärte seine Mutter. »Gute Nacht.«
»Gute Nacht, schlaf auch gut.« Ich sah ihr nach, wie sie in ihrem orangeroten Jogginganzug die Treppe hinaufknarrte. Ich kramte aus meiner Reisetasche mein Gesichtswasser und meine Nachtcreme und putzte mir die Zähne über der Spüle. Viel zu müde, um mich zu waschen.
Die Treppe knarrte wieder, Benedikt kam. »Herzchen«, er küßte mich, »sei nicht traurig, daß ich jetzt allein schlafen muß. Träum schön.«
»Träum auch schön, bis morgen, Herzchen«, sagte ich und küßte ihn. Dann mußten wir beide gähnen und lachen.

Noch lang nachdem ich im Wohnzimmer den Leuchtglobus ausgeschaltet hatte, flimmerten die schimmelähnlichen Bäume des Tapetenmusters vor meinen Augen. Irgendwie hatte ich mir Benedikts Mutterhaus anders vorgestellt. Und alles war so niedrig hier. Wo sollte ich meinen Kronleuchter aufhängen?
Als ich einschlief, hatte ich das Gefühl, als würde der Regen von beiden Seiten des Zimmers gegen die Scheiben schlagen.

3. Kapitel

Am ersten Tag in meiner neuen Heimat wachte ich auf von einem grünlichen Dämmer umgeben, sah auf meine Uhr, riß die grünlichen Vorhänge auf, es war wahr, es war kurz vor neun. Benedikt hatte an seinem ersten Arbeitstag verschlafen! Ich warf mich in meine Jeans, rannte die Treppe hoch. In Benedikts Zimmer war Benedikts Mutter, im grüngrauen Jogginganzug staubte sie die Modellautos auf dem Regal mit einem Handbesen ab.
»Benedikt hat verschlafen! Guten Morgen!«
Sie lächelte: »Nein, er ist sehr pünktlich weggefahren, Punkt 7 Uhr 20. Ich hab ihm zur Feier des Tages das Frühstück ans Bett gebracht, das hat er als Kind so geliebt, da bekam er am Geburtstag immer das Frühstück und die Geschenke ans Bett. Ich dachte, in Benedikts Alter ist ein erster Berufstag sogar wichtiger als ein Geburtstag.«
Ich ärgerte mich, daß ich Benedikts wichtigen Tag verschlafen hatte. »Ich war kaputt vom Umzug«, sagte ich zu meiner Entschuldigung, und zu Benedikts Entschuldigung, »deshalb hat mich Benedikt auch nicht geweckt. Ich hab geschlafen wie ein Stein.«
»Benedikt hat vor Aufregung die ganze Nacht kein Auge zugetan.«
Ich schwor mir, morgen früher aufzustehen, ging hinunter ins Wohnzimmer, ich brauchte dringend Kaffee, um wach zu werden. Aber ich konnte Benedikts Mutter schlecht bitten, exakt

in dem Moment, in dem ich wach wurde, für mich Kaffee zu machen. Ich mußte also abwarten.

Der Staub flirrte durch die Luft, es war wunderbar ruhig im Haus, nur mein Magen knurrte. Endlich hörte ich Benedikts Mutter in die Küche gehen, hörte Radiogedudel und ging auch in die Küche. Sie saß am Küchentisch und blätterte in einem Reklameblättchen.

»Kann ich einen Kaffee haben?«

Sie deutete mit einer Bewegung ihrer Zeitung auf ein Tablett, auf dem eine verbeulte Thermoskanne stand und ein Teller mit einem Brötchen. »Es muß noch Kaffee in der Kanne sein, Benedikt war zu nervös, um richtig zu frühstücken.«

In der Kanne war nur ein Schluck lauwarmer Kaffee.

»Ach, Benedikt hat mir gar nicht gesagt, daß er soviel Kaffee trinkt. Meine Medi trinkt nur Tee. Medi findet sogar, daß Kaffee etwas Proletarisches an sich hat, aber ich sehe das nicht so eng.«

In mir wallte ein Gefühl der Dankbarkeit auf, daß sie das nicht so eng sah. Langsam aß ich das Brötchen und überlegte, wie ich Benedikts Mutter beibringen konnte, daß ich morgens mindestens zwei ganze Tassen Kaffee brauchte. Es fiel mir nichts ein. Zweifellos erwartete sie, daß ich mich in ihrem Haushalt selbst versorge, und das war mir natürlich hundertmal lieber als mich von ihr bedienen zu lassen. Ich war nicht als Gast gekommen, sondern für immer. »Ich hätte gern etwas mehr Kaffee«, sagte ich schließlich, und dann fügte ich hinzu: »Ich weiß nur nicht, wo dein Kaffee ist, Nora.« So! Ich hatte es geschafft! Ich hatte sie mit Vornamen angeredet! Gleich am allerersten Tag hatte ich es geschafft! Schon war das Eis gebrochen. Ich lächelte sie an.

»Alles links unten im Küchenschrank, aber nicht den Tee in der roten Packung nehmen, der ist für Medi, wenn sie uns besucht, den hat einer ihrer Verehrer extra in London besorgt.«

Ehrfurchtsvoll betrachtete ich die rote Teepackung, fand die Filtertüten, einen Plastikfilter und ein verknautschtes Kaffeepäckchen. Es waren fünf oder sechs Kaffeebohnen drin. Ganze, ungemahlene Bohnen. Das reichte höchstens für eine Tasse. Um meine Enttäuschung zu verbergen, sagte ich: »Mahlst du den Kaffee jedesmal frisch?«

»Sicher, Benedikt meint, es ist ein himmelweiter Unterschied zwischen abgestandenem Pulver und frischen Bohnen.«
»Ja«, sagte ich, obwohl das Kaffeepulver bei uns niemals abgestanden ist, weil wir soviel Kaffee trinken. »Ich werde mal gehen und Kaffee kaufen, er reicht auch nicht für Benedikts Frühstück morgen.«
Nora erklärte mir den Weg zur Bäckerei zwei Straßen weiter, dort gebe es immer frischen Kaffee, dort kaufe sie auch die Frühstücksbrötchen. Ich freute mich, einen Spaziergang in der Morgensonne machen zu können. Es war alles so friedlich hier. Unsere Straße bestand aus Einfamilienhäuschen und Zweifamilienhäuschen mit Ziegeldächern, alle in den fünfziger Jahren gebaut, vor den Küchenfenstern und an den Haustüren diese typischen Fünfziger-Jahre-Gitter, komponiert aus drei schrägen Stangen, die unterschiedlich große Kreise oder längliche Rechtecke durchschneiden. Auch die Gartenzäune erinnerten daran, was Handwerker in den fünfziger Jahren als ultramodern gepriesen hatten. In der nächsten Straße waren die Häuser älter und vier bis fünf Stockwerke hoch, das war die Einkaufsstraße. Ich passierte drei Jeansboutiquen, einen Friseur, zwei Geschenkartikelboutiquen, drei Bankfilialen, einen Drogeriemarkt, zwei Lädchen für Modeschmuck, einen Lebensmittelmarkt, eine Apotheke, einen Optiker, zwei Goldschmiede, eine Boutique mit bemüht flippigen Klamotten – alles nichts Besonderes, auch nichts besonders teuer. Es war wie überall, hier konnte man leben.
Ich kaufte ein Pfund Kaffee, ungemahlen. Wenn Benedikts Mutter – beziehungsweise Nora – meinte, täglich frisch gemahlen sei besser – wegen solcher Kleinigkeiten streitet man sich nicht. Und zwei Stück Kuchen, ich aß beide sofort, ich hatte solchen Hunger.
In meiner Handtasche war der braune Umschlag mit den achttausend Mark, den mir mein Vater als Entschädigung für die Renovierung seiner Wohnung zugesteckt hatte. Achttausend Mark für meine Möbel, Einbauten und all meine Arbeitszeit. Außerdem hatte er für das Geld den Ohrensessel bekommen, den ich bei meinem Antiquitätenhändler gekauft und selbst restauriert

hatte, er stand jetzt in seinem Arbeitszimmer, das gute Stück sollte nicht von Solveig zerstört werden.
Es war riskant, soviel Geld durch die Gegend zu schleppen. Ich mußte hier ein Konto eröffnen. Mein früheres Konto zum Studententarif war prompt nach Studienende von der Bank in ein normales Konto umgewandelt worden, mit extra teuren Kontoführungsgebühren, deshalb hatte ich es aufgelöst und beschlossen, an meinem neuen Wohnort eine andere Bank zu suchen. Aber nicht heute.
Als ich eine Telefonzelle sah, fiel mir ein, daß ich meiner Mutter mitteilen sollte, daß wir gut angekommen waren, das wollte ich sofort machen.
»Ich will ans Telefon«, meldete sich Solveig.
»Solveig, hallo, hier ist die Viola, bitte hol mal deine Oma.«
»Ich will nicht«, sagte Solveig und legte auf.
Verdammt. Meine Mark war verloren. Das war auch so eine neue Plage, ständig ging Solveig ans Telefon. Wieso war Solveig überhaupt Montag frühmorgens bei meinen Eltern? Annabell wollte doch gleich gestern abend unsere ehemalige Wohnung in Beschlag nehmen!? Beim zweiten Versuch warf ich vorsichtshalber nur Zehner ein.
»Ich will ans Telefon.«
»Hol die Oma, sonst mach ich deinen Videorecorder kaputt!«
Solveig legte nicht auf. Ich wartete und wartete, meine Zehner rasselten durch. »Hol die Oma«, brüllte ich so laut ich konnte, nichts regte sich. Ich legte auf, versuchte es mit den letzten Zehnern noch mal. Besetzt.
Also würde ich meinen Vater im Büro anrufen, seine Büronummer wußte ich nicht auswendig, ich würde ihn von zu Hause anrufen. – Hatte ich schon ›zu Hause‹ gedacht? Ja. – Innerlich wußte ich bereits, daß ich hier zu Hause war. Ich sah alle Leute, die mir begegneten, genau an, sicher würde ich bald jemanden treffen, den ich von früher kannte, und sicher würde ich bald viele neue Bekanntschaften machen. Dies war meine Heimat.

»Deine Mutter hat angerufen«, rief Nora aus der Küche, »ich hab ihr gesagt, daß Benedikt schon fleißig am Arbeiten ist, schönen Gruß an dich soll ich ausrichten.«

Als ich erzählte, daß mich Solveig zweimal am Telefon abgehängt hat, lachte sie: »Benedikt hat als Kind auch so gern telefoniert.«
Endlich bekam ich meinen Kaffee. Nora war bereit, ein Täßchen mitzutrinken. Im Radio lief ein Wunschkonzert für Autofahrer, daheimgebliebene Ehefrauen grüßten ihre Männer: »...hier ist die Julia Hübner aus Aschaffenburg, ich grüße meinen Mann, der mit einem beigen Toyota Corolla mit dem Kennzeichen AB–M758 im Raum Aschaffenburg unterwegs ist.« – Ich fragte mich, warum die grüßende Ehefrau die Autonummer des gegrüßten Ehemannes so sorgfältig aufsagte, als würde sie einen Geheimcode aufrufen – kannte ihr Mann eher die Autonummer als den Namen seiner Frau?
Nachdem ich genügend Kaffee getrunken hatte, wollte ich unsere Koffer ausräumen, aber wohin mit unseren Sachen?
»Benedikts Sachen hab ich schon in seinen Schrank geräumt«, antwortete Nora.
Ich erschrak etwas. Wir hatten alles durcheinander in die Koffer gepackt. Und ich hatte für die Umzugswoche, wie für eine Ferienwoche, meine schönsten Slips eingepackt, die mit den eingestickten Wochentagen. Was Benedikts Mutter gedacht hatte, als sie den Slip sah, auf dem ›Samstag‹ eingestickt war? Er war knallrot und bestand aus nichts als Spitze. Ich wurde ein bißchen knallrot, sagte aber lässig: »Dann werde ich vorläufig meine Sachen dazuhängen« und ging hinauf in Benedikts Zimmer.
Unsere Koffer lagen offen auf dem Bett. Alles, was mir gehörte, war noch drin. Und Benedikts schwarze Tangaslips. Da wird sich seine Mutter noch wundern, wenn sie merkt, daß ihr Sohn auch schwarze Unterwäsche hat.
Ich inspizierte den großen Schrank: Er war vollgestopft. Mit Klamotten, die ich nie an Benedikt gesehen hatte – ein kinderkleiner, gelber Anorak, riesige ausgeleierte bordeauxrote und flaschengrüne Rollkragenpullis, Hosen total aus Trevira. In den Fächern seltsame Hemden, kariert wie Küchenhandtücher. Wann hatte Benedikt senfgelbe Frotteesocken getragen? Wann würde Benedikt jemals wieder diesen orange-blauen, waschmaschinenfesten Acrylrollkragenpulli voller Faserklümpchen an-

ziehen? Ich konnte mir nicht vorstellen, was geschehen müßte. Ich ging wieder hinunter. »In Benedikts Schrank ist kein Platz mehr.«
»Ja, seine Garderobe ist ausgesprochen gut sortiert.«
»In den gelben Anorak paßt er aber nicht mehr rein.«
»Der war immer sein Lieblingsstück! Und irgendwann wird alles wieder Mode.«
Was sollte ich jetzt tun? Benedikts Mutter – beziehungsweise Nora – erwartete, daß ich mich selbst um meinen Kram kümmerte, und das war mir recht. Ich knarrte wieder hinauf... und schlich von Benedikts Tür zu Medis Tür. Da war bestimmt auch ein Schrank. Vorsichtig, Nora sollte mich nicht hören, drückte ich die Klinke runter. Abgeschlossen. Was hatte das zu bedeuten? Hatte es was zu bedeuten? Ich mußte abwarten. Vorläufig jedenfalls.
Also besichtigte ich statt dessen das Bad. Es war fast so groß wie Benedikts Zimmer. Ein Steinfußboden wie in der Küche, eine freistehende Wanne mit abgeplatztem Emaille, ein riesiger Boiler. Auf einem graulackierten Holztisch aufgereiht Benedikts Rasierapparat, Benedikts After Shave, seine Zahnbürste, seine Haarbürste, sein Kulturbeutel. Noras Kosmetik-Utensilien standen ebenso ordentlich aufgereiht auf der Glasplatte über dem kleinen Waschbecken: eine Dose Nivea, eine Flasche 4711, eine verpackte Palmolive-Seife, und, ich staunte, eine Flasche Linique ›Dramatically Different Moisturing Lotion‹ und ein Lippenstift in einer protzigen Goldhülse von Helena Rubinstein.
Wahrscheinlich waren das Linique und der Rubinstein-Lippenstift Muttertagsgeschenke von Benedikt oder Medi, wahrscheinlich nie benutzt. Ich sah mir den Lippenstift genauer an, drehte ihn hoch: aufgebraucht bis zum Anschlag. Ich werde ihr einen neuen schenken, zum unehelichen Schwiegermuttertag.
Ansonsten gab es nichts Bemerkenswertes im Bad: auf einem eierschalengelblichen Küchenstuhl vier Frotteehandtücher, schon von weitem sahen sie kratzig aus. Unter dem Stuhl eine Großsparflasche Fichtennadelschaumbad. In der Ecke eine Waschmaschine und rechts an der Wand ein Kunstdruck – sinnigerweise die Frau im Bad von Ingres. Das Kunstdruckpapier

hatte sich im Lauf der Jahre durch Badewasserdampf aufgeworfen, die schöne Nackte war mit Blasen übersät. Der vergilbte Lack, mit dem der Kunstdruck überzogen war, splitterte auf ihrem Rücken, als hätte sie Sonnenbrand. Ich mußte lachen. Irgendwann war in diesem Haus die Zeit stehengeblieben. So etwa vor zwanzig, dreißig Jahren. Ja, etwa zur Zeit von Benedikts Geburt war in diesem Haus die Zeit stehengeblieben.

Ich ging hinunter. Nora schnitt in der Küche Tomaten.

»Wie kommt man raus in den Garten, Nora?«

»Durch das ehemalige Spielzimmer der Kinder.« Sie ging mit, um es mir zu zeigen. Das ehemalige Spielzimmer war eine Art Wintergarten, ein verglaster Vorbau, sieben Quadratmeter klein. In der Mitte ein dreifüßiges Blumentopfständer-Gestell aus gebogenem Bambus, auf verschiedenen Höhen abzweigende Holzbrettchen, auf die man je einen Blumentopf stellen konnte. Es waren aber keine Blumentöpfe drauf, nur Spitzendeckchen aus Plastik. An einer Wand ein omaaltes Sofa mit gerader Rükkenlehne, vermutlich Jahrhundertwende, der Bezug vermutlich aus der zweiten Hälfte des zwanzigsten Jahrhunderts. Außerdem befanden sich in diesem ehemaligen Spielzimmer Stapel alter Blumentöpfe und Obstkisten. Und ein Holztischchen, eierschalengelblich wie der Stuhl im Bad. An allen Fenstern Staub und Spinnweben.

»Ein Paradies für Kinder«, sagte Benedikts Mutter – also Nora.

Ja, sicher, aber dieses Haus war auch für jede Innenarchitektin ein Paradies. Diese Möglichkeiten der Renovierung! Je scheußlicher, je vergammelter etwas ist, desto phantastischer die Renovierung.

Vom ehemaligen Spielzimmer führten drei Stufen in den Garten. Der Garten war etwa zehn Meter breit, kaum breiter als das Haus, und etwa zwanzig Meter lang. Vor dem Wohnzimmerfenster ein betonierter Fleck, dort standen drei dunkelgraugrüne Gartenlokal-Stühle und ein runder Tisch mit verbeulter Blechplatte. Es sah malerisch aus, wie in einem vergammelten französischen Bistro. Nur der Tannenbaum direkt vor der Beton-Terrasse wirkte sehr deutsch. Ich finde, diese Tannenbäume, die zum gegebenen Zeitpunkt zu Weihnachtsbäumen umfunktio-

niert werden, haben die sparsame Spießigkeit von Mehrzweckgeräten.
Links am Gartenzaun entlang wuchsen Tomaten. Hinten, wo der Garten ans nächste Haus grenzte, mehr Tomaten. Ich identifizierte auch Küchenkräuter, Bohnen und Salat. Zwei Bäume, einmal kleine grüne Birnen, einmal Pflaumen. Dahinter unidentifizierbares flaches Gemüse. Vor der Beton-Terrasse wuchsen einige Blumen von der dauerhaften Sorte: Löwenmäulchen, orangerote Ringelblumen und ein lila Kraut.
»Benedikt wollte als Kind überall Tomaten«, sagte Nora, »aber Medi wollte lieber Blumen. Da muß man als Mutter einen Kompromiß finden.«
Überall Blumen hätte ich schöner gefunden. Schöne Blumen. Vor meinem Innenarchitektinnen-Auge entstand ein buntes Blumen-Chaos wie auf einem impressionistischen Gemälde. Oder lieber alle Blumen in Weiß und Blau? Die Bohnen könnte man stehenlassen als natürlichen Grünzaun zum Nachbargrundstück. Und dazwischen Clematisranken, blaublühende und weißblühende abwechselnd. Und zwischen dem Salat große Margeritenbüsche? Blaue Hortensien sind auch was Dekoratives, dachte ich beim Anblick von drei langweiligen Johannisbeersträuchern. Warum nicht Gemüse und Blumen durcheinander pflanzen? Rosen zwischen Rosenkohl? Oder Rosen zwischen Tomaten? Wenn Benedikt Tomaten so liebte...
»Schade, daß Benedikt nicht mit uns essen kann, er ißt so gern auf der Terrasse«, sagte Nora. Sie ging ins Haus zurück, kam wieder und legte die braun-orange-weiß-karierte Plastikdecke aus der Küche auf den Gartentisch. Nun sah es nicht mehr aus wie in einem vergammelten Bistro, eher wie in einer vergammelten Kneipe. Na ja.
Dann zeigte sie mir das Porzellan im Wohnzimmerschrank. Ich durfte es auf die Terrasse tragen. Das Porzellan war nicht aus den 50er Jahren wie die sonstige Einrichtung hier, es war ungefähr aus den 40er Jahren, Pseudo-Art-Deco, cremefarben mit braunen Ecken wie Treppenstufen, aus jeder Stufe bog sich ein abstraktes Blümchen abwechselnd nach links oder rechts. Dafür war das sogenannte Silber, das ebenfalls im Wohnzimmer-

schrank aufbewahrt wurde, relativ modernes Stahlbesteck mit braunen, holzmasergeprägten Plastikgriffen. – Ob Nora mein weißes Service zu schlicht finden würde? Und mein versilbertes antikes Aussteuerbesteck nicht modern genug?
»Bei mir gibt es immer Nachspeise, auch wenn die Kinder nicht da sind«, rief sie aus der Küche.

Es gab sogar eine Vorspeise: Tomatensalat. Der Hauptgang war ein Bohnen-Erbsen-Tomaten-Eintopf, in den sie ein paar Würstchen geschnitten hatte. »Nächste Woche, wenn die Schulferien vorbei sind, gehe ich mittags wieder mit Medi essen. In den Ferien und wenn Medi nicht da ist, koche ich jeden Sonntag einen Gemüseeintopf, friere mir Portionen ein, so habe ich die ganze Woche frischen Eintopf, ohne große Kocherei.«
Ich fand das toll, daß Nora das Kochen so nebenbei erledigte, ich koche nämlich nicht gern und kann eigentlich auch gar nicht kochen, das muß ich von meiner Mutter haben. Bisher hatten Benedikt und ich in der Mensa gegessen. Oder waren abends in unsere Pizzeria gegangen. Unsere Kochkünste beschränken sich auf Spaghetti Carbonara, Spaghetti Matriciana und alle sonstigen Spaghettivariationen, die mit Fertigsaucen herzustellen sind. Wir können auch Rührei und Pellkartoffeln, den Rest kauften wir als Fertiggerichte oder Fast-Fertiggerichte. Bei unserem Metzger gab es fertig panierte Schnitzel und eingelegte Steaks, das war sehr praktisch, erzählte ich Nora.
»Da wird Benedikt jubeln, daß er endlich wieder gartenfrisches Gemüse bekommt«, sagte Nora. »Wenigstens sonntags soll er die gute Hausmannskost seiner Kindertage so richtig genießen dürfen.«
Oh ja, ich eß auch gerne Hausmannskost.
Nora brachte den Nachtisch: eingemachte Birnen, natürlich aus eigenem Anbau. Dann holte sie sich einen Klosterfrau Melissengeist aus der Vitrine. »Wenn du willst, zeig ich dir nach dem Abspülen Fotos von meinen Kindern.«
Oh ja. Während ich spülte und abtrocknete, das Porzellan und das Silber im Wohnzimmerschrank verstaute, wischte Nora die Plastikdecke ab, dann brachte sie einen Stapel zerfledderter Fo-

toalben aus dunkelbrauner Pappe mit Krokoprägung. Sie griff nach dem zerfleddertsten: »Hier sind die Fotos von Benedikt, die interessieren dich sicher am meisten.«
Ich nickte begeistert. Auf der ersten Seite klebte eine echte Locke, mit hellblauem Stickgarn umwickelt, eine strahlend blonde Locke. Und das Baby auf dem Foto daneben, dieses Lachen! Unverkennbar Benedikt! »Niedlich«, sagte ich begeistert.
»Er war das hübscheste Kind«, sagte Nora, und man mußte es ihr glauben. Auf der nächsten Seite Benedikt-Baby im Arm seiner Mutter. Sie hatte schon immer diese praktische Ponyfrisur gehabt. Dann Benedikt in der Wiege. Benedikt krabbelnd unter einem Baum. Benedikt-Baby mit einem Blümchen und mit Mutti. Benedikt-Baby mit einem Luftballon. Benedikt mit Schnuller, ohne Schnuller, mit Mützchen. Benedikt ohne Mützchen, mit Mutter. Dann Benedikt ungefähr zwei Jahre alt, auf der Kühlerhaube eines todschicken Sportwagens, neben ihm lehnte ein gutaussehender, lächelnder Mann mit Hut. Dieses Lächeln – ganz wie Benedikt. »Ist das sein Vater? Und was für ein tolles Auto!«
»Damals hatte Benedikts Vater dieses schneeweiße Mercedes-Sportcoupé. Sein Vater fuhr immer das beste Mercedes-Modell.« Aber kein weiteres Wort über ihren Ex-Ehemann. Drei oder vier Jahre war Benedikt alt, als seine Eltern sich scheiden ließen, hat er mir erzählt. Er glaubt, sein Vater ist einfach abgehauen. Warum, weiß er nicht, man spricht nicht darüber.
»Von Mercedes hab ich nicht so viele Babyfotos«, sagte Nora.
»Babyfotos vom Mercedes?« Ich staunte.
Nora griff zu einem anderen Album: »Hier ist das Album von Mercedes.« Auf der ersten Seite wieder eine blonde Locke eingeklebt, mit rosa Stickgarn umwickelt. Wieder ein Baby auf Noras Arm, das mußte Benedikts Schwester sein, sie ist sechs Jahre älter als er. Dieses Baby hatte kleinere Augen. Und in diesem Album waren mehr Fotos, auf denen das Kind auf einem Mercedes, neben einem Mercedes oder in einem Mercedes zu sehen war. Zuerst als Baby auf der runden Kühlerhaube eines dunklen Mercedes mit runden Kotflügeln, dann als etwa Vierjährige vor

einem Mercedes mit stromlinienzackigen Kotflügeln, dann mit Schultüte und Ranzen vor dem Sportwagen, der strahlende Vater am Steuer.

»Medi war immer die Klassenbeste«, sagte Nora.

Jetzt dämmerte es mir: »Heißt Medi Mercedes?«

»Natürlich heißt Medi Mercedes.«

»Ich dachte, Medi sei ihr richtiger Name.« – Ihre Postkarten an Benedikt unterschrieb sie immer ›Deine liebe Medi‹. »Benedikt hat mir nie gesagt, daß Medi Mercedes heißt.«

»Wir in der Familie nennen sie nur bei ihrem Kosenamen. Für alle anderen heißt sie Mercedes.«

»Heißt sie so, weil ihr Vater Mercedes fuhr?«

»Mercedes ist genau der Name, der zu ihr paßt, so französisch und so elegant.«

Ich betrachtete das Mädchen auf den Fotos genauer. Eigentlich sah sie eher aus wie ein Volkswagen. »Hat sie einen festen Freund?«

»Ihr ständiger Verehrer macht ihr ständig Heiratsanträge! Und er kauft ihr ständig Couturekleider und bezahlt all ihre Reisen. Jetzt ist sie gerade mit ihm in Bordeaux zur Weinprobe. Medi liebt Frankreich, sie ist ganz und gar der schöngeistig-intellektuelle Typ.«

Ich überlegte: »Ich bin vielleicht der praktisch-schöngeistige Typ.«

Nora klappte das Album zu. »Die Fotos von Mercedes scheinen dich nicht sehr zu interessieren. Na ja, hier sind auch neuere Fotos von Benedikt.«

Oh ja. Nächstes Fotoalbum. Auf der ersten Seite ein Gruppenbild vom Abschlußball der Tanzstunde. In der Mitte der Gruppe, strahlend, Benedikt. Nora zeigte auf eine dunkelhaarige Schönheit im kurzen Partykleid: »Das war Benedikts Tanzstundenfreundin, sie ist die Tochter vom Bürgermeister!«

»Sie sieht gut aus«, sagte ich neidlos. Benedikt hatte mal geschworen, daß er Frauen mit dunklen Haaren an den Beinen nicht ausstehen kann.

»Die Tochter des Bürgermeisters war verrückt nach ihm. Chancen hat der Junge schon gehabt«, seufzte Nora.

Dann Fotos vom Abiausflug. Ach, damals hatte er den orange-blauen Acrylpullover getragen. Nora zeigte auf ein blondes Mädchen hinter Benedikt: »Das ist die Erbin eines Modehauses in der Innenstadt. Ganz eng war er mit ihr befreundet.«

Ich sah mir die blonde Erbin an – Benedikt hatte mir nie von ihr erzählt –, ich dachte, er macht sich nichts aus Blondinen. Ich sah die Fingerabdrücke auf dem Foto – man hatte schon häufiger auf die Erbin des Modehauses gezeigt.

»Medi nimmt es Benedikt noch heute übel, daß er die nicht geheiratet hat. Die wär eine Superpartie gewesen.«

Mir wurde leicht mulmig. War ich etwa eine schlechte Partie? Freilich, Tochter des Bürgermeisters war ich nicht gerade. Und kein Modehaus als Erbschaft in Aussicht. Aber immerhin besaß mein Onkel das renommierte Architektenbüro. Und durch meine Bekanntschaft hatte Benedikt seinen Job bekommen. Das war schließlich auch was! Außerdem: Mich liebte er!

Nora sah entsetzt auf die Uhr: »Gleich kommt er nach Hause, und ich hab nichts zum Abendessen eingekauft! Und ich wollte soviel putzen und aufräumen, ehe er kommt!«

»Ich geh einkaufen«, sagte ich, »ich weiß schon, wo der Lebensmittelmarkt ist.« Ich ging gern: Ich hatte furchtbar Hunger. Benedikts Mutter hatte gesagt, ich solle nur ein paar Kleinigkeiten besorgen, bei der Hitze wolle Benedikt kein warmes Abendessen, also kaufte ich Salami, Lachsschinken, Käse, Butter, Brot, Bier, Eier und sonstige Kleinigkeiten.

Kurz nach sechs kam ich zurück, und Benedikt war schon da. Ich fiel ihm um den Hals.

»Wie war's?«

»Schön war's. Ich glaub, ich geh morgen wieder hin.«

Benedikt konnte kaum essen, soviel mußte er erzählen. Mein Onkel – Benedikt nannte ihn »den Faber« – hatte ihn sehr nett den Kollegen vorgestellt. Und er hatte ihn gleich mitgenommen auf zwei Großbaustellen: ein Klinikcenter und ein Einkaufscenter. »Alles ganz großes Geld«, schwärmte Benedikt. Und die bauleitenden Architekten und die anderen Leute auf den Baustellen waren alle sehr nett zu Benedikt gewesen. Benedikt würde zunächst im Büro arbeiten, zusammen mit einem älteren Kollegen, Herrn Wöltje, der in der Hierarchie direkt nach meinem Onkel kam, und einem etwa gleichaltrigen Kollegen, Detlef Jacobi. Und demnächst würde er an einem Wettbewerb arbeiten, die Stadt plante ein Altersheim. Es gab noch einen jungen Kollegen: Gerhard Krift, der hatte derzeit sein Büro auf der Baustelle. Und mit Detlef Jacobi war er Mittagessen in einem kleinen Lokal gleich neben dem Büro.

Und das allerbeste: Mein Onkel fuhr den größten und neuesten BMW!

Dann mußte Benedikt von meiner Cousine Angela erzählen. Angela, das verwöhnte Einzelkind von Onkel Georg und Tante Susi. Benedikt fand, ihm gegenüber sei Angela nicht so affektiert gewesen. Und eingebildet eigentlich auch nicht. Und sie arbeite nicht als Sekretärin im Büro, mehr als Dame für alles. Was die Tochter des Chefs eben so macht. Und Fräulein Faber hätte eine komplizierte Frisur, die Haare irgendwie geflochten, und sei leicht zu dick, vor allem um die Hüften. Und sie würde an jedem Finger einen Ring tragen und drei Halsketten übereinander. Und den Minilederrock, den sie heute getragen hatte, fand er teuer, aber geschmacklos. An die Bluse oder den Pulli von Fräulein Faber konnte er sich nicht erinnern. Und, ja, Angela würde als »Fräulein Faber« tituliert.

»Fräulein Faber! Ich will nicht mit Fräulein angeredet werden. Ich bin Frau Faber, wenn ich bei euch arbeite. Auch wenn ich dreieinhalb Jahre jünger bin als Angela.«

»Da müssen wir aufpassen, daß wir euch nicht verwechseln«, lachte Benedikt, »oder darf ich dich weiterhin duzen?«

Nach dem Essen sah Benedikt die Nachrichten. Nora ebenfalls, als Lehrerin muß sie immer auf dem laufenden sein. Ich räumte den Tisch ab, spülte, räumte das Service und das Besteck in den Wohnzimmerschrank. Ich war stolz, daß Benedikt merkte, wie gut ich mich schon eingelebt hatte. »Bleib nur sitzen, ich mach das schon, Nora«, hatte ich lässig gesagt.

Dann kam ein Krimi, den Nora auch sehen wollte, weil ihre Schüler auch jeden Krimi sahen. Nach dem Krimi wollte Benedikt ins Bett. Es war ein anstrengender Tag für ihn gewesen. Nora wollte auch ins Bett, es war auch für sie ein anstrengender Tag gewesen. Konnte ich Benedikt vor seiner Mutter sagen, daß ich eine Weile mit zu ihm ins Zimmer gehen wollte? Ich traute mich nicht. Diese Frau, die seit mindestens fünfundzwanzig Jahren mit keinem Mann mehr geschlafen hatte, was würde sie denken, wenn ich nicht mal zwei Nächte allein schlafen wollte? Würde sie mich für sexbesessen halten? Also wartete ich, bis Benedikt und endlich auch sie oben in ihren Zimmern verschwunden waren.

Ganz leise schlich ich die Treppe hinauf. Ich war fast oben, da kam Nora aus ihrem Schlafzimmer und sah mich an wie eine Lehrerin, mit Querfalten auf der Stirn.
»Ich wollte Benedikt nur etwas fragen«, sagte ich verlegen wie ein Schulkind. Und als müßte ich Ausreden erfinden: »Vielleicht soll ich ihm noch etwas besorgen.« Dann wurde ich rot und stotterte: »Ich meine morgen, vielleicht soll ich was für ihn einkaufen.«
»Ich meine, er braucht jetzt seinen Schlaf«, sagte Nora und schloß ihre Tür wieder.
Sicher, aber er brauchte auch seine Streichel-Einheiten und ich auch. Für seine Mutter war das schwer zu verstehen. Sie war jenseits von Gut und Böse, wie man so sagt. Traurig – aber ein typisches Frauenschicksal. Wir würden seine Mutter ganz behutsam an unsere Art zu leben gewöhnen. Ein Glück, daß sie nicht so verbohrt ist, dachte ich, als ich an Benedikts Tür klopfte.
Eine Stunde blieb ich bei ihm. Wir saßen nur zusammen auf dem Bett. Durch die Wand hörten wir Nora in ihrem Schlafzimmer rascheln. Das bedeutete, daß sie auch uns würde rascheln hören. Also raschelten wir nicht.
Flüsternd fragte ich Benedikt: »Soll ich zu deiner Schwester Medi Mercedes sagen?«
Er flüsterte zurück: »Ist mir völlig egal. Das ist kein Problem, das wir diskutieren müssen, Herzchen, das löst sich von allein.«
Dann planten wir, wo wir unser breites Bett aufstellen sollten, und entschieden, daß es in Medis Zimmer stehen sollte, also in

meinem künftigen Zimmer. »Dann hört uns deine Mutter nicht«, flüsterte ich.
»Dann hört uns meine Mutter nicht«, sagte Benedikt ganz laut und lachte.
Alles, was wir sonst beredeten, konnte seine Mutter ruhig mithören. Benedikt sagte, ich dürfte seinen Schrank ausmisten, und zwar gnadenlos.
»Bis morgen, beim Frühstück«, verabschiedeten wir uns laut.

Ich schaffte es tatsächlich, am nächsten Morgen im Morgengrauen aufzustehen und Brötchen zu holen. Als ich wiederkam, duftete es in der Küche nach Kaffee. Ich ging in Benedikts Zimmer. Auf seinem Schreibtisch stand das Tablett mit Thermoskanne, Brot und Frühstücksei.
»Guten Morgen, Herzchen«, sagte Benedikt, »ich dachte, du schläfst selig, Nora hat mir das Frühstück raufgebracht, um dich nicht zu wecken.«
Sie hatte nicht gemerkt, daß ich längst wach und zum Bäcker gegangen war. Trotzdem war es blöde, daß Benedikts Mutter das Frühstück für ihn machte. Ich war leicht sauer.
»Herzchen, du sagst einfach meiner Mutter, wie wir es machen wollen. Sag ihr, daß ich immer mit dir zusammen frühstücken will«, sagte Benedikt. Das versöhnte mich.
Ich begleitete Benedikt vor die Haustür, küßte ihn zum Abschied.
»Ruf mich mal an.«
»Sofort, wenn ich angekommen bin, schreib ich dir eine Postkarte.« Benedikt küßte mich.
Ich winkte ihm hinterher.
Im oberen Stockwerk ging ein Fenster auf, Benedikts Mutter winkte ihm auch hinterher: »Alles Gute für deinen zweiten Arbeitstag!«

Obwohl ich knallmüde war und nicht wußte, was ich tun sollte, klappte ich meine Klappcouch zusammen, räumte meine Sachen aus dem Blickfeld. Schließlich setzte ich mich in den Garten und genoß die Septembersonne.

Erst nach zehn kam Nora, heute im grauen Jogginganzug. Sie hängte ein Dutzend Hemden zum Trocknen auf: »Ein Glück, daß mir der Junge heute morgen sagte, daß er kein sauberes Hemd mehr hat!«
Ich kam mir etwas überflüssig vor, ich wollte auch was Nützliches tun: »Benedikt meinte, ich könnte seinen Schrank ausmisten und meine Sachen einräumen.«
»Er sollte wirklich selbst entscheiden, was er nicht mehr will, alle seine Sachen sind von hochwertiger Qualität!«
Also lieber nicht. »Was könnte ich sonst tun?«
Nora seufzte: »Eigentlich sollten in den Ferien die Fenster geputzt werden, Medi wollte mir ihre Putzfrau schicken, aber die Putzfrau ist krank geworden.«
Ich sah hinüber zu den Fenstern des sogenannten Spielzimmers. Die Putzfrau mußte seit Jahren krank sein. Eigentlich hasse ich Fensterputzen, aber hier mußte es Spaß machen, die Fenster und Rahmen waren so schmutzig, daß Nora vom Erfolg meiner Arbeit geblendet sein würde.
Nora brachte Zeitungen. Wenn man die Fenster nach alter Hausfrauenart mit alten Zeitungen putze, sei Fensterputzen ein Kinderspiel. Aber es war eine elende Arbeit. Die kleinen Glasscheiben über den Fenstern und der Tür des Spielzimmers fielen beinah aus den Rahmen, so brüchig war der Kitt. Und überall Spinnweben. Sorgfältig kontrollierte ich jede Ecke: War irgendwo eine Spinne? Vor nichts ekelt es mich mehr. In einem Raum kann sich entweder eine Spinne befinden oder ich. Aber nicht ich und eine Spinne gleichzeitig. Zum Glück war weit und breit keine zu entdecken.
Beim Putzen überlegte ich vor mich hin, wo wir frühstücken sollten. Vielleicht doch in Benedikts Zimmer? Da waren wir ungestört. Wie sollte ich das Nora beibringen? Es wäre ziemlich offensichtlich, daß wir sie damit ausschließen wollten. Und unten in der Küche war es praktischer. Andererseits fehlte der Küche die stilvolle Frühstückskultur, die ich mir in Benedikts Heim vorgestellt hatte – nichts war hier so, wie es in den Wohnzeitschriften fotografiert ist: keine schönen Küchenmöbel, keine Frühstückstheke, kein alter Holztisch mit großem Blumenstrauß.

Die Küche mußte unbedingt renoviert werden. Andererseits war es in Benedikts Zimmer auch nicht schöner. Nächste Woche, wenn die Schule wieder anfing, würde Nora wahrscheinlich früher weggehen als Benedikt. Abwarten war das beste.

Ich putzte unablässig, bis Nora das Mittagessen brachte. Als Vorspeise gab es Tomatensalat mit dem Käse, den ich gestern gekauft hatte. Als Hauptgericht wieder eine Portion ihres Gemüseeintopfs. Wir waren gerade beim Nachtisch, wieder eingemachte Birnen, da rief Benedikt an.

»Natürlich habe ich deine Hemden gewaschen«, rief Nora ins Telefon. »Ja, ja, und jetzt hab ich Mittagessen gekocht. Was möchtest du zum Abendessen? Was soll ich einkaufen?« Dann sagte sie zu mir: »Er will dich auch sprechen.«

»Hallo«, sagte ich leicht verlegen, »was gibt's denn?«

»Nichts«, sagte Benedikt, »geht's dir gut?«

»Ja, ganz prima. Ich putze die Fenster vom Spielzimmer.«

»Ist ja prima. Also dann, tschüs.«

»Tschüs.«

Was für eine blöde Unterhaltung. Und in Gegenwart seiner Mutter konnte ich ihm nicht die üblichen drei Abschiedsküßchen durchs Telefon geben. Er mir auch nicht, in Gegenwart seiner Kollegen und meiner Cousine Angela.

»Übrigens«, sagte ich zu Nora, »Benedikt möchte morgens mit uns beiden zusammen frühstücken.«

»Mir hat er nur gesagt, daß er zum Frühstück meine hausgemachte Marmelade möchte.«

Wenn sie es nicht glaubt, dachte ich, muß es Benedikt ihr heute abend selbst sagen.

Ich machte mich wieder ans Fensterputzen. Nora verschwand in die Küche und blieb verschwunden. Erst spät am Nachmittag, als ich mal aufs Klo ging, hörte ich ihre Stimme durchs geöffnete Klofenster. Ich sah hinaus. Sie stand vor dem Haus und redete mit einer Frau in Kittelschürze. Ich lächelte über diese Hausfrauen-Idylle in der Vorstadt.

Ich hörte Nora sagen: »Die junge Dame hat er sich mitgebracht. Nein, sie sind nicht verheiratet.«

»Nicht verheiratet!« sagte die Kittelschürze.
Ich grinste auf dem Klo: typische Vorstadt-Spießerin, die Kittelschürze.
Nora lachte draußen: »Die junge Dame ist, wie Goethes Mutter gesagt hätte, sein Bettschatz.«
»Bettschatz?« sagte die Kittelschürze.
»Ja, sein Bettschatz ist das«, lachte Nora.
»Ja, ja, die jungen Männer müssen sich die Hörner abstoßen«, sagte die Kittelschürze.
Empört saß ich auf dem Klo. Glaubte die Kittelschürze im Ernst, Benedikt benutzte mich dazu, um sich die Hörner abzustoßen?! Meinte Benedikts Mutter etwa mich mit ›Bettschatz‹?! Außerdem ist Nora nicht Goethes Mutter! – Ich beschloß, Benedikt nichts davon zu sagen, ich würde Nora ganz allmählich umerziehen.
Als Benedikt kam, putzte ich immer noch Fenster und war völlig verdreckt und verschwitzt. Benedikt war begeistert: Ob ich geahnt hätte, daß meine Cousine Angela das teuerste BMW-Cabrio fährt?! Genau das Modell der Sonderklasse, von dem Benedikt träumt! In Schwarz. Angela hätte ihm gesagt, es sei kein gewöhnliches Schwarz, sondern Kaviarschwarz.
Mich interessierte Angelas Aussehen mehr als Angelas Auto. Sie sei ein wandelnder Schmuckständer, hätte ein Kollege gesagt. Heute hatte sie zwei Paar Ohrringe und ein Pfund Armreifen getragen. Und ein Wildlederkostüm mit Jeansflicken drauf.
»Die jungen Leute tragen durchaus echten Schmuck zu sportlicher Kleidung, Medi liebt das auch«, sagte Nora.
»Hast du gehört, ob Angela jetzt endlich einen Freund hat?« fragte ich.
»Ich hab nicht gehört, daß sie eine feste Beziehung hätte.«
»Sie hatte nie einen richtigen Freund«, sagte ich. »Mein Vater sagt über Angela: Viel Verehrer, kein Begehrer.«
»Wäre sie nicht eine gute Partie?« überlegte Nora.
Benedikt lachte: »Ich brauch keine gute Partie, ich hab Viola.«
Ätsch, dachte ich und lachte mit Benedikt. Ich hab's nicht nötig, auf die Tochter des Bürgermeisters, die Erbin eines Modehauses oder auf Angela neidisch zu sein.

Dann machte Nora das Abendessen. Es gab die Reste von gestern und die Brötchen, die ich zum Frühstück gekauft hatte. Früher waren wir abends oft zum Essen weggegangen. Früher – das war noch letzte Woche.
Aber eigentlich war ich auch zu kaputt, um wegzuwollen. Das beste war es, neben Benedikt vor dem Fernseher zu sitzen. Nach den Nachrichten holte Nora die Hemden, die sie für Benedikt gewaschen hatte, aus dem Garten, trug ein Bügelbrett herbei und begann neben uns zu bügeln. Vorsichtig sah ich Benedikt an. Benedikt sah auf den Fernseher. Bisher hatte Benedikt seine Hemden selbst gebügelt. Einigemale sogar eine Bluse für mich. Bügeln kann er nämlich viel besser als ich. Aber jetzt kam ich mir etwas merkwürdig vor, wie ich neben Benedikt im Cocktailsessel saß, und seine Mutter bügelte neben uns seine Hemden. »Ich bin völlig k. o.«, sagte ich, »ich hab den ganzen Tag Fenster geputzt. Willst du mal sehen?«
Benedikt lachte: »Warum soll ich mir ein geputztes Fenster ansehen?«
Ich mußte auch lachen. Da hatte er recht.
Seine Mutter lachte am meisten. Ich sah zu, wie sie den Kragen mehrmals von der Kragenkante hin zur Kragenecke bügelte. Benedikt hatte mir beigebracht, daß es Falten gibt, wenn man das so macht. Aha, bei Nora gab es auch eine Falte. Sie bügelte mehrmals über die Falte. So, nun war sie endgültig so fest eingebügelt, daß sie nicht mehr rausging. »Jetzt hab ich vor Lachen eine Falte in dein Hemd gebügelt«, sagte Nora.
Ich sah Benedikt an. Benedikt sah auf den Fernseher. Also gut, so ging es nicht. Ich ahnte, daß seine Mutter es als Kindsmißhandlung empfinden würde, wenn ihr Sohn vor meinen Augen seine Hemden bügeln mußte. Also sagte ich zu Nora: »Laß mich bitte ein Hemd bügeln.«
Man kann nicht alle Probleme an einem Tag lösen, auch nicht, wenn es nur ganz kleine Probleme sind. Ich bügelte drei Hemden, dann war es halb elf. »Die restlichen kann man am Wochenende bügeln«, sagte ich todmüde. Da sollte sie aber Benedikt selbst bügeln. Notfalls heimlich in seinem Zimmer. Benedikt bedankte sich mit Küßchen bei mir. Nora sah weg.

An diesem Abend war ich zu müde, um mit Benedikt in sein Zimmer zu gehen. Aber als ich ihm unten an der Treppe ins Ohr flüsterte: »Und wo frühstücken wir morgen?«, da rief er seiner Mutter hinterher: »Morgen frühstücke ich mit Viola zusammen in der Küche.«
Na also. Ein Problem gelöst.

In ihrem orangeroten Trainingsanzug saß Nora am nächsten Morgen am Küchentisch und las Zeitung, während wir Konversation über die Marmelade machten. Es war selbstgemachte Marmelade. Johannisbeermarmelade. Benedikt hatte sie schon als Kind so gerne gegessen. Dieses Jahr gab es auch viele Johannisbeeren. Dann winkten wir Benedikt hinterher.
Ich begann, die Fenster im Wohnzimmer zu putzen. Zum Mittagessen gab es Salat, gekochte Tomaten und Pflaumen. Nach der letzten Pflaume sagte Nora, sie müsse sich ein wenig hinlegen, sie hätte es mit dem Kreislauf, Medi mache sich solche Sorgen um ihre Gesundheit. Natürlich machte ich mir auch Sorgen um Noras Gesundheit und bat sie, sich sofort hinzulegen. Ich räumte den Tisch ab, spülte, räumte alles auf und machte mir weitere Sorgen: Morgen kam der Umzug, und wir wußten noch nicht, wohin mit unserem Bett und allen Sachen. Ich machte mir einen Kaffee und hatte die Erleuchtung. Wir würden zusammen im Spielzimmer wohnen! Vorläufig jedenfalls. Jetzt, da die Spinnweben an den Fenstern verschwunden waren, war es nett hier. Unser Bett paßte knapp zwischen das alte Sofa und die Wand. Den Blumenständer und die Kisten konnte man in den Keller stellen. Das vergammelte Sofa würde ich mit einer schönen weißen Baumwolldecke zudecken. Und bis Medi ihr Zimmer räumte oder bis Benedikts Zimmer renoviert war, würden wir hier schlafen, weitab von Nora. Ich mußte sofort Benedikt im Büro anrufen.
»Architektenbüro Faber, Faber«, meldete sich die rauchige Stimme einer Hollywood-Diva.
»Hier auch Faber, Viola Faber.«
»Hällouh«, sagte die Diva gelangweilt – es war meine Cousine Angela persönlich.

»Hallo Angela, lange nicht gesehen. Wie geht's, wie steht's?« sagte ich munter.
»Wir wursteln uns so durch«, sagte sie gelangweilt.
»Ich wurstele mich auch so durch, ich warte auf den Umzug.«
»An deiner Stelle würde ich mich bei dem super Wetter in die Sonne legen.«
Als ich ihr erzählte, daß ich dazu überhaupt keine Zeit habe, weil ich Fenster putze und deshalb Benedikt was fragen wollte, lachte sie. Ihr Lachen klang schadenfroh. Aber dann sagte sie mit völlig veränderter Stimme, wie ein kleines Mädchen: »Herr Windrich, Ihre Freundin will was von Ihnen.«
»Was gibt's?« fragte Benedikt etwas ungeduldig, »ich muß gleich auf die Baustelle.«
»Was hältst du davon, wenn wir unser Bett im Spielzimmer aufbauen?«
»Du kommst auf Ideen«, rief Benedikt. »Besprich das einfach mit Mutti, ob das geht. Ich muß jetzt auf die Baustelle.«
»Also bis bald, tschüs«, ich schickte ihm schnell drei Küßchen durchs Telefon. Benedikt schickte kein Küßchen zurück. Klar, wenn Angela mithört.
Was sollte ich mit Nora besprechen? Konnte sie dagegen sein, daß wir unten schlafen und sie allein oben? Ich überlegte: Wenn ich von meinem Vater etwas wollte, gab es immer nur drei Möglichkeiten:
1. sagt er »Ja« – alles in Ordnung.
2. sagt er »Nein«, muß man überlegen, wie man dieses Nein in Ja umwandeln kann.
3. sagt er »Weiß nicht«, muß man sich fragen, was dieses Weiß nicht bedeutet. – Bei Nora würde es bedeuten, daß Benedikt selbst entscheiden sollte. Und Benedikt konnte jedes Nein von Nora in ein Ja verwandeln. – Damit kannte ich die Lösung meines Problems: Ich würde Nora sagen, daß Benedikt es so wollte. Wenn man die Lösung kennt, ist jedes Problem ganz einfach.

Am Nachmittag war ich endlich fertig mit Fensterputzen und setzte mich total erledigt in den Garten. Kaum saß ich, kam Nora. »Ich habe mit Benedikt telefoniert«, sagte ich, »er meint, es wäre das beste, wenn wir unser Bett vorläufig im Spielzimmer unterbringen.«

Völlig überraschend sagte Nora: »Benedikt hat mir noch gar nicht gesagt, was du für ein Sternzeichen bist.«

»Zwilling.«

»Und Benedikt ist Skorpion – paßt das zusammen? Ich bin auch Skorpion, in unserer Familie ist niemand Zwilling, wir sind durchweg aktive Persönlichkeiten.« Sie seufzte: »Ich muß jetzt Benedikts restliche Hemden bügeln.«

»Ich wollte jetzt das Küchenfenster putzen«, sagte ich matt. Eigentlich wollte ich baden. Und ich hatte Hunger. Ich sah aus dem Küchenfenster und sah am Abendhimmel eine Pizza wie eine Fata Morgana.

Als Benedikt kam, war ich immer noch als Putzfrau verkleidet. Nora begrüßte ihn mit der Nachricht, sie hätte alle seine Hemden gebügelt, und ich mit der Nachricht, daß ich wieder den ganzen Tag Fenster geputzt hatte.

»Wie aufregend«, sagte er, »und ich hab heute ein Fenster entdeckt, das war verkehrt rum eingebaut, das hättest du sehen sollen.«

»Verkehrt rum?«

»Man konnte es nur von außen öffnen. Und das im dritten Stock. Keiner der Holzköpfe hat es gemerkt. Das hätte einen Ärger gegeben. Der Faber war heilfroh, daß ich es gemerkt habe.«

Benedikts Mutter lachte schallend und klatschte begeistert in die Hände.

»Benedikt, ich würde so gerne Pizza essen gehen«, sagte ich und sah ihn dabei besonders lieb an.

»Heute?«

»Ja, ich würde gern mal hier raus«, sagte ich, obwohl Nora daneben stand.

»Da bin ich auch dafür«, sagte seine Mutter. »Mir ging es heute nachmittag gar nicht gut, ich konnte nichts einkaufen.«

»Also gut«, sagte Benedikt, »gehen wir sofort.«

»Dann gehen wir aber zu unserem Griechen, damit du den endlich kennenlernst«, sagte Nora.

Eigentlich hatte ich von Pizza geträumt, und eigentlich hätte ich

mich mehr gefreut, wäre Nora nicht mitgekommen, aber egal. Sie chauffierte uns mit ihrem alten Opel. Ich lud Benedikt und Nora ein, schließlich war es mein Wunsch gewesen, essen zu gehen. Benedikt ließ sich die Quittung geben, weil er jetzt Geschäftsessen von der Steuer absetzen kann – wir waren offiziell sein erstes Geschäftsessen Ich war stolz auf Benedikt.
Und dann sagte er zu Nora: »Ich find's eine gute Idee von Viola, unser Bett ins Spielzimmer zu stellen.«
Na also. Na also.

4. Kapitel

Ab sieben Uhr früh wartete ich auf den Umzugswagen wie ein Löwe aufs Futter. Um drei Uhr mittags kamen sie. Sie hatten zuerst den Umzug ausgeladen, den sie nach uns eingeladen hatten. »Mit den Umzugskartons ist es wie mit den armen Seelen in der Bibel«, sagte ein Möbelpacker, »die letzten werden die ersten sein.«
Nora wollte nicht mitansehen, wie ihr Haus durch die Möbelpacker ramponiert würde, und blieb in ihrem Zimmer. Aber die Möbelpacker transportierten problemlos unser Bett durch den engen Flur ins Spielzimmer. Jeder der drei Packer fragte, ob das Bett wunschgemäß plaziert sei, was hieß, daß sich jeder um ein Trinkgeld verdient gemacht hatte.
Wir hatten zwar kaum Möbel, aber unser sonstiger Besitz füllte fast vierzig Kartons. Es war sehr praktisch, daß wir auf jeden Karton einen Zettel mit genauer Inhaltsangabe geklebt hatten. Die Kartons mit meinen Klamotten, meiner Wäsche und den Schuhen, meinen Büchern, Zeichenutensilien, meiner Schreibmaschine undsofort ließ ich gleich neben Medis Zimmer stellen. Die drei Kisten mit dem Kronleuchter ebenfalls. Benedikts Fernsehapparat in sein Zimmer, die Stereoanlage ins Spielzimmer. Die Kartons mit Geschirr, Gläsern, meinem Besteck in die Küche. Die zwei Biedermeierstühle, die ich auch selbst renoviert hatte, ins Spielzimmer. Gut, daß wir die mitgenommen hatten,

Solveig hätte sie beim nächsten Anfall mit Kirschsaft übergossen oder aufgeschlitzt. Wahrscheinlich beides.
Als alles nach meinen Wünschen verteilt war, bekam ich die Rechnung. 958,84 DM incl. Mehrwertsteuer. Ich solle da und da unterschreiben. Ich beschloß, jedem der Männer zehn Mark Trinkgeld zu geben, das würde Benedikt auch tun. Als ich das Trinkgeld aus meiner Handtasche holte, hatte ich eine bessere Idee. Ich würde alles gleich bezahlen, dann war das erledigt und ich hatte nicht mehr soviel Geld im Haus. Im Moment hatte ich keine Zeit, ein Konto zu eröffnen. Ich gab den Männern mit freundlichem Lächeln zehn nagelneue Hundertmarkscheine und sagte lässig: »Stimmt so.«
Die Männer bedankten sich erfreut.

Als ich meine weiße Baumwolldecke mit dem Reliefmuster über das Gammel-Sofa drapiert hatte, war die Welt schöner geworden. Noch schöner wurde sie, als ich die beiden Biedermeierstühle mit den türkis-weißen Streifenbezügen links und rechts vom Bett plaziert hatte. Auf einen Stuhl stellte ich unsere Lampe mit dem weißen Schirm und dem türkisblauen Glasfuß. Sehr hübsch. Die Stereoanlage paßte unter das hochbeinige Sofa, nur fehlte ein Verlängerungskabel zur einzigen Steckdose. Ich holte Benedikts Bettzeug aus seinem Zimmer runter, jetzt war es geschafft. Es war zwar eng hier, aber lieber sieben Quadratmeter in Weiß-Türkis als siebenhundert Quadratmeter in Braun-Beige-Orange.
Zufrieden ließ ich mich aufs Sofa fallen und blickte um mich. Rechts neben mir bemerkte ich etwas sich Bewegendes. Ich sah neben mich. Neben mir saß eine Spinne. Sie bewegte zwei Beine. In Richtung meiner Hand.
Mit einem Schrei sprang ich auf. Ihr Körper war groß wie ein Markstück. Wie ein Fünfmarkstück. Mit Beinen war sie groß wie ein Brötchen. Die Spinne sprang auch auf, raste das Sofa hinunter, auf acht Beinen, dick und schwarz wie abgebrannte Streichhölzer, raste sie unters Sofa. Ich schloß die Augen und zwang mich, sie wieder aufzureißen. Wo war sie? Wo würde sie wieder auftauchen! Hinter mir? Neben mir? Auf mir?!!! Ich

rannte aus dem Zimmer und schlug die Tür zu. »Da ist eine Spinne!« kreischte ich durchs Treppenhaus.
Nora kam aus ihrem Schlafzimmer, beugte sich übers Treppengeländer: »Ich hab geschlafen, ist Benedikt gekommen?«
»Nein, eine Spinne!«
Gemächlich kam sie die Treppe runter. Ich zeigte auf die Tür zum Spielzimmer. Sie ging hinein. Ich blieb vor der Tür.
»Hier soll Benedikt schlafen?« rief Nora, »in dieser Enge?«
Und da kam die Riesenspinne langsam über unser schneeweißes Bett! Ganz langsam. Auf Nora zu. Auf mich zu! »Da, da da« kreischte ich hysterisch.
»Genau wie Medi«, sagte Nora kopfschüttelnd, »die stellt sich bei Spinnen auch so an, dabei ist das eine ganz normale Spinne.«
Es war mir egal, ob die Spinne ganz normal oder nicht normal war. »Mach sie tot, bitte!« kreischte ich.
»Seit Medi als Kind eine Spinne in der Marmelade entdeckte, was zugegeben nicht sehr appetitlich war.«
Die Spinne schlich über ein Kopfkissen. »Eine Spinne in der Marmelade?!« Ich war völlig fertig.
»Unglücklicherweise hat Medi sie sich aufs Brot gestrichen. Medi hat es gemerkt, weil sie noch zappelte, davon abgesehen sind Spinnen sehr nützliche Tiere.«
Die Spinne stand unbeweglich auf dem linken Kopfkissen, meinem Kopfkissen, ich schlafe immer links von Benedikt. Und Nora redete von Nutztieren. Als hätte ich das noch nie gehört. Als würde ich jetzt sagen, ach, wenn sie nützlich sind, bitte mehr Spinnen in unserem Bett! »Mach sie tot!«
Sie blieb auf dem Kissen stehen. Als wüßte sie, daß es unmöglich ist, eine Spinne auf einem Federkissen mit einem Schlag plattzuhauen. Sie würde nur in das Kissen gedrückt. Es wäre besser, die Decke vom Sofa zu werfen und dann Millimeter für Millimeter auf der Decke herumzutrampeln bis ganz sicher war, daß sie vernichtet war. Es würde einen Fleck auf der Decke geben, einen schwarzen Spinnenfleck…
»Komm her, Spinnchen, du kannst nicht auf dem Kissen bleiben, sonst erdrückt dich Benedikt mit seinem großen Kopf«, sagte Nora zu der Spinne, als spräche sie zu einem Kätzchen.

Spinnchen! ÄÄÄH! Mit bloßer Hand packte sie die lauernde Spinne. Sie packte sie an einem ihrer acht Beine! ÄÄÄH! Ich konnte nicht hinsehen. Wahrscheinlich umkrallte die Spinne Noras Hand. Würde sie sie mit den Fingern zerquetschen? Nora hielt sich die Spinne vors Gesicht – konnte sie sich nicht sattsehen an der Schönheit dieses Nutztieres? Ich rannte in den Flur hinaus. Ich hörte die Tür zum Garten klappen.
»Ich hab sie rausgesetzt, sie kam zum Winterschlaf ins Spielzimmer. Als Benedikt klein war, hat er an einem einzigen Herbsttag ein Dutzend Spinnen im Spielzimmer gefunden.«
Fassungslos setzte ich mich auf die Treppe. War da neben mir nicht ein Schatten? Ich sprang auf, rannte ins Spielzimmer, warf mich mit den Schuhen ins Bett, zog die Decke über den Kopf und heulte.

Ich lag noch unter der Decke, als Benedikt kam. »Hier sieht's ja toll aus«, rief er, als er die Tür aufmachte.
Ich schluchzte unter der Decke.
»Was ist los, Herzchen?«
»Eine Spinne, so groß wie eine Hand.«
»So groß wie ein Hund?
»So haarig wie ein Hund.«
»Igitt, igitt, igitt«, sagte Benedikt in solidarischem Ekel – er hat nämlich kaum Angst vor Spinnen.
»Deine Mutter sagt, hier wären jede Menge Spinnen«, schluchzte ich unter der Decke. »Kannst du mal nachsehen?«
»Mutti übertreibt, hier ist keine.«
Spinnen bringen Unglück. Jeder, der Angst vor Spinnen hat, weiß das! Wahrscheinlich lauerte sie jetzt im Garten darauf, wieder reinzukriechen. Vielleicht waren hier drinnen weitere Spinnen. »Vielleicht ist die Spinne, die auf dem Kopfkissen saß, gar nicht die Spinne, die unterm Sofa verschwunden ist! Vielleicht hockt schon die nächste Spinne auf dem Sofa! Oder auf der Bettdecke, direkt auf meinem Kopf!«
»Da ist keine«, sagte Benedikt.
»Oder sie wartet an der Zimmerdecke, bis ich rauskomme, dann wirft sie sich auf mich!« – Das ist der Schrecken der Spinnen, wenn sie wollen, sind sie überall.

»Herzchen, ich sehe überall nach.« Benedikt raschelte etwas herum, dann sagte er: »Du kannst kommen, die Luft ist wirklich rein.«
Ich kam unter der Decke hervor, fiel Benedikt um den Hals. Mein Retter war heimgekehrt.
»Es klappt doch alles prima«, sagte Benedikt und küßte mich. »Vergiß die Spinne. Der Umzug ist vorbei, das Schlimmste ist überstanden.«
Er hatte recht. Nun lagen wir endlich wieder in unserem gemeinsamen Bett. In Benedikts Armen beruhigte ich mich.
»Jetzt geht es uns besser als je zuvor«, sagte Benedikt.
»Jetzt sind wir glücklicher als je zuvor«, sagte ich.
Seine Mutter klopfte heftig an die Tür: »Benedikt, das Essen ist fertig.«

5. Kapitel

Auch am nächsten Morgen klopfte Nora heftig an unsere Tür, weil wir verpennt hatten. Benedikt nahm es nicht tragisch, in seinem Büro gab es Kaffee in beliebiger Menge und einen Bäcker gleich nebenan.
Ich machte Kaffee für Nora und mich, verfluchte die Umständlichkeit des Kaffeemahlens und beschloß, mich Nora gegenüber stärker durchzusetzen. Nächstes Mal würde ich wieder gemahlenen Kaffee kaufen! Als ich mein Silberbesteck und mein weißes Geschirr in den Küchenschrank räumte, sagte Nora, nun könne sie ihr edles Service schonen für die besseren Gelegenheiten. Gern! Heimlich jubilierte ich: Damit war für mich die blöde Rennerei zwischen Küche und Wohnzimmer beendet. Es ist eine eherne Regel der Küchenplanung, daß Geschirr und Besteck neben die Spüleinheit gehören, alles andere ist Weg- und Zeitverschwendung.
Zum Mittagessen gab es gartenfrische Tomaten mit Thunfischsalat aus der Dose. Nora bedauerte, daß ihr Eintopf, der, wenn sie allein ist, die ganze Woche reicht, nun nicht so lange gereicht

hatte. Andererseits müßten auch die Tomaten gegessen werden. Ein Glück, daß sie von Tomaten nie genug bekommen könne. Und Benedikt liebe auch Tomaten. Ich liebe Benedikt. Aber von Tomaten kann ich genug bekommen.
Deshalb ging ich gleich nach dem Essen einkaufen. Ich kaufte jede Menge teure Fertiggerichte und Leckereien und fürs Abendessen Tartar. Außerdem einen Geschirrtrockenkorb. Von nun an würde ich nicht mehr abtrocknen, im Korb trocknet alles selbsttätig. Als demnächst-berufstätige Frau konnte ich meine Zeit nicht so vertrödeln. Ein Haushalt ist kein Beschäftigungstherapie-Zentrum.
Den Rest des Nachmittags verbrachte ich im Bad. Ich sah schon fast so vergammelt aus wie dieses Haus.

Samstagmorgen der nächste Sieg über Nora.
»Jetzt wird dein Schrank ausgemistet«, sagte ich Benedikt. Dazu hatte er absolut keine Lust. Sein erstes Wochenende hätte er sich weniger stressig vorgestellt. Aber ohne Schrankraum würde ich nie meinen Kram auspacken können. Also ging Benedikt hinauf in sein Zimmer. Fünf Minuten später rief er, ich solle raufkommen.
Strahlend rief er: »Jetzt kannst du einräumen!« Der Schrank war fast leer. Nur noch seine Pilotenjacke und einige neue Sachen hingen da. Benedikt zeigte auf den vollgestopften orange-blauen Bettbezug neben dem Schrank und auf zwei vollgestopfte Kissenbezüge: »Und jetzt, Herzchen, fahren wir diesen hochwertigen Krempel zur Müllhalde, ehe Mutti wieder alles hortet.«
Typisch Benedikt. So muß man Probleme lösen: ruckzuck, lässig, lachend.
»Der Kunstkäse von Medi hat ebenfalls die volle Müllreife!« Er nahm die Spanplatten mit den Rennwagenbildern von der Wand, die blau umrandete Dali-Giraffe, die rosa umrandeten nackten Mädchen und warf sie in den Kissenbezug.
Ich lachte: »Hat deine Schwester diese Kunstdrucke auf Spanplatten gepappt?«
»Bei jeder Gelegenheit schenkte sie jedem ihre künstlerisch wertvollen Brettchen.«

Wie die Weihnachtsmänner schleppten wir die Säcke hinunter. Nora kam aus der Küche. »Mutti, wo ist die Mülldeponie? Viola und ich wollen die alten Klamotten wegfahren. Die werde ich nie mehr tragen.«
»Natürlich, jetzt ist das nichts mehr für dich!« Seine Mutter machte ein vornehmes Gesicht, was nicht zu ihrem Jogginganzug paßte. »Leg die Sachen bitte in mein Auto, ich bring sie zu unserer Altkleidersammlung. Medi gibt da auch alles hin, was nicht mehr topmodisch ist. Dort bekommt man eine Spendenquittung, die kannst du von der Steuer absetzen.«
Ich staunte. Warum hatte sie dann jahrelang diese Anoraks und Bettbezüge aufbewahrt?
»Ich wollte natürlich, daß du selbst entscheidest, was mit deinen Sachen geschieht.«
Ja, so einfach war das!
Also fuhren wir nicht zur Mülldeponie, sondern ins Einkaufszentrum, um das Vakuum im Kleiderschrank aufzufüllen, wie Benedikt sagte.
Benedikt kaufte ein sehr lässiges, trotzdem edles blaues Jackett. Dazu drei lässige blau-weiß gestreifte Hemden und drei elegante weiße. Er brauchte das dringend, möglicherweise nahm ihn mein Onkel mit zu den Finanziers des Klinikcenters, da war Seriosität angesagt. Sogar mein Onkel trug zu diesen Meetings statt seiner Luxus-Pilotenjacke ein Kaschmirsakko. Außerdem kaufte Benedikt eine dunkelblaue Krawatte mit winzigem weißem Muster und eine mittelblaue mit bunten Punkten, die fast schon etwas gewagt war. Alles war furchtbar teuer, aber wir waren uns einig, daß billigere Hemden und Krawatten das teure Jackett nur abgewertet hätten. Und der Verkäufer sagte zu Benedikt: »Etwas Billiges paßt grundsätzlich nicht zu Ihrem Typ.« Dabei blickte er verachtungsvoll auf meine markenlosen Turnschuhe.
Als wir den Laden verließen, seufzte Benedikt: »Jetzt habe ich fast ein Netto-Monatsgehalt in Arbeitskleidung investiert, obwohl ich noch kein Gehalt bekommen habe. Wenigstens wird's erst nächsten Monat von der Kreditkarte abgebucht.« Und dann kaufte er sich zwei Paar Schuhe! So ist Benedikt! Er klebt nicht an seinem Geld.

Wie ein Traumpaar der Kreditwerbung zogen wir durch die Läden. Da drei Paar teure Socken für Benedikt, dort ein tolles Polohemd und eine superschöne weiße Jeans. Dann entdeckten wir eine exquisite Weinhandlung und kauften zur Feier der Einkäufe ein Dutzend Flaschen, ebenfalls von hochwertiger Qualität. Weil die Weinhandlung keine Kreditkarten akzeptierte, bezahlte ich das, und Benedikt bedankte sich auf die wunderbarste Weise: Er kaufte mir an einem Blumenstand eine dunkelrote Rose! Ja, wir waren wirklich das Traumpaar aus der Werbung!

Auf unserem Bett fanden wir einen Zettel mit pingelig exakter Lehrerinnenschrift:
»Lieber Benedikt,
bin bei Medi, helfe ihr beim Kofferauspacken.
Bin zum Abendessen zurück.
Grüßchen Deine Nora-Mutti.«
Daneben ein großer Briefumschlag: Meine Eltern hatten die Fotos von unserem Fest geschickt. Welch schönes Bild, wie Benedikt und ich im Gras unter dem Kronleuchter lagen. Und ich im Sternenkleid unter diesem Kronleuchter. – Ich bin auch eine gute Partie, dachte ich mit heimlichem Stolz.
Ich klebte das Foto im Spielzimmer neben die Tür, so daß es jeder sehen mußte. Medi würde beeindruckt sein. Ich rief meine Eltern an, glücklicherweise kam mein Vater an den Apparat, er habe einen Abzug von diesem schönen Foto im Wohnzimmer aufgestellt, und sein Blick weile wohlgefällig auf uns. Und wir bekämen sehr wahrscheinlich 800 Mark Schadensersatz von der Versicherung. Mein Vater schlug vor, das Geld an Elisabeth überweisen zu lassen, es sei besser, wenn mein Name nicht in der Angelegenheit auftauche, sonst wirke es wie eine Familienabsprache, und das mache keinen guten Eindruck. Ich solle selbst das Geld mit Elisabeth aufteilen. Dann beendete mein Vater das Gespräch schnell, aber herzlich, denn Solveig, Annabell und Mutter waren beim Einkaufen, und mein Vater wollte in diesem seltenen Moment häuslicher Ruhe ein Bad nehmen.
Ich nutzte den seltenen Moment von Noras Abwesenheit, um mir von Benedikt ihr Schlafzimmer zeigen zu lassen. Allein hätte

ich mich nicht hineingetraut. Ein zweiteiliges Ehebett stand da, als gebe es noch einen Ehemann. An den Wänden Fotos von Benedikt und seiner Schwester, richtig unter Glas gerahmt. Natürlich gab es auch Spanplattenbilder: vier russische Ikonen, auf jeder eine Muttergottes mit Kind. Genau so hatte ich mir Noras Schlafzimmer vorgestellt.

Nora überschlug sich vor Entzücken über Benedikts hochwertige Einkäufe. Als sie aufs Klo ging, flüsterte ich Benedikt zu, er solle seine Mutter fragen, was nun mit Medis Zimmer ist.
»Was ist denn jetzt mit Medis Zimmer?« fragte Benedikt so prompt, daß sie merken mußte, daß ich Benedikt dazu angestiftet hatte. Ich wurde ein bißchen rot.
»Medi ist eben erst zurückgekommen, da kann ich nicht gleich mit der Tür ins Haus fallen«, sagte Nora vorwurfsvoll.
»So eilig ist es nicht«, sagte ich schnell und tat, als sehe ich Benedikt vorwurfsvoll an.
Wir gingen früh ins Bett. Tuschelten und kicherten und tranken unseren Wein. Nora war vor dem Fernseher sitzengeblieben, durch die dünnen Wände war jedes Wort zu hören. Sie sah einen Report über die Elendsquartiere dieser Erde. Als sie um halb zwölf noch nicht genug Elend gesehen hatte, sagte Benedikt: »Ich finde, Mutti muß jetzt ins Bett gehen.«
Er holte ein Verlängerungskabel und setzte unsere Stereoanlage in Betrieb. Im Kassettenrecorder war ein Band mit klassischer Musik. Genau gesagt, war es Beethovens Neunte Sinfonie, mit der Ode an die Freude, das Stück mit dem ganz großen Chor. Wir lieben die Ode an die Freude.
Benedikt sang lauthals mit: »Ohho Freu-eunde, nicht diese Töhö-ne... sondern laßt uns aha-ahandere, freu-heuden-vollere anstimmen«...
Seine Mutter mußte es hören!
Nach diesem Auftakt kommt eine längere Passage ohne Gesang. »Da-da-da dadada da-da-da«, sangen wir mit Pauken und Trompeten. Dann ging es voll los: »Freude, schöner Götterfunken, Tochter aus Elysium«...
– bei »Wir betreten feuertrunken, Himmlische, dein Heiligtum«

hörten wir auf zu singen, wir hatten andere, freudvollere Gefilde betreten – um es dezent zu umschreiben.
Die Ode an die Freude ist ein langes Stück. Mindestens fünfundzwanzig Minuten lang.
...»Und der Cherub steht vor Gott«, seufzte Benedikt in mein Ohr. Großes Getöse. Alle sangen durcheinander, und Pauken und Trompeten überschlugen sich.
...»Wer ein holdes Weib errungen, mische seinen Jubel ein«, schrie der Chor, und Benedikt flüsterte: »Diese Zeile gefällt mir am besten« und schlief lächelnd ein.
Es gibt Höhepunkte der Musik.
Höhepunkte des Lebens.
Höhepunkte des Liebens.
Mit Benedikt kann man alles gleichzeitig erleben.

Als die Ode an die Freude verstummt war, war auch vom Fernseher nebenan nichts mehr zu hören. Benedikts Mutter hatte ihre Stellung aufgegeben.

6. Kapitel

Sonntags beim Mittagessen, es gab Tomatensuppe und paniertes Schnitzel mit Kartoffeln und gebackene, reisgefüllte Tomaten – paniertes Schnitzel hatte Benedikt schon als Kind so gerne sonntags gegessen –, verkündete Nora, sie hätte mit Medi telefoniert, und Medi käme zum Nachmittagstee.
Ziemlich aufgeregt zog ich mich um, der eleganten Medi mußte ich mich entsprechend präsentieren, und weil nichts so elegant ist wie absolute Schlichtheit, entschied ich mich für meine weißen Hosen, meine weiße Bluse mit sechzig Prozent Leinenanteil, meine Perlohrringe und weiße Espandrillos. Außerdem verlangte ich von Benedikt eine endgültige Entscheidung, ob ich seine Schwester mit Medi oder Mercedes anreden sollte, aber Benedikt sagte, das sei keine Aufregung wert und würde sich von allein ergeben.

Sie kam um vier. Sie war groß, so groß wie Benedikt, und so dünn, daß sie eigentlich dürr war. Sie hatte eine Ponyfrisur wie ihre Mutter, aber ihr Pony war rundgefönt, eine Frisur wie Mireille Matthieu. Und sie hatte metallicblauen Lidschatten bis hinauf zu den runden Augenbrauen.
Als ich sie im Flur begrüßte, zog sie die Augenbrauen hoch, die metallicblauen Bögen vergrößerten sich. Ich erschauderte und stotterte: »Hallo Merdie...«
Sie kniff die Augen zu, die Metallbögen wurden zu Metallic-Ovalen.
Was hatte ich gesagt? – Merdie!! – Und ›merde‹ heißt auf französisch ›Scheiße‹!
Natürlich hatte sie es gemerkt. Schnell sagte ich: »Du trägst ein wunderbares Seidentuch, Mercedes.«
Sie rückte das riesige Seidentuch, das sie über der Schulter drapiert hatte, zurecht. Das Tuch war mit einer klotzigen modernen Silberbrosche über dem Busen festgesteckt, und direkt neben der Brosche war auf dem Tuch mit goldfarbener Schrift gedruckt: »à Salvador Dali«. Durch den Faltenwurf war das Muster aus groben Pinselstrichen nicht zu erkennen.
»Ein Tuch von Dali«, sagte ich, »wie geschmackvoll.«
»Das ist ein Beuys, falls dir der Name was sagt«, erklärte Mercedes mit hochgezogenen Augen, »es ist eine Hommage von Beuys an Dali. Nur Beuys beherrscht dieses Rostbraun. Hat Beuys für Karl Lagerfeld entworfen. Und mein ständiger Verehrer, mein Herzallerliebster, hat es mir geschenkt.«
»Wunderschön«, log ich, was hätte ich sonst sagen sollen? In Illustrierten hatte ich schon Anzeigen für solche Künstler-Seidentücher gesehen – immer steht dabei, daß die Auflage limitiert und die Nachfrage enorm sei, trotzdem wird dafür monatelang Werbung gemacht. Ich hatte mich immer gefragt, wer so was kauft, nun wußte ich es.
»Jetzt brauch ich erst mal eine gute Tasse Tee«, sagte Mercedes zu ihrer Mutter. Sie sagte es, als hätte sie die Wahl zwischen guten und schlechten Tassen Tee.
»Soll ich das gute Service holen?« fragte ich. Nora nickte gnädig.

»Wo ist mein Bruderherz?«
»Im Spielzimmer.«
Mercedes ging hinein, ohne anzuklopfen. »Sei gegrüßt, Bruderherz, ich hab Tränen gelacht, als Mutti erzählte, daß du jetzt wieder im Spielzimmer gelandet bist.«
»Hier läßt es sich leben«, sagte Benedikt.
»Hab schon gehört – leben und lieben«, kicherte Mercedes.
Benedikt ging nicht darauf ein. Er erkundigte sich mit den üblichen Fragen nach ihrem Urlaub: »Wie war das Wetter? Das Essen? Wie war Frankreich?«
»Wie üblich alles vom Feinsten«, sagte Mercedes, »mein Herzallerliebster hat mir wieder die Welt zu Füßen gelegt.« Sie zündete sich eine Cartier-Zigarette an.
Ich deckte den Tisch im Garten, mit Treppenstufenmuster-Service und der Braun-orange-Plastikdecke, Mercedes sollte merken, wie gut ich mich den Gepflogenheiten ihres Mutterhauses anzupassen wußte.
Benedikt wollte nicht mit uns teetrinken, er verzog sich nach oben in sein Zimmer, er wollte eine Tennisübertragung sehen. Also saß ich allein zwischen Nora und Mercedes und versuchte einen guten Eindruck zu machen. Ich lauschte Mercedes: Wie üblich hatte sie ihr Verehrer mit den teuersten Kleidern überhäuft. Und er bewunderte ihren instinktiven Pariser Chic. Mercedes seufzte: »Dabei ist mir völlig egal, was Mode ist.«
Ich nickte beifällig und betrachtete dabei unauffällig Mercedes' engen Rock, an einer Seite geschlitzt, der Schlitz mit schmalen Plisseefalten unterlegt, Modell ›Der letzte Schrei aus dem Neckermann-Katalog‹. Trotzdem wurde ich leicht neidisch, als Mercedes sagte: »Immer wenn wir im Urlaub sind, gibt er mir für einen Tag seine Kreditkarte, und da kaufe ich nach Herzenslust ein.«
Dann erzählte Mercedes über ihre Kolleginnen in der Firma, sie waren allesamt doof, »Einbildung statt Bildung«, erklärte sie. Die Männer in der Firma vergötterten Mercedes. Ein Kollege hatte ihr sogar eine Postkarte aus dem Urlaub geschrieben! »Mein Herzallerliebster darf auf keinen Fall erfahren, was mit dem Arno läuft«, sagte sie kokett.

Ich staunte, wie offen sie mit ihrer Mutter über ihre Affären sprach.
»Wenn ich den Arno wieder treffe, werde ich das kurze Strandkleidchen tragen, das mir mein Herzallerliebster gekauft hat.« Sie kicherte: »Obwohl es eigentlich unmöglich ist, ein so kurzes Kleid im Büro zu tragen. Aber alle meine Kollegen sagen, ich könnte so was tragen, ich mit meinen endlos langen Beinen!«
»Ja«, sagte ich artig und betrachtete die Beine von Mercedes. Sie waren so braun wie ein paar Wiener Würstchen, auch so dünn und wadenlos und meinetwegen auch so endlos. Aber eigentlich erschienen mir Wiener Würstchen endloser.
Endlich, um halb sechs, wurde mein angestrengtes Zuhören belohnt: »Da war doch noch die Sache mit meinem Zimmer«, sagte Mercedes.
»Ach so, ja«, ich bemühte mich, so zu tun, als hätte ich die Sache über ihren Erzählungen vergessen.
»Allerdings möchte ich meine Sachen pfleglich behandelt wissen.« Mercedes' Augenbrauen erreichten den Höchststand, die Ponygrenze.
»Selbstverständlich, ich bin doch Innenarchitektin.« Und um auch was Bedeutendes zu sagen, sagte ich: »Es ist mir ein Bedürfnis, mich im Wohnbereich mit schönen Dingen zu umgeben.«
Dazu sagte sie nichts. Umständlich brachte sie ihr hundertprozentseidenes Kunstwerk in die korrekte Position: »Also, gehen wir mal rauf.«
Ich folgte ihr in gebührendem Abstand.
»Es ist ganz was anderes«, sagte sie auf der Treppe, »ob man im eigenen Haus wohnt oder nur zur Miete. Mein Hausbesitzer hat gerade wieder die Miete erhöht, die einfachste Wohnung kostet heutzutage ein Vermögen.« Mercedes drückte die Türklinke runter. »Es ist abgeschlossen«, stellte sie fest.
Ich sagte nicht, daß ich das gewußt hatte.
Mercedes ging wieder runter. Ich nutzte die Gelegenheit, um in Benedikts Zimmer reinzuschauen. Er schlief friedlich. Wartend stellte ich mich neben der Tür meines zukünftigen Zimmers auf. Es war fast wie damals, als ich zehn Jahre war und mein erstes eigenes Zimmer bekam.

Mercedes kam mit dem Schlüssel: »Mein altes Zimmer strahlt auf mich jedesmal eine so beruhigende Wirkung aus«, sagte sie und schloß endlich auf.

Zuerst sah ich nur ein Stück staubgrüne Tapete. Dann hielt ich mir die Hand vor den Mund, fast hätte ich geschrien vor Schreck: Gegenüber der Tür hing ein Kunstdruck von Edvard Munch – diese schreiende Frau auf der Brücke, die den Mund so oval aufgerissen hat, als wollte sie ein Ei hochkant verschlucken! Der Rand der Spanplatte war schwarz lackiert.
Dann sah ich die anderen Kunstdrucke: links neben dem Fenster viermal Tänzerinnen von Degas, die Spanplattenränder rosa. Darunter von Picasso aus der Blauen Periode ein armseliges Artistenpaar mit blauem Rand. Seerosen von Monet mit grünem Rand. An der Wand links über dem Bett zwei Dalis, die zerfließenden Uhren und was mit Schwämmen und Steinen. Ein kubistisches Stilleben mit Gitarre. Drei Blumenbilder von van Gogh und sein Selbstporträt mit dem abgeschnittenen Ohr – das war blutrot umrandet. An der Stirnwand des Zimmers eine russische Ikone, Madonna mit Kind, gelb umrandet. Und ein Chagall, lila umrandet. An der gegenüberliegenden Wand nur ein Kunstdruck: eine Fotografie dieser massigen Skulptur von Rodin, mit diesem affenähnlichen Mann, der seinen schweren Kopf auf die Hand stützt.
Ich wußte nicht, was ich sagen sollte. Um irgendwas zu sagen, zeigte ich auf die schreiende Frau: »Irgendwie paßt dieses Bild nicht zu den anderen.«
»Für mich ist das ein sehr wichtiges Bild«, erklärte Mercedes mit hochgezogenen Augenbrauen, »dir gefallen natürlich Tänzerinnen und Seerosen besser. Mir persönlich ist das, trotz aller künstlerischen Qualität, heute fast zu oberflächlich.«
Ich hielt die Luft an und sagte nichts mehr. Keine Frage, sobald Mercedes das Haus verlassen hatte, würde dieser Kunstkäse genauso verschwinden wie der in Benedikts Zimmer.
Ansonsten war das Zimmer ähnlich eingerichtet wie Benedikts Zimmer: ein vierteiliger d-c-fix-Schrank, ein schmales Bett, ein Tischchen. Und eine Stehlampe mit einem Schirm aus Korbge-

flecht, die aussah wie ein umgedrehter Papierkorb auf einer Stange. An der Decke eine geflochtene Kugel aus Peddigrohr. Mercedes öffnete den Schrank: »Hier ist Mutters Sammlung untergebracht.«

In jedem Schrankfach lagen Illustrierte. Ich sah von Illustriertenstapel zu Illustriertenstapel. Manche Hefte waren jahrealt, andere neu. Was war das für eine Sammlung? Es waren unterschiedliche Illustrierte – aber auf jedem Titelbild war Grace Kelly beziehungsweise Gracia von Monaco.

»Mutter sammelt alles über die verstorbene Fürstin von Monaco.«

»Warum denn das?« Mir war unerklärlich, wie jemand das Sammelgebiet ›Gracia von Monaco‹ haben kann, noch dazu eine einundsechzigjährige Lehrerin!

»Mutter hat am 12. November Geburtstag, genau wie die Fürstin, beide sind typische Skorpion-Frauen.« Mercedes sah auf ihre klobige Silberuhr mit einem Zifferblatt aus einem braunen polierten Stein: »Ich muß gehen, mein Herzallerliebster telefoniert sich die Finger nach mir wund.«

»Also dann, vielen Dank.«

Sie gab mir nicht die Hand, sie winkte nur kurz mit den Fingern.

Aus dem Fenster vom Bad konnte ich sie wegfahren sehen. Madame Mercedes fuhr einen biederen Renault.

Ich setzte mich auf das Bett. Hier saß ich nun: vor mir die schreiende Frau auf der Brücke, hinter mir hundertfach Fürstin Gracia von Monaco. Plötzlich fragte ich mich, wie mein Leben weitergehen würde.

»Werde tätig, Viola Faber«, befahl mir eine innere Stimme, es war die Stimme meines Vaters. Immer hatte er gepredigt, der ›Homo faber‹ sei der Handwerker, der schaffende Mensch, der seine Fähigkeiten nutzt, und ich, Viola Faber, solle gefälligst meinem Namen gerecht werden. »Werde tätig, Viola Faber.«

Ich weckte Benedikt. Mit geschlossenen Augen murmelte er, ich solle alles, alles in den Mülleimer werfen und ihn bitte, bitte schlafen lassen.

»Du weißt genau, daß das nicht geht.«
»Doch, ich kann noch schlafen«, Benedikt zog sich die Decke über den Kopf.
Ich ging zurück ins Zimmer von Mercedes. Benedikt hatte recht: Wenn das mein Zimmer werden sollte, mußte alles raus. Ich starrte auf den beigegelben Linoleumfußboden. Es gibt nichts Schöneres für Innenarchitekten, als Linoleum abzureißen. Was man unter Linoleum schon alles entdeckt hat: von altrömischen Mosaikböden bis zu Barockparkett mit Intarsien. Gierig riß ich das Linoleum an einer Ecke hoch – darunter war tatsächlich Holz! Allerdings nicht gerade Barockparkett. Holzdielen, mit kackbraunem Lack gestrichen. Betroffen ließ ich das Linoleum sinken.
Aber dann dachte ich: Wenn ich jeden Tag nur ein kleines Stück vorankomme, werde ich irgendwann fertig sein. Bis ich bei Onkel Georg anfange, im Oktober oder November, ist mein Zimmer auf jeden Fall fertig und vielleicht das von Benedikt dazu, und dann würden wir nach und nach das Spielzimmer zu einem echten Wintergarten umbauen und dann die Küche... und nächstes Jahr würde hier irgendwo mein Kronleuchter in ganzer Pracht erstrahlen. Wo, wußte ich allerdings noch nicht, aber Probleme löst man eines nach dem andern.
Ich ging hinunter in die Küche. In der Küche war Nora. Lächelnd sagte ich: »Kann ich etwas Zeitungspapier haben? Ich will die Kunstwerke von Medi einpacken, damit ihnen nichts passiert.«
»Und ich will Johannisbeermarmelade machen, Benedikts Lieblingsmarmelade, aber mein Rücken tut so wahnsinnig weh.«
Ich kapierte sofort: »Ich pflücke die Beeren für dich.« Und ich machte es gern, Beerenpflücken ist eine reizende Sonntagabendbeschäftigung. Besonders, wenn man mit Benedikt zusammen Beeren pflückt!
Jetzt ließ er sich gerne wecken. Nur als er die Johannisbeersträucher sah, sagte er: »Eigentlich kann ich Johannisbeermarmelade nicht ausstehen.«
»Warum hast du das deiner Mutter nie gesagt?«
»Sie würde fragen, was ich lieber hätte, würde ich sagen Erdbeermarmelade, müßte ich bis an mein Lebensende Erdbeermar-

melade essen. Kennst du eine Marmelade, die man bis an sein Lebensende essen möchte? Nur wenn du eine Marmelade wärst, wüßt ich eine Antwort!«

Ich lachte. »Morgen kaufe ich verschiedene Marmeladensorten, und dann werden wir deine Mutter an deinen wechselhaften Marmeladengeschmack gewöhnen. Und nächstes Jahr pflanzen wir Rosen statt Johannisbeeren!« Das war eine Idee, die mich begeisterte. »Und Tulpen statt Tomaten!«

Benedikt hatte nichts dagegen. So wild ist er gar nicht auf Tomaten.

Dann diskutierten wir die Vorteile und Nachteile von Teppichboden und Holzboden. Teppichboden ist eleganter, aber langweiliger. Teppichboden kostet viel Geld, Holzbodenrenovieren viel Zeit. Benedikt sagte, er verlasse sich blind auf meinen Geschmack. Wir küßten uns zwischen den Beerensträuchern.

Ehe wir die Johannisbeeren in die Küche brachten, schärfte ich Benedikt ein, seine Mutter nach dem Zeitungspapier zu fragen. Es war zwar leicht blöd, Benedikt vorzuschieben, aber praktischer. Ich habe nie Wert darauf gelegt, aus Problemchen ein Emanzipationsdrama zu machen. Meine Devise: Jeder soll machen, was er oder sie am besten kann.

»Ich brauch Zeitungspapier«, sagte Benedikt, »Viola will Medis Zimmer renovieren.«

»Meinst du, daß das nötig ist? Ich finde, das sollte Medi selbst entscheiden.«

Ich war sprachlos. Wie stellte sich Nora mein Leben hier vor?

»Bitte, komm mal mit«, sagte ich zu Benedikt und ging ins Spielzimmer.

»Deine Schwester hat heute nachmittag deutlich gesagt, daß ich ihr Zimmer haben kann. Was soll das Theater deiner Mutter?«

»Sieht so aus, als wären wir kurz vor unserem ersten Krach«, seufzte Benedikt. »Was soll ich machen, Herzchen?«

»Ruf Mercedes an, sie soll es deiner Mutter bestätigen.«

»Sehr gute Idee. Wird sofort realisiert.« Er ging ins Wohnzimmer zum Telefon. Mercedes' Nummer war besetzt.

»Medi ist immer sehr schwer zu erreichen«, sagte Benedikts Mutter, »ständig rufen Freunde bei ihr an.«

Im Fernsehen lief ein Krimi – ein Familiendrama um einen verschwundenen Sohn und eine tote Katze. Das Warten auf das Freizeichen bei Mercedes war spannender als der Krimi.
Als es endlich klappte, sagte Benedikt: »Aha, Schwesterherz, du hast das gleiche Programm eingeschaltet wie wir.« Dazu schien seine Schwester viel zu sagen zu haben, jedenfalls dauerte es lange, bis Benedikt wieder zu Wort kam: »Mutti meint, wir sollten dich in aller Förmlichkeit darum bitten, daß Viola dein Zimmer renovieren darf.«
Auch darauf antwortete sie ziemlich viel.
Plötzlich sagte Benedikt: »Ist das dein Ernst?« Und nach einer langen Antwort von ihr schließlich: »Ich werd's ausrichten« und legte auf.
Als er auflegte, war auch der Krimi zu Ende: Die Mörderin hatte Selbstmord begangen.
Benedikt sagte: »Medi möchte für ihr Zimmer 350 Mark Miete.«
»Medi ist die Großzügigkeit in Person«, sagte Nora prompt.
»Warum hat sie das nicht gleich gesagt?« Lässig ging ich hinüber ins Spielzimmer, nahm aus dem Umschlag in meiner Handtasche 350 Mark und legte sie vor Nora auf den Mosaiktisch.
»Medi fällt es so schwer, über Geld zu reden«, sagte Nora, »eigentlich hätte sie erwartet...«
Ich unterbrach sie und sagte zu Benedikt, als wäre Nora gar nicht anwesend: »Kannst du mir jetzt das Zeitungspapier besorgen? Ich brauche viel, ich werde das Zimmer vollständig renovieren.«
Benedikt grinste mir zu: »Und den Schrank mit den Illustrierten möchtest du bestimmt nicht in deinem Zimmer behalten. Sollen wir ihn auf den Müll schaffen?«
Der Schrank könnte vielleicht vorläufig auf den Flur, meinte Nora zögernd. Dann brachte sie eine alte Zeitung, mehr hätte sie nicht, ich hätte alle beim Fensterputzen verbraucht.
»Dann eben alte Illustrierte.«
Widerwillig zeigte sie mir in der Besenkammer einen Stapel ausgemusterteter Illustrierte, in denen nichts über die Fürstin von Monaco stand, die dürfte ich nehmen. Na also.

»Medis Mietforderung grenzt an Mietwucher«, sagte Benedikt, als wir im Bett lagen, »das ist doppelt soviel, wie ich an deinen Vater bezahlt habe.«
»Das ist mir egal.« Und ich meinte es auch so. »Hauptsache, niemand kann behaupten, ich würde mich von dir aushalten lassen. Und dieses Gefühl ist unbezahlbar.«
»Du bist die ideale Frau für mich«, flüsterte Benedikt und überschüttete mich mit unbezahlbaren Gefühlen.
Ehe wir einschliefen, fragte ich: »Wie ist denn der Herzallerliebste deiner Schwester?«
»Ich kenne ihn nicht.«
»Du kennst ihn nicht?«
»Ich glaube, ich hab ihn nur einmal kurz gesehen.«
»Deine Mutter sagt, daß er ihr ständig Heiratsanträge macht. Warum heiratet sie nicht?«
»So spießig ist sie nun doch nicht.«
Heimlich und ehrlich fand ich Mercedes spießig genug. Ich fragte mich nur, warum ihr ein Mann überhaupt einen Heiratsantrag macht. Noch dazu ständig.

7. Kapitel

Am Montag war alles so, wie man es sich von Anfang an gewünscht hatte: Nora verließ frühmorgens das Haus. Sie trug keinen Jogginganzug, sondern einen Trevira-Hosenanzug mit permanenter Bügelfalte. Leider verließ sie das Haus zur gleichen Zeit wie Benedikt, aber egal. Ich winkte ihnen hinterher.
Ich ließ die Reste des Frühstücks stehen, rannte hinauf. Holte meinen Fotoapparat aus dem Karton. »Bevor man etwas verändert, alles fotografieren, falls es hinterher Ärger gibt«, hat man uns im Studium eingetrichtert. Die schreiende Frau sah mich so entsetzt an, als wäre ich einer der Barbaren, die einst Roms Kunstschätze zerstörten. Ich fotografierte sie, als wäre mein Fotoapparat ein Revolver.
Sekunden nach dem letzten Foto lagen die sechzehn Kunstkäse-

platten auf dem Boden. Auf der vergilbten staubgrünen Tapete waren, wo die Bilder gehangen hatte, sechzehn dunkelstaubgrüne Rechtecke. Das sah gar nicht schlecht aus. Wie auf einem Friedhof mit alten Grabsteinen, auf denen die Namen verwittert sind. Wie die Schatten einer weit entfernten Vergangenheit.
Ich schleppte Noras alte Illustrierte und einen Karton in mein Zimmer, um die Bilder endgültig verschwinden zu lassen. Das Einpacken dauerte länger als vermutet. Es war nicht leicht zu entscheiden, ob ich Rodins denkenden Mann in eine Reportage über Geisterheiler einpacken sollte oder lieber von Exkaiserin Soraya umhüllt? Schließlich wickelte ich ihn in eine mehrseitige Anzeige für enorm günstige Geldanlagen, das war die beste Umgebung für sein endloses Nachdenken. Die schreiende Frau hatte ich zuerst zwischen Kochrezepte gepackt, weil sie irgendwie hungrig aussah, aber dann entdeckte ich einen Bericht über einen gräßlichen Unfall, bei dem zwei Schulbusse auf einer Brücke zusammengestoßen und einer brennend die Brücke hinuntergestürzt war – der Bericht war voller Fotos von Menschen, die schreiend auf der Brücke standen. Würde Mercedes ihre Kunstschätze je wieder auspacken, würde sie staunen über meine sensibel passenden Verpackungen.

Ich mußte einen Plan machen, welche Arbeiten in welcher Reihenfolge auszuführen waren. Das haben wir in Arbeitsplanung gelernt. Erst wird lackiert, dann tapeziert – eine eherne Regel, weil es viel einfacher ist, eine ganz exakte Kante zu tapezieren als zu lackieren. Und hier mußte zuerst die uralte Farbe von der Decke gewaschen werden, ehe man streichen konnte. Aber zuallererst macht der Innenarchitekt einen Kostenvoranschlag.
Viel würde es nicht kosten. Schließlich konnte ich alles selbst machen. Ein bißchen Lack: höchstens fünfzig Mark. Wenn ich weiße glatte Tapeten mit Wandfarbe streiche, würde das höchstens hundert Mark kosten. Vielleicht viel weniger: Ich mußte Onkel Georg fragen, über ihn konnte ich alles zum Einkaufspreis bekommen. Der größte Posten wäre der Teppichboden, falls ich mich für Teppichboden entscheiden würde. Aber wie lange würde es dauern, den alten Lack von den Dielen zu schleifen, neu zu lackieren?

Ich schleppte den Karton mit dem Werkzeug die Treppe hoch. Ich installierte unseren Radiorecorder in meinem Zimmer, machte mir eine Thermoskanne Kaffee, wer renoviert, braucht permanent Kaffee und Musik. Dann hängte ich die scheußliche Gardinenstange ab mitsamt den verstaubten Gardinen, schleppte den Tisch in den Flur. Und heute abend würde Benedikt mir helfen, das kindische Bett von Mercedes zu entsorgen.

Die Planungsphase begann: Ewigkeiten versuchte ich, mir die Wände des Zimmers in einem leichten Türkis oder einem pudrigen, aber nicht kitschigen Rosé vorzustellen. Aber ein pudriges Rosé würde im Sonnenlicht verstaubt wirken. Andererseits wirken blaue Zimmer immer etwas kühl, aber mein Zimmer lag auf der Sonnenseite, da konnte ich mir Blau leisten. Und der große Vorteil von Blau ist, daß kleine Zimmer dadurch größer wirken. Die Idee, alles weiß zu machen, verwarf ich sofort, das hat wirklich jeder, das war mir als Innenarchitektin zu unoriginell.
Ich rief Benedikt im Büro an, was er dazu meinte. Als mich Angela durchstellte, sagte sie wieder: »Herr Windrich, Ihre Freundin will was von Ihnen.«
Benedikt sagte, im Moment hätte er andere Probleme zu lösen, ich solle später wieder anrufen.
Wenn man vor schwierigen Entscheidungen steht, ist es am besten, eine Weile an ganz was anderes zu denken. Ich griff zu einer Illustrierten. Aus einem exklusiven Tatsachenbericht erfuhr ich, daß der Aga Khan, der gottgleiche Herrscher der Ismaeliten, nie eine Ausgabe gescheut hatte, um seine Frau, die Begum, glücklich zu machen. Weil Margeriten die Lieblingsblumen der Begum sind, ließ der Aga Khan einmal Hunderte von Gärtnern eine ganze Nacht lang unter dem Schlafzimmerfenster der Begum ein Margeritenfeld anpflanzen. Am Ende des exklusiven Tatsachenberichts stand: »Er tat es, nur um des Morgens ein einziges Lächeln auf ihr Gesicht zu zaubern.« – Daneben ein Foto der Begum, im goldenen Sari deutete sie mit dezentem Lächeln auf einen goldenen Tisch, auf dem eine goldene Vase stand, proppenvoll mit Margeriten. – Margeriten gefallen mir auch, ich hätte nie gedacht, daß ich den gleichen Geschmack habe wie die Be-

gum. Ich sah mir das Bild genauer an: Die Begum hatte Parkettfußboden.
Ich rief Benedikt noch mal an. Er sagte, wir sollten das abends ausdiskutieren. Und es sei nicht so gut, wenn ich ihn so oft im Büro anrufe. Wir einigten uns darauf, daß ich ihn ohne weiteres zweimal pro Woche anrufen könnte. Und er würde mich immer anrufen, wenn der Chef und Angela weg wären. Und weil Benedikt gerade allein im Raum war, schickte er mir drei Küßchen durchs Telefon.
Im Radio kamen die Vierzehn-Uhr-Nachrichten, da knarrte die Treppe, Nora war zurück.
»Hallo, guten Tag, Nora«, sagte ich fröhlich.
»Guten Tag.« Sie schien erstaunt, als hätte sie vergessen, mich hier vorzufinden.
»Soll ich den Tisch decken?« Ich hatte Hunger.
Es stellte sich heraus, daß ich vergessen hatte, daß Nora an den Unterrichtstagen entweder mit Medi oder allein bei dem preisgünstigen Griechen aß. Es lohne sich nicht, für eine Person zu kochen. Meinte sie mich oder sich mit dieser einen Person? Dann erklärte Nora, daß sie nachmittags Wert auf absolute Mittagsruhe lege, sie müsse sich vom Schülerstreß erholen. Außerdem müsse sie Hefte korrigieren. Mit ihrer großen Aktentasche, verschwand sie gähnend in ihrem Zimmer.
Ich stellte das Radio ab, holte mir ein Fertigmenü aus der Tiefkühltruhe und aß in meinem Zimmer. Das konnte mir nur recht sein. Lieber allein beim Essen alte Illustrierte lesen als mit Nora über frische Tomaten plaudern!
Ich griff zu einem Heft, auf dem stand: »So machte Onassis seine Jackie glücklich.« Grundsätzlich interessiere ich mich zwar überhaupt nicht für Regenbogenpressegeschreibe, aber wenn man zufällig ein Heft in die Hand bekommt... außerdem fragt man sich heute noch, warum die schicke Jackie den dicken Onassis geheiratet hat.
Ich las: »Um die verwöhnte Präsidentenwitwe zufriedenzustellen, mußte Aristoteles Onassis tief in sein Portemonnaie greifen. Schon der ermordete Präsident Kennedy hatte geklagt, daß für seine Frau nur das Teuerste gut genug sei und Jackie nie mit ih-

rem Taschengeld auskäme. Onassis mußte die gleiche Erfahrung machen – entsprachen die Geschenke, mit denen er Jackie überhäufte, nicht ihrem Geschmack, sprach sie tagelang kein Wort mit ihm. Jackie schloß sich in ihre Privatkabine auf seiner Luxusjacht Christina ein. Augenzeugen berichten, daß der verzweifelte Reeder oft nächtelang an Jackies Kajütentür klopfte – ohne Erfolg!
In seiner Verzweiflung gab Onassis einen Dauerauftrag an den teuersten Juwelier der Welt, Tiffany in New York. Tiffany, der Juwelier der Reichen und der Schönen, sollte jeden Monat ein Kollier an Jacqueline Onassis schicken, jedes Stück im Wert von mindestens einer Million!
Für die kapriziöse Jacqueline, in deren Adern auch französisches Blut fließt, hatte sich der milliardenschwere Reeder eine besondere Überraschung ausgedacht: Er befahl den Juwelieren, für jedes Kollier jeweils die Edelsteine zu verwenden, die zum Sternzeichen des Monats gehören.«
Darunter war eine Tabelle mit Sternzeichen und Edelsteinen, der zu entnehmen war, daß Jackie Ende Januar ein Kollier aus Aquamarinen bekam, weil der Aquamarin zum Wassermann gehört.
Im Fische-Monat Februar/März eines aus blauen Saphiren.
Im Widder-Monat ein Rubin-Kollier.
Zum Stier gehört ein Stein, den ich nicht kannte, ein orangeroter Karneol. War der teuer? Mußte wohl, wenn das Kollier eine Million gekostet hatte.
Zu den Zwillingen gehört Bernstein. Ausgerechnet Bernstein! Ich bin Zwilling! Nein, das glaubte ich nicht! Jackie Onassis und eine Bernsteinkette! Und wie konnte eine Bernsteinkette eine Million kosten? Vielleicht waren es riesige Bernsteinklumpen mit Brillis besetzt? Oder riesige Brillis in kleine Bernsteine gefaßt? Benedikt käme jedenfalls nie auf die Idee, mir eine häßliche Bernsteinkette zu schenken.
Zum Krebs gehören Smaragde und Perlen, das war eher was.
Und zum Löwen die Diamanten.
Zu den Jungfrauen gelbe Diamanten und gelbe Saphire.
Im Waage-September bekam Jackie für eine Million blaue Topase.

Im Skorpion-Monat schwarze Opale und Korallen. Merkwürdig: Für eine Million bekam man sicher eine ganze Koralleninsel, oder?
Im November ein Kollier aus Lapislazuli, das ist der undurchsichtige blaue Stein mit goldenen Äderchen. Ich hatte mal in einem Museum eine Tischplatte aus Lapislazuli gesehen. Wieviel Millionen die dann gekostet hatte?
Und im Steinbock-Dezember eine Kette aus schwarzen Perlen. Das konnte ich mir eher vorstellen, daß eine Kette aus ganz großen, gleichmäßigen schwarzen Perlen eine Million kosten konnte. Allerdings hätte ich mich über was anderes mehr gefreut, schwarze Perlen finde ich kitschig.
Unter der Tabelle stand: »Im nächsten Heft verraten wir Ihnen, liebe Leserinnen, was Onassis seiner Jacqueline zu Weihnachten schenkte.« Ich sah den Illustriertenstapel durch. Das nächste Heft war leider nicht dabei.
Dafür stand auf dem nächstbesten Titelblatt: »Wie Multimilliardär Donald Trump seine Ivana verwöhnte.«
Man erfuhr, daß auch Donald Trump seine Ivana mit Schmuck behängte, ausschließlich mit allerteuerstem Schmuck. Interessant war nur diese Information: »Allerdings plauderte der smarte Multimilliardär in einem Interview aus, er verschenke deshalb ausschließlich wertvollen Schmuck, weil der im Falle einer Trennung zurückgefordert werden kann. – Deshalb, liebe Leserin, können Sie glücklich sein, wenn Ihnen Ihr Partner eventuell ein weniger kostbares Schmuckstück zum nächsten Festtag schenkt.«
Aha.
Und so was ist Noras Lieblingslektüre! Außerdem machte sie jedes Kreuzworträtsel. Mit roter Tinte! Vielleicht prüfte sie auch so ihre Schüler: Arabische Kopfbedeckung mit drei Buchstaben? Feierliches Gedicht mit drei Buchstaben? Winterfell des Wiesels mit acht Buchstaben? Autokennzeichen von Ennepetal mit zwei Buchstaben? Mutter und Gattin des Ödipus mit sieben Buchstaben? Europäische Hauptstadt mit drei Buchstaben? Lebensgemeinschaft mit drei Buchstaben?

8. Kapitel

Wenn man später an solche Zeiten zurückdenkt, fragt man sich, was damals eigentlich passiert ist. Wenn man so intensiv an einem Ziel arbeitet, wie ich an der totalen Erneuerung meines Zimmers arbeitete, dann werden Stunden zu Tagen, Tage zu Wochen, von Monaten ganz zu schweigen. Es sind Zeiten, die keine Spuren hinterlassen, es existiert nur ein Gedanke: Das Ziel ist nicht erreicht.

Wie mühsam ist es, alte Leitungen unter Putz zu legen! Jeden Abend klagten Benedikt und ich gemeinsam darüber, daß alles doppelt so lange dauert, wie man realistisch geplant hat, und viermal so lange, wie man optimistisch gehofft hat.

Alles wurde auch teurer als gedacht. Benedikt meinte, es sei nicht so gut, Onkel Georg zu bitten, mir Farben und Teppichboden billiger zu besorgen, er wollte die Kollegen nicht daran erinnern, daß seine Freundin mit dem Chef verwandt ist. »Als Neuer bin ich vom Wohlwollen der Kollegen abhängig«, sagte Benedikt, und: »Jedes Büro ist eine Brutstätte des Neids.«

Bei Benedikt klappte auch nicht alles reibungslos. Es war schwierig für ihn, sich in die Projekte einzuarbeiten. Und obwohl er sich natürlich blendend mit den Kollegen verstand, unterstützten sie ihn weniger, als er gehofft hatte.

Sein Kollege Detlef Jacobi, mit dem Benedikt meist essen ging, war kaum älter als Benedikt, schweigsam, aber nicht hinterhältig. Detlef lebt wie wir unverheiratet mit seiner Freundin zusammen. Allerdings scheint diese Beziehung aus einer Dauerkrise zu bestehen: Detlefs Freundin Tanja denkt nur an ihre Karriere als Bankkauffrau und nicht genug an Detlef.

Den Kollegen Gerhard Krift sah Benedikt nur freitagnachmittags, nur dann kam er von der Baustelle ins Büro.

Der ältere Kollege, Herr Wöltje, mit dem Benedikt am meisten zusammenarbeitete, wurde das Hauptgesprächsthema bei uns zu Hause. Angela – mit der sich Benedikt nicht duzt, schließlich ist sie die Tochter des Chefs – hatte Benedikt unter dem Siegel der Verschwiegenheit verraten, daß Herr Wöltje mit seinen sechsundvierzig Jahren frisch verliebt sei, und zwar in eine Acht-

zehnjährige! Sie heißt Sandy und soll demnächst Abitur machen. Natürlich ist Herr Wöltje verheiratet, und er hat einen Sohn, so alt wie seine Geliebte.
Benedikt sagte, er hätte gleich so ein Gefühl gehabt, Herr Wöltje rieche geradezu nach Sex. Dann erfuhr Benedikt, daß Herr Wöltje bereits vor acht Wochen ein Einzimmerapartment für seine Sandy gemietet hatte. Und Sandy, deren Eltern gegen das Verhältnis ihrer Tochter mit einem Familienvater waren, war unter großem Krach zu Hause aus- und in Herrn Wöltjes Einzimmerapartment eingezogen.
Es hatte nicht lange gedauert, da zog auch Herr Wöltje aus seinem Eigenheim ins Einzimmerapartment. Angela tratschte, Frau Wöltje hätte ihr am Telefon gesagt, ihr Mann lebe weiterhin zu Hause, er hätte sich nur in der Stadt ein Zweitbüro gemietet, weil er soviel zu tun hätte. Herrr Wöltje aber erzählte frohgelaunt, er fahre nur morgens kurz nach Hause, um die Unterhose zu wechseln und die Post zu holen, ansonsten sei er nur mit Sandy zugange. Und ständig schwärmte Herr Wöltje, daß seine Sandy einerseits so richtig unschuldig lieb sei, andererseits total erwachsen. Vor allem im Bett.
Alle lauerten darauf, Sandy kennenzulernen. Aber Herr Wöltje hielt sie unter Verschluß. Angela behauptete, Sandy sehe gar nicht so gut aus, mußte später aber zugeben, daß sie Sandy nie gesehen hatte, sie hatte es von Frau Wöltje und die von ihrem Sohn.
Benedikt sagte, Herr Wöltje sei aberwitzig eifersüchtig, deshalb dürfe niemand Sandy sehen. Wie recht er damit hatte, wurde uns erst klar, als wir erfuhren, daß Sandy die ehemalige Freundin des Sohnes von Herrn Wöltje war! Darüber sprach Herr Wöltje nicht gern. Aber es war wahr: Er hatte sie tatsächlich auf einer Party seines Sohnes kennengelernt und seinem Sohn ausgespannt! Sandy hätte Herrn Wöltje geschworen, daß sie nie, nie mit seinem Sohn geschlafen habe. Herr Wöltje erzählte, er habe Sandy praktisch als Jungfrau übernommen. Aber jetzt, mit ihm, käme Sandy aus dem Bett gar nicht mehr raus. Herr Wöltje prahlte: »Wir sind beide ans Bett gefesselt.«

Beim Sonntagmittagessen sagte Mercedes: »Mein Herzallerliebster ist sogar älter als euer Herr Wöltje, aber der nimmt es mit jedem Schuljungen auf.« Sie kicherte, offensichtlich in Erinnerungen an die Schuljungen, die sie als Vergleichsbumser erprobt und verworfen hatte.

Fast täglich gab es neue Enthüllungen über Herrn Wöltjes Liebesleben, teils von Angela, teils von Herrn Wöltje selbst. Herr Wöltje stank nach Eau de Toilette der schwulsten Sorte. Und Herr Wöltje kaufte sich knackenge Jeans, mit permanenter Beule über dem Hosenlatz.

Das letzte: Herr Wöltje ließ sich eine Strähne über der Stirn wasserstoffblond färben. Seine Sandy fände das geil, erzählte Herr Wöltje sogar Onkel Georg, und Sandy hätte gesagt, er in seinem Alter und mit seinem Stil könne sich das durchaus leisten. Onkel Georg hätte heimlich gegrinst.

Angela telefonierte mit Frau Wöltje und tratschte, Herrn Wöltjes Sohn hätte gesagt, er schäme sich für seinen Vater, der sei viel zu alt für so eine Frisur. Angela hatte nichts Gemeineres zu tun, als es umgehend Herrn Wöltje zu sagen. Aber Herr Wöltje hatte nur gelacht, sein Sohn sei ein konservativer Spießer, genau wie seine Mutter.

9. Kapitel

Die aufregendste Mitteilung aus Benedikts Büro aber war die Einladung zu Angelas Geburtstagsfest. Am 28. September wurde sie neunundzwanzig. Weil der 28ste ein Donnerstag war, fand das Fest erst Sonntagnachmittag statt. Bei schönem Wetter könne man sich im Pool erfrischen, selbstverständlich sei der Pool geheizt.

Ich überlegte wie wahnsinnig, was wir Angela schenken sollten. Benedikt sagte, es müsse vor allem teuer aussehen. Da hatte er recht, Angela als einziges Kind ständig reicher werdender Eltern hatte immer alles bekommen, was sie haben wollte, und sie wollte immer alles haben. Jetzt als Erwachsene wollte sie immer noch alles haben, jetzt von allem das beste.

Ich erzählte Benedikt, daß meine Schwester und ich, wenn wir früher bei Angela zu Besuch waren, nie ihre Spielsachen anfassen durften, aber wir mußten ständig ihre Sachen bewundern. Sie hatte einen Kaufmannsladen, der ein ganzes Zimmer füllte. Und eine Truhe randvoll mit Kasperlepuppen. Sie führte ihre Sachen vor und sagte: »Das habt ihr nicht.«

»Warum hat Angela so viele Spielsachen und wir nicht?« löcherten wir unsere Eltern nach jedem Besuch. Die Antwort war jedesmal: »Weil Angela ein Einzelkind ist.« Natürlich wären Annabell und ich liebend gerne auch Einzelkinder gewesen.

Einmal, bei einem Weihnachtsbesuch – ich war damals vier und Angela sieben –, hat mich Annabell an Angela verkauft. Ich kostete eine Käthe-Kruse-Puppe. Angela wollte mit mir spielen, aber Annabell, die mich als ihren Privatbesitz betrachtete, erlaubte es nicht – ich war schließlich das einzige, was Annabell hatte und Angela nicht. Als Angela bereit war, mich gegen eine Käthe-Kruse-Puppe zu tauschen, war Annabell natürlich einverstanden. Ich weiß nicht mehr, was ich damals empfand, wahrscheinlich war ich auch froh, weil meine neue Besitzerin mehr Spielsachen hatte.

Als dann unsere Eltern kamen und verlangten, daß das Tauschgeschäft rückgängig gemacht würde, heulte Annabell, weil sie lieber die Puppe behalten wollte. Angela heulte, weil sie mich behalten und ihre Puppe zurückhaben wollte. Am allermeisten heulte ich, weil – daran kann ich mich genau erinnern – Tante Susi zu ihrer Angela sagte, es sei dumm, mich gegen die Puppe einzutauschen, die Puppe sei viel schöner, und die Puppe könne sogar »Mama« sagen. Weil jeder Angela zu überzeugen versuchte, daß die Puppe viel besser sei als ich, heulte ich verzweifelt: »Ich kann auch Mama sagen!« Dafür wurde ich furchtbar ausgelacht. Noch Jahre später wurde die Geschichte erzählt.

Damals hatte ich das Gefühl, daß alles, was Angela hatte, besser war. Noch heute habe ich das Gefühl, daß man alles tun muß, um Angela zufriedenzustellen. Also rief ich wegen Angelas Geburtstagsgeschenk auch meine Mutter an, und sie hatte die Idee: Sie hatte nämlich kürzlich zufällig ein Kinderfoto von Angela gefunden, Angela würde das Foto nicht kennen, und sie sehe wirklich goldig darauf aus. Meine Mutter schickte das Foto per Eilboten. Es war ein hübsches Foto. Dazu kaufte ich in einem Antiquitätenlädchen ein antikes Silberrähmchen für fast hundert Mark. Benedikt fand auch, Angela ein Foto von Angela zu schenken, sei ein idiotensicherer Erfolg.

Aber einen Tag nachdem ich das Rähmchen gekauft hatte, kam Herr Wöltje auf die Idee, die Kollegen sollten gemeinsam der Tochter des Chefs ein Hermès-Tuch schenken. Das sei das richtige für Angela, sie wüßte, was ein Hermès-Tuch kostet. Herr Wöltje hatte dieses Hermès-Tuch im Sommer sehr günstig in einem Duty-free-Shop gekauft, eigentlich war es für Frau Wöltje gedacht gewesen, aber das stand nun nicht mehr zur Diskussion, also wollte Herr Wöltje das Tuch loswerden. Und natürlich konnte Benedikt nicht aus der Reihe tanzen und beteiligte sich an dem Tuch. Folglich würde ich Angela das Rähmchen allein schenken – so gesehen war das Geschenk ein bißchen teuer, aber egal. Und Benedikt fand auch, es sei besser so, denn ein Kinderbild von Angela war ein sehr persönliches Geschenk und hätte die Kollegen wieder neidisch gemacht auf Benedikts private Beziehungen zum Chef.

Und er mußte aufpassen. Denn obwohl die Erzählungen aus Benedikts Architektenleben den Eindruck erweckten, alles sei ganz locker und lässig, gab es ungeschriebene Vorschriften. Zum Beispiel hatte Onkel Georg Herrn Wöltje gesagt, er und Tante Susi würden sich freuen, bei Angelas Geburtstagsfest auch Frau Wöltje zu sehen. Damit hätte Onkel Georg klargemacht, daß Herr Wöltje nicht mit seiner Freundin zu erscheinen habe. Das fand ich nun ziemlich spießig von Onkel Georg. Aber Benedikt erklärte, im Geschäftsleben gelte die allgemeine Geschäftsregel, daß Privatangelegenheiten nur stören. Benedikt gab mir sogar den Rat, zu vergessen, daß Angela meine Cousine ist – jetzt ist sie die Tochter des Chefs.

Wie sollte ich das vergessen? Hatte sich Angela in den drei Jahren, seit ich sie das letzte Mal sah, so verändert?

»Die Situation hat sich verändert«, sagte Benedikt.

Auf jeden Fall war ich wahnsinnig gespannt, Angela nächste Woche wiederzusehen.

10. Kapitel

Jeden Nachmittag gegen fünf, wenn Nora nach ihrer Mittagsruhe aus ihrem Zimmer kam, fragte ich, was ich einkaufen sollte. Ich fragte sie mit Absicht täglich, sie sollte merken, wie nützlich meine Existenz im Haus ist. Nora sagte täglich, sie hole sich alles aus ihrem Garten. Wenigstens durfte ich ihr immer eine Kleinigkeit mitbringen, ein bißchen Waschpulver, ein bißchen Klopapier, eine kleine Glühbirne und natürlich das Abendessen für uns.

Statt dankbar zu sein, daß ich alles einkaufte, sagte Nora zu Benedikt, ich sei kaufsüchtig: Kaufsucht sei die neue Frauenkrankheit. Sie hätte in einem Tatsachenbericht gelesen, viele Frauen würden in ihren Schränken bis zu zwanzig Pelzmäntel und hundert Hüte horten. Ein Mann, der eine kaufsüchtige Frau habe, dessen Leben sei die Hölle. Ich hatte den sogenannten Tatsachenbericht auch gelesen, er stand in jeder zweiten Illustrierten. Aber ich habe keinen Pelzmantel und will keinen! Und welche Frau trägt heute noch Hüte?! Auch Benedikt lachte nur über die Horrorgeschichten seiner Mutter.

Trotz Noras massiver Widerstände gelang es mir, Schritt für Schritt ihre Abwehrposition abzubauen. Sie hatte zwar mißbilligend gesagt, Lachs sei Luxus und ein preiswerter Rollmops sei ihr lieber, aber sie aß eindeutig gern Lachs. Und die teuerste Leberpastete aß sie so gerne, daß sie sagte, die hätte Benedikt auch als Kind so gerne gegessen. Benedikt sagte mir, niemals hätte es früher Leberpastete gegeben, nur grobe Leberwurst.

Die Marmeladen, die wir nun zum Frühstück hatten, triumphierten über Noras selbstgebastelte Marmeladen. Ich kaufte nur beste Sorten: Himbeergelee mit Himbeergeist, altenglische Orangenmarmelade mit Grand Marnier, Wacholderbeergelee mit Gin und Kiwimarmelade. Nora war so begeistert von der Kiwimarmelade, daß sie meinte, auch Mercedes müßte sie probieren. Also kaufte ich ein Glas für Mercedes. Mercedes behauptete, selbstverständlich kenne sie diese pikante, exotische Konfitüre aus den Luxushotels, in denen sie mit ihrem Herzallerliebsten Urlaub machte, nahm aber das Glas mit.

Und schon am dritten Samstag in der neuen Heimat brachten wir Nora bei, daß wir samstagabends ohne sie essen gehen wollten! Benedikt fuhr mit mir allein zu einem Italiener, der sofort »unser Italiener« wurde. Und sonntags hatte Benedikt keine Zeit, um mit Nora die Ausflugsorte aufzusuchen, die er als Kind so gerne besucht hatte, er mußte mir helfen, den Schrank abzubauen und im Flur wiederaufzubauen. Da blockierte er zwar zehn Zentimeter meiner Tür, aber Nora wollte, daß er im Flur stand, um Zugriff zu ihrer Sammlung zu haben. Die anderen Möbel durften wir auf den Speicher schleppen.
So heimlich und allmählich festigte sich meine Position.

Nachmittags, während der dreistündigen Mittagspause, in der Nora jedes Rücken des Farbeimers zu laut war, las ich die ausgemusterten Illustrierten aus der Besenkammer oder die Sammelstücke aus dem Fürstin-von-Monaco-Schrank. Ich stellte fest, daß es egal ist, ob eine Illustrierte eine Woche alt ist, ein Jahr oder ein Jahrzehnt. Es ist immer das gleiche. Natürlich wußte ich, daß eine Frau mit abgeschlossenem Studium Sinnvolleres tun sollte, als Klatschillustrierte zu lesen, aber ich war oft so geschafft vom anstrengenden Abwaschen der alten Farbe an der Zimmerdecke und Zuspachteln der Risse, daß ich gar nichts anderes tun konnte.
So entdeckte ich ungeahnte Parallelen zwischen Grace Kelly beziehungsweise Gracia von Monaco und mir. Als Grace Kelly so alt war wie ich, verließ sie ihre Heimat und zog zum Mann ihres Lebens. Genau wie ich hatte Gracia Probleme mit der Schwester ihres Mannes, der war auch nichts fein genug. Die ältere Schwester von Prinz Rainier, Prinzessin Antoinette, meckerte über die Verwandten von Gracia: Diese Amerikaner würden sich an der fürstlichen Tafel wie Wilde benehmen – um dem Butler zu zeigen, daß sie keinen Wein wollten, stellten Gracias Verwandte die Weingläser umgedreht auf den Tisch! Besonders empörte sich die Schwester über Grace Kellys Vater, weil der allen Leuten Briefmarken schenkte, auf denen das Bild seiner Tochter war.
Und anfangs litt Gracia unter dem strengen Protokoll bei Hofe – genau wie ich. Nora war unsere Protokollchefin. Beim Früh-

stück las sie Zeitungsnachrichten vor, Benedikt sagte mir, er höre gar nicht hin, trotzdem konnten wir uns nicht unterhalten.
Und Nora kümmerte sich ständig um Benedikts Sachen. Im Badezimmer ordnete sie seine Utensilien nach einem System, das ich nicht kapierte. Wenn ich etwas ordnete, korrigierte sie es. Meine Sachen räumte ich sowieso in meinen Kosmetikbeutel, damit nichts von mir herumlag. Nora ist der Ansicht, alle Unordnung im Haus entstehe durch mich. Zugegeben: Das Renovieren macht den meisten Dreck. Aber ich putze auch ständig. Das ist der Hauptgrund, warum es mit dem Renovieren nicht so schnell vorangeht. Es wäre professioneller, erst alles zu renovieren, dann alles zu putzen, aber das würde Ärger geben. Ich wollte sie nicht provozieren.
Im Grunde war ich froh, daß sich Nora mit mir nicht viel unterhalten wollte. Wenn sie aus der Schule kam, berichtete sie, was sie und Medi beim Griechen gegessen hatten, daß Medi einen Rotweinfleck auf ihre vom Herzallerliebsten geschenkte Couture-Seidenbluse gemacht hatte oder daß Medi eine unvorstellbar teure mundgeblasene Vase, die sie von ihrem Verehrer geschenkt bekommen hatte, zu Bruch gegangen war – solches Zeug eben. Über die Schule sprach sie nie. Wenn sie mit ihrer Schultasche in ihrem Zimmer verschwand, war ich sicher, daß sie Kreuzworträtsel machte und Tatsachenberichte über Frauen las, die von ihren Männern verwöhnt wurden.
Zugegeben, es war nicht leicht für Nora, alt, alleinstehend und geschieden, unser Glück mit anzusehen. In ihrem Leben gab es keine Zukunftsträume, nur Vergangenheit. Eigentlich konnte sie einem leid tun. Abgesehen von Benedikts Rückkehr in ihr Haus, gab es für Nora im September nur noch eine Sensation: Am letzten Septembersonntag erntete sie die größte Tomate des Jahres. Sie wog anderthalb Pfund, exakt 755 Gramm. Auch Mercedes hatte noch nie eine so große Tomate gesehen. Aber sie schmeckte kein bißchen besser als die andern.
In meinem Leben dagegen war alles auf Veränderung programmiert. Onkel Georg hatte sich zwar noch nicht geäußert, wann er mich einstellen würde, aber es gab keinen Grund, ihn zu

drängen, solange ich renovieren mußte. Es gab noch soviel zu tun.

Und ich mußte mir hier einen neuen Freundeskreis aufbauen. Immer wenn ich einkaufen ging, hoffte ich, jemanden zu treffen, den ich von früher kannte, aber ich traf niemanden. Das war auch ein Problem, das Fürstin Gracia und ich gemeinsam hatten: Abgesehen von dem Mann, den wir liebten, hatten wir keine Freunde in der neuen Heimat. Aber wie Fürstin Gracia würde ich im Lauf der Zeit viele Freunde finden.

Nur mit dem Inhaber eines kleinen Farbenladens, der Lafatap hieß, war ich mittlerweile gut bekannt. Zuerst dachte ich, der Mann hieße Lafatap, bis er mir erklärte, das sei die Abkürzung von Lacke–Farben–Tapeten, und das sei sehr werbewirksam. Für mich blieb er Herr Lafatap. Er hatte nie viel Kundschaft, weil er teurer war als die Baumärkte, dafür hatte er Zeit, mich zu beraten. Er empfahl mir, den Boden nicht ganz abzuschleifen, sondern, natürlich nach entsprechender Vorbehandlung, überzulackieren.

Und als ich feststellte, daß die Tapete kaum abging, riet Herr Lafatap: »Nehmen Sie die alte Tapete als Untergrund, auch wenn man von vorn anfängt, baut man auf dem Vorhandenen auf.« Das waren kluge Worte, die überhaupt auf meine Situation zutrafen. Er empfahl mir einen Spezialkleister: Tapeten, die damit geklebt werden, lassen sich im Handumdrehen wieder abziehen. »Bei der nächsten Renovierung werden Sie dafür dankbar sein, denken Sie an die Zukunft«, sagte Herr Lafatap.

Ich dachte nur an die Zukunft und nahm den Spezialkleister. – Vielleicht erscheinen mir Herrn Lafataps Worte auch nur deshalb so bedeutsam, weil er der einzige war, mit dem ich fachsimpeln konnte und der meine Arbeit ernst nahm. Abgesehen natürlich von Benedikt.

Und dann war das Problem, was ich zu Angelas Party anziehen sollte. Ich wollte nichts falsch machen. Schließlich fragte ich sie so ganz nebenbei, als ich Benedikt im Büro anrief und sie am Apparat war: »Übrigens, was zieht man so an, zu deiner Party am Sonntag? Ballkleid oder Badeanzug?« Und ich lachte lässig.

»Ist doch egal, was du anziehst«, sagte sie gelangweilt, »komm einfach, wie du bist.«
»Dann ist ja alles klar.« – Unmöglich konnte ich so kommen, wie ich war: in vergammelten Jeans mit Farbflecken und altem T-Shirt. Nachdem ich alles, was ich besaß, anprobiert hatte, entschied ich mich für meinen engen schwarzen Rock und meine wasserblaue Strickjacke von Lacoste, die ich vor zwei Jahren im Sommerschlußverkauf gefunden hatte. Damals wollte niemand wasserblaue Jacken, nun waren sie topmodisch. Dazu wasserblaue Strümpfe. Ich finde, farbige Strümpfe reißen immer alles raus: Sie geben einen geschlossenen optischen Eindruck und sind außerdem das billigste Accessoire, das es gibt. Nach langer Überlegung entschied ich, unter der Jacke nicht das schwarze Top mit dem dramatischen Spitzeneinsatz zu tragen, sondern das mit dem total schlichten Ausschnitt. Und statt meiner zu eleganten Wildlederstöckel schwarze, flache Ballerinas. Das war der lässige Look, der zu einer Pool-Party paßte und trotzdem profimäßig und gut aussah. Aber niemand würde mir unterstellen können, ich hätte mich aufgebrezelt, um Angela auszustechen.

Und dann: Ich hatte Angela schon ausgestochen, als wir das Haus verließen! Nora sagte zum Abschied zu Benedikt: »Wenn die Tochter deines Chefs jetzt Geburtstag hat, dann ist sie eine Waage. Ich erinnere mich genau, deine alte Flamme, die Tochter des Bürgermeisters war auch eine Waage.«
Ehe Benedikt etwas antworten konnte, spielte ich lächelnd meinen neuesten Trumpf aus: »Übrigens, wußtest du, daß Prinz Rainier, der Mann von Gracia von Monaco, Zwilling ist – genau wie ich?«

11. Kapitel

Als ich Angela sah, wußte ich vor Überraschung nicht, was ich denken sollte: Sie war nicht mehr blond, sie war rothaarig! Sie trug ein weißes Satinkleid, seitlich bis zum Oberschenkel geschlitzt. Es war so eng, daß es über dem Bauch spannte und Zweifel aufkommen ließ, ob Angela einen Slip trug. Vorn ein spitzer Ausschnitt bis zur Taille, der keinen Zweifel ließ: Sie trug keinen BH. Und trotzdem ein so beachtlicher Busen! Am Hals wie ein Stehkragen eine vierreihige Perlenkette, vorn ein pompöser, mit Brillis besetzter Verschluß aus Weißgold – oder sogar Platin? Zu allem Überfluß dazu eine gedrechselte Goldkette mit einem Kreuz-Anhänger, der im Busenspalt herumschlenkerte. Und tatsächlich: pro Finger ein bis drei Ringe! Sie war braun wie eine Bratwurst, und ihr weißer Lidschatten wirkte wie Clown-Makeup. Ihre Haare waren zurückgekämmt zu einem Zopf, der oben auf dem Kopf begann, seitlich waren die Haare nach einem komplizierten System eingeflochten – so eine Frisur, die kein Mensch ohne Friseur hinkriegt. Und dazu eine weiße Stoff-Dahlie im Haar!

Sie sah aus, als ginge sie zum Opernball. Ich sah aus, als käme ich vom Campingplatz. Sie hatte mich reingelegt.

»Hey, Herr Windrich«, begrüßte sie Benedikt und pickte ein unsichtbares Haar von seiner Pilotenjacke.

Zu mir sagte sie: »Hallöchen, du bist aber alt geworden!« Dann kicherte sie: »Das mein ich natürlich nicht ernst.«

Ich sagte nur: »Und du bist so elegant geworden.« Ich sagte nicht, daß ich das nicht ernst meinte.

Sie lächelte geschmeichelt, nahm mein Geschenk in Empfang, ohne die mühevolle Verpackung zu würdigen, und zog Benedikt am Arm mit sich weg: »Herr Windrich, komm sofort mit, mein Freund Schmitt will Sie kennenlernen.« Sie zog ihn zu einem Typen mit offenem Hemd und Goldkette, der an einer Tür lehnte. Der Typ verwickelte ihn sofort in ein Fachgesimpel.

Ich stand allein im Flur. »Wo ist Onkel Georg?« fragte ich Angela, die mir ihren taillentiefen Rückenausschnitt zugekehrt hatte, den endgültigen Beweis, daß sie keinen BH trug.

Über die Schulter hauchte sie: »Daddy ist an der Champagnerbar, am Pool.«
»Danke, ich kenne den Weg zum Pool«, sagte ich, obwohl niemand zuhörte.
Onkel Georg stand mit Bierglas am Pool. Bei ihm fühlte ich mich richtig: Er trug ein graues Polohemd und Jeans. Und er begrüßte mich herzlich und ausführlich. Ich erzählte, daß ich fleißig am Renovieren bin, aber damit fertig sei, wenn ich bei ihm anfangen würde. Onkel Georg fand das gut. Er stellte mich auch gleich einer Mittvierzigerin vor, einer seiner heimarbeitenden technischen Zeichnerinnen, und dann Herrn Wöltje und Frau.
Herr Wöltje ist relativ klein, drahtig, dunkelhaarig, mit jung-dynamischem Gesicht, nur die wasserstoffblonde Strähne machte einen stutzig, zwang, über sein Alter nachzudenken, und dann schätzte man ihn auf mindestens Mitte Vierzig. Frau Wöltje ist schlank, schick, braungebrannt, hat aber auf der Stirn einige tiefe Längsfalten, wie sie Frauen häufig haben, die ihr Leben lang schlank, schick, braungebrannt sind. Insgesamt wirkte Frau Wöltje, als sei sie entschlossen, auch die aktuelle Familienkatastrophe ohne Face-Lifting zu meistern. Und eigentlich sahen die Wöltjes aus wie ein gutes Ehepaar. Warum nur betrog er sie mit einer Achtzehnjährigen?

Tante Susi fand ich natürlich in der Küche. Obwohl sie in diesem Bungalow mit beheiztem Swimmingpool, Kamin, Sauna und vier Garagen residiert und obwohl sie eine Putzfrau hat, ist sie eine richtige, nette Hausfrau geblieben. Und auf ihre selbstgebackenen Torten genauso stolz wie Onkel Georg auf seine selbstgebauten Häuser.
Tante Susi war begeistert, mich endlich, nach drei Jahren, wiederzusehen. Sie liebt Verwandte, das heißt, sie redet liebend gern darüber, wer wen warum geheiratet hat; wer warum wie viele Kinder hat; wer was von wem geerbt hat; wer weshalb nicht zu einer Beerdigung kam. Als nahe Verwandte durfte ich Sahne schlagen und in Angelas Räume tragen.

Angela hat keine Zimmer, Angela hat Räume. Fast das gesamte Erdgeschoß hat sie für sich. Drei Räume, der größte ist das sogenannte Studio. Auf wollweißem Teppich zwei weiße Ledersofas, in der Mitte ein Glastisch, darauf die unausgepackten Geschenke. Angela posierte auf einem ihrer Ledersofas, die rechte Hand mit Sektglas auf der Lehne, das linke Bein untergeschlagen, wodurch der Schlitz ihres Kleids bis zur Hüfte hochrutschte. Eine Szene wie aus einer Reklame für Haushaltsreiniger. Und das Gröbste: Neben Angela hockte ein weißer Yorkshire-Terrier, so ein fluffiges Tier, dem die Haare in die Augen hängen. Den hatte sie zu Weihnachten bekommen, hatte ich gehört. »Komm zur lieben Angela, Romeo«, rief Angela, als der Hund versuchte, in die Küche zu Tante Susi abzuhauen.
Zwei mir unbekannte Herren saßen Angela bewundernd gegenüber. Ich setzte mich zu Benedikt und Detlef Jacobi, der ohne seine karrieresüchtige Freundin gekommen war, und Gerhard Krift, der auch allein gekommen war, weil er keine Freundin hat. Wir saßen abseits, auf weißen Gartenstühlen, die wir vom Pool geholt hatten, und lauschten den Herren, die Angela direkt gegenübersitzen durften.
Die Herren auf dem Sofa klagten über ihre Steuerberater, die nur Außenstellen des Finanzamts seien. Dann klagten sie über ihre Bankinstitute, die für Gutschriften drei Wochen brauchten, aber Abbuchungen zwei Tage vordatierten. Einer war von seiner Bank um zwölf Mark beschissen worden, hatte aber das Geld zurückgeklagt.
Dann klagte man über Autos. Leider war Angela alles andere als zufrieden mit ihrem nagelneuen BMW-Cabrio der Sonderklasse. Sie hatte das Cabrio in Beluga-Schwarz bestellt, was, wie jeder Idiot weiß, ein Mittelgrau ist. Eben so wie die teuerste Kaviarsorte. Der Verkäufer aber, von Tuten und Blasen und Kaviar keine Ahnung, hatte die falsche Farbe bestellt. Nun hatte ihr Cabrio zwar diesen unheimlich schönen, transparenten Glanz von Kaviar, war aber schwarzgrau wie irgendeine billige Kaviarsorte – fast schon wie Kaviarersatz. Angela hatte deshalb den Preis gedrückt, aber außerdem klemmte das Verdeck, schon zweimal hatte sie sich ein Fingernägelchen abgebrochen!

Die Herren hatten ähnliche Sorgen. Der eine, der einen ganz großen Mercedes fuhr, berichtete, daß sein Wagen, sobald sich der Tacho 200 nähere, so laut würde, daß das Klingeln des Autotelefons nicht zu hören sei. Das sei unmöglich, sagte der andere, vermutlich sei das Telefon nur eine Attrappe.
Ein Mann, der die ganze Zeit im Hintergrund geschwiegen hatte, übertrumpfte die Herren auf dem Sofa, indem er sie raten ließ, wie unverschämt lange er wohl auf seinen neuen Jaguar habe warten müssen? »Sage und schreibe neun Monate!«
»In der Zeit kann ich ja ein Baby kriegen«, kicherte Angela.
Nun war Angelas Yorkshire-Terrier an der Reihe. Ob der Romeo eigentlich was sehen könnte durch die Zottelhaare vor den Augen? Als Benedikt vorschlug, die Haare mit Angelas Haarspangen hochzustecken, tat Angela entrüstet. Ihr Romeo sei doch kein Mädchen, und ihr Romeo würde sie keines Blickes mehr würdigen, müßte er mit einer Haarspange rumlaufen.
Endlich packte sie ihre Geschenke aus. Sie knotete sich das große Hermès-Tuch mit Pferdemotiven um die Hüften und rief: »So sieht es rassig aus.« Divamäßig küßte sie ihre Fingerspitzen und winkte den Herren zu: »Danke, meine lieben Männer!«
Mein antikes Silberrähmchen würdigte sie keiner Bemerkung, aber selbstverständlich war sie von ihrem Foto als hübsches Kind begeistert. Jeder mußte ihr sagen, daß sie noch genauso aussieht. Das war natürlich gelogen, ihr Gesicht ist ziemlich grob. Tante Susi rief sofort meine Eltern an, um sich für das süße Foto von ihrer Angela zu bedanken.
Ich war nur einmal und nur kurz am Gespräch beteiligt, das heißt, ich erzählte Angela, daß ich den Fußboden meines Zimmers türkisblau lackieren würde. Mit einem Schablonenmuster am Rand, in altenglischem Stil. Einer der Herren unterbrach mich sofort, er hätte in Los Angeles in einem Loft einen lackierten Fußboden gesehen, und ob ich ein Loft hätte? Ein Loft ist eine Fabriketage, und mein Zimmer ist zwölf Quadratmeter klein. Ich schüttelte stumm den Kopf.
Aber Benedikt lachte: »Wir brauchen kein Loft, wir haben ein richtiges Haus.«
So von Benedikt unterstützt, wagte ich zu erzählen, daß ich die

Wände meines Zimmers mit einem besonderen Effekt streiche, drei verschiedene Türkistöne hauchzart mit dem Schwamm auftrage und die Übergänge verwische und wie toll das aussieht.
»Man sieht, daß du selbst streichst«, sagte Angela, »an deinen Fingernägeln.«
Ich sagte nichts mehr.

Spät am Abend kam ein Übervierzigjähriger, der Daniel hieß, für ihn scheuchte Angela sogar ihren Romeo vom Sofa. Daniel erzählte, sein Geburtstagsgeschenk für Angela sei in Amerika hängengeblieben, er habe mehrfach per Fax nachgehakt, und bald hätte er die Faxen mit den schlampigen Amis dicke. Als er Angelas Hand tätschelte, lächelte sie vor sich dahin, wie jemand, der sich im Spiegel ansieht und von sich begeistert ist.
Daniel sagte zu Angela: »Demnächst machen wir wieder eine Kaviar-Orgie!«
Wir erfuhren, daß Daniel Beziehungen zu einer internationalen Handelsgesellschaft hat und daher seinen Kaviar bekommt. »Russischer Kaviar ist mir persönlich zu fischig«, sagte Daniel, »der iranische ist Klassen besser. Natürlich ausschließlich der Imperial.«
Respektvoll betrachtete ich diesen Mann, der iranischen Kaviar vorzog. Sein kurzärmliges gestreiftes Hemd wirkte billig, das Leder seiner häßlichen Slipper war an den Gehfalten eingerissen. Sparte er sein Geld für Kaviar-Orgien mit Angela? Nein, er fuhr auch den größten Mercedes, beabsichtigte allerdings, ihn zu verkaufen, um auf einen sportlicheren BMW umzusteigen.
Wenn man so reich ist, dann ist es egal, wie man angezogen ist, dachte ich. Wir waren hier die armen Verwandten. Aber Benedikt hatte vor niemandem Komplexe, er lachte ständig, und die mit ihm redeten, lachten auch. Jeder hatte Benedikt gern, auch wenn er nicht soviel Geld hat.
Als wir gingen, knutschte Angela mit Daniel auf dem Sofa. Aber dieser Mann, mit dem sie Kaviar-Orgien feierte, schien nicht in sie verliebt zu sein, beim Knutschen sah er gelangweilt an ihr vorbei, Richtung Tür.

Angela hatte soviel Geld, und trotzdem war sie nicht glücklich. Ich hätte keine Lust, in diesem Alter noch bei meinen Eltern zu wohnen. Es war nicht vergleichbar, daß Benedikt nun wieder bei seiner Mutter wohnte. Er lebt ja mit mir zusammen. Und eines ist klar: Sobald wir mehr Geld haben, werden wir bauen. Jeder Architekt baut sich ein Haus. Bei uns ist alles nur eine Frage der Zeit.
Auf der Heimfahrt fragte ich Benedikt, ob es blöd von mir war, den reichen Leuten zu erzählen, daß ich mein Zimmer selbst streiche. Benedikt legte den Arm um mich und sagte, wie stolz er auf mich sei und daß mein Zimmer superschön würde. Und, wie das Beispiel Angela beweise, Geschmack kann man nicht kaufen. Genau. Arme reiche Angela.
»Wie werden wir sein, wenn wir reich sind?« fragte ich mich und Benedikt.
»Je schneller wir es wissen, desto besser.«

In dieser Nacht träumte ich, Benedikt und ich würden am Swimmingpool unseres Hauses liegen. Zum Pool führte eine Sprossenwand, berankt mit Rosen, Wicken, Efeu. So verwildert wie in den allerfeinsten Gartenanlagen. Ich versuchte, einen Blick ins Innere des Hauses zu träumen. Ein Altbau, die Decke vier Meter hoch! Und da hing mein Kronleuchter in ganzer Größe, über einem antiken chinesischen Teppich in Blau-Weiß-Goldgelb, genau zum Kronleuchter passend. Ringsum war in vollendeter Harmonie Antikes mit Modernem kombiniert.
Plötzlich fiel ein Schatten auf den Swimmingpool. Der Schatten sagte: »Benedikt, möchtest du etwas Tomatensalat?«
Ich wachte auf. Neuerdings waren sogar meine Träume renovierungsbedürftig.

12. Kapitel

Am nächsten Donnerstag kam Benedikt ziemlich spät nach Hause. Mein Onkel hatte ihn das erstemal zum wöchentlichen Bericht bei der Klinik-Kommission mitgenommen. Benedikt hatte die Entwürfe hervorragend präsentiert. Am übernächsten Donnerstag kam Benedikt erst nach Mitternacht, ich wartete mit Nora vor dem Fernseher, der wöchentliche Bericht war nicht gut gelaufen: Man hatte diverse Engpässe bei den Fluchtwegen lokalisiert. Die Gänge waren zu eng, um zwei Krankenbahren nebeneinander zu transportieren. Und das blödeste war: Benedikt hatte keine Ahnung gehabt, daß derartige Vorschriften existieren. Hinterher hatte mein Onkel gebrüllt: »Sie waren anscheinend länger krank während Ihres Studiums!« Benedikt hatte sich tausendmal entschuldigt und versprochen, den Fehler auszubügeln, durch unbezahlte Überstunden. Onkel Georg hatte sich wieder eingekriegt.

Aber nun war Benedikt schwer im Streß. Es mußten Rohre und Leitungen anders geführt werden. Jeden Abend brachte er Projektunterlagen mit, und er rief ehemalige Kommilitonen an, um sich beraten zu lassen, er hatte Angst, neue Fehler zu machen.

Benedikts Arbeitsstreß wurde verstärkt durch die miserable Laune, die Herr Wöltje im Büro verbreitete. Herr Wöltje hatte Ärger mit Sandy. Sie sei so komisch in letzter Zeit, als ob sie dauernd ihre Tage hätte, und neuerdings würde sie lieber aufs Abitur büffeln als bumsen! Er verdächtigte sie fremdzugehen. Manchmal fuhr er nachmittags unter einem fadenscheinigen Vorwand in sein Apartment, um zu kontrollieren, was Sandy trieb. Einmal war ein Knabe aus ihrer Klasse bei ihr, aber sie lernten für den Biologie-Leistungskurs. Angela sagte, sie befürchte, eines Tages käme Herr Wöltje als Mörder zurück. Das war natürlich absolut übertrieben. Aber Benedikt sagte, Herrn Wöltjes schlechte Laune sei nicht mehr komisch.

Wie es jetzt aussah, war eigentlich sicher, daß mich Onkel Georg im November nicht einstellen konnte. Dezember war auch fraglich. Benedikt erklärte, die meisten Ausstattungsfragen würden ohnehin von den Handwerkern, mit denen mein Onkel immer zusammenarbeitet, entschieden. Man mußte sich an ihr Sortiment halten, denn bei Fremdlieferanten gibt es unweigerlich Verzögerungen, und nie ist sicher, ob sie die vereinbarten Preise halten. Und das Altersheim-Projekt, bei dem ich wahrscheinlich einsteigen konnte, weil Onkel Georg signalisiert hatte, das würde ein Riesen-Projekt, war noch nicht soweit. Zuerst mußte der Wettbewerb für dieses Projekt gewonnen werden. Aber Benedikt verriet mir absolut im Vertrauen, was Angela ihm absolut im Vertrauen verraten hatte, nämlich: Diesen Wettbewerb würden sie garantiert gewinnen. Mein Onkel mauschelt mit vielen Leuten von der Stadt rum.

Bei meiner Freundin Elisabeth hatten sich ebenfalls Verzögerungen ergeben, erzählte sie am Telefon. Man hatte sie nicht zum 1. Oktober eingestellt. Die Leute, die im Oktober Möbel kaufen, würden keinen Wert auf eine Beratung durch Innenarchitekten legen, dies sei eine jahrzehntelange Erfahrung, hatte Herr von Müller Elisabeth mitgeteilt. Vielleicht im November. Wir spekulierten lange darüber, warum die Oktober-Möbelkäufer so anders sein könnten als andere Käufer, fanden aber keine Erklärung. »Man kann sowieso nichts machen, wenn man keine Alternativen hat«, sagte Elisabeth ziemlich geknickt.
Um so besser, daß die Versicherung meines Vaters 800 Mark an Elisabeth gezahlt hatte. Ich fand, Elisabeth sollte das Geld allein bekommen, sie renovierte auch das Modell allein. So waren wir beide voll beschäftigt mit renovieren.

Von zu Hause gab es auch keine sensationellen Nachrichten: Solveig war diesen Herbst wieder mal nicht in den Kindergarten gekommen, berichtete Annabell. Solveig hätte instinktiv gemerkt, daß die Kindergärtnerin total unqualifiziert war. »Ich will zu keiner Kindergärtnerin, die keine Kinder hat«, hätte Solveig instinktiv herausgebrüllt. Und als die Kindergärtnerin gesagt hatte, Solveig würde sich den andern Kindern schon anpassen, hatte sich Solveig auf den Boden geworfen und gebrüllt: »Ich will kein angepaßtes Kind sein!«

Annabell machte sich schwere Vorwürfe, daß sie überhaupt versucht hatte, ihre überintelligente Tochter in das Scheiß-Kindergartensystem zu pressen. Und eigentlich habe sie ihr Kind sowieso nicht in die Welt gesetzt, um es von wildfremden Kindergärtnerinnen aufziehen zu lassen.
Mein Vater sagte, wenigstens könne Annabell nicht verhindern, daß Solveig in zwei Jahren in die Schule kommt, und dann müsse sich Annabell zwangsweise nach einer anderen Beschäftigungstherapie umsehen und könne nicht mehr den ganzen Tag Solveig hinterherlaufen. Dann begann mein Vater, sich Sorgen um mich zu machen: Ob er seinem Bruder mal auf die Sprünge helfen solle, damit er sich etwas deutlicher erkläre, wann ich bei ihm anfange? – Es ist wirklich lustig: Für meinen Vater ist Georg noch der kleine Bruder, dem er sagen muß, wo's langgeht!
Ich sagte meinem Vater, daß ich full-time damit beschäftigt bin, im Haus alles nach meinen Wünschen umzubauen, und daß für mich blendend gesorgt ist. Natürlich war er froh, daß er sich um mich keine Sorgen machen muß.

13. Kapitel

Am letzten Samstag im Oktober, nach zweimonatigen Renovierungsarbeiten, war mein Zimmer fertig. Die Mühen auf dem Weg zum Ziel sieht man nur am Unvollkommenen. Erst wenn ein Fußboden endlich perfekt lackiert ist, fragt man sich, was man eigentlich die ganze Zeit gemacht hat. Und dann sind alle Anstrengungen vergessen.
Makellos glänzte der Fußboden in puderhellem Türkisblau. Das tollste war das aufgemalte Muster am Rand ringsum. Ich hatte mir eine Schablone mit klassischem Rankenmuster geschnitten und weißen Lack hauchdünn aufgewalzt. Ich mußte höllisch aufpassen, daß der Lack nicht unter die Schablone kleckert. Es ist viel schwieriger, als es aussieht. Und dann Klarlack drüber. Nun sah mein Fußboden aus wie ein Teppich, aber viel edler, denn kein Teppich hat einen solchen Glanz. Benedikt fand es

nicht spießig, daß man mein Zimmer nur noch auf Strümpfen betreten darf.
Die Wände glänzten matt in einem transparenten, sehr hellen Türkis, nach einigem Üben war mir der wolkige Farbauftrag gelungen, den ich auf Fotos in einer internationalen Architekturzeitschrift gesehen hatte.
Der hintere Teil des Zimmers war abgeteilt durch einen fast raumhohen Paravent, den hatte ich aus sechs Rigipsplatten gebaut. Die Platten waren unterschiedlich breit, dadurch wirkte der Paravent wie ein unregelmäßiges Zickzack. Das war Benedikts Idee gewesen, dieses unregelmäßige Zickzack. Und ich finde auch, daß ein Paravent wie zufällig hingestellt wirken muß. Er war türkis wie die Wände lackiert, an seinen hinteren Winkeln wiederholte sich das Rankenmuster vom Fußboden, an den nach vorn gerichteten Zacken hatte ich schmale Spiegelstreifen aufgeklebt – nichts läßt ein kleines Zimmer größer wirken als Spiegel. Wenn man in die raumverdoppelnden Spiegel sah, war es wie ein Blick in einen Salon, und es war auch ein Blick in die Zukunft – denn in den Spiegelstreifen spiegelte sich mein Kronleuchter!
Nicht der ganze, da hätten wir nicht mehr ins Bett gepaßt. Nur den unteren Ring hatten wir installiert, mit den gläsernen Blitzen, den zur Mitte gebündelten Kristallketten und der blauen Sternenkugel. Vielleicht würden wir eines Tages die Zimmerdecke einreißen und das Dach ausbauen, dann könnten wir den ganzen Kronleuchter aufhängen – aber jetzt war es auch unheimlich schön.
Nun war alles Häßliche aus meinem Zimmer verschwunden – weil ich hinter dem Paravent einen Regalraum geschaffen hatte. Man betrat ihn durch eine freischwingende Türplatte am Ende des Paravents. Im Regalraum ringsum sieben Reihen Regalbretter: unten die hohen Fächer, oben nur zwanzig Zentimeter Abstand zwischen den Brettern, da war aller Kleinkram übersichtlich aufbewahrt. Ich hatte es geschafft, auf nur 3,75 Quadratmetern insgesamt 42 Meter Regalbretter anzubringen, und hatte so das größte aller Einrichtungsprobleme gelöst: alles Unansehnliche, alle Dinge, die nie zusammenpassen, verschwinden zu las-

sen. Alles Häßliche muß verschwinden, hatte unser Professor Singer gesagt, denn das Häßliche ist leider immer stärker als das Schöne.
Und ich hatte es mit nur 700 Mark Materialkosten geschafft. Darauf war ich genauso stolz. Benedikt meinte, kein Handwerker hätte es besser gemacht, aber jeder hätte dafür mehr als zehntausend Mark verlangt.

Wir transportierten unser Bett aus dem unbeheizbaren Spielzimmer hinauf, lagen unter dem Kronleuchter und hörten die Ode an die Freude. »Seid umschlungen, Millionen. Diesen Kuß der ganzen Welt!« – Vielleicht hörte Nora sogar, daß wir den Text leicht abgeändert sangen: »Wir lieben unterm Sternenzelt... ahhahaha...«

14. Kapitel

Madame Mercedes weigerte sich bei ihrem Sonntagsbesuch zunächst, mein Zimmer zu besichtigen. Die Erinnerung sei zu schmerzlich, winkte sie ab. Aber Benedikt sagte, sie solle sich nicht anstellen, sie müsse es unbedingt sehen, also begab sie sich nach oben.
»Warum sind die Bilder nicht mehr da?« fragte sie als erstes entsetzt. »Sie verliehen dem Raum so eine künstlerische Note.«
»Sie sind eingepackt auf dem Speicher.«
Sie sah den Kronleuchterring. »Und was ist aus meinem Beleuchtungskörper geworden?«
Ihre gammelige Peddigrohrkugel war ebenfalls auf dem Speicher. Benedikt hatte sie als Fußball herumgekickt und ihr einige Peddigrohrrippen gebrochen, das sagte ich aber nicht.
Mercedes machte ein Gesicht, als hätte sie das Grab eines Geliebten besichtigt, und wortlos ging die blöde Kuh wieder runter.
Beim Mittagessen sagte sie auch kein Wort mehr über das Zimmer, sondern zählte die Vorteile und Nachteile diverser exklusi-

ver Ferienorte auf, an denen ihr Herzallerliebster mit ihr Weihnachtsurlaub machen wollte. Nachdem wir darüber ausreichend informiert waren, seufzte sie: »Leider kommt das alles nicht in Frage, weil ich dieses Jahr an Weihnachten in meiner Firma völlig unabkömmlich sein werde.«
»So«, sagte Benedikt völlig desinteressiert, »dann bring doch den Wunderknaben zum Weinachtsessen mit, damit wir ihn mal kennenlernen.« Benedikt war auch sauer, daß sich Mercedes bei der Zimmerbesichtigung so aufgeführt hatte.
»Ich kann ihn doch nicht hierherbringen«, sagte Mercedes.
»Aber sicher«, rief Nora, »deine Freunde sind auch meine Freunde, du kannst ihn jederzeit mitbringen.«
»Er kann nicht hierherkommen, weil seine Frau nichts von unserer Liebe erfahren darf.«
»Dein Verehrer ist verheiratet? Das wußte ich gar nicht, Medi!« rief Nora.
»Das weißt du doch«, sagte Mercedes, »er kann sich nicht scheiden lassen, weil er eine kranke Frau hat.«
»Aber in die Karibik kann er trotzdem mit dir fahren?« fragte Benedikt.
»Im Ausland kann uns seine Frau nicht beschatten lassen.«
»Ja, ja, das hast du schon erzählt«, sagte Nora. »Ich erinnere mich.«
»Wenn er verheiratet ist, geht er ja kein Risiko ein, wenn er dir ständig Heiratsanträge macht«, sagte ich ganz sachlich.
Mercedes sah aus, als hätte sie auf eine Zitrone gebissen.
»Möchtest du noch etwas Pflaumenkompott?« fragte ich ganz sachlich.
Nein, sie wollte kein Pflaumenkompott mehr, sie hatte es sehr eilig, nach Hause zu gehen.
Benedikt und ich machten ein Mittagsschläfchen unter dem Kronleuchter. Ich schlief ein mit einem großen Grinsen auf dem Gesicht!

Am Abend rief Elisabeth an: »Es hat endlich geklappt bei Hagen und von Müller!«
»Großartig! Herzlichen Glückwunsch! Wieviel verdienst du?«

»Nicht viel – Herr von Müller meinte, er kenne Horden höherer Töchter, die draufzahlen würden, um seine reichen Kunden kennenlernen zu dürfen.«
»Was?«
»Ich hab ihm gesagt, daß ich es nicht nötig habe, täglich acht Stunden zu arbeiten, nur um Männer kennenzulernen.«
Ich konnte mir richtig vorstellen, wie Elisabeth das gesagt hatte: schön und ungebeugt!
»Dann stellte Herr von Müller die Preisfrage: Wie sieht Ihre Karriereplanung aus? Das zielte darauf ab, daß ich so blöd wäre, darüber zu reden, ob und wann ich vielleicht Kinder haben will – da hätte es auf jeden Fall geheißen, ich wolle ja nur vorübergehend berufstätig sein, und es lohne sich für die Firma nicht, mich aufzubauen. Also sagte ich: Meine Karriereplanung sieht vor, daß ich mit dreißig Geschäftsführerin bin.«
»Ehrlich?«
»Darauf hat er mir das höchste Anfangsgehalt aller Zeiten für eine Innenarchitektin genehmigt.«
»Großartig!«
»Das höchste Anfangsgehalt aller Zeiten für eine Innenarchitektin ist der normale Tariflohn einer Fachverkäuferin. Mehr könnte er einer Innenarchitektin nicht bezahlen, ich müßte bedenken, daß die Innenarchitektinnen laufend von der Kundschaft weggeheiratet werden!«
Das Gehalt war, zugegeben, enttäuschend. »Aber dafür kannst du Supermöbel billig kaufen.«
Leider waren auch da die Möglichkeiten begrenzt: Elisabeth bekam einen Angestelltenrabatt von 25 Prozent – aber nicht unbegrenzt, nur auf eine Einkaufssumme von drei Monatsgehältern pro Jahr. Das war genau vorgeschrieben. »Sonst würde jeder Zahnarzt seine Helferin da mal kurz umsonst arbeiten lassen, um sich die Einrichtung für sein Haus billig besorgen zu lassen.«
Trotz der Abstriche war es toll, daß Elisabeth den Job bekommen hatte. Es war ein guter Karrierestart, in diesem exquisiten Laden zu arbeiten, im direkten Kontakt mit der Crème der Gesellschaft. »Vielleicht wirst du tatsächlich von einem reichen Kunden weggeheiratet.«

Cool wie immer sagte Elisabeth: »Lieber hätte ich ein eigenes Geschäft. Dann könnte ich Herrn von Müller einen reichen Kunden wegheiraten!«

Als ich Benedikts Mutter, die neben dem Telefon saß und den Fernseher kein bißchen leiser gestellt hatte, als ich telefonierte, von Elisabeths Erfolg berichtete, sagte sie, ohne den Blick vom Fernseher zu wenden: »Medi meint, es wäre selbstverständlich, daß du die Hälfte der Telefongrundgebühren trägst.«
»Selbstverständlich«, sagte ich. Ich ärgerte mich keineswegs darüber. Im Gegenteil: Wenn ich an den Grundgebühren beteiligt bin, kann ich verlangen, daß im nächsten Telefonbuch auch mein Name eingetragen wird. So einfach ist das! Und dann spielte ich noch einen Trumpf aus: »Übrigens, Benedikt braucht sowieso ein eigenes Telefon. Sobald sein Zimmer renoviert ist, werden wir oben einen eigenen Anschluß legen lassen.« Haha. Wieder ein Schritt weg von Nora!

15. Kapitel

Heimat ohne Freunde ist wie ein Fotoalbum ohne Bilder, dachte ich an einem blöden Novembertag. Ich stand in Benedikts Zimmer auf der Leiter und kratzte mit einem Spachtel die blauen und orange Styroporplatten von der Decke. Sie klebten so zäh, daß entweder eine Schicht Styroporkügelchen an der Decke blieb, oder der Putz millimeterdick mit runterging. Eine Arbeit, bei der man sehr lange nachdenken kann. Früher hatte ich geglaubt, Heimat sei das Land, wo die Leute den gleichen Dialekt sprechen wie man selbst, jetzt dachte ich, daß Heimat nicht mal so groß ist wie eine Stadt, vielleicht kleiner als ein Stadtteil. Denn Heimat ist da, wo man Leute kennt. Ich mußte neue Freunde finden. Aber wie? Wenn Benedikt und ich samstagabends essen gingen, lernten wir niemand kennen – das wollten wir auch nicht, wir hatten die ganze Woche keine Chance, uns ohne Nora zu unterhalten.

So kam ich auf die Idee, im Telefonbuch nach Freundinnen aus meiner frühen Schulzeit zu suchen – ich war fünfzehn, als wir hier wegzogen –, und ich fand tatsächlich eine: Marion Droste. Marion erinnerte sich noch an mich und erzählte sofort, sie sei frisch und glücklich verliebt. In liebevoller Ausführlichkeit berichtete sie, was sie und ihr Horst auf der ersten gemeinsamen Reise erlebt hatten. Nebenbei erfuhr ich, daß Marion Marketing-Assistentin in einer Marketing-Firma ist. Zu allen aus der alten Klasse hatte sie keinen Kontakt mehr, die interessanten Leute waren weggezogen – sie selbst wäre unlängst auch weggezogen, wäre da nicht Horst in ihr Liebesleben getreten. Die uninteressanten Leute waren vermutlich unter unbekannten Namen in der Ehe verschwunden. Nur Lydia Bauernfeind, die eingebildete Kuh, die immer Klassenstreberin gewesen war, wohnte in der Gegend, natürlich unliiert. Marion und ich beschlossen, uns unbedingt mit unseren Männern zu treffen, nur hatte Marion zur Zeit überhaupt keine Zeit, weil ihr Horst sich als Marketing-Mann selbständig gemacht hatte, und da erledigte sie ihm die Buchhaltung. Aber irgendwann, nahmen wir uns vor, würden wir uns bestimmt verabreden.

Langeweile hat ihre eigenen Gesetze. Obwohl auch ich Lydia Bauernfeind nie hatte leiden können, rief ich sie an. Vielleicht merkte sie, daß ich sie nur anrief, weil ich nicht wußte, wen sonst anrufen, jedenfalls lieferte sie mir prompt einen tadellosen Streber-Lebenslauf. Sie war wissenschaftliche Universitätsassistentin für Chemie. Demnächst würde sie ihre Doktorarbeit abgeben. Ihr Professor gierte schon danach. Als ich ihr erzählte, daß ich Innenarchitektin geworden bin und derzeit unser Haus umgestalte, sagte sie: »Ich bin vollständig ausgefüllt durch meine Forschung und Lehre.«

Sie stellte keinerlei Fragen, als ich ihr von Benedikt erzählte, es war klar, daß sie auf diesem Gebiet nichts zu bieten hatte. Weil sie überhaupt nichts sagte, sagte ich schließlich: »Dann wünsch ich dir weiterhin viel Erfolg.«

»Und ich dir weiterhin viel Glück.« Sie legte im gleichen Atemzug auf.

Jawohl, Glück war genau das, was ich mir wünschte. Und Glück war genau das, was sie nicht hatte. In einem Leben ohne Liebe gibt es kein Glück.

Benedikt half mir, so gut er konnte, neue Leute kennenzulernen. Er schlug vor, mit seinem Kollegen Gerhard Krift auszugehen, der war vor einem Jahr hergezogen und kannte bisher nur Leute aus seinem Sportverein. Es war Gerhards Idee, gemeinsam in einen alten, berühmten Szene-Treff zu gehen, ins ›Adorno‹. Benedikt wollte mit Gerhard direkt vom Büro hinkommen, aber nicht vor acht. Ich fuhr schon am Nachmittag mit dem Bus in die Stadt, um ausnahmsweise dem Renovierungsstreß zu entfliehen. Ich kaufte einen Nagellack, sah mir Wintermäntel an und war schon um sieben im ›Adorno‹. Es macht mir nichts aus, allein in eine Kneipe zu gehen.
Das ›Adorno‹ wirkte gemütlich-bieder: halbhohe Holzverkleidungen, nikotingelbe Rauhfasertapeten und Bilder eines befreundeten Künstlers – solche Bilder eben, die man nur aufhängt, wenn man mit dem Künstler befreundet ist. Überall Sechsertische. Als ich kam, saßen an allen Tischen nur zwei oder drei Leute. Ich überlegte unauffällig, wo ich mich dazusetzen sollte, beschloß, mich zu zwei Frauen zu setzen. Die vier leeren Stühle an ihrem Tisch seien reserviert für ihre Freunde, sagten sie. Um so besser, so konnte ich mich zu Männern setzen. Aber bei den drei Männern am Nebentisch waren die drei freien Stühle ebenfalls reserviert für kommende Freunde. Am nächsten Tisch bei den nächsten beiden Männern auch. Ich ging von Tisch zu Tisch – alle freien Stühle waren reserviert... und auf den beiden Tischen, an denen gar niemand saß, stand ein Schild ›Reserviert‹.
Etwas dumm stand ich vorm Tresen rum. Der Kellner meckerte, ich würde ihm im Weg stehen, ich solle in einer Ecke warten, bis ein Tisch frei würde. Also wartete ich in der Ecke. Etwa zehn Minuten später gingen zwei Männer, offenbar hatten sie das Warten auf die Kommensollenden aufgegeben. Na also. Kaum saß ich, setzten sich, lässig, ohne zu fragen, zwei Männer zu mir, etwa so alt wie ich. Sehr gut. Konnte ich es wagen, ein Gespräch

mit ihnen anzufangen? Ich sah freundlich, aber nicht aufdringlich zu ihnen hinüber. Sie sprachen nicht miteinander. Plötzlich sagte der eine: »Dahinten.« Der andere stand sofort auf – sie setzten sich an einen Tisch hinter mir, der gerade frei geworden war. Wahrscheinlich hatten sie was sehr Privates miteinander zu besprechen.

Kurz darauf kam ein mies aussehender Typ, zeigte auf den Stuhl mir gegenüber, ob der frei sei? Unter normalen Umständen hätte ich nicht so begeistert »ja bitte!« gesagt, aber es war mir unangenehm, allein an diesem Sechsertisch zu sitzen. Der Typ nahm nur den Stuhl weg und setzte sich zu den beiden Frauen. Offensichtlich kannte er sie, war aber keiner der erwarteten Freunde, denn die vier anderen Stühle an ihrem Tisch blieben weiterhin reserviert.

Dann kam ein Yuppie-Typ. Er nahm, ohne zu fragen, einen Stuhl von meinem Tisch. Langsam geriet ich in Panik – was war denn los? Hatte ich irgendwie Dreck im Gesicht? Hatte mir vielleicht ein Vogel auf den Kopf geschissen? Hatte jemand eine Stinkbombe auf meinen Pullover geworfen? Achselschweiß? Mundgeruch? Ich ging aufs Klo, konnte aber nichts feststellen.

Als ich zurückkam, fehlten zwei weitere Stühle, außer meinem war nur noch einer da. Ich sah unablässig auf die Uhr. Dann kam ein Paar, sie blieben vor meinem Tisch stehen, unschlüssig. Ich betete fast, daß sie sich einen Stuhl dazuholen und sich zu mir setzen, aber sie nahmen auch den letzten weg und setzten sich an einen der leeren Tische, auf denen das Schild ›Reserviert‹ stand. Nun saß ich allein, mit einem Stuhl, an einem Sechsertisch.

Als endlich um halb neun Benedikt und Gerhard kamen, wagte ich kaum, Gerhard anzusehen, ich fühlte mich wie aussätzig. Die beiden holten sich Stühle von einem ›Reserviert‹-Tisch. Benedikt merkte natürlich, daß ich deprimiert war, ich mußte erzählen, was passiert war.

Gerhard Krift lachte: »Das kenn ich. Das gehört zu dieser Stadt. Hier redet keiner mit einem einsamen Fremden, nie.«

»Warum nicht?«

»Weil die Leute hier denken, wenn du allein in die Kneipe gehst, dann hast du keine Freunde. Und wenn du keine Freunde hast, dann bist du out. Hier wollen alle in sein, weil das hier eine In-Kneipe sein soll.«

»Ich wollte nicht eine Stunde lang Plätze reservieren, ich dachte, bis ihr kommt...«

»Du hättest wie alle andern mindestens zwei Stühle reservieren müssen, besser vier. Dann hätte man gemerkt, daß du nicht auf andere angewiesen bist. Es hätte zwar trotzdem keiner mit dir geredet, aber man hätte dir die Stühle gelassen. Die meisten Leute hier sind mit leeren Stühlen befreundet.«

»Und wenn man wirklich jemand kennenlernen will?«

»Du kannst hier nicht einfach so allein in eine Kneipe gehen. Du kannst natürlich alleine gehen, aber dann mußt du dich auch allein unterhalten. Das ist hier wie in ehrbaren Salons des letzten Jahrhunderts – du brauchst Leute, die dich vorstellen, die dafür bürgen, daß es nicht statusmindernd ist, wenn man mit dir spricht. Hier in der Provinz achtet man sehr auf die Ehre.« Gerhard, der in Köln studiert hat, wo, wie er behauptete, die Lebensfreude zu Hause ist, schimpfte weiter auf Frankfurt. Als aus der Beschallungsanlage zum viertenmal der Sinatra-Song »New York, New York« dröhnte, sagte er stocksauer: »Ich kann's nicht mehr hören, es läuft hier ständig überall, dieses Sehnsuchtslied des Provinzlers.«

Ich schluckte: Auch wenn diese Stadt vielleicht nicht so toll ist – für mich ist es da am schönsten, wo Benedikt lebt. Aber allein würde ich hier nicht mehr in eine Kneipe gehen. Und dank Benedikt hatte ich das nicht nötig.

Meine Lust, Leute kennenzulernen, war einige Tage später ganz vorbei – ich war in der Einkaufsstraße, wollte Benedikts Schuhe vom Schuhmacher holen, da sah ich auf der andern Straßenseite – Lydia Bauernfeind. Ich erkannte sie sofort, obwohl ich sie seit zehn Jahren nicht gesehen hatte, obwohl sie jetzt Universitätslehrende ist. Ich hob den Arm, wollte ihr rufen, da sah ich, daß sie eine Lackpapiertüte von Yves Saint Laurent trug. Man stelle sich vor! Und ich mit einer Plastiktüte vom Pfennig-Markt. Auf meiner Tüte war aufgedruckt, daß der Pfennig-Markt den Tier-

schutz unterstützt und deshalb keine Schildkrötensuppe mehr verkauft – als hätte mir das was genützt. Ihre Nobel-Papiertüte war sogar ökologisch besser abbaubar! Ich ließ den Arm sinken, tat, als kratze ich mich am Kopf, als hätte ich was vergessen, drehte mich um und ging in die andere Richtung.
Wieder zu Hause, wieder auf der Leiter, fragte ich mich, wie es diese Streber-Kuh ohne Freund zu einer Yves Saint Laurent-Tüte gebracht hat ... vermutlich hatte sie sich nur einen Schal gekauft oder einen spießigen Faltenrock. Bestimmt kein tolles Abendkleid. Oder doch? Natürlich, man kann sich alles kaufen ... nur Glück nicht.
Ich stieg von der Leiter, ging ins Bad, betrachtete mich im Spiegel: meine Haare waren staubgrau, ich sah aus wie eine Putzfrau. Plötzlich dachte ich: »Genügt es, glücklich zu sein, um gegen eine Yves Saint Laurent-Tüte zu konkurrieren?«
Ich beschloß, mich auch mal richtig zu verwöhnen, und nahm ein Bad. Mit der doppelten Menge Fichtennadelschaumbad.

16. Kapitel

Die Wochen des Renovierens sind aus meinem Gedächtnis verschwunden – der Höhepunkt des Novembers war Benedikts 29. Geburtstag am 8. Weil Schwarz Benedikts Lieblingsfarbe ist, schenkte ich ihm neunundzwanzig schwarze Päckchen, darin lauter schwarze Sachen, ein schwarzer Bleistift, schwarze Büroklammern, Zigarillos in einer schwarzen Blechschachtel, ein Glas Kaviarersatz, Lakritzbonbons, ein Einwegfeuerzeug, schwarze Socken, einen schwarzen Slip, ein schwarzes Taschentuch, einen schwarzen Kamm, schwarze Tintenpatronen ... und das Hauptgeschenk: einen Füller im Topdesign! Tage hatte ich mit Einkaufen und Einpacken verbracht, und es hatte sich gelohnt, Benedikt war so begeistert!
Für den Geburtstagsabend hatte Benedikt mich und seine Kollegen Herrn Wöltje, Detlef Jacobi und Gerhard Krift in eine Weinstube in der Nähe des Büros eingeladen. Mein Onkel war nicht

eingeladen, die Kollegen meinten, der Chef komme nur zu runden Geburtstagen. Aber Angela war immer dabei. Die Kollegen waren darüber nicht glücklich: Wenn sie dabei ist, kann man nicht über den Chef schimpfen. Benedikt hatte Angela gefragt, ob sie ihren Freund mitbringen wolle, der sei auf Geschäftsreise, hatte sie gesagt. Gerhard kam sowieso allein. Detlef Jacobi versprach, seine Freundin mitzubringen, und Herr Wöltje kündigte als Überraschungsgast Sandy an. »Wir lieben uns mehr als je zuvor«, hatte Herr Wöltje erzählt. Und »mehr« sei durchaus auch im quantitativen Sinn zu verstehen.
Um nicht allein in der Weinstube warten zu müssen, kam ich vorsichtshalber eine halbe Stunde zu spät. Und alle waren schon da, außer Sandy. Und ich kannte schon alle von Angelas Geburtstag, außer Detlefs Freundin Tanja. Tanja hat kurze dunkle Haare, einen teuren Haarschnitt, eine breite Nase, die aber nicht so breit wirkt, weil auch ihr Mund breit ist. Sie sieht nicht hübsch, aber einwandfrei gut aus. Detlef stellte Tanja als »Karriere-Bankkauffrau« vor.
Alle waren ziemlich lustig, bis Tanja Herrn Wöltje fragte: »Sagen Sie mal, was macht denn eine Achtzehnjährige mit einem Mann in Ihrem Alter?«
»Spinnst du?« zischte ihr Detlef zu.
»Einmal dürfen Sie raten«, grinste Herr Wöltje. »Wissen Sie, Frauen sind wie Gemüse, jung und frisch ist besser als alt und schlaff. Sie essen auch lieber Pfirsiche als Dörrpflaumen.«
»Warum gibt sich dann Ihre Freundin zufrieden mit einer schlaffen Karotte?«
»Hör auf, Tanja«, zischte Detlef.
Herr Wöltje sagte ganz ruhig: »Sie als Bankkauffrau müßten das doch wissen! Die Mädels von heute wollen nicht nur das eine, die wollen auch das andere«, er rieb vor Tanjas Augen die Finger aneinander, als zähle er bündelweise Geldscheine. »Ich kann diesem Mädel einen anderen Lebensstil bieten als ein Taschengeld-Bubi. Die Sandy trägt Klamotten, da lecken sich die anderen Girls in ihrem Alter alle zehn Finger nach. Davon abgesehen, bezahle ich der Sandy das Apartment. Kostet auch eine Kleinigkeit.«
»Verstehe«, sagte Tanja, »für die Miete eines Einzimmerapart-

ments haben Sie sich eine Privatnutte gekauft. Das ist billig. Sie wollen Sandy doch bestimmt nicht heiraten, oder?«
Jetzt war Herr Wöltje stinksauer: »Hör'n Sie mal zu. Ich habe einmal geheiratet, ein zweites Mal mach ich das nicht mit. Ich kann mir doch gar keine Scheidung leisten! Früher, da war man so blöde, da hat man keine sauberen Eheverträge gemacht. Von jeder Mark, die ich verdient habe, bekäme meine Frau die Hälfte. Ich bin doch nicht verrückt! Aber wenn mein Sohn nächstes Jahr Abitur hat, dann muß sie sich einen Job suchen. Wenn ich das Studium meines Sohns finanziere, kann ich nicht auch noch eine Made im Speck ernähren. Dann ist damit Schluß. Dann wird der Gemahlin der Geldhahn abgedreht.« Er machte eine Handbewegung, die offen ließ, ob er den Geldhahn zudrehte oder den Hals der Gemahlin.
»Dann versteh ich erst recht nicht, warum Sie nun Ihre Freundin finanzieren, noch dazu ganz freiwillig.«
»Sandys Eltern sind spießig-katholisch. Nur weil Sandy gedroht hat, daß sie sonst kein Abitur macht, durfte sie von zu Hause ausziehen, ohne daß sie ihr die Unterstützung gestrichen haben. Und Sandy wohnt jetzt offiziell allein in dem Apartment, damit ihre Eltern keinen Ärger mit dem Papst bekommen. Ihre Eltern wollen nicht verstehen, daß es auch für Sandy günstiger ist, wenn ich mich nicht scheiden lasse.«
»Jetzt wollen Sie Sandy für den Rest Ihres Lebens als Geliebte aushalten?«
»Ich bin doch nicht verrückt!« rief Herr Wöltje. »Ich hab nichts dagegen, daß Frauen berufstätig sind. Es muß sich nur in natürlichen Grenzen halten. Daß die Frau nur die Möbel abwohnt, fangen wir erst gar nicht wieder an.«
Die Stimmung war brenzlig. Benedikt sagte: »Jetzt trinken wir darauf, daß jeder nach seiner Fasson glücklich werden darf.«
Angela erklärte, Tanja würde das zu eng sehen, sie persönlich hätte schon Freunde gehabt, die viel älter waren als sie, aber im Herzen kleine Jungs geblieben seien, andererseits seien ihre jüngeren Freunde unwahrscheinlich erwachsen. – Mir erschien vor allem die große Zahl von Freunden, die Angela andeutete, unwahrscheinlich.

Detlef sagte tieftraurig zu Angela: »Tanja ist nur deshalb so aggressiv, weil ich nicht genug verdiene.«
Sofort gab's wieder Ärger. Tanja behauptete, ihr sei völlig egal, wieviel Detlef verdiene, davon hätte sie sowieso nichts. Aber sie sei nicht bereit, neben ihrem Acht-Stunden-Hobby als Bankkauffrau abends noch als Putzfrau zu arbeiten. Und Detlef verdiene wahrhaftig genug, um seine Hemden in die Wäscherei zu geben und sie damit nicht zu belästigen.
Angela erklärte, es sei nicht gut, Hemden in die Wäscherei zu geben, da würden sie maschinell gebügelt, und das gebe Falten und Luftblasen am Kragen, sie fände das sehr unästhetisch.
»Man kann sie auch in der Wäscherei von Hand bügeln lassen«, sagte Tanja.
Darauf erklärte Angela, daß sie im Grunde viel lieber Hemden bügeln würde, als im Büro zu schuften. Leider sei das nicht möglich, denn eine so billige Arbeitskraft wie sie fände ihr Daddy sonst nirgendwo.
»Ich geh jetzt heim«, sagte Tanja und stand auf.
Da kam Sandy. Sie hatte schulterlange blonde Haare. Ihre Haut war makellos wie die Haut eines Fotomodells für Naturkosmetik. Und sie sah deutlich erwachsener aus, als man sich eine Achtzehnjährige vorstellt. Herr Wöltje hatte nicht zuviel versprochen. Gerhard Krift, der bisher nur schweigend rumgehockt hatte, pfiff anerkennend. Tanja setzte sich wieder. Sandy küßte Herrn Wöltje leicht auf die Wange. Herr Wöltje küßte sie auf den Mund: »Daß ihr Frauen immer so unpünktlich seid.«
Sandy sagte sehr charmant zu Benedikt: »Ich möchte Ihnen alles Gute zum Geburtstag wünschen, Herr Windrich.«
Angela war die einzige, die Sandy nicht anstarrte – Finger für Finger schien sie ihre Ringe abzuzählen, als müßte sie befürchten, die bloße Anwesenheit von Sandy könnte ihren Besitz gefährden.
Sandy wirkte wie eine Respektsperson. Das lag auch an ihrem Blazer und der Bluse mit Schleifenkragen à la Stewardeß. Überhaupt sah sie aus wie eine Stewardeß, nur lächelte sie nicht so gestreßt. Charmant zupfte sie Herrn Wöltje am Ohr: »Ich weiß nicht, ob ich's erzählen darf, nur wenn du dich nicht aufregst,

stell dir vor, an der Bushaltestelle hat mich ein Exhibitionist belästigt.«
Herr Wöltje regte sich sofort furchtbar auf: »Hat er dich angefaßt?«
»Er starrte mir auf den Rock, als wollte er mich mit den Augen ausziehen. Richtig unappetitlich.«
»Du hättest ihm in die Eier treten sollen, da ziehen diese Typen schnell den Schwanz ein«, sagte Gerhard.
Sandy schenkte ihm einen ernsthaft bewundernden Blick.
»Du scheinst häufig von Exhibitionisten belästigt zu werden«, sagte Tanja zu Gerhard. »Wußte gar nicht, daß es schwule Exhibitionisten gibt.«
Gerhard reagierte nicht darauf. Er sagte zu Sandy: »Ihr Frauen seid doch im Vorteil mit euren spitzen Stöckelschuhen. Ich würd dem ein Loch ins Ei treten.«
»Danke für den guten Rat«, sagte Sandy ernsthaft.
»Du darfst nicht so spät weggehen, jetzt ist es um sechs stockfinster!« Herr Wöltje war hochbesorgt.
»Hätte ich einen Wagen, wär das kein Problem«, sagte Sandy. »Mein Vater wollte mir ja einen zum Abi schenken, aber ich brauch ihn schon jetzt.«
»Du mußt nur früher weggehen«, sagte Herr Wöltje.
Angela sagte, auch sie werde ständig von Exhibitionisten belästigt. Mir ist das noch nie passiert. Ich wurde fast neidisch.
Sandy sagte, sie hätte nicht früher weg können, sie hätte bügeln müssen.
»Bitte, nicht du auch noch!« rief Detlef.
Herr Wöltje sagte: »Habt ihr Frauen kein anderes Thema?!«
»Hab ich was Dummes gesagt?« fragte Sandy.
»Im Gegenteil«, sagte Tanja.
Aber dann erklärte Sandy, sie könnte beim Bügeln am besten Französisch-Vokabeln lernen, und sie schreibe übermorgen eine Arbeit, nur deshalb hätte sie gebügelt.
»Siehst du«, sagte Detlef zu Tanja, »man kann von allem die positive oder die negative Seite sehen.«
Tanja stand auf, nun reiche es ihr endgültig. »Kommst du mit, oder fährst du mit dem Bus?« fragte sie Detlef. Sie ließ sich nicht

überreden, länger zu bleiben. Und obwohl Detlef gerne geblieben wäre, ging er mit.
Als sie weg waren, sagte Herr Wöltje: »Jetzt fährt er die Xanthippe brav nach Hause. Die hätte ich im Regen stehenlassen.«
»Das Auto gehört ihr, und sie fährt ihn nach Hause«, sagte Benedikt.
»Diese Dame hätte ich an seiner Stelle längst vor die Tür gesetzt«, sagte Herr Wöltje.
»Auch die Wohnung gehört ihr.«
Dann beschlossen wir, endgültig das Thema zu wechseln.
Gerhard kam auf seinen Volleyball-Verein zu sprechen. Benedikt sollte Mitglied werden. Denn zwei aus Gerhards Team wurden im Frühjahr Vater und konnten bereits jetzt nicht mehr zum Training kommen, weil sie mit ihren Frauen zur Schwangerschaftsgymnastik mußten. Und die künftigen Väter wußten nicht, wie lange es nach der Geburt dauern würde, bis sie wieder Volleyball spielen könnten. Benedikt war begeistert, wenn man den ganzen Tag im Büro sitzt, braucht man sportlichen Ausgleich. Gleich am nächsten Freitag, direkt nach dem Büro würde er mit Gerhard zum Training gehen.
Herr Wöltje hatte kein Interesse an Volleyball. Er brauche, um fit zu bleiben, nur seinen Schönheitsschlaf. Er zwinkerte uns bedeutungsvoll zu.
»Ja«, sagte Sandy, sehr unschuldig und gleichzeitig sehr erwachsen. Damit verabschiedeten sich die beiden.
Ich ging bei der Gelegenheit aufs Klo. Als ich zurückkam, saß Angela auf meinem Platz neben Gerhard. Sie lästerte über Tanja. Detlef könne leicht eine bessere finden. Als ich meinte, daß die beiden Kompromisse finden müssen, einer bügelt, und der andere macht was anderes im Haushalt, sagte Angela, solche Kompromisse seien immer faul. Dann lästerte sie über Sandy. Herr Wöltje hätte ihr gestanden, daß Sandy nicht mal Kaffee kochen könne. Höchstens im Bett hätte eine Sandy was zu bieten. Auf Dauer sei das zu wenig.
Aber Gerhard fand Sandy toll. Ihm würde es nichts ausmachen, eine bedeutend jüngere Freundin zu haben, wenn sie so natürlich sei wie Sandy.

Benedikt sagte: »Ich brauche keine bedeutend jüngere Freundin, jung bin ich selber.«
Angela lachte, als sei sie die einzige nicht bedeutend jüngere Frau: »Also Herr Windrich, jetzt, wo wir Hübschen unter uns sind, muß ich ein Machtwort sprechen. Ich find es blöd, daß Ihre Freundin mich duzt, und wir siezen uns. Also, ich möchte verschärft vorschlagen, daß wir uns duzen!«
»Angela, das ist eine großartige Idee, und du bist großartig!« rief Benedikt. »Stoß mit mir an. Übrigens, ich heiße Benedikt.« Angela kicherte und wollte von Benedikt auf jede Wange ein Küßchen, zur Besiegelung des Duzens. »Übrigens, ich heiße Angela«, sagte sie affig.
»Na denn prost«, sagte Gerhard. »Wenn es sein muß.«
Wir tranken noch eine Runde. Angela lehnte sich an Gerhard, gähnte und fragte ihn: »Du, hast du nicht Lust, mich heimzubringen? Ich muß ins Bettchen.« Sie sagte es kindisch, aber überhaupt nicht unschuldig.
»Nein.«
»Ich kann nicht mehr fahren, sonst riskier ich meinen Führerschein«, jammerte Angela.
»Warum soll ich meinen Führerschein riskieren?« sagte Gerhard ungerührt.
Wir nahmen gemeinsam ein Taxi. Zuerst brachten wir Angela nach Hause. Als sie ausgestiegen war, sagte Gerhard: »Die treibt's mit jedem, der sich nicht wehrt.«
Benedikt sagte, er hätte es mutig von Gerhard gefunden, ihr so direkt einen Korb zu geben.
»Kann sie noch mehr haben von mir«, murmelte Gerhard. »Ich überlasse sie dir.«
Benedikt lachte: »Kommt gar nicht in Frage.«
Ich kann nicht sagen, wie ich auf die Idee kam, aber da dachte ich zum erstenmal, daß es vielleicht gar nicht so schlecht wäre, wenn Benedikt und ich heiraten.

17. Kapitel

Sicher war Benedikt mir sicher. Das war nicht der Grund, weshalb ich meine Einstellung zur Ehe etwas änderte. Eher, weil mich Nora als richtiges Mitglied des Haushalts akzeptieren müßte, wäre ich ihres Sohnes staatlich anerkannte Ehefrau. Und auch Madame Mercedes könnte dann nicht mehr so tun, als sei ich ein zugelaufenes, unerwünschtes Dienstmädchen.
Ich überlegte: Dieses Jahr hat noch sieben Wochen. Das reicht exakt, um noch zu heiraten. Was würde Benedikt dazu sagen? Er wäre überrascht, klar, aber im Prinzip hätte er sicher nichts dagegen. Warum auch? Und alle Leute sagen, wenn man heiratet, spart man soviel Steuern, und bei Benedikt würde es sogar besonders viel ausmachen, weil ich dieses Jahr nichts verdient habe.
Ohne daß ich es wollte, wurde ich plötzlich überall mit der Idee konfrontiert. Im Supermarkt stand auf einem Modeheft: »So werden Sie eine zauberhafte Winterbraut.« – Eine Winterbraut! Das hörte sich eindeutig besser an als eine gewöhnliche Frühlings-, Sommer- oder Herbstbraut. Ich kaufte das Heft.
»Die Winterbraut trägt weißen Nerz«, las ich, auf dem Bett liegend in meinen renovierungsverdreckten Klamotten, »... selbstverständlich Nerzimitation, denn die moderne Winterbraut hat ein Herz für Tiere und Männer. Der Bräutigam wird es Ihnen danken, daß er nur ein Zehntel dessen bezahlen muß, was er für einen echten Nerz hinblättern müßte. Und auch die Bräute kommen hier auf ihre Kosten: Wer Mutterfreuden entgegensieht, wird die schmeichelnde Trapezform dieses Mantels sehr zu schätzen wissen.« Aha.
Unter dem nächsten Foto las ich: »Wenn die Winterbraut, wie so viele moderne Bräute, nicht in Weiß heiratet, dann wählt sie die Farbe der Liebe. Zum Beispiel dieses herzrote Chaneljäckchen aus wattierter Seide zum goldenen Plisseerock.« Au ja, das gefiel mir. Und ich fand es eigentlich auch zu spießig, in Weiß zu heiraten. Ich las weiter: »Der goldene, kreisrunde Plisseerock ist mit weichem Gummiband gearbeitet, engt nicht ein und wächst problemlos mit.« Das Modell gefiel mir. Man konnte es durchaus auch tragen, wenn man nicht schwanger war.

Abends legte ich das Heft wie zufällig auf Benedikts Kopfkissen – er schob es nur auf meine Seite rüber. Aber dann hielt ich ihm das Foto mit dem weißen Nerzimitationsmantel unter die Nase: »Wie findest du das?«
»Bescheuert. Wie eine Barbie-Puppe.«
Das fand ich auch. Ich zeigte auf das herzrote Chaneljäckchen und den goldenen Rock: »Und wie findest du das?«
»Das gefällt mir.«
Na also. Wir haben den gleichen Geschmack. Und dann fragte ich ganz nebenbei: »Sag mal, wenn wir heiraten würden, wen würdest du als Trauzeugen nehmen?«
Und ohne eine Sekunde zu zögern sagte Benedikt: »Niko.«
Ich lachte nur. Au ja. Benedikt hatte sich auch schon Gedanken gemacht.

Als wir Samstagabend bei unserem Italiener saßen, ergab sich rein zufällig wieder eine Gelegenheit, auf das Thema zu kommen. Auf dem Tisch lag nämlich ein Zettel, daß nächsten Freitag das Lokal geschlossen sei – wegen einer Hochzeit.
»Sag mal«, sagte ich, »wäre es nicht steuerlich viel günstiger, wenn wir verheiratet wären?«
Sofort sagte Benedikt: »Ja.«
»Ja?«
»Ja.«
Als Benedikt »ja« sagte, in diesem Augenblick überlegte ich, sagt man bei der Trauung eigentlich: »Ja, ich will« oder einfach nur: »Ja«?
»Aber das ist zu kurzsichtig gedacht«, sagte Benedikt.
»Was?«
»Weil ich dann bei der nächsten Gehaltserhöhung weniger bekomme und bei der übernächsten erst recht, ist doch klar.«
Mir war nicht klar, warum das klar war.
»Als Verheirateter bin ich doppelt abhängig vom Faber, da glaubt er doch, daß ich festsitze mit Frau, Kind und allen Verpflichtungen, und er kann die Bedingungen diktieren. Solange ich frei bin, weiß er, daß ich jeden Moment abschweben kann, wenn sich mir was Besseres bietet.«

»Du arbeitest doch gerne bei Onkel Georg!«
»Das kann sich täglich ändern. Seit einer Woche ist der Altersheim-Wettbewerb ausgeschrieben, an dem ich mitarbeiten sollte, am Jahresende ist schon Abgabetermin, aber zu mir hat er bisher keinen Ton gesagt. Sein Herr Wöltje macht es. Und ich muß die langweilige Belüftungsanlage vom Klinikcenter machen! Jetzt bin ich noch drei Wochen in der Probezeit, bin ja gespannt, ob er meinen Vertrag verlängert. Und wenn er es tut, darf ich mich ihm auch nicht ausliefern.«
»Aber ich...«
»Wenn du mal da arbeitest und auch dein Geld verdienst, dann macht das steuerlich fast keinen Unterschied. Dann sind wir Doppelverdiener.«
Es dauerte eine ganze Weile, ehe ich sagte: »Meinst du, wir werden niemals heiraten?«
»Warum redest du dauernd vom Heiraten? Du bist doch nicht schwanger?«
Natürlich war ich nicht schwanger! Ich hatte mir erst vor dem Examen eine neue Spirale einsetzen lassen. »Meinst du, wir heiraten erst, wenn wir Kinder haben?«
»Ich weiß doch jetzt nicht, wann. Ich weiß nur, daß ich mir wie ein alter Mann vorkommen würde, wenn ich jetzt schon verheiratet wäre.«
»Warum denn?«
»Verheiratet sein, das ist so ein Gefühl, als ob man alle Möglichkeiten verloren hätte. Das hat nichts mit dir zu tun, so denken alle Männer.«
»Warum denn? Welche Möglichkeiten würde ich dir nehmen, wenn wir verheiratet wären?«
»Weiß ich nicht. Ich weiß nur, daß wir jetzt nicht darüber reden müssen.«
»So genau hab ich auch nicht drüber nachgedacht, ich dachte nur, irgendwann... das heißt, ich dachte nicht, daß wir nie...«
»So schnell geht das nicht. Da hängt doch ein wahnsinniger Verwaltungskram dran. Das geht dieses Jahr nicht mehr, selbst wenn ich jetzt Feuer und Flamme wär.«
Da hatte er wahrscheinlich recht. »Vielleicht ist es schöner, im

Frühling oder Sommer zu heiraten, wenn das Wetter besser ist.«
»Ich finde es am allerbesten, gar nicht zu heiraten«, lachte Benedikt. »Bisher war doch alles okay. Was ist denn los?«
Ich konnte nicht genau sagen, was los war. Vielleicht war es auch nur so, daß mir im Moment meine Zukunft so unklar und irgendwie unsicher erschien. Und deshalb suchte ich vielleicht irgendwo nach Klarheit.
Benedikt flüsterte mir ins Ohr: »Bald ist Weihnachten, und ich zerbrech mir den Kopf, was ich dir schenken soll! Wie kann ich da an eine Heirat denken? Ich würde dir so gerne etwas ganz Besonderes schenken, Herzchen. Bitte sag mir sofort, was du dir wünschst. Und bitte guck nicht so traurig.« Und da sagte ich ganz spontan: »Ich wünsch mir einen Ring.«
»Einen Ring? Einen Ehering?«
»Nein. Einen schönen Ring.«
»Da mußt du mir aber konkretere Hinweise geben«, lachte Benedikt. »Versprichst du mir das?«
»Oh ja, das werde ich tun!«
Oh ja, Benedikt würde mir einen Ring schenken. Wenn man einen Ring geschenkt bekommt, bedeutet das, daß man heimlich verlobt ist. Nein – offiziell verlobt!
Lieber eine Verlobung aus Liebe als eine Heirat wegen der Steuer!

18. Kapitel

Gleich Montagmorgen fuhr ich in die Stadt, um den Ring zu suchen. Es mußte was Besonderes sein. Und bezahlbar! Ich prüfte die Schaufenster aller Juweliere und Goldschmiede, fand aber nichts. Dazwischen wärmte ich mich in Boutiquen auf.
An diesem Tag stellte ich wieder fest: Dies ist eine ideale Stadt zum Einkaufen, wenn man kein Geld hat. Die Boutiquen sind hier Museen. Die Verkäuferinnen sind das Wachpersonal. Niemand erwartet, daß man etwas kauft. Niemals wird man von einer Verkäuferin angesprochen oder auch nur gegrüßt. Die Ver-

käuferinnen reden nur mit anderen Verkäuferinnen. Und Verkäuferinnen, die allein in einem Laden sind, telefonieren mit ihren Freundinnen – vermutlich anderen Verkäuferinnen, die allein in einem Laden sind. Falls sie gerade niemand ans Telefon bekommen, drehen sie die Musikbeschallung auf totale Lautstärke, damit man weiß, daß die Verkäuferin nicht gestört werden will. Hier kann man jeden Laden genauso unbemerkt, wie man ihn betreten hat, wieder verlassen.

Am Nachmittag, in einer billigen Boutique, gefiel mir ein schwarzer Pulli so gut, daß ich ihn kaufen wollte. Im Regal lagen aber nur XS- oder XL-Größen, nichts Normalgroßes. Ich suchte alles durch. Neben mir unterhielten sich zwei Verkäuferinnen, eine hatte gerade Urlaub gemacht in Kenia, und dort war ihr beim Dinner eine Languste samt Majonnaise vom Teller gerutscht und ausgerechnet auf ihr Betty-Barclay-Kleid! Aber sie hatte den Fleck einfach im Handwaschbecken ausgewaschen, kein Problem. Die andere hatte mal in Kalifornien einen Fleck im Handwaschbecken ausgewaschen, aus einer Joop-Bluse, aber ausgesprochen negative Erfahrungen damit gemacht. Irgendwann wagte ich zu fragen: »Darf ich Sie kurz stören?«

»Was wollen Sie?«

»Den schwarzen Pulli. In Größe L oder M.«

»Müssen Sie im Regal nachsehen.« Die Kenia-Urlauberin wandte sich wieder ihrer Kollegin zu: »Du glaubst es nicht, wie die in Kenia Spiegeleier machen! Zum Totlachen!«

Aber ehe sie anfing, das zu erzählen, unterbrach ich schnell: »Ich hab im Regal nachgesehen, da sind nur ganz kleine oder ganz große Pullis.«

»Wenn es da nicht ist, haben wir es nicht.«

Die Verkäuferinnen beobachteten mißbilligend, wie ich nochmal das Regal durchsuchte. »Ich erzähl's dir gleich, wenn die draußen ist«, sagte die Kenia-Urlauberin genervt. Beide seufzten erleichtert, als ich den Laden verließ. Ich war auch erleichtert: wieder Geld gespart. So gut war der Pulli nicht gewesen. Aber wie die in Kenia Spiegeleier machen, hätte mich schon interessiert.

Fröhlich besichtigte ich die nächste Boutique. Zugegeben, anfangs war ich bei den Boutiquen-Besichtigungen nicht so locker, dachte, ich sei falsch angezogen, aber nachdem ich einigemale beobachtet hatte, daß ganz teuer gekleidete Frauen von den Verkäuferinnen genauso ignoriert werden, wußte ich, es lag nicht an mir. Es ist der Stil der Stadt. Und wenn man kein Geld ausgeben will, ist es echt super. So brauchte ich den ganzen Tag nur Geld für die Busfahrt und einen Big Mac zum Mittagessen. Das war gut.

Schon zwei Tage später fuhr ich wieder auf Ringsuche und zur Entspannung vom Renovieren in die Innenstadt. Und da, in einer superschicken Luxusboutique, sah ich Sandy, die Freundin von Herrn Wöltje. Ganz offensichtlich jobbte sie da: Lässig kämmte sie sich ihre schulterlangen blonden Haare und unterhielt sich mit einer Blonden mit ganz kurzen Haaren und einer Blonden mit ganz langen Haaren. Alle drei waren wahnsinnig schön und trugen wahnsinnig edle Blusen zu Designerjeans.

»Grüß dich«, sagte ich begeistert und blieb bei den dreien stehen, ich freute mich so, endlich jemand Bekanntes getroffen zu haben.

Die Kurzhaarblondine warf einen Blick auf meine nicht ganz aktuellen Stiefel und fragte die andern: »Kennt ihr die?«

»Die kenn ich doch nicht«, sagte die Langhaarblondine, wobei sie meinen Mantel anstarrte.

Ich zupfte meinen Schal zurecht – den Kaschmirschal, der Benedikt und mir gemeinsam gehörte, er war zwar etwas abgetragen, aber immer noch hundertprozentig Kaschmir. »Ich kenn die Sandy«, sagte ich.

»Mich?« Sandy schien das peinlich zu sein.

Ich erklärte ihr umständlich, daß ich die Freundin des Kollegen ihres Freundes bin.

»Welcher Kollege?« kicherte Sandy. »Und welcher Freund?« Dann dämmerte es ihr.

»Jobbst du hier?« fragte ich.

»Der Besitzer ist ein Freund von uns«, sagte Sandy. »Wer schickt dich her?«

Brauchte man Referenzen, um den Laden zu betreten? »Die Tür

stand offen, da bin ich einfach reingekommen«, erklärte ich wahrheitsgemäß.
»Hier war eine Kundin, die hat so gefurzt, da mußten wir lüften«, stöhnte die Kurzhaarblondine.
»Gestern hättet ihr da sein sollen«, rief die Langhaarblondine, »da war eine Ewigkeiten hier und hat gestunken, als hätte sie in die Hose geschissen! Und die hat das Jil Sander-Kostüm für dreitausend Mark genommen und nicht mal gemerkt, daß Sandy den ganzen Kragen mit ihrem Makeup versaut hat!«
»Ich nicht«, protestierte Sandy, »Irina trägt so'n Schmieröl-Makeup.«
»Ich?! Sieh mal den Kragen von der Bluse an, die du jetzt anhast!« rief die Langhaarblondine.
»Und an deiner sind Schweißränder unter den Achseln«, sagte Sandy.
»Die gehen wieder raus.« Die Langhaarblondine winkelte ihre Arme an und klappte sie auf und nieder, um ihre Achselhöhlen zu belüften.
»Kann ich mich mal umsehen?« fragte ich. Niemand antwortete. Zuerst blieb ich absichtlich in der Nähe der Verkäuferinnen, damit sie merkten, daß ich nicht in den Laden gekommen war, um hier in Ruhe zu furzen. Ich betrachtete die Mäntel, ich brauchte einen neuen Wintermantel, dringend, wenn ich demnächst berufstätig sein würde. Aber wer kann sich einen Mantel für zweitausend Mark oder mehr leisten? Ich nicht. Davon abgesehen: Hier würde es nicht mal Madame Mercedes wagen, mit der Kreditkarte ihres verheirateten Verehrers zuzuschlagen. Allenfalls eine Frau wie Angela mit dem Geld ihres Daddys.
An einem Chromständer hingen langärmlige T-Shirts in Mausgrau und Dreckbraun mit undefinierbaren Raffungen zwischen Hals und Busen. Irgendwas mußte ich hier anprobieren. Und kaufen. Sandy würde sonst denken, ich hätte kein Geld oder keinen Geschmack, und es Herrn Wöltje erzählen. Außerdem hatte ich Lust, auch mal was zu kaufen. Ich nahm das mausgraue mit in die Umkleidekabine. Dort suchte ich nach dem Preisschild, es war aber keines dran. Egal, ein T-Shirt kann kein Vermögen kosten.

»Hast du aufgepaßt, wieviel Teile die in die Kabine mitgenommen hat?« hörte ich die Langhaarblondine durch den Laden rufen. Der Vorhang meiner Kabine wurde aufgerissen, es war Sandy. So schnell ich konnte, zog ich das T-Shirt an, damit Sandy nicht zu genau mein Unterhemd sah. Im Prinzip glaube ich zwar, daß ein Unterhemd von C & A für zehn Mark nicht zu unterscheiden ist von einem Hundert-Mark-Unterhemd, aber jetzt war ich nicht mehr sicher. Zum Glück sah Sandy mich nicht an, sie betrachtete nur sich selbst im Spiegel.
Das mausgraue T-Shirt war nicht schlecht, jedenfalls für ein mausgraues T-Shirt. »Gibt es das auch in Schwarz?«
»Nein«, sagte Sandy pikiert, so als hätte ich nach Spinatrosa gefragt.
»Na ja, ist ganz okay«, sagte ich. Schließlich wollte ich hier was kaufen.
»Kommt es für dich in Frage?« wollte Sandy wissen. Sie hatte mir nun den Rücken zugedreht, um ihren wirklich einwandfrei runden Jeans-Po im Spiegel zu begutachten.
Sicher konnte ich mir ein T-Shirt leisten. »Okay, ist gekauft«, sagte ich lässig. »Was kostet es eigentlich?«
Sandy hatte keine Ahnung. »Weiß jemand, was die Tops kosten?« rief sie durch den Laden.
Wie peinlich, ich war die erste Kundin, die nach dem Preis fragte!
Die Langhaarblondine warf einen mitleidigen Blick auf mich: »Du kannst es für hundertfünfundachtzig haben.«
Mir wich das Blut aus dem Kopf. 185 Mark für ein T-Shirt! Wenn es wenigstens so teuer ausgesehen hätte! Mit letzter Kraft sagte ich: »Oh. Ist okay.«
»Kommt sonst was für dich in Frage?«
Ich sah mich um, als käme es ohne weiteres für mich in Frage, weitere Hunderter für ein T-Shirt hinzuwerfen. Sandy zog einen grauen, quadratischen Lappen aus dem Regal. Ohne mich zu berühren, legte sie das Tuch über das Top. »Sieht süß aus«, sagte sie.
Nun war nichts mehr von der kostenintensiven Raffung des T-Shirts zu sehen. Nur mausgraue Ärmel und darüber das asch-

graue Tuch. Das passende Outfit, um sich als Buchhalterin bei der Heilsarmee zu bewerben. Trotzdem betrachtete ich den Schurwollappen, als käme er in Frage. Aber dann sagte ich: »Benedikt hat es lieber, wenn ich Schals aus reinem Kaschmir trage.« Dabei griff ich nach meinem Kaschmirschal.

»Ach so«, sagte Sandy nicht unbeeindruckt. Und tatsächlich freundlicher fragte sie: »Zahlst du mit Karte?«

Glaubte sie echt, daß ich eine Kreditkarte besitze?

Ganz lässig sagte ich: »Ich hab soviel Bargeld bei mir, da zahl ich heute cash.«

Sandy packte das T-Shirt in eine halbquadratmetergroße Plastiktüte mit dem Namen der Luxusboutique. Als ich den Laden verließ, schwor ich, ihn nie wieder zu betreten. Noch einmal konnte ich es mir nicht leisten zu demonstrieren, daß ich mir das leisten konnte!

185 Mark für 1 T-Shirt! Nora würde akute Kaufsucht diagnostizieren. Egal, es ist schließlich mein Geld. Und ich schufte den ganzen Tag, also kann ich mir mal ein teures T-Shirt leisten. Und Benedikt legt auch Wert darauf, daß ich gut angezogen bin. Trotzdem befiel mich nach diesem Kaufrausch der Kaufkater. Ich schlich zu C&A.

Da gab es schwarze T-Shirts für 19 Mark. Sie hatten am Ausschnitt sinnlose Plastikknöpfchen, zu denen keine Knopflöcher gehörten, oder dämliche Pailletten, aber die konnte man leicht abtrennen, und dann wären die C&A-T-Shirts nicht mehr von den Nobel-Tops zu unterscheiden. Ich kaufte gleich zwei, um den Durchschnittspreis meiner neuen T-Shirts auf unter 75 Mark zu senken. Die C&A-Tüte packte ich in meine Nobeltüte.

Auf der Heimfahrt, im Bus, setzte sich eine Frau mit einem hellbeigen Nerzmantel neben mich und meine Nobeltüte. Sie hatte eine Woolworth-Tüte. Ich dachte gerade, daß Pelzmäntel out sind, ganz besonders die teuren, als sie aus ihrer Woolworth-Tüte eine kleinere, türkisblaue Lackpapiertüte holte, auf der weiß und deutlich stand: ›Tiffany & Co. Jewellers.‹ Darunter klein gedruckt: ›New York, London, Munich, Frankfurt, Berlin,

Zurich, Milan, Florence, Hong Kong, Singapore, Taipei, Tokyo.‹ Zuerst starrte ich auf die Tüte, dann aus den Augenwinkeln auf die Frau. Sie war vielleicht vierzig. Sie merkte, daß ich sie anstarrte.

»Wär schade, wenn sie bei dem Regen naß wird, das ist meine beste Tüte«, sagte sie, »bei Tiffany hab ich im Sommer meinem Mann Manschettenknöpfe gekauft.«

»Ach so«, sagte ich nur.

Sie holte aus der Tiffany-Tüte eine dieser ganz dünnen Plastiktüten, wieder von Woolworth! Darin war ein Sparpaket No-name-Papiertaschentücher. Sie brach die Packung auf, nahm eins raus, packte die restlichen Taschentücher und die Woolworth-Tüte wieder in ihre Tiffany-Tüte und sagte: »Was da drinnen ist, geht schließlich keinen was an.«

Ich hielt meine Nobeltüte oben am Rand zu, damit sie die C & A-Tüte da drin nicht sehen konnte. »Ach so«, sagte ich wieder, wußte aber überhaupt nicht, was ich denken sollte.

19. Kapitel

Die Weihnachtszeit begann zu drängen. Noch vier Wochen, und ich hatte noch keinen Ring gefunden. Benedikt hatte keine Zeit, einen zu suchen. Schuld daran war Herr Wöltje. Herr Wöltje hatte nämlich überhaupt keine Lust, an dem Altersheim-Wettbewerb zu arbeiten. Er hatte sogar zu Onkel Georg gesagt, es sei ihm zuwider, überhaupt an ein Altersheim zu denken. Onkel Georg hatte gesagt, vermutlich würde Herr Wöltje lieber ein Heim für minderjährige Mädchen entwerfen. Und dann hatte er Benedikt beauftragt, Herrn Wöltje zu helfen, denn Ende Dezember war letzter Abgabetermin, und am 15. Januar würde bereits entschieden werden... daß das Büro Faber den Wettbewerb gewonnen hatte!

Aber auch wenn das Altersheim Onkel Georg unter der Hand bereits zugesagt war, die Unterlagen mußten tadellos und pünktlich abgegeben werden. Einerseits freute sich Benedikt, daß er

jetzt an dem Wettbewerb mitarbeiten durfte, andererseits mußte er nun an den Wochenenden wieder ins Büro, um sich in das Projekt einzuarbeiten. Herr Wöltje hatte Benedikt nur ein paar Skizzen hingeworfen und so getan, als sei alles ganz simpel und könne als bekannt vorausgesetzt werden – Herr Wöltje hatte wieder Ärger mit seiner Sandy und ließ seine schlechte Laune an Benedikt aus.
Und ich war auch im Streß. Bis Weihnachten mußte ich unbedingt Benedikts Zimmer fertig haben, das war mein Weihnachtsgeschenk für ihn! Er durfte das Zimmer nicht mehr betreten – was er sowieso nicht wollte, weil es eine Baustelle war. Ich hatte gar keine Zeit mehr, in der Stadt nach meinem Ring zu suchen. Benedikt tröstete mich, er würde bestimmt an einem der nächsten Wochenenden Zeit haben, dann würden wir gemeinsam meinen Ring suchen und finden. Um jeden Preis.

Noch vier Wochen. Im Werbefernsehen, in den Illustrierten, auf allen Plakaten war längst Weihnachtsbescherung: Die Welt war voller Männer, die Frauen mit Schmuck überschütteten. »Unser Gold ist so unvergänglich wie Ihre Liebe« verkündete die Werbegemeinschaft der Juweliere. Auf ihren Anzeigen Männer bei der schwierigsten Entscheidung ihres Lebens: Sollten sie der Geliebten eine pfundschwere Goldkette schenken oder ein leichtes Brillantarmband? Ohrringe aus sportivem Platin, oder würde ihr rustikal designtes Rotgold besser stehen? Auf einer Anzeige des Diamantensyndikats hieß es: »Weil du so bescheiden warst und dieses Jahr nur einen ganz kleinen Weihnachtsbaum wolltest, darf's beim Baumschmuck etwas mehr sein.« Auf dem Foto dazu ein Weihnachtsbäumchen, klein wie eine Hand, um das Bäumchen war ein prächtiges Brillantkollier gewickelt. In der Fernsehwerbung steckte ein Mann einen Mordsbrilli an eine Frauenhand, worauf sie nur fragte: »Wo ist eigentlich dein Sportcabrio?« Und er antwortete glücklich: »Ich hab es eben an deinen Finger gesteckt.« In einem andern Spot sang ein saudoofer Kinderchor: »Perlen sind Tränen der Liebe«, dazu eine glücklich weinende Schönheit, jede Träne, die ihre makellose Wange hinabglitt, verwandelte sich an ihrem Hals in eine makel-

lose Perle, und eine Männerstimme sang: »Und dafür liebe ich dich«, worauf die Schöne noch mehr weinte und noch mehr Perlen auf ihren Hals flossen. In wieder einem anderen Spot bekam ein Teeny-Girl von einem Teeny-Boy eine Tüte Hustenbonbons geschenkt, »du wolltest doch was für deinen Hals«, sagte er cool, und dann war in der Hustenbonbontüte eine echte Goldkette. Überall floß das Gold in Strömen.
Die einzige Ausnahme war ein Fernsehspot, da bekam eine juwelentriefende Herzogin von ihrem Herzog ein Paket glitzernder Topfkratzer geschenkt, sie sprang vor Freude in die Luft und schrie: »Endlich mal was anderes als immer nur Brillanten.«

20. Kapitel

Am 1. Dezember war Benedikts dreimonatige Probezeit vorbei. Natürlich verlängerte Onkel Georg Benedikts Vertrag. Weil es ein Freitag war, gab es am Nachmittag eine kleine Feier im Kollegenkreis, die jäh unterbrochen wurde, als Herr Wöltje, der kurz in sein Apartment gefahren war, um nach Sandy zu sehen, von dort anrief und mitteilte, er würde heute nicht mehr ins Büro kommen und Sandy hätte morgens offenbar die Schule geschwänzt, jedenfalls war sie ohne Vorankündigung ausgezogen!
Am Montag kam Herr Wöltje pünktlich ins Büro, war aber nicht ansprechbar. Jedenfalls nicht auf seine Arbeit. Sandy war zurück zu ihren Eltern gezogen! Herr Wöltje hatte das ganze Wochenende versucht, Sandy ans Telefon zu bekommen. Aber ihr Vater hatte ausgerichtet, Herr Wöltje möge seine Tochter bitte künftig in Ruhe lassen. Herr Wöltje hatte sich das nicht bieten lassen. Er war zur Wohnung von Sandys Eltern gefahren, aber Sandy ließ sich nicht blicken. Sonntag abend hatte ihr Vater Herrn Wöltje mit der Polizei gedroht, falls er nicht verschwinde.
Benedikt erzählte, daß Angela gesagt hätte, Herr Wöltje hätte über Nacht graue Haare bekommen. Aber Detlef hatte gesagt, so sei das Leben eben, schließlich hätte Herr Wöltje auch über Nacht wasserstoffblonde Haare bekommen.

In den ersten Tagen war Herr Wöltje überzeugt, Sandy würde bald zurückkommen. Sie sei den Luxus seines Lebensstils gewohnt, das elende Leben bei den Eltern würde ihr schnell unerträglich werden. Aber Sandy rief nicht an und ging nicht ans Telefon. Dann war Herr Wöltje von der Idee besessen, Sandy schlafe mit einem andern. Er hätte Sandys Sexualtrieb auf Vordermann gebracht, da brauche ihr Körper Sex wie das tägliche Brot.
Eine Woche nach Sandys Abgang lauerte er ihr morgens auf, ob sie mit einem andern das Haus verließ. Ihr Vater fuhr sie zur Schule. Dann lauerte er nach Schulschluß vor dem Gymnasium. Und da ertappte er sie: händchenhaltend mit einem kindischen Bengel! Herr Wöltje war ins Büro gerast und hatte herumgetobt: »Ich dachte, das Mädchen hätte Klasse! Aber nein, sie treibt es mit einem aus ihrer Klasse!«
Und da war es geschehen: Benedikt erzählte, Angela hätte zuerst gelacht, aber Angela hätte später behauptet, Benedikt hätte zuerst gelacht, aber das war egal, denn alle hatten gelacht, aber mehr aus Verzweiflung über die Hysterie, die Herr Wöltje verbreitete. Und da war Herr Wöltje total ausgeflippt und hatte Benedikt angebrüllt. – Benedikt hatte keine Lust, zu erzählen, was Herr Wöltje alles gebrüllt hatte, irgendwie hatte er gebrüllt, alle seien unfähig, Gott sei Dank war der Chef nicht da. Dann war Herr Wöltje abgerauscht.
Am nächsten Tag erschien er nicht zur Arbeit. Angela rief Frau Wöltje an und erfuhr, daß sich Herr Wöltje nicht umgebracht hatte, wie Angela befürchtet hatte, sondern er war, wie Detlef vermutet hatte, im Vollrausch zu seiner Ehefrau zurückgekehrt. Man wünschte ihm gute Besserung. Mein Onkel besprach sich unter vier Augen mit Benedikt. Und siehe da: Benedikt sollte nun selbständig den Altersheim-Wettbewerb bearbeiten. Onkel Georg war full-time mit einem andern Projekt beschäftigt, er wollte Benedikt völlig freie Hand lassen, würde ihm aber jederzeit helfen. Benedikt war entschlossen, die Herausforderung allein zu bewältigen. Er war überglücklich, das war seine Chance!

Drei Tage blieb Herr Wöltje krank. Dann entschuldigte er sich sehr formell bei Benedikt und den andern. Angela tratschte, Frau Wöltje hätte ihr gesagt, er sei mit Beruhigungsmitteln vollgepumpt.
Trotz alledem war Herr Wöltje beleidigt, daß der Chef den Altersheim-Wettbewerb Benedikt übergeben hatte, und boykottierte ihn. Benedikt meinte, ich solle heilfroh sein, daß ich nicht in dieser Atmosphäre arbeiten müsse, man müsse Herrn Wöltje behandeln wie ein rohes geplatztes Ei.

Durch all diesen Streß schafften wir es erst am Samstag vor Weihnachten, zu unserem lang geplanten Einkaufsbummel in die Stadt zu fahren.
Wir waren so froh wie seit langem nicht mehr. Wir kauften spontan einen traumhaften Wintermantel für Benedikt, noch teurer als die Luxusfrauenmäntel in Sandys Boutique! Aber jetzt konnte sich Benedikt einen guten Mantel leisten.
Und dann entdeckten wir, im Fenster eines Antiquitätenlädchens, einen Ring, der mir auf Anhieb gefiel. Und auf dem Preisschild stand tatsächlich nur 795 Mark! Ja, das war mein Ring! Witzigerweise kostete er fast genausoviel wie meine Materialkosten für Benedikts Zimmer! Den konnte ich mir durchaus wünschen. Und es war genau der Ring, den ich gesucht hatte: ein gerader Reif, im Prinzip wie ein Ehering, aber anders als ein Ehering, weil er nicht aus Gold war – der Ring war rundherum mit Rubinen besetzt, ein eckig geschliffener Rubin am andern, Facette an Facette. Nur oben und unten von zwei schmalen goldenen Schienen gehalten. Wahnsinnig schlicht und edel.
»Meinst du nicht, daß er zu bescheiden ist?« fragte Benedikt.
»Zu bescheiden?«
»Verglichen mit den Klunkern, die Angela rumschleppt?«
Ich mußte lachen. Erstens waren wir nicht so reich, und außerdem finde ich protzigen Schmuck geschmacklos.
Wir gingen in den Laden. Tatsächlich gehörte das Preisschild zu dem Ring. Und der Ring paßte an meine rechte Hand wie für mich gemacht. Es waren synthetische Rubine, daher der Preis, erklärte die Verkäuferin, aber synthetische Rubine seien viel

wertvoller als beispielsweise synthetische Brillanten, und das Gold war feinstes 585er Gold.
Benedikt fand den Ring an meiner Hand auch toll. Und ich hatte eine unbestimmte Erinnerung, genau so einen Ring an einer ganz prominenten Frau gesehen zu haben.
»Kann ich mit Kreditkarte zahlen?« fragte Benedikt. Nein, das sei nicht möglich, da sie diesen Ring in Kommission verkaufe, erklärte die Verkäuferin, es sei aber möglich, ihn einige Tage zurückzulegen. Gegen 50 Mark Anzahlung. Au ja. Ich freute mich wie irre. Schon nächsten Samstag war Weihnachten!

Mitten in der Nacht fiel mir ein, wo ich diesen Ring gesehen hatte: in einer von Noras Illustrierten, in einem Bericht über Brigitte Bardot! Sie hatte von Gunter Sachs zur Hochzeit drei solche Ringe bekommen: einen mit Saphiren, einen mit Brillanten und einen mit Rubinen. Blau-Weiß-Rot, wie die französische Flagge. Und irgendwann, längst geschieden, hatte Brigitte Bardot diese Ringe ihres Ex-Mannes versteigern lassen, um ihren herrenlosen Hunden ein Heim zu bauen.
Vielleicht gehörte der Rubinring zum ehemaligen Ehering von Brigitte Bardot? Na ja, wahrscheinlich nicht.
Aber man darf ja träumen.

21. Kapitel

Der Hundertmarkschein, den ich am 19. Dezember aus meinem Geldbriefumschlag nahm, war mein letzter Hundertmarkschein. Es war nicht so, daß ich nicht gemerkt hätte, daß mein Geld täglich weniger wurde, es war so, daß ich gedacht hatte, ehe es ausgeht, würde ich selbst verdienen. Zum Glück hatte ich schon alle Weihnachtsgeschenke. Trotzdem befiel mich leichte Panik, ich rief Benedikt im Büro an und warnte ihn, daß wir über Geld reden müßten. Benedikt lachte nur.
Am Abend sagte er, ich sollte ihm bitte die Details ersparen, einfach nur sagen, wieviel Geld ich haben wollte, mehr wollte er

nicht wissen. Ich hatte es aber schon detailliert nachgerechnet, um für mich selbst Klarheit zu schaffen. Zuerst der Umzug mit tausend Mark. Benedikt hatte gesagt, er bezahle den Umzug allein, und damit war ich einverstanden, weil ihm Onkel Georg die gesamten Umzugskosten erstattet hatte. Das war der größte Posten, den mir Benedikt schuldete. Außerdem hatte ich fast jeden Tag zwischen zehn und fünfzig Mark ausgegeben für Lebensmittel und Haushaltskram, manchmal mehr, wenn ich Benedikts Schuhe vom Schuhmacher holte oder seine Sachen aus der Reinigung. Während des Studiums hatte ich, abgesehen von den Fixkosten, monatlich vierhundertfünfzig Mark zum Leben und war damit gut zurechtgekommen. Teurer lebte ich hier nicht. Im Gegenteil. Und wenn ich die Miete und alle sonstigen Ausgaben von den achttausend Mark abzog, die mir mein Vater gegeben hatte – die Geburtstagsgeschenke für Benedikt und Angela, die Weihnachtsgeschenke, die drei T-Shirts, die Telefongebühren, das Material für die Renovierung unserer Zimmer – dann hatte ich, seit wir hier lebten, dreitausend Mark für Lebensmittel und Haushaltskram ausgegeben. Aber höchstens die Hälfte für meinen eigenen Bedarf.
Benedikt konnte es nicht fassen. Er hätte keine Ahnung gehabt, daß ich alle Einkäufe bezahlt hatte, natürlich hatte ich es ihm erzählt, aber irgendwie hatte er gedacht, seine Mutter hätte mir auch Geld gegeben, er hatte sich ehrlich keine Gedanken darüber gemacht. »Ich kann's nicht glauben«, sagte er.
»Das Frühstück und das Abendessen täglich, die Marmeladen kosten auch fünf Mark pro Glas, und die Leberpastete, irgendwie addiert sich alles.«
Benedikt holte sein Portemonnaie. »Ich geb dir alles Geld, was ich habe.« Er hatte 235 Mark und 62 Pfennige.
Ich wollte gar nicht alles, aber er bestand darauf, mir 200 Mark zu geben. »Wenn du willst, kannst du morgen mehr haben... allerdings ist mein Konto im totalen Minus.«
»Du verdienst doch soviel!«
»Ich wollte es dir schon den ganzen Abend sagen: Ich habe heute einen Bausparvertrag abgeschlossen. Der Faber hat mir dazu geraten. Ich mußte dieses Jahr noch was tun, um Steuern zu sparen.

Und in ein paar Jahren, wenn hier in größerem Stil umgebaut wird oder wenn wir mal bauen, ist ein Bausparvertrag ideal.«
»Ist doch toll!«
»Aber deshalb bin ich pleite für diesen Monat. Warum hab ich nur diesen stinkteuren Mantel gekauft?«
Ich war schuld, ich hatte dazu geraten. Und warum hatte ich dieses stinkteure T-Shirt gekauft? Wir lachten. Im Ernst: Schuld war nur der unglückliche Umstand, daß es mit meinem Job bisher nicht geklappt hatte.
»Was machen wir jetzt?« fragte Benedikt.
Ich hatte schon alles durchdacht: Ich mußte meinen Vater um einen Mini-Kredit anpumpen. Ich brauchte Geld für Januar und vielleicht Februar. Wir hatten sowieso abgemacht, daß Benedikt und ich am ersten Weihnachtsfeiertag für zwei Tage zu meinen Eltern fahren würden, das war die passende Gelegenheit.
»Ausgezeichnet«, fand auch Benedikt. Und ich wußte, er war heilfroh, daß so das Problem zu lösen war. Benedikt haßt jede Art von Problemwälzerei. »Ehepaarkonversation« nennt er das.
»Ab jetzt wird gespart«, sagte Benedikt, »ab jetzt gibt es wieder hausgemachte Johannisbeermarmelade.«
Natürlich meinte er das nicht ernst.

22. Kapitel

In der Erinnerung bleiben nur die vollendeten Werke, egal, wieviel man dafür geschuftet hat. Bis der letzte Makel entfernt ist, bis man den bereits gereinigten Pinsel nicht doch noch mal in Lack tauchen muß, bis alles sein soll, wie es ist, so lange zittert man um den Erfolg. Der Moment, in dem man denkt: »Ich glaub, ich bin fertig«, ist der Moment, in dem man die Mühen vergißt. Und der Moment der Vollendung ist der Moment des Glücks. – Pünktlich zum Heiligen Abend war Benedikts Zimmer vollendet.
Es sah aus wie aus einer Hochglanz-Architekturzeitschrift: ein

Areal kühler Eleganz. Sehr männlich, aber nicht brutal. Ich hatte einen äußerst günstigen Teppichrest gefunden, in hellem Blaugrau. Die Fußleisten waren schräggestreift lackiert, weiß und grau, das war witzig, und der Übergang vom Teppich zur Wand erschien dadurch diffus und die Grundfläche des Zimmers größer. Wände und Decke hatte ich wie in meinem Zimmer grauweiß verwischt bemalt, stellenweise sah es aus wie marmoriert. Und dann Klarlack drüber. Durch die Wolkenstruktur und den Glanz wirkten Wände und Decke transparent, was das Zimmer optisch unglaublich vergrößerte.
Benedikts unverzichtbarer, großer Kleiderschrank war Teil der Wand geworden. Den Raum zwischen Schrank und Zimmerdecke hatte ich mit Rigipsplatten geschlossen, die Türgriffe vom Schrank montiert, die Löcher zugespachtelt, nun öffnete man die Türen mit fast unsichtbaren Plexiglasschlaufen und schloß sie mit Magnetschnäppern. Das d-c-fix vom Schrank abzupellen und die Klebstoffreste abzulaugen, war fast so mühsam gewesen, wie die Styroporplatten von der Decke zu kratzen. Das schmale Bett hatte ich zum Sofa umgestaltet, mattgrau bezogen und ringsum dicke Rollenkissen genäht. Das war nun unser Fernsehbereich. Beim Fenster war unser Arbeitsbereich. Benedikt hatte auf einer Baustelle von einem Vorarbeiter zwei Kellertüren aus Blech geschenkt bekommen, die Türen waren versehentlich zu schmal geliefert worden, ich machte daraus zwei mattschwarz lackierte, super Arbeitstische. Als Gag pinnte ich vier Fotos an die Wand: unsere Zimmer vor der Renovierung. Da sah man am besten, was ich gemacht hatte. Ich hatte eine neue Welt geschaffen. Unsere schönere Welt in Noras Universum. Und unsere Welt wurde täglich, Quadratzentimeter für Quadratzentimeter, größer.

Am Morgen des Heiligen Abends putzte ich noch die Fenster in Benedikts Zimmer, als er durchs Treppenhaus rief, ich möge bitte nur einen Augenblick aufhören zu renovieren und kurz runterkommen. Schon im Mantel stand er an der Haustür und flüsterte mir ins Ohr, er müsse dringend etwas besorgen und das Auto waschen lassen und es könnte länger dauern. Winkend ging er aus dem Haus, als würde er verreisen. Plötzlich fiel mir etwas auf: »Willst du nicht das Auto zum Wagenwaschen mitnehmen?«

Lachend rief er zurück: »Ich fahr mit dem Bus. Heute ist ein Wahnsinnsverkehr in der Stadt.«

Es war ja klar, wohin er fuhr: in die Innenstadt, zu dem Antiquitätenlädchen, wo es weit und breit keinen Parkplatz gibt. Ich freute mich so.

Erst vier Stunden später kam er zurück. Er rief: »Fröhliche Weihnachten allerseits«, und war allerbester Laune. Dann installierte er im Garten die elektrischen Weihnachtskerzen auf der Mehrzwecktanne.

Während Benedikt weg war, hatte ich rings um die Tür seines Zimmers ein breites rotes Kreppband gesteckt und einen Streifen mit einer riesigen Schleife vor der Tür befestigt, daran hing ein Schild: »Für Dich von mir!« Es sah so witzig aus! Und so war deutlich zu sehen, daß das Zimmer mein Geschenk an Benedikt war.

Die Übergabe des Zimmers fand vor dem Essen statt, gleich nachdem Mercedes gekommen war. Sie stellte einen Karton voller Geschenke auf den Mosaiktisch: »Alle von meinem Herzallerliebsten.« Es sei aber zu schade, sie gleich auszupacken.

Sehr gut – damit sie mir nachher nicht die Schau stehlen konnte, schlug ich vor, daß dafür Benedikt mein Geschenk jetzt auspackte. Ich konnte es auch kaum erwarten.

Benedikt mußte das rote Band vor der Tür feierlich durchschneiden, dann betraten wir mein Geschenk. Alles glänzte. Benedikt strahlte. »Supertoll«, sagte er immer wieder. Er war richtig gerührt. »Supertoll, Herzchen. Ich danke dir.« Nur Nora mußte meinen, Benedikts Zimmer wirke fast zu sachlich. »Es ist supertoll«, sagte Benedikt.

Mercedes sagte, in ihrer Wohnung sehe es genauso aus, allerdings habe sie überall ihre hochwertigen Eichenmöbel und handgeknüpfte, unendlich wertvolle Teppiche aus Finnland. Es war mir unerklärlich, wie es dann genauso aussehen konnte, ich zeigte auf die Fotos von den Zimmern vor der Renovierung: »Zur Erinnerung.«

Benedikt lachte, als er die orange-blau gewürfelte Styropordecke und den d-c-fix-Schrank auf den Fotos sah. Mercedes betrachtete mit schiefgelegtem Kopf die Fotos mit der staubgrünen Tapete und den vergammelten kackbraunen Dielen, die unter dem Linoleum in ihrem Zimmer gewesen waren, und sagte: »Es wirkte so zeitlos.«
»So schön wie jetzt war es nie«, sagte Benedikt entschieden.
»Es war eine wahnsinnige Arbeit«, sagte ich. Ich konnte es nicht oft genug sagen.
»Weißt du noch, Benedikt, was du dir damals für eine wahnsinnige Arbeit gemacht hast, die vielen, vielen Platten orange und blau anzumalen und eine neben der andern anzukleben?« fragte Nora.
»Ich bin so froh, daß die endlich weg sind«, sagte Benedikt und küßte mich.
Da sagten Nora und Mercedes nichts mehr.

Die restliche Bescherung fand erst nach der gefüllten Gans statt. Nora sprach nur darüber, wie oft sie schon die gefüllte Gans gemacht hätte, und es sei ein altes Familienrezept. Dann redete Mercedes ohne Ende über die politischen Entwicklungen sämtlicher Länder, in denen sie mit ihrem Verehrer Urlaub gemacht hatte. Aber kein Wort darüber, ob er sie an den Feiertagen besuchen würde. Als ich noch mal auf die schönen Zimmer zu sprechen kam, sagte sie, es sei alles sehr modisch, und deshalb sei es morgen bereits wieder altmodisch! Das war unmöglich – wenn etwas wirklich originell und kreativ ist, veraltet es kaum! Aber wie kann man das jemand erklären, der zwischen Eichenmöbeln und Handknüpfteppichen lebt? Aussichtslos. Mercedes plapperte weiter über Politik und was sie alles nicht gutheißen konnte und wie sehr sie unter der permanenten Volksverdummung durch die Politiker litt. Ich konnte die gefüllte Gans nicht gutheißen, sie war nicht mit Kastanien gefüllt, sondern mit Tomaten, ich fand, das war ebenfalls Volksverdummung. Aber natürlich sagt man so was nicht.
Endlich gab es die Geschenke. Mercedes öffnete zuerst die Geschenke ihres Herzallerliebsten. Im größten Päckchen, in einer

lachsrosa Schachtel mit schwarzem Band, an dem das Etikett einer Wäscheboutique klebte, war ein cremebeiges Seidennégligé mit herzchenförmigen Spitzeneinsätzen. Es sah sehr teuer aus, gefiel mir aber trotzdem nicht. Mercedes zog es gleich an: »Wie genau er immer meinen Geschmack trifft!« Nora konnte das nur bestätigen. In ihren andern Päckchen war eine Flasche Chanel Nr. 5, ein Badehandtuch von Yves Saint Laurent, auf dem nur der Schriftzug Yves Saint Laurent war, eine Puderdose von Guerlain, ein Paar flaschengrüne Lederhandschuhe, ein Seidentuch von Dior, dessen Muster auch nur aus dem sich versetzt wiederholenden Schriftzug Dior bestand. Nur über das Négligé schien sie sich zu freuen – die Lederhandschuhe schenkte sie sofort Nora weiter – die natürlich genau solche Handschuhe in solch hochwertiger Qualität schon immer gewollt hatte. Von der Puderdose machte sie nicht mal das Zellophanpapier ab, obwohl ich gerne gesehen hätte, wie sie innen aussieht, aber Mercedes ließ sie verpackt und sagte: »Wie Puder eben aussieht.«
Um ihr Négligé nicht zu beschmutzen, zog sie es aus, als sie die andern Geschenke auspackte. Ich zitterte, als sie den Kunstkalender öffnete, den ich ihr gekauft hatte. Einen Beuys-Kalender. Wenn Madame Mercedes Beuys als Halstuch trug, hatte ich überlegt, würde sie sich auch Fotos von gestapelten Filzplatten an die Wand hängen. Tatsächlich dankte sie huldvoll und schwärmte, wie unglaublich großartig sie Beuys fände und wie sie darunter leide, daß die Spießer keinen Zugang zu Beuys finden könnten. Unbestritten gehöre einige Intelligenz dazu, sein Œuvre zu verstehen, und sie persönlich halte Beuys für einen der ganz Großen.
Für Nora hatte ich eine Tischdecke gekauft aus gechintzter Baumwolle mit einem französischen Blumenmuster auf dunkelgrünem Grund. Wirklich prächtig. Um das braunorangekarierte Plastikscheusal zu vertreiben, war mir nichts zu teuer gewesen. Diese Decke würde sogar in dieser Küche einen Hauch von Ästhetik verbreiten. Ich schlug vor, die Braunorangekarierte sofort gegen das Blumenwunder auszutauschen.
»In die Küche?« rief Mercedes entsetzt. »Da paßt sie absolut nicht hin!«

»Du hast recht, da paßt sie absolut nicht hin«, echote Nora.
»Warum nicht?« Ich war völlig irritiert.
»Die Farben beißen sich«, sagte Mercedes.
»Warum denn?«
»Das zarte Hellgelb in der Küche beißt sich mit dem Dunkelgrün der Decke.«
»Du mit deiner künstlerischen Empfindsamkeit merkst das sofort«, sagte Nora.
Ich war platt. Nora und Mercedes, die klaglos in diesem absolut geschmacklosen Wohnzimmer saßen, in dieser Umgebung, die höchstens einem Farbenblinden zuzumuten war, erklärten mir, welche Farben sich beißen! Als hätte ich keinen Geschmack, als wäre ich nicht Innenarchitektin! Natürlich würde ich nie eine hellgelbe Bluse zu einem dunkelgrünen Rock tragen, aber diese Decke war nicht nur Dunkelgrün, es war eine Blumendecke. Und die Staubfäden der Rosen waren so staubgelb wie die Küche. Und die Margeriten hatten schmutzgelbe Tupfer wie die Flecken an der Wand! In mir stieg die Wut hoch. Ausgerechnet Mercedes belehrte mich über Farbkombinationen! Sie mit ihrer tomatenroten Bluse zum rostbraunen Samtrock und dazu eine beigegelbliche Strickjacke mit fetten Goldknöpfen, um den Hals eine finnische Silberkette und als krönenden Farbfleck ihr türkismetallic Lidschatten! Aber ihr sagt natürlich niemand, daß ihre Farbkombinationen abscheulich sind. Weil man bei Mercedes auf den ersten Blick sieht, daß es aussichtslos wäre, ihr Farbgefühl beibringen zu wollen. Meine Schwester gehört auch zu dieser Truppe.
Ich hatte mich mit Elisabeth oft über solche Leute lustig gemacht – Elisabeth meinte, es sei ein Naturgesetz: Je geschmackloser eine Person angezogen ist, desto lieber belehrt sie andere, was guter Geschmack sein soll. Als hätte je ein Mensch diese Leute um Geschmacksberatung gebeten. Aber weil nie jemand über die hoffnungslosen Klamotten dieser Leute ein Wort verliert, leben sie im Glauben, alles sei tadellos. In Wirklichkeit guckt jeder weg, weil sie so peinlich angezogen sind, als liefen sie mit offener Hose rum. Genau: Auch Mercedes war angezogen wie eine offene Hose!

Ich rege mich darüber so auf, weil wir Innenarchitekten ganz besonders unter solchen Leuten leiden. Alle Dozenten mit Praxiserfahrung hatten uns gewarnt, wie schwierig es ist, mit geschmacklosen Leuten zu arbeiten. Drei geschmacklose Auftraggeber – danach sei man reif für die Klapsmühle. Die sehen keinen Unterschied zwischen guten und miserablen Farbkombinationen, quatschen aber überall rein. Ein Dozent hat uns erklärt, daß erwiesenermaßen fünf Prozent der Bevölkerung farbenblind sind, und aus irgendwelchen vererbungstechnischen Gründen sind fast nur Männer farbenblind – was besonders blöd ist, weil bei Großprojekten fast nur Männer Auftraggeber sind. So kommt es durchaus häufig vor, daß man sich mit farbenblinden Geschmacksexperten herumschlagen muß. Über dieses Thema könnte ich mich totärgern! Und nun konnte ich nicht mal eine schöne Tischdecke in diesen Haushalt einbringen, obwohl ich sie selbst bezahlt hatte!

»Bei mir würde die Decke in die Küche passen«, sagte Mercedes.

Ach, daher wehte der Wind. »Sie würde sich mit deinem Négligé beißen«, sagte ich und versuchte dabei zu lächeln, als wäre es ein Witz.

»Ja, bei Medi würde sie sehr gut in die Küche passen«, sagte Nora. »Und ich habe ja noch die wunderschöne Decke, die Medi als Kind bestickt hat.«

Ich warf Benedikt einen durchdringenden Blick zu. Er wußte, was diese Tischdecke für mich bedeutete.

»Wir leihen dir die Decke, und dafür leihst du Viola die Miete, bis Viola einen Job hat«, sagte Benedikt.

»Wieso denn das?« rief Mercedes. »Werden hier an Geschenke Bedingungen geknüpft?«

»Genau«, sagte Benedikt, »diese Decke wurde unter der Bedingung geschenkt, daß sie in unsere Küche kommt.«

»Also gut, wenn du solchen Wert darauf legst«, sagte Nora, als würde sie nur Benedikt zuliebe eine Tischdecke in ihrer Küche dulden, die sich angeblich mit den staubüberkrusteten Fettflekken ihrer Wände biß. Aber damit war die Decke gerettet. Alles andere war mir egal.

Nora schenkte Benedikt einen ledergebundenen Terminplaner, den hatte er sich gewünscht. Sie gab ihm das Geschenk mit Rechnung, damit er es von der Steuer absetzen konnte. Mercedes bekam von ihr ein klotziges finnisches Silberarmband, das Mercedes als Avantgarde-Design bezeichnete. Mir schenkte Nora eine Flasche Cognac und erklärte ungefragt, das ›V. S. O. P.‹ auf dem Etikett bedeute ›Very Superior Old Product‹, und das sei ganz was Hochwertiges. Dann meinte sie, nach einem guten Essen täte ein guter Cognac gut, und ich dürfte die Flasche gleich aufmachen.

Mercedes schenkte mir ein Parfüm. Es trug den Namen einer häßlichen Tennisspielerin, die in letzter Zeit nur verloren hatte. Garantiert war das Parfüm entsprechend reduziert gewesen. Ich tat trotzdem so, als hätte ich mir schon immer gewünscht, wie eine häßliche Tennisspielerin zu riechen.

Benedikt schenkte seiner Mutter und seiner Schwester je eine edle Kiste mit feinsten Obstschnäpsen. Beide meinten, die seien viel zu wertvoll, um sie jetzt aufzumachen, und tranken weiter den hochwertigen Cognac.

Endlich gab mir Benedikt ein winziges, in violettes Papier eingewickeltes Schächtelchen.

»Soll ich mal raten, was drin ist?« sagte ich.

»Es ist nur ein kleines Geschenk.«

»Das ist nicht zu übersehen.«

In dem Schächtelchen waren Ohrringe, sie sahen aus wie Veilchen. In der Mitte war ein Brilli. Verblüfft nahm ich sie in die Hand. Sie waren aus Plastik. Der Brilli war aus Straß. »Warum denn Ohrringe?«

»Ich dachte, daß Veilchenohrringe so gut zu dir passen.«

Nora rief: »Veilchen heißt auf lateinisch Viola! Passender hättest du die Ohrringe nicht wählen können, Benedikt!«

Ich überlegte, ob ich so tun sollte, als hätte ich das, nachdem ich seit fünfundzwanzig Jahren Viola heiße, nicht gewußt. Ich hatte einen Kloß im Hals. Aber lächelnd steckte ich die Ohrringe an und sagte: »Das war bestimmt nicht alles.«

Benedikt sagte geheimnisvoll: »Mein Geschenk für dich ist etwas kleiner als dein Geschenk für mich – aber meine Überra-

schung für dich ist viel größer. Bleibt mal alle hier sitzen.« Er ging hinaus. Wir hörten die Haustür klappen.
Ich saß zwischen Nora und Mercedes, sah auf den Mosaiktisch mit dem nierenförmigen van Gogh mit dem abgeschnittenen Ohr, fingerte an meinen Ohrringen herum, da klingelte das Telefon.
»Benedikt! Von wo rufst du an?« rief Nora, dann sagte sie zu mir: »Er will, daß du vors Haus kommst.«
Ich rannte hinaus.

23. Kapitel

Unter der Straßenlaterne vor dem Haus stand ein schimmerndes schwarzes BMW-Cabrio, mit offenem Verdeck, darin saß strahlend Benedikt.
»Was ist das?« rief ich.
»Unser neues Cabrio! Damit ich dich standesgemäß chauffieren kann.« Benedikt sprang aus dem Cabrio und hüpfte vor Freude wie ein kleines Kind.
»Soll das meins sein?!« sagte ich fassungslos.
»Herzchen, es ist das Auto von Angela! Es war das Auto von Angela! Ich hab es ihr abgekauft! Steig ein!«
Ich biß mir auf die Lippen. Wie hatte ich denken können, dieses Auto sei für mich. Ich starrte die Ledersitze an und Benedikt. Er griff zu einem Hörer zwischen den Sitzen und wählte: »Kommt auch schnell vor die Haustür!« rief er in den Hörer.
»Mit Autotelefon«, sagte ich, obwohl ich sprachlos war.
»Jetzt haben wir endlich unser privates Zweittelefon«, rief Benedikt triumphierend.

Nora und Mercedes kamen aus dem Haus.
»Ist das dein neues Auto? Wie großartig!« rief Nora. »Ein Traumwagen!«
»Das hat Stil!« rief Mercedes.
Benedikt erklärte begeistert, wie wahnsinnig günstig er das Ca-

brio von Angela bekommen hatte. Nur weil Angela sich ständig über das angeblich klemmende Verdeck geärgert hatte. Benedikt führte uns viermal vor, wie leicht es sich auf- und zuklappen ließ, leichter als ein Regenschirm. Außerdem hatte Angela die Farbe nie gefallen, für ihren Geschmack war es das falsche Kaviarschwarz. Dabei war es die absolute Traumfarbe. »Stellt euch vor, jetzt fahre ich einen genauso teuren Wagen wie mein Chef, und er ist trotzdem nicht sauer! Im Gegenteil, der Faber war unheimlich froh, daß ich seine Angela von diesem Wagen befreit habe!«

Wir machten eine Probefahrt, mit offenem Verdeck selbstverständlich. Mir war eiskalt, nicht nur wegen des offenen Verdecks. In heimlicher Hoffnung sah ich ins Handschuhfach, vielleicht war darin ein Päckchen, ein kleines Päckchen für mich. Benedikt lobte die vorbildliche Ausleuchtung des Handschuhfachs. Es war vollkommen leer.

Mir stiegen Tränen in die Augen.

»Benedikt, du hast Benzin im Blut!« rief Nora vom Rücksitz.

»Super hat er im Blut – wie Vater!« rief Mercedes.

Benedikt gab Gas. Der Fahrtwind war so laut, daß mich Nora und Mercedes nicht hören konnten, als ich leise fragte: »Übrigens was ist eigentlich mit dem Ring?«

»Der Ring, Herzchen… da gab es leider eine Panne. Er war weg. Schon verkauft.«

»Aber du hattest ihn anbezahlt!«

»Trotzdem war er weg. Ich hab gestern Angela in die Stadt geschickt, um ihn abzuholen. Und da war er weg.«

»Bist du sicher?«

»Sicher, sie haben Angela die Anzahlung zurückgegeben.«

»Wieso hast du Angela geschickt, um meinen Ring zu holen?«

»Ich hatte keine Zeit, die ganze Woche nicht. Und sie fuhr sowieso in die Stadt.«

»Und dann war er weg«, sagte ich vor mich hin.

»Angela meint, die Verkäuferin sei bestochen worden und hätte ihn teurer an jemand anderen verkauft. Du weißt selbst, wie blöd Verkäuferinnen sind.«

Und dann war er weg. Ich spürte, wie eine Träne mein Gesicht

hinunterlief. Ich war so enttäuscht, aber Benedikt konnte nichts dafür. Manche Verkäuferinnen sind zu allem fähig.
»Ich war ganz verzweifelt«, sagte Benedikt leise, »und ich konnte nichts machen, es war der einzige Ring, der dir gefallen hat. Heute hab ich noch versucht, einen ähnlichen zu finden, aber du hattest recht, den gab's nur einmal.«
»Mir ist ein Regentropfen ins Auge gefallen«, sagte ich und wischte die Träne weg. Ich sah Benedikt an, er hatte auch feuchte Augen.
»Freu dich einfach mit mir«, sagte er leise, »für mich ist mit diesem Auto ein Kindheitstraum Wirklichkeit geworden – es ist mein erstes Cabrio.« Dann drehte er den Kassettenrecorder an. Marilyn Monroe sang: »I wanna be loved by you, just you and nobody else but you…«
Ich wollte auch von niemandem sonst als von Benedikt geliebt werden. Es hatte mit dem Ring nicht geklappt, das war eben Pech. Dafür hatte Benedikt Glück gehabt, er hatte dieses Auto bekommen. Und was Benedikt glücklich macht, macht auch mich glücklich. Sein Luxusauto machte mich zur beneidenswerten Luxusfrau auf dem Beifahrersitz. Ich stellte mir vor, wir würden zum Beispiel an Lydia Bauernfeind mit ihrer alten Yves Saint Laurent-Tüte vorbeifahren, ich würde Benedikt bitten anzuhalten, würde per Knopfdruck das Fenster öffnen und so gelangweilt wie Angela sagen: »Hällouh.«
Nun sang Marilyn Monroe »Diamonds are a girl's best friend…« ich kannte natürlich den Song, aber nicht diese Kassette. Hatte sie Angela mit dem Auto verkauft?
»…and I prefer a man, who gives expensive jewels…«
Ja, das war Angelas Lied. Nicht mein Lied. Nicht unser Lied. Ich klappte die Sonnenblende runter und betrachtete im Schminkspiegel die Veilchenohrringe aus Plastik. Wenn man es nicht wußte, konnte man das Straßsteinchen in der Blüte für echt halten. Aber darauf kam es sowieso nicht an. Und wie die Herzogin im Werbefernsehen, die Topfkratzer geschenkt bekam, sagte ich: »Mal was anderes als immer nur Brillanten.«

24. Kapitel

Benedikt hätte am liebsten in seinem neuen Auto übernachtet.
»Weißt du, was dieses Cabrio der Sonderklasse mit dieser Ausstattung normalerweise kostet?« fragte er, als wir endlich doch in unserem Bett lagen.
Ich hatte keine Ahnung.
»Über hunderttausend!«
»Das kann nicht wahr sein.«
»Angela hat mir die Rechnung gezeigt. Und rat mal, was ich dafür zahle?«
Ich hatte keine Ahnung.
»Knapp sechzigtausend!«
»Warum hat sie es dir so billig gegeben?«
»Sie hatte keine andern Interessenten. Im Winter kauft keiner ein Cabrio. Aber sie wollte es aus steuerlichen Gründen unbedingt noch dieses Jahr verkaufen, und sie hat schon einen neuen Wagen bestellt.« Und dann gestand Benedikt, daß er einen Kredit aufgenommen hatte, um das Cabrio zu finanzieren. Aber steuerlich war es absolut ideal, daß er einen so teuren Wagen gekauft hatte, er konnte sogar die Kreditzinsen von der Steuer absetzen und bekam ihn dadurch praktisch vom Finanzamt finanziert. Und alle reichen Leute machen es so.
»Und was ist mit unserem alten BMW?«
»Der wird prompt entsorgt. Den nehmen wir morgen mit, wenn wir zu deinen Eltern fahren. Ich hab schon mit Niko telefoniert. Stell dir vor, Niko meint, er könnte bei den derzeitigen wahnsinnigen Gebrauchtwagenpreisen leicht acht- bis zehntausend Mark für uns rausholen.«
Jetzt war ich auch begeistert – das neue Auto war die Lösung meines Problems, ich hatte ja das alte Auto zur Hälfte bezahlt:
»Dann bekomme ich für meine Hälfte vom alten Auto so viel, daß ich meinen Vater nicht anpumpen muß!«
»Ich dachte eigentlich, du schenkst mir deine Hälfte vom alten BMW und ich schenk dir dafür die neue bessere Hälfte vom Cabrio zu Weihnachten, ist das nicht genug?« sagte Benedikt leicht beleidigt.

»Du schenkst mir die Hälfte von deinem Cabrio?«
»Herzchen, hast du etwa geglaubt, ich würde dir nur ein Paar Ohrringe schenken? Weil ich den Ring nicht bekommen hab, bekommst du zum Trost ein halbes Cabrio. Und gibst mir dafür die Hälfte vom alten. Damit hätte ich bereits die Grundfinanzierung perfekt.«
Obwohl ich die Augen geschlossen hatte, wurde mir schwindlig. Benedikt schenkte mir die Hälfte seines Traumwagens! Das war ein Geschenk im Wert von dreißigtausend Mark! Soviel bekamen nicht mal die Frauen im Werbefernsehen geschenkt. »Benedikt, du bist so toll«, flüsterte ich.
»Endlich hast du es kapiert«, flüsterte er zurück. »Jetzt hab ich nur noch einen Wunsch auf der Welt. Darf ich ihn sagen?«
Ich lachte. »Na klar.«
»Darf ich morgen mit dem neuen Wagen fahren, und du fährst den alten?«
»Na klar.«
»Jetzt bin ich wunschlos überglücklich.«

25. Kapitel

Mein Vater war beeindruckt, daß mein Boyfriend nach viermonatiger Berufstätigkeit bei seinem Bruder ein größeres Auto fuhr als er nach dreißigjähriger bei seiner Versicherung. Meine Schwester schäumte vor Neid.
Niko überschlug sich vor Begeisterung. Echt eine einmalige Gelegenheit. Und keine Frage: In der nächsten Woche schon würde er unseren alten BMW optimal verscherbeln und Benedikt das Geld überweisen, selbstverständlich provisionsfrei.
Benedikt war nicht dabei, als ich meinen Vater um Geld anpumpte. Glücklicherweise. Zuerst verstand mein Vater überhaupt nichts. Er hätte mir doch dreihundert Mark zu Weihnachten geschenkt. Als ich sagte, daß mir das nicht reichen würde, fragte er natürlich nach den achttausend Mark, wo die seit Ende August geblieben seien.

»Für die Renovierung und so«, sagte ich bewußt vage.
Ob ich handbemalte Seidentapeten gekauft hätte?
Wenn mein Vater versucht, witzig zu sein, wird es ernst. Um ihn zu beruhigen, erklärte ich detailliert, wie preiswert ich die beiden Zimmer renoviert hätte. Mein Vater reagierte total kleinkrämerisch, holte Zettel und Kugelschreiber. Ob ich die Renovierung allein bezahlt hätte? Das sei ein zu üppiges Weihnachtsgeschenk für Benedikt gewesen, da hätte ich mich im Rahmen meiner Möglichkeiten vergriffen! Typisch mein Vater, mit dem Rahmen der Möglichkeiten! Und was sagte er dann dazu, daß mir Benedikt die Hälfte dieses Wahnsinnsautos zu Weihnachten geschenkt hatte?
Mein Vater klopfte mit dem Kugelschreiber auf seinen Zettel. So, und wo war dann das restliche Geld geblieben, wenn die Renovierung so billig war?
»Für Lebensmittel und so.«
»Soviel brauchen nicht mal wir für Lebensmittel und so.«
Ich wurde wütend. Mein Vater hatte keine Ahnung, wie sich alles summierte. »Ich hab auch insgesamt eintausendvierhundert Mark Miete bezahlt.«
»Wieso bezahlst du Miete? Du erzählst mir, daß du den ganzen Tag renovierst und putzt, wieso bezahlst du dann Miete?«
»Benedikt hat auch an dich Miete bezahlt, als wir in deiner Wohnung gewohnt haben, falls du das vergessen hast.«
»Aber nicht so unverschämt viel.« Mein Vater rechnete. »Du müßtest trotzdem Geld übrig haben.«
Alle Beruhigungsversuche waren zwecklos. Im Gegenteil. Es könne ja nicht möglich sein, daß ich ein verwahrlostes Haus renoviere, dafür noch Miete zahle und das Essen einkaufe! Mein Vater brüllte: »Ich finanziere nicht den Haushalt deines Boyfriends!«
Immer war ich Papas Liebling, aber jetzt war alles falsch, was ich sagte. Wahrscheinlich war er neidisch auf unser Cabrio.
»Du läßt dich ausnützen!« brüllte er. »Juristisch gesehen, gehört dir keine Schraube von seinem Cabrio! Wenn es mal nicht mehr klappt, wie stehst du dann da?«
Ich erklärte ihm, so gut es ging, daß Benedikt Schulden machen

mußte wegen der Steuer und daß das Auto praktisch ein Geschenk vom Finanzamt ist, aber mein Vater tobte, das sei Blödsinn, und Benedikt müsse das Auto plus Kredit bezahlen. Und wenn schon moderne Verhältnisse, dann bitte richtig. Dann für alles getrennte Kasse. – Natürlich, für meinen Vater als Versicherungs-Juristen ist das Leben eine Kette von Katastrophen.
»Benedikt hat sogar einen Bausparvertrag für uns abgeschlossen!« Das mußte meinem Vater mit seinem Versicherungsdenken doch gefallen, das war spießig genug!
»Davon hast du nichts! Für sich hat er den abgeschlossen! Und wenn er schon so eifrig am Steuersparen ist, warum heiratet er dich nicht? Da könnte er so viel Steuern sparen, daß er dich leicht finanzieren könnte, solange sich das bei Georg so hinzieht!«
»Ich will nicht heiraten, nur um Steuern zu sparen.«
»Ich will auch mehr als nur Steuern sparen«, sagte mein Vater, »ich will mein Geld sparen.«
Er wollte mich erpressen. ›Wer das Geld hat, hat die Macht‹, sagt er immer. Aber um ihn nicht mehr aufzuregen, sagte ich: »Wir haben schon darüber gesprochen.«
»Über was?«
»Na ja, übers Heiraten.«
»Aha«, sagte mein Vater etwas freundlicher. »Aber so schnell geht das nicht, da hängt ein wahnsinniger Verwaltungskram dran. Wir haben es dieses Jahr einfach zeitlich nicht mehr geschafft, ehrlich.«
»Aha«, sagte mein Vater deutlich freundlicher. »Also, ich überweis dir fünfhundert Mark auf dein Konto.« Wir atmeten gleichzeitig auf. Endlich Einigung. »Gib mir das Geld einfach so, ich hab nämlich noch kein Konto eröffnet«, sagte ich froh.
Und das hätte ich wieder nicht sagen sollen, mein Vater bekam wieder einen Wutanfall. Es könne nicht sein, daß ich keine Zeit gehabt hätte, ein Konto zu eröffnen! Tausende monatelang in der Tasche herumgetragen hätte! Ich sei unfähig, mit Geld umzugehen. Es genüge ihm tatsächlich, das Kind eines unbekannten Schweden durchzufüttern, das Personal eines gutverdienenden Architekten finanziere er nicht auch noch! Wenn ich ein Konto hätte, solle ich ihm die Nummer geben, vorher keinen Pfennig.

Mein Vater lächelte demonstrativ unerschütterlich, das macht er immer, wenn er beschlossen hat, irgendein Erziehungsexempel zu statuieren. Damit waren erfahrungsgemäß weitere Verhandlungen zwecklos. Mindestens drei Tage lang. Und so lange blieben wir nicht. Benedikt mußte sofort nach den Feiertagen zurück zu seinem Wettbewerb.
»Okay, dann reden wir nicht mehr darüber«, sagte ich cool.
Wir heiraten nicht, um Steuern zu sparen.
Und wir heiraten auch nicht, weil mein Vater mich erpreßt.

26. Kapitel

Statt mich weiter über meinen Vater zu ärgern, rief ich Elisabeth an. Sie sagte, ich solle sie gleich besuchen, sie hätte eine große Überraschung.
In Elisabeths Einzimmerapartment, auf ihrem Bett-Sofa, lag Lampen-Peter. Welche Überraschung. Peter sagte, er sei nur gekommen, um mich wiederzusehen. Aber ich hatte den Eindruck, daß er auf Elisabeths Bett-Sofa ziemlich zu Hause war. Als ich ihn fragte, was er jetzt macht, sagte er: »Ich bin Lagerarbeiter geworden.«
»Lagerarbeiter?«
»Ich helfe im Haushaltswarengeschäft meiner Mutter, pack Pakete und sortiere das Lager.«
»Willst du mal die Überraschung sehen?« fragte Elisabeth.
Sie unterbrach meine Gedanken, wie leid mir Peter tat. »Ich dachte, Peter ist die Überraschung?«
Elisabeth zog ein dünnes schwarzes Tuch von einem schwarzen Podest in der Ecke und drückte auf einen Lichtschalter. Da stand, magisch beleuchtet von einer von Peters Lichtinstallationen, unser Modell der Bankfiliale Faber & Leibnitz. Ich hatte den Gedanken an das zerstörte Modell verdrängt, hatte vergessen wollen, was ich meinte, nicht retten zu können. »Es ist schöner als vorher!«
»Stimmt«, sagte Elisabeth, »jetzt hab ich Übung.«

Alles war, wie es gewesen war, nur noch besser: das handgemalte Tapetenmuster wirkte noch plastischer, die Schatten auf dem Boden noch exakter. An einer Wand des Schalterbereichs entdeckte ich etwas Neues: Ein streichholzschachtelkleines Gemälde in einem Goldrahmen.

»Auf dieser Wand war nur ein kleinerer Saftfleck, da hab ich das Bild über den Fleck gehängt.«

Ich betrachtete den Minikunstdruck genauer: Ein blonder Held posierte auf einem toten Drachen. Der Drache hatte zwei Köpfe.

»Zur Erinnerung an deine Schwester und Solveig«, sagte Elisabeth.

Dann zeigte sie die Fotos, die sie mit ihrem neuen Makro-Objektiv gemacht hatte. Das Modell war so perfekt, daß es auf den Fotos wie ein echtes Bankinterieur aus dem vorigen Jahrhundert aussah. Es war toll. »Ich hätte es nicht geschafft, diese Arbeit noch mal zu machen!«

»Wenn man weiß, was man tut, schafft man es immer wieder. Und es macht viel mehr Spaß, zielstrebig zu arbeiten, als blind herumzubasteln. Zu wissen, was man tut, das unterscheidet den Profi vom Dilettanten«, sagte Elisabeth sehr profimäßig. »Aber es ist langweilig, genau zu wissen, was man tut. So unkreativ.«

»Find ich nicht. Wenn ich nicht weiß, was ich tu, sagen mir andere, was ich tun soll. Lieber mache ich meine eigenen Fehler, statt mir von anderen vorschreiben zu lassen, welche Fehler ich machen soll. Das ist das Unkreativste überhaupt.«

»Ich könnte auch sofort wieder ein Modell bauen«, sagte Peter und betrachtete verliebt das Modell, »ich hab an der Restaurierung mitgearbeitet.«

Ich wurde fast ein bißchen neidisch. »Und was macht dein Job bei Hagen und von Müller?« fragte ich Elisabeth.

»Das bringt nichts. Es ist peinlich, daß ich dafür studiert habe.«

»Das versteh ich nicht.«

»Letzte Woche hab ich mich wieder wahnsinnig geärgert. Da kommt so ein halbglatziges Arschloch, parkt seinen Porsche vor dem Eingang, taxiert die Verkäuferinnen, als hätte er einen Puff betreten, und quatscht mich an, ob ich wüßte, wie gut meine Haarfarbe zu dem hellen Schaukelstuhl paßt und ob ich ihm was vorschaukeln würde? Prompt kommt der Chef angeschlichen und sagt: ›Das wird Fräulein Leibnitz gerne machen!‹ – und ich mußte dem Laffen eins vorschaukeln. Und dann fragt die freche Halbglatze den Chef, ob er gestatte, daß ich nach Dienstschluß ein Gläschen Sekt mit ihm genieße und ihm weiterhin so reizend die Vorzüge unseres Hauses vorführe. Und mein Chef sagt: ›Das wird Fräulein Leibnitz gerne machen.‹ – Ich wurde gar nicht gefragt.«

»Warum redet er dich mit Fräulein an?«

»Er redet alle mit Fräulein an, er behauptet, das macht sein Haus für die Herren Kunden attraktiver. Wir sind sein Werbematerial, sagt er. Und er stellt nur deshalb Innenarchitektinnen ein, weil ein Hauch von akademischer Bildung bei den Herrn gut ankäme.«

»Elisabeth sagt, sie sei von Beruf ›Möbelnutte‹«, rief Peter dazwischen.

»Mußte ich mich also von dieser Halbglatze in seinem schmuddeligen Porsche in ein Bistro karren lassen. Weil ich sagte, ich hätte keine Zeit, mußte er schnell mit seinen geheimen Wünschen rausrücken: Er wollte über mich den Schaukelstuhl und einige sonstige Kleinigkeiten billiger bekommen. Er sei sehr großzügig, sagte er, bei dem Geschäft könnte durchaus ein Paar Schuhe für mich rausspringen.«

»Ein Paar Schuhe?«

»Elisabeths Schuhe gefielen ihm nicht«, erklärte Peter, »der Herr war der Meinung, eine Vollblutfrau wie sie sollte nur hohe Absätze tragen.«

»Mehr hat er nicht geboten? Nur ein Paar Schuhe?!«

»Ich habe ihm ganz sachlich gesagt, daß ich jährlich nur für einen begrenzten Betrag billiger einkaufen kann und diesen Betrag für meinen eigenen Bedarf brauche. Und da sagte die Halbglatze: ›Diese Möbel können Sie sich doch nicht leisten! Oder haben Sie einen reichen Freund?‹ Und da bin ich aufs Klo gegangen und nie wiedergekommen.«

Typisch Elisabeth!

»Wäre ich wiedergekommen, hätte mich das 8,50 Mark gekostet. Der hätte das Glas Sekt nicht bezahlt, nachdem er wußte, daß er an mir nichts verdienen kann. Oder ich hätte zur Entschädigung für seinen Rabattausfall mit ihm ins Bett müssen.«

»Hast du das deinem Chef erzählt?«

»Der hat mich am nächsten Morgen sofort gefragt, ob der Kunde mit mir zufrieden war. Als ich ihm sagte, daß der Typ nur Sonderrabatte wollte, sagte er, da hätte ich unsere Sonderangebote offerieren sollen. Ich kann froh sein, solange ich nicht zum Probebumsen für Matratzeninteressenten angefordert werde. Und was mich am meisten geärgert hat: Einige liebe Kolleginnen behaupten jetzt, ich hätte diesen Laffen selbst bestellt, um beim Chef anzugeben, wie gut ich bei der Kundschaft ankomme.«

»Scheiß-Job, Scheiß-Chef, Scheiß-Kundschaft«, sagte Peter. »Dieses Pseudo-Luxus-Milieu ist rundum bescheuert. All diese Statusgeier. Die Frauen sind genauso. Erst erklären sie protzig: ›Geld spielt keine Rolle, Hauptsache, es gefällt mir‹, aber dann sprechen sie die magischen sieben Worte...«

»Was für sieben Worte?«

»Da-muß-ich-erst-meinen-Mann-fragen. Die Frauen können nicht mal einen lumpigen Kerzenhalter kaufen, ohne darauf hinzuweisen, wer angeblich über ihr Geld bestimmt. Auch wenn man genau weiß, die Frau verdient selbst genug, um sich alles zu leisten. Gerade dann sagen die Weiber: ›Da-muß-ich-erst-meinen-Mann-fragen.‹ Und wenn sie tatsächlich mit ihrer angeblichen Geldquelle wiederkommen, sagt der Mann garantiert: ›Viel zu teuer.‹ Frauen suchen die Möbel für die Räume aus, in denen sie sich selbst aufhalten, also Wohnzimmer, Küche, Schlafzimmer, Kinderzimmer – das sind alles Frauenräume, da soll gespart werden. Aber jeder Mann, der einmal im Monat einen Brief für seinen Kleintierzüchterverein schreibt, richtet sich zu Hause ein Büro ein, als wär er ein Konzernchef. Da ist alles möglich. Das darf nicht zu wenig kosten.«

»Aber bei den wirklich reichen Männern...«

»Bei den Reichen ist Pfennigfuchserei Statussymbol. Reich wird man nicht durch Verschwendung. Je reicher einer ist, desto mehr feilscht er. Noch um Zehntelprozent Rabatt. Die pokern mit ihren Beziehungen. Beziehungen haben, heißt wissen, wo man etwas billiger bekommt. Mein Chef erzählt immer dieses Witzchen: ›Warum sind die Männer gegen die Ehe und für Beziehungen? Weil sie in Beziehungen die Frauen billiger bekommen.‹ « Das hätte auch von meinem Vater sein können. »Und was willst du jetzt machen?«

»Ich muß noch vier Monate warten, bis ich kündigen kann. Dann hab ich ein halbes Jahr dort gearbeitet, und erst dann bekomme ich Möbel mit Rabatt. Das einzige, was mich nämlich an dem Laden interessiert, ist der zwölfbeinige Tisch und die Stühle aus der Kahnweiler-Kollektion. Ein phantastischer Ausziehtisch mit extrem dünnen Metalltischplatten, da können vierzehn Personen dran sitzen, und man kann ihn auf 60 × 110 Zentimeter zusammenschieben. Er hat zwölf Tischbeine aus Metall, jedes Bein ist anders – eines gebogen wie bei einem Barocktisch, das daneben wie ein Blitz, dann ein Spiralfuß, der nächste wie ein Ausrufungszeichen, es gibt auch einen Renaissancefuß mit Löwenklaue und eine Säule. Ein totales Kunstwerk und total funktional. Es war Liebe auf den ersten Blick, den will ich als Arbeitstisch fürs Leben. Und dazu sechs Stühle, jedes Stuhlbein ist auch anders. Nur darauf warten wir.«

»Wer ist wir? Peter und du?«

»Ja, Elisabeth und ich«, sagte Peter. »Sobald Elisabeth ihren geliebten Ausziehtisch gekauft hat, machen wir uns selbständig. Wir wollen versuchen, für Architekturbüros Modelle zu bauen. Immer mehr Büros geben solche Spezialarbeiten außer Haus. Wir arbeiten präzise, pünktlich und mit Liebe zum Detail.«

Ich staunte nur noch. Sie waren also doch liiert. Seit wann? Seit dem Abschiedsfest bei mir? Ich wagte nicht zu fragen – die beiden sprachen nur über ihre Arbeitszukunft. Sie malten sich aus, daß irgendwann ein Heer von Modellbauern für sie arbeiten würde, und sie würden demnächst Fotos vom Bankfilialen-Modell an Architekturbüros schicken, um Aufträge zu bekommen. Peter würde die Briefe dazu schreiben, Elisabeth die persönlichen Kontakte übernehmen. Peter würde in seiner Zweizimmerwohnung ein Zimmer als Büro einrichten, Elisabeth würde dort ihren Kahnweiler-Tisch als Arbeitstisch aufstellen. Peter erklärte, allein hätte er nie gewagt, sich selbständig zu machen, aber gemeinsam mit Elisabeth könne er nichts falsch machen.

Das Merkwürdigste aber war: Die beiden wirkten überhaupt nicht wie ein Liebespaar, eher wie Spielkameraden. Als seien sie überhaupt nicht ineinander verliebt, nur in ihre Arbeit!
Als ich ging, begleitete mich Elisabeth zur U-Bahn. Vorsichtig fragte ich: »Geht es gut zwischen Peter und dir?«
»Großartig, wir sind wahnsinnig glücklich, daß wir uns entschlossen haben, demnächst gemeinsam ins kalte Wasser zu springen.«
Großartige Zukunftsaussichten: im kalten Wasser unterzugehen.
Elisabeth lachte: »Was ich noch sagen wollte – wenn es bei dir schiefgeht, kannst du bei uns anfangen.«
»Wieso sollte es mit Benedikt schiefgehen?«
»Ich meinte, wenn es mit deinem Job schiefgeht.«
»Dann würde ich trotzdem bei Benedikt bleiben. Wir wohnen ja nicht mehr hier. Aber was machst du, wenn es mit Peter schiefgeht?«
»Warum sollte es nicht klappen? Peter weiß meine Arbeit zu schätzen, das ist mehr wert. Viel mehr als der berühmte reiche Mann zum Beispiel. Die meisten Frauen sind mit einem reichen Mann arm dran.«
»Daß Peter kein Geld hat, genügt auch nicht, um glücklich zu werden.«
»Mir genügt es«, sagte Elisabeth, »ich interessiere mich nicht für Männer, nur für Möbel.«
Eine Frau, schön wie Cathérine Deneuve oder Grace Kelly, die sich nur für Möbel interessiert! Ich umarmte sie: »Alles Gute.« Ich sagte es, wie man einem Schwerkranken gute Besserung wünscht. Was sollte aus Elisabeth werden ohne einen richtigen Mann? Einen Mann wie Benedikt?

Als ich Benedikt und meinen Eltern von Elisabeths Plänen erzählte, meinte Benedikt: »Mit einer Modellbauklitsche ist nicht viel Geld zu machen.«
Mein Vater sah Benedikt lauernd an: »Hauptsache, sie wird für ihre Arbeit bezahlt.«
»Mach dir keine Sorgen, Viktor«, lachte Benedikt, »ich sorg

schon für Viola. In drei Wochen hab ich den Altersheim-Wettbewerb gewonnen, und dann können wir Viola einstellen.«
Damit gab mein Vater Ruhe.

Spät nachts, als wir mit 220 Stundenkilometern über die Autobahn nach Hause rasten, wurde mir klar, warum ich mir Sorgen machte um Elisabeth: Sie dachte nur an ihre Karriere. Liebe war für sie Nebensache. So kann man nicht glücklich werden!

27. Kapitel

In der letzten Woche des Jahres, in den letzten Tagen vor Abgabe des Wettbewerbs, arbeitete Benedikt fast rund um die Uhr. Mein Onkel machte mit Familie Urlaub in der Karibik. Nur Herr Wöltje war bei Benedikt im Büro, um seiner Familie zu entfliehen. Herr Wöltje sprach nicht mehr über Sandy, er war immer noch mit Beruhigungsmitteln vollgepumpt, er störte Benedikt mehr, als er half, weil er nur apathisch rumhockte und sagte: »Mir ist alles scheißegal.«
Benedikt mußte den Vorentwurf von Herrn Wöltje immer mehr ändern. Herr Wöltje sagte selbst, daß er eine Standard-Scheiße hingeknallt habe, nun war Benedikt dafür verantwortlich, und Benedikt wollte keine Standard-Scheiße abliefern.
Und Benedikts Entwurf wurde wirklich kühn. Er gestaltete die Fassade als unregelmäßige Zackenlinie, auf der Rückseite des Gebäudes waren sogar die Balkone gezackt. Innen, im Eingangsbereich des Altersheims, wiederholte sich diese Struktur in zwei gebogenen Zackenwänden, die die Halle gliederten. Es war ein ähnlicher Entwurf wie in seiner Diplomarbeit, nur noch kühner. Das war genau die betont auffallende Lösung, die Benedikt wollte, denn jeder Architekt muß eine auffallende Handschrift haben, sonst bleibt er ewig unbeachtet.
Obwohl sein Entwurf grundlegend anders war als Herrn Wöltjes Vorentwurf – Benedikts Altersheim sah eher aus wie ein futuristischer Jugendtreff –, hatte sogar Herr Wöltje gesagt, wenn er,

falls überhaupt, je in ein Altersheim ziehen würde, dann nur in dieses!

Am letzten Arbeitstag des Jahres, pünktlich auf die letzte Minute, war Benedikt fertig. Er brachte seinen Entwurf persönlich zum Wettbewerbsausschuß und ließ sich die fristgerechte Abgabe mit Stempel bestätigen. Herr Wöltje sagte, das sei das einzige, worauf es bei diesem Wettbewerb ankäme.

Kaum war Benedikt endlich zu Hause, rief Herr Wöltje an, er hätte sich überlegt, daß man nach dieser intensiven Zusammenarbeit feiern müsse, und er lade Benedikt heute abend in seine Lieblingskneipe ein, da sei er lange nicht gewesen. Seine Frau habe wie üblich keine Lust mitzugehen, aber mich lud er ausdrücklich auch ein.

Herrn Wöltjes Lieblingskneipe hieß ›Platzangst‹, war aber ziemlich leer, als wir um neun kamen. Herr Wöltje war bereits da und nicht mehr nüchtern. Er sagte, ich solle Pina Colada trinken, alle Mädchen hier seien wild auf Pina Colada, weil das Glas fünfzehn Mark koste. Ansonsten nahm Herr Wöltje mich kaum zur Kenntnis. Er hatte auch keine Lust, über Benedikts Entwurf zu reden. Er bestellte sich nur ständig neues Bier und sah fahrig um sich. Als das Lokal voller wurde, regte er sich auf über Jugendliche, die zu dicht vor unserem Tisch standen, er warte nur darauf, daß einer seinen Arsch in sein Bierglas setze. Als wir vorschlugen, das Lokal zu wechseln, bestellte er das nächste Bier.

Es war elf, als ein Ruck durch Herrn Wöltje ging, mit dem Ellbogen stieß er Benedikt an: »Sehen Sie mal, ist sie das nicht?«

Benedikt sah und seufzte: »Ach, Herr Wöltje, das hätten Sie auch gleich sagen können.«

Sandy war gekommen. Sie stand mit einer Clique Gleichaltriger beim Tresen.

»Ich hatte keine Ahnung, daß Sandy noch hier verkehrt«, sagte Herr Wöltje.

Es war ein Witz – er hatte nur auf sie gewartet.

»Sie scheint einen Neuen zu haben, der sie aushält«, sagte Herr Wöltje. Voll Verachtung verzog er den Mund: »Sie sieht heruntergekommen aus, wie ein abgewirtschaftetes Flittchen.«

Das stimmte nicht. Sandy trug Jeans und eine schwarze Leder-

jacke wie alle aus ihrer Clique. Und sie war am tollsten von allen geschminkt. Sie lachte in jede Richtung des Lokals – nur nicht dahin, wo Herr Wöltje saß – klar, sie hatte ihn gesehen.
»Mir kommt eine Idee«, Herr Wöltje stieß Benedikt wieder mit dem Ellbogen an, »Sie könnten mal ein vernünftiges Wort mit ihr reden.«
»Sicher ist es am vernünftigsten, wenn Sie selbst mit ihr reden.«
»Das hat keinen Zweck. Sie hat wieder ihren komischen Blick, da hat sie ihre Tage, da ist sie zickig.«
»Dann wäre sie zu mir genauso zickig.«
Herr Wöltje tat, als denke er nach. »Mir kommt eine Idee«, sagte er scheinheilig, »Ihre Freundin könnte mit ihr reden, so unter Frauen.«
»Was meinst du?« fragte mich Benedikt.
»Was soll ich mit ihr reden? Ich hab Sandy erst zweimal gesehen.«
»Fragen Sie unauffällig, ob sie einen Neuen hat.«
Wie stellte Herr Wöltje sich das vor?!
»Geh einfach zu ihr, sag ihr guten Tag«, sagte Benedikt.
Es blieb mir nichts anderes übrig. Aber zuerst ging ich aufs Klo, so unvorbereitet konnte ich mich nicht der schönen Sandy nähern. Sandy trug tiefroten Lippenstift, das sah toll aus, mein fast farbloser wirkte dagegen bieder, war aber wenigstens einen Hauch besser als gar nichts.
Mit gesenktem Blick näherte ich mich ihr. »Hi, Sandy, wir kennen uns doch«, sagte ich.
Sandy ergriff den Arm eines blonden Riesen mit Zahnpastalächeln und drehte sich um.
Ich versuchte so auszusehen, als wollte ich nur in der Gegend rumstehen. Ich versuchte den Blick eines der Umstehenden zu erwidern, ohne jemanden anzusehen. Es gelang mir nicht, ich schlich zum Tisch zurück.
Herr Wöltje sah mich wütend an.
Benedikt zwinkerte mir zu: »Ach bitte, Viola, hol mir eine Schachtel Zigaretten.«
Sandy stand neben dem Zigaretten-Automaten. Also gut. Also noch mal.

Vor dem Automaten suchte ich ewig nach Markstücken, dann tat ich, als sei die Marke, die ich suchte, nicht im Automat, als würde ich überlegen, welche nun. Ich stand so lange vor dem Automat, bis Sandy in meine Richtung sah, weil sie dachte, ich sei längst wieder weg. »Hallo, Sandy, Herr Wöltje würde gerne wissen, wie's dir geht«, sagte ich schnell.
»Der Herr Wöltje kann sich verpissen.« Sandy drehte sich weg.
»Sie will nicht«, sagte ich Herrn Wöltje. Schluß.
Herr Wöltje sah mich so wütend an, daß ich Angst bekam – war er auch so, wenn man mit ihm zusammenarbeitete?
»Sie können besser mit ihr reden«, sagte er dann zu Benedikt, »Sie mit Ihrem Erfolg bei Frauen.«
Benedikt grinste Herrn Wöltje an: »Ach ja? Bitte erzählen Sie mir mehr darüber.«
Herr Wöltje guckte nur stockwütend.
»Ach, Herr Wöltje«, seufzte Benedikt, nahm sein Bierglas und ging Richtung Zigarettenautomat.
Mindestens zehn Minuten war er nicht zu sehen. Sandy auch nicht. Schweigend saß ich neben Herrn Wöltje, starrte in mein fast leeres Glas mit dem letzten Schluck lauwarmer Pina Colada. Herr Wöltje war so enttäuscht von mir, daß ich ihm nicht zumuten konnte, noch eine auszugeben. Hätte ich mein Glas ausgetrunken, hätte es vielleicht wie eine aufdringliche Aufforderung gewirkt.
Endlich kam Benedikt zurück – mit einem Mädchen, so alt wie Sandy. Sie hatte mindestens zehn Kilo Übergewicht und trug viel zu enge Jeans, die ihre Beine in merkwürdige Windungen preßten. Dazu einen viel zu engen Pulli, wahrscheinlich, um zu beweisen, daß die Wölbung in Busenhöhe etwas größer war als die Fettrolle in Taillenhöhe. Sie sah völlig unförmig aus. Außerdem hatte sie fettige Haare und fettige Pickel.
»Hier bring ich euch Ute«, sagte Benedikt, »Ute ist die beste Freundin von unserer Sandy.«
Ich taufte sie heimlich ›Ute Unförmig‹.
»Grüß dich, Guido.« Ute Unförmig hielt Herrn Wöltje eine Pikelbacke zum Küßchengeben hin.
Ich staunte – wenn das wirklich Sandys beste Freundin war,

dann war es eindeutig diese Art von Frauenfreundschaft, die dadurch entsteht, daß sich die Schönste einer Clique mit der Zweithäßlichsten zusammentut. Es gibt immer viele, die Freundin der Schönsten sein wollen. Die Schönste wählt nie die Zweitschönste als Freundin, da ist die Konkurrenz zu deutlich, sie wählt auch nie die Häßlichste, mit der will keiner was zu tun haben. Die Schönste wählt die Zweithäßlichste. So wählte auch Prinzessin Diana ihre Hofdamen aus. Solche Freundschaften sind sehr beständig, weil beide Teile davon profitieren: Die Schönste bekommt von der Zweithäßlichsten die neidlose Bewunderung, die ihr Konkurrenzfähigere nicht gönnen, und eine schöne Frau sieht neben einer häßlichen noch schöner aus. Die Zweithäßlichste profitiert erst recht von der Freundschaft: Alle Typen, die an der Schönsten interessiert sind, müssen nett zur Zweithäßlichsten sein, um sich die Gunst der Schönsten nicht zu verscherzen.
Als sich Herr Wöltje vom Anblick dieses Überraschungsgastes erholt hatte, fragte er: »Ute, willst du eine Pina Colada?«
»Nein. Ich bestelle und bezahle grundsätzlich selbst«, sagte Ute, als könnte sie sich sonst vor gefährlichen Einladungen nicht retten. Genauso entschieden sagte sie: »Ich denke, es ist aus, Sandy hat jetzt den besseren Durchblick.«
»Warum?«
Ute Unförmig zeigte auf Benedikt: »Ich und Sandy haben es ihm gerade verklickert.« Sie sah Herrn Wöltje bedeutungsvoll an. »Es ist nämlich so, daß wir im Sozialkundeunterricht ›Ethische Werte und Normen‹ aufgearbeitet haben, und da haben wir Rollenspiele gemacht, und da hat Sandy gecheckt, daß eure Beziehung keine ethischen Werte und Normen für sie bietet, weil die ethischen Werte und Normen deiner Familie besser sind. Also, ich finde ›Ethische Werte und Normen‹ unheimlich spannend.«
»Was für ein Rollenspiel?« Herr Wöltje klammerte sich an sein Bierglas.
»Hab ich doch gesagt – über ›Ethische Werte und Normen‹ hat unsere Sozialkundelehrerin mit uns ein Rollenspiel gemacht.«
»Wie spielt man das?« Herr Wöltje versuchte sich zu konzentrieren, blickte aber eindeutig nicht durch.

»Eine aus der Klasse mußte die Geliebte des Familienvaters spielen und die Vorteile aufzählen, die sie hat. Und eine mußte die Gegenposition spielen und die Vorteile herausarbeiten, die man hat, wenn man als Jungfrau in die Ehe geht.«
»Und?«
»Ich habe die Rolle der Geliebten des Familienvaters übernommen«, sagte Ute Unförmig so selbstverständlich, als sei ihr die Rolle auf den unförmigen Leib geschrieben.
»Du?!« Herr Wöltje war fassungslos.
»Sandy hat das Mädchen gespielt, das als Jungfrau in die Ehe will.«
»Sandy? Warum ausgerechnet Sandy?« Herr Wöltje war noch fassungsloser.
»Sonst wär es ja kein Rollenspiel«, sagte Ute Unförmig.
Benedikt sagte zu Herrn Wöltje: »Wenn ich es richtig verstanden habe, muß jeder Rollenspieler die Position vertreten, die ihm persönlich fremd ist, dadurch soll er lernen, die Argumente des anderen besser zu verstehen.«
»Richtig«, bestätigte Ute Unförmig.
»Aber wieso will Sandy als Jungfrau in die Ehe? Und wie?« rief Herr Wöltje.
»Bist du immer so schwer von Begriff?« sagte Ute genervt. »Sandy mußte die Rolle übernehmen, weil sie die einzige in unserer Klasse ist, die je mit einem alten verheirateten Mann zusammen war.«
»Ich bin kein alter Mann, ich bin Mitte Vierzig.«
»Mein Vater ist jünger als du, und der ist ganz schön alt«, sagte Ute.
Herr Wöltje sackte zusammen.
»Erzähl mal, um was es inhaltlich ging bei eurem Rollenspiel«, sagte Benedikt.
»Also, ich konnte mich sehr gut in die Rolle der Geliebten des alten Vaters versetzen, weil ich ein sehr phantasievoller Mensch bin, und ich hab die ethischen Werte und Normen vertreten, daß es besser ist, einen Mann mit Geld zu haben, weil ich nicht bei meinen Eltern wohnen müßte. Und daß es besser ist, wenn ich vor der Ehe meine sexuellen Erfahrungen sammle, weil ich dann

besser vergleichen kann, und dann war noch was...«, sie kratzte nachdenklich an einem Pickel, »...ach ja, sozialer Status. Mein sozialer Status wäre besser gegenüber den Mädchen, die keinen Freund haben.«

»Und jetzt verrate ich dir, was ich gesagt habe«, sagte jemand hinter mir. Ich drehte mich um, es war Sandy persönlich. »Ich hab gesagt, was hab ich denn davon, wenn ich als Zweitfrau in einer Zweitwohnung nur rumvögeln soll und nicht zum Lernen komme, und dann raßle ich wegen Biologie durchs Abitur und hab mir meine Zukunft vermasselt!«

»Genau das hat sie gesagt«, bestätigte Ute Unförmig. »Und Sandy hat auch gesagt, daß es ethisch wertlos ist, in einer Boutique zu jobben, um sich Klamotten kaufen zu können, die nur alten Männern gefallen.«

Neben Sandy stand der blonde Zahnpastariese von vorher. Er hatte einen Arm um ihre Taille gelegt und betrachtete Herrn Wöltje aufmerksam, als sei Herr Wöltje eine lebensgroße Plastikfigur, zu Lehrzwecken im Sozialkundeunterricht präsentiert. Schließlich sagte er: »Gehe ich recht in der Annahme, das ist die Vaterfigur, mit der du früher gegangen bist?«

Sandy schloß die Augen. »Bitte erinnere mich nicht daran«, hauchte sie. Darauf sagte sie energisch zu Herrn Wöltje: »Das ist Hansi.«

»Ist das dein Neuer? Ist er besser im Bett?« nuschelte Herr Wöltje.

Hansi nickte: »Würde ich für durchaus korrekt halten, ich bin besser im Bett. Bekanntlich erreichen Männer den Höhepunkt ihrer sexuellen Leistungsfähigkeit zwischen zwanzig und fünfundzwanzig. Bei Frauen liegt der Höhepunkt der sexuellen Leistungsfähigkeit um dreißig.«

Herr Wöltje konnte nur noch nuscheln: »Er ist nicht besser im Bett.«

»Er ist besser in Biologie!« zischte Sandy. »Kapierst du das nicht! Der Hansi gibt mir Nachhilfe in Bio. Soll ich etwa wegen Bio durchs Abi rasseln? Mein Abi ist mir wichtiger als deine Sex-Krise. Und wohnen kann ich auch bei meinen Eltern, und da muß ich nicht putzen wie in deinem Apartment. Und Hansi und

ich, wir sind eine gleichberechtigte Partnerschaft. Ich geb dem Hansi nämlich Nachhilfe in Englisch!« Sie küßte den Hansi zärtlich aufs Kinn.
»I love you more than words can wield the matter, my sweetheart«, sagte Hansi.
»Das ist aus King Lear«, sagte Sandy stolz, »aber davon hast du auch keine Ahnung.«
»Er ist nicht besser im Bett«, nuschelte Herr Wöltje.
»Vielen Dank für das Gespräch«, zischte Sandy und rauschte ab, den Arm um Hansi gelegt, ihre Hand in seiner Hintern-Hosentasche.
Kaum war sie weg, begann Ute Unförmig Herrn Wöltje zu trösten: »Vielleicht bist du gar nicht schlechter im Bett, aber er ist besser in Bio, das mußt du akzeptieren«, sie streichelte Herrn Wöltjes Hand. Aber der wußte nicht mehr, was los war. »Soll ich dir 'ne Pina Colada ausgeben?« fragte Ute Herrn Wöltje. »Mein Vater hat mir heute vierzig Mark gegeben.«
»Vierzig Mark gibt dir dein Vater?« Soviel hätte ich nie bekommen.
»Mein Vater will nicht, daß ich mich von Männern aushalten lasse«, sagte Ute Unförmig und kratzte an einem Pickel.
»Er ist nicht besser im Bett«, lallte Herr Wöltje.
Benedikt stand auf. »Wir gehen jetzt besser ins Bett.«
Ute Unförmig meinte, man könne Herrn Wöltje nicht ohne weiteren Trost gehen lassen, aber wir gingen trotzdem. Wir transportierten Herrn Wöltje mit dem Taxi in sein Familienheim. Er war zu besoffen, um den Hausschlüssel zu finden.
Benedikt klingelte. Sofort kam Frau Wöltje.
»Hier bringen wir Ihnen Ihren Mann zurück«, sagte Benedikt.
»Unverantwortlich, daß du bei dieser Eiskälte ohne Schal durch die Gegend rennst«, sagte sie zu ihrem Mann.
»Verloren hab ich ihn, verloren«, lallte Herr Wöltje kleinlaut.

28. Kapitel

Am Silvesterabend fuhren wir in unserem Cabrio der Sonderklasse ziellos in die Nacht hinaus. Ohne Nora – sie war mit Mercedes auf einer Operetten-Silvester-Gala, natürlich hatte sie versucht, Benedikt auch dazu zu überreden, aber er hatte sich geweigert. Wunderbar – mein letzter Sieg gegen Nora für dieses Jahr.

Als in unserem Autorecorder wieder Marilyn Monroe sang »I wanna be loved by you, just you and nobody else but you...«, überlegte ich, was ich mir – außer Benedikts Liebe – fürs neue Jahr wünschen sollte. Ich machte mir Sorgen: Wie lange würde es nach der Wettbewerbsentscheidung dauern, bis Onkel Georg mich einstellen konnte? Benedikt sagte, ich solle mir keine Sorgen machen, er könnte mir soviel Geld geben, wie ich brauche, und wir würden Medi noch mal ernsthaft bitten, mir die Miete eine Weile zu stunden.

Per Autotelefon riefen wir meine Eltern an. Mein Vater rief nur: »Gutes Neues, und überhaupt alles Gute«, und er fasse sich kurz, es sei wahnsinnig teuer, vom Autotelefon anzurufen. Meine Mutter sagte, auch sie fasse sich kurz, weil es wahnsinnig teuer sei, vom Autotelefon anzurufen. Dann erzählte sie ausführlich, daß sie dieses Jahr nicht wie sonst mit Engelhardts feierten, sondern mit Solveig. Ja, nur meine Eltern und Solveig, denn Annabell war auf einer Silvesterfete ihrer neuen Selbsthilfegruppe. Eine Selbsthilfegruppe für Mütter, deren Kind in den nächsten zwei Jahren eingeschult wird. Dort würden die Mütter lernen, einige Stunden ohne Kind leben zu können. Es sei eine offizielle, staatlich unterstützte Selbsthilfegruppe für Kindabhängige. Und die ganze Familie müsse bei der Therapie mitarbeiten, aber Annabell mache großartige Fortschritte, sie wäre sogar damit einverstanden gewesen, nach ihrer Fete, zu der nur die Mütter durften – ohne Kind, wohlgemerkt! –, allein nach Hause zu gehen und Solveig die ganze Nacht bei Oma und Opa zu lassen. Aber mein Vater hatte das sabotiert, weil er strikt dagegen war, daß Solveig zwischen Oma und Opa im Ehebett schlief. Nur deshalb müßte Annabell später Solveig abholen. Aber Annabell sei

nun schon immerhin zwei Stunden ohne Solveig unterwegs und hätte erst ein Mal angerufen, schwärmte meine Mutter. Ausnahmsweise war ich froh, als ich Solveig schreien hörte: »Ich will telefonieren!«, das ersparte mir, weitere Lobeshymnen auf Annabell ertragen zu müssen.
Dann rief Benedikt Herrn Wöltje an, wünschte ihm, daß das neue Jahr besser werden sollte als das alte, jedenfalls besser enden sollte. Herr Wöltje sagte nur: »Mir ist alles scheißegal.«
Ich drückte mein Ohr auf der andern Seite gegen den Hörer: Herr Wöltje redete nervtötend langsam, wie unter einer Überdosis Beruhigungsmittel. Er erzählte, er hätte nun die Idee gehabt, das Apartment aufzugeben, und weil er es möglichst schnell weitervermieten wollte, um nicht unnötig lange Miete zu bezahlen, hätte er sich überlegt, an wen, und da hätte er die Idee gehabt, Detlef Jacobi zu fragen, der sich doch von seiner Xanthippe trennen wollte. Und er hätte bei Detlef angerufen, Detlef sei nicht dagewesen, nur seine Xanthippe, da hätte er natürlich nichts gesagt. Und dann hätte er noch mal angerufen, und Detlef sei wieder nicht dagewesen, und die Xanthippe hätte gesagt, sie hätte keine Ahnung, wann er wiederkäme. Und heute nachmittag hätte er wieder angerufen, und Detlef wieder nicht da, und da hätte er schließlich der Xanthippe erzählt, daß sein Apartment zu vermieten sei und daß er Detlef fragen wolle, ob Detlef daran interessiert sei. Und da hätte Detlefs Freundin gesagt, das hätte er ihr gleich sagen sollen, und das sei ja ausgezeichnet, und selbstverständlich würde Detlef das Apartment nehmen. Und zwar ab sofort. Und die Freundin sei erstaunlich nett gewesen und hätte sich bei ihm bedankt. Und gleich darauf hätte ihn Detlef zurückgerufen, und der würde ihm sogar das Bett abkaufen, das Herr Wöltje für sein Apartment angeschafft hatte. Und so sei bei der ganzen Sache wenigstens etwas Gutes rausgekommen.
»Was ist das Gute an der Sache?« fragte Benedikt ziemlich ironisch, »daß Detlef das Bett übernommen hat oder daß er und Tanja sich trennen?«
»Mir ist doch alles scheißegal«, sagte Herr Wöltje.
»Also, dann bis Dienstag«, Benedikt sah ungeduldig auf die Uhr. Aber Herr Wöltje hatte nervtötend langsam noch mehr zu re-

den: »Vielleicht kann man demnächst im Büro wieder einigermaßen normal arbeiten. Diese außerehelichen und nichtehelichen Beziehungen stören bei der Arbeit.«
»Also dann bis Dienstag«, sagte Benedikt und legte auf. Er sah auf die Uhr: »Dieses Gespräch hat mich vermutlich fünfzig Mark gekostet! Ich würd's dem Wöltje zutrauen, daß er mit Absicht so lange geredet hat, weil er neidisch auf mein Autotelefon ist. Und jetzt freut er sich, daß sich auch Detlef und Tanja trennen. Da muß er sich nicht als der einzige Versager fühlen, da kann er behaupten, daß er voll im Trend liegt.«
Ich fand es schrecklich, so von kaputten Beziehungen umzingelt zu sein. Aber Benedikt sagte: »Wenn kaputte Beziehungen kaputtgehen, ist es kein Schaden.«
Da hatte er recht. Wir fuhren glücklich ins neue Jahr hinein.

29. Kapitel

Nach Silvester hatte ich kein Geld, um weiterzurenovieren, also wurde ich auch zu Hause arbeitslos.
Als wir Mercedes baten, mir die Miete zu stunden, erklärte sie, sie hätte fest mit dem Geld gerechnet, und wenn sie die Miete nicht pünktlich bekäme, müßte sie bei ihrer Bank unverschämte Überziehungszinsen zahlen. Sie war aber sofort zufrieden, als ich versprach, auch ihre Überziehungszinsen zu erstatten. Lieber an Mercedes zahlen als meinen Vater anpumpen.
Benedikt gab mir das Geld für die täglichen Einkäufe, aber nun nervte uns Nora beim Frühstück und beim Abendessen mit Sonderangebots-Informationen aus ihren Anzeigenblättchen. Da war Salami dreißig Pfennig billiger als in dem Supermarkt, wo ich sie gekauft hatte, dort der Käse sage und schreibe fünfzig Pfennig billiger, und Butter war überhaupt überall billiger. Nora blickte anklagend auf die astronomisch teure Butter und seufzte zu Benedikt: »Und alles von deinem Geld.«
Fast hätte ich gesagt, daß es nicht billiger wäre, würde ich stundenlang mit dem Bus ans andere Ende der Stadt fahren, um ein

halbes Pfund Butter im Sonderangebot zu kaufen, aber ich schwieg, sie hätte nur gesagt: »Du hast doch sonst nichts zu tun.« Aber es war klar, daß ich mir einen Job besorgen mußte. Einen Aushilfsjob für ein, zwei Monate.

Ich durchsuchte die Zeitungen nach Stellenangeboten für Innenarchitektinnen. Nichts. Natürlich nichts. Schmerzlich erinnerte ich mich an die Tatsache, daß Innenarchitektin ein typisch schöner Frauenberuf ist und deshalb als besonders überflüssiger Beruf gilt. Architekt ist dagegen ein typischer Männerberuf, und deshalb ist es gesetzlich vorgeschrieben, daß man ohne Architekt nichts bauen darf, was größer ist als ein Vogelhäuschen. In der Hochschule hatte eine Feministin an die Wand geschrieben: »Die Welt ist häßlich, weil man ohne Architekt nichts bauen darf, sie wäre schöner, dürfte man ohne Innenarchitektin nichts einrichten.« Einerseits fand ich das übertrieben, andererseits ist wahr, daß im allgemeinen Denken die Welt in eine männliche und in eine weibliche Sphäre aufgeteilt ist. Männern gehört die Außenwelt, Frauen die Innenwelt. Männer beherrschen die Einrichtungen des öffentlichen Lebens, Frauen die Einrichtung der Wohnung. Alles, was zur männlichen Sphäre gehört, gehört zur höheren, besseren Sphäre. Auch in der Kunst: Architektur gehört zu den klassischen Künsten, aber Innenarchitektur war noch nie Kunst. Oder in der Malerei: Landschaftsmalerei ist künstlerisch wertvoller als Interieurbilder. Die Literatur ist überfüllt mit Landschaftsbeschreibungen, aber wer hält es für wichtig, ein Zimmer zu beschreiben? – Und ich hatte zur Zeit nicht mal in meiner eigenen Sphäre einen richtigen Platz. Ich fühlte mich fast heimatlos.

Ich fuhr morgens mit dem Bus in die Stadt, schlich um alle Einrichtungshäuser in der Hoffnung, ein Schild zu finden: »Dringend Innenarchitektin gesucht«. Aber nur an der Tür eines Billig-Supermarktes stand: »Stundenweise Kassiererin gesucht«, und am Schaufenster einer Hähnchenbraterei klebte ein fettfleckiger Zettel: »Frau zum Grillen und Zerteilen gesucht«. Durchs Fenster beobachtete ich, wie die ältere Hähnchenbraterin aufgespießte, aneinandergequetschte Hähnchen mit einer Gabel vom Grillspieß runterschob, die Hähnchen halbierte oder in Schenkel und Flügel zerteilte und in einem Warmhaltekasten stapelte. Gräßlich. Und vor allem: Würde mich ein Kollege von Benedikt bei so einem Job sehen – oder noch schlimmer: Angela! –, das wäre tödlich für Benedikts Image und für meines auch. Trotzdem konnte ich meinen Blick kaum von den Hähnchen wenden, weil ich so hungrig war. Aber ein halbes Hähnchen war zu teuer für meine derzeitige Situation. Ich leistete mir eine Portion Pommes frites mit viel Mayonnaise, davon wird man auch satt.

Als ich nach Hause fuhr, begann es zu schneien, zum erstenmal in diesem Winter und gleich wie verrückt. In unserem Vorort hatte sich die grautrübe Gegend in ein elegantes Areal verwandelt: Der Schnee verdeckte die braunen und orangeroten Plastik-Ziegeldächer, und die kleinkrämerischen Gärten wirkten einheitlich weiß wie eine großzügige Gartenanlage. Alles sah aus wie frisch renoviert. Nur das penetrante Kratzen von Schneeschippen störte die Illusion der Vollendung.

Einige Häuser vor unserem Haus schippte eine Frau. Als ich feststellte, daß sie ungefähr so alt war wie ich, machte mein Herz einen Hupfer. Diese Nachbarin wollte ich kennenlernen. »Tag, toller Schnee, oder?« sagte ich hocherfreut und blieb stehen.

»Ganz toll, Laratscheu ist ganz außer sich vor Glück«, sagte die Frau genauso hocherfreut und zeigte auf ein Kind, etwas kleiner als Solveig, das am Randstein saß und Schnee zu Häufchen scharrte.

»Wie heißt sie?« Den Namen hatte ich nicht verstanden.

»L-a-r-a Bindestrich J-o-y. Joy heißt Freude. Weil mein Kind Freude bedeutet, deshalb.«

Lara-Joy trug einen schmutzigen, knallroten Anorak, eine knallgrüne Pudelmütze mit knallgelbem Bommel und schmutzige, gelbe Fausthandschuhe. Ich beugte mich zu ihr hinunter. »Hallo, Lara-Joy, ich bin die Viola.«

Sie hob den Kopf, sie hatte hellblonde Ponyfransen, und aus ihrer kleinen Stupsnase lief ein Strom von Rotz. Sie schniefte und sagte: »Allo.«

»Ist die süß«, sagte ich, »wie alt ist sie?« Sie sah aus wie ein Kind aus einer Kindermodenreklame. Abgesehen davon, daß Kinder

in der Reklame nie schmutzige Klamotten haben und keine Rotznasen.
»Das kann man bei Lara-Joy so gar nicht sagen, weil sie ihrer Altersgruppe wahnsinnig voraus ist«, sagte Lara-Joys Mutter und lächelte stolz. »Wie alt ist dein Kind?«
»Ich hab kein Kind.«
Ihre Mundwinkel fielen abrupt nach unten, sie sah mich erschrocken an, ging zu ihrem Kind, nahm es auf den Arm, als hätte sie Angst, ich Kinderlose wolle Lara-Joy rauben. Das Kind blieb völlig ruhig.
»Meine Schwester hat auch eine Tochter, die ist etwa auch so groß«, sagte ich.
»Ach so.« Die Angst wich aus ihrem Gesicht. »Wohnt deine Schwester auch hier?«
»Nein.«
»Lebt deine Schwester in einer Ehe?«
Ganz wie Annabell sagte ich: »Gewiß nicht. Paß auf: man muß ja nicht so dumm sein, wegen eines Kindes zu heiraten.«
Nun sah sie mich äußerst wohlwollend an. »Du hast also Erfahrungen mit alleinerzogenen Kindern?«
»Oh ja.« Plötzlich war ich froh, Annabell zu kennen. Dann fiel mir wieder ein, daß Annabell meine Schwester ist und Solveig ein Aas. Trotzdem sagte ich angeberisch: »Meine Schwester kennt nicht mal den Vater ihres Kindes.«
Nun war sie echt beeindruckt.
Nach dem beruflichen Mißerfolg des Vormittags tat es mir gut, mich in der Glorie meiner Schwester zu sonnen, herablassend fragte ich: »Kennst du den Vater deines Kindes?«
»Irgendwie schon. Aber wir haben schon ewig keinen Kontakt mehr.« Sie küßte Lara-Joy auf den Mund. Und dann fing sie an, sich in den Hüften zu wiegen. Breitbeinig stand sie da, wie ein Mann beim Pinkeln. Dann ließ sie ihre Hüften stärker rotieren, wie ein Mann beim Bumsen. Es war peinlich, ihr zuzusehen, ich sah auf den Boden, scharrte mit dem Fuß im Schnee und erzählte, daß ich erst vor einigen Monaten mit meinem Freund hergezogen war und demnächst hier arbeiten würde, und zwar als Innenarchitektin.

»Was für ein Sternzeichen bist du?«
Ich war so verblüfft, daß ich erst nachdenken mußte. »Zwilling.«
»Wir sind Löwen.« Ihr Lächeln ließ keinen Zweifel: Es war wissenschaftlich bewiesen und jahrhundertealte Wahrheit, daß Löwe-Geborene etwas Besseres sind als Innenarchitektinnen. Klar, was ihre Frage bedeutete: Alles, was ich über mein Leben erzählt hatte, war nur Kompensation für mein mieses Sternzeichen.
Sie ließ ihre Hüften noch schneller rotieren: »Ich hab auch mal angefangen zu studieren, zum Glück hab ich durch das Kind rechtzeitig gelernt, daß der Theoriescheiß nichts bringt.«
Ich sagte nur: »Genau das sagt meine Schwester auch.« – Ich hatte keine Lust, mich für mein abgeschlossenes Studium zu entschuldigen.
Sie küßte Lara-Joy wieder auf den Mund und rief: »Ja, dein Rotz schmeckt lecker.« Und mit dem allerstrahlendsten Lächeln: »Kinder essen gerne ihren Rotz, weil er süß schmeckt.«
Ich versuchte, auch zu lächeln, obwohl mir ein Würgegefühl hochkam. Um das Gefühl zu verdrängen, griff ich nach der Schneeschippe, die am Zaun lehnte und kratzte ein bißchen auf dem Boden. Prompt rutschte mir die Schippe aus der Hand und schepperte zu Boden. Aus irgendeinem Grund gefiel das Lara-Joy, sie zeigte auf die Schippe und lachte nett. Ich ließ sie noch mal fallen und noch mal, und Lara-Joy machte begeistert »bums-bums-bums«.
»Wahnsinn, sie hat sich genau gemerkt, daß die Schippe genau dreimal runtergefallen ist!« rief Lara-Joys Mutter stolz. Und dann sagte sie doch sehr freundlich zu mir: »Wär gut, wenn sie auf dich steht, hier in der Gegend wohnen sonst nur alte Spießer, die keine Ahnung haben, wie das Leben als alleinerziehende Mutter ist. Die Alten bei uns im Haus nehmen keine Rücksicht drauf, daß ich nicht Schneeschippen kann, ich kann mein Kind nicht stundenlang in der Kälte rumstehen lassen. Also, wenn du auch in der Straße wohnst, könntest du mal kommen, als Babysitterin. Ich würde dich auch bezahlen dafür.
»Ja«, sagte ich froh.
»Müde«, sagte Lara-Joy.

»Mein armes Kind! Komm, wir lassen den blöden Schnee hier liegen und legen uns ins Bett.«
Ich trug ihr die Schneeschippe bis zur Haustür. Sie zeigte auf einen Briefkasten. »Das sind wir.« Auf dem Kasten stand »Lara-Joy und Katharina Hufnagel«. Darunter klebte ein Atomkraft-nein-danke-Aufkleber.
»Ich geb dir meine Telefonnummer.« Ich kritzelte meinen Namen und Telefonnummer auf die Rückseite eines Kassenbons, den ich in meiner Manteltasche fand.
»Ich werd mit Lara-Joy über die Babysitter-Idee reden«, sagte Katharina, »aber jetzt muß sie zuerst das Schnee-Erlebnis verarbeiten.«
»Du kannst mich jederzeit erreichen.« Ich winkte den beiden hinterher.
Das wäre doch ideal: eine Freundin in der gleichen Straße. Da kann man sich ohne komplizierte Verabredungen treffen. Und Lara-Joy war ein viel netteres Kind als Solveig. Als Babysitter verdient man zwar nicht viel, aber das wäre die Überbrückung für ein paar Wochen. Und Katharina schien eher tagsüber jemanden zu brauchen, das deckte sich mit Benedikts Arbeitszeit. – Manchmal liegen die idealen Lösungen da, wo man sie gar nicht sucht: direkt nebenan.

30. Kapitel

Über Nacht schneite es wieder. Und natürlich blieb das Schneeschippen an mir hängen – Nora erklärte beim Frühstück, Schneeschippen sei das größte Vergnügen, und schwärmte von früheren Zeiten, als Benedikt ihr mit einem kleinen roten Besen dabei geholfen hatte. Sie konnte es sich nicht verkneifen, anzufügen, daß ich ja sonst nichts zu tun hätte.
Ich schippte langsam und in der Hoffnung, Katharina und Lara-Joy durch das Kratzen meiner Schippe anzulocken. Aber sie kamen nicht. Auch mittags, als ich einkaufen ging, war vor Katharinas Haus noch nicht geschippt und nicht gestreut. Ich war in

Versuchung, bei ihr zu klingeln, ließ es dann aber sein, es hätte zu aufdringlich gewirkt.

Um halb vier wurde meine Zurückhaltung belohnt: Katharina rief an!

»Ich bin's, die Mutter von Lara-Joy, falls du dich erinnerst.«

»Klar, Katharina.« Ich war fast außer mir vor Freude.

»Lara-Joy findet die Babysitter-Idee okay.«

»Super!«

»Wenn du jetzt Zeit hast, kannst du gleich vorbeikommen.«

Natürlich hatte ich Zeit.

Sie wohnten im Dachgeschoß. An ihrer Wohnungstür klebte ein riesiger Atomkraft-nein-danke-Aufkleber. Die Wohnung bestand aus zwei Zimmern mit schrägen Wänden und einer Kochecke. Alle Türen waren ausgehängt, sogar die Klotür. Ganz offensichtlich war Katharina Anhängerin des Großraum-Wohnkonzepts. Klar, wenn man ein kleines Kind hat, bietet eine Wohnung, die aus einem großen Raum besteht, den Vorteil, daß man immer beobachten kann, was das Kind tut. Allerdings hat dieses Wohnkonzept auch einen Nachteil: Wenn nur in einer Ecke Unordnung ist, wirkt der gesamte Großraum unordentlich. Aber das war in dieser Wohnung nicht das Problem: Hier war alles unordentlich. In der Kochecke lagen Klamotten auf dem Kühlschrank, auf dem Tisch im vorderen Zimmer stapelweise schmutziges Geschirr neben einer Nähmaschine, unterm Tisch ein Kinderrad.

Wenn es wahr ist, daß die Welt aus dem Chaos entstanden ist, dachte ich, dann hat sich hier das Chaos entschieden, eine Wohnung zu werden. Auf den paar Metern zum zweiten Zimmer trat ich auf einen Keks, der unter einer Strumpfhose lag. Katharina sagte: »Wenn man ein Kind hat, müßte man eigentlich den ganzen Tag aufräumen. Aber ich will Lara-Joy diese rigide Sauberkeitsdressur ersparen.«

Im andern Zimmer ein breites, zerwühltes Bett mit schönen Bettbezügen, davor ein sehr schicker, sehr großer Fernseher. Lara-Joy lag nackt im Bett und drückte auf der Fernbedienung herum. Ich begrüßte sie, als wäre sie mein erstes Enkelkind. Sie lachte nett: »Allo.«

»Welchen Pulli möchtest du jetzt anziehen?« fragte Katharina.
»Lali Pulli«, Lara-Joy schaltete die Fernsehprogramme weiter.
»Lali Pulli? Meinst du den von Oilily? Oder den von Oma? Oder den von Rich Kid?« Katharina hob einen kleinen grünen Pulli vom Boden: »Den meint sie nicht. Den will sie nie anziehen.« Sie ließ den Pulli auf den Boden zurückfallen. Dann hob sie einen Ringelpulli auf, ließ ihn auch sofort wieder fallen: »Der ist zu dünn, das ist ein Sommerpulli.« Bei zwei andern fragte sie, ob Lara-Joy die gemeint hätte, aber Lara-Joy schüttelte ihr blondes Köpfchen und sagte nett: »Lali Pulli.«
Ich hatte Zeit, mich umzusehen. An den schrägen Wänden klebten ringsum bunte Abdrücke von großen und kleinen Händen, mal nebeneinander, mal aufeinandergedruckt, in Rot, Orange, Grün und Neongelb, zweifellos die Hände von Katharina und Lara-Joy. Dazwischen ein Plakat zu einer Anti-Atomkraft-Demo. Im Gewühl auf dem Boden entdeckte ich zwischen einer Waage und einem Taschenrechner eine Barbie-Puppe, sie trug ein Jeanskleid, auf das mit groben Stichen ein Atomkraft-nein-danke-Abzeichen genäht war.
»Meinst du meinen blauen Lurex-Pulli?«
»Nein, lali Pulli«, sagte Lara-Joy unbeirrt.
»Vielleicht meint sie einen lila Pulli«, sagte ich.
»Ja, lila Pulli«, sagte Lara-Joy.
»Einen lila Pulli meinst du?« rief Katharina verblüfft.
»Ja«, sagte Lara-Joy und ich gleichzeitig, und ich war unheimlich stolz, daß ich Lara-Joys geheime Wünsche richtig interpretiert hatte.
»Als Baby hattest du einen lila Pulli, daß du dich daran erinnerst!« Katharina ließ sich vor Erstaunen aufs Bett plumpsen. »Aber der lila Pulli ist dir schon viel zu klein, du bist doch schon so groß!« Mit beiden Händen demonstrierte sie den Längenunterschied zwischen Lara-Joy-Baby und Lara-Joy jetzt. Lara-Joy sah nicht hin, sie fand die Fernsehnachrichten interessanter. Ich setzte mich neben den Fernseher auf eine Spielzeugkiste. Sie war stabil, aus bestem Holz, handgearbeitet.
Als wäre es eine Mitteilung, die für mich noch von größter Bedeutung sein könnte, raunte mir Katharina zu: »Lara-Joy war

bei der Geburt 52 Zentimeter groß und wog 3013 Gramm! Das war ein Streß, bis ich die raus hatte. Und ich ganz allein.«
»War Lara-Joys Vater nicht bei der Geburt dabei?«
»Der Arsch war zu feige! Er hat gesagt, wenn nicht mal meine Mutter mitgeht, dann muß er auch nicht mit. Ihm würde schlecht, wenn er Blut sieht. Und bei der Geburt würden die meisten Frauen gleichzeitig scheißen, und das fände er widerlich.«
»Dabei ist es die natürlichste Sache der Welt«, sagte ich schnell, weil ich nicht wollte, daß sie merkte, daß auch mich bei der Vorstellung ziemlich ekelte.
»Nur mein Vater war total geil darauf, bei der Geburt dabeizusein. Aber meine Mutter hat gesagt, falls mein Vater käme, dann käme sie auf keinen Fall. Meine Eltern sind geschieden und hassen sich. Also mußte ich meinem Vater absagen, weil ich dachte, es ist besser, wenn meine Mutter dabei ist, die hat immerhin Geburts-Erfahrung. Und ich hatte schon die Preßwehen, da kommt eine Schwester und sagt, meine Mutter hätte angerufen, sie könnte nicht kommen, weil sie nicht wüßte, was man anzieht, wenn man zu einer Geburt geht. Die hatte doch nur Angst, auf ihr Escada-Kostüm könnte ein Stück von meinem Mutterkuchen spritzen!« Katharina sah mich nie an, während sie das erzählte, ihr Blick war immer auf Lara-Joy fixiert, und Lara-Joy guckte ebenso konzentriert auf den Fernseher.
Um meinen Schreck zu verbergen, erzählte ich schnell von Solveigs Geburt: »Als meine Schwester ihre Tochter bekommen hat, war meine Mutter dabei, aber meine Mutter hat ihr die ganze Geburt versaut. Sie hatte falsche Kassetten für die Videokamera gekauft, und dann mußte sie als Notbehelf eine Pocketkamera von einer anderen Gebärgruppe leihen, bei denen es noch nicht soweit war, und meine Mutter hat alle Aufnahmen verwackelt oder ihren Finger vorm Objektiv. Keine Aufnahme ist was geworden. Meine Schwester hatte die schlimmsten postnatalen Depressionen, weil sie niemand Fotos von Solveigs Geburt zeigen konnte.«
»Mütter können so grausam sein«, sagte Katharina düster.
»Und was ist jetzt mit Lara-Joys Vater?«
Katharina antwortete mir nicht. »Lara-Joy, was hältst du da-

von, wenn du den roten Pulli anziehst, den du vorher angehabt hast?«
Lara-Joy war das auch recht. Ohne Widerspruch und ohne den Blick vom Fernseher zu wenden, ließ sie sich den roten Pulli anziehen. Lara-Joy war ein ruhiges, nettes Kind – Solveig hätte jetzt einen Tobsuchtsanfall bekommen. Als sie den Pulli anhatte, wagte ich es noch mal: »Was macht Lara-Joys Vater?«
»Er scheffelt Geld.« Verachtungsvoll sagte sie: »Der Arsch ist Atomkraftwerksanlagenbauingenieur.«
»Ach, deshalb«, sagte ich unwillkürlich.
»Ja, so ein Arsch ist das.«
»Warum hast du von ihm ein Kind bekommen?«
Ohne ihren Blick von Lara-Joy zu wenden, sagte sie: »Für eine Frau ist das eine wahnsinnige Herausforderung, daß man es als Mutter schafft, die Anlagen, die ein Kind von so einem Vater geerbt hat, in positive, nichtaggressive Bahnen zu lenken.«
»Meinst du, sie hat die Anlagen geerbt, Atomkraftwerksanlagenbauingenieurin zu werden?«
Katharina zuckte nur mit den Schultern.
»Und was macht er sonst?«
»Der Arsch ist eine Ehe eingegangen.«
»Hat er noch ein Kind?«
»Eben nicht, das ist ja der Witz. Er hat eine Karriere-Kastratin geheiratet. Er mußte heiraten, weil die Dame sich geweigert hat, unverheiratet mit ihm zusammenzuleben.«
»Und da hat er sie einfach so geheiratet?«
»Sag ich doch: Sie hat ihn dazu gezwungen.« Sie stand auf. »Kannst du jetzt mal auf Lara-Joy aufpassen, ich muß mal.« Und zu Lara-Joy sagte sie: »Mama macht A-A.«
Dann hörte ich sie aus dem türlosen Klo furzen. Laut und mehrmals. Lara-Joy sagte: »Mama macht A-A.«
Ein Glück, daß man wenigstens vom hinteren Zimmer nicht ins Klo sehen konnte. Sollte ich nun auf Lara-Joy ebenso aufpassen, wie es Katharina tat: Lara-Joy unablässig anstarren? Lara-Joy sah jetzt ein Werbequiz und freute sich herzlich mit der Gewinnerin eines Mikrowellenherdes im Wert von 495 Mark. »Siehst du gerne Werbung?« fragte ich sie.

»Ja«, sagte sie. Sonst nichts.
»Mama macht A-A«, rief Katharina vom Klo. »Mußt du auch A-A?«
»Nein«, sagte Lara-Joy.
Die Klospülung lief. Aber Katharina rief: »Mama macht mehr A-A.« Wenigstens furzte sie nicht mehr.
Als sie wiederkam, sagte Katharina: »Seit ihrer Geburt hab ich ziemliche Verdauungsschwierigkeiten.«
Ich kam mir prüde vor. Noch nie konnte ich mit andern Leuten frei und natürlich über meine Körperfunktionen reden. Nicht mal mit der Frauenärztin. Vielleicht lernt man das erst, wenn man ein Kind hat, dachte ich, denn wenn man über eine Geburt reden kann, dann kann man über alles reden.
»Was nimmst du für ein Abführmittel?« fragte Katharina.
»Keine.« Und dann sagte ich: »Ich meine, nur natürliche, biologisch abbaubare Sachen«, und hoffte, nichts Falsches gesagt zu haben. Warum interessierte sie sich für Abführmittel?
Katharina sagte nichts dazu. Ohne den Blick von Lara-Joy zu wenden, griff sie unters Bett, fand dort eine Haarbürste und bürstete erst Lara-Joy, dann sich die Haare.
»Ich glaub, ich muß jetzt gehen«, sagte ich, »mein Freund kommt nach Hause.«
»Geht dir das nicht auf den Wecker, daß du immer für deinen Typen zur Stelle sein mußt? Ich würde das nicht aushalten.«
»Nein, das ist kein Problem bei uns.« Was hätte ich sonst sagen sollen? Lara-Joy strahlte mich an, als ich auf Wiedersehen sagte, und weil sie so deutlich zufrieden mit mir war, sagte ich gleich: »Also, wenn du eine Babysitterin brauchst, ruf mich an.«
»Mach ich«, sagte Katharina. Als sie mit mir zur Tür ging, fragte Lara-Joy: »Mama, machst du A-A?«

Natürlich war das heute nur eine Einarbeitung gewesen, dafür konnte ich kein Babysitter-Honorar verlangen. Grundsätzlich sah ich keine Probleme mit Lara-Joy, sie war so nett.
Aber Benedikt sah Probleme: »Hoffentlich bringt dich ein Babysitter-Job und die Bekanntschaft mit der jungen Mutter nicht auf falsche Gedanken.«

Ich lachte nur. Benedikt hat mal gesagt, ab fünfunddreißig denkt er über Kinder nach, vorher nicht. Und ich bin damit sehr einverstanden.
Allerdings ging mir nicht aus dem Kopf, was Katharina über die Ehefrau des Vaters ihrer Tochter erzählt hatte: Die hatte schlicht und einfach verlangt, daß er sie heiratet.
Nur: Wie macht man das?

31. Kapitel

Rein zufällig fiel mein Blick am nächsten Vormittag auf das Wort »Heiratsantrag«, als ich in einer alten Illustrierten blätterte. Es war eine Serie: »Frauen dieser Welt«, und in der Überschrift stand: »Sie machte selbst den Heiratsantrag!«
Darunter las ich: »Ein jahrzehntelang streng gehütetes Geheimnis des englischen Königshauses wurde jetzt gelüftet. Die legendäre Queen Victoria machte, als sie gerade zwanzig Lenze zählte, ihrem späteren Gemahl Prinz Albert selbst den Heiratsantrag!
Die junge Victoria mußte sich zu diesem ungewöhnlichen Schritt entschließen, denn als sie das heiratsfähige Alter erreicht hatte, war sie bereits gekrönte Königin von England. Die Queen war von Palastkreisen darauf hingewiesen worden, ihre Herzensangelegenheiten termingerecht den Regierungsgeschäften unterzuordnen. Das britische Empire könne die Entscheidung über den Termin der Hochzeit ihrer Herrscherin nicht dem künftigen Prinzgemahl überlassen.
Schweren Herzens mußte sich die junge Königin in diese Rolle fügen, die ihrem weiblichen Naturell so widersprach. An einem warmen Sommerabend des Jahres 1839 bat sie den eher schüchternen deutschen Prinzen Albert von Sachsen-Coburg in den Garten des Buckingham-Palastes. Mit einer knappen Handbewegung befahl sie ihren Hofdamen, sich zu entfernen.
Die Königin war ganz allein mit Albert, als sie ihn frug: ›Wollt Ihr mein Prinzgemahl werden?‹ Als Termin schlug Victoria den

10. Februar 1840 vor. Der völlig mittellose Prinz, der nichts besaß als sein blaues Blut, war so überrascht, daß er vor der Königin auf die Knie fiel und sich einige Tage Bedenkzeit erbat, ehe er den Antrag annahm. Trotz dieses ungewöhnlichen Heiratsantrags wurde die Ehe sehr glücklich. Neun Kinder krönten die Liebe von Albert und Victoria.«

Ich hatte keine Regierungsgeschäfte im Terminkalender, die mich zu so einem ungewöhnlichen Schritt gezwungen hätten. Allerdings, falls wir im Mai heiraten wollten, dann müßten wir uns bald um einen Termin beim Standesamt kümmern. Ich hatte gehört, daß der Mai zuerst ausgebucht ist, da wollen die meisten heiraten. Aber Ende Mai war sicher noch was frei. Ende Mai, an meinem Geburtstag – das wäre doch ein Argument! Ich sah sofort im Kalender nach: Leider fiel mein Geburtstag dieses Jahr auf einen Sonntag, da ist das Standesamt geschlossen. Aber einen Tag nach meinem Geburtstag wäre genauso gut. Nur, wie sollte ich es Benedikt sagen?
»Möchtest du mein Mann werden?«
»Darf ich um deine Hand bitten?«
Es geht nicht: Eine Frau tut so was nicht. Wer behauptet, daß Frauen heutzutage alles machen dürfen, hat vergessen, daß Frauen keine Heiratsanträge machen dürfen. Eigentlich ist das blöd: Man darf zwar zu hundert falschen Männern nein sagen, aber den einzig Richtigen nicht selbst fragen.
Was Katharina von der Ehefrau des Vaters von Lara-Joy erzählt hatte, waren sicher nur die Phantasien einer verlassenen Mutter. Man kann nicht von einem Mann einfach so die Ehe fordern.
»Wie macht das eigentlich Liz Taylor immer?« fragte ich mich und durchsuchte alle Illustrierten. Aber ich fand keine Antwort.

32. Kapitel

Abends, es war schon nach fünf, rief wieder Katharina an. »Ich bin's, die Mutter von Lara-Joy«, sagte sie genau wie gestern. »Kannst du mal kommen? Es ist dringend. Oder mußt du auf deinen Typen warten?«

Es war Freitag, da kam Benedikt nicht vor zehn vom Volleyball-Training – das sagte ich Katharina allerdings nicht. »Ich kann jederzeit kommen.«

Nicht nur um Katharina zu demonstrieren, daß ich kein allzeit bereites Heimchen am Herd bin, war es mir sehr recht, daß sie erst so spät angerufen hatte, nein auch wegen Nora! Seit Benedikt zum Volleyball ging, aß Nora Freitag abends bei Mercedes, aber sie kam immer vor Benedikt zurück, als käme ihr Junge sonst in ein kaltes, leeres Nest. Und immer wenn sie kam, fragte sie mich: »Ist Benedikt schon da?« Es wäre eine nette Abwechslung, würde Benedikt Nora fragen, ob ich schon da bin.

Katharinas Wohnungstür stand offen.

»Komm rein!« rief sie, »es war dringend.« Sie saß auf dem Klo! »Lara-Joy war heute so aufgedreht, daß ich den ganzen Tag keine Minute hatte, aufs Klo zu gehen. Als Mutter muß man seine Bedürfnisse immer zurückstecken. Und jetzt hab ich ein Abführmittel genommen, weil ich total verstopft bin.«

Ich stand neben der nicht vorhandenen Klotür, mit dem Rücken zu ihr, damit ich sie nicht ansehen mußte: »Wo ist Lara-Joy?«

»Sie muß hier in der Wohnung sein, rausgegangen ist sie nicht.«

Lara-Joy saß im Bett vor dem Fernseher und aß Kekse. Es lief die Sesamstraße, und das Krümelmonster sang ein Kekslied. Lara-Joy lachte mich an und schenkte mir einen Schokokeks.

»Wen hast du am liebsten aus der Sesamstraße?« fragte ich.

»Am liebsten hab ich zuerst Mama und dann das Krümelmonster«, sie lachte, und ich lachte auch.

Als Katharina auf dem Klo ihre Geräusche von sich gab, drehte ich die Lautstärke vom Fernseher hoch. Nach ungefähr einer halben Stunde, als Katharina immer noch auf dem Klo hockte, drehte ich den Ton runter und rief: »Geht's dir gut?«

»Es geht nicht, Scheiße«, rief sie zurück.

Damit sie nicht anfing, mich ausführlicher über ihre Verdauungsaktivitäten auf dem laufenden zu halten, rief ich hinüber: »Übrigens, warum hast du eigentlich nicht geheiratet?«
»Vor der Geburt hat der Arsch gesagt, ich wollt ihn mit dem Kind zur Ehe erpressen. Und er würde sich nicht erpressen lassen. Und nach der Geburt hat er mir vorgeworfen, ich würde mich nur um Lara-Joy kümmern, er spiele überhaupt keine Rolle mehr.« Endlich ging die Klospülung. Aber Katharina kam nicht. Sie rief: »Wär es nach diesem Egoisten gegangen, hätte ich mich ständig um ihn kümmern sollen, und Lara-Joy wäre verwahrlost!«
»Reicht dir das Geld, das du von ihrem Vater bekommst?«
»Von dem nehm ich keinen Pfennig! Es reicht mir, daß mich meine Eltern mit Geld vollstopfen, um ihr schlechtes Gewissen zu beruhigen. Die wollen jetzt kompensieren, daß sie früher nie Zeit für mich hatten. Die sind beide Schauspieler, aber meine Mutter hat nie die Mutterrolle gespielt. Die war nie für mich da. Ich bin immer für Lara-Joy da.«
»Und wie stellst du dir deine Zukunft vor?«
Wieder ging die Klospülung. »Ich steh doch viel besser da als diese Karriere-Kastratin, die der Arsch geheiratet hat – die hat nur diesen Arsch, aber ich hab Lara-Joy. Ein Kind hast du für immer. Männer hauen ab und lassen sich scheiden, wie es ihnen gefällt.«
Ich dachte nach.
Endlich kam sie vom Klo: »Das war ein Akt. Wenn man als Mutter allein ist, kommt man nicht mal zum Scheißen, in Amerika wird man bestraft, wenn man ein Kind unter sechs Jahren unbeaufsichtigt läßt. Nur in unserer kinderfeindlichen Gesellschaft ist das erlaubt.« Sie setzte sich neben Lara-Joy aufs Bett und sah Lara-Joy an.
»Brauchst du mich jetzt noch?« Was sollte ich hier tun? Lara-Joy von der anderen Seite anstarren?
»Könnte sein, daß ich dich später noch mal brauche. Das Abführmittel hat nicht richtig gewirkt. Manchmal dauert eine Verdauung länger als eine Geburt. Die Geburt von Lara-Joy ging unheimlich schnell. Von der ersten Preßwehe bis sie raus war ge-

rade vier Stunden und sechzehn Minuten. Bei manchen Frauen, die ihr Kind nicht loslassen wollen, dauert das viel länger.«
Ich hatte keine Lust, mir mehr Geburtsdetails anzuhören. »Ich hab noch nichts zu Abend gegessen«, sagte ich und stand auf. »Du kannst mich wieder anrufen, wenn ich wieder kommen soll.«
»Wir fahren übers Wochenende ins Wochenendhaus meiner Mutter. Und nächste Woche bis Dienstag ins Wochenendhaus meines Vaters. Soll ich dir jetzt Geld geben?«
»Nein.« Unmöglich. Ich stellte mir vor, Annabell würde davon erfahren: Sie würde toben, daß heutzutage alleinerziehende Mütter sogar dafür zahlen müssen, wenn sie mal aufs Klo gehen!
Auf dem Heimweg dachte ich weiter nach: Für Katharina war Glück, jemanden zu haben, der einen nie verläßt. Sicher, das ist Glück. Und sicher, ein Kind kann nicht einfach abhauen wie ein Mann. Ein Kind kann sich nicht scheiden lassen. Es gibt Ex-Freunde, Ex-Männer, aber keine Ex-Kinder. Aber ein Kind ist nicht der einzige Weg zum Glück. Und der sicherste Weg zum Glück ist nicht unbedingt der beste.
Im Haus brannte kein Licht – Benedikt und Nora waren also noch nicht da. Kaum hatte ich die Haustür aufgeschlossen, klingelte das Telefon. Was sollte ich sagen, wenn mich Katharina jetzt schon wieder bestellte, um ihrer nächsten Verdauungswehe beizuwohnen? Mir reichte es für heute. Und überhaupt. Diesen Babysitter-Job konnte ich mir abschminken. Ich mußte diese Bekanntschaft beenden, sonst würde sie mich täglich anrufen, wenn sie A-A machte. Nur, wie sollte ich ihr das beibringen? Zuerst wollte ich nicht ans Telefon, die Diskussion verschieben, aber beim zehnten Klingeln verlor ich die Beherrschung...
»Hällouh, hier Angela. Ist Benedikt da?«
Angela! – »Nein, er ist beim Volleyball.«
»Sehr gut«, sagte Angela, »ich hab nämlich eine schlechte Nachricht.«
»Ist Benedikt was passiert?«
»Nicht direkt«, sie machte eine bedeutungsschwangere Pause: »Uns ist was passiert.«

»Uns?!«
»Benedikt hat unseren Wettbewerb fürs Altersheim total versiebt. Sein Entwurf ist nicht mal unter den ersten fünf. Die Ergebnisse kommen offiziell erst am Montag raus, Daddy hat es hintenrum gesteckt bekommen.«
»Das ist ja eine Katastrophe!«
»Exakt das meint Daddy auch.« In Angelas Stimme war ein drohender Ton.
»Bitte, ruf in einer Stunde wieder an, da ist Benedikt zurück.«
»Ich steh nicht drauf, schlechte Nachrichten zu überbringen. Das darfst du ihm selbst sagen.« Sie kicherte dämlich. »Im alten Griechenland hat man die Überbringer schlechter Nachrichten geköpft.« Sie kicherte dämlicher als vorher: »Ich brauch mein Köpfchen noch. Tschüsilein.«
Sie war schon immer eine heimtückische, blöde, berechnende Schlange gewesen. So ein Scheiß! Eigentlich war es richtig, daß ich Benedikt die Nachricht überbrachte, schließlich bin ich die wichtigste Person in seinem Leben. Andererseits: Wenn Angela nicht die Überbringerin schlechter Nachrichten sein wollte, um sich bei Benedikt nicht unbeliebt zu machen, warum dann ich? Oh Angela, so schlau wie du bin ich auch. Ich stand noch beim Telefon, als Nora kam.
»Ist Benedikt schon da?«
»Nein.« Natürlich sagte ich ihr kein Wort von Angelas Anruf. Als er kam, war Nora sofort an der Tür. »Benedikt, du glaubst nicht, wie ich mich bei diesem Mistwetter beeilen mußte, um rechtzeitig hier zu sein. Medi läßt dir ganz, ganz herzliche Grüße ausrichten, sie fährt mit ihrem herzallerliebsten Verehrer nächste Woche nach Frankreich, er hat sie eingela...«
Hinter Noras Rücken winkte ich Benedikt zu, versuchte zu lächeln und sagte halblaut: »Du sollst Angela anrufen, es ist dringend.«
Benedikt sah erschrocken aus. »Hat sie vom Büro angerufen? Wann?«
»Vorher. Ich weiß nicht, von wo.«
»Sie muß von zu Hause angerufen haben. Sie war heute gar nicht im Büro.« Er holte aus seinem Aktenkoffer sein Adreßbuch und

ging ins Wohnzimmer zum Telefon. Nora hinterher. »Medis Herzallerliebster...«
»Laß mich bitte allein telefonieren!« Benedikt war reichlich gereizt.
»Aber selbstverständlich.« Nora verließ sofort das Wohnzimmer und machte vor meiner Nase die Tür zu. Sie ging in die Küche.
Ich stand mit klopfendem Herzen vor der Tür. Ich hatte einen Kloß im Hals. Mehr als einen Kloß – schließlich war ich von der Entscheidung dieser Jury genauso betroffen. Nun war es wieder nichts mit meinem Job, jedenfalls vorerst. Was sollte jetzt aus mir werden?
Durch die Wohnzimmertür konnte ich fast jedes Wort von Benedikt verstehen. »Um Gottes willen«, rief er, »was für Konsequenzen?« Und: »Bitte, mach mir nicht noch mehr Angst.« Und: »Du meinst, da ist nichts dran zu ändern?« Und nach einer Weile: »Ich verstehe, daß das eine endgültige Entscheidung ist, trotzdem... ich dachte...« Am liebsten wär ich zu ihm gerannt, hätte ihn getröstet. Ich atmete auf, als ich Benedikt lachen hörte, kurz darauf legte er auf.
Als er in den Flur kam, lachte er nicht mehr. Er setzte sich auf die Treppe und hielt sich die Hände vors Gesicht. Ich setzte mich neben ihn, legte meinen Arm um ihn. »Sei nicht traurig, der nächste Auftrag kommt bestimmt.«
»Ach ja, der nächste Auftrag«, Benedikt preßte die Hände vors Gesicht, »aber was machen wir jetzt? Was machen wir jetzt? Und was wird jetzt aus dir?«
»Sollen wir nicht doch lieber Steuern sparen?« sagte ich.
»Was meinst du denn damit?«
Und weil er so fragte, wagte ich nicht zu sagen, was ich damit gemeint hatte.
Und zum zweitenmal an diesem Tag dachte ich: Der sicherste Weg zum Glück ist nicht unbedingt der beste. Weil Glück nie was Endgültiges ist, man muß es sich jeden Tag erarbeiten.

33. Kapitel

Was tun? Wir überlegten das ganze Wochenende. Benedikt meinte, es hätte wenig Sinn, würde ich jetzt Himmel und Hölle in Bewegung setzen, um irgendwo einen Job zu finden, in ein paar Wochen könnte alles ganz anders aussehen, und so eilig sei es nicht. Meinen Onkel jetzt direkt auf meinen Job anzusprechen, sei völlig unmöglich, Benedikt fürchtete, Onkel Georg könnte möglicherweise einen Wutanfall bekommen und ihn rauswerfen. Dann wären wir beide joblos. Aber sobald Onkel Georg einigermaßen den verlorenen Wettbewerb verschmerzt hätte, versprach Benedikt ihn sofort zu fragen. – Also abwarten. Wie Elisabeth sagte: Wenn man keine Alternativen hat, muß man sowieso abwarten.

Am Montagnachmittag, im Supermarkt, am Zeitschriftenregal, las ich auf einer der anspruchsvollen Frauenzeitschriften: »Sind Sie auf dem Weg zum Glück? Kennen Sie das Glückspotential Ihrer Partnerschaft? Sind Sie eine Idealfrau?« Instinktiv griff ich nach dem Heft, fand den Artikel und las:

»Ein Heer von Psychologinnen und Soziologinnen hat für uns 2000 Männer im beziehungsfähigen Alter nach den Eigenschaften ihrer Idealfrau befragt. Uns ging es nicht darum, wie die Idealfrau aussehen soll, wir wollten wissen, wie die Idealfrau lebt. Parallel dazu haben wir 2000 Frauen über ihre Erfahrungen in Partnerschaft und Ehe befragt – Karrierefrauen und Hausfrauen, ledige, verheiratete, geschiedene Frauen. Wir haben untersucht, welche Frauen sich als glücklich einschätzen, warum andere unzufrieden sind.

Auf den Grundlagen dieser repräsentativen Untersuchung haben wir einen Fragebogen erarbeitet, mit dem Sie Ihr persönliches Glückspotential ergründen können. Es gibt viele Wege zum Glück. Aber es gibt auch viele Wege zum Unglück. Unser Test hilft Ihnen, den richtigen Weg zu finden.«

Dann kam ein seitenlanger Fragebogen. Ich kaufte das Heft, eilte nach Hause und begann, mein Glückspotential zu ergründen. Über dem Fragebogen stand: »Nur wenn Sie sich selbst gegenüber ehrlich sind, werden Sie eine ehrliche Antwort erhalten.

Bitte beachten Sie: Bei der Beantwortung der Fragen spielen die sechs verschiedenen Farben der Punkte zunächst keine Rolle. Schreiben Sie alle Punkte in die Randspalte. Viel Spaß!«

SO ERMITTELN SIE DAS GLÜCKSPOTENTIAL
IHRER PARTNERSCHAFT:

1. Wie oft trugen Sie in den vergangenen zwölf Monaten ein Abendkleid? Für jeden Abend im Abendkleid bekommen Sie 5 Punkte. Maximal 25 Punkte (rosa)

– Muß man ein Abendkleid tragen, um eine glückliche oder ideale Frau zu ein? Ich habe überhaupt keins. Doch, das Sternenkleid von meinem Abschiedsfest, eigentlich durchaus ein Abendkleid. 5 rosa Punkte für mich.

2. Wie viele Kinder leben in Ihrem Haushalt? (orange)
Jedes Kind unter sieben Jahre zählt 40 Punkte,
jedes Kind über sieben Jahre 25 Punkte.
Kinder, die nicht mehr in Ihrem Haushalt leben, 10 Punkte.

– Null Punkte für mich.

3. Ich teile mit meinem Partner ganz spezielle sexuelle Vorlieben. 25 Punkte (lila)

– Ich zögerte: Hat man ganz spezielle sexuelle Vorlieben, wenn beide ganz normal sind? Wahrscheinlich nicht. Null.

4. Ich kann einen defekten Stecker an einem Elektrogerät auswechseln. 5 Punkte (gelb)

– 5 Punkte für mich.

5. Die Familie meines Partners ist mir genauso lieb wie meine eigene Familie. 10 Punkte (orange)

– Keine Punkte. Verglichen mit Nora, war meine Mutter eindeutig das kleinere Übel. Hatte ich je etwas anderes gedacht, hatte ich mich getäuscht. Und wer ist schlimmer: Mercedes oder Annabell? Das entferntere Übel ist immer das kleinere Übel.

6. Welche Kosmetika und Schönheitsmittel verwenden Sie täglich? (rosa)
Gesichtscreme 1 Punkt
Zahnpasta 1 Punkt
Lippenstift 3 Punkte
Makeup 3 Punkte

Rouge 3 Punkte
Lockenwickler/Lockenstab/Fön 5 Punkte
Wimperntusche 3 Punkte
Eyeliner/Lidschatten 3 Punkte
Falsche Wimpern 10 Punkte

– Falsche Wimpern, Nein Danke. Einmal hatte ich bei einem Tanzstundenfest falsche Wimpern angeklebt, und eine ging ab, ohne daß ich es merkte, und klebte an der Augenbraue. Und dann schrie eine, auf meinem Auge würde eine Spinne sitzen, und ich fiel fast in Ohnmacht. Außer Gesichtscreme und Zahnpasta brauche ich nichts für täglich. 2 Punkte rosa.

7. Trifft eine der beiden Aussagen auf Sie zu?

A: Ich habe so viel eigenes Geld, daß ich von meinem Partner finanziell unabhängig bin. 50 Punkte (grün)

B: Mein eigenes Geld macht mich zwar nicht ganz, aber teilweise unabhängig von meinem Partner. 25 Punkte (grün)

– Null Punkte, leider.

8. Mein Partner sagt, daß ich besser koche als seine Mutter. 20 Punkte (blau)

– Nora kann nicht kochen, ich auch nicht. Aber ich tu es wenigstens nicht: Null Ehrenpunkte.

9. Ich finde Hausarbeit endlos, nie wird man damit fertig. 10 Punkte (gelb)

– Ja, das finde ich.

10. Wie häufig treffen Sie sich mit Freunden/Bekannten ohne Ihren Partner? (blau)

Mehrmals pro Woche 5 Punkte
einmal pro Woche 10 Punkte
einmal pro Monat 5 Punkte

– Zur Zeit null Punkte.

11. Wie oft haben Sie mit Ihrem Partner sexuellen Verkehr? Achtung: Multiplizieren Sie Ihre Punktzahl mit der Anzahl Ihrer Ehejahre/Beziehungsjahre. (lila)

Wir haben täglich sexuellen Verkehr 10 Punkte
einmal pro Woche 5 Punkte
einmal pro Monat 2 Punkte
einmal pro Vierteljahr 1 Punkt

– Ich ließ meinen Filzschreiber sinken. Unsere Liebesfrequenz hatte in letzter Zeit deutlich nachgelassen. Benedikt war nach seinem Arbeitsstreß und ich nach dem Renovierungsstreß oft total müde. Und jetzt der Psychostreß wegen des verlorenen Wettbewerbs. Früher mal hatten wir uns jeden Tag geliebt. Letzte Woche hatten wir es irgendwie vergessen. Und vorletzte Woche hatte ich meine Periode. Ich meine, mir macht das nichts aus, es gibt wahrscheinlich solche Phasen. Und es gibt andere Gemeinsamkeiten, die viel wichtiger sind. Wenn es für einmal monatlich 2 Punkte gibt und für einmal wöchentlich 5 Punkte, wäre ein Mittelwert von ungefähr drei Punkten richtig, jedenfalls im Moment. Und wir kannten uns seit 1,5 Jahren, das machte mindestens 5 ehrliche Punkte.

12. Ich habe eine gute Altersversorgung. 20 Punkte (grün)

– Brauche ich nicht. Ich bin noch nicht alt.

13. Ich kann einen Autoreifen selbst wechseln. 1 Punkt (grün)

– Ja, mußten wir in der Fahrschule üben. Warum nur 1 Punkt?

14. Wieviel geben Sie im Monat durchschnittlich für Ihre Garderobe aus? Pro 100,– DM je 5 Punkte.

Maximal 20 Punkte (rosa)

– Wie soll man in diesem Test zu Punkten kommen? Ich komm auf keine 100 Mark pro Monat. Oder doch: durch das teuere T-Shirt, im Durchschnitt knapp 5 Punkte.

15. Ich kann mit einem Computer arbeiten. 10 Punkte (grün)

– Kann ich nicht.

16. Wenn mir mein Partner Kleidungsstücke kauft, sucht er genau die Sachen aus, die ich mir selbst kaufen würde.

10 Punkte (rosa)

– Bestimmt würde Benedikt die gleichen Sachen aussuchen, aber ich kaufe meine Sachen selbst. Warum auch nicht?

17. Ich besitze ein eigenes Auto / fahre einen Firmenwagen.

10 Punkte (grün)

– Ich besitze ein halbes Auto. Ob das gilt? 5 Punkte? Wenn ich ehrlich bin, muß ich gestehen, daß das Carbrio für mich Benedikts Auto ist, nicht »unser« Auto. Also ehrlich: kein Punkt.

18. In meiner Wohnung ist alles picobello. Man könnte vom Fußboden essen. 5 Punkte (gelb)

– Jawohl, mein Fußboden strahlt mich an. 5 Punkte.
19. Wie viele Beziehungen / Ehen, die länger als ein Jahr dauerten, hatten Sie vor Ihrer jetzigen Partnerschaft? Pro vorangegangene Beziehung / Ehe 5 Punkte. Maximal 20 Punkte (lila)
– Länger als ein Jahr: das war Marcel. Und knapp noch Klaus. 10 Punkte lila.
20. Mein Beruf ist krisensicher, und ich könnte ohne größere Probleme einige Jahre pausieren. 30 Punkte (grün)
– Zur Zeit erschien mir mein Beruf gar nicht krisensicher, und jetzt einige Jahre zu pausieren, wäre das Ende vor dem Anfang. Es gibt nur eine berühmte Innenarchitektin auf der Welt, die erst angefangen hat, als ihre Kinder studierten. Allerdings kannte sie all die reichen Leute, deren Villen, Geschäfte und Hotels sie einrichten durfte, schon vorher.
21. In den letzten vier Wochen habe ich unter anderem diese Gerichte zubereitet – pro Gericht 5 Punkte.
Maximal 50 Punkte (blau)

Das Lieblingsgericht meines Partners
mein Lieblingsgericht
ein ganz neues Gericht
Gulasch
Rindsrouladen
Cordon bleu
Knödel/handgemachte Spätzle
Torte/Kuchen/Gebäck
Fleischfondue/Käsefondue
Fisch (keine Fischstäbchen)
gefülltes Geflügel
Nudelauflauf/Gemüseauflauf
Schweinebraten/Sauerbraten
Eisbein
Hausgemachte Suppe
Fleischpastete/Gemüsepastete
Mousse au Chocolat/Tiramisu

Achtung: Hier wird die Vielfalt Ihres Speisezettels bewertet. Wenn Sie ähnliche Gerichte gekocht haben, die nicht auf dieser Liste stehen, dürfen Sie die Gerichte austauschen,

aber die Maximalpunktzahl von 50 Punkten nicht überschreiten.
– Schon wieder eine Frage für die typische spießige Hausfrau.
– Null und nichts für mich.
22. Wir haben ein Haustier.
Notieren Sie sich für jeden Hund 10 Punkte, für jede Katze 5 Punkte, für jedes andere Haustier 3 Punkte.
Maximal 20 Punkte (blau)
– Null.
23. Ich unterhalte mich mit meinem Partner häufig über Dinge, über die ich mit keinem anderen Menschen sprechen würde.
10 Punkte (lila)
– Natürlich. Oder waren damit sexuelle Phantasien gemeint? Daß man sich beim Bumsen erzählt, man würde sich vorstellen, man sei Boris Becker und Steffi Graf? Oder ein Schäferhund und ein Schaf? Oder bezog sich diese Frage auf die Beziehungen, in denen Leute nie miteinander reden? Ich kann mit Benedikt über alles reden und gab mir 10 Punkte.
24. Tagsüber bin ich überwiegend allein zu Hause und kann mir meine Zeit selbst einteilen. 1 Punkt (gelb)
– Ja. Aber warum nur 1 Punkt? Vielleicht ist es gut, wenn man wenig Punkte hat...
25. Wir haben ein gemeinsames Hobby. 10 Punkte.
Wenn Sie wöchentlich mehr als zwei Stunden gemeinsam Ihrem Hobby frönen, bekommen Sie 10 Punkte extra. (orange)
– Null.
26. Wie viele Menschen zählen zu Ihrem engen Freundeskreis? Bitte nur Freunde zählen, mit denen Sie wenigstens einmal wöchentlich Kontakt haben. Pro Freund / Freundin 5 Punkte.
Maximal 25 Punkte
– Zur Zeit hatte ich wenig Freunde. Oder sollte ich Katharina und Lara-Joy zählen? Nein, lieber null.
27. Größere Anschaffungen besprechen wir vorher gemeinsam.
10 Punkte (orange)
– Nicht unbedingt.
28. Ich bin der Meinung, daß man letztlich nur in der Ehe glücklich werden kann. 10 Punkte (lila)

– Letztlich? Nur? Nein, der Meinung bin ich nicht.

29. Ich muß jeden Tag einkaufen, denn in einem Haushalt fehlt immer etwas. 5 Punkte (gelb)

– Ja.

30. In meinem Beruf/Studium haben Frauen und Männer gleiche Chancen, da kommt es nur auf gute Ausbildung und Leistung an. 20 Punkte (grün)

– Leider nicht: Gerade weil Innenarchitektin ein typischer Frauenberuf ist, werden die wenigen Männer bevorzugt – um auch mal einem Mann eine Chance zu geben, heißt es. Und mit der Ausbildung kann man auch nicht soviel argumentieren, denn leider darf man auch ganz ohne Ausbildung als Innenarchitektin arbeiten.

31. Mein Partner leidet unter Potenzproblemen, die er bei anderen Partnerinnen auch haben würde. 10 Punkte (rosa)

– Nein, danke. Null.

32. Mein Partner und ich gehören dem gleichen Verein/Organisation / Partei an. 20 Punkte (orange)

– Null.

33. Die Höhe des Haushaltsgeldes legen wir gemeinsam fest. 20 Punkte (blau)

– Haushaltsgeld – ein Wort so spießig wie Ehegattin!

34. Wie oft wurden Sie in den letzten zwei Tagen von Ihrem Partner um Rat gefragt?

Pro Frage 5 Punkte. Maximal 20 Punkte (orange)

– Mindestens zweimal: Benedikt hat mich gefragt, was wir jetzt machen sollen und was jetzt aus mir werden soll. 10 Punkte.

35. Ich mache täglich Gymnastik/Fitneßtraining. 5 Punkte (rosa)

– Wer zwanzigmal pro Tag eine Leiter rauf- und runtersteigt wie ich, braucht kein Fitneßtraining.

36. Mein Partner macht mir mindestens einmal pro Jahr ein wertvolles Geschenk.

Achtung: Wir wollen wertvoll im ganz materiellen Sinn verstanden wissen, das heißt ein Geschenk, das mindestens einen halben Monatslohn Ihres Partners gekostet hat und das allein für Sie bestimmt ist. 10 Punkte (lila)

– »Allein für Sie bestimmt« war der einzige Haken.
37. Ich mache viele Dinge im Haushalt selbst, für die andere Handwerker bezahlen müssen. 10 Punkte (gelb)
– 10 Punkte für mich.
38. Ich bin über das Konto meines Partners verfügungsberechtigt. 20 Punkte (orange)
– Bin ich nicht.
39. Wie viele Paar Schuhe tragen Sie diese Saison?
Bitte keine Schrankhüter mitzählen, die Sie seit einem Jahr nicht mehr oder noch nie getragen haben.
Pro Paar 1 Punkt (rosa)
– Genau zwei Paar Schuhe. Meine Turnschuhe, und als wir mit Herrn Wöltje weg waren, trug ich meine schwarzen Wildlederschuhe. Mehr brauche ich diese Saison nicht.
40. Ich besuche mindestens einmal pro Monat eine kulturelle Veranstaltung. 5 Punkte (grün)
– Wär nicht schlecht, ist aber nicht so.
41. Trifft diese Aussage auf Sie zu: »Die Fenster meiner Wohnung sind sauberer als meine Fingernägel?«
10 Punkte (gelb)
– Ich betrachtete das Fenster, ich betrachtete meine Fingernägel. Ich mußte lachen. Ja, meine Fingernägel sahen scheußlich aus. Wie Fingernägel aussehen, wenn man wochenlang renoviert hat. Für meine schmutzigen Fingernägel bekomme ich 10 Punkte?
42. Ich kann sagen, daß unser Sexleben im Lauf der Zeit immer besser wurde. 5 Punkte (lila)
– Im Moment weiß ich das nicht – im Moment weiß ich nur, daß ich mit diesem Fragebogen fertig werden will.
43. Ich kann Krankenschonkost zubereiten. 15 Punkte (blau)
– Kann ich nicht, will ich nicht.
44. Mein Partner weiß, daß ich ihn verlassen würde, wenn er mich betrügt. 10 Punkte (lila)
– Weiß Benedikt, daß ich ihn verlassen würde, wenn er mich betrügt? Würde ich ihn wirklich verlassen, wenn er mich betrügt? Es ist einfach so: Benedikt weiß nicht, daß ich ihn verlassen würde, weil das nicht unser Problem ist, weil er mir geschworen hat, daß er mich nie betrügen würde! Null! Schluß!

NUN ZÄHLEN SIE BITTE IHRE PUNKTE ZUSAMMEN.

Ich zählte zusammen: 96 Punkte.
Wo war die Auswertung? Da:

»Wenn Sie in diesem Test 250 Punkte oder mehr erreicht haben, sind Sie eine Idealfrau. Wundern Sie sich, daß finanzielle Unabhängigkeit so hoch bewertet wurde? Der Grund dafür: Weil finanzielle Unabhängigkeit von den Männern so hoch bewertet wird. Das Resümee unserer Wissenschaftlerinnen: Die einzige Selbständigkeit, die Männer an Frauen schätzen, ist finanzielle Selbständigkeit. Und, Hand aufs Herz, liebe Leserin, würden nicht auch Sie einen gut verdienenden Mann einem Mann vorziehen, der teilweise oder ganz von Ihrem Einkommen abhängig ist? Sie sehen: Unsere Ideale sind gar nicht so anders als die Ideale der Männer.
Nun gibt es viele Frauen, die kein eigenes Einkommen haben, aber trotzdem in diesem Test mühelos 250 Punkte erreichen konnten. Selbstverständlich: Eine Mutter, die ihre Kinder umsorgt, ist gleichermaßen eine Idealfrau. Um so höher die Wertschätzung der Familienfrau, je besser sie es versteht, ihr Heim in eine Stätte der Gastlichkeit zu verwandeln. Entsprechend wurden diese Fähigkeiten im Test bewertet. Auch hier zeigt sich, daß die Männer bedeutend realistischer sind, als Werbung und Medien propagieren. Weit vor der modisch gestylten Vorzeigefrau rangiert in der männlichen Wertschätzung die gute Köchin!
Unser Tip: Viele Frauen erwarten zuviel von sich selbst. Jedoch sind die Aufgaben der modernen Frau zu vielseitig, als daß jede Frau sämtliche Aufgaben erfüllen könnte. Niemand erwartet von einem Mann, daß er Karriere macht und gleichzeitig nur für seine Kinder da ist. Die Idealfrau ist keine Roboterin, die mit programmiertem Lächeln schafft, was kein Mann je als Aufgabe akzeptieren würde. Machen Sie sich von falschen Idealen frei – Sie sind bereits eine ideale Frau.«
Ich war – meiner Punktzahl nach zu urteilen – keine ideale Frau.
Ich las weiter...

»150 Punkte bis 250 Punkte:
Sie sind schon fast eine Idealfrau. Unsere Spezialauswertung kann Ihnen helfen, dieses Ziel bald ganz zu erreichen. Tragen Sie in die Tabelle auf der nächsten Seite die Anzahl Ihrer Antworten und Ihre Punktzahl pro Farbkategorie ein. Sie gehören zu jener Farbkategorie, in der Sie die meisten Antworten und Punkte haben. Bei der Farbauswertung finden Sie Tips zur Vervollkommnung Ihres Typs. Für Sie als Fast-schon-Idealfrau eine einfache Aufgabe.

Unter 150 Punkte:
In Ihrer Lebensgestaltung verläuft nicht alles ideal. Es besteht ein Mißverhältnis zwischen Ansprüchen und Wirklichkeit. Unsere Farbauswertung zeigt Ihnen, wo Ihre Defizite liegen. Ermitteln Sie, wie obenstehend beschrieben, Ihren Farbtyp, und prüfen Sie, ob Sie glücklicher sein könnten, wenn Sie Ihren Typ ändern.«

Leicht schockiert, nicht mal in einem Illustrierten-Test als Idealfrau abzuschneiden, trug ich die Anzahl meiner Antworten und Punkte pro Farbe in die Tabelle ein:

Orange	Antworten:	1	Punkte:	10
Grün	Antworten:	1	Punkte:	1
Lila	Antworten:	3	Punkte:	25
Blau	Antworten:	–	Punkte:	–
Rosa	Antworten:	4	Punkte:	14
Gelb	Antworten:	7	Punkte:	46

Folglich war ich wohl der gelbe Frauentyp. Aber ich las alle Farbkategorien der Reihe nach durch.

»Wenn Sie überwiegend Antworten und Punkte in Orange gesammelt haben:
Sie sind eine Familienfrau. Die Familie ist Ihr Leben und Ihr Beruf. Sie sind für alle und für alles zuständig, und dafür werden Sie respektiert und geliebt.

Unser Tip: Ihre Kinder werden eines Tages ihr eigenes Leben leben. Erweitern Sie deshalb schon jetzt Ihren Lebensbereich. Suchen Sie sich Freunde außerhalb der Familie – am besten gleichaltrige Freunde mit gleichen Interessen und Hobbys. Sie sind es gewohnt, von Menschen umgeben zu sein – achten Sie darauf, daß Sie eines Tages nicht einsam werden.

Überwiegend grüne Antworten und Punkte:
Sie sind die Business-Frau. Business-Frauen werden in den Medien oft als von Karriereängsten verunsichert dargestellt – aber unsere Repräsentativ-Studie beweist: Business-Frauen halten sich selbst für glücklich und werden von nichtberufstätigen Frauen beneidet. Dies gilt besonders für Frauen ab vierzig: Wenn Familienfrauen unter dem Verlassenen-Nest-Gefühl der Nutzlosigkeit zu leiden beginnen, gerade dann ist für Business-Frauen die Zeit der Ernte gekommen. Sie können die Kraft der Jugend durch die Kraft des Erfolgs ersetzen. Unsere Repräsentativ-Studie hat außerdem bewiesen, daß entgegen gängiger Meinung Ehen von Karrierefrauen haltbarer sind als Ehen nie berufstätiger Frauen.
Unser Tip: Außerhalb Ihres Berufslebens sollten Sie alle traditionell männlichen Aufgaben an Ihren Partner delegieren (z. B. Autoreifen wechseln). Sie wenden sich statt dessen schöneren, traditionell weiblichen Tätigkeiten zu (z. B. Kuchenbacken) – das macht Sie für Männer liebenswerter, und Sie schonen Ihre Kräfte.

Überwiegend lila Antworten und Punkte:
Sie sind die Geliebte. Wenn Sie mit Ihrem Partner besondere sexuelle Vorlieben teilen, so ist das zweifellos ein starkes Band. Was Sie auf sexuellem Gebiet bieten, dafür findet er so leicht keinen Ersatz. Allerdings: Nicht nur in der Ehe läßt im Lauf der Jahre die sexuelle Attraktivität nach. In freien Beziehungen, die allein auf Emotionalität gründen, wird nachlassende sexuelle Aktivität als besonders schmerzlich empfunden. Der stabilere soziale Status von Ehefrauen führt zu einer höheren psychologischen Stabilität. Ehefrauen fällt es leichter, den Verlust an Se-

xualität durch den Gewinn an Vertrautheit mit dem Ehemann emotional auszugleichen. Frauen, die als ewige Geliebte alt wurden, sagten uns, sie hätten soviel Glück gegeben und sowenig Glück dafür bekommen.
Unser Tip: Heiraten Sie ihn – oder einen andern.

Überwiegend blaue Antworten und Punkte:
Sie haben das Beste aus Ihrem häuslichen Leben gemacht: Sie sind eine exzellente Köchin und Gastgeberin. In Ihrer Gesellschaft fühlt man(n) sich wohl. Wir müssen gestehen: Wir waren ebenfalls überrascht, welche Wertschätzung gepflegte Küche bei Männern genießt. Unsere Männer-Studie hat eindeutig gezeigt: Je älter die Männer werden, desto mehr geht Liebe durch den Magen. Denken Sie daran: Nicht nur Sie werden älter, auch Ihr Mann.
Unser Tip: Achten Sie auch darauf, daß Ihre Finanzen stimmen. Erkämpfen Sie sich notfalls ein Gehalt für Ihre häuslichen Glanzleistungen. Damit Sie die Dame des Hauses bleiben und nicht zur Dienstmagd degradiert werden.

Überwiegend rosa Antworten und Punkte:
Sie sind ein Luxusweibchen – Ihre Tage sind gezählt. Denn Ihr Lebensstil wird, vor allem von Frauen in fortgeschrittenem Alter, überdurchschnittlich häufig als unbefriedigend erlebt. Männer verwöhnen Frauen aus Eigennutz. Ein Partner, der Sie nur als Status-Accessoire wahrnimmt, ist keine Verbesserung Ihrer Lebensqualität.
Unser Tip: Falls Sie nicht mit soviel eigenem Geld gesegnet sind, daß Sie Ihre Luxusbedürfnisse ohne mit der falschen Wimper zu zucken aus Ihrem Abendhandtäschchen bezahlen können, empfehlen wir Ihnen dringend, Ihr Persönlichkeitsspektrum zu erweitern. Sonst entdecken Sie möglicherweise zu spät, daß die Vielfalt Ihrer Gesprächsthemen wichtiger ist als die Anzahl Ihrer Schuhe.

Überwiegend gelbe Antworten und Punkte:
Sie gehören zu einem Frauentyp, den es eigentlich gar nicht mehr gibt und gar nicht mehr geben dürfte: Sie sind – Pardon! – ein Putzteufel. Halten Sie sich vor Augen, daß Sie so auf Dauer keinen Partner halten können. Sicher ist Ihre endlose Hausarbeit nützlich, aber kein Mann hat den Wunsch, vom Fußboden zu essen. Das Ideal eines liebenswerten Haushalts ist nicht kalte Sauberkeit, sondern die Wärme eines frischgebackenen Kuchens.
Unser Tip: Zeigen Sie Ihrem Partner, daß Sie noch andere Fähigkeiten haben. Sonst stehen Sie eines Tages mit Ihrem Staubsauger und Ihrem Putzlappen allein da.«

Die letzten Zeilen verschwammen vor meinen Augen. Fast hätte ich geheult. Ich ein Putzteufel?! Natürlich kann man auf Illustrierten-Tests nichts geben. Trotzdem sah ich den Fragebogen noch mal durch. Bei Lila hatte ich immerhin auch 3 Antworten und 25 Punkte – ja, eine Geliebte wollte ich sein... wie konnte ich meine Fähigkeiten als Geliebte vervollkommnen?
Ich suchte nach den Fragen, für die es lila Punkte gab. Sicher, wir mußten unsere Bums-Frequenz wieder steigern. Und außerdem?
»Ich teile mit meinem Partner ganz spezielle sexuelle Vorlieben« – dafür gab es 25 lila Punkte. Hatte Benedikt irgendwelche ganz spezielle sexuelle Wünsche? Bisher war mir nichts aufgefallen. Vielleicht hatte ich nicht aufgepaßt? Was gibt's denn so an Perversionen?
In Noras Reklamezeitungen waren massenhaft Kleinanzeigen von strengen Dominas, die Sklaven suchten. Viele boten als besondere Attraktion »Natursekt«. Aber ich konnte mir einfach nicht vorstellen, daß es Benedikts Traum sein sollte, daß ich, in schwarze Lederstreifen gekleidet, die nur von ein paar Nieten zusammengehalten werden, ihn auspeitsche! Oder wollte er mich auspeitschen? Nein, das wollte er nicht. Und man stelle sich vor, wir hätten hier eine Perversenfolterkammer, zwei Zimmer neben dem Schlafzimmer seiner Mutter! Sie liegt im Bett und studiert die neuesten Enthüllungen über die Fürstin von Monaco, und nebenan peitsche ich, in schwarzes Leder genietet,

ihren einzigen Sohn aus! Unvorstellbar. Und wie könnte man Nora Natursekt-Flecken in der Bettwäsche erklären? Frech lügen – »Benedikt ist Bettnässer?« Nein.
Schließlich fiel mir ein, daß es Männer gibt, die heimlich Frauenkleider tragen. Ich hatte schon oft gelesen, daß es durchaus nette, normale Männer gibt, die manchmal Frauenkleider tragen, um ihre unterdrückten weiblichen Seiten aufzuarbeiten. War in Benedikt, vielleicht durch den knallharten Berufsstreß, eine weibliche Seite unterdrückt?
Ratlos suchte ich die nächste lila Frage, bei der ich keine Punkte bekommen hatte: »Ich bin der Meinung, daß man letztlich nur in der Ehe glücklich wird.« Vielleicht war ich doch der Meinung. Aber letztlich bedeutet nicht sofort. Und wenn man nicht wegen der Steuer heiratet, heiratet man erst, wenn man ein Kind hat. Alle Leute, die nicht wegen der Steuer heiraten, sagen, sie hätten wegen des Kindes geheiratet. Und viele heiraten auch nach der Geburt ihres Kindes nicht sofort, sondern erst, wenn es in die Schule kommt, weil es bei den Lehrern einen besseren Eindruck macht, wenn die Eltern eines Schulkindes verheiratet sind. Diese Leute heiraten nur wegen der Lehrer. Ehrlich gesagt: Ich hatte keine Lust, wegen eines Lehrers zu heiraten.
Und was Benedikt betraf, er wollte nicht heiraten, weil er sich dann wie ein alter Mann fühlen würde. Er fand es einfach zu früh. Ich überlegte: Zu früh wozu?
Es gibt nur eine Antwort: um sich für immer an mich zu binden.
Und was bedeutet das? Daß er die Möglichkeit haben will, mich eines Tages zu verlassen? Bedeutet es das wirklich? Er hatte gesagt, wenn ein Mann verheiratet ist, hätte er das Gefühl, alle Möglichkeiten verloren zu haben. Was waren die andern Möglichkeiten? Andere Frauen. Diese Möglichkeiten mußten ausgeschlossen werden!
Was gab es sonst an lila Fragen?... »Ich kann sagen, daß unser Sexleben im Lauf der Zeit immer besser wurde.« – Wie kann man das sagen?
»Mein Partner weiß, daß ich ihn verlassen würde, wenn er mich betrügt.« 10 Punkte (lila). Nun kapierte ich den tieferen Sinn dieser Frage – wenn der Partner das Gefühl haben wollte, andere

Möglichkeiten zu haben, dann durfte er nie auf die Idee kommen, die andern Möglichkeiten auch auszuprobieren. Gleich heute abend würde ich Benedikt beibringen, daß ich ihn verlassen würde, wenn er mich betrügt.
Entschlossen bearbeitete ich meine Fingernägel, bis sie sauberer waren als die Fensterscheiben. Zehn Punkte weniger als Putzteufel. Und heute abend zehn Punkte mehr als Geliebte. Ich versteckte den Fragebogen unter meiner Unterwäsche. Dann begann ich meinen Typ zu ändern.

34. Kapitel

Ich schloß die Tür meines Zimmers ab, ich wollte nicht von Nora ertappt werden, wie ich mein schönstes Nachthemd aus schwarzer Seide bügelte. Ich hatte es, kurz nachdem Benedikt in mein Leben getreten war, für besondere Gelegenheiten gekauft, aber noch nie angehabt, weil es lange Ärmel hat und so dramatisch aussieht. Aber jetzt war es total passend. Nur mußte ich es zuerst bügeln, denn als ich es auseinanderfaltete, war das bodenlange Seidenhemd von Faltenquadraten überzogen und sah so unerotisch aus wie ein Kachelfußboden. Das Seidenhemd war ziemlich eng, hatte von der Halskante bis zum Bauchnabel einen Spitzeneinsatz, ebenfalls schwarz, und hinten einen Spitzeneinsatz bis zum Po. Gebügelt sah es umwerfend sexy aus. Nur das C&A-Etikett störte – irgendwie haben C&A-Etiketten etwas Unerotisches, ich holte meine Schere und trennte es raus. Jetzt sah es aus wie aus einem teuren Wäscheladen. Und ich darin wie eine Königin der Nacht.
Dann lackierte ich meine Fingernägel tiefrot und meine Fußnägel auch, schminkte mich sorgfältig wie schon lange nicht mehr und fieberte dem Abend entgegen.

Es wurde aber halb eins, bis der Fernsehkrimi endlich zu Ende war. Ich hatte beschlossen, mich nicht abzuschminken, bis ich es Benedikt gesagt hatte. Wenn man etwas so Wichtiges zu sagen

hat, dann ist es auch wichtig, dabei gut auszusehen. Im Bad tupfte ich noch etwas Parfüm auf meinen Hals, natürlich nicht das Sonderangebot-Parfüm der häßlichen Tennisspielerin, das mir Mercedes geschenkt hatte, nein, ich hatte ein Pröbchen von »Unforgettable Moments«, der Duft einer schönen und erfahrenen Frau. Es roch erregend und richtig.
Fünf vor eins war ich soweit. Benedikt lag schon im Bett. Ich knipste das Licht nicht aus. Ich sah wie gedankenverloren zum Fenster, in die Nacht hinaus, als ich sagte: »Übrigens, würdest du mich je betrügen, würde ich dich verlassen.«
Benedikt richtete sich auf, starrte mich entsetzt an: »Warum sagst du das jetzt?«
»Ich wollte, daß du es weißt.«
»Wie kommst du auf die Idee?«
Ich wollte Benedikt nicht sagen, daß ich die Idee aus einer Frauenzeitschrift hatte, das klingt zu banal. »Es fiel mir spontan so ein«, sagte ich und griff nach Benedikts Wuschelkopf.
Benedikt zog sich die Decke über den Kopf, drehte sich von mir weg und sagte unter der Decke beleidigt, ich möge ihn mit Beziehungskonversation verschonen, er hätte schon genügend Ärger im Büro.
Ich erschrak. Ich hätte nicht gedacht, daß Benedikt so sauer reagieren würde. »Was hast du denn?« Ich zog ihm die Decke weg und küßte seinen Wuschelkopf.
»Ich muß jetzt schlafen, morgen ist ein Sondertermin bei dieser Scheiß-Klinik-Kommission. Die wollen uns unbedingt Fehler nachweisen.« Er legte sich das Kissen auf den Kopf und hielt es mit der Hand fest.
»Tut mir leid, so hab ich das nicht gemeint«, murmelte ich vor mich dahin, »ich wollte dich nicht beleidigen.« Was hatte das nun gebracht? Nichts. Ich seufzte. Was wußten diese Fragebogenmacherinnen von Finanzierungskommissionen, vom alltäglichen Alltag einer Geliebten?!
Ich huschte ins Bad und schminkte mich ab. Als ich mein ungeschminktes Gesicht im Spiegel sah, schämte ich mich. Benedikt hatte mein sündhaftes Nachthemd überhaupt nicht zur Kenntnis genommen. Sah er mich nur noch als Putzteufel?

So schnell durfte ich nicht aufgeben. Ich huschte ins Bett zurück, kuschelte mich an Benedikt und flüsterte ihm ins Ohr: »Möchtest du vielleicht mein Nachthemd anziehen?«
Er antwortete nicht. War es ihm peinlich? Schämte er sich, seine unterdrückte weibliche Seite preiszugeben? Ich flüsterte in seinen Wuschelkopf: »Möchtest du meine Königin der Nacht sein?«
Keine Antwort. Er hatte nicht verstanden, was ich meinte. »Zieh doch mein tolles Seidennachthemd an, es würde dir schon passen, die Seide dehnt sich an den Hüften.«
»Wieso denn, mir ist nicht kalt«, murmelte Benedikt, »mach das Licht aus.«
Ich machte das Licht aus.
Sofort schlief er ein.

35. Kapitel

Wenn man eine Nacht in einem schwarzen Seidennachthemd geschlafen hat, sieht man aus wie eine zerknitterte Fledermaus. Wütend dachte ich, daß die Fragebogen-Wissenschaftlerinnen keine Ahnung hatten, daß auch Bügeln der Erotik dient!
Ich betrachtete die zwei dunkelroten Röschen aus Polyacrylband, die in Bauchnabelhöhe auf den Spitzeneinsatz genäht waren. Wieder holte ich meine Schere, trennte die Polyacrylröschen ab, warf sie mit leichter Hand in den Papierkorb. Dafür hatte ich keine Verwendung mehr, für diese Symbole biederster Sexualität. Ich brauchte aufregendere Liebesrezepte.
Ich eilte in den Supermarkt, ans Zeitschriftenregal. Was ich suchte, war leicht zu finden: »Frühjahrskur für Ihr Sexleben«, war das Hauptthema der ersten Frauenzeitschrift, die ich sah, auf der nächsten stand: »So entdecken Sie die Liebe neu.« Ich entschied mich für »Sechs super Sex-Tips für Super-Frauen«, weil sie in einer besonders progressiven Frauenzeitschrift kamen.
Zu Hause stellte ich fest, daß der Artikel enttäuschend kurz war. Da standen wirklich nur sechs Tips:

1. Laden Sie ihn ein zu einem Kurzurlaub in einer langweiligen, regnerischen Gegend. Dankbar wird er feststellen, daß es im Bett mit Ihnen am schönsten ist.

– Gute Idee, aber ich habe kein Geld, um ihn zu einem Kurzurlaub einzuladen.

2. Lieben Sie ihn im Faschingskostüm. Als Neptun (mit Fischschwanz!) oder als außerirdischer Roboter verkleidet, wird er ganz neue Liebesideen erfinden. Und Sie zeigen ihm, wie die Piratenbräute lieben. Oder wollen Sie zur Abwechslung das brave Rotkäppchen mimen?

– Was für ein Blödsinn. Soll ich etwa für Benedikt einen Fischschwanz basteln?

3. Kochen Sie sein Lieblingsgericht, und servieren Sie es ihm mit Ihren Lippen. Kleingeschnittenes, scharfgewürztes Fleisch, Rosenkohl, Cocktailtomaten und Weintrauben eignen sich besonders gut für die Mund-zu-Mund-Erlebnis-Gastronomie. Guten Appetit!

– Schon wieder kochen! Davon abgesehen, würde Nora in Ohnmacht fallen, würde ich Benedikt eine Cocktailtomate in den Mund schieben – welche Verschwendung, Cocktailtomaten zu kaufen, wo sie eigene Tomaten eingefroren hatte.

4. Massieren Sie ihn mit Ihrer Luxuscreme. Cremen Sie besonders sorgfältig und zärtlich sein allerbestes Teil ein.

– Nicht schlecht. Nur ist meine beste Creme eine Antifalten-Creme. Ich benutze sie fast nie, weil sie so teuer war, und betrachte sie mittlerweile eher als Kapitalanlage fürs Alter. Und ist eine Antifalten-Creme für diesen Zweck richtig?

5. Stellen Sie Ihr Bett um: Neue Perspektiven ergeben neue Positionen.

– Mein Zimmer ist zu klein, um das Bett anders zu plazieren. Und was die Positionen betrifft...

6. Lassen Sie sich dabei ertappen, wie Sie diese Liebes-Tips studieren. Das wird ihn endgültig auf die richtige Idee bringen!

– Dieser blöde Tip war ja nur Reklame für die Illustrierte, den konnte man sowieso vergessen.

Alles Quatsch. Lediglich vielleicht, was die Positionen betraf... irgendwie verdränge ich immer das Positionen-Problem. Aber ich hab nun mal keine Lust auf Bums-Akrobatik. Noch nie gehabt, schon seit damals nicht, als Klaus auf seinem Küchentisch ständig das Kamasutra liegen hatte. Er hatte eine bebilderte Versandhaus-Ausgabe, auf der die Körperteile mit Buchstaben numeriert waren, und neben den Bildern standen Gebrauchsanweisungen... Lege C auf G und D um H, und bewege A langsam rückwärts... – so in der Art. Ausgerechnet Klaus der Holzhakker-Bumser hatte es mit den Positionen!
Aber Benedikt ist nicht Klaus. Und unterbewußt war es mir schon lange bewußt – es führt kein Weg daran vorbei, alle Wege führen dorthin: Fellatio, Position 69, französisch, ich muß ihm einen blasen. Das ist es, was alle Männer wollen. Das ist bekannt aus Film, Funk, Fernsehen und der Literatur. Er sitzt gelangweilt auf der Bettkante und sieht fern, und sie kniet vor ihm und tut ihre Pflicht, lustvoll stöhnend.
Überall war zu erfahren, daß Fellatio für jeden Mann das höchste der Gefühle ist. Und heimlich würde jeder Mann davon träumen, daß er selbst an seinem Pimmel saugen, sein eigenes Sperma schlucken könnte und gleichzeitig frisches Sperma produzieren. Ich als Frau finde es eine ziemlich öde Vorstellung, alles allein zu machen. Aber Männer stellen sich sexuelle Unabhängigkeit eben so vor.
Und davon abgesehen: Nicht nur die Männer schwören auf Fellatio – in allen modernen Frauenromanen, die ich gelesen hatte, war auch jede Frau ganz wild darauf. Gerade die fortschrittlichen Frauen taten, als wäre Sperma ein Grundnahrungsmittel für sie. Die blasen soviel, daß jeder Pimmel längst geplatzt sein müßte. Als ich Abitur machte, hatte ich eine Freundin, sie hieß Denise, war fett und hatte Akne und Minderwertigkeitskomplexe deswegen. Aber sie war ein Jahr als Au-pair-Mädchen in Frankreich gewesen, und da hatte sie Fellatio angeblich von der Pike auf gelernt. Mit überlegenem Lächeln sagte sie bei jeder Gelegenheit: »Spermaschlucken ist nicht jedermanns Sache, aber für mich ist es ein Schmaus.«
Und meine Mutter hatte mir damals zum Geburtstag einen von

der Literaturkritik empfohlenen Roman geschenkt, von einer Frau, die begeistert beschrieb, wie sie das Sperma ihres Liebhabers schluckt: Es sei ein Gefühl, als hätte man Kaulquappen im Mund, und schmecken würde es wie Mimosen. Jawohl, Mimosen. Ich erinnere mich genau, das mit den Kaulquappen war einleuchtend, aber der Geschmack von Mimosen war so rätselhaft. Außerdem frage ich mich noch heute, ob mir meine Mutter das Buch auch geschenkt hätte, wenn sie es vorher gelesen hätte. Denise hatte sich das Buch sofort geliehen und sagte, es sei wahr, Spermaschlucken sei ein Gefühl wie Kaulquappen im Mund, und Sperma schmecke wie Mimosen.

Das größte Problem ist, daß man es schlucken muß. Man muß es schlucken. Im Fernsehen hatte ein Schwuler in einer Talkshow gesagt, er hätte seine Freundin verlassen und sei schwul geworden, weil sie jedesmal grün im Gesicht geworden sei und das Beste, was ein Mann ihr bieten könnte, in die Bettdecke gespuckt hätte. Vielleicht waren deshalb so viele Männer schwul. Aber auch die Nichtschwulen hatten in der Talkshow gesagt, Fellatio sei auch für die Frau am allerschönsten, weil sie da den Orgasmus des Mannes viel direkter miterleben könne als auf die bürgerliche Art. Und Fellatio hätte außerdem den großen Vorteil, daß Frauen davon nicht schwanger werden, und Männer können sich nicht mit Geschlechtskrankheiten anstecken. Und eine häßliche Frau, die aus irgendwelchen Gründen auch zu der Talkrunde gehörte, sagte, sie hätte überhaupt keine Angst vor Sperma, eine Portion Sperma hätte nicht mehr Kalorien als drei Austern, nur ungefähr 21 Kalorien.

...Wenn ich einen Mann liebe, wie ich Benedikt liebe, kann ich vor männlichen Phantasien nicht meine Augen, nicht meinen Mund verschließen...

Aber die Vorstellung, Kaulquappen im Mund zu haben, war zu eklig. Lieber an Mimosen denken. Ich hatte im Supermarkt Mimosen gesehen, sie waren mir aufgefallen, weil es nur jetzt, im Winter, Mimosen gibt.

Das Problem war aber auch, daß es nicht genügte, es tun zu wollen, man muß es auch können. In einer Frauenzeitschrift hatte ich gelesen, wie man üben muß, um es richtig zu machen: Man soll, um die Mundmuskulatur zu trainieren, gekochte Makkaroni einzeln einsaugen. Das Entscheidende: Keinesfalls durfte man dabei die Zähne zur Hilfe nehmen, denn dann bekämen die Männer Angst, die Frau würde ihnen in der Ekstase die Nudel abbeißen.

Man solle auch mit Würsten üben, wie man daran lutscht. Ich ging hinunter in die Küche. Unter meinen persönlichen Vorräten war auch eine Dose Bockwürstchen. Ich legte ein Würstchen auf einen Teller. Es gelang mir nicht, es nur mit den Lippen in den Mund zu saugen, das elende Würstchen war zu schwer. Dann dachte ich, daß das eine praxisfremde Übung ist, man darf ja durchaus die Finger zur Hilfe nehmen. Ich nahm das Bockwürstchen in die Hand, schob es unter saugenden Lippenbewegungen in den Mund, so tief ich konnte, da überkam mich ein Würgereiz, und verzweifelt, um nicht daran zu ersticken, und bemüht, es trotzdem nicht auszuspucken, biß ich das Würstchen ab. Vor Schreck bekam ich einen Hustenanfall und spuckte dann doch alles auf den Boden. – Ein Glück nur, daß Benedikt das nicht gesehen hatte, er hätte einen Schock fürs ganze Sexleben bekommen.

Das war albern, mit einem Würstchen zu üben. Das war auch nicht das Problem. Wie ein Bockwürstchen schmeckt, wußte ich. Mein Problem war die Angst, daß Sperma so schmeckt, wie es aussieht: wie wäßriger Rotz.

Oder wie schmecken Mimosen? Daß es gerade jetzt Mimosen zu kaufen gab, war ein Wink des Schicksals. Ich eilte wieder zum Supermarkt. Da standen sie noch, in einem Eimer vor der Tür, das Bund zu 5,80 Mark. Bei jedem Bund war höchstens noch die Hälfte der kugeligen Mimosenblüten eidottergelb, die andern Kügelchen waren häßlich gelbbraun verschrumpelt, erfroren oder verblüht. Egal, das reichte, ich hatte nicht die Absicht, gleich einen ganzen Strauß Mimosen zu schlucken. Die Kassiererin sah mich an, als wisse sie, warum ich Mimosen kaufe. Vielleicht kaufen alle Frauen Mimosen nur, um zu üben, wie man Sperma schluckt?

Ich stellte die Vase auf unseren Arbeitstisch in Benedikts Zimmer und starrte die Mimosen an. Die eidottergelben Kügelchen

mit den plustrigen Härchen sahen aus wie tausendfache Vergrößerungen von Bakterien. Sie sahen aus wie etwas, gegen das man allergisch werden könnte. Vor allem gegen den Geruch. Sie stanken ziemlich ordinär.
Ich drehte ein Mimosenkügelchen zwischen den Fingern. Die Härchen zerbröselten zu gelbem Staub. Vorsichtig leckte ich daran. Es schmeckte nach Staub. Ich legte ein neues, noch aufgeplustertes Mimosenkügelchen auf meine Hand, leckte wieder daran, es blieb an meiner Zunge hängen, so leicht war es. Ich ließ es vorsichtig auf der Zunge rotieren, es war, als ob man eine Staubfussel essen würde.
Und plötzlich hatte ich einen eigentümlichen Nachgeschmack im Mund: bitter, säuerlich, irgendwie auch seifig. Wieder überkam mich ein Brechreiz. Das konnte ja heiter werden. Oder war es nur meine Angst, die Mimosen könnten giftig sein? Sperma ist nicht giftig.
Warum ekelte mich dann davor? Sperma ist echt die natürlichste Sache der Welt. Und wenn man wie Benedikt und ich füreinander bestimmt ist, kann nicht mal die Bundesministerin für Gesundheit was dagegen haben. Unsere Liebe ist kein flüchtiges Abenteuer. Ganz im Gegenteil, dachte ich etwas betroffen, bei uns ging es bereits darum, unseren Liebesalltag neu zu beleben.

Ich mußte es wagen. Ich mußte es nur positiver sehen. »Die Geliebte von Welt spült Sperma mit einem Gläschen Champagner hinunter« – hatte ich auch mal gelesen. Und Champagner trinke ich sehr gern. Das war doch eine schöne Vorstellung.
Von dem Geld, das mir mein Vater zu Weihnachten geschenkt hatte, würde ich eine Flasche Champagner kaufen fürs Wochenende. Und dann: Champagner und Mimosen.

36. Kapitel

»Freude! Freude!
Freude, schöner Götterfunken, Tochter aus Elysium,
wir betreten feuertrunken, Himmlische, dein Heiligtum...
Freude! Freude!
Freude trinken alle Wesen an den Brüsten der Natur,
alle Guten, alle Bösen folgen ihrer Rosenspur.
Küsse gab sie uns und Reben
einen Freund, geprüft im Tod...«
– Und als die Chöre jubelten:
»...Wollust ward dem Wurm gegeben,
und der Cherub steht vor Gott...«
– da geschah es!
Freude! Freude!
Ich hatte es geschafft! Wahnsinnig gut!!
»Freude!
Seid umschlungen, Millionen,
diesen Kuß der ganzen Welt!
Freude, Tochter aus Elysium!«

Ich hatte es geschafft. Ich hatte nur den allerletzten Moment verpaßt, hatte den Mund aufgemacht, weil ich sagen wollte »ich liebe dich«, und da ist er rausgerutscht. Und es lief auf Benedikts Bauch. Und als ich mit der Zungenspitze seinen Bauch berührte, fand ich es eigentlich nur geschmacklos. Und Benedikt sagte, für ihn mache es keinen Unterschied, ob da oder dort, ihm sei egal, wo sein Sperma entsorgt wird. Jawohl!
Der Anfang war gemacht. Ja, nun konnte ich sagen, daß unser Sexleben im Lauf der Zeit immer besser wird. Nur dachte ich nachher, als wir glücklich den Champagner tranken, daß ich die ganze Zeit wohl etwas verwechselt hatte: Es ist nicht der Geschmack – es ist der Geruch von Mimosen.

37. Kapitel

Ohne Kommentar schickte mir mein Vater einen Scheck über fünfhundert Mark. Es war ein Verrechnungsscheck, mein Name stand drauf, ich konnte ihn nur einlösen, wenn ich ein Konto hatte!

Benedikt sagte, es wäre Blödsinn, mich mit meinen Vater zu krachen, nur weil ich kein Konto habe, ich müßte sowieso eines eröffnen. Man muß das Einfache nicht komplizieren, sagte Benedikt, das Komplizierte ist schwierig genug.

Natürlich wollte ich mich nicht mit meinem Vater verkrachen. Eigentlich wollte ich nur kein Geld mehr von ihm annehmen, weil ich das Gefühl hatte, daß mein Vater von mir enttäuscht war, und, was fast schlimmer ist, auch von Benedikt. Wahrscheinlich wußte er, daß Benedikt den Wettbewerb nicht gewonnen hatte, deshalb rief er auch nicht an, um nicht darüber sprechen zu müssen.

Mit gemischten Gefühlen machte ich mich auf zur nächstbesten Bankfiliale in der Einkaufsstraße. Erst wartete ich eine Ewigkeit am Schalter, dann sagte man mir, um ein Konto zu eröffnen, hätte ich überhaupt nicht am Schalter warten müsse, ich solle hinten im Beratungsbereich Platz nehmen, es käme jemand.

Im Beratungsbereich saß schon jemand an einem Schreibtisch, las in einer gelben Broschüre, und ich erkannte sie sofort: die breite, trotzdem hübsche Nase, der breite Mund, die dunklen Haare – es war die Ex-Freundin von Benedikts Kollegen Detlef, die an Benedikts Geburtstag Herrn Wöltje so aggressiv angemacht hatte, die an Silvester Detlef zum Auszug aus der Wohnung gezwungen hatte. Ich strahlte sie trotzdem an, ich freute mich, jemand zu treffen, den ich kannte. Sie erkannte mich auch sofort.

»Guten Tag, ich kenne dich über meinen Ex-Teilzeit-Lebensgefährten«, sagte sie.

– Ex-Teilzeit-Lebensgefährte? Was sollte ich dazu sagen? »Und was machst du jetzt?« fragte ich irritiert.

»Jetzt bin ich stellvertretende Abteilungsleiterin«, sagte sie geschäftsmäßig. »Was kann ich für dich tun?«

»Ich wollte ein Konto eröffnen«, sagte ich noch irritierter, »und den Scheck hier einlösen.«

Sie nahm den Scheck, zog ein Formular aus dem Schreibtisch, schob es mir rüber. »Bitte ausfüllen.«

Während ich Name, Adresse, Geburtsdatum eintrug, fragte sie: »Und wie geht's Detlef?«

Ich hatte keine Ahnung. Ich wußte nur, daß er manchmal mit Benedikt mittagessen geht, aber er redet mit Benedikt nur über Geschäftliches. Benedikt meint, Detlef sei ihm gegenüber verschlossen, aus Neid über Benedikts besondere Beziehungen zum Chef. Das sagte ich ihr natürlich nicht. »Er hat mit Benedikt nicht darüber gesprochen, warum ihr euch getrennt habt.«

Sie lachte. »Er erzählt allen, daß ich ihn für meine Karriere geopfert habe. Und ich kann dem nur hinzufügen, daß ich ihn gern geopfert habe.«

»Ach so.« Was sollte ich sonst dazu sagen?

»Er hat schrecklich darunter gelitten, daß ich mehr verdiene als er. Und seit Januar verdiene ich noch mehr, das hätte sein Leiden verschlimmert. Das wollte ich ihm nicht antun.« Sie griff nach dem ausgefüllten Formular. »Wie hoch ist dein monatliches Einkommen? Ungefähr?«

»Ich glaub, mein Vater wird mir nächsten Monat wieder fünfhundert Mark geben.«

»Sonst keine Einkünfte aus Vermietung, Alimente, Witwenrente, Stipendien?«

»Ich hab einen Job in Aussicht bei meinem Onkel, also bei Herrn Faber, als Innenarchitektin. Da fange ich demnächst an.«

»Richtig, Detlef hat mir erzählt, daß dein Freund über verwandtschaftliche Beziehungen in die Firma gekommen ist.«

»Er hat sich beworben wie alle andern. Und mein Onkel stellt mich auch nur ein, weil er findet, daß ich eine gute Innenarchitektin bin.«

»Jedenfalls verdienst du jetzt noch nichts. Deshalb kann ich dir anbieten, daß wir dein Konto als kostenloses Junior-Konto führen. Sobald du ein Gehaltskonto hast, bekommst du Euroschecks und Kreditkarte auf Wunsch.«

»Kann ich gleich hundert Mark abheben?«

»Eigentlich muß der Scheck erst gutgeschrieben werden, aber weil ich dir glaube, daß er gedeckt ist, kannst du gleich was abheben.«
»Das ist nett.« Ich seufzte froh.
Sie füllte ein Auszahlungsformular aus, dann gab sie mir ein Kärtchen, auf dem meine Kontonummer stand, und eine Visitenkarte:

Tanja Kachel
Diplom-Betriebswirtin
stellv. Abteilungsleiterin

»Tanja Kachel heiße ich. Kachel wie Kachelofen oder wie Wandkachel. Mal heiß, mal kalt, genau wie ich.«
Ich lachte höflich.
Sie fragte: »Und was machst du so den ganzen Tag und den ganzen Abend, bis du berufstätig wirst?«
Ich zögerte etwas: »Zuerst hab ich unsere Wohnung renoviert, und zur Zeit überlege ich, was ich mache.«
»Ich überlege auch zur Zeit, was ich mache.« Sie griff zu der gelben Broschüre, in der sie vorher gelesen hatte. Es war ein Volkshochschul-Kursverzeichnis. »Alle meine Kolleginnen machen Seidenmalerei und Bauchtanzkurse. Nur ich bin weniger daran interessiert, mich selbst zu finden, ich will zuerst einen neuen Lebensgefährten finden. Und in solchen Kursen sind nur Frauen.«
»Glaubst du nicht, daß auch Männer solche Kurse machen?«
»Ich will keinen Mann, der als Hobby Seidenmalerei oder Bauchtanz macht.« Das Kinn auf die Hand gestützt, in der Pose klassischer Nachdenklichkeit, fragte sie: »Was könnte ich denn lernen?«
Wie sollte ich das wissen? Gab es überhaupt etwas, was sie nicht konnte? Mit ihrem teuren Haarschnitt und ihrem teuren Twinset sah sie aus wie die ideale Business-Frau. Diplomatisch sagte ich: »Mir hat man neulich empfohlen, kochen zu lernen.« Ich lachte, damit sie merkte, wie spießig ich das finde.
»Was für Menschen machen denn Kochkurse?« fragte sie mehr sich selbst als mich und blätterte dabei in ihrem Verzeichnis. »Hier gibt's jede Menge Kochkurse.« Sie las vor:

»Im Wintersemester finden nachstehende Kochkurse an verschiedenen Schulen statt:
Kochen für Anfänger
Chinesische Küche für Fortgeschrittene
Tortenbacken für Könner
Französische Küche für Fortgeschrittene
Kochen mit dem Mikrowellenherd für Fortgeschrittene.
Alle Kurse beginnen in der ersten Februarwoche.
Kursdauer: 10 Abende, je ein Abend pro Woche.«

Plötzlich rief Tanja: »Das ist die Idee! Ich mach einen Kochkurs für Anfänger!«
»Ehrlich?«
»Mach mit!«
Ich war total überrascht von der Idee, kochen zu lernen! Meine Fähigkeiten als Geliebte vervollkommnen, gerne, aber kochen lernen? Was würde Benedikt sagen, wenn ich meinen Typ in diese Richtung veränderte? Würde er das nicht spießig finden?
»Da muß ich erst meinen Freund fragen.«
»Du mußt ihn fragen, ob er dir erlaubt, einen Kochkurs für Anfänger zu machen?« Sie sagte es eindeutig ironisch.
»Nein. Ich meine, zeitmäßig.«
Sie sah wieder ins Verzeichnis. »Freitags ist in der Rothschild-Schule ein Anfängerkurs. Freitag ist für mich ideal, da machen wir nie Überstunden. – Kursgebühr 95 Mark. Kannst du dir das leisten?«
»Ich hab nicht soviel Geld dabei, ich meine, ich brauch die hundert Mark zum Einkaufen.«
»Du kannst die Kursgebühr von deinem Konto überweisen. Falls du das Geld nicht sonst brauchst.«
»Nein, ich meine, ich kann mir das leisten.«
»Was überlegst du dann?«
»Warum willst du kochen lernen?« – Aber eigentlich überlegte ich, warum eine Idealfrau wie Tanja mit mir zusammen einen Kochkurs machen wollte. Sie ahnte nichts von meiner derzeitigen Putzteufel-Existenz – aber trotzdem.
Tanja lachte: »Nur aus Spaß, und Kochen ist nützlicher als

Bauchtanz. Und wenn du mitgehst, kenne ich schon einen Teilnehmer. Vielleicht sind sonst nur verbiesterte Hausfrauen da? Obwohl ich mir das nicht vorstellen kann.«
Aha. Sie wollte mich als Begleitung. Wahrscheinlich war es in dieser Stadt auch nicht möglich, allein zu einem Kochkurs zu gehen. Wahrscheinlich besetzten sonst die andern alle Herdplatten für ihre Freunde. »Verstehe«, sagte ich.
»Also machst du mit?«
Ich holte tief Luft: »Ja.«
»Wir werden es bestimmt nicht bereuen.« Energisch, wie Tanja ist, rief sie sofort bei der Volkshochschule an. »Perfekt«, sagte sie, als sie den Hörer auflegte, »wie ich mir dachte, die Fortgeschrittenenkurse sind belegt, aber im Anfängerkurs war noch was frei.«
Sie füllte die Überweisung für mich aus, zeigte mir auf einem Stadtplan, wo die Rothschild-Schule ist, und verabschiedete sich herzlich bis nächsten Freitag, bis zu unserem ersten Kochkursabend.
Vor Freude grinste ich vor mich dahin, als ich die Bank verließ. Ich hatte ein Konto. Vielleicht sogar eine neue Freundin. Tanja hatte sofort meinem Leben einen Impuls gegeben, der mich auf dem Weg zur Idealfrau mit Riesenschritten voranbringen würde. Von nun an würde ich jede Woche ein neues Gericht lernen. Jede Woche meinem Ziel fünfzehn Punkte näher kommen! Demnächst würde ich Nora an die Wand kochen!

38. Kapitel

Mein Vater jauchzte nicht gerade vor Begeisterung, als ich ihm am Telefon sagte, daß ich ein Konto eröffnet hätte, quasi ihm zuliebe. Er versprach aber, mir monatlich fünfhundert Mark zu schicken, bis sein Bruder, der den Mund offenbar zu voll genommen hätte, sein Versprechen endlich wahr machen würde. Um ihn aufzuheitern, erzählte ich, daß ich jetzt einen Kochkurs mache. Das gefiel ihm. Endlich was Vernünftiges. Und wie glücklich wäre er, könnte meine Mutter so grandios kochen wie Frau Engelhardt.

Dann überlegte ich, ob ich es Benedikt überhaupt sagen sollte? Oder freitagabends, während er Volleyball spielte, heimlich zu dem Kurs gehen und ihn demnächst mit einem selbstgekochten Gourmet-Menü überraschen? Aber er würde sofort merken, daß ich ihm etwas verheimliche. So wie ich sofort merken würde, hätte Benedikt Heimlichkeiten vor mir. Obwohl es kurz vor Büroschluß war, rief ich ihn an. Ich sagte Angela, es sei dringend.

Benedikt fand es unheimlich lustig. Er erzählte sofort Detlef weiter, daß ich mit seiner Ex-Tanja einen Kochkurs mache. Detlef glaubte es nicht: »Tanja macht doch nur Tiefkühlkost in der Mikrowelle heiß.«

Hochzufrieden mit meiner Entscheidung legte ich den Hörer auf und erschrak fürchterlich, als das Telefon im gleichen Moment klingelte.

»Wir sind's. Lara-Joy und ich sind zurück aus den Scheiß-Wochenendhäusern.«

»Ja«, sagte ich, benommen von dem Schreck.

»Ich hatte den ganzen Tag keine Zeit, es ist dringend...«

Erst stockte mir der Atem, dann brachte ich es locker über die Lippen: »Mußt du wieder A-A?«

»Ja-ha.«

»Ohne mich!« Ich knallte den Hörer auf. Nein, ich wollte nicht mehr.

Das Telefon klingelte wieder.

»Allo«, sagte Lara-Joy. Keine Frage: Katharina schickte Lara-Joy vor, um mich umzustimmen. Lara-Joy war ein nettes Kind, aber Katharina war keine Freundin für mich. Ihre Interessen waren nicht meine Interessen. »Allo, Lara-Joy, sag deiner Mami, daß sie jetzt lernen muß, allein A-A zu machen.« Ganz ruhig, um das Kind nicht zu erschrecken, legte ich auf.

Sie riefen nicht mehr an.

»Herzlichen Glückwunsch«, sagte ich zu mir selbst.

39. Kapitel

Benedikt hatte versprochen, mich vom ersten Kochkurs abzuholen. Ich hatte Wert darauf gelegt: Falls außer mir nur Karrierefrauen wie Tanja in diesem Kurs waren, mußte ich beweisen, daß ich auch was zu bieten hatte. Ein Mann wie Benedikt ist besser als jede Karriere.

»Schulküche im Kellerraum 2« stand auf einem Blechschild am Eingang der Rothschild-Schule. Ich wartete vor dem Schild auf Tanja, kurz nach sieben kam sie und hatte es sehr eilig, in die Schulküche zu kommen. Sie öffnete die Tür zu Kellerraum 2, sah hinein und sagte: »Perfekt.«

Zuerst sah ich nur den großen Kellerraum. Quer zu den vier Kellerfenstern waren vier Kochzeilen installiert, mit je einem Herd, einer Spüle und vanillegelben Geschirrschränken mit Arbeitsplatten. Rechts hinter der Tür, am Kopfende zweier aneinandergeschobener Küchentische, saß eine Frau, etwa dreißig, dicklich, mit hellgelber Punkfrisur, sie hatte Papiere vor sich liegen, das mußte die Kochlehrerin sein. Neben ihr saß eine sehr zierliche Schwarzhaarige, sie sah aus wie eine Thailänderin. Die andern acht, die um den Tisch saßen, waren alles Männer!

Die Typen johlten dezent zu unserer Begrüßung. Tanja setzte sich ohne Zögern auf einen freien Stuhl zwischen sie. Ich quetschte mich in die hintere Ecke auf der andern Tischseite. Die Kochlehrerin sah auf eine Liste: »Zehn Teilnehmer, damit sind wir komplett.«

»Sonst keine Frauen?« fragte der Mann neben der Thailänderin. Er war deutlich älter als die andern, um die Fünfzig und ziemlich dick. Alle anderen Männer waren schlank und ungefähr dreißig.

»In Anfängerkursen sind eigentlich nur Männer«, sagte die Kochlehrerin. »Frauen können alle ein bißchen kochen und machen keine Anfängerkurse. Das ist eigentlich schade, denn in meinen Fortgeschrittenenkursen merke ich, daß bei vielen Frauen die Grundlagen fehlen. Männer sind eher bereit, Kochen von der Pike auf zu lernen – vielleicht gibt es deshalb mehr Spitzenköche als Spitzenköchinnen.«

»Genau«, sagte Tanja und lachte.
Die Kochlehrerin erklärte, wir müßten pro Kochabend jeweils noch sieben Mark bezahlen, davon würde sie jeweils für den nächsten Kursabend einkaufen. Außerdem müßten wir bis zehn Uhr die Schulküche verlassen haben, und das bedeute, daß wir bis zehn gegessen, gespült und aufgeräumt haben müßten.
Die drei Männer, die mir gegenübersaßen, schienen sich zu kennen, sie tuschelten miteinander. Alle drei sahen ganz nett aus.
»Soll das heißen, daß wir das Zeug, was wir kochen, essen müssen?« rief einer von den dreien, er trug ein Lacoste-Hemd. Allgemeines Gelächter.
»Selbstverständlich«, erklärte die Kochlehrerin streng. Und wir würden in mehreren Gruppen kochen, und jeder müßte probieren, was die andern gekocht haben.
»Ich eß nicht, was Winfried kocht«, kreischte der im Lacoste-Hemd zur Erheiterung seiner Freunde.
Die Kochlehrerin sagte, heute würden wir Eintopf kochen, weil Eintopf so einfach sei, und zwar Chili con Carne.
»Würg«, sagte das Lacoste-Hemd, und ich war soweit, daß ich auch lachen mußte.
»Ich dachte, hier kocht man deutsch«, sagte der neben der Thailänderin.
»Chili con Carne gibt es auch deutsch, dann heißt es Bohnen mit Fleisch. Und dazu macht ihr Knoblauchbaguette und Obstsalat.«
»Chili con Carne, Knoblauchbaguette und Obstsalat – ein raffiniertes Menü«, sagte einer, und wieder lachten alle.
»Im übrigen«, sagte die Kochlehrerin, »ich heiße Carola, und ich duze hier alle.«
»Ich bin Winfried«, sagte einer gegenüber. Winfried sah aus wie ein Sportler, groß, blonde Igelfrisur, und trug eine schicke Wildlederjacke.
»Und ich heiße Wolfgang«, sagte der neben ihm, der genauso schick angezogen war, aber rote Haare hatte.
»Ich bin der Arnulf«, sagte der Ältere neben der Thailänderin, »und sie heißt Sündüs, aber ihr könnt auch Suleika zu ihr sagen, sie versteht kaum Deutsch, meine Frau.« Er seufzte: »Sie ist eine

gute Frau, die Suleika, da gibt's nichts dran auszusetzen, sie ist auch willens, die deutsche Küche zu erlernen, nur ist sie leider Buddhistin. Die kann kein Rindfleisch kochen, kein Schweinefleisch, nix. Faßt sie nicht mal an. Aber ich brauch mein Fleisch, ich bau Isolierglasfenster ein. Seit ich geheiratet hab...«
»Halt«, rief Carola, »ich habe ein grauenhaftes Namensgedächtnis, ich kann mir überhaupt keine Namen merken.«
Also stellten sich die restlichen nicht mehr vor. Carola verteilte die auf Umweltpapier kopierten Rezepte und las vor:

»Chili con Carne für vier Personen:
400 Gramm Zwiebeln in Ringe schneiden.
1 Eßlöffel Öl in einem Topf erhitzen (größte Hitzestufe beim Herd einstellen). Die Zwiebelringe darin 10 Minuten andünsten (mittlere Hitze).
500 Gramm gemischtes Hackfleisch – halb Rinderhack, halb Schweinehack – dazugeben und 10 Minuten anbraten (größte Hitze). Dabei das Hackfleisch mit dem Kochlöffel fein zerkrümeln. Eine kleine Dose Tomatensaft dazugeben und etwas einkochen lassen (auf kleinster Hitzestufe).
Eine große Dose braune Bohnen mit der Hälfte der Flüssigkeit dazugeben und zwei Zehen feingehackten Knoblauch mitkochen lassen.
Mit Salz, schwarzem Pfeffer, weißem Pfeffer, Cayennepfeffer, Tabasco, Essig, Paprika, Chilipulver scharf abschmecken. In einer Schüssel anrichten. Zwei Tomaten in Scheiben und zwei Zwiebeln in Ringe schneiden und zum Garnieren obendrauf legen.«

»Alles klar?«
»Mein Arzt hat mir verboten, Zwiebeln zu schneiden, weil ich da weinen muß«, sagte der im Lacoste-Hemd.
»Wer weiß, wie man Zwiebeln schneidet?« fragte Carola.
»Ich kenne eine, die macht es nur mit Taucherbrille«, sagte das Lacoste-Hemd.
»Erstens müßt ihr euch merken«, sagte Carola, »je schärfer das Messer, desto weniger wird die Zwiebel beim Schneiden ge-

quetscht, desto weniger Saft tritt aus, desto weniger muß man heulen. Kapiert?«

Ja, das hatte ich kapiert.

Carola holte aus einer Tüte eine Zwiebel, legte sie auf ein Brettchen, schnitt die Wurzel mit den borstigen Haaren ab. Von dieser Schnittkante aus pellte sie die braune Haut ab, bis zum Strunk. »Und was machen wir damit?« Sie zeigte auf den Strunk.

»Den eß ich am allerliebsten«, sagte einer albern.

»Den schneiden wir auch weg«, sagte Wolfgang ernsthaft.

»Mit einem ganz scharfen Messer«, sagte das Lacoste-Hemd.

»Den Strunk lassen wir dran, denn am Strunk können wir die Zwiebel anfassen.« Sie halbierte die Zwiebel samt Strunk der Länge nach. »Und jetzt?«

Wir blickten auf die halbe Zwiebel, die nun mit der Schnittfläche auf dem Brettchen lag, und wußten keine Antwort.

»Jetzt schneiden wir sie der Länge nach in Scheiben. Aber wir schneiden nur bis kurz unter den Strunk, damit die Scheiben nicht auseinanderfallen und damit wir die Zwiebel immer am Strunk festhalten können.« Zack, zack, zack, schnitt sie. Dann schnitt sie zack, zack, zack die Zwiebelhälfte der Breite nach in Scheiben. »Und was haben wir jetzt?«

»Zwiebelkrümel«, sagte das Lacoste-Hemd.

»Gewürfelte Zwiebel nennt man das.«

»Sehr hübsch«, sagte das Lacoste-Hemd, »nur brauchen wir für das Rezept keine Zwiebelwürfel, sondern Zwiebelringe.«

»Ich wollte mal Zwiebeln in Ringe schneiden, aber es wurden nur gebogene Schnipsel«, sagte ein Mann, den ich nicht sehen konnte, weil er am anderen Ende meiner Tischseite saß.

Carola lachte: »Drei Dinge sind zu beachten, wenn man Zwiebelringe haben will. Erstens: Die Zwiebel darf nicht halbiert werden. Zweitens: Damit die runde Zwiebel beim Schneiden nicht wegrutscht, schneidet man sie seitlich etwas an. Nun hat unsere Zwiebel eine Standfläche.« Sie legte unsere Zwiebel auf der Standfläche aufs Brettchen. »Drittens: Man schneidet die Scheiben parallel zur Wurzel.« Zack, zack, zack. Sie nahm eine Zwiebelscheibe, drückte sie mit den Fingern auseinander, sie zerfiel in Zwiebelringe.

»Zwiebelringe in allen Größen!« rief der, dem nie Zwiebelringe geglückt waren. »Wahnsinn!«
Unter allgemeinem Gelächter lasen wir das Rezept für Knoblauchbaguette.

»Ein Baguettebrot in Scheiben schneiden.
200 Gramm Butter so lange rühren, bis sie schaumig wird.
2–3 zerdrückte Knoblauchzehen unter die schaumige Butter rühren, salzen und auf die Brotscheiben streichen.
100 Gramm geriebenen Käse auf die Scheiben streuen.
Die Scheiben wieder zum ganzen Brot zusammensetzen, das Brot in Alufolie wickeln. Im vorgeheizten Backofen auf mittlerer Schiene bei 200 Grad 15 Minuten backen.«

Niemand hatte dazu Fragen. »Also, teilt euch in Gruppen auf.«
»Wir wollen zusammen kochen«, riefen Winfried und Wolfgang und rannten zu einer Kochzeile.
Arnulf, der Ehemann der Buddhistin, maulte: »Da ist ja Rinderhack drin und Schweinehack, das macht die Suleika nicht. Dabei soll sie hier endlich lernen, anständiges Fleisch zu machen.«
»Dann machst du das Chili con Carne mit den beiden da«, sagte Carola und zeigte zum Herd, an dem Winfried und Wolfgang standen, »und sie macht Obstsalat und Knoblauchbrot.«
»Ich mache auch Knoblauchbrot«, rief das Lacoste-Hemd und lächelte Suleika an.
»Man muß ihr alles erklären«, sagte der Ehemann mißtrauisch. »Sie kann fast kein Deutsch.«
»Ich kann Pantomime«, sagte das Lacoste-Hemd, machte Bewegungen, als würde er einen Regenschirm öffnen, und führte Suleika unter dem pantomimischen Regenschirm zum Herd.
Ihr Ehemann sagte sauer: »Ich mach mir nichts aus Obstsalat.«
»Du machst mit den beiden dort Chili!« befahl Carola.
Tanja stand bereits, von zwei Männern flankiert, an der hinteren Kochzeile.
Etwas hilflos sah ich mich um. Am Tisch saß noch ein Mann, er hob den Kopf und fragte: »Hast du schon eine Gruppe?«
»Nein.« Ich hatte das Nein nicht ganz ausgesprochen, da wurde

ich knallrot. Vorher hatte ich diesen Mann nicht gesehen, aber jetzt sah ich ihn direkt von vorn. Er hatte so eine Art Frisur mit einem dunkelbraunen, linealgeraden Pony bis zur halben Stirnhöhe. So ein Pony, mit dem sogar Albert Einstein nicht intelligenter als Frankensteins Monster aussehen würde. Das Schlimmste aber waren seine Augenbrauen. Eigentlich hatte er nur eine Augenbraue. Noch nie hatte ich jemand gesehen, dessen Augenbrauen so total zusammengewachsen waren, seine Augenbraue war über der Nase sogar breiter als außen. Und dann seine Bärte: Über der Lippe seltsame Borsten wie ein abrasierter und nachgewachsener Hitler-Bart, seitlich längere Flusen, wie aus einem Flokatiteppich rausgerissen und ins Gesicht geklebt, am Kinn entlang von Ohr zu Ohr eine Bartfransenkante.

Er stand auf, er war schlank, mittelgroß, wirkte aber völlig ungelenk, weil sein scheußliches braunes Hemd zu eng war, seine gräßlichen, grünlichen Jeans zu weit. Wenn man ihn länger ansah, bekam man Angst, seine Häßlichkeit könnte ansteckend sein. Er sah aus wie Frankensteins Enkel.

»Rufus heiße ich«, sagte er.

Rufus! Auch das noch! Und an seiner Stimme erkannte ich: Das war der Typ, der nicht mal gewußt hatte, wie man Zwiebelringe macht! Ich murmelte meinen Namen, sah dabei auf den Boden, um ihn nicht ansehen zu müssen, und sagte: »Ich frag mal, wo wir mitkochen sollen.«

Ich ging zu Carola. »Wir sind übrig, in welche Gruppe sollen wir?«

»Ihr beiden macht zusammen Chili con Carne, da drüben.« Carola zeigte auf die letzte freie Kochzeile und ging zu den andern, die lachend Zwiebeln schnitten.

Frustriert folgte ich Rufus an die Kochzeile. Ich haßte mich dafür, daß ich wieder mal abgewartet hatte, während andere ihre Wünsche herausbrüllten oder wie Tanja selbst entschieden, mit wem sie kochten. Für mich war übriggeblieben, was kein andererer wollte. Sicher, ich war nur hergekommen, um kochen zu lernen, aber mußte es ausgerechnet in der Gesellschaft von Frankensteins Enkel sein?! Ich war so frustriert, daß ich dachte, die Tränen in meinen Augen kämen nicht vom Zwiebelschneiden.

»Alle herhören«, rief Carola, »Zwiebeln werden nur glasig, wenn man sie in wenig Fett auf mittlerer Temperatur anbrät! Wenn ihr zuviel Fett nehmt, werden sie matschig.«
»Ach deshalb«, sagte einer aus Tanjas Gruppe.
Wir waren gewarnt. Wir erhitzten exakt einen Eßlöffel Öl auf mittlerer Temperatur. Rufus rührte. »Willst du auch mal rühren?« fragte er nach einer Weile.
»Ja.«
Von den andern Kochzeilen tönte Lachen und Geschrei: »Zwei Zehen Knoblauch, nicht zwei Knollen!« »Viel zu wenig Tabasco!«, »Hilfe, unser Fleisch brennt an!« Dann zischte Wasser in eine Pfanne.
»Alle herhören«, rief Carola, »wenn ihr Hackfleisch anbratet und Wasser dazukippt, damit es nicht anbrennt, dann brät es gar nicht, sondern bleibt blaß und matschig. Also, kein Wasser rein, nur wild umrühren.«
»Warum sagst du das nicht vorher?« rief Tanja.
»Weil man durch Erfahrung mehr lernt.«
»So ein Quatsch«, sagte Tanja, »jetzt haben wir matschige Zwiebeln und matschiges Fleisch.«
Ich rührte das Hackfleisch, bis mir der Arm weh tat.
Dann rührte Frankensteins Enkel. »Sieh mal, da hängt ein Zwiebelring am Kochlöffel!« rief er plötzlich. Tatsächlich, da hing ein kleiner Zwiebelring am Stiel über der breiten Kelle des Kochlöffels. Rufus konnte es kaum fassen: »Wie ist das möglich? Wie ist er da rübergekommen? Der Zwiebelring ist doch viel kleiner als die Kelle vom Kochlöffel!« Er betrachtete den Zwiebelring verzückt, als wäre er der Heiligenschein eines Engels, der in unserem Chili con Carne notgelandet war. Der Zwiebelring gab ihm viele Rätsel auf: Hatte einer von uns mit dem Kochlöffel den Zwiebelring zufällig so erwischt, daß er wie ein Gummiring über die breite Kelle gerutscht und am Stiel wieder zu seiner ursprünglichen Größe geschrumpft war? Oder war er als roher Zwiebelring bedeutend größer gewesen, war leicht über die Kelle geglitten und erst im Lauf des Bratprozesses zusammengeschrumpft? Mit vorsichtigen Fingern versuchte Frankensteins Enkel den Ring über die Kelle zurückzuschieben. Es ging nicht.

»Reiß ihn ab«, sagte ich. Wenn wir nicht weiterrührten, würde das Hackfleisch anbrennen.
»Diesen perfekten Zwiebelring zerstören? Niemals!« Er drehte den Kochlöffel um und ließ den Ring am Stiel entlang in die Pfanne zurückrutschen.
Das war eine kreative Lösung, die ich ihm nicht zugetraut hätte. Und einen Moment lang war ich gerührt. Was dieser Mann liebt, das liebt er wirklich, dachte ich. Dann sah ich wieder seine Augenbraue, die wie ein Zensurbalken sein Gesicht durchzog, und seine Bärte, und drehte mich weg.
Kurz vor neun standen drei Schüsseln Chili con Carne auf dem Tisch. Das Knoblauchbrot war nicht fertig, weil das Lacoste-Hemd vergessen hatte, den Backofen anzuschalten. Also probierten wir zuerst das Chili von Winfried, Wolfgang und Arnulf. Beim ersten Bissen schmeckte es nicht besonders. Beim zweiten war es unerträglich scharf.
»Wieviel Tabasco habt ihr reingetan?«
Arnulf sagte, er hätte nur ein Drittel Fläschchen reingetan, weil er sich gedacht hätte, das Fläschchen solle für drei Gruppen reichen.
»Drei Tropfen Tabasco hätten genügt«, sagte Carola.
»Wir haben gar kein Tabasco reingetan, weil wir die Flasche nicht gefunden haben«, sagte ein großer Schwarzhaariger aus Tanjas Gruppe.
Man beschloß, die beiden Chili con Carne zu mischen. Zusammengerührt war es immer noch zu scharf, obwohl das Chili von Tanjas Gruppe zu wenig gewürzt und matschig war.
Zum Trost war das Knoblauchbrot fertig und schmeckte köstlich. Das Lacoste-Hemd tat, als hätte er damit die Meisterprüfung als Koch bestanden. Es sei ein Wunder, daß Butter allein durch Rühren schaumig wird. Und er hätte die Butter schaumig geschlagen, weil man dadurch weniger Butter verbraucht, und dadurch würde das Brot nicht so fettig, sondern knuspriger.
»Du hast die Butter nur aus einem Grund schaumig geschlagen«, sagte Winfried, »weil es im Rezept stand.«
Dann war unser Chili con Carne an der Reihe. »Optisch sieht es schon mal am besten aus«, wurden wir gelobt. Ich hatte die To-

matenscheiben und Zwiebelringe am schönsten auf der Schüssel dekoriert. Und alle fanden auch, daß unser Chili am besten schmeckte, mit Abstand! Nie hätte ich gedacht, daß ich so stolz sein könnte auf einen selbstgemachten Bohneneintopf!
Suleikas Obstsalat sah leicht angegammelt aus, die Bananenscheiben und die Apfelscheiben waren bräunlich angelaufen.
»Obstsalat wird nicht braun, wenn man ihn mit einem Fingerhut Zitronensaft anmacht«, erklärte Carola.
»Das mußt du dir merken«, sagte Arnulf zu Suleika.
»Ich wissen«, sagte Suleika, »aber nix Zitrone.«
»Richtig«, sagte Carola, »ich hab die Zitrone vergessen. Aber das macht nichts, wäre der Obstsalat in Ordnung gewesen, hättet ihr nicht gemerkt, was man dabei falsch machen kann.«
»Du scheinst großen Wert darauf zu legen, daß wir Fehler machen«, sagte Tanja leicht giftig.
»Ich habe mal Erziehungswissenschaften studiert«, sagte Carola, »und ich habe keine Lust, hier autoritäre Strukturen einzubringen.«
»Das kann ja heiter werden«, seufzte der große Schwarzhaarige.
Nach dem Essen erklärte der andere Mann aus Tanjas Gruppe, ein etwas älterer, vielleicht Fünfunddreißigjähriger mit ziemlich langen, aber schütteren blonden Haaren, er könne nicht mehr beim Geschirrspülen und Aufräumen helfen, er müsse jetzt gehen, er sei alleinerziehender Vater und müsse seine Tochter um zehn bei einer Schulfreundin abholen. So gelang es mir, wenigstens beim Geschirrabtrocknen in Tanjas Gruppe zu kommen.
Tanja flüsterte mir zu: »War eine tolle Idee, mit dem Kochkurs für Anfänger. Hättest du gedacht, daß hier so viele Männer sind?«
»Nein.«
»Ich hab mir's gedacht. Wie Carola gesagt hat: Frauen glauben, sie könnten von Geburt an kochen. Und außerdem glauben die meisten, alles, was als frauentypisches Können gilt, sei so einfach, daß man es nicht zu lernen braucht. Deshalb war mir ziemlich klar, daß wir hier auf diverse Männer stoßen würden. Und gegen einen Mann, der kochen kann, ist nichts einzuwenden.«

»Ich dachte, du willst selbst kochen lernen?«
»Es ist erlaubt, das Nützliche mit dem Angenehmen zu verbinden.«
Glaubte sie wirklich, einer dieser Männer wäre ein Mann für sie?
»Hast du gesehen, wie der Typ aussieht, mit dem ich gekocht habe?«
»Irgendeinen Fehler hat natürlich jeder«, sagte Tanja cool.
Als hätte er mitgehört, kam Rufus zu uns. »Geht ihr mit in die nächste Kneipe? Wir wollen alle noch ein Bier trinken.«
»Danke, ich werde abgeholt«, sagte ich.
»Danke, ich gehe mit«, sagte Tanja.
Als wir kurz nach zehn aus der Schule kamen, lehnte Benedikt direkt vor dem Eingang der Schule an seinem kaviarschwarzen BMW-Cabrio der Sonderklasse.
Ich fühlte mich wie ein glückliches Schulkind. Davon hatte ich in der Schulzeit immer geträumt, als andere schon Freunde hatten, die sie abholten. Wer abgeholt wird, ist was Besseres. Spät war dieser Traum für mich wahr geworden, dafür um so schöner. Keiner der Bubis damals hatte einen so tollen Wagen besessen. Und wie ehrfurchtsvoll die Männer aus dem Kochkurs den BMW taxierten!
»Tschüs«, sagte ich lachend und stieg ein. Ich küßte Benedikt: »Am Sonntag mach ich für uns alle Chili con Carne.«

40. Kapitel

Nora war von meinem Vorschlag, daß ich am Sonntag kochen würde, durchaus angetan. Sie tat, als hätte ich mich bisher in keiner Weise an der Hausarbeit beteiligt. Mercedes würde ebenfalls mit uns mittagessen.
Schon früh am Sonntag morgen begann ich mit dem Zwiebelschneiden. Ich war so aufgeregt, aber wie durch ein Wunder klappte alles perfekt. Rechtzeitig erfüllte der köstliche Geruch des Knoblauchbrots die Küche. Und der Obstsalat stand mit zitronebeträufelten, strahlend weißen Apfelschnitzen und makel-

losen Bananenscheibchen im Kühlschrank. Ich hatte ihn mit Walnußhälften und Apfelsinenschnitzen sehr dekorativ in Dessertschälchen arrangiert.
Nur Mercedes kam eine halbe Stunde zu spät. »Meinem Herzallerliebsten fiel der Abschied so schwer«, sagte sie und klapperte mit ihren metallicblauen Lidern, »er wollte nicht aus dem Bett.«
Sie trug einen Hosenanzug, türkisgrün mit Goldfäden durchwirkt und einem plastischen Rosenmuster. Am Hintern war er zu eng, und vorn hatte er ein Dutzend Perlenknöpfchen. Und damit wollte sie Chili con Carne essen! Selbstverständlich sei der Anzug aus einer Nobelboutique und nicht reduziert gewesen. »Ratet mal, womit ich ihn bezahlt habe?« sagte Mercedes und drehte an einem Perlenknöpfchen.
Ich dachte, sie würde sagen ›mit einem Küßchen‹, aber es kam noch schlimmer...
»Mit seiner Goldenen Kreditkarte«.
»Wie schön, Kind« sagte Nora.
»Weil er gestern keine Zeit für mich hatte, hat er mir am Morgen seine Goldene Kreditkarte auf mein Kopfkissen gelegt. Ich soll mir einen schönen Tag in den Boutiquen machen. Und weil Strafe sein muß, habe ich ordentlich zugeschlagen.«
»Bei deinem exquisiten Geschmack wußte er, daß das teuer wird«, assistierte Nora.
Madame Mercedes hatte nicht nur den Hosenanzug gekauft, auch ein Top aus dem gleichen Stoff und ein mit gleichem Stoff bezogenes Handtäschchen. »Bei mir muß eben alles zusammenpassen«, sagte sie und sah mich mitleidig an, als würde mein blauer Rollkragenpulli nicht zu meinen Jeans passen.
Ich sagte nur »wunderschön« und trug mein Chili con Carne auf.
Nora zeigte mit offenem Mund auf die Schüssel, auf die sorgfältig arrangierten Zwiebelringe und Tomatenscheiben und rief: »Sind das unsere Tomaten?«
»Nein, die kommen aus Spanien.«
Hätte ich gesagt, die Tomaten seien vom Mars gekommen, um hier um politisches Asyl nachzusuchen, Nora hätte nicht fas-

sungsloser auf diese Tomaten zeigen können. In ihrer Stimme waren Tränen, als sie rief: »Hast du das gehört, Benedikt! Und wir haben in der Speisekammer eingemachte Tomaten! Und das alles von deinem Geld!«
»Das wird Viola eben nicht gewußt haben«, sagte Benedikt.
»Die spanischen soll man sowieso nicht kaufen«, sagte Mercedes, »die schmecken nicht. Mein Herzallerliebster hat neulich in einem Restaurant einen Salat aus spanischen Tomaten zurückgehen lassen.« Gnädigerweise probierte sie dann aber doch. Und es schien ihr zu schmecken. Jedenfalls spuckte sie die Tomaten nicht sofort wieder aus. »Und wie wird das gemacht?« fragte sie.
Ich holte mein Rezept aus der Küche und las es vor. Ich stockte, als ich las: »Eine kleine Dose Tomatensaft dazugeben«, aber es war zu spät.
»Hast du das gehört, Benedikt? Sie hat Tomatensaft gekauft! Und das alles...«
»Ich hab das Essen von meinem Geld gekauft«, sagte ich vor Wut tomatenrot.
»Na und?« sagte Benedikt, »schmeckt doch toll!«
»Bei dieser Verschwendung ist es ja kein Wunder, daß ich die Miete stunden muß«, sagte Mercedes. »Besteht überhaupt die Chance, daß ich irgendwann mein Geld bekomme?«
Benedikt sagte: »Reg dich ab, ich gebe dir einen Scheck.«
»Ach, so geht das«, sagte Mercedes.
Ich ging in die Küche, nahm den Obstsalat aus dem Kühlschrank und schüttete ihn ins Klo. Ich wollte mir nicht noch mal anhören, wie ich Benedikts Geld verschwende. Ich holte aus der Speisekammer eines der uralten Einmachgläser mit zerfallenen Pflaumen und verteilte sie auf die Dessertschälchen.
Nora stutzte. Sie hatte vorher in der Küche den Obstsalat gesehen. Aber sie sagte nichts. Nicht mal, daß Benedikt dieses Pflaumenkompott schon als Kind so gerne gegessen hätte.
Ich räumte den Tisch nicht ab. Ich ging rauf in mein Zimmer, ohne ein Wort zu sagen. Kurz darauf kam Benedikt.
»Ich muß mit dir reden«, sagte ich ruhig, aber nur mühsam beherrscht.

»Red mit mir«, lachte Benedikt.
Aber mir war nicht zum Lachen zumute. »Mercedes hat so getan, als würdest du alles für mich zahlen, dabei ist es gar nicht wahr.«
»Natürlich ist es nicht wahr.«
»Trotzdem tut sie so, als ob du mich aushältst. Und deine Mutter auch. Warum hast du nicht gesagt, daß ich das Essen von meinem Geld bezahlt habe?«
»Du hast es ihnen doch selbst gesagt.«
»Ich hab mir solche Mühe mit dem Essen gegeben, und die mekkern nur dran rum!«
»Ich habe gesagt, daß es mir toll schmeckt.«
»Aber nicht deutlich genug!«
»Jeder hat es gehört!«
»Es geht ja nicht nur um das Chili con Carne.«
»Dann sag mir bitte, was du eigentlich von mir willst, Viola!«
»Wenn wir verheiratet wären, wären sie nicht so.«
»Sondern wie?«
Verzweifelt, weil ich merkte, daß ich anfing zu weinen, sagte ich: »Heirate mich oder...«
»Oder was? Ich heirate doch nicht, nur damit meine Schwester sagt, daß ihr dein Chili con Carne schmeckt!« Er knallte die Tür zu, ich hörte ihn die Treppe runterrennen und wegfahren. Unser erster Krach.
Heulend warf ich mich aufs Bett. Heirate mich oder...
Oder was?
Oder ich verlasse dich. Dann muß ich zurück zu meinem Vater. Ohne Job. Nein.
Oder ich liebe dich nicht mehr. Aber ich liebe dich. Nein.

Zwei Stunden später kam Benedikt ganz leise ins Zimmer. »Herzchen, ich halte es nicht aus, daß wir uns so streiten müssen. Wegen einem Bohneneintopf! Muß das sein? Können wir das Thema nicht einfach vergessen? Es ist so lächerlich.«
»Ja«, schluchzte ich und trocknete meine Tränen. »Ja. Ich mach's nie wieder. Nie wieder Chili con Carne.«

41. Kapitel

Meine Hoffnung, auf der Bank Tanja zu treffen, wurde erfüllt.
»Wie war's am Freitag in der Kneipe?«
»Nett. Der große Dunkle, mit dem ich gekocht habe, ist Journalist. Michael heißt er. Und Rufus war dabei. Die beiden kennen sich schon länger. Und die Dreier-Clique war dabei, die haben alle ähnliche Namen: Winfried, Wolfgang und Wolfram. Wolfram ist der, der soviel Witzchen macht. Und alle drei sind Apotheker.«
»Apotheker? Wieso lernen die kochen?«
»Wahrscheinlich, weil sie es nicht können. Außerdem habe ich den Verdacht, daß sie schwul sind. Hoffentlich nicht alle. Dann wär's ein Fehler gewesen, in einen Kochkurs für Anfänger zu gehen. Wenigstens war Wolfram schon mal verheiratet.«
»Schwule Apotheker?«
»Ein schwuler Apotheker ist mir lieber als ein schwuler Modedesigner. Ein schwuler Apotheker ist durch seine Berufsehre verpflichtet, mir nicht zu schaden – bei den meisten Kreationen, die all diese schwulen Modedesigner für Frauen entwerfen, vermute ich das Gegenteil. Ich find's nur blöd, daß man zwar direkt fragen darf, was einer beruflich macht, aber nicht fragen darf, ob einer heterosexuell ist. Das wirkt zudringlich. Dabei wär's so praktisch: Stell dir vor, du verliebst dich in einen Schwulen – ineffektiver kann man seine Gefühle nicht investieren.«
»Frankensteins Enkel Rufus, ist der auch schwul?«
»Möglich. Du mußt am Freitag aufpassen, wer schwul sein könnte.«
»Woran soll ich das erkennen? In einem Kochkurs?« – Wenn nicht mal Tanja das merkte – sie hat doch ständig Publikumsverkehr.
»Tja«, sagte Tanja, »das ist ein Problem.« Dann sagte sie unvermittelt: »Und du brauchst Geld.«
»Woher weißt du das?« Ich war etwas verlegen, aber auch froh, daß man mit Tanja über alles so offen reden konnte. »Ich brauch einen Job, vorübergehend, bis es bei meinem Onkel klappt.«
»Was kannst du außer Innenarchitektin? Tippen? Taxifahren?«
Ich schüttelte nur den Kopf.

»Du mußt dich überall umhören. Vielleicht kannst du bei einem der Apotheker aushilfsweise arbeiten.«

»Als was denn?«

»Das weiß ich nicht.« Tanja lachte. »Ich weiß nur, daß du Geld brauchst. Alle Leute, die zu mir kommen, brauchen Geld. Wieviel brauchst du?«

Mehr, als ich hatte. Auf meinem Konto waren 305 Mark. Als ich Tanja erzählte, daß ich allein an Benedikts Schwester Mercedes 350 Mark Miete zahlen muß, sagte sie mitfühlend: »Das ist happig.«

»Dabei hat sie einen guten Job und braucht fast kein Geld, weil ihr Freund alles bezahlt. Er legt ihr seine Goldene Kreditkarte aufs Kopfkissen, und sie kauft sich hemmungslos Klamotten mit seiner Kreditkarte.«

»Wie schön«, sagte Tanja. »Und warum glaubst du das?«

»Er erfüllt ihr jeden Wunsch, damit sie ihm treu bleibt, obwohl er verheiratet ist und sich nicht scheiden lassen kann, weil er eine kranke Frau hat.«

»Wie schön«. Tanja öffnete eine Schublade und holte ein Formular raus. »Bring dieser Schwester einen Kreditkartenvertrag mit, sie soll bitte das Kleingedruckte lesen.«

»Was steht da?«

»Männer haben Kreditkarten erfunden, um ihr Geld zu schützen. Sie haben sie nicht erfunden, damit andere ihr Geld ausgeben können.«

»Letzte Woche habe ich im Fernsehen einen Film gesehen, da gab ein Manager einer schönen Nutte seine Kreditkarte, und damit hat sie in der teuersten Boutique ein Vermögen ausgegeben.«

»Und ich hab mal einen Film gesehen, da ist ein zwanzig Meter großer Affe das Empire State Building hochgeklettert.«

»Was hat das damit zu tun?«

»Das war auch ein modernes Märchen. Und dieses Märchen vom Prinzen, der seine Goldene Kreditkarte dem armen, schönen Mädchen schenkt, ist ein Märchen für Frauen, die Männer nur aus Hollywood-Schnulzen kennen. Im wirklichen Leben darf mit einer Kreditkarte nur der bezahlen, dessen Name draufsteht. Und sonst keiner. Jeder andere macht sich massiv strafbar. Das ist Urkundenfälschung, Betrug, und das bedeutet Knast.« Tanja zeigte auf einen Paragraphen auf dem Kreditkartenformular: »Hier steht's: ›Bei mißbräuchlichem Einsatz ist Anzeige bei der Polizei zu erstatten.‹ – Da braucht dich der kreditkartenverleihende Herr gar nicht selbst anzuzeigen, das übernehmen die, bei denen du mit der im Bett gefundenen Karte zahlen willst.«

»Aber ich bin sicher, daß ich erst neulich in einer Illustrierten Tips von einem ganz seriösen Finanzexperten gelesen habe, und der schrieb, wenn Männer in Scheidung leben oder mit ihrer Freundin Krach haben, sollten sie ihre Kreditkarte wie ihren Augapfel hüten, es könnte ihr Ruin sein, wenn der Frau die Karte in die Hände fällt.«

»Männer, die so was schreiben, schreiben sich nur ihre Ängste um ihr Geld vom Herzen.«

»Aber überall steht es.«

»Das schreibt ein Mann vom andern ab. Keiner dieser Männer hat je seine Kreditkarte einer Frau gegeben, deshalb wissen sie gar nicht, daß es nicht geht.«

»Aber Mercedes, also Benedikts Schwester...«

»...was glaubst du, wie viele Frauen mir schon dieses Märchen erzählt haben? Es gibt nur eine Möglichkeit: Wenn sie seine Geheimnummer weiß, kann sie am Automaten mit seiner Karte Geld abheben. Hat sie auch erzählt, daß er ihr zärtlich seine Geheimnummer ins Ohr geflüstert hat?«

»Nein.«

»Ja, das erzählt auch keine. Und warum erzählt nie eine, ihr großzügiger Prinz hätte ihr solide Hundertmarkscheine in die Hand gedrückt?«

»Ich weiß nicht.«

»Also, wenn du an sein Geld ran willst, vergiß die Kreditkarte, nimm Bargeld. Klau sein Sparschwein, da mußt du nicht unterschreiben, daß du es warst, die's geklaut hat. Und selbst wenn er's beweisen kann, daß du es warst, muß er dich noch selbst anzeigen, und davor schrecken manche doch zurück.«

»Ich will nicht an Benedikts Geld ran.«

»Sag ich nur zu deiner Information. Kundenberatung.«

»Du meinst, ich soll nicht glauben, was seine Schwester erzählt?«
»Was nicht wahr ist, soll man nie glauben. Frauen, die solche Märchen erzählen, lügen aus Neid, weil sie glauben, andere Frauen bekämen was geschenkt.«
»Es wird einem nichts geschenkt im Leben«, sagte ich.
»Schon gar nicht von den Männern«, sagte Tanja.
Trotzdem konnte ich es nicht ganz glauben. Erzählte Madame Mercedes Märchen?

42. Kapitel

Heute würden wir Gemüse, Fleischbällchen und Fisch dünsten, erklärte Carola. Dünsten sei Garen im eigenen Saft mit wenig Fett oder wenig Flüssigkeit, und der Deckel bleibt dabei auf dem Topf. Und dünsten sei sehr vorteilhaft für die Ernährung, weil die Mineralstoffe nicht wie beim Kochen mit dem Kochwasser weggekippt werden.
Ehe Gemüse gedünstet wird, muß es gewaschen, geputzt und noch mal gewaschen werden, weil es beim Putzen schmutzig wird. Wir folgten Carola zu einer Spüle und sahen zu, wie sie ein Rosenkohlröschen in kaltem Wasser abspülte und welke Blättchen abzupfte. »Es ist eine Kunst, Rosenkohl so zu kochen, daß er außen nicht zerfällt und innen trotzdem weich wird. Deshalb wenden wir einen Trick an...«, sie schnitt unten in den Strunk des Röschens ein Kreuz. »So wird das dicke Ende genauso schnell weich wie die zarten Blätter.«
»Ich habe gelesen, man soll die Rosenkohlblätter Blatt für Blatt abzupfen«, sagte Wolfgang, der Rothaarige aus der Dreier-Clique.
»Das machen nur Wahnsinnige und Pedanten«, sagte Carola.
»Dann wird es Wolfgang machen«, kreischte Wolfram, der heute kein Lacoste-Hemd trug.
Wolfgang sagte, für Wolfram würde er nicht mal Kreuze in den Rosenkohl schneiden. Wolfram guckte beleidigt.

Carola hatte auch einen Blumenkohl mitgebracht. »Im Blumenkohl sind immer Würmer und Raupen, deshalb legt man ihn zuerst mit dem Strunk nach oben eine Stunde in kaltes Salzwasser, dann fallen die Würmer und Raupen auf den Topfboden, und man kann sie abgießen. Aber im Kurs haben wir nicht soviel Zeit.«
»Sollen wir sie etwa mitessen?«
»Würmer und Raupen sind gekocht relativ geschmacksneutral.«
»Würg«, schrie Wolfram.
Carola drückte Wolfram den Blumenkohl in die Hand. »Dann zerteilst du eben den Blumenkohl und siehst ihn Stück für Stück nach Würmern durch.«
»Das mach ich nicht!«
»Gib her«, sagte Wolfgang. Wolfram warf ihm den Blumenkohl zu, grinste: »Dann kann ich ja in den Hof gehen, eine rauchen. Ruft mich, wenn's Essen fertig ist.«
»Was soll ich machen?« wollte Arnulf, der Mann der Thailänderin, von Carola wissen.
»Du machst die Fleischbällchen, das ist wieder Rinderfleisch und Schweinefleisch, und deine Frau macht Apfelmus aus gedünsteten Äpfeln mit Schlagsahne.«
»Ich mach mir nichts aus Apfelmus«, protestierte Arnulf.
»Willst du lieber Fisch machen?«
»Igitt«, rief Arnulf und ging zu Tanja, die gleich erklärt hatte, sie und der große Dunkelhaarige, der Journalist Michael, wollten Fleischbällchen machen.
»Also, wer macht Fisch?« fragte Carola. »Es gibt Schollenfilets. Scholle ist sehr lecker und außerdem die ideale Schonkost.«
Vor meinem geistigen Auge erschien auf der Küchenwand eine Schrift, wie an der Wand des Palastes von König Nebukadnezar eine Schrift erschienen war –
ICH KANN SCHONKOST ZUBEREITEN – 15 PUNKTE…
»Ich mach den Fisch«, sagte ich unwillkürlich.
»Ich auch«, hörte ich Frankensteins Enkel hinter mir. Wenigstens machte noch Winfried, der mit der Igelfrisur, bei uns mit. Gemeinsam lasen wir das Rezept.

Oben auf dem Blatt stand: »Bei der Zubereitung von Fisch immer die 3-S-Regel anwenden: Säubern, Säuern, Salzen.«

Gedünsteter Fisch auf Gemüsesockel für vier Personen
800 Gramm Fischfilets von Gräten säubern. Auf einen flachen Teller legen und in einer Mischung aus 1 Teelöffel Salz und 3 Eßlöffeln Essig 20 Minuten säuern.
In der Zwischenzeit 750 Gramm Suppengemüse (Lauch, Karotten, Sellerie) waschen, putzen, waschen und kleinschneiden.
1 Eßlöffel Schweineschmalz im Topf erhitzen (größte Hitzestufe).
100 Gramm geräucherten Speck darin auslassen und das Gemüse dazugeben. Mit einem halben Teelöffel Salz würzen und 1/8 Liter Wasser darübergießen. Mit geschlossenem Deckel 15 Minuten dünsten (kleine Hitze). Dann den Fisch auf das Gemüse legen und 15 Minuten bei offenem Deckel garen lassen (kleine Hitze).

Frankensteins Enkel tastete die Fischfilets nach Gräten ab. An den Rändern saßen sie so fest, daß sie mit den Fingern nicht rauszuziehen waren. »Eine Pinzette müßte man haben«, sagte Winfried, der teilnehmend zusah und ansonsten keinen Finger rührte. Zur Ausstattung dieser Küche gehörte keine Pinzette, Rufus mußte die Gräten mit dem Messer raussäbeln. Danach sahen die Filets ziemlich zerfranst aus.
Ich wusch, putzte und wusch eine Karotte und eine Stange Lauch, dann schnitt ich alles in gleichbreite Rädchen.
»Weiß jemand, wie man Speck ausläßt?« fragte Rufus.
»Man wirft ihn einfach ins heiße Fett und wartet, bis die weißen Fettstellen glasig sind«, erklärte Wolfgang vom Herd nebenan.
Weil ich sonst nichts zu tun hatte, ging ich zu Tanja. Es sah nicht besonders appetitlich aus, wie sie eine gräuliche Hackfleischbrötchenmasse zu Bällchen zusammenzupatschen versuchte.
»Weißt du schon, wer schwul ist?« fragte ich so leise wie möglich.
»Nein.«
»Vielleicht Wolfgang und dieser Michael? Vielleicht hat es was zu bedeuten, daß Wolfgang einen Ohrring trägt und Michael eine geblümte Küchenschürze.«

»Na und? Suleikas Mann trägt ein goldenes Kettchen um den Hals und eines ums Handgelenk und eine leopardengemusterte Schürze.« Michael kam und fragte Tanja: »Kommst du mit rauf auf den Schulhof, eine rauchen?«
»Sekunde«, sagte Tanja, warf den letzten unförmigen Hackfleischklumpen in den Topf und folgte Michael.
Als sie draußen waren, ging Wolfgang an ihren Herd. Er schob den Topf von der Platte, stellte die Temperatur runter auf kleine Hitze, nahm einen total unförmigen Hackfleischklumpen raus, machte den Wasserhahn auf, befeuchtete seine Hände, und dann drehte er den Klumpen zwischen den Händen, bis er so rund war wie eine Pille. Er formte auch die andern Klumpen zu perfekten Pillen, legte sie in den Topf zurück, suchte im Geschirrschrank einen Deckel, legte den Deckel auf den Topf und ging schweigend zurück an seine Kochzeile.
Punkt neun war alles fertig. Die Schollenfilets schmeckten fettiger als sämtliche Schollen, die sämtliche Teilnehmer je gegessen hatten. Das läge daran, erklärte Carola, daß Schollen normalerweise gebraten werden, und dabei wird das Fett reduziert. Beim Dünsten aber bleibt alles, wie es ist. Die Fleischbällchen waren ziemlich fade, das lag ebenfalls daran, daß sie im allgemeinen gebraten werden. Aber das Gemüse war einwandfrei lecker.
Der alleinerziehende Vater, der letztes Mal vor dem Spülen gegangen war, um seine Tochter abzuholen, sagte: »Die Fleischklößchen waren so fad wie Sex in der Ehe.«
»Dein Vergleich hinkt«, rief Wolfram, »in der Ehe gibt es nur fades Fleisch, Sex gibt's überhaupt nicht mehr.«
»In meiner Ehe gibt es keine Fleischklößchen«, sagte Arnulf düster, und alle lachten. Er sah hinüber zu Suleika, die vom Tisch aufgestanden war, um die Sahne zum Apfelmus zu schlagen, der elektrische Quirl war laut genug, daß sie ihn nicht hören konnte.
»Ich hab erst jetzt einen ganz heißen Tip gehört«, flüsterte er, »es gibt auch Thailänderinnen, die sind echte Katholikinnen, und die kochen das gleiche wie wir.«
»Sind Katholikinnen teurer?« fragte Michael.
»Ich weiß es nicht«, seufzte Arnulf, »ich bin damals gar nicht auf die Idee gekommen, nach so was zu fragen.«

Suleika servierte ihr Apfelmus mit Schlagsahne. Die Sahne war viel zu süß, aber alle sagten, es schmecke super, sogar Arnulf. Wolfram fing wieder mit dem Sex-Thema an. Als präsentiere er die neuesten wissenschaftlichen Erkenntnisse, sagte er: »In siebzig Prozent der Ehen läuft nach dem ersten Kind gar nichts mehr.«
»In hundert Prozent der Ehen läuft dann gar nichts mehr«, rief der alleinerziehende Vater. »Stell dir vor, du willst gerade Action machen, da plärrt das Baby, und bis es dann sein Bäuerchen gemacht hat oder sein Scheißerchen, ist alles vorbei.«
»Man kann warten, bis das Kind wieder schläft«, sagte Carola.
»Das ist wie mit der Schlagsahne«, schrie Wolfram, »wenn sie steif ist und man läßt sie zu lange stehen, fällt sie wieder zusammen.«
Die Männer waren sich einig, daß dieser Vergleich wahnsinnig gut war. Carola sagte, wir müßten nun das Thema wechseln und abspülen. Außerdem sollten wir uns in die Teilnehmerliste der Volkshochschule eintragen.
Wir spülten, trugen uns in die Liste ein, und wieder fragte Frankensteins Enkel, ob wir in die Kneipe mitgingen. Ja, diesmal wollte ich mit, ich hatte Benedikt schon gesagt, daß er mich nicht abholen sollte, weil wir anschließend weggehen würden. Nur hatte diesmal die Apotheker-Clique keine Lust, und Michael hatte noch einen Termin, so daß wir schließlich nur zu viert in der Rothschild-Bierkaschemme waren: Tanja, der alleinerziehende Vater und Frankensteins Enkel, der sich mir direkt gegenüber setzte. Ich konnte den frontalen Anblick seiner Augenbraue und seiner Bärte nicht lange ertragen und ging aufs Klo. Tanja kam mit.
»Jetzt weiß ich, wer auf jeden Fall schwul ist«, sagte sie im Klo. »Winfried und Wolfgang.«
»Die? Die sehen aber aus wie ganz normale Sportlertypen.«
»Ich weiß es aus der Teilnehmerliste. Die beiden wohnen zusammen.«
»Ich hab früher auch mit einem Mädchen zusammengewohnt, und wir waren nicht lesbisch.«
»Das sind keine Studenten mehr. Wenn zwei Männer, die reich-

lich Geld verdienen, zusammenwohnen, dann sind sie schwul. Ich glaube, Wolfgang ist derjenige, der wirklich kochen lernen will, der spielt bei diesem Paar die klassische Frauenrolle. Winfried scheint mehr für die Konversation zuständig zu sein.«
»Glaubst du, daß die echt schwul sind?«
»Was heißt echt?«
»Ich meine: für immer.«
»Ob sie für immer schwul sind, weiß ich nicht. Es genügt mir, daß sie es jetzt sind.«
»Und Wolfram und Frankensteins Enkel Rufus?«
»Witzchen-Wolfram interessiert mich sowieso nicht. Und eigentlich mache ich mir auch nichts aus Apothekern. Die sind alle von Berufs wegen schon pedantisch. Ich werde mich jetzt mal erkundigen, womit die andern Geld verdienen.«
Kaum saßen wir wieder am Tisch, fragte sie den alleinerziehenden Vater: »Wie heißt du eigentlich?«
»Felix.«
»Und was machst du?«
»Industriekaufmann.«
»Und warum lernst du kochen?«
»Weil ich nicht mehr bereit bin, für das bißchen Kochen, das mir eine Frau bietet, die Frau durchzufüttern. Meine Ehemalige hat jahrelang von meinem Geld auf der faulen Haut gelegen. Jetzt ist die Tochter zehn und will lieber bei mir wohnen, jetzt darf die Gnädigste Unterhalt blechen. Das bißchen Kochen für meine Tochter und für mich, das lerne ich schnell.«
Tanjas Gesicht zeigte deutlich, daß sie damit genug über diesen Felix wußte.
Er grinste nur: »Ja, das frustriert die Weiber, wenn sie endlich die Quittung für ihre Habgier bekommen. Ihr wollt alle nur das eine: das Geld der Männer.«
»Aus deiner Sicht hast du vollkommen recht«, sagte Tanja. »Von dir wollen alle Frauen nur Geld, du hast ja sonst einer Frau nichts zu bieten.«
Nun grinste er nicht mehr.
Tanja machte sich an ihr nächstes Opfer ran: »Und was machst du, Rufus?«

»Ich bin Mädchen für alles, in einem Hotel.«
»Ach«, sagte Tanja desinteressiert.
»Und was machst du?« fragte Frankensteins Enkel zurück.
»Ich bin bei einer Bank.«
»Ach«, sagte Frankensteins Enkel interessiert. Aber Tanja gab keine weiteren Auskünfte. »Und was machst du, Viola?« fragte er.
»Ich bin Innenarchitektin.«
»Ist ja toll!« Er war einwandfrei beeindruckt. »Wo arbeitest du?«
Ich hatte keine Lust, vor Frankensteins Enkel und dem blöden Felix mein Schicksal auszubreiten, deshalb sagte ich nur: »Mein Freund und ich arbeiten in einem großen Architekturbüro.«
»Super.«
Es war ein super Gefühl, bewundert zu werden. Leider war es nur kurz. Leider hörte ich Tanja fragen: »Weiß jemand einen Job für Viola?«
Frustriert sah ich in mein fast leeres Colaglas. Ich würde mir heute abend keine Cola mehr leisten, ich würde so bald wie möglich gehen.
»Suchst du eine neue Stelle als Innenarchitektin?« fragte Frankensteins Enkel.
Ich war überrascht, daß er Tanjas Frage so aufgefaßt hatte. Er hatte mir wirklich zugetraut, daß ich als Innenarchitektin angestellt bin. So andeutungsweise wie möglich erklärte ich ihm meine Situation.
»Ich weiß zwar einen Job, aber der ist nichts für dich«, sagte er dann.
»Was für einen Job?«
»Als Zimmermädchen.«
»Willst du dir das Mädchen aufs Zimmer kommen lassen?« fragte der blöde Felix. Offenbar hatte er sich von Tanjas Attacke erholt.
»In dem Hotel, in dem ich arbeite, wird dringend ein Zimmermädchen gesucht, eine Angestellte ist ständig krank. Es kamen schon Bewerberinnen, aber entweder waren sie der Chefin nicht ordentlich genug oder nicht sofort frei.« Er erzählte, daß man

die Betten machen müßte und staubsaugen und was in einem Hotel so anfällt, keine schwere Arbeit, und man könnte relativ selbständig arbeiten, weil die Chefin nur selten da sei. Und die Bezahlung wäre gut.

»Jede Putze ohne Lohnsteuerkarte bekommt mehr als unsereins«, sagte Felix.

»Warum arbeitest du dann nicht als Putze?« fragte ihn Tanja. Darauf fiel ihm nichts ein.

Ich überlegte: Als Zimmermädchen würde ich eigentlich das gleiche machen wie zu Hause, nur mit dem großen Unterschied, daß ich dort dafür bezahlt würde. »Wo ist das Hotel?«

»Beim Welserplatz. Nicht zentral, aber verkehrstechnisch günstig.«

»Ach, da wohne ich auch in der Nähe«, sagte Tanja, »wo ist da ein Hotel?«

»In der Welserstraße. Es ist ein kleines Hotel. Vierundzwanzig Zimmer.«

»Ist das ein Puff?« fragte Felix.

»Nein.«

Trotzdem erzählte Felix, er sei einmal mit seiner Ehemaligen in einem stinknormalen Hotel abgestiegen, aber es hätte sich als Puff entpuppt – von der schärfsten Sorte. Und er die ganze Nacht in diesem Puff mit der eigenen Ehefrau. Der größte Frust seines Lebens.

»In dem Hotel, in dem du als Mädchen für alles arbeitest, könnte ich als Zimmermädchen jobben?« fragte ich vor mich dahin, während ich überlegte, was Benedikt dazu sagen würde. Zimmermädchen ist nur ein schöneres Wort für Putzfrau. Würden Nora und Mercedes oder Angela erfahren, daß ich als Putzfrau arbeite – das wäre mein gesellschaftlicher Ruin.

Dann sah ich Rufus an und dachte, daß ich vor Schreck tot umfallen würde, wenn ich diesem Typen mit der finsteren Augenbraue nachts auf einem Hotelflur begegnen würde. Aber so als Mensch war er ganz nett. Ich beschloß, ihn nicht mehr Frankensteins Enkel zu nennen.

»Falls es dich wirklich interessiert«, sagte Frankensteins Enkel – also Rufus – und schrieb die Adresse und eine Telefonnummer

auf einen Bierdeckel. Und falls er nicht an der Rezeption sei, solle ich Herrn Berger verlangen. Das sei er, Rufus Berger. »Und das Hotel heißt Harmonie.«
»Ich würd's machen«, sagte Tanja.
Ich war mir nicht so sicher: »Ich werd mal mit meinem Freund drüber reden.«

Überraschenderweise fand Benedikt die Idee sehr gut. Nora könnte ich doch einfach sagen, ich ginge Shopping oder würde Freunde treffen. Angela würde mich in dem Hotel bestimmt nie zu sehen bekommen. Und falls ich jemand sagen müsse, daß ich in dem Hotel arbeite, solle ich sagen, ich sei dort Hausdame. Das höre sich doch toll an. Und es sei besser, wenn ich etwas Richtiges mache, statt nur zu Hause rumzusitzen.
Einen Augenblick dachte ich traurig, daß auch für Benedikt nur das richtig ist, wofür man richtig bezahlt wird. Aber so hatte er es natürlich nicht gemeint. »Gleich morgen früh fahr ich dich zu diesem Hotel Harmonie, wir sehn uns die Sache an, dann entscheiden wir.«

43. Kapitel

Es war toll, wie wir vor dem Hotel vorfuhren, mit quietschenden Bremsen, wie Benedikt die Wagentür aufriß: »Bitte sehr, gnä' Frau«, und in Richtung Hoteleingang rief: »Hier kommt das neue Zimmermädchen – wo ist der rote Teppich?«
Es sah und hörte uns aber niemand. Und das Hotel sah nicht so aus, als besitze es überhaupt einen roten Teppich.
Es war um die Jahrhundertwende gebaut, kein besonders großes Haus, für ein Hotel eher klein. Vier Stockwerke und ein Dachgeschoß. Pro Stockwerk fünf Fenster, das mittlere jeweils mit einem großen geschwungenen Balkon, vor den Fenstern links und rechts außen Minibalkone, auf die man höchstens einen Stuhl stellen konnte. Der ursprünglich rotbraune Sandsteinsockel und die Fenstereinfassungen waren dunkelbraun gestrichen, die

ganze Fassade in einem nur wenig helleren Braun. Wenn man genauer hinsah, waren die Balkonumrandungen üppige schmiedeeiserne Rankengitter mit Blattmotiven, aber wenn man nicht so genau hinsah, waren sie nur klobige Kästen, braun wie der Verputz. Alles hatte die typische Düsterkeit, die Malermeister als schmutzunempfindlich preisen und insgeheim deshalb empfehlen, weil man an dunklen Fassaden besser sieht, wenn der Putz abbröckelt, und das ist der beste Beweis, daß wieder ein Anstrich fällig ist. Bei diesem Hotel war das Ziel des Malermeisters längst erreicht, überall war die braune Farbe abgeplatzt, der graue Unterputz zu sehen. Es wirkte recht verrottet.
Die beiden großen Schaufenster im Erdgeschoß waren eindeutig später eingebaut, wahrscheinlich in den sechziger Jahren. In beiden Schaufenstern hing ein Neonkasten, darauf stand in Sechziger-Jahre-Pinselschrift ›Hotel Harmonie‹. Ansonsten waren durchs Fenster nur dunkle Holzpaneele zu sehen, davor standen mehrere Töpfe einer trotz allem wachsenden Kriechpflanze – pro Topf ein einziger, endloser, gewundener Stengel mit gelbgrün-weiß gesprenkelten Blättern. Die Stengel waren mit Nägeln an den Paneelen befestigt, wie ausgeleierte Spiralfedern hin und her drapiert, als bestünde Hoffnung, eines Tages könnte das gesamte Hotel von den Kriechpflanzen bedeckt sein.
Drinnen sah es nicht besser aus. Ein hoher, trüber Raum, nur von einer runden Neonröhre ausgefunzelt. Vor dem rechten Schaufenster war die Rezeption, eine abgewetzte Holztheke. Links hinten, auf dem an mehreren Stellen durchgelaufenen, dunkelgrünen Linoleum, standen ein abgewetztes weinrotes Sofa, drei alte Polstersessel und ein Tisch. Das linke Schaufenster war zugestellt durch eine Art Koje aus zwei Meter hohen, dunklen Holzpaneelen. An den Wänden Plakate von Ausstellungen, die lange vorbei waren, Fahrpläne von Zügen und öffentlichen Verkehrsmitteln und ein Stadtplan mit einem großen Fettfleck, der vermutlich da war, wo sich das Hotel befand. Hinten im Dustern ein uralter Aufzug mit eisernen Gittern.

Niemand war zu sehen. Benedikt entdeckte an der Rezeption eine altertümliche Schelle und schellte. Schließlich kam eine äl-

tere Frau, ohne uns zu grüßen fragte sie: »Wollen Sie hier übernachten? Dann müssen Sie warten.«
»Wir wollen zu Herrn Berger«, sagte Benedikt.
»Dann müssen Sie noch mal klingeln«, sagte die Frau und wartete mit uns.
Und dann kam Rufus. Er trug einen Eimer und sah so unglückselig aus, wie er eben aussieht, obwohl er eindeutig hocherfreut war, uns zu sehen. »Meine Kochkollegin Viola! Wie schön!«
Ich befürchtete, er wollte mich sogar mit Küßchen begrüßen, aber gottseidank unterließ er das. Ich beobachtete aus den Augenwinkeln, wie Benedikt Deppenpony, Augenbraue, Schnurrbart, Backenflusen und Bartgirlande von Rufus musterte und heimlich lächelte, aber er ließ sich natürlich nichts anmerken.
Rufus erzählte sofort, er hätte bereits mit der Chefin telefoniert, und sie sei bereit, sechzehn Mark Stundenlohn zu zahlen, und ob ich damit einverstanden wäre. Und sie hätten zwar wenig Gäste zur Zeit, aber zuviel Arbeit. Er deutete auf die ältere Frau, die vor dem Holzverschlag stand. »Das ist Frau Hedderich, sie und ihr Mann arbeiten schon seit Jahren hier.«
»Mein Mann ist nur nachts hier«, sagte Frau Hedderich, »der kann nachts nicht schlafen, weil er's mit der Prostata hat.«
Ich wußte nicht, wie ich darauf reagieren sollte, Rufus nickte Frau Hedderich freundlich zu, also nickte ich ihr auch freundlich zu.
»Ich find's okay«, sagte Benedikt, »aber du mußt selbst entscheiden.«
Ich war froh, daß Benedikt Rufus so deutlich sagte, daß ich meine Entscheidungen allein treffe. »Ja«, sagte ich, »ich fange Montag an.«
»Wunderbar«, rief Rufus. »Direkt um die Ecke ist eine Bushaltestelle, das ist deine Linie.«
Er ist wirklich sehr fürsorglich, dachte ich. »Ist am Montag die Chefin da?«
»Wahrscheinlich kommt sie erst Mittwoch, die Chefin kommt normalerweise nur mittwochs«, sagte Rufus. »Aber ich kann alles regeln. Das ist alles unproblematisch, ich weiß ja aus dem Kochkurs, daß du ordentlich und sauber arbeitest.«

»Ich bin die Chefin hier, wenn die Chefin nicht hier ist«, sagte Frau Hedderich grinsend, »um wieviel Uhr fangen Sie an?«
»Wenn ich dich zur Bushaltestelle mitnehmen soll«, sagte Benedikt, »dann könntest du auch um neun anfangen.«
»Das ist gut«, sagte ich schnell und versuchte, meine Enttäuschung zu verbergen, denn eigentlich hatte ich gedacht, Benedikt würde mich nun jeden Morgen vors Hotel fahren. Aber natürlich war das kindisch, für Benedikt wäre es eine Höllenstrafe gewesen, wegen meines Putzfrauenjobs jeden Morgen eine halbe Stunde früher aufzustehen. »Also, bis Montag um neun.«
»Vielen Dank«, sagte Rufus.
Frau Hedderich war bereits ebenso grußlos verschwunden, wie sie gekommen war.
»Komischer Laden«, sagte Benedikt, als wir draußen waren, »aber streßfreie Atmosphäre. Mir würde es auch reichen, wenn der Faber nur mittwochs kommt.«
Zur Feier meines ersten Jobs in der neuen Heimat kaufte ich mir ein schneeweißes Sweatshirt, das würde ich Montag anziehen, damit alle gleich sehen konnten, wie sauber ich bin. Merkwürdig, vor einem halben Jahr hätte ich nie geglaubt, daß ich mich so freuen könnte über einen Job als Putzfrau. Aber wenn man mit Putzen Geld verdient, dann ist man eben kein Putzteufel mehr, sondern eine Frau, die weiß, was Männer wünschen.

Nur vor Nora mußte es geheim bleiben. Aber als mich Benedikt am Montagmorgen im kaviarschwarzen BMW zur Bushaltestelle brachte und ich mit meiner Luxusboutique-Tüte ausstieg und Benedikt das Fenster auf der Beifahrerseite automatisch runterließ und rausrief: »Schönen Tag in der Stadt, Herzchen!«, da war sogar ich überzeugt, daß ich ein Luxusfrauchen bin, das zum Shopping geht.
Und prompt sagte ein Rentner an der Haltestelle zu mir: »Na, hat der Herr Gemahl wieder die Kreditkarte freigegeben?«
Ich nickte lächelnd.
Gleich faßte er mich am Arm. Das fand ich frech. Schließlich war es nicht seine Kreditkarte, die ich angeblich hatte.

44. Kapitel

»Hotel Harmonie begrüßt seine neue Mitarbeiterin Viola Faber sehr herzlich!« las ich erstaunt auf einer Karte, die, an einem bunten Blumenstrauß gelehnt, auf der Theke der Rezeption stand.
Wie rührend. Ich klingelte nach Rufus.
Er war begeistert, mich schon zehn vor neun zu sehen. »Nimm Platz«, sagte er und führte mich zu der häßlichen weinroten Polstergarnitur hinter dem Verschlag in der Hotelhalle. Dort gab er mir eine fotokopierte Liste, auf der Zahlen standen. »Du bekommst jeden Morgen einen Tagesplan von mir. Die Zahlen bedeuten Zimmernummern. Ein + neben der Zimmernummer bedeutet: Gast bleibt, also Betten machen, Papierkorb leeren, staubsaugen wenn es nötig ist, und Waschbecken, Toilette und so weiter saubermachen – Frau Hedderich wird dir alles zeigen. Wenn neben der Zimmernummer ein – steht, ist der Gast ausgezogen. Das heißt: Bett frisch beziehen, neue Handtücher, Heizung abdrehen, staubsaugen, kontrollieren, ob der Gast was vergessen hat, neue Seife hinlegen. Und ›Kontr.‹ bedeutet, daß du nur die Heizung andrehen mußt, wenn nötig etwas staubwischen und kontrollieren, ob alles in Ordnung ist.«
Aus dem Hintergrund kam Frau Hedderich: »Da sind Sie ja endlich!« Es war noch nicht mal neun. »Ich hab's eilig!«
Ich mußte sofort mit ihr hinauf in den zweiten Stock. Während wir in dem alten Aufzug nach oben tuckerten, sagte sie: »Wissen Sie, ich kann keine Treppen mehr steigen, ich hatte einen Gebärmuttervorfall, so was kann sich bei uns Frauen schnell zu einem Gebärmutterkrebs auswachsen.«
Mir wurde schwummrig. Vielleicht lag es auch an dem ächzenden Aufzug.
»Haben Sie auch schon einen Gebärmuttervorfall?«
»Nein«, sagte ich schwach.
»Das geht schneller als man denkt«, sagte Frau Hedderich. Die Aufzugtür klemmte, nur mit Mühe gelang es uns zu entkommen. Auf der Tür gegenüber vom Aufzug stand ›Herrentoilette‹, handgemalt mit Goldbronze, die grünlich angelaufen war. Dar-

unter genagelt ein Kartonstreifen: ›Damentoilette gegenüber‹. Einerseits ist es gut, wenn man die Toilette nicht suchen muß wie im Kaufhaus, wo man sich als Sittlichkeitsverbrecher fühlt, wenn man mal aufs Klo muß, doch dieser erste Eindruck hier hätte als zweiter Eindruck genügt.

Frau Hedderich führte mich um eine Ecke zu einer Glastür am Ende eines Flurs, auf der Tür ein Schild: ›Zutritt verboten‹. Die Tür war offen, es war ein kleiner Raum, nur so breit wie das Fenster an der Stirnseite, auf beiden Seiten Regale, auf denen Bettwäsche und Handtücher lagen, unten standen Wäschekörbe.

Alle Schmutzwäsche solle ich in die Wäschekörbe tun, erklärte Frau Hedderich. Früher hätte sie mit ihrer Tochter die Wäsche gemacht, jetzt würde einmal pro Woche die Wäsche geholt und neue gebracht, das sei sehr praktisch, mit der Wäsche hätte man jetzt nichts mehr zu tun. Sie gab mir eine Garnitur Bettwäsche und Handtücher, ich hatte ihr zur übernächsten Tür zu folgen. ›Etagenbad‹ stand darauf in grün angelaufener Goldbronze, drunter wieder ein Kartonstreifen ›Außer Betrieb‹. Es war ein altmodisches Bad mit einem Vorraum. Die Badewanne war mit einer alten Tischplatte abgedeckt, darauf ein Werkzeugkasten, ein Karton mit Hotelseifen, mehrere Großpackungen Klopapier. Im Vorraum ein großer Staubsauger, eine Leiter, Besen, Schrubber, Eimer und Kanister diverser Putzmittel.

»Das war das Bad für die Gäste, die Zimmer ohne Bad haben«, sagte Frau Hedderich. »Aber die wollen sowieso nicht baden, deshalb hat mein Mann es als Putzraum eingerichtet.«

»Indem er eine Tischplatte über die Badewanne gelegt hat?« Sonstige Einrichtungsbemühungen fielen mir nicht auf.

»Ja, mein Mann ist sehr praktisch, der bringt hier alles in Ordnung.«

Frau Hedderich schloß Zimmer 12 auf, es lag direkt neben dem Etagenbad und war kaum größer. Ein schmales Bett, ein schmaler Schrank, zwei Stühle, ein wackelig wirkendes Tischchen, ein Waschbecken vor zwei Quadratmetern gekachelter Wand. Auf dem Boden teppichgemustertes Linoleum. Neben der Tür hing ein Zettel, Zimmer 12 koste inklusive Frühstück 45.– DM. Billig – trotzdem hätte ich hier nicht übernachten wollen.

Frau Hedderich setzte sich auf einen Stuhl und beobachtete meinen Versuch, das Bett routiniert zu überziehen. Sie sagte: »Sie lernen das schnell. Sie sind noch jung und gesund.« Dann erklärte sie, die meisten Gäste blieben nur eine Nacht. Wenn ein Gast länger bleibe, müßte ich alle vier Tage die Bettwäsche wechseln. Oder auch außer der Reihe, wenn es nötig sei – sie sagte nicht, was geschehen mußte, damit es nötig sei. Und Messebesucher kämen nicht mehr so viele wie früher. Die meisten Gäste seien Vertreter, die in der Nähe Firmenbesuche machen. Ein Schreibwarenvertreter schenke ihr jedesmal einen Füller aus seiner neuen Kollektion, dafür bekäme er von ihr zum Frühstück eine extra große Kanne Kaffee. Am allerliebsten wären ihr die Gäste, die zu Beerdigungen anreisen, die machen am wenigsten Dreck, weil sie die ganze Zeit weg sind und nicht betrunken ins Hotel zurückkommen. Den meisten Dreck würden Dauermieter machen, die würden sich richtig häuslich einrichten, aber bei denen müsse man nicht soviel putzen, weil die zum Sonderrabatt wohnen. In der ersten Etage, in der Nummer 3, wohne seit Monaten ein Ingenieur und in der 14 ein Facharbeiter auf Montage, und in der 23 oben ein armer Hund, dem die Eigentumswohnung durch eigenes Verschulden ausgebrannt sei, und jetzt sei er dauernd besoffen. »Jeden Tag eine Schnapsflasche im Papierkorb. Er wickelt die leeren Flaschen in Tüten, aber uns kann er nichts vormachen.« Und bei den Dauermietern müsse man die Wäsche nur einmal pro Woche wechseln.
Es klopfte an die Tür. Es war ein Mann, verärgert drückte er mir eine leere Klopapierpapphülse in die Hand: »Bringen Sie mir neues!« Dann war er weg.
»Der ist aus Nummer 9«, sagte Frau Hedderich. »Querulanten gibt es immer. Mit denen muß man fertig werden.«
Ich holte aus dem Putz-Badezimmer Klopapier, fand Zimmer 9 und klopfte.
»Kommen Sie rein.«
Überraschenderweise war Zimmer 9 riesig. Mindestens dreimal so groß wie Zimmer 12. Schöner war es allerdings nicht. Grünlich verblichene Tapete. Ein gammelbrauner Teppich verdeckte nur teilweise das Linoleum. An der rechten Wand ein Doppel-

bett, links noch ein Bett. Das Zimmer hatte sogar zwei Fenster, das linke war eine Balkontür, man sah zur Straße hinaus. Zwischen den Fenstern stand ein Tisch mit vier Stühlen, die nicht zusammenpaßten. Die Krönung der Einrichtung war eine Wohnzimmervitrine, ein Ding wie in Noras Wohnzimmer, aber hier war dieses Möbel noch überflüssiger, deshalb hatte man die Glasscheiben und die Zwischenböden der Vitrine entfernt und einen Fernseher reingestellt!

Das Bad war altmodisch, aber recht schön, weiß gekachelt mit einem schwarzen Abschlußfries und einem schwarzweiß gewürfelten Fußboden.

»Wünschen Sie sonst was?« fragte ich so freundlich, wie ich mir das ideale Zimmermädchen vorstellte, nachdem ich das Klopapier in den Klopapierhalter gehängt hatte.

»Hier, das ist für Sie«, sagte der Mann und gab mir fünf Mark Trinkgeld!

Super! Vor Freude hätte ich fast einen Zimmermädchenknicks gemacht. Das erste Trinkgeld meines Lebens. Es war überhaupt nicht demütigend, Trinkgeld zu bekommen. Jedenfalls nicht, wenn es gleich fünf Mark sind.

Stolz erzählte ich Frau Hedderich von meinem Trinkgeld.

»Vom Trinkgeld kann hier keiner leben«, sagte sie. Und sie könnte auch mehr Trinkgeld bekommen, wenn sie den ganzen Tag für die Leute rumrennen würde, aber dann würde sie nie fertig mit der Arbeit, und jetzt müßte sie dringend gehen, für ihren Mann Essen kochen. Und ich sollte hier staubsaugen und dann in Nummer 16. »Ich schließ Ihnen auf.«

Ich folgte ihr in Zimmer 16, es lag hinter dem Aufzug. Wieder ein Einzelzimmer, etwa 2,50 Meter lang, 4 Meter breit, außer einem Bett standen drei Schränke drin, einer billigstes Limbafurnier, der andere undefinierbar dunkelbraun, der dritte ein grauer Kasernenspind, und in all der Enge ein Tisch mit drei verschiedenen Stühlen.

Frau Hedderich riß die Fenstertür auf: »Wenn es in den Zimmern stinkt, müssen Sie lüften.«

Ich folgte ihr hinaus auf den Balkon, hier, auf der Rückseite des Hauses, hatten nur die mittleren Zimmer Balkon. Frau Hedderich zeigte hinüber auf ein zweistöckiges Hinterhaus: »Da wohnen mein Mann und ich. Wir gehören praktisch zum Haus. Sonst könnten wir hier gar nicht soviel arbeiten. Auch unser Schwiegersohn hilft manchmal am Wochenende aus. Ich muß jetzt gehen, mein Mann wartet. Alles andere steht auf Ihrem Tagesplan.« Sie tuckerte mit dem Fahrstuhl ab.

Ich war fast fertig mit Staubsaugen in Zimmer 16, als Rufus kam, mit einem Tablett, darauf ein Kännchen Kaffee, ein Streuselkuchen und ein Teller, auf dem ein Schlüssel lag.

»Damit du nicht an deinem ersten Tag bei uns verhungerst.«

»Vielen Dank, das ist nett. Und was ist mit dem Schlüssel?«

»Das ist ein Generalschlüssel für alle Zimmer. Aber bitte immer erst anklopfen, ehe du ein Zimmer aufschließt.«

»Klar.«

»Entschuldigung, du weißt das natürlich, aber wir hatten hier schon Trampel zur Aushilfe, die haben staubgesaugt, während die Gäste im Bett lagen und schliefen.« Er seufzte. »Und den Schlüssel bitte immer mir geben, wenn du gehst. Bitte nicht verlieren.«

»Klar.«

Er zog einen Zettel aus seiner bräunlichen Jeans. »Die 19 im dritten wird nachher belegt. Kontrollieren wir mal, ob alles okay ist.«

Wir gingen die Treppe hinauf. »Bei uns sind die Zimmer durchgehend numeriert. Merk dir Nr. 1, Nr. 9, Nr. 18 als jeweils erste Zimmernummer der ersten, zweiten, dritten Etage.«

Die 19 war das mittlere Zimmer zur Straßenfront. Es war recht groß, an der linken Wand ein Bett, an der rechten Wand ein Bett. Ich wollte Rufus nicht fragen, warum hier alle Betten so weit wie möglich auseinanderstehen, jedenfalls ist dieses Hotel kein Puff.

»Wie gefällt dir das Zimmer?« fragte er lauernd.

»Nett«, sagte ich, vermied aber, dabei die zahm gemusterten Tapete anzusehen und den dreckgrün gemusterten Teppich auf dem Linoleum, ich konzentrierte meinen Blick auf das frischbezogene Bett und wiederholte: »Nett. Aber die Fenster könnten geputzt werden, und die Tischdecke gewaschen und...«, es gelang mir, mich zu bremsen.

Verblüfft betrachtete er die verstaubten Fenster. »Ja, das wäre wichtig. Ich bin froh, daß du das merkst.« Dann knipste er ein Nachttischlämpchen an.
Was tut er jetzt? dachte ich erschrocken.
Aber er knipste das Lämpchen wieder aus, knipste das auf dem andern Nachttisch an. Es ging nicht. »Es ist furchtbar«, er schraubte die Birne raus, »diese Frau Schenk, die die Chefin angestellt hat, ist entweder krank, oder sie tut nichts. Und Frau Hedderich kann nicht alles machen, sie ist eigentlich fürs Frühstück zuständig und fürs Erdgeschoß.« Rufus ging hinaus, kam mit einer neuen Birne zurück. Als er sie eingeschraubt hatte, machte er die Nachttischschublade auf. »Wo ist die Bibel?« fragte er in die Schublade hinein. »Vermutlich geklaut.«
»Ist das ein christliches Hotel?«
»Nein, aber in jedem Hotelzimmer ist traditionellerweise eine Bibel. Ich bin nicht christlich, aber ich finde das in Ordnung. Es gibt Situationen im Leben, da hilft eine Bibel mehr als eine Illustrierte.«
»Ja«, sagte ich. »Ich werde überall nachsehen und in die Liste schreiben, was fehlt. Ich werde alle Lampen kontrollieren.«
»Großartig, wir sind für jede Stunde dankbar, die du hier arbeitest.« Dankbar betrachtete Rufus mein schneeweißes Sweatshirt.
Großartig, dachte ich, wenn einem jemand dankbar ist fürs Putzen und noch dafür bezahlt. »Ich kann jeden Tag acht Stunden kommen« sagte ich. »Aber du weißt ja – nur für einige Wochen. Vielleicht kann ich schon am 1. März bei meinem Onkel anfangen oder am 1. April. Damit ist euer Putzfrauenproblem nur aufgeschoben.«
Er strahlte mich an, das heißt, sein depressiver Flusenbart bog sich nach oben: »Ich bin ein Meister im Aufschieben von Problemen.«
»Und was sagt deine Chefin dazu?«
»Die hält sich alle Probleme vom Hals, indem sie sie mir zuschiebt. So einfach machen wir das.«
Ich mußte lachen. Ein tolles Team, bei dem ich gelandet war. »Ich werde jeden Tag bis fünf arbeiten«, sagte ich. – Danach

konnte ich fürs Abendessen einkaufen und wäre dann zur gleichen Zeit wie Benedikt zu Hause. Nora sollte ruhig denken, ich würde den ganzen Tag mit Einkaufen vertrödeln.
»Großartig«, sagte Rufus, »wenn du Fragen hast, kannst du mich jederzeit unten erreichen, wähl am Zimmertelefon die 91. Wenn ich da nicht bin, wähl die 92, ich wohne oben in der Mansardenwohnung im vierten Stock.«
»Du wohnst auch hier?«
»Erstens ist das praktisch, zweitens würde ich sonst zu wenig verdienen. So wohn ich mietfrei, dafür bin ich aber ständig für das Hotel eingespannt.«
»Das hat Frau Hedderich auch gesagt.«
»Stimmt auch. Kommst du um halb eins zum Essen runter?«
»Essen gibt's hier auch?«
»Natürlich. Keine Angst, ich koche nicht selbst. Entweder kocht Frau Hedderich für uns mit, oder ich hol was von gegenüber aus der Pizzeria.«
»Warum machst du dann überhaupt einen Kochkurs?«
»Um von Frau Hedderich und der Pizzeria unabhängig zu werden. Außerdem dachte ich, wenn man in einem Hotel arbeitet, sollte man notfalls kochen können. Und außerdem wollte mein Freund Michael, daß ich mitkomme, damit er sich nicht langweilt am Herd.«
Aha, waren die beiden auch schwul? »Will Michael überhaupt kochen lernen? Der war doch fast die ganze Zeit oben auf dem Schulhof.«
Rufus' Schnurrbart machte wieder eine Bewegung nach oben: »Michael geht in den Kochkurs aus Gründen, die ich nicht verraten darf. Also, bis halb eins.«
Aha, noch ein schwules Paar. Das würde Tanja gar nicht gefallen. Es wunderte mich nicht, daß Rufus schwul ist: Wie er aussieht, bleibt ihm nichts anderes übrig, als schwul zu werden.

Als nächstes stand Nummer 14 auf dem Plan. Ein Einzelzimmer, genauso winzig wie die 12. Hier also wohnte ein Dauermieter. Neben dem Bett stand ein Karton mit Erdnüssen, Salzbrezeln und Pistazien, auf dem Fensterbrett vier Flaschen alkoholfreies

Bier. Das Bett war offensichtlich Freitag frisch bezogen worden, schmutzig war nur der Spiegel über dem Waschbecken.
Nach der 14 beschloß ich, mir mit meinem Generalschlüssel einen Generalüberblick über meinen Arbeitsbereich zu verschaffen und die Zimmer anzusehen, die ich noch nicht gesehen hatte.
In 15 standen zwei Betten – natürlich voneinander getrennt.
17 war das größte Zimmer von allen. Drei Betten, an jeder Wand eines. Zwei große Schränke, und unter einem seitlichen Fenster ein halbhohes, halbantikes Schränkchen, es sah aus, als stamme es aus der ursprünglichen Hoteleinrichtung der Jahrhundertwende, es war sogar recht hübsch, aber hier kam es nicht zur Geltung. Hier stand auch ein ovaler, ziemlich guter Kirschbaumholztisch, aber dazu plastikbezogene Küchenstühle!
In Zimmer 11 entdeckte ich endlich ein französisches Bett. Zimmer 11 war das schönste – relativ. Es war im letzten Jahrzehnt neu tapeziert worden, hellbraune Margeriten auf Hellblau – bestimmt nicht mein Geschmack, aber bedeutend besser als die andern Tapeten.
Im ersten Stock in Zimmer 6 blühten zerfranste Heckenröschen zwischen abstrakten Krakeln, in Zimmer 7 kreuzten sich Schilfrohrhalme mit Schilfrohrkolben. Die schlimmste Tapete war in Zimmer 8: ringsum Segelschiffe auf bräunlichen Wellen, im Muster abwechselnd nach links oben oder rechts unten segelnd. Seekrank konnte man werden von dieser Tapete.
Überhaupt fragte ich mich, ob ich es in diesem Gerümpelgroßlager aushalten würde, ohne ständig daran zu denken, was man alles rauswerfen sollte. Nirgendwo entdeckte ich eine zufällig reizvolle Kombination von Mustern oder Möbeln. Im Hotel Harmonie hatte der schlechte Geschmack überwältigend gesiegt. Aber je mehr ich darüber nachdachte, desto weniger störte es mich. Erstens wohne ich hier nicht. Zweitens kenne ich die Leute nicht, die hier wohnen. Und drittes bin ich hier nur vorübergehend. Ich würde professionelle Distanz wahren: Hier bin ich Zimmermädchen und sonst gar nichts.
Rufus servierte eine Pizza in der großen Küche im Erdgeschoß. Die Küche schien wie aus einem anderen Hotel: bestens ausgestattet, hochmoderner Geschirrspüler, hochmoderner Herd,

Mikrowellenherd, spezielle Getränkekühlschränke, Profi-Kaffeemaschine, alles war da. »Das ist Frau Hedderichs Refugium«, erklärte Rufus.
Obwohl die Pizza köstlich war, sagte Rufus, er befürchte, demnächst gegen Pizza allergisch zu werden. »Wir könnten mal zusammen Chili con Carne machen«, sagte er.
»Nein, das gibt nur Ärger.«
»Ärger?«
»Ich meine, wenn die Chefin das erfährt. Ich bin ja nicht als Köchin eingestellt, sondern als Putzfrau. Ich muß jetzt weiterputzen.«
»Vorbildliche Arbeitsmoral«, sagte Rufus, »wenn du es verantworten kannst, eine Tasse in deiner Arbeitszeit mit mir zu trinken, mach ich uns Kaffee.«
»Also gut.«
Anschließend zeigte mir Rufus die andern Räume im Erdgeschoß. An die Küche schloß sich der Frühstücksraum an: sechs Tische mit je fünf Stühlen. Alle Tische und Stühle von einer Sorte. Das war aber auch die einzige Überraschung. Das Tapetenmuster zeigte dunkelblaue Rosen auf beigegrünlichen Gittern. Die Vorhänge waren orange-beige gestreifelt. Hinter dem Frühstücksraum, durch eine ockergelbe Falttür aus Skai-Kunstleder getrennt, ein Raum mit weiteren dreißig Stühlen, sechs Tischen und einigen Sesseln, alles verstaubt. Dies wäre eigentlich der Gesellschaftsraum, der werde aber derzeit nicht benutzt. So sah er auch aus. Aus vier Fenstern sah man auf den Hinterhof mit kahlen Bäumen und Mülltonnen: Es war ein tröstlicher Ausblick, auch draußen war die Welt trübe, nicht nur hier drinnen im Frühstücks & Gesellschaftsraum.
Zwischen Gesellschaftsraum und Rezeption befanden sich Damen- und Herrentoiletten, aber die putzte Frau Hedderich. Auf der gegenüberliegenden Seite war das sogenannte Kontor. Darin ein Schreibtisch, ein Aktenschrank aus Blech, einer aus Resopal und ein überraschend schöner Mahagonischrank. – Ich muß mir abgewöhnen, hier auf die Möbel zu achten, sonst werde ich verrückt. Unglaublich, wie zusammengewürfelt alles war. Ich wollte gehen, weiterputzen.

»Einen Moment, jetzt noch Herrn Hedderichs Refugium.« Rufus führte mich zu dem Holzpaneelenverschlag vor dem linken Schaufenster, darin stand eine Liege und ein großes, nagelneues Fernsehgerät. Hier würde sich Herr Hedderich hinlegen, wenn er nachts das Hotel bewacht, er macht jeden Abend Dienst von sieben Uhr bis Sendeschluß. Manchmal würde er den Fernseher rausrollen, um mit Gästen in der Halle fernzusehen. Hier würden auch die Koffer aufbewahrt, wenn ein Gast morgens auscheckt, seine Koffer aber erst später holen will. Rufus zeigte auf zwei Kästen mit unzähligen Plexi-Schubfächern, in denen Schrauben, Dichtungsringe und so weiter waren. An der Wand darüber hingen Hämmer, Zangen und Sägen. »Wenn irgendwo was kaputt ist, brauchst du es nur hier reinzustellen. Herr Hedderich repariert alles, ohne ihn könnten wir dichtmachen.«
Respektvoll betrachtete ich diese Schlafraum-Fernseh-Werkstatt in der Hotelhalle. Nun hatte ich wirklich genug gesehen. Ich dankte Rufus für die Führung und machte mich wieder an meine Arbeit.
Ich hatte nur fünf Betten zu beziehen, aber in allen Zimmern waren die Papierkörbe nicht geleert. Ich fand alte Illustrierte in den Papierkörben – hervorragende Gratislektüre für die Busfahrt. Es macht mir nicht aus, Illustrierte aus dem Papierkorb zu lesen, sie waren sicher sauberer als die in einer Arztpraxis. Aber ich staunte selbst, daß es mir auch überhaupt nichts ausmachte, die Klos zu putzen. Ich rechnete nur das Geld zusammen, das ich Stunde für Stunde verdiente. In einigen Tagen hätte ich locker die Miete für Mercedes verdient. Außerdem hatte der Ausverkauf begonnen, vielleicht fand ich einen günstigen Wintermantel. Ja, es machte richtig Spaß, hier zu putzen.
Ich hätte ewig weiterputzen können, aber um fünf lieferte ich Rufus den Generalschlüssel an der Rezeption ab. Und die Liste: Es fehlten insgesamt drei Bibeln und elf Glühbirnen. Ich hatte die Art der Glühbirne auf der Liste vermerkt.
Rufus griff sich entsetzt an den Kopf – fast hätte er seinen linealgeraden Deppenpony in Unordnung gebracht: »Furchtbar, die Schlamperei von Frau Schenk, in der 25 war wohl überhaupt kein Licht mehr!«

»Eine Glühbirne in der Glasschale an der Decke ging noch. Was ich dich fragen wollte: Warum gibt es eine Zimmernummer 25, es sind doch nur vierundzwanzig Zimmer?«
Rufus zeigte auf die Liste: »Ist dir nicht aufgefallen, daß die Nummer 13 fehlt?«
»Nein. Warum fehlt sie?«
»In keinem Hotel gibt es eine Zimmernummer 13. In den großen Hotels gibt es auch keine 13. Etage. Bist du nicht abergläubisch?«
»Ich weiß nicht. Jedenfalls hab ich vor einer 13 keine Angst. Bist du abergläubisch?«
»Ich glaube nicht an die Macht des Schicksals und daß alles vorherbestimmt sein soll. Aber ich glaube an die Macht des Zufalls. Das ist sicher: Aus Zufällen kann Schicksal entstehen.«
»Hm«, sagte ich nur und verabschiedete mich. Erst im Bus dachte ich darüber nach, was Rufus gesagt hatte. Eigentlich sonnenklar, daß aus Zufällen Schicksal entstehen kann. Aber für einen Hotelportier war Rufus erstaunlich philosophisch.

45. Kapitel

Am Dienstag bekam ich sogar elf Mark Trinkgeld. Der Gast, dem ich gestern Klopapier gebracht hatte, war ausgezogen und hatte fünf Mark auf den Tisch gelegt. Und fünf Mark von einer Frau in Zimmer 16, sie hatte ihren Fön vergessen, ich besorgte ihr einen aus Rufus' Hotelzubehör-Sammlung. Von einem Mann, dessen Ehering ich vor dem Staubsauger rettete, bekam ich eine Mark. Es war der Mann aus Zimmer 4, dem kleinsten Zimmer. Der Mann war mindestens fünfzig Jahre alt, höchstens einssechzig groß und einiges zu dick. Als ich anklopfte und feststellte, daß er im Zimmer war, wollte ich später wiederkommen, aber er sagte, es störe ihn überhaupt nicht, wenn ich in seiner Anwesenheit putze, im Gegenteil. Er setzte sich in den Sessel und sah mir zu, als sei ich seine Privatputzfrau. Und da fand ich neben dem Nachttischchen auf dem Boden seinen Ehering.

»Oh, den brauche ich heute abend«, sagte er.
»Heute abend brauchen Sie Ihren Ehering? Ich dachte, einen Ehering trägt man immer?«
»Ich bin seit siebzehn Jahren geschieden. Ich trag den Ehering nur, wenn ich mich mit einer meiner Freundinnen treffe.«
»Ah«, sagte ich erstaunt, aber höflich.
»Sie sind jung und hübsch, aber wenn die Damen älter sind, werden sie unangenehm besitzergreifend. Deshalb sag ich den Damen, daß ich verheiratet bin und Scheidung nicht in Frage kommt, weil meine Frau krank ist. Das rührt die Herzen der stolzesten Frau'n – und ich hab meine Ruhe.«
Ich beeilte mich, fertig zu werden. Er gab mir umständlich zwei Fünfzigpfennigstücke und sagte dabei anzüglich: »Als Zimmermädchen wird man nicht reich.«
»Arschloch«, dachte ich laut, als ich draußen war. Dann sah ich auf meinem Arbeitsplan, daß Zimmer 4 heute frei wurde – ich hatte das Bett umsonst gemacht, ich hätte es frisch beziehen müssen, aber solange der Typ im Zimmer war, ging ich nicht mehr rein.
Obwohl von den vierundzwanzig Zimmern nur neun belegt waren, hatte ich endlos viel zu tun. Auf der breiten Holztreppe neben dem Aufzug lagen Staubflusen, Papierschnipsel und Kippen. Die schmale Treppe, die zwischen Gesellschaftsraum und Toiletten nach oben führte, war geradezu verwahrlost.
Mittags servierte Rufus Gulasch und Knödel. Frau Hedderich hatte heute Zeit gehabt, fürs Personal zu kochen – also für Rufus und mich. Frau Hedderich aß nie mit dem Personal. Sie machte spätestens um elf Feierabend, dafür fing sie um sechs Uhr früh an.
Eigentlich war ich fest entschlossen, über die Einrichtung des Hotels nur zu schweigen, aber beim Mittagessen konnte ich es mir nicht verkneifen, Rufus zu fragen: »Warum stehen in einem so kleinen Einzelzimmer wie der 16 drei große Schränke?«
»Soweit ich mich erinnere, wohnte da letztes Jahr ein Mann, der hatte sich von Frau und Kindern getrennt und jede Menge Silberkrüge und Antiquitäten von zu Hause mitgenommen. Weil er länger hier wohnte, hat ihm Herr Hedderich einen Schrank extra ins Zimmer gestellt.«

»Überall stehen so viele Schränke und Stühle. Woher habt ihr die alle?«
»Hedderichs Schwiegersohn arbeitet bei der Caritas. Die bekommen viele Möbel geschenkt, die oft neuwertig sind, und Hedderichs Schwiegersohn besorgt die uns sehr günstig.«
»Sehr praktisch«, sagte ich nur noch.

Als ich weiter die Treppe putzte, überlegte ich, daß ich unbedingt meinen Vater anrufen sollte. Er hatte schon lange nicht mehr angerufen, es bestand die Gefahr, daß er demnächst zu Hause anrief und Nora ihm sagen würde, ich sei den ganzen Tag Shopping, um Benedikts Geld zu verschleudern. Und dann würde mein Vater Nora anbrüllen... ich mußte ihn sofort nach Dienstschluß anrufen.
Ich rief ihn an, von einer Telefonzelle in der Nähe des Hotels. Zuerst tat mein Vater sehr mißtrauisch, als er erfuhr, daß ich zur Zeit als Hausdame arbeite und sehr gut verdiene. Worin meine Aufgaben als Hausdame bestünden? Ich erzählte ausführlich, daß ich die Beleuchtungskörper zu kontrollieren hätte und ob in jedem Nachttischchen eine Bibel ist und den Gästen Fundsachen zurückgebe oder mal einen Fön beschaffen müßte. Ich überging das Putzen im allgemeinen und das Leeren der Damenbindenbehälter im besonderen. Und mein Vater war sehr zufrieden. Gut, daß ich nicht mehr untätig warten würde, mit Onkel Georg würde es demnächst schon klappen. »Ich konnte dich nicht anrufen«, sagte mein Vater, »weil wir zur Zeit von zu Hause nicht anrufen können, wir können nur noch angerufen werden. Solveig wollte dauernd telefonieren, und Annabell hatte nichts Besseres zu tun, als immer wieder die Zeitansage in Schweden anzurufen, damit Solveig ihre Vatersprache hört. Und da hab ich ein Telefonschloß gekauft. Und deine Mutter hat den Schlüssel verlegt. Jetzt können wir nicht mehr telefonieren.«
»Wie lange wollt ihr das aushalten?«
»Ich telefoniere vom Büro aus. Deine Mutter geht zur Telefonzelle, und Annabell muß ihre Gespräche aus ihrer Wohnung auf eigene Rechnung führen. Es ist alles in Ordnung. Bei dir und deinem Benedikt auch?«

»Alles prima. Wenn wir euch Ostern besuchen kommen, zahle ich dir meine Schulden zurück, Papa.«
Frohgelaunt machte ich anschließend einen Bummel, um die Geschäfte in der Nähe meines Arbeitsplatzes kennenzulernen. Ich suchte gerade ein Boutiquenschaufenster nach einem Winterschlußverkaufs-Wintermantel ab, als ich hinter mir eine irgendwie bekannte Stimme hörte: »Hast du wieder ein Reisemitbringsel für meine Frau besorgt, Mercedes? Als ich ihr dein Seidentuch schenkte, hat sie gelächelt, trotz ihrer Schmerzen.«
Mercedes? Im Spiegelbild der Fensterscheibe sah ich zwei metallicblaue Bögen und die Mireille-Mathieu-Frisur. Sie hatte mich nicht gesehen, jedenfalls nicht erkannt.
»Ich hab zu Hause ein Parfüm, Chanel Nr. 5 oder noch ein Tuch von Dior oder eine Guerlain-Puderdose – du kannst dir aussuchen, was du passend findest. Oder ein Badehandtuch von Yves Saint Laurent.«
»Bei dir zu Hause? Ich muß um zehn am Bahnhof sein, und du wolltest mich vorher zum Essen einladen.«
»Ich dachte, du hättest heute Zeit, bei mir zu übernachten.« Mercedes klang kleinlaut.
»Ich muß morgen früh um neun meine Frau zum Arzt bringen«, sagte der Mann.
»Wir könnten vor dem Essen ganz kurz zu mir gehen, ein halbes Stündchen.«
»Ich hab Hunger«, sagte der Mann.
Sie gingen weiter. Ich sah ihnen nach.
Sie standen an der Ampel. Er hatte beide Hände in den Manteltaschen und nichts deutete darauf hin, daß er Mercedes kannte. Es war der Mann aus Zimmer 4!

Ich war so aufgeregt und so neugierig, ich mußte unbedingt noch mal ins Hotel zurück, um mit Rufus darüber zu reden. Rufus war noch an der Rezeption.
»Kennst du den Mann aus Zimmer 4? Ich glaub, das ist der Herzallerliebste der Schwester meines Freundes!«
»Da weißt du mehr über ihn als ich.«
»Kommt er öfter?«

Rufus blätterte im großen Belegungsbuch: »Um dir alles zu sagen, was ich über ihn weiß – er kommt einmal im Monat, er wohnt immer im billigsten Zimmer und läßt sich immer eine Rechnung über das teuerste Zimmer geben. Er arbeitet für eine Firma hier in der Nähe, die ihm die Hotelkosten ersetzt.«
»Ehrlich?«
»Mehr weiß ich nicht über den Mann.«
Das reichte mir eigentlich. »Dann bis morgen.« Ich mußte es sofort Benedikt erzählen!
»Wenn du noch kurz Zeit hast, könnte ich dir Herrn Hedderich vorstellen, er ist eben gekommen.« Rufus rief in Richtung Verschlag: »Herr Hedderich!«
Nie hätte ich gedacht, daß Herr Hedderich ein prostatakranker Mann ist, sein Gesicht war ziemlich rot und wirkte entsprechend gesund, und er roch nach Bier. Er drückte mir heftig die Hand, er freue sich, das neue Fräulein kennenzulernen, und ich sei eine große Entlastung für seine kranke Frau. »Ich hab eine Überraschung für Sie«, sagte er und ging in seinen Verschlag.
Er brachte einen Stuhl heraus, dessen Polstersitz mit kackbrauner Plastikfolie bezogen war. Es war ein schöner Stuhl gewesen, ehe sich Herr Hedderich mit seiner Plastikfolie an ihm vergangen hatte.
»Den haben Sie wieder wunderbar hingekriegt«, lobte Rufus.
»Wenn Sie so nett sind und den Stuhl raufbringen«, sagte Herr Hedderich, »ich bin nicht gut zu Fuß, ich habe ein Raucherbein.«
»Wohin?«
»Wo einer fehlt.«
Ich sah Rufus an. Keine Ahnung, wo in diesem Gerümpellager ein Stuhl fehlte.
»Das hat Zeit bis morgen«, sagte Rufus, »laß ihn solange hier unten.«
»Und wohin soll er morgen?«
»Einfach irgendwo hinstellen, wo Platz ist«, sagte Rufus.
Ich sagte ergeben: »Ich hätte es mir denken können.«
»Was?« fragte Rufus verständnislos.
»Es ist alles so praktisch hier, die Möbel, die Männer, alles.«

»Ach, da fällt mir noch was ein zu dem Mann aus Zimmer 4«, sagte Rufus, »er nimmt sich beim Frühstück immer zwei Brötchen und zwei Eier mit, für unterwegs.«

Benedikt wollte höchstens die Hälfte meines Berichts über Mercedes und ihren Herzallerliebsten glauben. Er konnte aber nicht sagen, welche Hälfte er glaubte und welche nicht!

46. Kapitel

Am nächsten Morgen hatte ich eine Viertelstunde Verspätung, weil Benedikt beim Aufstehen Verspätung gehabt hatte.
In der Hotelhalle stand Rufus mit einer Frau, die aussah wie eine Dame: schätzungsweise vierzig, mit tadelloser, blonder Dauerwellfrisur, und sie sagte laut und aufgedreht: »Wirf sie raus, wenn sie so unzuverlässig ist.«
Rufus sagte: »Ah, da kommt sie«, und winkte mich zu sich. Ich erschrak, das mußte die Chefin sein. Sie trug ein dunkelblaues Trachtenkostüm mit grünen Passen und grünen Stickereien auf dem Revers. Sehr dezent, sehr teuer. Neulich hatte ich in einer Fernsehmodenschau ein ähnliches Kostüm gesehen, und die Moderatorin hatte erklärt: »Dieses Outfit ist die ultimative Antwort auf die Frage: Was trägt der Adel zur Jagd?«
»Viola, das ist unsere Chefin, Frau Schnappensiep«, sagte Rufus zu mir, und zu ihr: »Bärbel, das ist Frau Faber.«
Ach, er duzte sich mit der Chefin.
»Grüß Gott«, sagte die Chefin und schüttelte mir die Hand, »sind Sie zufrieden?«
Verblüfft sagte ich: »Ja, danke« und »Grüß Gott«, obwohl ich sonst nie Grüß Gott sage, und: »Sind Sie auch zufrieden?« Dann sagte ich schnell: »Es tut mir leid, daß ich zu spät komme, ich bleibe dafür länger, ich hab den Bus verpaßt, aber morgen...«
»Ja, ja, ja«, unterbrach sie mich, »Herr Berger ist sehr zufrieden mit Ihnen.« Erleichtert und so nebenbei wie möglich zog ich meinen Mantel aus, sie sollte nicht sehen, wie abgetragen er war, vor

allem an den Taschen. Leider trug ich heute ein schwarzes Sweatshirt, hoffentlich konnte sie ein sauberes schwarzes Sweatshirt von einem schmutzigen schwarzen Sweatshirt unterscheiden. Anscheinend konnte sie das, denn sie sagte äußerst freundlich: »Ich höre, Sie sind Innenarchitektin. Wissen Sie, das wäre ich auch gerne geworden. Und wissen Sie, dieses Hotel entspricht durchaus nicht dem Ambiente, welches ich persönlich bevorzuge. Hier fehlt das ...«, um das passende Wort zu finden, schnippte sie die Finger vor ihrem Gesicht, »... das gewisse Etwas ... das Flair.« Sie trug einen Ring mit einem Smaragd umgeben von Brillanten, der Ring war so groß wie ein Bleistiftspitzer.
Stumm und zustimmend sah ich sie an.
»Wissen Sie, ich habe leider keine Zeit, mich darum zu kümmern, mein Mann ist Notar, ich habe zwei halbwüchsige Kinder und einen Hund und ein großes Haus zu führen, Sie wissen, was das bedeutet.«
Ich nickte geschmeichelt, weil sie mir zutraute, zu wissen, was das bedeutet.
»Wissen Sie, ich habe so wenig Zeit, daß ich mich eigentlich mit dem Gedanken trage, das Anwesen zu verkaufen. Ich hätte diesen Schritt sicherlich längst getan, wenn ich ihn nicht hätte«, sie deutete mit der linken Hand auf Rufus, an dieser Hand trug sie einen bohnengroßen Brilli, »... dennoch, hier fehlt die weibliche ordnende Hand.« Sie lächelte mit tadellosen Zähnen und sagte zu Rufus: »Du wirfst die Schenk raus und suchst Ersatz.«
»Hab ich doch schon«, sagte Rufus, »jetzt kommt ja Frau Faber täglich.«
»Gut«, sagte sie, sah auf ihre brillantenumrandete Uhr: »Wir müssen jetzt die Abrechnungen durchsehen, ich muß sofort wieder weg, Benni muß zum Tierarzt und die Micki zur Ballettstunde, du weißt, was das bedeutet.« Sie schüttelte mir die Hand: »Hat mich sehr gefreut, schöne Zeit noch.« Sie ging ins Kontor, Rufus gab mir meinen Arbeitsplan und folgte ihr.
– Welch vornehme Chefin dieses unvornehmen Hotels, dachte ich. Aber sie war sehr nett.
Eine Stunde später kam Rufus mit einem Kännchen Kaffee. »Nun kennst du Frau Schnappensiep.«

»Sie ist sehr nett.«
»Vor allem stellt sie sich immer alles so einfach vor. Sie glaubt, mit ein paar netten Sprüchen läßt sich alles lösen. Sie hat mal ein Buch gelesen über Mitarbeiter-Motivation. Ich dachte vorher, ich hör nicht recht, als sie erzählte, sie wollte Innenarchitektin werden. Jura wollte sie studieren, aber dann hat sie einen Notar geheiratet, weil das schneller ging.«
»Warum duzt du dich mit ihr?«
Rufus lachte: »Wahrscheinlich gehört das zur Mitarbeiter-Motivation. Nein, wir kennen uns schon ewig, das hat sich ganz natürlich so ergeben. Sie duzt sich auch mit Hedderichs. Kleine Hotels sind immer wie Familienbetriebe.«
»Sie ist so reich«, sagte ich, »warum läßt sie das Hotel vergammeln?«
»Sie ist nicht so reich, wie sie tut. Sie gibt gern an. Und weil ihr Mann der Herr Dr. Notar ist, gehört sie automatisch zu den besseren Kreisen.«
»Aber sie verdient doch viel mit dem Hotel.«
»Eben nicht. Der Laden geht nicht gut. Sie hat auch keine Lust, sich drum zu kümmern. Sie hat das Hotel geerbt, und seit sie es geerbt hat, wird es von einem Geschäftsführer geleitet. Wenn ihre Kinder, die Micki und der Schnappi – Schnappi ist der Sohn, eigentlich heißt er Benjamin, und der Hund hieß ursprünglich Schnappi, aber jetzt heißt der Hund Benni, seit ihr Sohn in der Schule Schnappi genannt wird – also früher hat sie behauptet, wenn die alle aus dem Gröbsten raus sind und selbst autofahren können, würde sie das Hotel führen. Aber letztes Jahr hatte ihr Mann einen Herzinfarkt, jetzt geht es ihm wieder gut, aber jetzt muß sie für den Rest seines Lebens warten, bis ihr Mann aus dem Gröbsten raus ist. Deshalb bin ich hier eingestellt, weil sie mich für einen vertrauenswürdigen Menschen hält. Sie kann sehr mißtrauisch sein.«
Bestimmt war Rufus vertrauenswürdig, aber wenn man ihn ansah, wirkte er eher mißtrauenswürdig. »Glaubst du, Frau Schnappensiep hält mich für vertrauenswürdig?«
»Unbedingt. Sie behauptet, für sie spiele es keine Rolle, aus welcher Familie jemand ist, welche Hautfarbe undsoweiter, das

einzig Wichtige wäre eine gute Bildung, erkennbar an einem soliden Hochschulabschluß. Dabei hat sie selbst nur zwei Semester studiert.«
»Hast du Hochschulabschluß?«
»Sonst dürfte ich ja nicht der offizielle Geschäftsführer dieses Etablissements sein.«
»Du bist Geschäftsführer?!«
»Ja, deshalb bin ich für alles zuständig.«
»Warum hast du mir erzählt, du wärst Mädchen für alles?«
»Weil ich finde, daß sich Geschäftsführer etwas zu großartig anhört für dieses Etablissement. Aber Mädchen für alles stimmt genau. Außerdem mach ich das erst seit einem Jahr, seit der frühere Geschäftsführer in Pension ging, und ich will nicht für alle Ewigkeit hier Geschäftsführer mimen.«
»Was hast du studiert?«
»Ich bin diplomierter Landwirbeltier-Paläontologe.«
»Was ist denn das?«
»Populär gesprochen bin ich Dinosaurierforscher.« Rufus grinste, er hatte schöne Zähne zwischen seinen häßlichen Bärten.
»Wozu braucht man in einem Hotel ein Diplom für Dinosaurierforschung?«
»Keine Ahnung.« Nun sah Rufus wieder so depressiv aus wie üblich, »ich interessiere mich eben für große Fossilien.«
Ich begann, das Waschbecken zu putzen, um nicht nur staunend rumzustehen. »Und was willst du dann machen?«
»Auch keine Ahnung. Es gibt kaum Jobs für Paläontologen, höchstens an der Uni. Und die Ausgrabungsstätte, an der ich arbeiten wollte, wurde zur Mülldeponie erklärt. Da hab ich dann diesen Job angenommen. Und jetzt verschiebe ich den Problembrocken meines Lebens von einem Tag zum nächsten.«
Sprachlos sah ich auf den Abfluß des Waschbeckens. Würde ich auch so lange an einem Job hängenbleiben, den ich gar nicht wollte? »Nein«, sagte ich zu mir selbst und schüttelte den Kopf.
»Reden wir von was anderem«, sagte Rufus.
Um von was anderem zu reden, sagte ich: »Es wäre praktisch, wenn ich einen Servierwagen hätte, mit dem ich das Putzzeug und die Wäsche von Zimmer zu Zimmer fahren könne, statt

ständig in den Putzraum zu laufen. Und ich könnte die Zahnputzgläser sammeln und unten in der Spülmaschine spülen.«

»Wenn ich darüber nachdenke, was man hier alles effizienter machen könnte, fällt mir soviel ein, daß mir die Lust vergeht«, sagte Rufus lustlos. »Wo soll man anfangen?«

»Irgendwo fängt man eben an.«

»Solange hier nicht alles zusammenbricht, lassen wir es, wie es ist. Und wenn alles zusammengebrochen ist, wird sich von allein die große Lösung finden.«

»Auf die große Lösung zu warten, ist, als ob man auf die Million im Lotto wartet.«

»Wer wartet, hat noch Hoffnung«, sagte Rufus und ging.

Wütend sah ich ihm nach: Wenn man irgendwo anfangen kann, ist es nicht nötig zu warten. Mein Blick fiel auf einen Stuhl neben der Tür, ein schöner dunkler Holzstuhl, dessen Polstersitz ebenfalls mit Herrn Hedderichs widerlicher Plastikfolie verschandelt war – ich setzte mich aufs Bett, löste mit einem Faustschlag von unten das Polster vom Stuhl. Wie vermutet, war die Plastikfolie nur mit Heftklammern angetackert. Ich zog an einer Kante der Folie. Die Klammern hielten so schlecht in dem Holz, daß ich sie mit der Folie abreißen konnte. Ich riß die zweite Kante auf. Unter dem Plastik war ein hellgelber Chintzstoff mit Biedermeierstreifen. Begeistert riß ich die dritte Kante ab, die vierte, und erstarrte. In der Mitte des Polsters strotzte ein dunkelschwarzer Fleck. Entsetzt legte ich die Folie wieder drauf. Aber ohne es zu wollen, mußte ich den Fleck noch mal ansehen, so gräßlich war er: getrocknetes Blut. Ich wußte sofort, was für eine Art Fleck es war – hier hatte eine Frau gesessen, hatte sich vielleicht die Haare gefönt, Illustrierte gelesen und hatte plötzlich, unerwartet ihre Tage bekommen. An einer Stelle war der Fleck verschmiert – ein verzweifelter Versuch, die Peinlichkeit zu beseitigen. Schon der Anblick war peinlich. Und die Angst, daß mir so was auch irgendwann passieren könnte.

Das war die Strafe dafür, daß ich meinen Vorsatz gebrochen hatte, daß ich mich benommen hatte, als sei ich hier Innenarchitektin. Zimmermädchen war ich hier und hätte jubeln sollen über jeden Plastikbezug, bei dem solche Flecke mit einem Wisch

verschwinden. Ich schlich hinunter in Herrn Hedderichs Refugium, holte den Tacker, heftete die Folie wieder an und schwor: »Nie wieder will ich aus meiner Rolle fallen.«
Die Geschichte war so peinlich, daß ich sie nicht mal Benedikt erzählte. Aber natürlich erzählte ich ihm von Frau Schnappensiep und die Neuigkeiten über Rufus. Benedikt meinte, wenn Frau Schnappensiep mit einem Notar verheiratet ist, könne sie im Luxus vom Geld ihres Mannes leben und hätte es nicht nötig, sich um das Hotel zu kümmern. Da hatte er sicher recht. Und Benedikt fand es blöd, daß Rufus erzählt hatte, er sei Mädchen für alles, statt sich als Geschäftsführer vorzustellen. Rufus sei der typische Versager. Da hatte er wahrscheinlich auch recht. Trotzdem tat Rufus mir leid. Es war wirklich alles hoffnungslos im Hotel Harmonie.

47. Kapitel

»Dieser Mann ist interessanter als vermutet«, sagte Tanja, »Saurierforscher und Geschäftsführer – wer hätte das gedacht!«
Wir standen auf dem Rothschild-Schulhof, es war kurz vor sieben. Ich war mit Rufus in seinem klapprigen VW-Kombi direkt vom Hotel gekommen, es hätte sich nicht gelohnt, vorher nach Hause zu fahren, also hatte ich eine Stunde länger geputzt, ein bißchen mehr verdient und dann mit Rufus auf Herrn Hedderich gewartet, der die Hotelaufsicht übernahm. Als wir ankamen, standen Tanja und Michael rauchend im Schulhof, und weil Michael ungestört mit Rufus reden wollte, konnte ich ungestört Tanja informieren. »Rufus und Michael sind vermutlich auch schwul. Rufus wollte mir nämlich nicht sagen, warum er mit Michael zusammen den Kochkurs macht.«
»Aber Michael hat mir erzählt, warum er den Kurs macht: Er ist Journalist und soll einen Artikel über Volkshochschul-Kochkurse schreiben für sein Metropolen-Magazin. Michael will nur nicht, daß Carola es weiß – er befürchtet, sie erwartet, daß er seitenlang ihre unschlagbaren pädagogischen Fähigkeiten preist

und ihre Rezepte abdruckt. Und dazu hat er keine Lust. Das ist sein ganzes Geheimnis, jeder darf es wissen, außer Carola. Außerdem behauptet Michael, er könnte bereits kochen, das ist möglich, aber daß er schwul ist, glaube ich nicht.«
»Aber du weißt es nicht.«
»Er ist sowieso nicht mein Typ. Michael spielt den einsamen Großstadt-Cowboy, zu dem paßt, falls er nicht schwul ist, ein einsames Cowgirl. Und der Typ bin ich nicht. Ich steh nicht auf diese Wir-zwei-gegen-den Rest-der-Welt-Symbiosen.«
Dann mußten wir uns an die Kochtöpfe begeben. Zur Auswahl standen heute Steaks mit Bratkartoffeln und Salat oder Marmorkuchen. Weil die Männer zu Hyänen wurden, als es darum ging, wer Steaks machen durfte, machte ich freiwillig mit Suleika Marmorkuchen. Tanja und Rufus machten unfreiwillig Marmorkuchen.
Ausnahmsweise, weil das Fleisch so teuer war, war Carola bereit, vorher zu verraten, welche Fehler bei der Zubereitung eines Steaks möglich sind. Sie diktierte zum Mitschreiben:

1. Steak macht man aus Fleisch von Rind oder Kalb. Das Fleisch sollte weiße Fettpunkte haben, das ist besser als völlig fettloses Steak. Kein hellrotes Fleisch kaufen, sondern dunkelrotes, das ist abgehangen.
2. Das Steak muß Zimmertemperatur haben, sonst wird es beim Braten hart. Also vorher auftauen. Und mit Küchenkrepp trokkentupfen.
3. Man schneidet die Haut, die das Steak umgibt, ringsum ein. Nur die Haut einschneiden, nicht das Fleisch. Wenn man die Haut nicht einschneidet, wölbt sich das Steak in der Pfanne und wird nie gleichmäßig gebraten.
4. Am besten schmeckt Steak, wenn es in geklärter Butter oder in Pflanzenöl gebraten wird. Keine richtige Butter nehmen, die wird schwarz beim Braten.
5. Gut ist eine möglichst schwere Pfanne, nicht viel größer als das Steak.
6. Zuerst kommt das Fett in die Pfanne.
7. Der Boden der Pfanne darf nur ein, zwei Millimeter mit Fett

bedeckt sein. Millimeter – nicht Zentimeter. Das Fett muß den Pfannenboden gleichmäßig bedecken. Wenn es den Boden nicht gleichmäßig bedeckt, ist die Pfanne verbogen, oder der Herd steht schief. Beides führt zu ungleichmäßig gebratenen Steaks.
8. Das Fett muß sehr heiß sein, ehe das Steak in die Pfanne kommt. Es muß leicht rauchen. Aber nur leicht. Oder man prüft die Fettemperatur, indem man mit dem Finger ein bißchen Wasser aufs Fett spritzt: wenn die Wassertropfen auf dem Fett verdampfen, ist es richtig.
9. Wenn das Steak dicker ist als drei Zentimeter, sollte man es – ehe man es in die Pfanne gibt! – flacher klopfen, auf drei Zentimeter Höhe. Nur leicht klopfen, nicht hämmern.
10. Das Steak klebt zuerst in der Pfanne an, aber man kratzt es nicht los, sondern wartet eine Minute, dann löst es sich allein vom Pfannenboden. Man wendet es und brät die andere Seite eine Minute an. Dann wieder wenden.
11. Und jetzt die Hitze runterschalten: auf mittlere Hitze. Je dikker das Steak, desto geringere Hitze.
Soll das Steak blutig bis rosa bleiben, auf Küchenfranzösisch heißt das »à point«, brät man ein drei Zentimeter dickes Steak insgesamt etwa 4 Minuten, also jede Seite noch mal eine Minute. Wenn man mit dem Finger leicht draufdrückt und blutrosa Fleischsaft austritt, dann ist es innen rosa.
Damit es halbdurch, also »medium« wird, brät man ein drei Zentimeter dickes Steak insgesamt 7–8 Minuten. Wenn man das Steak mit dem Messer ritzt und der austretende Saft ist hellrosa, dann ist es halbdurch.
Ganz durch ist es nach 9–10 Minuten. Wenn man das Fleisch anschneidet, kommt klarer Saft raus.
12. Gesalzen wird erst hinterher. Salz entzieht dem Fleisch Flüssigkeit, wird es vorher gesalzen, wird es trocken und hart. Salz und Pfeffer genügen zum Würzen. Auch Pfeffer erst nach dem Braten zugeben, weil er beim Braten verbrennen würde.
13. Steaks auf vorgewärmtem Teller im Backofen oder in Alufolie fünf Minuten ruhen lassen, damit der Fleischsaft ins Innere vom Steak zurückfließt. Beim Anschneiden sollte kein Fleischsaft austreten.

14. Wer etwas Sauce haben will, gießt einen Schuß Rotwein, Weißwein, Kognak, Brühe oder Sahne in die Pfanne. Damit wird der Bratensatz aufgelöst – oder wie der Koch sagt: abgelöscht.

»Das ist schon alles«, sagte Carola. »Man kann eigentlich nichts falsch machen.«

Weil Steaks viel schneller fertig sind als Bratkartoffeln, mußten die zuerst gemacht werden. Bratkartoffeln kann man aus rohen oder gekochten Kartoffeln machen. Schneller geht es mit gekochten. Aber dazu müssen die Kartoffeln einen Tag vorher gekocht und etwas angetrocknet sein, denn frisch gekochte zerbröseln in der Pfanne. Also konnte man im Kurs nur rohe Kartoffeln braten. Und man brät sie auf mittlerer Hitze unter ständigem Wenden mindestens eine dreiviertel Stunde.

Das Rezept für Marmorkuchen erschien völlig unproblematisch. Suleika und ich hatten gerade die letzte, dunkle Teigschicht in die Form gegossen, da kam Carola und erklärte, das sei falsch – oben müsse eine helle Teigschicht sein, damit man während des Backens sehen kann, ob der Kuchen noch zu hell ist oder bereits anbrennt. Bei dunklem Teig sei das nur schwer festzustellen. Aus Angst um unseren Kuchen starrten Suleika und ich abwechselnd in den Backofen. Sobald wir eine winzige, leicht dunklere Stelle am Rand entdeckten, rissen wir ihn aus dem Ofen. Carola stach mit einer Rouladennadel in den Kuchen, und weil beim Rausziehen der Nadel keine Krümel an der Nadel klebten, befand sie, er sei durchgebacken.

Die Steaks waren auch alle durch. Es gab eine lange Diskussion, wie Steaks am besten wären – blutig, halbblutig oder ganz durch? Arnulf führte sich auf, als hätte er mit seinem selbstgebratenen Steak die Ketten von Suleikas Gemüseküche gesprengt, und verkündete, von nun an werde er jeden Abend ein Steak braten und in Kürze das ideale Steak entwickelt haben. Und es hätte eigentlich keinen Sinn, wenn er zu den restlichen sieben Kursabenden käme, er wisse nun alles, was er über Kochen je hätte wissen wollen, und Suleika würde hier sowieso nichts Neues lernen. Und er würde versuchen, sich von der Volkshochschule einen Teil der Kursgebühren zurückerstatten zu lassen.

»Das ist aber schade«, sagte Wolfram zu Suleika. Aber die nahm die Entscheidung ihres Gatten emotionslos zur Kenntnis.
Die Bratkartoffeln waren nur zum Teil genießbar. Die von Michael waren es nicht. Er hatte sie auf voller Flamme gebraten, um möglichst schnell fertig zu werden, und deshalb waren sie hart und verbrannt. Michael sagte, die vorgebratenen Kartoffeln, die man fertig in Vakuumpackungen kaufen kann, würden besser schmecken als selbstgemachte, das traf auf seine durchaus zu, aber die von Wolfgang waren rundum goldbraun, weich und wunderbar lecker.
Als wir unseren Marmorkuchen aufschnitten, stellte sich heraus, daß wir keinen Marmorkuchen, sondern einen Streifenkuchen gemacht hatten. Dagegen war der von Tanja und Rufus einwandfrei marmoriert.
»Tja, wie kommt der Marmor in den Kuchen?« grinste Tanja mich an.
»Ich dachte, von allein, durch das Backpulver.«
Rufus kicherte. Zufällig war Carola bei den beiden vorbeigekommen, ehe sie den Kuchen in den Ofen schoben, Carola hatte mit einer Gabel die Teigschichten in der Form ringsum einmal durchgedreht.
Suleika sah mit dunklen Mandelaugen von unserem Streifenkuchen zum Marmorkuchen und jammerte: »Ich wissen, wie machen, aber nicht wissen, was machen.«
Tanja zeigte auf mich und sagte schadenfroh: »Und du wissen, was machen, aber nicht wissen, wie machen.«
Weil frischer Marmorkuchen nicht so gut schmeckt, er muß mindestens vierundzwanzig Stunden ablagern, durfte jeder ein Stück Marmorkuchen und ein Stück Streifenkuchen mit nach Hause nehmen. Zum Abschluß verkündete Carola, daß in der nächsten Woche der Kurs ausfällt, weil in der Schule der Schulball stattfindet.
»Hurra, die Schule fällt aus«, rief Wolfram.
An diesem Freitag konnte ich unbeschwert mit in die Kneipe, Rufus hatte mir meinen Wochenlohn ausbezahlt, ich fühlte mich reich und zufrieden. Nur Tanja, Rufus, Michael und ich gingen in die Rothschild-Kaschemme: Felix war wieder vorm Geschirr-

spülen abgehauen, um seine Tochter bei einer Freundin abzuholen. Wir vermuteten, daß es eine Freundin von Felix war, nicht der Tochter. Die Apotheker-Clique wollte lieber in eine andere Kneipe, die ›Der Wilde Oscar‹ hieß. Das sei einwandfrei eine Schwulen-Kneipe, flüsterte mir Tanja zu.
Sie verwickelte Rufus in eine Diskussion über die Krisen der internationalen Finanzmärkte. Ich versuchte, mit Michael in ein Gespräch zu kommen. Aber seine Konversation bestand nur aus Geschimpfe über die Unmöglichkeit, in dieser Stadt über Kultur zu schreiben. Es gebe nämlich keine. Deshalb sei seine Redaktion in der Verzweiflung auf die Idee gekommen, über die Kochkultur dieser Stadt zu schreiben, und ausgerechnet an ihm sei der Scheißjob mit dem Anfängerkurs hängengeblieben, andere dürften Spesenritterlokale testen. Dabei starrte er abwechselnd in die Ferne und in sein Bier. Ich hörte Tanja sagen: »Außerdem hab ich gehört, du bist Saurierforscher.« Und ehe Rufus etwas dazu sagen konnte, fragte sie: »Wie alt bist du?«
»Seit einem Monat dreißig.«
»Na so was, ich bin auch seit einem Monat dreißig«, rief Tanja. »Und warst du mal verheiratet?«
»Nein. Und du?« fragte Rufus zurück.
»Ich auch nicht. Hast du eine Freundin?«
»Nein. Und du?«
»Nein.« Dann kam das Gröbste – Tanja fragte: »Warum nicht?«
Aber Rufus antwortete sofort: »Wir haben uns getrennt wegen Unvereinbarkeit der Lebensplanung.«
»Das kann jeder sagen.«
»Meine Ex-Freundin wollte zuerst ein Kind haben und dann weitersehen, was aus unserem Leben wird. Ich wollte zuerst wissen, was aus unserem Leben wird. Ich hatte keine Angst, daß die Weltbevölkerung in der Zwischenzeit ausstirbt.«
Tanja lächelte wie jemand, der ein Los gezogen hat, es aufwikkelt, und es ist keine Niete. Aha, er ist also nicht schwul. Dann fragte sie: »Hast du Geschwister?«
»Ich beantworte alle deine Fragen, aber kannst du mir verraten, wie du jetzt darauf kommst?«

»Ich hab die Theorie, daß Leute, die Geschwister haben, eher Kinder wollen als Einzelkinder.«

»Ich hab die Theorie nicht«, sagte Rufus. »Ich hab eine Schwester, aber ich bin als Einzelkind aufgewachsen. Was schließt du daraus?«

Sie schloß nichts daraus, sie strahlte Rufus an: »Ich bin auch ein Einzelkind.«

»Wieder eine Gemeinsamkeit an den Haaren herbeigezogen«, sagte Michael, »spielt ihr Liebespaar?«

»Und was machen deine Eltern?« fragte Tanja unbeirrt weiter.

»Sie kamen bei einem Autounfall ums Leben.«

»Oh«, Tanja strich sich mitfühlend eine Haarsträhne hinters Ohr.

»Willst du nicht wissen, warum?«

Unwillkürlich mußte ich lachen. Manchmal ist Rufus ganz anders, als er aussieht. Viel witziger. Obwohl Tanja nicht antwortete, erzählte Rufus: »Sie kamen gerade vom Scheidungsanwalt, sie haben sich gestritten – man weiß das, weil sie sich immer gestritten haben –, das Auto kam von der Straße ab, Böschung runter, verbrannt. Meine Mutter war sofort tot, mein Vater starb einen Tag später im Krankenhaus. Ich hab ihn nicht mehr gesehen. Und der Pfarrer sagte bei der Beerdigung: ›So hat sich auf wunderbare Weise Gottes Wille erfüllt, so hat sie doch der Tod geschieden.‹ – Ich fand das ziemlich rechthaberisch von dem Pfarrer.«

»Das muß schrecklich für dich gewesen sein«, Tanja strich noch mal mitfühlend die Haarsträhne hinters Ohr.

»Nein. Meine Eltern waren schrecklich. Sie haben nur miteinander geredet, um zu streiten. Ich bin sofort nach dem Abitur nach Hamburg zu meiner Schwester gezogen, um möglichst weit von ihnen weg zu sein.«

»Meine Eltern sind auch geschieden«, sagte Tanja.

»Eine weitere wundervolle Gemeinsamkeit«, sagte Michael gähnend, »ich darf mich jetzt verabschieden.«

»Wir reden noch ein bißchen miteinander«, sagte Tanja, und Rufus nickte froh.

»Ich muß auch gehen«, sagte ich und stand auf. Wenn Tanja In-

teresse hatte an einem Saurierforscher mit zusammengewachsenen Augenbrauen und Bärten, an einem Mann, der sein Leben als Mädchen für alles in einem Hotel fristete, dann wollte ich nicht stören.
Vor der Tür der Rothschild-Kaschemme sagte Michael: »Was findet er nur an ihr?«
Erstaunt sah ich Michael an: »Was findet sie nur an ihm? Nur weil er nicht schwul ist?« – Gleich darauf war es mir peinlich, das gesagt zu haben, vielleicht war ja Michael schwul, aber er reagierte nicht darauf.
»Es wäre mir recht, wenn aus den beiden was wird«, sagte er mit unterdrücktem Gähnen, »dann hätte ich einen Aufhänger für meine Story. Wie findest du die Headline: Im Kochkurs lernten sie küssen?«
»Tanja konnte das schon vorher. Dann eher: Im Kochkurs lernte er küssen!«
»Ich hab's«, rief Michael, »Ich nehm als Headline: Schuld war nur der Marmorkuchen.«
Egal, was Michael schreiben würde – auch mich würde es freuen, wenn aus Rufus und Tanja was wird. Rufus war eigentlich sehr nett. Aber trotzdem: Was fand Tanja nur an ihm?

Benedikt kam erst nach Mitternacht. Er war nach seinem Volleyball-Training auch in der Kneipe gewesen und war ziemlich betrunken. »Ich hab eine ganze Flasche Champagner geleert.«
»Champagner nach dem Volleyball?«
»Einer hatte Geburtstag.«
Als ich ihm meinen Streifenkuchen zeigte, lachte Benedikt wie verrückt: »Wahnsinn, was man alles für'n Quatsch macht im Leben!«
»Mein Kuchen ist kein Quatsch«, sagte ich leicht beleidigt.

48. Kapitel

Als ich am Sonntag Mercedes das Geld für die Miete überreichte, sagte sie, es wäre ihr lieber, wenn ich es künftig per Dauerauftrag überweise, es sei ihr nämlich peinlich, jedesmal darum bitten zu müssen! Und als ich ihr sagte, daß ich ihr in Kürze – ich sagte, wenn mein Vater wieder Geld geschickt hätte – auch die gestundete Miete samt Zinsen zurückgeben könnte, sagte sie arrogant: »Ich glaube nicht, daß das noch wahr wird.«

Na, warte, dachte ich. Nun hatte ich wieder Geld. Nun war ich wieder wer. Nun würde ich es Mercedes heimzahlen.

Beim Mittagessen berichtete Mercedes, sie sei letzte Woche mit ihrem Herzallerliebsten im allerfeinsten Restaurant gewesen, man habe Austern gespeist. »Austern sind ein Aphrodisiakum«, sie kicherte verlogen, »falls ihr wißt, was das ist.«

»Das ist ein Mittel zur Stärkung der Liebeskraft des Mannes«, rief Nora, als hätte sie eine Kreuzworträtselfrage gelöst.

So nebenbei wie möglich sagte ich: »Schade, daß er da nie Zeit hat, einen Abend mit dir zu verbringen.«

Zuerst blieb ihr die Luft weg. Dann rief sie: »Wie kommst du zu dieser Unterstellung?!«

»Wir würden deinen ständigen Verehrer gerne mal kennenlernen«, sagte Benedikt.

Ich wollte gerade sagen: Man glaubt ja nicht, daß das noch wahr wird…

…da sagte Mercedes: »Bitte, bitte, ich lade euch zu mir ein, da könnt ihr ihn kennenlernen. Nächste Woche oder spätestens in zwei Wochen.«

Vor Verblüffung fiel mir der Löffel ins Birnenkompott. Dann packte mich der Schreck. Was, wenn mich der Mann aus Zimmer 4 wiedererkannte? Aber dann dachte ich: Abwarten. Warum sollte das noch wahr werden?

49. Kapitel

Rufus und Tanja waren Freitagabend noch bedeutend länger in der Rothschild-Kaschemme geblieben und dann mit dem Taxi zurückgefahren. Und Samstag hatten Tanja und Rufus gemeinsam ihre Autos geholt und bei der Gelegenheit hatte Tanja das Hotel besichtigt. Rufus erzählte den Ablauf des Treffens, als müßte er beweisen, daß er sich mit Tanja nur zu moralisch einwandfreien Zeiten und Zwecken im Hotel aufgehalten hatte. Täuschte ich mich, oder wehte Frühlingsluft durch die muffige Hotelhalle? Nein, es war nicht der Frühling, es war Rufus' After Shave. Wo er sich rasiert hatte, war allerdings nicht festzustellen. Und er trug ein unsägliches lachsrosa Hemd zu einer grünen Kordhose.

Und Tanja hatte gesagt, wäre sie auf Hotelsuche, würde sie ohne zu zögern, am Hotel Harmonie vorbeifahren und was anderes suchen. Dieses Hotel sei eine Bruchbude. »Ich finde, Tanja ist sehr intelligent und sehr elegant. Für mich hat Eleganz immer auch mit Intelligenz zu tun«, sagte Rufus.

Platt vor Staunen über Rufus' durchdachte Vorstellungen von Eleganz schwieg ich. Gehörte er zu jenen Männern, die verlangen, daß ihre Frauen ständig topelegant herumstöckeln, und sie selbst laufen rum wie die Vogelscheuchen? Glaubte er etwa, er hätte so bedeutende innere Werte, daß er es nicht nötig habe, äußere Werte zu zeigen?

Und Tanja hatte gesagt, als Gast hätte man hier Angst, sich einen Floh oder einen Virus zu holen.

»So schmutzig ist es nicht«, widersprach ich, die Putzfrau.

»Tanja hat absolut recht. Auch wenn ein Gast bei sich zu Hause schlampig und schmutzig ist, im Hotel muß es penibel sauber sein. Wir werden auf jeden Fall eine weitere Putzkraft einstellen.«

»Gute Idee«, sagte ich, das konnte wirklich nicht schaden.

»Natürlich können wir nicht mehr Personal bezahlen, ohne die Preise zu erhöhen, und für ein Hotel wie dieses gibt es enge Preislimits. Und Tanja sagt, wenn ich weiter halbherzig den Geschäftsführer spiele, würde ich mein Leben verplempern. Also habe ich beschlossen, mein Leben zu ändern. Und deshalb muß hier alles anders werden.« Er lächelte heftig in Erinnerung an die großartige Tanja. Vermutlich war er von seinem After Shave berauscht.

»Wenn hier mehr geputzt werden soll, dann will ich gleich anfangen«, sagte ich, aber Rufus hatte seinen Lobgesang auf Tanja noch nicht beendet.

»Tanja sagt, es gibt derzeit für die Renovierung von Gewerberäumen optimale Kreditkonditionen. Und man sollte aus dem Hotel was machen. Tanja ist Bankkauffrau, die weiß, wie man so was anpackt.«

In mir keimte das Mißtrauen gegen Leute, die übers Wochenende ihre Meinung ändern. Freitag hatte Rufus noch gesagt, er wartet, bis alles zusammenbricht, dann verläßt er die Szene.

»Und Tanja macht auch die Gestaltung und alles?« In mir keimte auch der Neid.

»Das könntest du machen, haben wir beschlossen, du bist ja Innenarchitektin.«

Nein, es gefiel mir gar nicht, wie er das sagte. Da lebte dieser Rufus seit einem Jahr in dieser Bruchbude, weigert sich, nur das Geringste zu ändern, und dann lächelt ihn Tanja nett an, und schon soll alles anders werden. Und daß ich als Innenarchitektin dabei mitwirken dürfe, das sagte er so dahin, wie alle Leute, die glauben, das könne man nebenher machen. Und diese Leute sagen auch immer, daß das doch wahnsinnig Spaß macht, und damit meinen sie, das wäre keine Arbeit, die bezahlt werden müßte. Und weil nichts bezahlt wird, darf auch noch jeder reinquatschen, und das Resultat ist eine Katastrophe aus Kompromissen.

»Hat dir Tanja auch gesagt, was das kosten würde?«

»Sie wird jetzt Kreditangebote ausarbeiten. Ich brauche eine Basis, um mit der Chefin drüber zu reden. Das ist das Entscheidende.«

»Dann viel Glück.« Ich überließ Rufus seinen Träumen von der eleganten Tanja, die sein Leben ändern wollte.

Vom Jaulen des Staubsaugers betäubt, versank ich ins Grübeln über die Tragödie meines Berufs. All diese selbsternannten Innenarchitekten können nur Räume gestalten, die mindestens

hundert Quadratmeter groß sind – da stellen sie zwei edle Möbel auf einen edlen Fußboden und loben sich, daß das gut aussieht. Das kann jeder. Aber in einem Hotelzimmer muß alles auf engstem Raum funktionieren. Und wenn Amateure so was machen, wird es viel teurer: Amateure bezahlen Unsummen für einen Teppichboden, wenn er nur den gleichen Farbton hat wie ihr Vorhang. Bei den reichen Amateuren muß immer alles aussehen wie aus dem gleichen Farbkübel gezogen, nur dann sind sie sicher, daß es zusammenpaßt. Der Effekt sind Räume, die so unpersönlich wirken wie aus einem Möbelkatalog. So würde es wahrscheinlich Tanja machen. Und die ganz geschmacklosen Amateure von Rufus' Sorte stellen die Räume mit braunem Zeug voll, damit es gemütlich wird. Braune Möbel, braune Teppiche, beigebraune Tapeten – und dann wundern sie sich, daß man Platzangst bekommt und zwischen all dem braunen Zeug das Gefühl hat, man sei ins Klo gefallen.
Ich stellte den Staubsauger ab, um in Ruhe nachdenken zu können. Falls dieses Projekt wahr werden würde, dann müßte man es richtig machen, nicht laienhaft nebenbei. Und ich könnte es richtig machen mit Benedikts und mit Onkel Georgs Hilfe. Würde mich Onkel Georg als projektleitende Innenarchitektin einstellen, dann hätte ich die Garantie, als Innenarchitektin ernstgenommen und bezahlt zu werden. Und für Frau Schnappensiep würde sich das auch lohnen: Über Onkel Georg hätte ich die besten Handwerker, die besten Einkaufsquellen und die besten Rabatte.
In der Mittagspause rief ich Benedikt an. Er war überhaupt nicht begeistert: »Jeder, der dieses Hotel sieht, kommt auf die Idee, daß man es renovieren sollte. Wir haben hier im Büro genügend zu tun, auch ohne die sensationellen Ideen deiner Freunde. Wenn die Chefin bisher nichts machen lassen wollte, warum dann jetzt? Nur wegen Tanja?«
Seufzend mußte ich zugeben, daß das ein Problem war.
»Wart erst mal ab, was die Chefin sagt!«

Frau Schnappensiep war, als sie am Mittwochmorgen kam, begeistert. »Eine großartige Idee«, rief sie, und genau das hätte sie

schon immer gesagt, nämlich, daß man aus dem Hotel etwas machen müsse. Und wenn die junge Dame von der Bank so vertrauenswürdig sei, wie Rufus meine, dann sehe sie allen Vorschlägen gerne entgegen. Allerdings hätte sie überhaupt keine Zeit, sich um irgendwas zu kümmern. Und es sei ganz großartig, daß ich so enge Verbindungen zu einem so renommierten Architektenbüro hätte. Und dann sagte sie wortwörtlich zu mir: »Sie müssen das machen! Ich seh es Ihnen an, Sie haben Kunst im Blut!«
Vor Freude konnte ich nicht mal zustimmend nicken.
Aber als ich Benedikt anrief, sagte er nur: »Wart erst mal ab, ob die Bank überhaupt Geld gibt.«

50. Kapitel

Dieser Freitag war mein schönster Tag seit langem. Eigentlich der schönste Tag, seit wir hergezogen waren. Morgens beehrte uns Frau Schnappensiep mit einem hektischen Kurzbesuch: Frau Kachel – also Tanja – hätte sie angerufen und würde heute abend persönlich die Kreditangebote im Hotel vorbeibringen. Leider hätte sie keine Zeit, sie hätte mit ihrem Mann gesellschaftliche Pflichten wahrzunehmen, Rufus solle ihre Interessen vertreten.
»Es ist mir bekannt, daß Frau Kachel heute abend kommt«, sagte Rufus nur.
Dann dankte Frau Schnappensiep mir herzlich für meine tatkräftige Mitarbeit. Ich fand das leicht übertrieben, freute mich aber trotzdem.
Von ihrem Lob beflügelt, fuhr ich in der Mittagspause mit dem Bus zu jener Boutique, in deren Schaufenster seit zwei Tagen ein hochinteressanter Mantel hing. Er war reduziert, aber vom Bus aus war der Preis nicht zu entziffern. Ich betete, daß er für ein Zimmermädchen nicht zu teuer sei. Es war ein weiter, schwingender Mantel in einem strahlenden Blau. Mir war nach strahlendem Blau zumute. Mal was anderes als Schwarz.
Gottseidank war der Mantel noch da, und er war von 850 Mark

auf sage und schreibe 250 Mark reduziert. Das sah man ihm wirklich nicht an. Reine Schurwolle! Ich fühlte mich in diesem strahlenden Blau wie in einer Wolke, ein bißchen wie im siebten Himmel. Natürlich ließ ich ihn gleich an.
Sogar Rufus rief entzückt »Oh!«, als ich in die Hotelhalle einschwebte.
Und Tanja fand den neuen Mantel auch super. Sie kam um sechs, mit einer todschicken Aktentasche mit zwei langen Schulterriemen – genau das, was die Karrierefrau braucht.
Wir setzten uns in die Sitzecke hinter Herrn Hedderichs Verschlag, Tanja holte aus ihrer Aktentasche einen Stapel Computerausdrucke: »Die maximale Kreditsumme, die meine Bank für das Hotel Harmonie zu geben bereit ist...«, sie machte eine Pause, beugte sich zu Rufus, sah ihm in die Augen und sagte: »Drei Millionen.«
Die astronomische Summe schwebte im Raum, als wäre ein Ufo in die Hotelhalle gesurrt.
»Das ist Wahnsinn«, sagte Rufus.
»Richtig, das ist Wahnsinn«, sagte Tanja ernst, »das ist die Maximalsumme. Ich nenne sie nur, damit du siehst, daß ich die Bank total überzeugt habe, daß das Projekt Hotel Harmonie zukunftsträchtig und kreditwürdig ist. Aber ein so hoher Kredit würde das Hotel vermutlich in die Pleite treiben, das sag ich dir ganz ehrlich.« Sie suchte einen Computerauszug raus: »Ich habe verschiedene Kreditsummen mit verschiedenen Laufzeiten berechnen lassen, und ich empfehle einen Kredit von maximal einer Million und einer Laufzeit von mindestens fünfzehn Jahren.«
»Das ist auch Wahnsinn«, sagte Rufus.
»Das ist realistisch. Der Kredit erfordert kein Eigenkapital, und die Konditionen sind günstig.«
»Wann ist so ein Kredit abbezahlt?« fragte Rufus. »Ich kann zwar die Zerfallszeit eines Gesteins berechnen, aber nicht die Zerfallszeit eines Kredits.«
»Mit deinem paläontologischem Denken kommst du hier nicht weiter. ›Immer nur vorwärtsblicken‹, ist das Motto, wenn man einen Kredit aufnimmt.« Tanja lachte, dann sagte sie wieder in

geschäftsmäßigem Ernst: »Ich habe mit Frau Schnappensiep telefoniert, sie will sich erkundigen, welche Konditionen sie bei ihrer Hausbank bekäme, und ich werde dafür sorgen, daß unsere Konditionen günstiger sind.«
»Warum?« fragte ich. Ich hatte den Verdacht, daß Tanja nur aus Liebe zu Rufus wichtigtuerische Versprechen machte.
»Weil meine Bank verstärkt ins Kreditgeschäft einsteigen will und weil ich als stellvertretende Abteilungsleiterin entsprechende Erfolge vorweisen will, darum.«
Ich bewunderte Tanjas Art, ihre Arbeit anzupreisen, ohne sich anzubiedern. »Und wenn Frau Schnappensiep festgestellt hat, daß dein Angebot besser ist, was dann?«
»Als nächstes braucht man einen Entwurf der Renovierung und entsprechende Kostenvoranschläge, man muß definitiv wissen, wann wieviel Geld gebraucht wird.« Und zu mir sagte sie: »Jetzt geht ihr zum Büro Faber, bei interessanten Projekten machen die den Vorentwurf und Kostenvoranschlag kostenlos. Ich nehm an, du hast mit Benedikt schon darüber geredet.«
»Ja«, sagte ich nur, »das ist kein Problem.«
»Dann ist ja alles in Ordnung«, sagte Tanja.
Rufus machte ein Gesicht, als wäre überhaupt nichts in Ordnung. »Eine Million«, sagte er, »da wird es ernst.«
Wahnsinn.
Ich ging nicht mit den beiden essen, obwohl Tanja und Rufus sagten, ich müßte mit, um den Beginn des Projekts angemessen zu feiern. Ich wollte das junge Paar nicht stören. Außerdem war ich selbst ausgeflippt vor Glück über diese Zukunftsaussichten. Ich mußte nach Hause, Benedikt alles erzählen.
Zuerst wartete ich mit Nora vor dem Fernseher auf Benedikts Rückkehr vom Volleyball-Training. Ich nutzte die Gelegenheit, um ihr sehr deutlich anzudeuten, daß liebe Freunde von mir ein Hotel besitzen und mich mit der Renovierung des Hotels beauftragt hätten, und deshalb sei ich jetzt immer den ganzen Tag weg.
»Ach«, sagte Nora nur, »wo nur der Junge bleibt? Aber wenn man so hart arbeitet wie er, braucht man am Wochenende den sportlichen Ausgleich.«

Es war mir egal, wenn sie dachte, daß ich nicht so hart arbeitete. Hauptsache, sie dachte nicht, daß ich Putzfrau geworden war. Um elf schlief ich fast im Cocktail-Sessel ein, Benedikt war noch nicht gekommen, ich ging ins Bett.
Als Benedikt kam, schlief ich schon. Aber weil er auf der Treppe so einen Radau machte, daß Nora aus ihrem Zimmer kam und rief, daß sie nicht hätte schlafen können aus Sorge um ihn, wachte ich auf und konnte gerade noch meinen neuen Mantel anziehen, ehe er ins Zimmer kam.
Benedikt sagte, ich sähe aus wie ein blauer, kichernder Kreisel, als ich mich vor ihm drehte. »Hör auf, mir ist schon schwindlig«, rief er lachend. Er hatte wieder eine Flasche Champagner geleert, diesmal hatte man irgendein Volleyball-Julilläum gefeiert. Er ließ sich aufs Bett fallen: »Schön, daß du dich über den Mantel so freust, dann ist die weniger angenehme Neuigkeit nicht so schlimm. Ich hab heute mit dem Faber über dich geredet.«
»Was hat er gesagt? Warum hast du mich nicht angerufen?«
»Das Problem ist, daß Angela meint, sie könnte alle derzeitigen Projekte, für die deine Mitarbeit in Frage käme, genausogut nebenher bearbeiten.«
»Wie wer? Wie ich? Angela?«
»Angela, wer sonst.«
»Aber Angela ist keine Innenarchitektin. Und das kann man nicht einfach nebenher sein.«
»Übertreib nicht, Herzchen. Für den Faber ist es ein Problem, daß er dein Onkel ist, er befürchtet, seine Auftraggeber könnten denken, er sucht sich die Mitarbeiter nicht nach Qualifikation aus, sondern nimmt die nächstbeste Verwandte.«
»Aber Angela ist seine nächstbeste Verwandte.«
»Sei nicht unlogisch. Bei Angela ist es selbstverständlich, daß sie im Büro mitarbeitet. Und bei ihr haben die Leute das Gefühl, mit der direkten Vertretung des Chefs zu verhandeln. Außerdem hat sie Erfahrung.«
»So! Und wenn ich jetzt das Hotelprojekt bekomme? Tanja hat heute die Kreditunterlagen gebracht.«
»Na, das wäre doch prima. Dann kannst du das Projekt mit deinen Freunden zusammen machen. Ein Großbüro wie wir kön-

nen die sowieso nicht bezahlen.« Benedikt zog sich aus, legte sich unter die Decke, als wäre nichts.
»Du nimmst das Projekt überhaupt nicht ernst!«
»Nach allem, was du mir über den Laden erzählt hast, kann ich das nicht ernst nehmen.«
»Aber es ist ernst. Rat mal, wieviel Kredit die Bank gibt?«
»Gibt sie überhaupt Kredit?« Benedikt zog sich die Bettdecke über den Kopf.
»Drei Millionen!«
»Drei Millionen?« rief Benedikt unter der Decke. »Dafür könnte man das Ding abreißen und ein neues Hotel hinstellen.« Er kam unter der Decke vor: »Sag ehrlich: Drei Millionen?!«
»Drei Millionen ist die Maximalsumme. Tanja sagt, sie empfiehlt einen Kredit von einer Million.«
»Aha, und nach und nach wird es immer weniger. Das Spiel kennen wir. Wenn das Projekt ernst ist, sollen sie uns einen richtigen Auftrag erteilen, vorher läuft gar nichts.«
»Tanja sagt, das Büro Faber würde bei solchen Projekten ohne weiteres einen kostenlosen Vorentwurf und einen Kostenvoranschlag machen.«
»Tanja ist nicht meine Chefin«, schrie Benedikt wütend wie ich ihn nicht kannte, »ich kann nicht meine Arbeit liegenlassen, um für irgendwelche Leute kostenlose Entwürfe zu machen! Meine Arbeitszeit wird schließlich bezahlt. Dann kannst du das nebenbei machen!«
»Ich brauch gegenüber Frau Schnappensiep das Renommee vom Büro Faber. Und wenn ich das nebenbei mache, bekomme ich nur ein Putzfrauengehalt. Und falls man ganz viel umbaut und tragende Wände versetzt, ist es sowieso Vorschrift, daß ein Architekt mitarbeitet.«
»Wahrscheinlich sind nicht mal die Pläne da, die sind bei alten Häusern meistens verschwunden. Und dann muß alles neu vermessen werden, das macht kein Architektenbüro umsonst.«
»Vielleicht sind die Pläne ja da. Ich will auf jeden Fall mit Onkel Georg darüber reden.«
»Hör mal, ich will nicht, daß du mit Hirngespinsten bei uns aufkreuzt. Würden sämtliche Freundinnen der Kollegen mit den

Projekten ihrer Bekannten aufkreuzen und verlangen, daß alles kostenlos gemacht wird, könnte man den Laden sofort dichtmachen. Du machst mich nur lächerlich. Wenn du die Pläne hast, kann ich mit dem Faber darüber reden. Ich muß was Konkretes in der Hand haben.«
»Aber ich bin nicht irgendeine Freundin eines Kollegen!« Ich heulte fast. Benedikt hatte doch immer gesagt, er würde auch davon träumen, daß wir gemeinsam an einem Projekt arbeiten. »Ich laß mich nicht von Angela ausbooten!«
»Wart erst ab, ob die Pläne da sind.«

51. Kapitel

Sofort am Samstag rief ich Rufus an. Er vermutete die Pläne im Safe der Notariatskanzlei von Herrn Dr. Schnappensiep. Am Montag wußte er, daß sie dort waren. Am Mittwoch hatte er sie im Hotel. Na also!
Und Rufus sagte, ich solle sie unbedingt persönlich meinem Onkel geben, dann könnte ich Frau Schnappensiep und ihm persönlich über das Ergebnis des Gesprächs informieren.
Zittrig vor Aufregung rief ich in Benedikts Büro an.
»Architekturbüro Faber, hier Faber, Hällouh«, meldete sich Diva Angela.
»Ich bin's, deine Cousine Viola«, sagte ich überfröhlich, »ich wollt mal bei euch vorbeischauen, ist dein Daddy da?«
»Warum?« fragte sie schläfrig.
»Ich hab ein Wahnsinnsprojekt, eine Hotelrenovierung mit Umbau, an Land gezogen«, sagte ich so dynamisch wie möglich, »und jetzt wollte ich mit deinem Daddy drüber reden.«
»Wenn du willst«, sagte sie schläfrig, »aber nicht vor vier.« Auf Angelas Seite dudelte ein anderes Telefon. »Oh, einer meiner Männer auf meiner heißen Leitung«, sagte sie plötzlich hellwach, »tschüsilein.«
»Also, um vier.« Eigentlich hatte ich noch mit Benedikt reden wollen, aber Angela würde ihm schon sagen, daß ich komme.

Und die affige Angela würde staunen. Nicht nur über mein Projekt – weil ich gewußt hatte, daß es klappen würde, war ich gestern zum erstenmal nach dem Umzug wieder beim Friseur gewesen und hatte den perfekten halblangen Haarschnitt. Und weil zur Zeit Haarreifen total Mode waren, hatte ich einen gekauft mit leuchtend blauem Samt bezogen, ein teures Stück, aber er war es wert: Er sah toll aus zu meinen dunklen Haaren und zu meinem neuen Mantel. Außerdem hatte ich meinen engen schwarzen Rock, die schwarzen blickdichten Strümpfe, meine schwarzen Wildlederpumps und mein Makeup ins Hotel mitgenommen, um mich dem Ereignis entsprechend zu stylen. Ich zog mich um in Zimmer 2, vor einem scheußlichen dreiteiligen Schlafzimmerschrank mit Spiegeltüren.
Die Pläne packte ich in die schwarze Nobelplastiktüte von dem exquisiten Herrenausstatter, bei dem sich Benedikt neulich zwei Kaschmir-mit-Wolle-Pullover gekauft hatte, die Tüte sah fast so gut aus wie eine teure Aktentasche. Ich hatte rundum Glück, es regnete nicht, und ich erreichte das Büro mit makellosen Schuhen, makelloser Frisur und überpünktlich.
Herr Wöltje und Detlef sprangen auf, um mich zu begrüßen. Sie fragten mich so besorgt, ob es mir gutgehe, daß ich fast das Gefühl hatte, sie bemitleideten mich. Also sagte ich um so munterer, daß es mir wahnsinnig gut geht. Und das stimmte total, jedenfalls heute. Angela war nicht da.
»Sie mußte zum Friseur, neue Dauerwellen machen lassen«, sagte Detlef affig wie Angela, »oder zur Maniküre, weil ihr ein Fingernägelchen abgebrochen ist.«
»Nein, ich glaube, ihr neues BMWchen hat ein Wehwehchen«, sagte Herr Wöltje.
Ich mußte lachen, aber niemand sonst lachte.
Punkt vier führte Benedikt mich in Onkel Georgs Büro. Ein Riesenbüro. An allen Wänden gerahmte Fotos von seinen Großprojekten. Es war eindrucksvoll und sah sogar künstlerisch aus, weil es alles Aufnahmen von Architekturmodellen waren.
»Willkommen, Viola«, rief Onkel Georg, »man sieht dir an, daß es dir blendend geht. Und wie ich höre, hast du dich blendend hier eingelebt.«

Onkel Georg wollte zunächst genau über das Projekt und die Auftraggeber von mir informiert werden. Dann betrachtete er lange die Pläne. »Baujahr 1902, scheint mir sehr solide gebaut. Hübsches Gebäude.«
»Es ist nur ein kleines Hotel«, sagte Benedikt.
»Ich sehe, wie groß es ist«, sagte Onkel Georg. »Ein Hotel ist immer ein interessantes Projekt. Außerdem sollten wir uns im Bereich der Altbausanierung stärker engagieren, da wird in den nächsten Jahren viel zu tun sein.« Er setzte sich an seinen Riesenschreibtisch, faltete die Hände und sagte: »Also, wir liefern der Hotelbesitzerin zuerst eine Grob-Kalkulation mit Skizzen und Rohentwürfen, damit sie sieht, was wir uns vorstellen würden. Das machen wir in diesem Fall selbstverständlich kostenlos.«
Ich nickte glücklich in Richtung Benedikt. Das war genau das, was ich gehofft hatte! Großartig, wie lässig Onkel Georg Benedikts Bedenken vom Tisch wischte.
»Allerdings ist zu bedenken«, sagte Onkel Georg, »daß in alten Gebäuden manchmal tückische Mängel versteckt sind – verrottete Leitungen, Risse in den Wänden, in den Balkonen, Feuchtigkeit im Fundament –, wenn da saniert werden muß, wird es aufwendig. Das könnten wir nicht als kostenlose Vorleistung kalkulieren.« Er sah wieder auf die Pläne. »Hier wurden vor zwanzig Jahren einige Duschen eingebaut, gehen wir davon aus, daß damals auch das Sanitärsystem in Ordnung gebracht wurde. Aber man sollte das prüfen.«
Benedikt sagte: »Ich hab mir das Hotel bereits angesehen. Die Bausubstanz scheint gut, aber die Zimmer haben teilweise keine Duschen, kein Bad, da müßte eine moderne Struktur rein.«
»Ja.« Onkel Georg nahm den Plan vom Dachgeschoß und fragte: »Soll das Dach ausgebaut werden?«
Weil es mir peinlich war, daß ich das nicht wußte, sagte ich schnell: »Da wohnt nur der Geschäftsführer, Herr Berger.«
»Sollte man ausbauen«, sagte Onkel Georg, »für Dachausbauten gibt es derzeit extra günstige Konditionen.«
Benedikt zeigte mit gerunzelter Stirn auf den Plan vom Erdgeschoß: »Der Aufzug, in der hinteren Mitte des Foyers, ist immense Platzverschwendung.«

»Typisch für die Jahrhundertwende«, sagte Onkel Georg, »als dieses Haus gebaut wurde, war der Fahrstuhl die Attraktion, deshalb wurde er in den Mittelpunkt gebaut. Und da muß er auch bleiben.« Onkel Georg schob die Pläne über seinen Riesenschreibtisch zu Benedikt. »Also, dann machen Sie mal.«
»Wann soll ich das machen?«
»Das machen Sie nebenbei«, sagte Onkel Georg, »ich gebe Ihnen vierzig Arbeitsstunden, damit ist das zu schaffen.«
»Vor Ostern geht gar nichts mehr.«
»Ostern ist erst in fünf Wochen, das schaffen Sie.«
Onkel Georg ist nicht so lässig wie er wirkt, dachte ich, er duldet keinen Widerspruch. Trotzdem nahm ich allen Mut zusammen: »Vielleicht könnte ich dabei mithelfen, als Innenarchitektin?« Mit Entsetzen merkte ich, daß meine Stimme verzweifelt klang. Glücklicherweise kam mir Benedikt zur Hilfe. »Das ist Violas Herzenswunsch«, sagte er lachend.
»Sicher«, sagte Onkel Georg, »schön, daß du ein bißchen in deinem Metier arbeiten willst.«
»Die Besitzerin hat mir gesagt, sie wünscht ein Hotel mit elegantem Flair«, sagte ich aufgeregt, um Onkel Georg zu zeigen, daß ich mich mit dem Projekt schon beschäftigt hatte.
Als wolle er mir zeigen, daß er nachdachte, kratzte sich Onkel Georg am Kopf, schließlich sagte er: »Wir machen jetzt zuerst die architektonische Lösung. Das heißt: Ich gehe davon aus, daß jedes Zimmer Dusche, Bad, WC bekommt, und wir machen Vorschläge für den Dachausbau. Und wenn wir den Auftrag bekommen, lassen wir dich die innenarchitektonische Lösung machen. Wäre das in deinem Sinn?«
Verzweifelt lachte ich: »Aber natürlich!«, und verzweifelt dachte ich: Was denkt sich Onkel Georg eigentlich?! – Er hatte sich wohl nie überlegt, wovon ich lebe. Er dachte, alle Frauen arbeiten nur, um wie seine verwöhnte Angela ein paar Klamottchen mehr aus den Boutiquechen abzuschleppen. Fast hätte ich ihm gesagt, daß ich in diesem Hotel als Putzfrau arbeite, um die Miete zahlen zu können! Aber Onkel Georg wäre nur enttäuscht gewesen von mir – seine Nichte eine Putzfrau! Also schluckte ich die Wahrheit runter.

Zum Abschied sagte Onkel Georg fröhlich: »Viola, wir sehen, was sich machen läßt. Und grüß meinen Bruder und die Anneliese.«
Auf der Heimfahrt sagte Benedikt, es sei sinnlos, sich aufzuregen, daß mein Onkel mein Jobproblem nicht ernst genommen hätte, jetzt sei ja alles klar. Und ich könnte wirklich nicht erwarten, daß er mich sofort einstellt, um an einem kostenlosen Voranschlag zu arbeiten. Da hatte Benedikt natürlich recht.
Aber bald wären alle meine Sorgen vorbei. Ich merkte, daß ich dachte wie Rufus: Tanja hatte gesagt, es würde klappen. Und bisher hatte alles gestimmt, was Tanja gesagt hatte.

52. Kapitel

»Darf man wissen, wann du an den Dauerauftrag denkst?« fragte Mercedes in ihrer unverschämten Art.
»Ich hab daran gedacht. Es ist alles geregelt. Am fünfzehnten bekommst du ab jetzt deine Miete überwiesen.«
»Darf man wissen, wieso erst am fünfzehnten?«
»Ich hab dir das Geld immer am fünfzehnten gegeben.«
»Soweit ich weiß, seid ihr am ersten September hergezogen. Das macht immerhin eine halbe Miete Unterschied, um korrekt zu sein.«
»Wir sind erst am dritten hergezogen«, sagte Benedikt, »daran erinnere ich mich genau, um korrekt zu sein.«
»Und ich habe erst eine Woche später, also am zehnten, den Schlüssel für dein Zimmer bekommen, um korrekt zu sein.«
»Wie kleinlich«, sagte Mercedes verachtungsvoll. »Üblicherweise wird die Miete am Monatsersten bezahlt.«
»Aber wir wollen ja ganz korrekt sein«, sagte ich, »also fehlt nur die Miete für fünf Tage.« Ich grinste sie an, ich hatte sie mit ihren eigenen kleinkarierten Waffen geschlagen. Ich ging hinauf in mein Zimmer, rechnete die Miete für fünf Tage aus, legte sechzig Mark neben den Teller von Mercedes und sagte: »Der Rest ist Trinkgeld.«

Sie wurde rot, steckte das Geld aber natürlich ein.
»Übrigens«, sagte Benedikt, »wolltest du uns nicht diese Woche einladen, um deinen ständigen Verehrer der Öffentlichkeit vorzustellen?«
»Wir fahren Mittwoch nach Frankreich, eine Schlemmerreise. Wir kommen erst Freitagnachmittag zurück.«
»Sehr gut, dann kannst du uns für Freitagabend einladen«, sagte Benedikt gnadenlos.
»Bitte, wenn ihr unbedingt wollt«, sagte Mercedes, als hinge es nur von uns ab.
»Aber freitagabends treibst du Sport, Benedikt«, sagte Nora.
»Ach so«, sagte Benedikt.
»Seht ihr«, sagte Mercedes, »dann geht es nicht, für Mutter allein lohnt sich das nicht.«
»Warum lohnt es sich nicht für mich?« Nora war sofort beleidigt. »Ich möchte ihn doch auch mal kennenlernen.«
»Du kennst ihn doch längst, Mutter.«
»Meinst du? Ich dachte, der Herr, den ich damals bei dir getroffen habe, sei nur ein Kollege...«
»Es lohnt sich nicht, weil ich dann abends noch kochen müßte. Ich kann meinem Herzallerliebsten keinen Bohneneintopf zumuten.«
»Soll ich kommen und für euch kochen?« fragte Nora.
»Ich bin gerne bereit, mein Volleyball ausfallen zu lassen, damit sich das Ereignis lohnt«, sagte Benedikt.
Und ich war gerne bereit, meinen Kochkurs ausfallen zu lassen. Letzte Woche mußte ich Kartoffelsalat machen, hatte wie verrückt Kartoffeln, Zwiebeln, Gewürzgurken und gekochte Eier in Würfel geschnitten, und dann hatten alle behauptet, schon besseren Kartoffelsalat gegessen zu haben. Dabei hatte ich mich genau an Carolas Rezept gehalten. Ich war durchaus bereit, auf den Kochkurs zu verzichten – aber was, wenn der Mann aus Zimmer 4 mich wiedererkannte?
»Das ist zu stressig, Mutter, wenn du zu mir kommst und kochst.«
Na also, Mercedes würde immer einen Grund finden, um uns nicht einzuladen.

»Mir würde ein kleiner Imbiß vollkommen genügen«, sagte Benedikt.
»Bitte, dann Freitag 20 Uhr bei mir«, sagte Mercedes.
»Wie schön, Kind!«

Ich brauchte Stunden, um mich von der Überraschung zu erholen. Gleichzeitig wuchsen meine Sorgen. Was sollte ich tun, wenn der Mann aus Zimmer 4 mich als Putzfrau enttarnte? Konnte ich es überhaupt wagen, mitzugehen? Benedikt sagte, falls der Mann wirklich der aus Zimmer 4 sei, was er immer noch stark bezweifle, und falls dieser Mann mich wiedererkennen würde, solle ich einfach sagen, im Hotel arbeite ein Zimmermädchen, das mir ähnlich sieht, aber ich sei dort unzweifelhaft als Innenarchitektin tätig. Und er würde dem Herrn dann als Beweis in aller Ausführlichkeit die architektonischen Möglichkeiten beim Hotelumbau erklären. Das sei wirklich kein Problem, wenn ich keines daraus mache.
Vorsichtshalber beschloß ich aber, mir Freitagabend eine andere Frisur zu machen, vielleicht die Haare ganz straff zurückbinden? Oder vorher zum Friseur? Und ich würde mich ganz elegant anziehen. So richtig mit Rock und Bluse. Und viel Makeup. Im Hotel hatte mich der Mann nur als graue Maus gesehen...

53. Kapitel

Beim Putzen überlegte ich unablässig, ob ich die Einrichtung eher witzig-modern gestalten sollte oder beschwingt-antik? Designer-Stil und antik-exquisit kam nicht in Frage: viel zu teuer. Am besten sind eigentlich moderne Elemente mit alten kombiniert. Aber zuerst mußte Benedikts architektonische Lösung her.
Mittwochnachmittag ging ich in Zimmer 12, das winzige Einzelzimmer im ersten Stock, ich hatte wie üblich angeklopft, niemand hatte geantwortet, also ging ich rein, und da stand er am Fenster: der Herzhallerliebste von Mercedes.

»Huch«, rief ich entsetzt, »ich dachte, Sie sind verreist!«
»Ich bin verreist«, sagte er, »sonst wär ich wohl nicht im Hotel. Sind Sie betrunken oder haben Sie Ihre Tage?«
Nichts wie raus hier, dachte ich. »Ich komme später wieder.«
»Halt! Hiergeblieben. Ich hab extra auf Sie gewartet, ich sehe gern den Kammerkätzchen beim Putzen zu.«
Wenn er mich anfaßt, bringe ich ihn um, dachte ich. Damit er mein Gesicht nicht länger sehen konnte, sah ich stur auf den Boden.
»Suchen Sie was da unten?« fragte er prompt.
»Vielleicht haben Sie wieder Ihren Ehering verloren, den brauchen Sie sicher heute abend, wenn Sie Ihre Freundin treffen.«
»Ihr Gedächtnis scheint ja noch zu funktionieren«, sagte er, »keine Sorge, die Alte ist weg.«
»Weg?« Um ihn nicht ansehen zu müssen, wischte ich die Kachelwand beim Waschbecken, obwohl sie sauber war.
»Die ist auf Dienstreise in Frankreich. Da hockt sie drei Tage in einer dreckigen Stadt in einem stinkigen Büro und übersetzt langweilige Akten über chemische Duftmittel.«
»Über Parfüms?« Ich hatte Mercedes mal gefragt, was sie eigentlich übersetzt, aber sie hatte nur angeberisch gesagt, sie arbeite in einem sehr spezialisierten Marktbereich, der ein immenses Spezialwissen der Dolmetscher voraussetze.
Das Arschloch lachte blöde: »Desinfektionsmittel-Duftstoffe macht die Firma, für die sie arbeitet. Damit Ihr zartes Näschen nicht zu sehr belästigt wird, wenn Sie mal Ihre Binde vollhaben. Oder die Damenbindenkübel leeren. Tja, Geld stinkt nicht, und irgendwie muß das alte Mädchen seine Brötchen verdienen.«
Mercedes sollte mal hören, wie ihr Herzallerliebster über sie redet! Ich stellte mir vor, sie würde an der Tür lauschen und plötzlich reinplatzen: »Weiß Ihre Freundin, daß Sie heute hier sind?«
»Meine Freundin, wie Sie sie nennen, weiß überhaupt nie, daß ich hier bin. Die glaubt, ich wohne bei einer alten Tante meiner kranken Frau. Die käme sonst ins Hotel und würde mich sogar hier belästigen.«
»Gottseidank«, sagte ich erleichtert, »das ist gut.« Da würde er

sich morgen abend hüten, vor Mercedes zu sagen, daß er mich als Putzfrau aus dem Hotel kennt.
»Das finden Sie gut?« fragte das Arschloch. »Was haben Sie denn heute abend vor?«
»Ich gehe mit meinem Freund weg«, sagte ich eisig.
»Einen Freund hat jede. Nur mit dem Heiraten hapert's ein bißchen. Das kennen wir.«
»Das Zimmer ist fertig. Wiedersehn.«
»Moment, mein Fräulein«, er kramte seinen Geldbeutel aus einer Tasche, die er hinterm Gürtel am Hosenbund trug – zuerst dachte ich, er macht seine Hose auf – und legte einen Zehnmarkschein auf den Nachttisch. »Jetzt dürfen Sie 'ne schnelle Mark machen mit 'ner schnellen Nummer.«
Vor Wut blieb mir fast die Luft weg. »Was fällt Ihnen ein!« schrie ich ihn an.
»Hören Sie, wenn Sie die Spröde spielen, auf Sie bin ich nicht angewiesen. Es gibt genügend Frauen, die was verdienen wollen. Marsch, raus! Und besorgen Sie mir sofort ein paar gute Adressen bei Ihrem Chef, sonst beschwer ich mich über Sie! Verstanden!«
Ich raste runter zu Rufus.
»Dieser Typ aus Zimmer 4, ich meine den, der heute in Zimmer 12 ist, hat mir zehn Mark geboten, um mit mir eine schnelle Nummer zu machen. Da hab ich ihn angebrüllt. Und er hat gebrüllt, ich soll ihm sofort ein paar gute Adressen beim Chef besorgen, sonst beschwert er sich über mich. Was will er für Adressen?«
»Na was für Adressen – Nutten natürlich.«
»Hast du solche Adressen?«
»Natürlich. Jedes Hotel kennt Adressen von Puffs.« Rufus griff zum Telefon und wählte 112: »Hier ist die Geschäftsführung, ich möchte Sie bitten, unser Personal nicht zu belästigen. Einschlägige Adressen entnehmen Sie bitte der Tagespresse.« Rufus knallte den Hörer auf.
Es klingelte sofort wieder. »Nein, wir haben keine Damen, die zu Sondertarifen fürs Hotel tätig sind.« Ich hörte nicht, was der aus Zimmer 12 sagte. Rufus sagte: »Ich muß es Ihnen wohl deut-

licher sagen: Ich kann Ihnen durchaus untersagen, eine Dame mit aufs Zimmer zu nehmen! Bitte schön.« Rufus legte auf.

»Du kannst es ihm verbieten?«

»Weil der Typ zu geizig ist, ein Doppelzimmer zu nehmen. Wenn einer ein Doppelzimmer nimmt, kann man nichts machen.«

»Ehrlich?«

»Ja. Sonst dürften wir nur an gesetzlich verheiratete Personen und nur an miteinander verheiratete Personen, Doppelzimmer vermieten. Jeder, der ein Doppelzimmer bezahlt, darf jemand mitnehmen, es ist ja für zwei Leute bezahlt. Oft wohnen zwei Männer in einem Doppelzimmer, da muß ich auch nicht prüfen, ob das Arbeitskollegen sind, oder Vater und Sohn, oder Vater und Strichjunge.«

»Und wenn einer ein Doppelzimmer zum Einzelzimmertarif hat und bringt jemand mit?«

»Dann muß er die Differenz nachzahlen. Oder Herrn Hedderich oder mich mit Trinkgeld bestechen.«

»Läßt du dich bestechen?«

»Wenn das Trinkgeld den Preisunterschied abzüglich Frühstückskosten ausgleicht, lassen wir uns bestechen.«

»Läßt du dich auch von Nutten bestechen, daß du Leute zu ihnen schickst?«

»Niemals. Stell dir vor, ich schicke einen perversen Killer, der wie alle Perversen ganz normal aussieht, zu einer einschlägigen Manuela oder Ramona, und dann killt er sie. Ich kann nicht für die Männer garantieren. Wir geben den Leuten allenfalls Prospekte von den großen, überwachten Bordellbetrieben. Der frühere Geschäftsführer hat auch Puff-Eintrittskarten verkauft, um sich ein paar Mark dazu zu verdienen, ich mach das nicht.«

»Kostet es Eintritt, in einen Puff zu gehen?«

»In einigen. Damit nicht jeder nur reinrennt und rumgafft. Wenn die Männer erst Geld für den Eintritt ausgegeben haben, geben sie noch mehr aus, damit es sich lohnt.« Rufus öffnete eine Schublade unterm Rezeptionstresen. »In jedem Hotel wird ständig nach sogenannten Adressen gefragt, hier sind einige Prospekte.«

In der Schublade lagen neben Stadtplänen orange und pink

Flugblätter mit altmodischen Zeichnungen nackter Mädchen. »69 supersexy Girls erwarten Dich!« stand auf den orange Zetteln, »Süß oder scharf – für jeden Geschmack die Richtige« auf den pinkrosa Zetteln. Unten stand in dicken Buchstaben: »Wir machen die Liebe zum risikolosen Genuß. Unsere Girls unterliegen ständiger ärztlicher Kontrolle.«

Aha. Neben den grellfarbigen Zetteln lagen außergewöhnlich edle Faltprospekte, grauer Büttenkarton, dunkelaltrosa bedruckt. »Und was ist das?«

»Hab ich neulich erst bekommen«, sagte Rufus.

Auf der Vorderseite des Prospekts stand in feiner englischer Schreibschrift:

Die ganze Welt ist eine Bühne,
(William Shakespeare)

Ich klappte den Prospekt auf – auf der linken Seite stand:

Rent-a-Gentleman

»Das ist ein Begleitservice für Damen. Was Seriöses. Der Mann, der mir die Prospekte brachte, war sehr nett.«

Auf der rechten Prospektseite las ich:

»Sehr verehrte gnädige Frau, liebe Dame,

es ist eine typische Erscheinung unserer hektischen Zeit, daß gerade Damen mit gehobenem Lebensstil zunehmend häufiger den Zeitmangel der Herrn ihrer Kreise beklagen müssen. Schon manche Dame mußte auf einen mit Sehnsucht erwarteten Ball verzichten, weil ihr Begleiter geschäftlich verhindert war. Was tun? Rent-a-Gentleman kann Ihnen helfen.

Oder ist Ihr Partner, wie so viele Männer, tanzunwillig?

Unsere Gentlemen sind begeisterte Tänzer, die alle Standardtänze hervorragend beherrschen. Als besonderen Service können wir Ihnen Herren bieten, die Sie turnierreif vom Pasodoble bis zur Polka übers Parkett schweben lassen. Und oft ist es preiswerter, einen Gentleman komplett mit Frack oder Smoking bei Rent-a-Gentleman zu buchen, statt einen ohnehin tanzunwilligen Partner, der nur einen veralteten oder zu eng gewordenen Gesellschaftsanzug besitzt, neu einzukleiden.

Ob Frack, Bluejeans oder Badehose, ob elegant, leger oder

sportiv: Unsere Gentlemen besitzen für jede Gelegenheit die perfekte, modische Garderobe.
Warum also ohne männliche Begleitung zum Pferderennen gehen? Warum allein ins Theater? Oder zur Party? Zu unserem Kundinnenkreis zählen viele Damen, die der Erfolg einsam werden ließ, wir sorgen dafür, daß Sie in einer fremden Stadt, nachdem Sie tagsüber Ihren neuesten geschäftlichen Triumph errungen haben, am Abend nicht allein im Restaurant sitzen.
Liebe, gnädige Frau, greifen Sie zum Telefon neben sich, lassen Sie sich unverbindlich beraten. Individuelle, diskrete Absprachen sind Teil unseres Service.
Rent-a-Gentleman: Die beste Wahl, wenn Sie einen Herrn an Ihrer Seite wünschen.
Bitte beachten Sie: Aus Diskretionsgründen führen wir keine Kundenkartei und akzeptieren keine Kreditkarten. Unsere Gentlemen respektieren Ihre Intimsphäre, bitte respektieren auch Sie die Intimsphäre unserer Gentlemen.«

»Kennst du die Männer von der Firma?«
»Nein. So vornehme Damen-Kundschaft steigt nicht bei uns ab. Jedenfalls wurde ich noch nie von einer Frau nach Adressen gefragt.«
»Ich wüßte gerne mehr über die Intimsphäre von diesem Typen aus Zimmer 4, beziehungsweise 12. Wie lang bleibt er?«
»Wie üblich eine Nacht.«
»Bist du sicher?«
Rufus sah in seinem Buch nach. »Ja.«
»Ich versteh das nicht, er will Freitag abend zu Benedikts Schwester kommen, und Donnerstag fährt er weg, kommt er Freitag wieder?«
»Würde mich wundern, er wohnt fünfhundert Kilometer entfernt.«
»Vielleicht hat er Mercedes in der Zwischenzeit abgesagt. Oder er hat noch eine Freundin hier, und bei der übernachtet er morgen und Freitag bei Mercedes.« – Ich mußte es herausfinden.
»Ich putze weiter«, sagte ich zu Rufus und fuhr wieder in den zweiten Stock.

Eine Weile stand ich im Flur und überlegte. Schließlich nahm ich allen Mut zusammen und klopfte an Zimmer 12.
»Herein«, rief das Arschloch.
Ich blieb an der Tür stehen. Meine Stimme zitterte, als ich fragte: »Was machen Sie am Freitag abend? Haben Sie da schon was vor?«
»Sieh mal einer an!« rief das Arschloch, »die schöne Spröde hat es sich überlegt!«
»Was machen Sie Freitag abend ab acht?«
»Da wollte ich längst zu Hause sein, mein Kammerkätzchen, aber wenn du mich nett bittest, wird sich da was machen lassen. Am Freitag ist wohl dein Freund verreist?« Er hatte den Nerv, seine fetten Backen und Lippen zu einem Kußmaul zusammenzuziehen. So erotisch wie ein toter Schweinskopf im Metzgerladen.
»Sie sind also diesen Freitagabend nicht mehr in der Stadt?«
»Doch, das ließe sich machen, du bekommst sicher von deinem Chef ein nettes Doppelzimmerchen gratis. Oder wohnst du hier im Hotel, mein Kätzchen?«
Nun wußte ich genug. »Ich bin nicht Ihr Kätzchen!« schrie ich. Ich knallte ihm die Tür vor der Nase zu.
Er riß die Tür wieder auf: »Du hysterische, wetterwendische Ziege!« brüllte er durchs Treppenhaus. »Ich werd beim Chef dafür sorgen, daß du rausfliegst! Fristlos.«

54. Kapitel

Rufus hatte sein Gebrüll gehört.
Wir warteten, daß er unten an der Rezeption anrief, um meine fristlose Entlassung zu fordern. Er rief aber nicht an. Vielleicht wollte er sich schriftlich über mich beschweren? »Weiß er, daß Frau Schnappensiep hier die Chefin ist?«
»Nein. Ich kann es ihm aber gerne sagen, dann kann er auch meine fristlose Kündigung fordern«, sagte Rufus und lachte.

Am nächsten Morgen, ich putzte im dritten Stock, kam Rufus: »Jetzt hat er sich über dich beschwert, du seist schlampig und frech. Ich hab ihn rausgeschmissen.«
»Du hast ihn rausgeschmissen? Wie hast du das gemacht?«
»Ganz einfach, ich hab mich geweigert, ihm wie sonst eine Rechnung zu schreiben, die höher ist als das, was er bezahlt hat. Als er deshalb rumgemeckert hat, hab ich ihm ein paar Adressen gegeben – von anderen Hotels. Der kommt nicht wieder.«
Ich war Rufus endlos dankbar: »Hoffentlich erfährt Frau Schnappensiep nichts davon.«
»Das kann ich verantworten«, sagte Rufus. »Wenn ich die Kosten berechne an Personal, Frühstück und Heizung für eine Übernachtung in dem billigen Zimmer, dann ist das überhaupt kein Verlust. Das Zimmer ist zu billig für Einmal-Übernachtungen.«
Wunderbar. Hier mußte ich keine Angst mehr haben vor Madame Mercedes' Herzallerliebsten. Ich freute mich schon auf das Märchen, das uns Mercedes morgen abend erzählen würde, warum ihr Herzallerliebster leider doch nicht kommen konnte.
»Darf ich dich heute abend zum Essen einladen?« fragte ich Rufus spontan. »Ich ruf Benedikt an und sag, daß ich später komme, weil wir was zu feiern haben.«
»Tanja hat mich schon zum Essen eingeladen. Und heute wollen wir nicht gestört werden.«
»Verstehe.«
Rufus lächelte, zog die Augenbraue hoch. »Schade«, sagte er.

55. Kapitel

Bis Freitagabend kam keine Absage von Mercedes. Also fuhren wir hin. Nora saß vorn bei Benedikt und fragte ihn mehrmals, ob sie den Herzallerliebsten von Medi vielleicht doch kenne? Aber Medi hätte ja so viele Verehrer, daß sie längst den Überblick verloren habe. Benedikt sagte mehrmals: »Warten wir ab.«
Ich war sicher, daß wir den Herrn nicht zu Gesicht bekommen würden, und hatte deshalb keinerlei Anstrengungen unternom-

men, mich zu verkleiden, und war nicht beim Friseur gewesen. Die Ausgabe lohnte nicht, nur um Madame Mercedes' Wohnung zu besichtigen. Das war das einzige, worauf ich gespannt war, schließlich hatte sie behauptet, ihre Wohnung sei ähnlich eingerichtet wie unsere renovierten Zimmer, nur selbstverständlich eleganter und edler. Das wollte ich sehen.
Sie wohnte in einem häßlichen Neubau mit häßlichem Treppenhaus. Neben ihr stand ein Mann in der Wohnungstür, groß, schlank, glatte dichte, dunkle Haare, etwa fünfundvierzig Jahre, mit einem wirklich netten Lachen – mehr als nett sogar, mit einem schick gestreiften Hemd und einem guten Anzug.
Mercedes trug ein blutrotes Kleid, zehn Zentimeter hohe, altbackene Stöckelschuhe, grasgrünen Lidschatten und lachte: »So, das ist der Thomas Lehmann, mein Herzallerliebster.«
Ich kam aus dem Staunen nicht heraus, als er Nora begrüßte: »Liebe Frau Windrich, ich freue mich so, daß ich Sie endlich kennenlernen darf.«
Als der Strahlemann Benedikt die Hand schüttelte, sagte er: »Sie sind der Star-Architekt.« Und zu mir: »Und Sie sind die Freundin, Viola, sehr erfreut.«
Ich sagte, daß ich auch sehr erfreut sei, aber ich war vor allem sehr verblüfft.
Er führte uns ins Wohnzimmer. Alles war beige-braun-rot gesprenkelt, sollte modern sein, war aber nur klobig und finnisch. Vor einem dreisitzigen Sofa mit gesprenkeltem Bezug stand ein runder Tisch mit Kupferplatte, in die merkwürdige Muster eingehämmert waren, wie auf einem modernen Grabstein. Auf dem gesprenkelten Teppichboden lagen zwei grobgeknüpfte Teppiche, jeder kaum größer als ein Handtuch, der eine erinnerte an van Goghs Sonnenblumen, das andere Teppichmuster bestand aus Kreisen in diversen Rotschattierungen – vielleicht Sonnenuntergänge symbolisierend oder faulende Tomaten. An den Wänden sehr abstrakte Kunstdrucke, nicht auf Spanplatten, sondern unter Glas, und tatsächlich der Beuys-Kalender, den ich ihr zu Weihnachten geschenkt hatte. Das Kalenderblatt vom März zeigte einen bräunlichen Fleck, von einer rötlichen Linie umrandet: Der Beuys paßte gut zu dem finnischen Mist.

Für mein Gefühl waren mein Zimmer und das Wohnzimmer von Mercedes sich so ähnlich wie ein Séparée im Schloß von Versailles und ein Nebenraum eines Wienerwald-Brathendllokals. Aber über die Wohnung von Mercedes wunderte ich mich keineswegs. Ich wunderte mich nur über ihren Strahlemann.
»Hol uns bitte was zu knabbern, damit ich nicht ständig an deinem süßen Ohr knabbern muß«, sagte er zu Mercedes.
Kichernd brachte sie auf einem Tablett Glasschüsselchen mit Kartoffelchips, Oliven, Erdnüssen, Salzgebäck und Käsegebäck. Alles Fernsehfutter aus der Packung.
»Ach wie lecker«, sagte ihr Herzallerliebster, »ich habe Mercedes gebeten, heute abend nur einen leichten Snack zu servieren. Wir sind etwas erschöpft von unserer Reise.«
»Wart ihr zusammen in Frankreich?« fragte ich.
»Natürlich«, sagte Mercedes, »und wir haben geschlemmt. Nur vom Feinsten.«
»Die französische Küche ist einzigartig auf der Welt«, sagte der Herzallerliebste und entkorkte einen Rotwein.
»Echt französischer Rotwein«, sagte Nora andächtig, »finden Sie nicht auch, daß Medi einen sehr exklusiven Geschmack hat?«
»Oh ja, den hat sie, liebe Frau Windrich«, sagte Mercedes' Herzallerliebster mit herzallerliebstem Lächeln, »deshalb hat sie auch mich gewählt.«
Mercedes setzte sich neben ihn auf das Finnlandsofa, und er nahm ihre Hand. »Ich bin glücklich, daß wir es geschafft haben, im Familienkreis zusammenzusitzen«, sagte er und küßte Mercedes auf die Wange.
Ich war platt. Benedikt war auch platt. Sogar Nora. »Medilein«, rief sie, »ich bekomme fast Angst, daß ich alt und vergeßlich werde, bitte erzähl noch mal, seit wann kennst du Herrn Lehmann? Ist das der Herr...«
»Bitte vorsichtig, Mutter«, sagte Mercedes und lachte, wie ich sie noch nie hatte lachen hören, »du darfst Thomas nicht mit seinen Vorgängern verwechseln. Das ist Thomas, und alle andern vorher sind vorbei und vergessen.«
»Ich habe solches Glück gehabt«, sagte Thomas glücklich.

»Also, seit wann kennt ihr euch?« fragte Benedikt.
Mercedes kicherte wieder: »Erst seit dem ersten Arbeitstag in diesem Jahr. Da fing Thomas bei uns an.«
»Aber Medi, nicht mal deiner Mutter hast du davon erzählt!«
»Ich mußte erst sicher sein, daß er der Richtige ist«, kicherte Mercedes.
»Sofort als ich sie sah, wußte ich, daß sie die Richtige ist«, sagte der Herzallerliebste, »aber ich bin sehr froh, daß Mercedes so diskret ist.«
»Was machen Sie beruflich?« fragte Benedikt.
»Ich bin Rechtsanwalt.«
»Rechtsanwalt«, rief Nora begeistert, »das paßt so gut zu dir!«
»Leider ist mein Fachgebiet nicht aufregend, ich bin im internationalen Markenartikelrecht tätig.«
»Sind Sie Rechtsanwalt für Desinfektionsmittel-Markenartikel?« entfuhr es mir. Zugegeben, die Frage war saublöd, aber ich fragte mich verzweifelt, ob der Mann aus Zimmer 4 tatsächlich von Mercedes gesprochen hatte. Oder war alles nur eine Verwechslung?
»Thomas meinte vorher, es wäre viel schöner, wenn wir uns duzen«, sagte Mercedes. »Wenn ihr ihn alle siezt, fang ich aus Versehen auch noch an, ihn zu siezen. Wir sind doch hier in Familie.«
»Prost, Thomas, ich freu mich wahnsinnig für euch zwei«, rief Nora.
»Ich freu mich auch wahnsinnig«, sagte Thomas.
Mir tat er leid. Die Freude würde bei näherer Bekanntschaft mit Nora bald vergehen. Er schien wirklich nett zu sein. Aber er hatte meine Frage nicht beantwortet – weil Mercedes wie üblich, wenn ich was sagte, dazwischengefunkt war. Aber die Zeiten waren vorbei, daß ich mich von Mercedes abwürgen ließ. »Machst du Markenartikelrecht für Desinfektionsmittel?« fragte ich wieder.
»Warum interessierst du dich so für Desinfektionsmittel?« fragte er lachend zurück.
Natürlich konnte ich das unmöglich sagen. »War nur so ein Beispiel.«

»Bei jedem internationalen Markenartikel können juristische Probleme auftauchen. In anderen Ländern gibt es beispielsweise andere Verpackungsvorschriften, andere Vorschriften für Beipackzettel und Gebrauchsanweisungen. Und manche Konservierungsmittel sind in einem Land erlaubt und im andern nicht, das muß man alles wissen... aber man darf niemals schöne Frauen mit Konservierungsmittelgesetzen langweilen.«
»Du arbeitest also bei Medi in der Firma?« fragte Nora.
»Ja. Einerseits ist das wunderschön. Andererseits ist gerade das der einzige Schatten auf unserem Glück – wir sind gezwungen, unsere Liebe geheimzuhalten. Keine Liebespaare in der Firma, und noch schlimmer – keine Ehepaare! Das ist bei uns Firmenphilosophie. Hart, aber auch verständlich, wenn man eine Vertrauensstellung wie Medi innehat und ihre Verantwortung. Und ich als Rechtsanwalt habe ebenfalls Zugang zu vertraulichen Informationen... würde die Geschäftsleitung erfahren, daß eine Verbindung zwischen uns besteht... würde man mich fristlos entlassen.«
»Oder mich«, sagte Mercedes.
»Auf dich können sie nicht verzichten«, sagte Thomas.
»Ich versteh das gut«, sagte Benedikt. »Es gibt unweigerlich Ärger, wenn ein Paar in einer Firma zusammenarbeitet.«
Warum sagte Benedikt das?
»Eine weitverbreitete Ansicht«, sagte Thomas. »Würde uns jetzt jemand von der Firma zusammen sehen, wäre die Zukunft von uns beiden gefährdet. Ich mußte mich vorher wie ein Dieb ins Haus schleichen.«
Alles nur wegen der Firma? Dieser ideale Mann mußte irgendeinen Makel haben, sonst wäre er niemals mit Mercedes zusammen. Irgendwie war ich wütend, an irgendeinem Punkt log Mercedes garantiert wieder. »Bist du verheiratet?« fragte ich kühn.
Schlagartig hörte er auf zu lächeln: »Ich bin seit einigen Jahren Witwer. Meine erste Frau starb an Krebs. Furchtbar.«
»Ach«, sagte ich, sagte Nora, sagte Benedikt.
»Aber das ist Vergangenheit«, sagte Thomas, »das einzige, was heute unserem Glück im Wege steht, ist unsere Firmenphilosophie. Ich muß einen anderen Job finden – leider nicht einfach,

weil ich so hochspezialisiert bin. Aber ich kann auch meine Medi nicht ewig warten lassen. Sonst nimmt sie mir ein anderer weg. Was soll ich tun?«
Ausgerechnet mir stellte er diese Frage! »Man kann ja auch glücklich sein, ohne zu heiraten«, sagte ich total verlegen.
»Sicher, trotzdem habe ich das Bedürfnis, mich in aller Öffentlichkeit zu Mercedes zu bekennen.«
»Das wird sich schon noch lösen«, sagte Benedikt.
»Jetzt genießen wir unser Glück in aller Heimlichkeit auf Reisen«, strahlte Mercedes, »Ostern fahren wir wieder weg. Wohin, ist geheim.«
»Wie wunderschön, Kind!« jubilierte Nora.
Dieser Mann war viel zu gut für Mercedes. Er sah auch viel zu gut aus für Mercedes. Was fand er nur an ihr? Es gab nur eine Erklärung: Gegensätze ziehen sich an. Aber mußte man so blöd werden wie Mercedes, um einen so tollen Mann zu bekommen, der sogar bereit war, sie zu heiraten?
»Ich zeig euch das Kleid, das Thomas mir in Frankreich gekauft hat«, rief Mercedes und kam in einem hautengen Stretchkleid wieder, auch dieses rot. Neuerdings schien sie nur noch Rot zu tragen. In dem Stretchschlauch sah man überdeutlich, daß sie keinen Busen hat und ihr Hintern runterhängt.
»Du bist so sexy, wenn ich das in Anwesenheit deiner Mutter sagen darf«, rief Thomas.
War dieser Mann blind?
»Ich weiß selbst sehr genau, wie sexy meine Tochter ist! Und das darfst du gerne in meiner Anwesenheit sagen, weißt du, ich verstehe mich viel weniger als Mutter, ich bin eher die beste Freundin meiner Kinder!« Nora kicherte fast so albern wie Mercedes.
Es war nicht zum Aushalten.
»Du bist nicht nur eine Traummutter, du bist auch eine Traumschwiegermutter«, sagte Thomas bewundernd.
Mercedes setzte sich neben Thomas. Ihr Stretchschlauch rutschte so hoch, daß ich die Nähte ihrer Strumpfhose zwischen ihren Beinen sah. Thomas ergriff ihre Hand und sagte: »Es kam alles ganz plötzlich. Aber so muß es sein. In unserem Alter weiß

man sofort, wenn man zusammengehört. Wir kennen uns immerhin schon zehn Wochen, das ist lange genug, um die wahre Liebe zu erkennen. Und das ist ja das Faszinierende an Mercedes, diese innere Reife, die man nur in ihren Augen sieht. Vom Körperlichen her ist sie ein junges Mädchen.«
Mercedes kicherte wie blöd.
Als ich heimlich auf die Uhr sah, nickte mir Benedikt zu. Er hatte auch genug.
Nora wollte nicht gehen, sondern noch ein Gläschen trinken: »Benedikt, du gehst sonst freitags nicht so früh zu Bett!«
»Mutter, wir wollen das junge Glück nicht länger stören.«
»Aber dann muß Medi demnächst ihren Thomas zu uns mitbringen, zum Mittagessen.«
»Herzlich gerne«, sagte Thomas, »sobald es sich machen läßt.«
Trotzdem trank Nora noch ein Gläschen.
Als wir endlich gehen konnten, begann Nora im Flur ein intensives Gespräch mit Mercedes über die Ansichtskarten, die rings um die Rattanflurgarderobe gepinnt waren. Unglaublich, wo Medi schon überall gewesen war. Mercedes kicherte bei ihren Urlaubs-Angebereien unablässig und zupfte außerdem ständig ihren Rock nach unten, als sei ernsthaft zu befürchten, daß ihr Thomas, würde er ihren flachen Hintern ohne die Stretchhülle sehen, sie noch im Flur, in Anwesenheit ihrer Mutter bumsen würde.
»Wo ist die Toilette?« fragte ich Thomas, der neben mir stand und ebenfalls angestrengt auf das Ende der Mutter-Tochter-Konversation wartete.
»Geradeaus.«
Ich öffnete die Tür geradeaus, mir fiel ein Bügelbrett entgegen.
»Ach«, rief Thomas, »das war die falsche Tür, hoffentlich hast du dir nicht wehgetan.« Er öffnete die Tür neben der Rumpelkammer, es war das Schlafzimmer. Thomas lachte: »Wo bin ich nur mit meinen Gedanken?« Er ging zur Tür am andern Ende des Flurs, sah hinein: »Bitte, hier.«
Irgendwie beschlich mich der Gedanke, daß Thomas nicht gewußt hatte, wo das Klo ist. So betrunken war er nicht, daß er es vergessen haben konnte. Oder konnte ein Mann so abwesend

sein in seinen Gedanken? Oder konnte es sein, daß er schon mehrmals in dieser Wohnung war, aber noch nie auf dem Klo? Nein.
»Es war ein reizender Abend«, sagte jeder mindestens zweimal. Thomas und Mercedes winkten uns hinterher. Thomas hatte den Arm um sie gelegt und drückte sie fest an sich.
Auf der Heimfahrt schwärmte uns Nora die Ohren voll. Das war genau der Mann für ihre Medi. Ein Rechtsanwalt als Schwiegersohn, das wäre passend. Ich ärgerte mich: Ihn sah sie sofort mit ihrer Tochter im staatlichen Ehestand. Keine Rede davon, daß man heutzutage nicht mehr heiraten muß.
Als ich im Bett mit Benedikt darüber reden wollte, reagierte er stinksauer: Es sei ihm völlig egal, wen seine Mutter verheiratet sehen wolle und wen nicht. Und es sei absurd von mir, zu denken, Thomas hätte nicht gewußt, wo das Klo ist. Er sei eben in Gedanken schon im Schlafzimmer gewesen. An dem Mann sei wirklich nichts auszusetzen. Und ich hätte wohl doch ein falsches Bild von Mercedes.

56. Kapitel

Benedikt hatte in der nächsten Woche überhaupt keine Zeit für das Hotelprojekt, er schimpfte auf Onkel Georg, der genau wußte, daß sich Entwürfe nicht nebenbei aus dem Ärmel schütteln lassen, ihn aber trotzdem dazu verdonnert hatte.
Es kam vor allem darauf an, was Benedikt aus der Hotelhalle machen würde. Ihm schwebte eine Symbiose aus postmoderner und ultramoderner Architektur vor, ein international aktueller Stil, der Benedikts persönliche Handschrift als Architekt zeigen sollte. Dazu mußte er eine völlig neue Struktur des Hotels schaffen, und dieser Struktur mußte die Raumgestaltung entsprechen, also mußte ich abwarten. Außerdem war ich sowieso den ganzen Tag als Putzfrau beschäftigt.
Aber dann fiel mir etwas ein, womit ich bereits anfangen konnte: Ich konnte sämtliche Räume fotografieren, um den Stand vor

der Renovierung zu dokumentieren. Rufus fand die Idee sehr gut: Wenn man nach Fossilien gräbt, wird vorher auch alles fotografiert und numeriert. Benedikt besorgte mir sogar für meine Kamera ein sehr gutes Stativ aus dem Büro.
Ich fotografierte jede Wand im ganzen Hotel und pinnte für jedes Foto einen Zettel auf die fotografierte Wand, auf dem Zimmernummer und Himmelsrichtung stand, so würde man später problemlos erkennen können, was wo gewesen war. Es war zwar viel Vorarbeit, aber Rufus gefiel meine exakte Arbeitsweise.
Bis ich alle Zimmer, alle Bäder, Duschen, Klos, Abstellräume, die Flure und alle Außenansichten fotografiert hatte, verging die ganze Woche, und ich verbrauchte fünf Filme.
Zum Schluß, spät am Freitagnachmittag, fotografierte ich das Dachgeschoß. So kam ich zum erstenmal in Rufus' Zweizimmerwohnung.
In seinem Schlafzimmer war das Bett so ordentlich gemacht wie in einem Hotelzimmer. Eine Wand war von oben bis unten Bücherregal. »Hier, meine Juwelen«, sagte Rufus und zeigte auf sechs Bände ›ILLUSTRIERTES THIERLEBEN‹. »Das ist die erste Auflage von Brehms Tierleben, von 1876.«
Sonst gab es nichts Bemerkenswertes zu sehen. Ich schrieb einen Zettel, »Schlafzimmer Rufus Berger / 4. Etage«, pinnte ihn an die Wand, ein Himmelsrichtungsschild darunter, fotografierte rundum und folgte Rufus ins Zimmer nebenan.
Dort stand ein schöner, antiker Bücherschrank mit verglasten Türen, darin auf vier Etagen nichts als Saurier und Saurierskelettmodelle. An die hundert Stück, zwischen einem Zentimeter und dreißig Zentimeter hoch. Die meisten aus Plastik, einige aus Holz, Porzellan, Plüsch, einer war aus einem Tannenzapfen gebastelt.
»Kennst du die alle?«
»Nein. Man kennt von vielen nur einen Zahn oder einen Knochen. Die können ziemlich anders ausgesehen haben, es gibt laufend neue Modelle. Dieser zum Beispiel«, Rufus öffnete den Schrank und nahm vom obersten Regalbrett einen, der längs über den Rücken einen aufgeklappten Fächer hatte, »bei diesem

Modell kann man unmöglich sagen, ob das ein ruhender Spinosaurus sein soll oder ein Dimetron, man kann die Beinstellung nicht einschätzen. Falls es ein Dimetron ist, ist es kein Dinosaurier.«
»Er sieht aber aus wie ein Dinosaurier.«
»Leider. Aber als Dimetron wär's ein Archosaurus und hier fehl am Platz.« Er zeigte aufs obere Regalbrett: »Hier stehen die Kreide-Dinosaurier, drunter die Jura-Dinosaurier, dann die Dinos aus der Trias, ganz unten aus dem Perm die Saurier-Vorfahren, die noch keine Dinos sind.« Rufus betrachtete den problembeladenen Saurier mit dem aufgeklappten Fächer auf dem Rücken, sagte zu ihm: »Eines Tages werde ich mich endgültig entscheiden, wo du hingehörst« und stellte ihn in die unterste Reihe. Da stand in einer Ecke, fast versteckt, der schönste von allen, ein Drache mit Flügeln, aus Porzellan mit feinst modellierten Schuppen, die grün und blau und golden umrandet waren.
»Was ist das?«
»Das ist ein Reisemitbringsel von Bärbel Schnappensiep. Sie kann eine Pekingente nicht von einer Fledermaus unterscheiden und hat behauptet, dies sei ein altchinesischer Dinosaurier.« Er nahm das Modell, drehte es mißbilligend in den Händen – auf dem Bauch hatte es zwei sich kreuzende blaue Striche, genauer gesagt Schwerter – kein Zweifel, es war Meißener Porzellan. Alle Achtung, dachte ich.
Rufus sagte: »Am ehesten könnte es ein frühes Krokodil sein, aber der Kopf mit diesen kleinen spitzen Ohren gehört eher zu einem Känguruh.« Er stellte es mit gerümpfter Augenbraue zurück in die Ecke. »Jetzt zeig ich dir ein wirklich gutes Modell«, er griff einem häßlichen rotweiß getüpfelten Gummivieh an den Hals. Es stand in der zweiten Etage, so groß, daß es mit Kopf und erhobenem Schwanz ans obere Regalbrett stieß. »Das ist mein Compsognathus, das Modell ist fast originalgroß.«
»Was, so klein! Das soll ein Dinosaurier sein?«
»Diese waren nicht größer als Hühner. Es ist wie mit den Hotels, nicht jedes ist ein Hilton.« Er zeigte auf ein kleineres Plastiktier, das in der gleichen Reihe stand: »Das ist ein Nanosaurus – ein Tyrannosaurier, trotzdem nicht größer als ein Schäferhund.

Nicht alles, was ausgestorben ist, war groß oder großartig.«
»Und was ist das?« Ganz oben stand ein orangerotes Monster, auf den Hinterbeinen aufgerichtet, mit einem silbermetallic angemalten Horn über dem breiten Maul und flügelähnlichen Metallic-Zacken um den Hals. An seiner Seite steckte ein Aufziehschlüssel aus Blech wie bei einer Spielzeugmaus.
»Das soll ein Horndinosaurier sein, ein Ceratopsier«, Rufus nahm das Hornvieh, drehte den Aufziehschlüssel, setzte es aufs Fensterbrett. Knatternd fuhr das Monster das Fensterbrett entlang, sprühte dabei aus dem breiten Maul Funken wie ein Gasanzünder. »Niedlich«, sagte Rufus, »manche aus dieser Familie waren auch nicht größer als ein Mensch.«
Ich versuchte, mir einen Dinosaurier in menschlicher Größe vorzustellen – vielleicht lag es an dem Orangerot, jedenfalls fiel mir Nora ein. Irgendwie brachte mich das auf die Frage: »Was glaubst du, warum die Dinosaurier ausgestorben sind?«
Rufus stoppte das Monster und blickte mich mit enttäuscht hängendem Flusenbart an: »Jetzt kennen wir uns schon seit sechs Wochen, und ich hatte gehofft, du gehörst zu den wenigen, die mir diese Frage ersparen. Ich hab keine Ahnung, warum die Dinosaurier ausgestorben sind.«
»Du hast das doch studiert!«
»Da kennt man häufig weniger Antworten als jeder Laie. Statt dessen viel mehr Fragen. Ich habe mich in einer Arbeit mal darüber ausgelassen, was an der Theorie, Ursache sei eine Klimaveränderung, kombiniert mit der These, daß Dinosaurier keine Geschlechts-Chromosomen hatten, falsch ist. Der erste Faktor ist okay – in der Kreidezeit war das Klima tropisch, dann wurde es kalt, das wird heute als Tatsache gehandelt. Und es ist eine Tatsache, daß Krokodile und Echsen, die nächsten Verwandten der Dinosaurier, keine Geschlechts-Chromosomen haben. Ob aus einem Ei ein männliches oder ein weibliches Tier schlüpft, wird bei denen nur durch die Temperatur bestimmt, bei der das Ei ausgebrütet wird.«
»Wie geht denn das?«
»Ganz einfach – die verbuddeln ihre Eier in der Sonne im Sand, und aus den Eiern, die oben liegen und mehr Wärme abbekom-

men, werden Männchen, aus den kühler liegenden Eiern werden Weibchen. Bei manchen Reptilien ist es umgekehrt, da werden die wärmer gebrüteten Eier zu Weibchen. Jedenfalls ergibt sich daraus die Überlegung, daß es, wenn es dauerhaft kälter wurde, zunehmend mehr Tiere von einem Geschlecht gab. Und da kann man viel rechnen – man weiß ja nicht, ob dieses große Massensterben eine Million Jahre dauerte oder ob alle an einem Wochenende das Kreidezeitliche segneten. Wenn es mehr Weibchen gibt als Männchen, dauert es mit dem Aussterben lang. Wenn es mehr Männchen als Weibchen gibt, geht es schnell.«

»Warum?«

»Weil ein Weibchen immer nur dieselbe Maximalzahl Kinder bekommen kann, egal wie viele Männchen rumrennen. Aber ein Männchen kann sehr, sehr viele Weibchen zu Müttern machen.« Rufus grinste mich an, aber nicht anzüglich: »Das ist das biologische Alibi der alten Patriarchen, deshalb darf ein Mann mehrere Frauen haben. Aber mit diesem Alibi ist es völlig unlogisch, daß diese Männer sich nur Söhne als Nachkommen wünschen, da wäre ihr Stamm schnell ausgestorben.«

»Stimmt. Und was ist an der Saurier-Theorie falsch?«

»Zuerst bleibt wie bei allen andern Theorien die Frage, warum dann nicht auch die Krokodile, die Schildkröten und die Echsen ausgestorben sind.«

»Ich hab gehört, daß ein gigantischer Meteor eingeschlagen ist, der mit einem Schlag...«, ich unterbrach mich, weil Rufus den Kopf schüttelte, was ich gehört hatte, wußte er längst.

»Die Leute suchen immer den einen Faktor, der alles erklären soll. Deshalb sind Große-Katastrophen-Theorien so beliebt. Mit einem Knall aus dem All ist das ganze Problem erklärt. Aber es stimmt nicht. Die Kakerlaken zum Beispiel haben den Knall aus dem All überlebt! Warum die? Warum die Ammoniten nicht? Ich sage immer, mit dem Aussterben der Dinosaurier ist es wie mit dem Sterben einer Liebe – ein einzelner Grund reicht nie.« Das Telefon läutete. Ich fand es sehr bemerkenswert, daß es ausgerechnet Tanja war, die jetzt anrief.

»Grüß dich, Tanja«, rief Rufus erfreut. Und dann: »Ach wie schade. Geht es dir schlecht?«

Anscheinend ging es ihr nicht so schlecht, denn Rufus sagte gleich darauf: »Viola ist gerade bei mir und fotografiert meine Wohnung.«

Darauf hatte Tanja viel zu sagen. Ich plazierte in der Zwischenzeit mein Stativ. »Soll ich dich mitfotografieren?« fragte ich Rufus, der Tanja lauschte.

»Ja«, sagte Rufus und lächelte Telefonhörer am Ohr fürs Foto. Rührend, wie er mit seiner Augenbraue und seinen Bärten vor dem Saurierschrank stand. Wie ein lebendes Fossil.

Tanja quatschte, Rufus nickte. Ich fotografierte den Rest des Zimmers. Abgesehen von dem Saurierschrank war alles von einer unbestimmten Geschmacklosigkeit, die keinen Rückschluß auf den Bewohner zuließ. Es war eher ein Arbeitszimmer als ein Wohnzimmer. An einer Wand zwei Regale mit alten Aktenordnern, vermutlich die Hotelunterlagen der letzten Jahrzehnte. Auf dem pastellgrünen Teppich ein dunkelgrünes Sofa und zwei graue Sessel, ein schwarzer Tisch, alles bestenfalls frühes Ikea.

Rufus beendete sein Gespräch mit Tanja. »Also, melde dich wieder«, sagte er zum Abschied.

»Tanja hat keine Lust, heute kochen zu gehen, sie sagt, ihr sei schon schlecht.«

Würde sie Rufus lieben, dachte ich, würde sie trotzdem in den Kochkurs gehen, nur um ihn zu sehen. Und würde Rufus Tanja lieben, würde er nicht in den Kochkurs gehen, sondern sie besuchen. Aber vielleicht war ihre Beziehung noch nicht so weit? Weil Rufus nichts mehr zu dem Telefongespräch sagte, sagte ich auch nichts. Vielleicht war bei den beiden auch alles ganz anders.

Ich mußte noch die Küche fotografieren. In der Mitte stand ein Gestell zum Wäschetrocknen. Mit orange Wäscheklammern waren rosa-bräunliche und gräulich-rosa Beutel aufgehängt. Wäscht er als Geschäftsführer die Putzlappen und Staubsaugerbeutel? Ich war leicht peinlich berührt von dieser unerwarteten Sparsamkeit. Beim zweiten Blick traf mich der Schlag: Es waren keine Staubsaugerbeutel, es waren Unterhosen! Nur mit Mühe gelang es mir, so zu tun, als wären staubsaugerbeutelähnliche Unterhosen die natürlichste Sache der Welt. Ich wollte sie mitfo-

tografieren, sonst würde mir keiner glauben, was manche Männer für Unterhosen tragen. Aber Rufus sagte, hätte er gewußt, daß ich heute seine Wohnung fotografiere, hätte er aufgeräumt, und stellte den Wäschetrockner leider vor die Küchentür. Sonst schien er keine Probleme mit seinen Unterhosen zu haben!
Als wir gingen, sah ich im Flur mit Grausen auf die Unterhosen. Ja, sie waren sauber, aber stell dir vor, du gehst mit einem Mann ins Bett, und dann steht er vor dir, nur mit einem Staubsaugerbeutel bekleidet!

57. Kapitel

Im Kochkurs machten wir Gulasch, Pellkartoffeln und Krautsalat. Felix machte allein Spaghetti mit einer komplizierten Tomatensahnekräutersauce. Das wollte er üben, hatte er letztesmal Carola gesagt, denn seine Tochter fände die Spaghettisaucen ihrer Mutter besser.
Weil wir nur zu siebt waren, kochte Rufus mit Michael und Witzchen-Wolfram, ich mit Winfried und Wolfgang. Wie ein Weltmeister schnitt ich unsere Zwiebeln in Würfel – mit dem Rest des Gulaschs hatte ich wenig zu tun: Wolfgang übernahm alles. Winfried beschäftigte sich damit, den geschnittenen Speck in der Pfanne umzurühren und die Gulaschschnetzel anzubraten, dann ging er mit Michael raus zum Rauchen. Ich durfte mich daher auch um die Pellkartoffeln kümmern. Weil ich Pellkartoffeln mit Butter so gerne esse, fragte ich Carola alles, was ich über Pellkartoffeln schon immer wissen wollte. Sie sagte, es sei nur Geschmackssache, ob man festkochende oder mehligkochende nimmt. Die meisten würden festkochende bevorzugen, und am besten seien auf jeden Fall neue Kartoffeln. Und man müsse das Kochwasser nicht salzen, weil das Salz nicht durch die Schale dringt. Man könne aber einen Streifen von der Schale abschneiden, damit an dieser Stelle das Salz eindringt. Und es wäre praktisch, nur gleichgroße Kartoffeln zu nehmen, weil dann alle gleichzeitig gar werden und man nicht jede probehalber anste-

chen muß. Ein knackendes Geräusch von der hinteren Kochzeile beendete unser Pellkartoffelgespräch. Wir drehten uns um. Da stand Felix und zerbrach das original italienischlange Spaghettibündel, wobei ziemlich viele Bruchstücke zu Boden rieselten.
»Warum machst du das?« fragte Carola.
»Meine Tochter findet es toll, wie ich die rohen Spaghetti zerknacke«, erklärte Felix stolz und brach noch mal wie Supermann das Bündel durch. »Außerdem passen sie so in den Topf.«
»Du fegst nachher aber die Nudeln auf dem Boden zusammen. Der Besen ist im Schrank.« Carola rauschte wütend hinaus. Felix schob die Nudeln mit dem Schuh unter den Herd.

Viertel vor neun ging Wolfgang auf den Schulhof, um Winfried und Michael zum Essen zu bitten.
Selbstverständlich war unser Gulasch, eigentlich das Gulasch von Wolfgang, perfekt. Sein Krautsalat ebenfalls. Meine Pellkartoffeln auch, nach zwanzig Minuten erst waren sie weich geworden. Das Gulasch von Rufus und Wolfram war auch okay, nur etwas zu paprikabetont.
Als Felix seine Spaghetti auf den Tisch stellte, fragte Carola entsetzt: »Wie hast du das gemacht?«
Die kurzgebrochenen Nudeln waren zu einem Haufen zusammengepappt und ließen sich allenfalls mit einem Messer zerteilen. Felix erklärte, so würden sie nicht immer, aber manchmal. Es läge an der Qualität der Nudeln.
»Manchmal liegt es auch am Wasser«, sagte Witzchen-Wolfram.
»Da hast du wahrscheinlich sogar recht«, sagte Carola. »Hat das Wasser gekocht, als du die Spaghetti reingetan hast?«
Möglicherweise hätte es gekocht, er hätte es nicht genau sehen können.
»Warum weißt du nicht, ob das Wasser gekocht hat? Woran erkennt man kochendes Wasser?«
»Wenn der Wasserkessel pfeift« – natürlich Wolfram, wer sonst.
Beim Wasserkessel sei es kein Problem, erklärte Felix, aber wenn

viele Nudeln im Topf liegen, dann sieht man die Wasserblasen auf dem Topfboden, an denen man erkennt, ob das Wasser kocht, eben nicht so genau.
Carola erklärte, daß Nudeln – ganz im Gegensatz zu Kartoffeln – immer in kochendes Wasser gegeben werden. Und kochendes Wasser erkennt man nicht an Blasen auf dem Topfboden, sondern an großen Blasen, sprudelnd bis zur Oberfläche. Bläschen auf dem Topfboden: das ist nur siedendes Wasser!
Felix behauptete, seine Tochter hätte Spaghetti lieber zusammengepappt, in Klumpen könnte man sie besser mit der Gabel aufspießen.
Seine klumpige Sauce sah auch so kindgemäß aus, daß sich alle weigerten, sie zu probieren.

Ich erzählte Benedikt nicht, daß wir im Kochkurs gelernt hatten, wie man Wasser kocht! Aber gleich am Montag machte ich mit Rufus in der Hotelküche Steaks mit Pellkartoffeln. Obwohl wir beide im Kurs keine Steaks geübt hatten, waren wir mit dem Ergebnis hochzufrieden.
Am Abend, kurz vor sechs, kam Tanja, angeblich zufällig, ins Hotel. Sie kam von einem Juwelier, den sie in der Nähe entdeckt hatte, und dieser Juwelier hätte nicht nur außergewöhnlich schönen Schmuck, sondern sei außerdem außergewöhnlich nett. Tanja hatte ihm einen Ring zur Reparatur gebracht, bei dem seit Jahren ein Steinchen fehlte. Wir saßen in der Polstergarnitur hinter Herrn Hedderichs Verschlag, Rufus trank Bier, Tanja hatte sich einen Piccolo gewünscht, den Rufus selbstverständlich prompt aus der Küche brachte, ich trank Kaffee. Nachdem Tanja den außergewöhnlich netten Juwelier genug gepriesen hatte, verfiel sie in Schweigen.
»Was gibt's denn sonst Neues?« fragte Rufus.
»Gestern rief mein alter Freund Detlef an.« Darauf schwieg sie weiter.
»Und was wollte er?« fragte Rufus sehr interessiert.
»Nichts Besonderes, nur mal wieder reden. Es scheint ihm allmählich aufzufallen, daß er sonst keine Leute kennt.«
»Und sonst?«

»Außerdem scheint es im Büro Faber diversen Ärger zu geben. Aber das wird Viola besser wissen.«
»Benedikt ist auch total im Streß und kam bisher nicht dazu, an dem Hotelprojekt zu arbeiten.«
»Man darf gespannt sein, wann er damit rausrückt«, sagte Tanja. Sie sagte es, als sei auf Benedikt kein Verlaß.
»Benedikt wird bestimmt pünktlich fertig mit dem Entwurf, er hat es mir versprochen. Außerdem hängt es auch vom Hotel ab, wenn ich bei meinem Onkel anfange, ist keine Putzfrau mehr da, und wenn während des Umbaus der Hotelbetrieb weitergehen soll, braucht man eine neue Putzfrau, und bis Rufus...«
»Ja, du solltest dich auf jeden Fall um eine neue Putzfrau kümmern«, sagte Tanja zu Rufus.
Er seufzte: »Ich weiß. Ich muß mal das Arbeitsamt anrufen.«
Um wenigstens etwas Konkretes zu den Umbauplänen anzudeuten, sagte ich: »Benedikt hat schon viele Ideen, was man aus dem Foyer machen könnte, aber sicher ist bisher nur, daß Herrn Hedderichs Verschlag verschwindet.«
»Warum denn das?« rief Rufus entsetzt, »den braucht Herr Hedderich aber!«
»Das ist wirklich sicher, daß der Verschlag weg muß«, sagte Tanja. »Rufus, es ist unmöglich, eine Hotelhalle mit einem Werkstattschuppen zu verschandeln. Dann kannst du's gleich bleibenlassen.«
Ich lächelte Tanja zu.
»Wenn ihr meint«, sagte Rufus brav.
»Warten wir ab, mit welchen Lösungen uns Herr Windrich überrascht«, sagte Tanja. Es klang gelangweilt und desinteressiert. Dann fragte sie Rufus: »Gehst du nachher mit mir essen? Gegen acht?«
Es klang ebenso gelangweilt und so desinteressiert, daß ich mich fragte, ob Tanja mit Rufus Schluß machen wollte. Hoffentlich nicht – Rufus tat mir leid.
»Ja, ich geh gern mit dir essen.«
»Du kommst ja doch nicht mit, oder?« fragte Tanja mich.
»Benedikt wartet auf mich.« Wenn sie mich fragte, ob ich mitgehe, wollte sie wahrscheinlich doch nicht mit Rufus Schluß machen, oder?

Tanja sah mich gedankenverloren an und sagte: »Der Juwelier hat übrigens sagenhafte Veilchenohrringe, so ähnlich wie deine Plastikdinger, nur eben aus Amethyst und sehr schön gearbeitet. Du solltest sie mal ansehen.«
»Mir ist egal, ob meine Ohrringe echt sind. Die hat mir Benedikt geschenkt.«
»Ist mir bekannt«, sagte Tanja schlecht gelaunt.

Am nächsten Morgen wirkte Rufus zwar leicht verkatert und ernst, aber nicht wie ein Mann, der am Abend zuvor den Todesstoß von seiner Freundin bekommen hat. Er rief beim Arbeitsamt wegen einer Putzfrau an, und man versprach ihm, sofort Bewerberinnen vorbeizuschicken.
Bis zum Abend kamen tatsächlich vier Bewerberinnen. Die erste wollte nur abends arbeiten, die zweite nur ohne Steuerkarte, die dritte wollte nur Zimmer putzen, in denen ein Fernseher ist, weil sie ihren kleinen Sohn mitbringen wollte und das Kind sich nicht langweilen sollte, die vierte hätte so verdreckt ausgesehen, daß sie als Putzfrau eine Provokation gewesen sei, erzählte Rufus wütend. Und morgen kämen weitere Bewerberinnen, es graue ihm schon davor. Und seinetwegen könne sich der Beginn des Umbaus noch Monate hinziehen.
Aber Mittwochnachmittag rief mich Rufus per Haustelefon runter zur Rezeption. Bei ihm stand ein junges Mädchen, höchstens zwanzig, sagenhaft dick, auch wenn man sich ihren daunenwattierten Anorak wegdachte. Sie trug einen Kopfhörer um den Hals, und das Kabel ihres Walkmans spannte über ihrem Busen.
»Das ist Carmen Gosch, unsere neue Hausdame«, strahlte Rufus.
Sie machte keine Anstalten, mir die Hand zu geben, sagte aber: »Ihr könnt mich duzen.«
»Sie werden sich mit Viola Faber sicher gut verstehen«, sagte Rufus, und ich fand, daß er ihr sehr elegant beigebracht hatte, daß er nicht geduzt werden wollte.
»Kein Problem«, sagte Carmen.
Warum sollte ich mich nicht mit ihr duzen? »Ich heiße Viola.«

»Geht in Ordnung«, sagte Carmen.
»Und wie gesagt«, sagte Rufus, »Sie dürfen bei der Arbeit jederzeit Ihren Walkman tragen, überhaupt kein Problem, und wenn Sie sich was zu essen mitbringen wollen, wir haben Kühlschrank, Tiefkühltruhe, Mikrowelle, alles da.«
»Tagsüber eß ich nichts Warmes«, sagte Carmen. Sie bewegte beim Reden den Unterkiefer, als kaue sie die Worte.
»Also, übernächsten Montag, am 2. April, fangen Sie bei uns an. Und Viola und unsere Frau Hedderich werden Sie einarbeiten.«
»Kein Problem«, sagte Carmen.
Rufus war begeistert.
Er war auch noch begeistert, nachdem sich Carmen verabschiedet hatte: »Sie hat nur eine Bedingung gestellt, sie will sich nie von ihrem Walkman trennen. Mal sehen, was die Chefin zu ihr sagt. Wie ich Bärbel kenne, wird sie meckern.«
»Und was machst du dann?«
»Dann meckere ich zurück.«
»Du kannst hier machen, was du willst, stimmt's?«
»Leider nicht. Aber wenn ich mal ein Problem gelöst habe, dann soll es bitte auch gelöst bleiben.«

58. Kapitel

»Die Chefin hat angerufen«, berichtete Rufus am Donnerstag, »morgen kommt ein wichtiger Gast, Frau Masur, eine alte Freundin der Chefin, sie soll das beste Zimmer bekommen, also Zimmer 9.«
Das Riesenzimmer mit dem meisten Möbelmüll, mit dem Fernseher in der Vitrine. »Gib ihr lieber die 18 in der dritten Etage, das Zimmer ist schöner.« In der dritten standen weniger Möbel rum, der Hedderich-Clan lud seinen Möbelmüll bevorzugt auf den unteren Etagen ab, weil das weniger Arbeit machte.
»Wenn du meinst, dann für Frau Masur Zimmer 18.«

Frau Masur war ähnlich alt wie Frau Schnappensiep, ähnlich teuer angezogen, mit ähnlich korrekter blonder Dauerwellfrisur. Zufällig war ich unten, als sie kam. »Hallo, hallo, Herr Berger«, rief sie, »hat Ihnen Ihre...«
»Meine Chefin hat mir ausdrücklich befohlen, Ihnen unser bestes Zimmer zu reservieren. Herzlich willkommen, Frau Masur.«
»Und was ist mit dem Mann?«
»Welcher Mann?«
»Ich brauch heute abend einen Mann.«
»Davon ist mir nichts bekannt.«
»Da haben wir den Salat!« rief Frau Masur. »Hat Bärbel keine Nachricht hinterlassen?«
»Nein.«
»Ich könnte mich totärgern, da kann ich gleich wieder nach Hause fahren!«
»Bitte nicht, Frau Masur! Frau Schnappensiep würde mich sofort rauswerfen, wenn ausgerechnet Sie nicht...«
»Machen Sie keine blöden Witze«, sagte Frau Masur und zündete sich wütend eine Zigarette an. »Ich werde Bärbel sofort anrufen.«
»Guten Tag«, sagte ich und stellte ihr einen Aschenbecher auf die Rezeptionstheke.
Rufus sagte zu mir: »Geh mal hoch und sieh nach, ob die Heizung in Zimmer 18 an ist.«
»Ist aufgedreht.«
»Dann sehen Sie was anderes nach«, sagte Frau Masur wütend.
»Ja, bitte«, sagte Rufus.
Aha, ich hatte kapiert.
Kaum hatte ich mich umgedreht, sagte sie zu Rufus: »Also ich muß Ihnen jetzt was im Vertrauen sagen, was ich schon Bärbel gesagt habe... Bärbel kennt doch alle ehrenwerten Männer der Stadt... das kann doch kein Problem sein...«
»Ich muß Ihnen auch was im Vertrauen sagen«, sagte Rufus.
Dann war ich außer Hörweite.
Erst eine halbe Stunde später brachte Rufus ihr Gepäck ins Zimmer. Wenigstens war sie nicht wütend weggefahren.

Kurz nach fünf, ich kam gerade aus dem Abstellraum neben der Küche, wo mein Mantel und meine persönlichen Sachen sind, auch die Illustrierten, die ich in Papierkörben finde und im Bus lese, ich bringe sie immer am nächsten Morgen zurück – erstens hätte sich Nora gewundert, woher ich so viele Illustrierte mit teilweise ausgefüllten Kreuzworträtseln habe, zweitens wollte ich sie nicht in den Genuß meiner Gratislektüre kommen lassen – also, ich wollte gerade von der Küche zu Rufus an die Rezeption gehen, als ein Mann das Hotel betrat. Zuerst dachte ich, ich sehe nicht recht, dann war ich sicher, daß ich richtig sah, und flüsterte: »Das darf nicht wahr sein!«
Es war aber wahr: Der Mann, der das Hotel betreten hatte, war der neue Herzallerliebste von Mercedes.
Warum kamen sämtliche Herzallerliebsten von Mercedes ausgerechnet ins Hotel Harmonie? Was hatte der charmante Thomas hier zu suchen?
Er redete leise mit Rufus.
Ich schlich von der Küchentür in die Ecke zwischen Kontor und Herrn Hedderichs Verschlag, dort konnte er mich nicht sehen.
»Bitte nehmen Sie Platz«, hörte ich Rufus sagen.
Ich duckte mich hinter einen Sessel, da hörte ich Rufus und Thomas näher kommen. Ich sprang auf, drückte die Tür zu Herrn Hedderichs Verschlag auf, huschte hinein und hielt die Luft an, damit sie mich nicht atmen hörten.
»Hier können Sie sich ungestört unterhalten«, sagte Rufus, »ich benachrichtige Frau Masur.«
Starr stand ich, wagte es nicht, mich auf einen der Stühle zu setzen, sie waren zu Reparaturzwecken hier und würden bestimmt zusammenbrechen. Das hätte noch gefehlt: Mercedes' charmanten Freund entdeckt mich als lauschende Putzfrau im Kofferverschlag auf einem zusammengekrachten Stuhl!
Nach einer Ewigkeit klapperte Frau Masur auf Stöckelschuhen an. »Guten Tag«, sagte sie.
»Guten Tag, gnädige Frau.«
»Bitte nehmen Sie wieder Platz«, sagte Frau Masur mit einer Stimme, die keinen Widerspruch gewohnt ist. »Folgendes Problem: Mein Patenonkel feiert heute abend seinen 75. Geburts-

tag. Er ist ein äußerst konservativer Herr, der mich für unsolide hält, da ich nicht verheiratet bin. Um dem alten Mann eine Freude zu machen, möchte ich mit einem seriösen Herrn erscheinen. Meine Bekannte hat mir einen Begleiter zugedacht, der allein deshalb unseriös erscheint, weil er zu jung ist. Aber Sie würden altersmäßig zu mir passen. Und ich wünsche tadellose Manieren und tadelloses Auftreten. Der Anzug, den Sie tragen, ist in Ordnung.«

»Was werden Sie tragen, gnädige Frau?«

»Ein dunkelblaues Samtkostüm mit Goldpaspeln. Sehr dezent. Von Chanel.«

»Dazu wäre dieser Anzug zu leger. Ich werde passend zu Ihrem Kostüm einen dunkelblauen Anzug tragen. Sehr dezent. Von Armani. Krawatte oder Fliege dazu?«

»Das dürfen Sie entscheiden«, sagte Frau Masur. »Die Feier findet im Restaurant statt, selbstverständlich bekommen Sie dort alles umsonst.«

»Selbstverständlich. Ich werde eine Krawatte tragen, manchen Herrschaften erscheint eine Fliege zu frivol. Soll ich einen Ehering tragen?«

»Sind Sie verheiratet?«

»Für Ihren Abend bin ich, was Sie wünschen. Falls Sie mich als Ihren Ehemann vorstellen wollen, bitte sehr.«

»Nein, das geht zu weit.« Nach einer Pause sagte sie: »Allerdings sollten Sie nicht sagen, daß Sie anderweitig verheiratet sind, falls Sie es sind.« Wieder eine Pause. »Und geschieden kommt auch nicht gut an. Mein Onkel ist im Kirchenvorstand. Wie ich den Verein kenne, werden heute abend fromme Menschen um uns sein.« Und dann sagte sie sehr undamenhaft: »Bääh.«

»Verstehe, gnädige Frau, folglich bin ich Witwer. Ein Mann in meinem Alter muß verheiratet gewesen sein, um solide zu wirken. Ich bin seit fünf Jahren Witwer. Das ist eine angemessene Trauerzeit. Meine Frau starb an Krebs. Sehr tragisch. Niemand wird so pietätlos sein, weitere Fragen zu stellen.«

»Ich merke, Sie denken mit«, sagte Frau Masur cool.

»Familienfeiern stellen hohe Anforderungen, gehören zu den

schwierigsten Aufgaben meines Berufs. Man muß eine Rolle aufbauen. Klären wir zuerst, wie wir uns kennengelernt haben, man wird uns danach fragen.«

»Auf einer Party? Irgendwann letztes Jahr?«

»Ein Jahr ist eine lange Zeit, gnädige Frau. Gerade Verwandte stellen oft tückische Fragen nach gemeinsamen Erlebnissen und gemeinsamen Bekannten. Darf ich Ihnen aufgrund meiner Erfahrung einen Vorschlag machen?«

»Bitte.«

»Die plötzliche große Liebe, die das jahrelange Warten auf den Richtigen als richtig erwiesen hat, das ist die beste Geschichte. Und möglichst wenig Menschen, die bisher von unserem Glück wissen. Reden Sie nur von zukünftigen Plänen, wenn Sie von uns erzählen, vermeiden Sie alles, was in der Vergangenheit liegt. Wenn wir sagen, wir hätten uns Silvester kennengelernt, kennen wir uns seit immerhin zwölf Wochen, das genügt, um zu wissen, daß es die wahre Liebe ist, in unserem Alter.«

»Da gebe ich Ihnen recht. Wir könnten sagen, wir hätten uns auf einem Silvesterball kennengelernt.«

»Und wer hat uns auf dem Silvesterball miteinander bekannt gemacht? Ein Kollege? Was machen Sie beruflich?«

»Ich bin Staatsanwältin.«

»Das ist optimal«, rief Thomas, »da haben Sie soviel Interessantes zu erzählen. Und passenderweise habe ich als Rechtsanwalt viel Erfahrung. Mein Fachgebiet ist internationales Markenartikelrecht. Das interessiert nur wenig Menschen. Oder haben Sie zufällig jemand in der Familie, der etwas davon versteht?«

»Nicht daß ich wüßte.«

»Sehr gut. Bezüglich des Kennenlernens möchte ich einen Vorschlag machen, der Ihrem Onkel sicherlich eine besondere Freude macht: Sagen wir, wir hätten uns nach dem Neujahrsgottesdienst kennengelernt. Sie standen vor der Kirche, unschlüssig, ob Sie einen Spaziergang machen sollten. Ich stand vor der Kirche, in Gedanken an meine verstorbene Frau versunken... Wir standen beide vor der Kirche, und das Geläut der Glocken trieb mich wie eine innere Stimme, die Glocken sagten mir: Sieh dich um! Und da sah ich Sie. Es erschien mir wie ein Gebot der

Glocken, Sie zu fragen, ob ich Sie ein Stück begleiten dürfte. ...Nun gehen wir unseren Lebensweg gemeinsam.«
»Das ist zu kitschig«, sagte Frau Masur.
»Ein durchaus klassisches Motiv, gnädige Frau. Auch Goethes Faust wird aus selbstmörderischer Depression durch das Geläut der Glocken errettet. Für eine christliche Seele ist das nicht Kitsch, sondern die Wahrheit. Kitschig sind nur die Gefühle, an die man nicht glaubt.«
»Also gut«, sagte Frau Masur, »ich find es zwar etwas dick aufgetragen, aber die Leute wollen belogen werden. Ich muß nur aufpassen, daß ich nicht zuviel lache, wenn Sie das erzählen.«
»Lachen Sie, soviel Sie können«, sagte Thomas, »Verliebte lachen immer. Wenn Sie damit einverstanden sind, besprechen wir nun das Finanzielle.«
»Einverstanden.«
»Pro Abend, inklusive dieser Vorbesprechung, beträgt mein Honorar 400 Mark. Diesen Betrag geben Sie mir bitte vorher. Nach Mitternacht kämen pro angefangene Stunde 100 Mark dazu.«
»Einverstanden.«
»Sollte es notwendig sein, weil uns Verwandte beobachten, daß ich Taxi oder sonstige Kleinigkeiten bezahle, rechnen wir das hinterher ab. Da wir aus Diskretionsgründen keine Rechnungen ausstellen, darf ich Sie bitten, bar zu bezahlen.«
»In Ordnung.«
»Danke. Nun wollen wir weiter an unseren Rollen arbeiten. Sagen Sie mir bitte einen männlichen Vornamen, der Ihnen besonders vertraut ist.«
»Ein männlicher Vorname, besonders vertraut?« Sie dachte kurz nach. »Dieter.«
»Ausgezeichnet, ich heiße Dieter Lehmann.«
Genau, dachte ich völlig benommen von diesen Enthüllungen und vom Luftanhalten – Lehmann heißt er – aber Thomas, oder?
»Dieter Lehmann«, sagte Frau Masur.
»Ein Künstlername selbstverständlich. In meiner Branche sind unauffällige Künstlernamen von Vorteil. Das schützt vor Nachforschungen, vor lästigen Fragen, ob man mit diesem oder jenem

verwandt ist, es gibt so viele Lehmanns. Und für alle Fälle ein Tip: Ich habe einen Zwillingsbruder. Sollte jemand darauf beharren, mich bereits kennengelernt zu haben, denken Sie an meinen Zwillingsbruder. Jetzt aber, meine Liebe, sollten wir sofort anfangen, uns zu duzen. Wie heißt du?«

»Maria Masur.« Sie kicherte ziemlich schrill.

»Ich liebe dein Lachen, Maria«, sagte Herr Lehmann zärtlich. Ja, es hörte sich sogar durch die Holzpaneelenwand zärtlich an. Es lief mir ein Schauer über die Haut, als er sagte: »Dein liebes Lachen hat mir wieder Lebensmut gegeben.«

»Sie machen das großartig«, lachte Frau Masur, »aber Sie dürfen mich nicht dauernd zum Lachen bringen.«

»Lachen darfst du immer, Maria, aber niemals darfst du mich siezen. Das wäre ein schrecklicher Fehler.«

»Mein Onkel ist fünfundsiebzig, stinkreich und Kirchenvorstand, der findet Lachen nicht lustig.«

»Liebe Maria«, sagte Thomas, Dieter Lehmann, »als ich vor Jahren Nathan den Weisen spielte, weinte sogar ein Kritiker. Da dürfte es kein Problem sein, deinen Onkel von meiner Seriosität zu überzeugen. Und ich habe den Wilhelm Tell gegeben, die Rolle des trefflichen Familienoberhauptes ist mir ins Blut übergegangen.« Plötzlich sagte Thomas, Dieter Lehmann mit total anderer Stimme, viel bedeutungsvoller: »Die armen Kindlein, die unschuldigen, das treue Weib muß ich vor deiner Wut beschützen, Landvogt! Da, als ich den Bogenstrang anzog – als mir die Hand erzitterte – als du mit grausam teuflischer Lust mich zwangst, aufs Haupt des Kindes anzulegen – als ohnmächtig ich rang vor dir...«

»Sie sind Schauspieler?«

»Maria... du!« sagte Thomas, Dieter Lehmann zärtlich.

»Entschuldigung. Du bist Schauspieler?«

»Wir alle sind Schauspieler.«

»Und warum spielst... du... jetzt nicht mehr auf der Bühne?«

»Ich stehe immer auf der Bühne. Wie Shakespeare sagt: Die ganze Welt ist eine Bühne.«

»Sie haben mich überzeugt«, sagte Frau Masur.

»Maria... du hast mich wieder gesiezt. Ich schlage vor, wir ma-

chen jetzt eine kleine Übung, um deine Hemmschwelle abzubauen. Die Übung ist etwas brutal, aber sehr wirksam. Bist du dazu bereit, Maria?«
»Ja.«
»Nimm meine Hand... ja... sieh mir in die Augen... ja... und jetzt sage... ich liebe dich, Dieter.«
Frau Masur kicherte hysterisch: »Dieter, ich...« Der Rest ging unter in Gekicher.
»Ich liebe dich, Maria«, sagte Dieter Lehmann, »jetzt du.«
Gekicher. »Ich liebe dich, ich lach mich kaputt!« Gekicher.
»Ich liebe dich, Maria«, sagte Herr Lehmann betörend sanft.
»Ich liebe dich, Dieter«, sagte Frau Masur, und jetzt klang sie fast ebenso sanft und kicherte nicht mehr.
»Jetzt hast du auch mich überzeugt«, sagte Dieter Lehmann, »um wieviel Uhr darf ich dich wiedersehen?«
»Hol mich Punkt acht hier ab.«
Sie standen auf. Ich hörte sie zum Fahrstuhl gehen.
»Ich freu mich auf dich, Maria«, sagte er zum Abschied.
»Ich kann es kaum erwarten, dich wiederzusehen, Dieter!«
Der Fahrstuhl tuckerte nach oben, dann hörte ich Dieter Lehmann in seiner höflichen Art zu Rufus sagen: »Auf Wiedersehen, Herr Berger.«
»Auf Wiedersehen, auf Wiedersehn«, sagte Rufus eifrig.
Ich wagte mich aus dem Verschlag hervor.
»Nanu«, sagte Rufus, »wo kommst du denn her? Hast du etwa gelauscht? Ihn hab ich leider schlecht verstanden. Du mußt mir genau erzählen, was er gesagt hat. War ja hochinteressant.«
»Ich wollte nicht lauschen. Ich mußte mich verstecken, als ich Thomas Lehmann, also Dieter Lehmann kommen sah. Wie kommt er überhaupt hierher?«
»Ich hab ihn bestellt. Die Chefin hatte die Schnapsidee, ich könnte Frau Masur begleiten. Da kamen wir auf die Idee mit Herrn Lehmann.«
»Weißt du, wer das ist? Das ist der neue Herzallerliebste von Mercedes!«
Rufus lachte: »Das ist Herr Lehmann von Rent-a-Gentleman.«

Leider sahen wir die beiden nicht weggehen, weil wir in den Kochkurs mußten.
»Warum macht Frau Masur so was?« fragte ich Rufus, als wir in seinem VW-Kombi in die Rothschild-Schule fuhren. »Hat sie keinen Mann?«
»Sie will keinen. Sie hat mir erzählt, daß sie seit zehn Jahren mit ihrer Freundin zusammenlebt.«
»Und der alte Onkel, bei dem sie eingeladen ist, weiß nicht, daß sie lesbisch ist?«
»Nein, der würde sie sofort enterben. Ich finde, Frau Masur hat völlig recht, einen fünfundsiebzigjährigen Kirchenheiligen kann man nicht mehr bekehren. Nur aus Achtung vor dem Alter hat sie Herrn Lehmann engagiert.« Rufus lachte.
Ich schielte zu ihm hinüber. – Wenn man nicht sieht, wie Rufus aussieht, lacht er eigentlich sehr nett. »Was meinst du«, fragte ich ihn, »warum engagiert die Schwester von Benedikt einen Leihmann?«
»Das weiß ich nicht«, sagte Rufus. »Unter wissenschaftlichen Arbeiten steht am Schluß oft: ›Diese Frage bleibt künftiger Forschung vorbehalten.‹ «

Im Kochkurs machten wir Rindsrouladen. Weil Rufus, Tanja und ich bisher fast nie Fleisch gemacht hatten, waren wir eine der zwei Gruppen, die Rindsrouladen machen durften. Die andern mußten eine legierte Suppe und Zitronencreme produzieren.
Routiniert schnitt ich die Zwiebeln in Würfel, während Tanja das Rezept vorlas:
»4 Scheiben Rinderrouladen mit 4 Teelöffel Senf bestreichen und mit 2 Teelöffel Salz und 1/2 Teelöffel Pfeffer bestreuen.
200 Gramm Speck in dünne Streifen schneiden. Eine Gewürzgurke vierteln – der Länge nach! Eine Zwiebel würfeln und die Krümel auf die Fleischstücke streuen.
Die Fleischscheiben rollen und die Rolle mit Zwirnsfaden zusammenbinden.«
Tanja wickelte zwei Rouladen mit soviel Zwirn zusammen, daß sie aussahen wie zwei Rollen Nähgarn. Dann las sie weiter:

»60 Gramm Pflanzenöl stark erhitzen. Darin die Rouladen rundum anbraten (mittlere Hitze).«
Es dauerte mindestens 20 Minuten, bis unsere Rouladen rundum braun waren. Wir warteten immer, bis die Stelle, wo sie auf dem Pfannenboden auflagen, richtig braun war, dann drehten wir sie zwei Zentimeter weiter.
»1/4 Liter Wasser zugeben, und die Rouladen bei mittlerer Hitze im geschlossenen Topf anderthalb Stunden schmoren lassen. Dann die Rouladen rausnehmen. 30 Gramm Mehl mit einer Gabel in etwas kaltem Wasser gut verquirlen und den Bratensaft damit andicken. Einmal aufkochen lassen. 1/8 Liter saure Sahne dazugeben.«
Gerade wollten wir die Sahne in die Pfanne kippen, da rief Wolfgang, der uns beobachtet hatte: »Halt, wenn man kalte Sahne in heiße Sauce gibt, gerinnt die Sahne.« Er holte eine Tasse, gab die saure Sahne in die Tasse, rührte sorgfältig um, gab einen Löffel von der Sauce aus der Pfanne dazu, rührte wieder um, dann noch einen Löffel, noch einen Löffel unter langsamem Umrühren. Er gab Rufus die Tasse: »Jetzt ist die Sahne warm, jetzt gerinnt sie nicht mehr.«
Unter allgemeiner Anteilnahme rührte Rufus alles in die Pfanne – tatsächlich, es gab eine sämige Sauce, völlig ohne Flocken! Das Nachwürzen der Sauce mit Salz und Pfeffer überprüften wir alle drei.
Obwohl sich alle fast kaputtlachten, bis Tanja die von ihr gewikkelten Rouladen entwickelt hatte, war es ein toller Erfolg! Nur Carola war säuerlich, weil Wolfgang ihr pädagogisches Prinzip, Fehler zu machen, nur damit man etwas lernt, unterwandert hatte.
Ich überlegte, ob ich demnächst sonntags Rindsrouladen machen sollte. Nora macht das nie. Und dann würde ich Mercedes ausdrücklich darum bitten, ihren Herzallerliebsten mitzubringen. Das sollten die teuersten Rindsrouladen ihres Lebens werden. Ich würde es Mercedes noch heimzahlen.

59. Kapitel

Sofort nach dem Kurs eilte ich nach Hause, um Benedikt alles zu erzählen. Aber er war noch nicht zurück. Und als er endlich kam, war er von seinem Volleyball-Training so müde, daß ich beschloß, meine sensationellen Enthüllungen nicht kurz vor dem Einschlafen verpuffen zu lassen.

Und am Samstagvormittag rief ich erst mal Rufus an – zugegeben auch aus Neugier, aber auch, damit ich Benedikt die ganze Geschichte bieten konnte. Was hatte Frau Masur über Herrn Lehmann gesagt?

»Frau Masur war absolut begeistert von Herrn Lehmann«, berichtete Rufus, »sie hat mir hundert Mark Trinkgeld gegeben. Sie hat gesagt: Dieter Lehmann ist ein reizender Mann, ein Glück, daß ich mir nichts aus reizenden Männern mache! – Aber bitte, die Chefin soll nichts davon erfahren, Frau Masur meint, Bärbel hätte zu viele Anwandlungen konservativer Moral.«

Ich lachte: »Das war ein teurer Abend für Frau Masur.«

»Frau Masur fand das nicht, sie hat gesagt: Endlich ein Mann, der mein Geld wert ist.«

Sofort erzählte ich alles haarklein Benedikt. Er war fassungslos.

»Ich kann nicht glauben, daß Medi uns eine solche Show vorgespielt hat.«

»Es ist aber wahr.«

»Ich werde jetzt sofort zu ihr fahren und sie fragen, ob sie verrückt geworden ist.« Und er fuhr sofort los.

Erst viereinhalb Stunden später kam er zurück. Und dann ging er in sein Zimmer, ohne bei mir reinzuschauen! Was war los? Ich ging hinüber. Er lag auf der Liege und wirkte seltsam verschlossen. Ich setzte mich zu ihm. Er roch nach Alkohol. »Was ist denn?«

»Nichts.«

»Versuch nie, mich anzulügen, du schaffst es nicht.«

»Mach die Tür zu, ich muß dir was sagen, was mir Medi erzählt hat.«

Ich schloß die Tür.

»Du mußt versprechen, daß du es niemandem weitererzählst.«
Ich versprach es hoch und heilig.
Benedikt blickte zur Wand, die an Noras Schlafzimmer grenzte, und flüsterte: »Medi hat Kontakt aufgenommen mit unserem Vater. Sie hat ihm einen Brief geschrieben. Er hat geantwortet. Er möchte uns wiedersehen. Wir werden zu ihm fahren.«
»Was?« Nun war ich fassungslos vor Überraschung. »Du triffst deinen ...«
»Pssst! Mutter darf auf keinen Fall etwas davon erfahren. Sie würde sich endlos aufregen. Sie hat uns allein großgezogen, sie will nicht, daß wir unseren Vater treffen.«
»Verstehe.« Ich fand es echt toll, daß Benedikt seinen Vater wiedersehen würde – bestimmt war sein Vater nett, ein Mann, der Nora verlassen hatte, war mir von vornherein sympathisch. »Ich finde das toll. Wann fahren wir hin?«
»Herzchen, du kannst nicht mitfahren, meine Schwester will das nicht. Und ich finde auch, nachdem wir unseren Vater Jahrzehnte nicht gesehen haben, wäre das zuviel auf einmal.«
Ja, es war zu verstehen, daß ich nicht gleich beim ersten Wiedersehen dabei sein sollte. »Und was werdet ihr Nora sagen?« flüsterte ich.
»Ich sage ihr, ich wäre auf einem Fortbildungsseminar der Firma. Medi sagt, daß sie mit ihrem Herzallerliebsten verreist.«
»Was hat Medi gesagt über Herrn Lehmann? Hat sie zugegeben, daß er von Rent-a-Gentleman ist?«
»Wir haben nicht darüber gesprochen. Nachdem sie von unserem Vater erzählt hat, war ich völlig fertig. Außerdem ist sie alt genug, um zu wissen, was sie tut. Mich geht das nichts an.«
»Über was habt ihr vier Stunden geredet?«
»Du kannst das nicht verstehen, du hattest immer einen Vater, der für dich da war. Medi hat mir seinen Brief gezeigt: Stell dir vor, der Alte fährt einen Porsche! Die Zahnarztwitwe, die er geehelicht hat, ist selbst Zahnärztin und hat das Geld. Mit der hat er auch eine Tochter. Wir müssen im Hotel wohnen, seine Frau hat ihm verboten, daß er seine Kinder aus erster Ehe wiedersieht, hat er geschrieben.«
»Und wann fahrt ihr zu ihm?«

»Am Donnerstag nach Ostern, in zweieinhalb Wochen. Das einzig Wichtige ist, daß es vor Mutter geheim bleibt. Sie denkt sonst, wir hätten Geheimnisse vor ihr.«
Ich mußte lachen, weil es so unlogisch klang, aber die Logik von Familienmauscheleien entzieht sich immer der normalen Logik. Und Mercedes entzog sich sowieso jeder Logik.
»Das heißt, ich kann Ostern nicht mit zu deinen Eltern. Ich kann nicht zwei Wochenenden hintereinander frei machen.«
»Aber Ostern ist sowieso frei.«
»Verstehst du nicht: Ich werde Ostern hier bleiben müssen und den Hotelentwurf machen. Ich muß ihn in meiner Freizeit machen, der Faber hat das genau gewußt.«
»Geht es wirklich nicht?«
»Das ist der einzige Grund, warum wir unseren Vater nicht schon Ostern treffen. Nur wegen des Entwurfs mußten wir alles um eine Woche verschieben.«

Sonntag beim Mittagessen sagte Mercedes: »Ich fahre jetzt mit Thomas erst in der Woche nach Ostern weg. Ostern klappt es nicht bei ihm. Wir fahren an die Nordsee. Thomas liebt die herbe Landschaft dort.«
»So ein Zufall«, sagte Benedikt grinsend, »in der Woche nach Ostern fahr ich auch nach Norddeutschland. Der Faber schickt mich auf ein Fortbildungsseminar.«
»Wie schön, Kinder«, rief Nora, »aber dann laßt ihr mich ja ganz allein hier!«
»Ich bleibe hier«, sagte ich. Es war überflüssig, das zu sagen, ob ich da war oder nicht, machte für Nora keinen Unterschied. Wenigstens blieb mir die Schadenfreude, daß sie keine Ahnung hatte, was hier gespielt wurde.
Zuerst wollte ich meinen Besuch bei den Eltern ebenfalls auf die Woche nach Ostern verschieben. Ich hätte schrecklich gern mit Benedikt zusammen den Entwurf gezeichnet und alles berechnet, aber Benedikt meinte, es sei unmöglich, daß er Firmenfremde ins Büro mitnimmt. Sicher hätte mein Onkel in meinem Fall nichts dagegen, aber die Kollegen würden ihm bei der nächstbesten Gelegenheit unterstellen, daß er es auch sonst mit

den Firmengeheimnissen nicht so genau nehme. Und bei uns zu Hause konnten wir die Entwürfe nicht machen. Man brauchte einen richtigen Zeichentisch, einen Fotokopierer, und Nora hätte auch gestört. Außerdem, würde ich erst eine Woche später fahren, würde ich unseren vorletzten Kochkursabend versäumen. Diesen Freitag und nächsten Freitag fiel er aus, weil die Schule wegen Osterferien geschlossen war. Und ich hatte schon Elisabeth angerufen und meinen Besuch für Ostermontag angekündigt – also würde ich eben dieses Mal ohne Benedikt zu meinen Eltern fahren.

Am Montag fing Carmen im Hotel an. Ich durfte sie einarbeiten, und ich muß gestehen, ich fühlte mich ein bißchen als ihre Chefin. Carmen redete sehr wenig, putzte aber sehr viel und hörte ohne Pause Walkman. Sie legte sich in jedem Putzraum Kassetten und Schokoriegel ins Regal. Mittags aß sie nichts als Eiscreme, die sie im Kühlschrank stapelte. Rufus nannte sie zuerst ›Miss Walkman‹, dann ›Walkwoman‹. Dabei blieb es.
Frau Schnappensiep, die Carmen begeistert gedankt hatte, daß sie dem Hotel Harmonie ihre Arbeitskraft zur Verfügung stellte, hatte hinterher, erzählte Rufus, über Carmen gemeckert. Sie sei ein »wiederkäuendes, musiksüchtiges Trampeltier ohne Bildung«. Aber Rufus hatte seine Chefin darauf hingewiesen, daß man keine Bildung brauche, um in ihrem Hotel zu putzen. Und er müsse mit Carmen zusammenarbeiten und nicht sie. Damit sei Ruhe gewesen.

In der Woche vor Ostern hatte Benedikt die Entwürfe noch nicht in Angriff genommen, obwohl er eigentlich gar nicht so viel zu tun hatte im Büro. Er sagte, so eilig sei es nicht, und solange die Pläne in seinem Büro liegen, seien wir vor Konkurrenzangeboten sicher, und je länger es dauern würde, desto weniger hätte Frau Schnappensiep Lust, weitere Angebote einzuholen. Und Tanja solle sich nicht so aufspielen und drängen, die Banken wollten Kredite verkaufen und sonst gar nichts. Und Rufus als kleiner Angestellter hätte auch keine Forderungen zu stellen.
– In Wahrheit drängte nur ich! Denn Rufus sagte nur: »Warten

wir ab.« Und Tanja sagte: »Das hat Zeit. Steuerlich macht das keinen Unterschied, ob der Kredit jetzt oder am Jahresende zugeteilt wird.« Auch Frau Schnappensiep sagte nichts. Nur ich hatte Angst, daß sich alles ewig hinziehen würde. Aber als mir Benedikt mit Handschlag versprach, die Entwürfe über Ostern fertig zu machen, im Büro jeden Tag zehn Stunden daran zu arbeiten, beruhigte ich mich wieder. Und schließlich hatte Onkel Georg auch gesagt, bis Ostern müsse der Entwurf fertig sein. Ganz bestimmt, spätestens zwei Tage nach Ostern würden Frau Schnappensiep die Entwürfe präsentiert.

Der eigentliche Grund für Benedikts Arbeitsunlust – obwohl Benedikt es nicht zugeben wollte – war das bevorstehende Wiedersehen mit seinem Vater. Es beschäftigte ihn sehr. Benedikt sagte, er sei sauer auf seinen Vater. Einmal sagte er, es lohne sich nicht hinzufahren, ließ sich das aber schnell wieder ausreden. Sein Problem war, daß er nicht wußte, wie er seinem Vater gegenübertreten sollte – als der erfolgreiche Sohn, der es ohne Vater geschafft hat? Wo würde Benedikt heute stehen, hätte sein Vater ihn unterstützt, wie es die Pflicht eines Vaters ist? Plötzlich machte sich Benedikt Gedanken über Erbanlagen. Je mehr er darüber nachdenke, sagte Benedikt, desto mehr Gemeinsamkeiten entdecke er zwischen sich und seinem Vater. Die möglichen Gemeinsamkeiten wollte er aber nicht diskutieren, sondern meinte nur bitter, er denke wahrscheinlich nur deshalb über Erbanlagen nach, weil es von seinem Vater sonst nichts zu erben gebe.

Von diesen Problemen konnte ich Rufus natürlich nichts erzählen, und Tanja schon gar nicht. Denn als ich Benedikt erzählte, daß sich Tanjas Ex-Freund Detlef wieder bei Tanja gemeldet hatte, hatte Benedikt ganz entschieden gebeten, daß ich nicht über ihn und seine Arbeit tratsche, dann käme es über Rufus-Tanja-Detlef Angela zu Ohren und schließlich seinem Chef. Verständlicherweise legte Benedikt null Wert drauf, daß sein untergetauchter Vater im Büro diskutiert wurde.

Also erzählte ich Tanja kein Wort davon, als sie am Abend, ehe ich zu meinen Eltern fuhr, im Hotel vorbeikam. Sie kam wieder von ihrem Juwelier und war hochzufrieden. Er hatte in ihrem an-

tiken Opalring den fehlenden Stein durch einen exakt passenden ergänzt, genau wie die alten Steine geschliffen, es war kein Unterschied festzustellen. Tanja hatte gleichzeitig eine Perlenkette hingebracht, die neu geknüpft werden sollte. Und sie trug sich mit dem Gedanken, Ohrringe zu kaufen, vom Meister persönlich entworfen.
»Macht ihr über Ostern was zusammen?« fragte ich.
»Wer?«
»Du und Rufus.«
»Ach so. Ja. Vielleicht.«

60. Kapitel

Benedikt brachte mich am Karfreitag morgen zum Zug und fuhr dann sofort ins Büro. Bis Ostermontagabend um elf, bis er mich wieder vom Bahnhof abholte, würde er jeden Tag zehn Stunden reinklotzen, allein und konzentriert, und er würde es schaffen.
»Ich rufe dich an«, sagte Benedikt, »aber ich geh nicht ans Telefon im Büro.« Benedikt befürchtete, möglicherweise rufe ein meckernwollender Bauherr an – oder, noch schlimmer, mein Onkel, der mit der Familie Skifahren war, rufe aus Langeweile aus seinem Feriendomizil an, um ihm, seinem Lakaien, zusätzliche Strafarbeiten aufzubrummen. Benedikt schimpfte, daß mein Onkel über Ostern in Italien Ski fährt, aber im Winter in der Karibik Badeurlaub macht. Die Reichen machen das nur, um zu demonstrieren, daß sie es sich leisten können, weit wegzufahren. Und während sein Chef Ski fuhr, mußte mein Benedikt schuften.
»Ich tu es nur für dich«, sagte er zum Abschied.

Mein Vater holte mich vom Zug ab. Er wollte noch mal genau wissen, worin meine Aufgaben als Hausdame bestehen. Ich erzählte ihm hauptsächlich vom bevorstehenden Umbau, überreichte ihm großspurig mehrere Visitenkarten vom Hotel, er solle uns weiterempfehlen, demnächst sei das Hotel Harmonie ein großartiges Hotel.

Er war zufrieden mit meinem Bericht, schimpfte aber auch auf Onkel Georg, der ihm und mir offenbar zu schnell zu viel versprochen hätte. Aber das große Projekt, das alles in den nächsten Tagen grundlegend ändern würde, beruhigte ihn wieder.
Der schönste Moment war der, als ich meinem Vater das Geld zurückgab, das er für April überwiesen hatte. Den Rest würde er demnächst bekommen. Das allein war das Putzfrauen-Dasein wert: Ich fühlte mich erwachsen wie nie zuvor.
Annabell hatte über Ostern keine Zeit, bei den Eltern zu sein, sie hatte Besuch von einer andern alleinerziehenden Mutter, einer »Freudensgenossin«, wie mein Vater lästerte. Die Freudensgenossin gehörte zu Annabells Selbsthilfegruppe für Kindabhängige und hatte einen Sohn, so alt wie Solveig. Annabell hätte gesagt, es sei für Solveig wahnsinnig wichtig, mit dem Jungen zu spielen, Solveig brauche die Erfahrung im Umgang mit Männern.
Und Annabell hätte gesagt, ich solle sie am Ostersonntagnachmittag besuchen, ich müsse unbedingt erleben, was für eine ganz tolle Frau Solveig geworden sei. Mein Vater sagte, das sei die neueste Macke von Annabell, Solveig als »Ganz tolle Frau« zu titulieren. Meine Mutter sagte so ernsthaft, als hätte sie es in einem Oma-Fortbildungskurs gelernt, das sei wichtig, denn damit zeige man dem Kind, daß man es als gleichberechtigten Partner respektiert. »Die letzte Woche hatte die ganz tolle Frau wieder ganz tolle Tobsuchtsanfälle wegen der Ostereier«, sagte mein Vater.
Aber sogar mein Vater meinte, daß die Selbsthilfegruppe für Kindabhängige eine sehr gute Einrichtung sei. Annabell mache zwar keine Fortschritte, sagte mein Vater – was meine Mutter bestritt –, aber einige andere Frauen seien tatsächlich soweit kindentwöhnt, daß sie geregelten Halbtagsbeschäftigungen nachgehen konnten und jetzt andere Frauen aus der Gruppe dafür bezahlen, auf ihr Kind aufzupassen. Und so sei es sogar möglich, daß Annabell durch diese Gruppe eines Tages einen bezahlten Job ergattern könnte. Sie müsse dafür allerdings eine Prüfung ablegen, um zu beweisen, daß sie in der Lage sei, sich auch um das Kind zu kümmern, für dessen Aufsicht sie bezahlt würde, nicht nur um Solveig.

Jedenfalls herrschte im Haushalt meiner Eltern keinerlei Trauer über die Abwesenheit von Annabell und der ganz tollen Frau. Mein Vater sagte am Ostermontagmorgen, die Kirchenglocken seien ein sehr dezentes Geräusch, verglichen mit Solveig. Benedikt rief vom Büro an, er war fleißig und in den letzten beiden Tagen mit den Entwürfen erfreulicherweise schneller vorangekommen als erwartet.
Für meinen Besuch bei Solveig und Annabell hatte meine Mutter einen niedlichen Plüschhasen gekauft, wie ein echter kleiner Hase sah er aus. Den sollte ich als Ostergeschenk mitbringen. Und ich sollte Annabell sagen, die Verkäuferin hätte geschworen, der Hase sei für Solveigs Altersstufe einwandfrei kindgemäß. Alle Ostereier, Schokoladenhasen und sonstigen Ostergeschenke waren Solveig nach diversen erpresserischen Tobsuchtsanfällen bereits ausgehändigt worden.

Um zwei kam ich zu Annabell. Schon im Treppenhaus entriß mir Solveig das Päckchen mit dem Hasen. Natürlich wußte sie mit ihrer überdurchschnittlichen Intelligenz, daß alles ihr gehört, was in Geschenkpapier eingewickelt ist. Sie nahm den niedlichen Hasen ohne Rührung zur Kenntnis und ließ ihn auf den Boden fallen. Das Kind von Annabells Freundin, ein Junge mit wenig Haaren und Pausbacken, kickte verachtungsvoll nach dem Hasen und sagte: »Ich hab einen Tiger bekommen. Tiger sind besser.«
Sofort begann Annabell eine weitschweifige Erklärung, daß Tiger nicht grundsätzlich besser als Hasen seien, lediglich anders. Tiger hätten zwar ein wertvolleres Fell als Hasen, aber für die Tiger sei das gar nicht gut, denn aus dem schönen Tigerfell würden sich böse Frauen Mäntel machen lassen – dabei sah sie demonstrativ zu mir! Und Tiger könnten vielleicht schneller rennen als Hasen, aber dafür könnten Hasen ganz tolle Haken schlagen. Und Hasen bekommen mehr Kinder.
Der Junge warf seinen Tiger auf den Hasen am Boden und rief: »Faß den Scheißhasen! Action, Tiger! Reiß ihm die Beine aus und kotz sie auf den Teppich!«
Seltsamerweise bekam Solveig keinen Anfall, sondern lachte be-

geistert. Dann sagte sie: »Ich will keinen Tiger, weil der Osterhase Geschenke bringt.«
»Mädchen sind immer so friedfertig, leider oft auch berechnend«, sagte Annabells Freundin, die am Tisch Tee trank.
Annabell kniete sich vor Solveig auf den Boden, küßte sie auf den Mund und rief: »Solveig, du bist eine ganz tolle Frau!«
Ich nutzte die kleine Pause, in der die Kinder nicht tobten, um Annabells Freundin zu begrüßen. Sie sagte: »Ich bin die Mutter von Moritz, er nennt mich Moma, wie Moritz-Mama. Annabell hat mir erzählt, daß du kein Kind hast.«
»Das ist meine Luxusschwester«, sagte Annabell, »die lebt bei ihrem Freund, man munkelt schon von einer Hochzeit in Weiß.«
Ich sagte ziemlich eisig zur Mutter von Moritz: »Ich arbeite in einem Hotel als Hausdame.«
»Bringt dir das was?« fragte sie herablassend-erstaunt, »also mir würde das nichts bringen.«
Geld bringt es mir, dachte ich. Aber ich wagte es nicht zu sagen. Die Mutter von Moritz blickte mit gerunzelter Stirn in ihre Teetasse. Besser ich wechselte das Thema: »Kann ich einen Tee haben?«
»Wir müssen in den Park, die Kinder wollen raus«, sagte Annabell strafend. Besser ich sagte überhaupt nichts mehr.
Es dauerte eine Stunde, bis die Kinder ausgehfertig waren. Die Mutter von Moritz meinte, Annabell solle Solveig ein Kleid anziehen. Weil Solveig ein Mädchen ist. Annabell hatte keine Lust dazu. Aber Solveig wollte ein Kleid anziehen. »Da siehst du's«, sagte die Mutter von Moritz, »Mädchen wollen immer schöne Kleider tragen, der Moritz ist da ganz anders, dem ist stinkegal, was er anhat.«
Man merkte ziemlich schnell, daß die Mutter von Moritz der Meinung war, Jungs seien was Besseres. Ihr Moritz sowieso. »Mädchen sind mir irgendwie fremd, verstehst du«, sagte sie mit sehr gekünsteltem Bedauern. »Ich bin nur den Umgang mit Männern gewöhnt. Das liegt daran, daß ich mit zwei Brüdern aufgewachsen bin.«
Ich hätte gedacht, daß auch zur Erzeugung eines Kindes ein ge-

wisser Umgang mit Männern gehört, aber in diesen Kreisen anscheinend nicht. Alles, was ich gesagt hätte, wäre falsch gewesen. Als wir endlich im Park waren, rannte Moritz hinter ein Gebüsch, Solveig hinterher. Annabell wollte auch hinterher, aber die Mutter von Moritz hielt sie zurück. Die Kinder sollten selbständig spielen, sie achte darauf, daß ihr Moritz täglich eine halbe Stunde selbständig spiele, für einen Jungen sei das besonders wichtig. Und es gehöre auch zum Programm der Selbsthilfegruppe. Sie bestand darauf, daß wir uns auf eine Bank ziemlich abseits vom Gebüsch setzten, damit ihr Moritz sich nicht beobachtet fühlte, sonst könnte er nicht selbständig spielen.

Wir saßen kaum, da kroch Solveig mit ihrem schönen Kleid unter einem Busch hervor, rannte zu uns, warf wütend den Hasen vor die Bank und schrie: »Ich will den Hasen nicht haben, weil der keinen Schwanz hat!«

Annabell hob den Hasen an seinem Puschelschwanz aus dem Staub. »Sieh mal, hier hat der Hase seinen Schwanz«, sagte sie mit Ich-bin-eine-glückliche-Mutter-Stimme.

»Ich will einen langen Schwanz haben wie der Moritz!«

»Du, Solveig, warum denn?« fragte Annabell hochbesorgt und untersuchte die Grasflecken auf Solveigs Kleid.

»Hat dir der Moritz seinen Schwanz gezeigt?« fragte die Mutter von Moritz mit Ich-bin-eine-glückliche-Mutter-Stimme. Sie legte liebevoll die Hand auf Annabells Schulter: »Das macht er gern. Freud nennt das Zeigelust, das ist was vollkommen Natürliches. Macht das die Solveig noch nicht? Der Moritz ist seinem Alter eben wahnsinnig voraus. Also der Moritz spielt wahnsinnig gern mit seinem Schwanz.«

Annabell wurde bleich, nahm Solveig in ihre Arme: »Wir Frauen brauchen keinen Schwanz, wir spielen mit unserer Vagina. Du weißt doch, aus der Vagina kommen die Kinder raus. Aus einem Schwanz kommen keine Kinder raus.«

»Erzähl ihr nicht so'n Scheiß«, rief die Mutter von Moritz, »natürlich kommen aus dem Schwanz auch die Kinder, da läuft schließlich das Sperma raus.«

»Ich will einen langen Schwanz«, plärrte Solveig, »lange Schwänze sind viel besser.«

»Hör nicht drauf, was dumme Männer erzählen, Solveig, es ist ganz egal, ob einer einen kurzen oder einen langen Schwanz hat«, rief Annabell Solveig ins Ohr.
»Vorsicht, Vorsicht«, rief die Mutter von Moritz und schüttelte voll Bedenken ihre Hände, »an den Reden der Männer ist oft ein Körnchen Wahrheit. Und ich muß ganz objektiv sagen, der Moritz, der ist für sein Alter erstaunlich gut bestückt, wie man so sagt.« Sie kicherte: »Und du siehst ja selbst, daß sogar kleine Mädchen einen ausgeprägten Instinkt dafür haben.«
»Komm sofort zu mir!« schrie Annabell und rannte zum Gebüsch. Moritz kam nicht.
»Komm sofort, oder...«
Moritz kam aus dem Gebüsch, seinen Tiger zog er hinter sich durch den Dreck.
»Was hast du gemacht mit der Solveig? Was hast du mit dem Schwanz gemacht?!«
»Brüll meinen Sohn nicht an«, brüllte die Mutter von Moritz Annabell an.
»Du blöde Schwanzlutscherin«, schrie Moritz zu Annabell.
Die Mutter von Moritz sagte honigsüß zu ihrem Sohn: »Moritz, wenn du Lust hast, uns zu zeigen, was du mit dem Schwanz und mit der Solveig gemacht hast, bekommst du einen Super-Eisbecher.«
Moritz lächelte: »Also, ich zeig es«, sagte er gnädig.
Ich lächelte ihm auch aufmunternd zu, ehrlich gesagt, gierte ich danach, den Schniepel eines gutbestückten Vierjährigen zu sehen. Ich hatte gedacht, so was sei in dem Alter höchstes so dick wie ein kleiner Finger und so lang wie ein Radiergummi.
»Also, ich pack den Schwanz«, rief Moritz. Er packte seinen Tiger am Schwanz, schwenkte ihn über den Kopf, holte nach hinten aus und haute den Tiger auf Solveigs Kopf. »Whramm! Action!« schrie er, »Tiger sind besser als Scheißhasen. Ich pack den Tiger am Schwanz, und mein Tiger haut ihr den Kopf kaputt und kotzt die Haare auf den Teppich!«
Er führte sofort noch mal vor, was er mit dem Schwanz und Solveig gemacht hatte: »Whramm! Action!«
Solveig plärrte noch lauter: »Ich will auch einen langen Schwanz haben!«

»Wie süß! Wie süß!« kreischte Annabell. »Sind Kinder nicht wahnsinnig kreativ! Und ich dachte schon...«
»Hätte durchaus sein können«, lächelte die Mutter von Moritz. »Der Moritz ist nämlich ein ganz toller Mann.«
»Neulich hab ich gelesen, daß schon Vierjährige eine Erektion haben könnten«, sagte Annabell halb entschuldigend.
»Der Moritz hatte schon mit zweieinhalb seinen ersten Ständer.«
Als sie in die Eisdiele aufbrachen, wollte ich nicht mehr mitgehen, und niemand erhob den kleinsten Einwand. Im Gegenteil – Annabell sagte nur: »Deinen Scheißhasen kannst du wieder mitnehmen.«
Auf dem Heimweg drückte ich den armen Hasen an mich und entwarf im Geist kindgemäßes Spielzeug. Eine Plüschkeule mit langem Schwanz müßte es sein. Etwas, was sich die Kleinen gegenseitig kindgemäß auf den Kopf hauen können. Eine Keule mit eingebauter Elektronik, die bei jedem Schlag ein Geräusch von Mord und Totschlag von sich gibt. Allerdings dürfte es nicht wie Kriegsspielzeug aussehen, da ist Annabell dagegen. Es müßte eine getarnte Keule sein.
Dann hatte ich die Idee! Absolut ideal wäre eine Keule, die aussieht wie ein millionenfach vergrößertes Spermium! Nur ein massiver Kopf mit langem Schwanz. Aus rosa Plüsch. Eine Keule, die bei jedem Schlag schrille Orgasmusschreie von sich gibt. Das wäre wahnsinnig kindgemäß und pädagogisch wertvoll. Ich könnte ein Vermögen mit Plüschspermien machen. Wenn man sich traut, kann man mit den einfachsten Ideen reich werden!
Meine Mutter wollte den Chef der Verkäuferin des Spielwarengeschäfts zur Rechenschaft ziehen.
Mein Vater schenkte den Hasen mir.

61. Kapitel

Ostermontagnachmittag besuchte ich Elisabeth. »Peter hat die Fotos vom Bankfilialen-Modell an neun große Architekturbüros geschickt, und die Resonanz war reines Entzücken«, berichtete sie. »Peter arbeitet bereits an einem Auftrag, eine Kirche, die zum Bürgerhaus umgebaut wird. Ein Innenraummodell – es wird richtig beleuchtet, mit Glasfasern als Spotlights. Das wird schöner als ein Weihnachtsbaum.«
Ich freute mich wahnsinnig, daß Peter nicht mehr Lagerarbeiter sein muß!
»Und nächsten Monat, wenn ich bei Hagen und von Müller aufgehört habe, bekommen wir schon den nächsten Auftrag. Ein Architekt will das Modell seines Elternhauses von uns machen lassen, eine Jugendstilvilla. Peter und ich tüfteln schon, wie wir ein schiefergedecktes Dach machen, die fertigen Modellschieferdächer aus Plastik sind uns zu häßlich. Wir könnten es aus schwarzem Fotokarton machen, jeden Dachziegel einzeln.« Sie zeigte mir ein Stück Karton mit aufgeleimten unregelmäßig ausgerissenen Kartonstreifen, obwohl es nicht so realistisch war wie eine Plastikimitation, war es doch der perfektere Eindruck eines Schieferdaches.
»Super!« sagte ich begeistert.
»Es ist ganz gut«, sagte Elisabeth. »Das mache ich also ab nächsten Monat in unserem sogenannten Büro, in Peters zweitem Zimmer. Und bald werden wir an dem Kahnweiler-Tisch arbeiten. Nur für diesen Tisch hab ich sechs Monate lang als potentielles Heiratsmaterial Kundschaft angelockt.«
Dann mußte ich die Neuigkeiten aus meinem Leben berichten. Wir schwelgten in Ideen, was aus »meinem« Hotel zu machen war. Endlich konnte ich mit jemandem richtig professionell alles diskutieren!
Elisabeth brachte den Vorschlag, im Foyer neben einer Sitzgruppe und Fernsehecke auch eine Bar einzurichten, für jene Hotelgäste, die sonst den Abend einsam in ihrem Zimmer verbringen müßten. Und wir waren uns sofort einig, daß das Haus weiß gestrichen werden mußte, alles andere sieht wenig später billig

und vergammelt aus. Und die Balkongitter dunkelblau und die Blattornamente des Gitters mit Gold akzentuiert. Weiß-Dunkelblau-Gold ist ein nobler Farbklang. Für die Hotelhalle allerdings zu streng. Da mußte als Raumfarbe eine Pastellfarbe her. Ein gelbliches Rokokorosa oder ein pastelliges Azurblau? Rokokorosa schafft eine beschwingte Atmosphäre in großen Räumen und wirkt nicht kitschig, wenn es mit Weiß und Grau kombiniert wird, sondern elegant und trotzdem gemütlich.

»Wenn man alle Zimmer gleich einrichtet, wirkt das langweilig«, meinte Elisabeth, als wir auf dieses Problem zu sprechen kamen.

Das fand ich auch. »Das ist ein Konzept, das nur für internationale Hotelketten sinnvoll ist, für Gäste, die wollen, daß ihr Hotelzimmer in San Francisco genauso aussieht wie das in Frankfurt. Aber wer will das schon? Und im Hotel Harmonie sind sowieso alle Zimmer unterschiedlich groß und unterschiedlich geschnitten.«

»Und wenn jedes Zimmer anders eingerichtet wird, wird es auch viel billiger, weil ihr Restposten kaufen könnt. Bei Hagen und von Müller gibt es ständig reduzierte Möbel, Tapeten und Teppiche, die müssen nämlich immer eine große Auswahl anbieten können, obwohl die Leute alle doch nur das gleiche kaufen. Für ein Hotel kannst du da einiges finden. Und ich kann dir sagen, wo du Extra-Rabatte rausholen kannst. Wir gehen zusammen hin und handeln alles runter, als wären wir Multimillionäre.«

Ich als Großeinkäuferin in diesem Nobelladen... welch erregende Vision!

»Und den Transport macht die Firma zum Selbstkostenpreis. Unser Chef macht das, um mit seinem internationalen Kundenkreis angeben zu können.«

»Aber vielleicht ist das doch alles zu teuer?«

»Wir gehn auf jeden Fall mal hin. Es wird mir ein Vergnügen sein. Wenn du nichts kaufen willst, sagst du wie ein reicher Macker: Ich mit meinen Beziehungen bekomme das anderswo billiger.«

»Halt mir die Daumen, daß es klappt«, sagte ich zum Abschied.

»Natürlich klappt das. Du kannst das.« Und Elisabeth rief mir hinterher: »Wir haben lange genug von der Hoffnung gelebt, jetzt geht's los.«

62. Kapitel

Es war richtig romantisch, von Benedikt nachts um elf am Bahnhof abgeholt zu werden. Er kam direkt aus dem Büro, war erschöpft, aber glücklich, alles war fertig.
»Hast du die Entwürfe mitgebracht?«
»Nein. Ich will dich doch auch bei der Präsentation damit überraschen. Sie sind super. Ich hab eine völlig neue Struktur in den alten Kasten gebracht. Du wirst staunen.«
»Und du bist ehrlich fertig?«
»Herzchen, ich schwöre es!« Benedikt küßte mich.
Ja, es war wahr.
»Ich habe mit den Entwürfen fast ein Wunder vollbracht.«
Ja, es war bestimmt wahr.
Wir fuhren durch die Nacht, ich hatte meine Hand auf Benedikts Knie gelegt und träumte von der Zukunft. Ich hatte noch gar nicht kapiert, was plötzlich zwischen uns piepte, da hatte Benedikt schon den Hörer des Autotelefons am Ohr. »Oh, Angela«, lachte er in den Hörer, »wie passend, daß du mich gerade jetzt anrufst. Ich habe gerade Viola vom Zug abgeholt.«
Es war nicht zu verstehen, was Angela redete. Benedikt sagte: »Wann kommt ihr zurück? Bis dahin ist alles geklärt.« Dann sagte er: »Ja, wenn es sein muß, mach ich das.« Und: »Schönen Gruß an den Chef, wie ist das Wetter bei euch?« Und: »Keine Ahnung, wie das Wetter hier war, ich hab das Büro nicht verlassen.« Und dann sagte er: »Bitte, Angela, sag es deinem Daddy noch mal: Ich fahr Donnerstagnachmittag weg, Montag sehen wir uns wieder, tschüsilein.«
»Schönen Gruß an dich soll ich ausrichten«, sagte Benedikt, als er aufgelegt hatte.
»Was will sie mitten in der Nacht? Warum ruft sie dich im Auto an?«

»Wo soll sie mich sonst anrufen? Ich bin im Büro nicht ans Telefon gegangen. Es hat den ganzen Tag gebimmelt. Das war sie garantiert auch.«
»Und was will sie?«
»Der Faber wollte wissen, wann die Entwürfe vorgelegt werden. Außerdem muß ich nächste Woche umdisponieren, ich muß Bauleitungsvertretung machen, verlangt der Chef.«
»Warum ruft er dich nicht selbst an?« Ich konnte es kaum fassen.
»Der Chef erläßt seine Befehle per Sekretärin. Und die Tag- oder Nachtzeit ist denen völlig egal. Wenn's nach denen ginge, hätte man kein Privatleben.«
Ich war beunruhigt. »Wenn du ab nächste Woche was anderes machst, wer macht dann das Hotelprojekt?«
»Die Bauleitung mach ich nur vertretungsweise. Aber die Entwürfe müssen der Schnappensiep präsentiert werden, ehe ich wegfahre.«
»Mittwoch ist Frau Schnappensiep bestimmt da.« Ich war wieder etwas beruhigt, ich hatte eine weitere Verzögerung befürchtet. Wie abhängig man war von den Launen eines Chefs!
Auch Benedikt wirkte nach Angelas Anruf nicht mehr fröhlich.
»Hm«, brummte er vor sich hin.
»Was denkst du?«
Er seufzte: »Es muß doch möglich sein, das Autotelefon zu hundert Prozent von der Steuer abzusetzen, schließlich brauche ich es nur für geschäftliche Zwecke.«
»Kannst du nicht mal abschalten und an was anderes denken?«
Benedikt lachte, fuhr an den Straßenrand, schaltete den Motor ab und zog mich an sich.
Ich fühlte mich glücklich wie ein Teenager. Ich mit diesem Mann! In diesem Auto! Und dann fragte Benedikt: »Soll ich dir mal die neue Kassette vorspielen, die ich extra fürs Auto gekauft habe?«
Und was war es?
»Freude, schöner Götterfunken...«
Ich war die Königin aller Teenager!

63. Kapitel

Rufus war während der Osterfeiertage einmal mit seinem Freund Michael in der Kneipe gewesen, von Tanja erzählte er nichts. Walkwoman hatte über die Feiertage geputzt und hatte dafür jetzt frei, Rufus war sehr zufrieden mit ihr. Wie ein besorgter Vater fragte er, was ich so erlebt hätte, und er schien geradezu erstaunt, daß Benedikt die Entwürfe fertig hatte, und er rief sofort Frau Schnappensiep an und gab mir den Hörer, damit ich selbst einen Termin mit ihr ausmachte.

Frau Schnappensiep war entzückt. Selbstverständlich hätte sie für dieses Ereignis jederzeit Zeit, sie fiebere den Entwürfen geradezu entgegen, nur ausnahmsweise leider nicht am Mittwoch, denn diesen Mittwoch hatte ihre Tochter Micki Schulausflug, und Frau Schnappensiep nahm als Begleitperson daran teil. »Sie wissen, was das bedeutet«, sagte sie, »aber sonst stehe ich ganz zu Ihrer Verfügung.«

Ich rief Benedikt an. Ihm war jeder Termin recht, Hauptsache, er konnte Donnerstagmittag zu seinem Vater fahren und vorher die Entwürfe präsentieren. Also bekam Frau Hedderich die Anweisung, für Donnerstag 10 Uhr im Frühstücksnebenraum einen Tisch abzustauben und Kaffee und Tee bereitzustellen.

Frau Schnappensiep erschien à la Landadlige beim Kaffeekränzchen: im Kostüm mit weitem Rock aus sehr teurem Leinen, dunkelblau mit weißem Blümchenmuster, und einer Bluse mit großem Kragen aus drei Lagen gerüschter Baumwollspitze. Sie wußte, daß sie der Typ ist, der einen Spitzenrüschenkragen tragen kann, ohne kitschig zu wirken, und zupfte liebevoll daran herum, wobei auch ihr bleistiftspitzergroßer Ring mit dem brillantumkränzten Smaragd sehr gut zur Geltung kam.

»Ich bin entzückt, den Star-Architekten endlich persönlich kennenzulernen«, begrüßte sie Benedikt.

»Das Vergnügen ist ganz meinerseits, gnädige Frau«, sagte Benedikt. Hätte nur gefehlt, daß er ihr einen Handkuß gab.

Die gnädige Frau plauderte endlos über das endlich eingetroffene Frühlingswetter. Sie fühlte sich wie neugeboren, kein Mensch könne sich vorstellen, wie sie unter dem Winterwetter

gelitten hätte. Dann sagte sie, nun könne sie ihre Neugier wirklich nicht länger zügeln und wolle endlich die Entwürfe sehen.
»Sie werden sehen, gnädige Frau, wir haben Ihnen nicht zuviel versprochen«. Benedikt entrollte schwungvoll einen Plan.
Oben stand in exaktester Architekten-Schablonenschrift:

NEUGESTALTUNG HOTELETAGE
ENTWURF: BENEDIKT M. WINDRICH
ARCHITEKTURBÜRO FABER

Ich sah auf den Plan und erkannte nicht, was ich sah. Statt drei großen, zwei mittelgroßen und zwei kleinen Zimmern rings um den Fahrstuhl sah ich ein Raster gleich großer Rechtecke. Wo in der Realität ein verwinkelter Flur ist, war auf dem Plan eine gerade Schneise zwischen vorderen und hinteren Rechtecken.
»Was ist das?« fragte Frau Schnappensiep.
Benedikt lachte: »Ich hab aus acht Zimmern pro Etage zehn gezaubert. Fünf zur Straßenseite, fünf zur Hofseite. Es ist mir gelungen, die Kapazität Ihres Hotels um 25 Prozent zu erhöhen!«
»Alle Achtung!« sagte Frau Schnappensiep.
»Und jedes Zimmer mit vollwertigem Naßzellen-Komplex. Bad, Dusche, WC und Waschbecken auf 1,75 Meter mal 1,35 Meter, das sind nur 2,35 Quadratmeter! Die drei Zimmer um den Fahrstuhl haben nur Dusche, da ist die Naßzelle so kompakt, kompakter geht's nicht!«
»Wie groß sind die Zimmer? Sie wirken auch sehr kompakt.«
Benedikt entrollte den nächsten Plan. Darüber stand:

EINRICHTUNGSVARIATIONEN
ENTWURF: BENEDIKT M. WINDRICH

»Hier sehen Sie es genau: Links von der Zimmertür ist jeweils der Naßzellen-Komplex, rechts ein Einbauschrank. Der Wohnbereich beträgt 8,1 Quadratmeter, jeweils zwei Zimmer zur Hofseite haben sogar 9,45 Quadratmeter. Nur die Zimmer um den Fahrstuhl sind im Eingangsbereich etwas schmaler. Und in das Zimmer hinter dem Fahrstuhl paßt nur ein Bett, ein typisches Einzelzimmer eben. Das wird ja auch gebraucht.«
»Sie wissen gar nicht, wie recht Sie haben«, sagte Frau Schnappensiep, »wir haben zu 60 Prozent Einzelgäste.«

Benedikt sagte nichts dazu – was hätte er auch sagen sollen? Er erklärte, wie es ihm gelungen war, diese völlig neue Struktur zu schaffen, daß er dafür zum Beispiel das Flurfenster versetzt hätte, und der ehemalige Putzraum sei nun Teil eines Zimmers, aber da unterbrach ihn Frau Schnappensiep: »Und wo ist dann die Wäsche untergebracht? Und wo das Putzzeug?«

»Sämtliche Funktionsräume sind im Keller, ich zeige Ihnen das anschließend im Detail.«

»Nein, ich kann nicht jedesmal Staubsauger und Bettwäsche aus dem Keller holen. Da müssen Sie sich sofort etwas anderes einfallen lassen!«

»Wenn Sie wollen, könnte man im Flur Einbauelemente integrieren. Allerdings müssen Sie bedenken, daß der Flur nach der Neugestaltung recht schmal ist.«

»Nein! Wir brauchen pro Etage einen Raum, in dem der ganze Servicekram beisammen ist.« Sie tippte energisch auf das Zimmer hinter dem Fahrstuhl: »Diesen winzigen Raum hier kann man ohnehin nicht mit gutem Gewissen vermieten, da kommt alles rein.«

»Damit hätte sich die Kapazität des Hotels allerdings nur um 12,5 Prozent erhöht«, sagte Rufus. Es klang ironisch.

»Wir müssen diesen Punkt unbedingt anschließend im Detail diskutieren«, sagte Benedikt und zeigte wieder auf seinen Plan. »Ich möchte Ihnen zuerst die Variationsmöglichkeiten der Einrichtung erläutern.« Er zeigte auf das Zimmer links unten: an jeder Seitenwand stand ein Bett – dazwischen blieben ungefähr 75 Zentimeter frei, und zwischen Bett und Naßzelle war ungefähr 1 Quadratmeter Platz für einen Tisch und einen Stuhl. An der gegenüberliegenden Wand, zwischen Bett und Einbauschrank, noch ein Stuhl und ein dreieckiges Element.

»Was ist das für ein dreieckiges Ding?« fragte Frau Schnappensiep.

»Die Fernseh- und Minibar-Einheit«, erklärte Benedikt. »Oben TV-Element, unten Kühlschrank-Element. Alles dreieckig, das paßt wunderbar in jeden Winkel, das wirkt sehr pfiffig.«

»Dreieckige Kühlschränke? Wo gibt's denn so was?«

»In einer japanischen Zeitschrift hab ich sogar runde Kühlschränke gesehen.«
Neben dem Tisch war noch ein kleines Dreieck eingezeichnet.
»Und was ist das?«
»Damit soll ganz spielerisch das Dreieck als Gestaltungs-Leitthema eingesetzt werden. Das ist ein Papierkorb.«
»Haben Sie schon mal einen dreieckigen Papierkorb geputzt?« rief Frau Schnappensiep. »Wenn da einer eine nicht ganz leere Bierflasche reinwirft, klebt der Dreck in allen drei Ecken!«
»War nur eine innenarchitektonische Gestaltungsidee«, sagte Benedikt lässig, »die Details können jederzeit ausgefeilt werden, jetzt geht es nur um die Gesamtwirkung.«
»Ich hoffe, Sie präsentieren mir nicht auch noch dreieckige Handtücher«, sagte Frau Schnappensiep.
»Gewiß nicht. Jetzt geht es nur um die Variationsmöglichkeiten der Einrichtung«, Benedikt zeigte auf das zweite Zimmer unten links. Wieder ein Bett an jeder Seitenwand, aber hier stand ein Bett mit dem Kopfende an der Naßzellenwand, dadurch waren bei dieser Lösung vor dem Fenster knapp zwei Quadratmeter frei für einen Tisch und zwei Stühle. Und das dreieckige Fernseh-Kühlschrank-Element stand in der Ecke am Fenster. Im dritten Zimmer ein französisches Bett, direkt unterm Fenster – wie soll man da Fenster putzen? dachte ich, sagte aber natürlich nichts. Im nächsten Zimmer blieben sogar vier Quadratmeter für Tisch und Stühle, weil da die Betten über Ecken standen, wieder eins unterm Fenster. Ich dachte gerade, daß ich persönlich keine Lust hätte, mit jemandem übereck zu schlafen, aber die Geschmäcker sind bekanntlich verschieden, da sagte Frau Schnappensiep: »Haben Sie sich mal überlegt, wie man da die Fenster putzen soll? Nein, das haben Sie sich nicht überlegt.«
Benedikt überlegte nur kurz: »Man kauft moderne Hotelbetten auf Rollen, die können kinderleicht verschoben werden.«
Sehr gut. Frau Schnappensiep gab Ruhe.
Benedikt zeigte auf eines der etwas größeren Zimmer zur Hofseite: »Wenn man hier ein französisches Bett reinstellt und gegebenenfalls das Bett zur Seite rollt, reicht der Platz für ein zusätzliches Kinderbett.«

»Wieviel Platz bleibt zwischen den Betten?«
»Mindestens fünfundzwanzig Zentimeter.«
Frau Schnappensiep sah mich anklagend an. »Warum haben Sie ihm nicht gesagt, daß das zu eng ist, um Betten zu machen? Und diese übereck stehenden Betten – dafür braucht man doppelt so lange. Das schafft alles Kosten.«
Verlegen sagte ich: »Da wir ohnehin eine hohe Einzelzimmer-Belegung haben, könnte man in den meisten Zimmern auch nur ein Bett aufstellen, dann wäre reichlich Platz.«
Erfreulicherweise lobte Frau Schnappensiep meinen Vorschlag: »Ja, als Einzelzimmer wären es schöne Zimmer.«
»Dadurch würde sich aber die Bettenkapazität im Vergleich zu jetzt reduzieren«, sagte Rufus. »Nur noch zehn Betten statt sechzehn pro Etage.« Es klang einfach nur sachlich.
»Wir müssen diesen Punkt anschließend unbedingt im Detail diskutieren«, sagte Benedikt.
Frau Schnappensiep machte trotzdem ein unzufriedenes Gesicht: »Nehmen Sie es mir nicht übel, aber das alles hat das Flair einer Kaserne.«
Benedikt lachte sie an, öffnete seinen teuren Manager-Lederkoffer und überreichte ihr ein Foto, eingerahmt von einem Passepartout aus schwarzem Hochglanzpapier: »Da ich weiß, daß es oft schwierig ist, abstrakte Ideen zu visualisieren, habe ich Ihnen das mitgebracht, damit Sie sich einen ganz exakten Eindruck verschaffen können.«
Ich sah an Frau Schnappensieps Rüschenkragen vorbei auf das Foto. Es war eine aufgeklebte Seite aus einer Luxus-Architekturzeitschrift. Ein Zimmer von sehr unbestimmter Größe, am Fenster sehr üppig drapierte Vorhänge mit einem Empire-Muschelmuster – ein Stoff, der pro Meter mindestens 400 Mark kostet. Ein Bettüberwurf aus dem gleichen Stoff, aber hier war das Muschelmuster auf einer wattierten Unterlage nachgesteppt, dadurch wirkte jede Muschel plastisch und der Bettüberwurf unbezahlbar. In der Ecke ein klotziger Designersessel aus schwarzem Leder, daneben – sehr raffiniert der Kontrast – ein zierlicher schwarzlackierter antiker Stuhl mit einer goldenen Muschel als Rückenlehne und ein schwarzlackierter antiker Tisch, dessen

Fuß ein geschnitzter, vergoldeter Delphin war! Solche Möbel sieht man sonst nur im Museum. An den Wänden eine dezent glänzende Seidentapete, die winzige kleine Muscheln zeigte, als Abschluß eine goldene Stuckleiste mit etwas größeren Muscheln. Und dann hing da noch ein impressionistisches Gemälde, das die Leichtigkeit der Farbgebung auf seine Weise unterstrich. Mit spezieller Bildbeleuchtung. Nobel, super, tadellos.
»So könnte es bei Ihnen aussehen«, sagte Benedikt.
»Das gefällt mir«, rief Frau Schnappensiep.
Wem hätte das nicht gefallen?! Ich lächelte Benedikt zu. Ja, aber woher sollte man für dreißig Zimmer museumswürdige Möbel nehmen? Wenigstens schien Frau Schnappensiep keinerlei Ahnung zu haben, was so was kostet. »Also weiter im Programm«, sagte sie gnädig.
»Und hier der Clou!« Benedikt entrollte den nächsten Plan. Zuerst glaubte ich, er hätte aus Versehen eine Zeichnung seines Altersheim-Entwurfs mitgebracht, erst als ich las

NEUGESTALTUNG FOYER
ENTWURF BENEDIKT M. WINDRICH

traute ich meinen Ohren.
»So sieht es aus, wenn Sie künftig das Hotel betreten. Ich habe Ihnen eine Zeichnung gemacht, so realistisch wie möglich.«
Ich sah einen Halbkreis aus Zacken, die auf mich gerichtet waren. Es war eine teils raumhohe, teils nur halbhohe Wand, die das Foyer durchzog. Die Wand begann beim linken Foyerfenster und führte wie ein gekrümmter Blitz zur Mitte. Da war ein schmaler Durchgang, dann eine riesige Säule, dann wieder ein schmaler Durchgang, dann wieder ein Viertelkreis Zackenwand zum rechten Foyerfenster. Es erinnerte mich an die Kulisse eines sozialkritischen Theaterstücks, das wir in der Schulzeit sehen mußten. Vor dem gekrümmten Blitz rechts wiederholte sich die Zackenstruktur in Tischhöhe – da kapierte ich, was das sein könnte: »Ist das die Rezeption?« Sofort war mir peinlich, daß ich das gefragt hatte, nun hatte Frau Schnappensiep wahrscheinlich gemerkt, daß ich die Entwürfe zum erstenmal sah. Aber sie sagte nur: »Hinter dieser Rezeption haben zwanzig Leute Platz. Hast du keine Angst, daß du dich da einsam fühlst, Rufus?«

Rufus sagte nichts.
»Diese aus Dreiecken aufgebaute Zackenstruktur ist das Leitthema der Gestaltung«, erklärte Benedikt, ganz Star-Architekt.
»Können Sie mir erklären, wohin dieses Leitthema leiten soll?«
»Diese Struktur soll sich in der Außenfassade wiederholen. Ich habe hierzu noch keinen konkreten Entwurf gemacht, weil zuerst geklärt werden muß, ob in dem – Sie verzeihen, gnädige Frau – eher kleinbürgerlichen Umfeld Ihres Hotels eine derart moderne Fassadenstruktur baubehördlich genehmigt wird.«
»Mich interessiert nicht, was die Baubehörde genehmigt, ich will keine Betonzacken.«
»Das sind keine Betonzacken, das ist weißer Marmor.«
»Marmor!« staunte Frau Schnappensiep.
»Selbstverständlich Marmor. Ich zeige Ihnen jetzt einen Aufsichtsplan vom Foyer, da wird die Gestaltung transparenter.« Er schob ihr einen Plan mit Aufsicht vom Erdgeschoß zu.
Sie zeigte mit starrem Zeigefinger auf die Zackenlinie. »Kommt man überhaupt mit dem Staubsauger in diese Ecken? Und was ist auf der Rückseite dieser Zackenwand?«
»Die Küche.«
»Die Küche?! Da soll sich in allen Ecken das Fett absetzen? Soll das ein Kunstwerk wie von Beuys werden?«
Benedikt sagte nichts.
Rufus betrachtete mit düsterer Augenbraue den Plan, wahrscheinlich suchte er Herrn Hedderichs Verschlag. Aber er fragte: »Wo sind die Toiletten geblieben?«
»Im Keller.«
»Alles Wichtige ist im Keller!« rief Frau Schnappensiep mit fast hysterischem Lachen.
»In allen modernen Veranstaltungsgebäuden sind die Hygieneanlagen im Keller. Der Platz im Erdgeschoß ist zu wertvoll. Da brauchen wir den Platz für den Ballsaal.«
»Wofür brauchen wir einen Ballsaal?«
»Wir wollen ein elegantes Ambiente«, lächelte Benedikt. »Aber natürlich ist der Raum nicht nur Ballsaal, sondern ein Multifunktionssaal: Konferenzraum, Restaurant, Frühstücksraum und, und, und.«

»Wir brauchen nur einen Frühstücksraum«, sagte Rufus.
»Vielen lieben Dank für das Stichwort«, sagte Benedikt strahlend, »jetzt möchte ich Ihnen zeigen, wie Ihr Frühstücksraum im Sommer aussehen wird.« Er überreichte Frau Schnappensiep wieder ein in schwarzem Hochglanzkarton gerahmtes Nobel-Architekturzeitschriftenfoto: Eine Gartenterrasse, mit kunstvollem Pflaster aus grauen und weißen und schwarzen Kieseln, überdacht von einer verwinkelten Glaskonstruktion, überall Kübel mit rosa und weißen Buschrosen, überall rosa und weiße Sonnenschirme, und auf den verschnörkelten weißen Gartentischen hatte der Foto-Stylist Kelche mit rosa Champagner arrangiert. Es war ein Traum. Endlich war Frau Schnappensiep wieder beeindruckt. »Das wäre hier möglich?«
»Sicher, gnädige Frau. Das wird die Terrasse vor dem Frühstücksraum.«
Sie legte das Foto zurück, betrachtete wieder den Plan vom Foyer. »Aber diese Zacken gefallen mir nicht. Spätestens in einem halben Jahr liegt da der Staub fingerhoch zwischen den Ritzen.«
»Schönheit hat ihre Kosten, gnädige Frau«, lächelte Benedikt.
»Wo ist überhaupt der Aufzug auf Ihrer Zeichnung? Er ist doch hoffentlich noch da?«
»Er ist hinter der Säule. Wenn ich Sie auf ein weiteres Detail aufmerksam machen darf, wieder ein zentrales Moment der Gestaltung«, er zeigte auf einen dreieckigen Ausschnitt in der Säule, der mir bisher auch nicht aufgefallen war.
»Was ist das?«
»Durch dieses Dreieck sieht man einen Ausschnitt vom Aufzug. Mein Chef persönlich hat dafür plädiert, daß der Aufzug als zentrales Element erhalten bleibt, also habe ich ihn als dekoratives Zitat in die moderne Struktur integriert.«
»Ein dreieckiges Loch in einer Säule«, sagte Frau Schnappensiep ungerührt. »Sie haben es wohl mit den Dreiecken?« Sie sah Benedikt an. »Also ich persönlich mach mir nichts aus Dreiecken. Was kostet so ein Dreieck überhaupt?«
»Das werden wir anschließend ebenfalls diskutieren«, sagte Benedikt ruhig, nahm den Plan weg und legte ihr einen anderen

vor. »Um zunächst Ihre Frage nach den Funktionsräumen zu beantworten: hier sehen Sie das Kellergeschoß. Hier die großzügigen Hygieneanlagen.«
»Donnerwetter! Die sind wirklich großzügig. Zwanzig Toiletten! Da brauchen Sie eine extra Hygieneanlagen-Pflegerin. Und die müssen sie großzügig bezahlen. Es genügt nämlich nicht, die Toiletten einmal täglich zu kontrollieren. Wenn nur eine nur eine Stunde lang verdreckt ist, dann hat – um mal offen zu reden – das Hotel seinen Ruf verschissen!«
Benedikt holte das nächste gerahmte Foto aus dem Koffer. »Und hier habe ich einen weiteren Clou, der Ihnen gefallen wird: die Kellerbar.«
»Die Kellerbar?«
»Beim Studium Ihrer Pläne fiel mir auf, daß im Keller ein Gewölbebogen ist, und da kam mir die Idee einer Kellerbar.«
Frau Schnappensiep reichte mir das Foto weiter: eine hochelegante Kellerbar mit violetten Ledersofas vor sandgestrahlten Ziegelmauern und Tischen aus mattschwarzem Stahl. Beleuchtet von einem Sternenhimmel aus Halogenlämpchen.
»Toll«, rief Frau Schnappensiep, »und was kostet das alles?«
»Ich möchte Ihnen noch einen Vorschlag zeigen. Ich bin in Ihrem Interesse davon ausgegangen, daß Sie aus steuerlichen Erwägungen das Dachgeschoß als Wohnraum für Ihr Personal ausbauen wollen.« Benedikt lächelte Rufus zu.
Rufus lächelte zurück.
Benedikt überreichte Frau Schnappensiep das Foto einer wunderbaren Dachterrasse, wunderbar bepflanzt.
»Halt«, rief Frau Schnappensiep, »was kostet das jetzt alles zusammen?«
Benedikt holte aus seinem Koffer eine Mappe. »Vorab kann ich Ihnen nur eine grobe Kalkulation bieten, Sie wissen ja, Sie bekommen diese Entwürfe als kostenlose Vorleistung meines Büros.«
Frau Schnappensiep klappte die Mappe auf. Sie betrachtete eine Seite mit Zahlenkolonnen, blätterte um, lachte laut: »Rat mal Rufus, was das kosten soll!«
Rufus riet nicht.

»3,3 Millionen!!!«

Auch mir blieb die Luft weg.

»Ich muß jetzt dringend nach Hause, den Schnappi zum Karatekurs fahren.« Sie gab Rufus die Mappe und stand auf. »Du kannst dir das in aller Ruhe zu Gemüte führen. Falls es dich interessiert.«

Ich blieb sitzen. »Man kann bestimmt einiges ändern, an der Einrichtung läßt sich viel sparen«, versuchte ich sie zu beruhigen.

»Vielen lieben Dank. Ich habe keine Lust mehr, mich länger mit diesem Hotel herumzuärgern.« Sie reichte Benedikt die Hand. »Vielen lieben Dank für Ihre Bemühungen, die Renovierung kommt für uns nicht in Frage.«

Zu Rufus sagte sie: »Ich bin im Kontor, über die Abrechnungen müssen wir jetzt gleich im Detail sprechen.« Sie zupfte ihren Spitzenkragen in die Höhe, als sei er während Benedikts Präsentation in sich zusammengefallen, nickte mir zu, »Auf Wiedersehn«, und rauschte ab.

»Ich muß auch unbedingt sofort losfahren, ich muß auf ein Seminar«, sagte Benedikt ebenso förmlich zu Rufus.

Rufus fragte: »Können Sie die Pläne vielleicht einige Tage hierlassen? Ich würde sie gerne noch mal ansehen.«

»Bitte sehr. Auf Wiedersehn.«

Am Boden zerstört begleitete ich Benedikt zum Auto. Eine Taube hatten mitten aufs Autodach gekackt. Wütend äffte Benedikt Frau Schnappensiep nach: »Wie soll ich das sauber bekommen? Da komm ich ja nicht mit dem Staubsauger ran!«

»Was machen wir denn jetzt?«

»Nichts. Ich habe keine Lust, mich länger darüber zu unterhalten, wie mein Entwurf putzfrauengerecht werden könnte.«

»Du könntest eine billigere Lösung machen.«

»Ich mache keine billigen Lösungen.«

»Mir zuliebe!« Benedikt reagierte nicht. »Was wird Onkel Georg sagen, wenn wir den Auftrag nicht bekommen haben?«

»Dein Onkel Georg ist doch daran schuld, daß ich keine billigen Entwürfe machen kann. Er verdient 10 Prozent der Bausumme.

Je höher die Kosten, desto höher seine Profite. Billige Projekte lohnen sich nicht für ihn. Bei meinem Gehalt kann ich meine Zeit nicht an Miniprojekte verplempern.«

»Aber diese Zackenwände und diese Säule, das ist so aufwendig, und Frau Schnappensiep gefällt es nicht, das muß doch nicht sein.«

»Das muß sein. Ich brauch die Säule wegen der Statik. Das hat mir der Wöltje bei meinem Altersheim-Entwurf gesagt. Ich glaube, das war damals bei meiner Diplomarbeit falsch, da geh ich kein Risiko mehr ein.«

»Aber bei dem Hotel war vorher die Statik auch in Ordnung!«

»Verstehst du denn nicht – ich hab das ganze Haus entkernt!«

Obwohl ich es nicht wollte, fing ich an zu heulen.

»Viola, tu nicht so, als wäre das die Katastrophe. Die haben kein Geld. Das wird nichts. Das gibt nichts als Ärger!«

»Dann werde ich allein einen billigen Entwurf machen!«

»Wenn du mir Konkurrenz machen willst, bitte. Aber für die Schnappensiep bist du doch nur die Putzfrau. Wo man angefangen hat als Putzfrau zu arbeiten, da bleibt man immer Putzfrau. So ist das Berufsleben.«

»Das glaube ich nicht.«

»Und mit Sicherheit wird dich der Faber nie mehr einstellen, wenn du ihm jetzt beweisen willst, daß du das Projekt auch ohne ihn machen kannst. Außerdem kannst du das nicht allein, sobald tragende Wände verändert werden, brauchst du einen Architekten mit Bauvorlagerecht.«

»Aber was soll ich denn jetzt machen?«

»Viola, ich fahr jetzt los, um nach einem Vierteljahrhundert meinen Vater wiederzusehen. Ich kann im Moment an nichts anderes denken. Ich muß Medi abholen. Gib mir einen Kuß zum Abschied.«

»Nur wenn du sagst, was ich jetzt machen soll«, heulte ich.

»Vielleicht solltest du ganz was anderes machen. Vielleicht kannst du mit deiner Freundin Elisabeth zusammenarbeiten.«

»Aber ich wohn doch jetzt hier!«

»Bis ich zurückkomme, wird die Welt wieder ganz anders aussehen. Bestimmt. Leb wohl, Viola. Mach's gut.«

»Was soll ich gut machen?«
Ich schlich zurück ins Hotel, in die Küche, zu meinen Schrank. Ich zog mein schwarzes Kleid aus, das ich mit einem Gürtel nach oben geschoppt hatte, damit Frau Schnappensiep nicht die altmodische Länge sah, und damit sie nicht den Trick mit dem Gürtel merkte, trug ich meine wasserblaue Lacoste-Strickjacke drüber, hätte aber notfalls im Sitzen die Jacke aufknöpfen oder sogar ausziehen können, ohne daß jemand etwas gemerkt hätte. Ich packte meine schwarzen Wildlederpumps in meine gute Plastiktüte, zog meine Putzjeans und meinen Putzpulli an, räumte das Geschirr aus dem Frühstücksnebenraum in die Geschirrspülmaschine, schlich hinauf in den dritten Stock und begann zu putzen.
Ein Arschloch hatte wieder ins Waschbecken gepinkelt und nicht mal die Spritzer weggewischt. Und kein Trinkgeld.
Erst spät am Nachmittag, als ich mich hinuntergeputzt hatte bis Zimmer 3 im ersten Stock, kam Rufus zu mir. Er setzte sich in den zerfransten Clubsessel.
»Ich hab die Kalkulation durchgesehen. Er hat für seine Marmorsäule und die Marmorzacken zweihunderttausend Mark veranschlagt. Ich muß Bärbel recht geben, das ist überflüssiger Wahnsinn.«
Ich mußte Benedikt in Schutz nehmen. »Die Säule und die Zackenwände braucht man für die Statik. Benedikt hat das ganze Haus entkernt.«
»Warum? Das ist alles zuviel Aufwand für zwei kleine Zimmer zusätzlich. Außerdem hat er vergessen, die Kosten für die Fassadenrenovierung und die Inneneinrichtung anzugeben.«
Hatte er das wirklich vergessen? Oder hatte er diese Kosten nicht angegeben, weil sie so variabel waren? Ich sagte nur: »Hat er bestimmt nicht mit Absicht gemacht, er ist unheimlich im Streß, er hat zur Zeit Familienprobleme.«
Rufus wollte nicht mehr über Benedikts Probleme wissen, er sagte nur: »Ob drei oder vier oder fünf Millionen rauskommen – darauf kommt es nicht mehr an.«
»Und jetzt? Meinst du, es gibt noch Hoffnung?«
»Hoffnung gibt es immer, sagt Tanja, Hoffnung gibt es gratis.«

Rufus lachte. »Vielleicht regt sich ja Bärbel wieder ab. Kommt drauf an, was ihr Mann sagt. Möglicherweise verkauft sie jetzt das Hotel.«

»Meinst du, sie will es überhaupt nicht mehr renovieren lassen? Und was wird aus dir, wenn sie das Hotel verkauft?«

Rufus strahlte geradezu: »Ich find's nett, daß du an meine Zukunft denkst.«

»Na ja.« Er konnte einem auch leid tun.

Als er weg war, hätte ich fast wieder geheult.

Ehe ich nach Hause fuhr, rief ich aus einer Telefonzelle Benedikt im Auto an. Er kroch im Stau und war genervt. Und seine Mutter hatte auch schon angerufen und hatte sich furchtbar aufgeregt wegen des geplatzten Projekts. Und er hätte ihretwegen fast eine Massenkarambolage verursacht. Meine Markstücke klackerten im Eiltempo durch. Ich mußte mich kurz fassen. Als ich ihn fragte, ob er sich noch mal überlegt hätte, einen billigeren Entwurf zu machen, sagte er: »Die Sache ist für mich abgehakt. Es sei denn, der Faber sagt zu allem ja und amen.«

»Soll ich mit Onkel Georg reden?«

»Bitte hab Verständnis«, rief Benedikt, »ich muß mich auf den Verkehr konzentrieren, du bist schuld, wenn ich einen Auffahrunfall mache. Tschüs!«

Zum Glück fand ich noch ein Fünfzigpfennigstück, das sollten nicht Benedikts letzte Worte sein – »ich freu mich, bis ich dich Sonntag wiedersehe«, sagte ich, »und ich bin gespannt, was du von deinem Vater erzählst. Grüß ihn von mir. Mach's gut.«

Ich hörte noch Benedikt sagen: »Ich...«

...klack, da war mein letztes Geldstück weg.

Zu Hause saß Nora wie üblich vor dem Fernseher, die Wohnzimmertür war nur angelehnt, obwohl sie mich natürlich hatte kommen hören, tat sie, als hätte sie mich nicht gehört, und ich wollte sie auch nicht sehen. Ich schlich an der Tür vorbei, hinauf in mein Zimmer, legte mich in unser Bett und überlegte, wie meine Zukunft aussehen könnte.

64. Kapitel

Ich würde meine Träume nicht aufgeben. Nur vielleicht die Wege zu ihrer Realisierung ändern.
Manchmal, wenn man die Dinge sehr sorgfältig betrachtet, stellen sich die zweitbesten Lösungen als die besseren heraus. Was wäre, wenn ich mir den Job bei meinem Onkel endgültig abschminke? Dann könnte ich...

...selbständig das Projekt machen. Eigentlich konnte Onkel Georg nicht ernsthaft sauer sein, wenn ich einen Auftrag übernahm, der ihm zu popelig war. Wenn es mir gelang, Frau Schnappensiep zu überzeugen, wäre ich mit einem Schlag selbständige Innenarchitektin. Super! Und mit dem Hotel wäre ich mindestens vier Monate beschäftigt... Und wenn man sich mit einem Projekt bewährt hat, ist es einfacher, neue Aufträge zu bekommen. Noch dazu, wenn das erste Projekt ein Hotel war, ein fast öffentliches Gebäude. Und falls ich danach keinen neuen Auftrag bekommen würde, dann könnten wir...

...selbst ein Haus bauen! Jeder Architekt baut sich irgendwann ein Haus. Warum nicht sobald wie möglich?! Benedikt hat schon einen Bausparvertrag. Und mit einem kleinen Trick war das finanziell machbar. Wir würden...

...heiraten! Meinetwegen eben doch wegen der Steuer, wenn's unbedingt sein muß. Und mein Vater würde uns bestimmt eine großzügige Summe zur Hochzeit schenken und vielleicht zum Hausbau was leihen. Und ich könnte beim Hausbau durch meine Arbeit, durch Lackieren, Tapezieren und natürlich auch Putzen mehr Geld sparen, als ich jetzt verdiente. Und bis unser Haus fertig ist, hätte Benedikt lange genug bei Onkel Georg gearbeitet, um sich auch selbständig machen zu können. Und dann würden wir...

...als Ehepaar im eigenen Haus gemeinsam selbständig arbeiten! So waren alle Probleme zu lösen!

Sogar das Problem mit Nora. Wenn wir ein eigenes Haus haben, muß ich Nora nicht mehr täglich sehen. Und wenn wir verheiratet sind, kann sie mich nicht mehr als uneheliche Schwiegertochter oder als Benedikts Bettschatz abstempeln. Als Ehefrau ihres Sohnes müßte sie mich respektieren! Also:

1. Auf den Job bei meinem Onkel verzichten
2. Das Hotelprojekt allein machen
3. Heiraten
4. Ein Haus bauen – oder zuerst einen neuen Auftrag übernehmen und dann ein Haus bauen.

Das ist der Weg zum Glück!

Wenn ich auf den Job bei meinem Onkel verzichtete, würde ich bei unserer Heirat auch nicht Benedikts Namen annehmen müssen, nur um im Büro meines Onkels nicht mit Angela Faber verwechselt zu werden. Natürlich habe ich nichts dagegen, Viola Windrich zu heißen, das einzige, was mich daran stört, ist eine winzige Kleinigkeit: Viola Windrich ergibt die Initialen VW. Und Benedikt Magnus Windrich bekanntlich BMW.
Und ich als VW neben einem BMW – dessen Schwester auch noch Mercedes heißt, nein, das wirkt zweitklassig. Jetzt kann ich auch als Ehefrau Viola Faber heißen – die Lösung ist rundum ideal! Gegen eine ganz kleine Hochzeit würde Benedikt nichts einzuwenden haben. Dann mußte man auch nicht Mercedes einladen, vielleicht ließ sich sogar Nora vermeiden. Nur Niko als Trauzeuge für Benedikt, und ich nehme Tanja. Rufus ist mir zwar gefühlsmäßig näher, aber ich will keinen Trauzeugen, der aussieht wie Rufus. Da kann man niemandem die Fotos zeigen.
Und einen ganz schlichten Ring aus Gelbgold.
Ich war entschlossen: In allem Ernst würde ich mit Benedikt reden, sobald er von seinem Vater zurück ist.
– Und wenn er mich nicht heiratet?
Wie kann man jemanden vor eine Entscheidung stellen, wenn die Entscheidung gegen einen selbst ausfallen kann? Ich mußte ihm klarmachen, daß es zu seinem Vorteil ist. Wenn all meine Argumente nichts nutzen, dann…

...verlasse ich ihn.
Notfalls müßte ich eben mit einer klitzekleinen Drohung nachhelfen.

65. Kapitel

»Ich habe nachgedacht«, sagte ich zu Rufus am nächsten Morgen, »das Hotelprojekt soll nicht an dem zu teuren Entwurf von Benedikt scheitern.«
»Ich habe auch nachgedacht und gestern abend mit Tanja darüber gesprochen, sie meint das gleiche.«
»Ich mache für Frau Schnappensiep neue Entwürfe, vielleicht überlegt sie es sich dann anders. Ich könnte für viel weniger Geld alles so umbauen, daß jedes Zimmer ein Bad bekommt und Frau Schnappensiep ihr elegantes Ambiente. Was hältst du davon?«
»Genau das wollten wir dir vorschlagen.«
Ein Taxifahrer kam ins Hotel, hinter ihm ein gähnender Japaner, der so kleine Augen hatte, daß er eigentlich keine Augen hatte. Der Taxifahrer fragte: »Haben Sie jetzt ein Zimmer frei? Der will schlafen, egal wo.«
»Sofort, kein Problem«, sagte Rufus. »Hat der Herr Gepäck?«
»Nein.«
»Dann bitte im voraus bezahlen«, sagte Rufus und leise zu mir: »Immer, wenn Leute kein Gepäck haben, wird vorher bezahlt.«
»Okay, okay, okay«, sagte der Taxifahrer zu dem Japaner, »you must pay now, me and he.«
Der Japaner gab dem Taxifahrer einen Geldschein und fragte Rufus: »Do you speak English?«
»Yes, I do. Welcome, Sir. Would you mind to pay in advance? I'm sorry, we don't accept credit cards, but traveller cheque are welcome. Room number 3 would be eighty Marks.«
Der Japaner bezahlte gähnend. Der Taxifahrer ging. »Bitte warten Sie einen Moment«, rief ihm Rufus hinterher.
Ich brachte den Japaner in Zimmer 3. Er wäre fast im Fahrstuhl

eingeschlafen. Als ich wieder runterkam, verließ der Taxifahrer gerade wieder das Hotel.
»Er hat draußen gewartet, bis der Gast außer Sicht war, dann habe ich ihm seine Prozente gegeben«, erklärte Rufus.
»Was für Prozente?«
»Viele Hotels geben Taxifahrern zehn Prozent vom Zimmerpreis, wenn sie Gäste bringen. Ich will das künftig auch machen, das ist die beste Werbung, es spricht sich schnell unter den Taxifahrern rum, in welchem Hotel sie Prozente bekommen. Die ausgebuchten Hotels machen das natürlich nicht, aber wir sind ja kein ausgebuchtes Hotel.«
»Aha«, wieder was gelernt über die Geheimnisse eines Hotels.
»Soll ich Frau Schnappensiep zuerst fragen, ob ich neue Entwürfe machen soll?«
»Mach die Entwürfe. Bis du fertig bist, hat sie sich vielleicht wieder abgeregt.«
Und wenn nicht? Das war mein Risiko. Genau wie ein großes Büro, mußte auch ich einen kostenlosen Entwurf liefern. Aber ich war optimistisch!
Einer der Dauergäste gab den Schlüssel ab, er fuhr übers Wochenende nach Hause, wollte die Wochenrechnung bezahlen und wissen, ob Post gekommen war, Rufus mußte sich um ihn kümmern. »Heute abend nach dem Kochkurs reden wir weiter«, rief er mir zu.
Beschwingt wie seit langem nicht, machte ich mich an die Arbeit. Walkwoman war heute auch wieder da, präzise wie ein Roboter putzte sie Fenster und war an keinem Gespräch interessiert: Ich konnte ihr nichts bieten, was ihr Walkman nicht besser geboten hätte. Meinetwegen.
Als ich Zimmer 18 putzte, sah ich außen an der Fensterscheibe den ersten Marienkäfer des Jahres hochkrabbeln. Marienkäfer bringen Glück. Ich wollte die Punkte auf seinem Rücken sehen und dachte mir: So viele Punkte, wie dieser Marienkäfer hat, so viele Monate wird es bis zu unserer Hochzeit dauern. Zugegeben: Als ich das dachte, wußte ich, daß Marienkäfer nie besonders viele Punkte haben.
Ich öffnete das Fenster, sah dem Marienkäfer auf den Rücken:

Es war ein negativer Marienkäfer – ein schwarzer Käfer mit zwei roten Punkten. Viel seltener als ein Marienkäfer – warum ausgerechnet...

Wenn ein roter Käfer mit schwarzen Punkten Glück bringt, bringt dann ein schwarzer Käfer mit roten Punkten Unglück? Zwei Punkte... Was würde in zwei Monaten sein? Was ist das Gegenteil von einer Hochzeit?

»Ich bin nicht abergläubisch«, sagte ich laut zu mir und schloß das Fenster. »Bald wird alles wunderbar.«

66. Kapitel

Schweinebraten, Klöße aus rohen Kartoffeln, Semmelklöße und Weinschaumcreme standen auf dem Programm. Die drei Apotheker rissen sich sofort den Braten unter die Nägel. Aber Felix wollte auch Braten machen, denn wenn er beim nächsten Kindergeburtstag Braten servieren würde, wäre das der Hit. Winfried war bereit, mit Felix zu tauschen, und begab sich zu Rufus und Tanja, die Semmelknödel und Weinschaumcreme, besser bekannt als Zabaione, herstellen sollten.

Blieben Michael und ich für die rohen Kartoffelklöße. Erwartungsgemäß half mir Michael kein bißchen beim Waschen, Augenausschneiden und Schälen der Kartoffeln, sondern klärte Winfried über die Vorteile diverser Spesenritterrestaurants der Umgebung auf. Winfried schilderte dafür die Nachteile anderer, mindestens ebenso lächerlich teurer Lokalitäten. Winfried fand es saublöd, daß in den vornehmen Rohkostsalaten oft richtige Blumen sind, Kapuzinerkresse und Gänseblümchen, aber seinem Freund Wolfgang würde das erschreckenderweise nichts ausmachen, der behaupte, ein Gänseblümchen schmecke nicht anders als ein dickes Salatblatt. Michael sagte, auch er würde die Gänseblümchen mitessen. Winfried fand das barbarisch. Trotzdem folgte er dem Barbaren Michael auf den Schulhof, um dort den Erfahrungsaustausch ungestört vom Schaben meines Kartoffelmessers fortzusetzen.

Nach dem Schälen mußte ich die Kartoffeln durch eine altertümliche Reibe reiben. Direkt in eine Schlüssel mit kaltem Wasser, damit die Schnipsel nicht braun werden. Es war eine elende Arbeit, und ich befürchtete ständig, meine Fingernägel mit abzuhobeln. Wenn alle Kartoffeln gerieben sind, soll man das Wasser aus der Schüssel abgießen und die Kartoffeln in einem Küchenhandtuch ausdrücken. Ich hatte gerade den Kartoffelmatsch auf ein Küchenhandtuch gehäuft, da kam Wolfgang: »Kann ich dir helfen? Der Braten ist im Ofen, ich hab im Augenblick nichts zu tun.«
Dankbar nahm ich sein Angebot an. Routiniert strich er den Kartoffelmatsch auf dem Handtuch zu einer Wurst, wickelte das Tuch drumrum, drehte die Enden des Handtuchs immer fester zusammen, bis Kartoffelwasser durchs Tuch lief. Er würgte die Handtuchwurst, bis kein Wasser mehr rauskam. Dann warf er einen kurzen Blick aufs Rezept, schüttelte den Kopf, ging zum Tisch, auf dem alle Zutaten bereitstanden, brachte Mehl, Milch, Salz, Margarine, Butter und ein altbackenes Brötchen, das er mir gab: »Bitte, schneide das in mittelgroße Würfel und brat sie auf mittlerer Hitze in Butter, bis sie goldbraun sind.«
Ich schnitt das Brötchen in Würfel, als wäre es eine Zwiebel. Bis ich die Würfel goldbraun gebraten hatte, hatte Wolfgang den Teig schon in neun exakt gleich große Abschnitte unterteilt und drückte schwupp, schwupp, schwupp in jedes Teigstück gebratene Brotwürfel. Er hatte vier Klöße geformt, bis ich einen zusammengepatscht hatte. »Ich hab das Gefühl, du kannst schon kochen«, sagte ich, als ich den Knödel endlich von den Händen hatte.
»Na ja.«
»Warum machst du einen Kochkurs für Anfänger?«
»Wegen Winfried. Ich wollte, daß er sich für Kochen interessiert... aber du siehst ja selbst, das klappt nicht.«
Ja, ich sah es selbst, von Winfried war heute wieder gar nichts zu sehen.
Während ich die Klöße im Topf überwachte, ging Wolfgang rauf in den Schulhof, um den Herrschaften den genauen Essenstermin mitzuteilen, aber kam sofort wieder runter, um den Tisch zu decken.

Natürlich war der Braten fabelhaft. Die Kartoffelklöße waren auch perfekt. Ausgerechnet Michael sagte, das sei kein Kunststück, der einzige Fehler, den man dabei machen könnte, sei es, überhaupt Klöße aus rohen Kartoffeln zu machen, die aus gekochten würden besser schmecken.
»Aber dazu braucht man Kartoffeln, die einen Tag vorher gekocht wurden«, verteidigte Wolfgang unsere Klöße.
Felix sagte, Halb-und-halb-Knödel seien noch besser. Wolfram war für Semmelknödel.
Auf dieses Stichwort brachte Rufus die Rufus-Tanja-Semmelknödel-Gemeinschaftsproduktion. Es waren keine runden Bälle wie unsere Klöße, eher zerfallende Häufchen.
Die einzige, die froh auf die Häufchen blickte, war Carola. »Ihr habt die Hitze nicht runtergeschaltet, das Wasser darf nur kochen, bis man die Klöße hineingibt, danach darf es nur noch ganz leicht kochen, sonst zerfallen sie unweigerlich.«
Rufus sah auf Carolas Umweltpapier-Rezeptblatt nach. »Hier steht nur: Hitze reduzieren.«
»Das lernt man nur aus Erfahrung.«
Tanja sah Carola drohend an: »Dich würde ich gern mal in Geldanlagen beraten.«
Carola blieb unbeeindruckt: »Ihr könnt nicht von mir verlangen, daß ich hier autoritäre Vorschriften mache. Schließlich habe ich Pädagogik studiert.«
»Wenn ich zusammenfassen darf, was wir heute gelernt haben«, rief Winfried, »nämlich, daß es sich überhaupt nicht lohnt, Knödel zu machen. Die aus der Packung schmecken besser!«
Gleich darauf konnte Winfried noch feststellen, daß es sich auch nicht lohnt, Weinschaumcreme selbst zu machen. Eindeutig war die Tanja-Rufus-Weinschaumcreme keine schaumige Creme, sondern klebrige Pampe.
»Das liegt daran«, erklärte Carola froh, »daß ihr Eiweiß und Eigelb nicht sauber getrennt habt. Wenn man Eiweiß steif schlagen will, darf im Eiweiß kein bißchen Eigelb sein.«
»Bei dir lernt man, was man falsch machen kann, aber nicht, wie man kocht«, sagte Tanja. »Ein Glück, daß keiner der Anwesenden dieses Ziel verfolgt.«

Carola guckte verblüfft.
Nur Felix protestierte: »Ich will kochen lernen, und deshalb schlage ich vor, daß wir nächstes Mal Sahnebonbons machen, meine Tochter war neulich auf einem Kindergeburtstag, da gab es selbstgemachte Sahnebonbons.«
Niemand sagte was.
»Und jetzt muß ich leider gehen, meine Tochter abholen«, sagte Felix. Er ging unter allgemeinem Schweigen.
Als er die Tür hinter sich geschlossen hatte, fragte Wolfram: »Wollen wir in öffentlicher oder in geheimer Abstimmung klären, wie viele Leute sonst noch Sahnebonbons machen wollen?«

Wir lachten noch beim Geschirrspülen, und ich lachte soviel wie lange nicht mehr: Ja, kochen gelernt hatte ich bestimmt nicht viel, aber der Kurs hatte mich in ganz anderen Dimensionen meinem Ziel näher gebracht, eine moderne Idealfrau zu werden. Hier hatte ich Rufus kennengelernt, durch ihn hatte ich eigenes Geld verdient. Würde ich heute mein Glückspotential testen, in aller Bescheidenheit: Nun war ich eine ideale Frau. Und die Zukunft sah noch viel idealer aus!
Als wir die Küche aufgeräumt hatten, kam Michael mit dem Vorschlag, Rufus, Tanja und ich sollten mit ihm ins Avantgarde-Theater-Zentrum fahren, da sei eine Nachtpremiere, er müsse darüber eine Besprechung schreiben, und wir könnten dort was trinken. Tanja wollte wissen, ob es sich um leicht oder schwer verdauliche Kultur handelte. Michael sagte, es sei vermutlich völlig unverdaulich, aber wir kämen umsonst rein. Also fuhren wir hin.
An der Kasse hing ein Schild: Ausverkauft. Trotzdem bekam Michael auf seinen Presseausweis problemlos vier Karten geschenkt. »Das ist nie ausverkauft«, sagte er, »dreiviertel der Karten sind ständig für Freunde des Hauses reserviert.«
Das Avantgarde-Theater-Zentrum war ein schwarzer Saal, eingerichtet wie ein Café mit kleinen Tischen, darauf schwarze Tischdecken. Auf der Bühne ein typisch avantgardistisches Rohrgerüst für die Beleuchtung und eine gigantische Beschal-

lungsanlage. Selbstverständlich kein Vorhang. Und auf der schwarzen Bühne nur ein schwarzer Konzertflügel.
Der Kellner sah aus wie ein Diplom-Schwuler und benahm sich auch so: Er ignorierte uns. Erst als Michael, als der Kellner zum fünftenmal blicklos an uns vorbeilaufen wollte, mit seinem Presseausweis winkte, nahm er die Bierwünsche von Michael und Rufus zur Kenntnis und fragte Michael: »Bekommen die Damen auch was?«
»Sag ihm, ich trinke einen trockenen Weißwein«, sagte Tanja zu Michael.
»Ich auch«, sagte ich.
»Die Damen wünschen je einen trockenen Weißwein«, sagte Michael zum Kellner, der nur Michael ansah.
Aber als er die Getränke brachte, kassierte er sofort, und zwar zuerst bei Tanja. Sie gab ihm keinen Pfennig Trinkgeld und zählte sogar das Wechselgeld nach. »Ich bin's gewohnt, für mich selbst zu zahlen, aber wenn ein Kellner so tut, als müßte ich zwangsweise selbst bezahlen, ärgert mich das.«
»Er hielt dich für eine Emanze und hat erwartet, daß du für die Herren mitbezahlst«, sagte Michael.
»Die Emanzen sind auch nicht mehr das, was sich die Männer wünschen.«
Ich wollte endlich über das Hotelprojekt reden: »Was die Entwürfe für das Hotel betrifft...«
Sofort unterbrach mich Tanja: »...hat Benedikt M. Windrich für maximales Geld eine minimale Lösung geboten. Rufus und ich haben gestern gerechnet und sind zu dem Resultat gekommen, daß die Renovierung nicht mehr als dreihunderttausend Mark kosten sollte. Das ist auch eine Menge Geld.«
– Das war nur ein Bruchteil von den 3,3 Millionen, die Benedikt verplant hatte. Ich wußte nicht, was ich dazu sagen sollte, gut, daß Tanja mich sowieso nicht zu Wort kommen ließ...
»Mein alter Freund Detlef meinte auch, ein Hotel für das Dreieinhalbfache des Wertes umzubauen, sei reichlich übertrieben.«
Wie gemein von Tanja, mit Benedikts Kollegen über Benedikt zu lästern. »Und was hat Detlef sonst alles gewußt?« sagte ich sauer.

»Er hat mich heute nacht angerufen, wir kamen nur zufällig auf dieses Thema«, sagte Tanja mit Unschuldsmiene. »Eigentlich hat er angerufen, um Vergangenheitsbewältigung zu betreiben.«
Ich mußte unbedingt vorsichtig sein, durfte Tanja nichts von meinen Plänen preisgeben, sie tratschte alles weiter. Man stelle sich vor, Benedikt kommt Montag ins Büro, und Detlef und Angela wissen schon über Tanja, daß wir demnächst heiraten. Benedikt würde sich überrumpelt fühlen! »Falls es dich beruhigt«, sagte ich zu Tanja, »ich werde jetzt neue Entwürfe machen. Und ich mache es billiger. Rufus weiß es schon.«
»Na also«, sagte Tanja.
Michael schrieb in sein Filofax, demonstrativ desinteressiert an unserem Gespräch.
»Aber ich arbeite nicht zum Putzfrauengehalt.« Ich sah auf die schwarze Tischdecke, als ich es sagte, damit niemand merkte, wie aufgeregt ich dabei war.
»Du mußt mindestens soviel verdienen, wie du bei deinem Onkel verdienen würdest«, sagte Rufus.
Und Tanja sagte: »Für das Hotel wäre das trotzdem viel billiger. Das Büro Faber würde deine Arbeitsleistungen mindestens doppelt so hoch in Rechnung stellen.«
»Ja.« Plötzlich war alles so einfach. »Und wenn mein Onkel mir nicht hilft, Handwerker zu finden, suche ich selbst welche, und wenn tragende Wände raus müssen, einen andern Architekten.«
»Was hat dein Benedikt dazu gesagt?« fragte Tanja.
Ich wollte nicht zugeben, daß er es noch nicht wußte. »Für sein Büro ist das Projekt zu klein, wenn es so billig sein muß.«
»Ach so.« Tanja sagte es, als würde sie es nicht glauben.
»Warum müssen überhaupt tragende Wände raus?« fragte Rufus. Ich wollte nicht zugeben, daß ich auch das nicht so genau wußte.
»Man hat mehr architektonische Möglichkeiten. Unbegrenzte Möglichkeiten.«
»Gemessen an den unbegrenzten Möglichkeiten, war Benedikts Entwurf ziemlich begrenzt«, lästerte Tanja.
»Meint das dein Detlef?«
»Jedenfalls hat Benedikt nur sein ewig gleiches Schema wiederholt.«

Glücklicherweise ging da endlich das Licht aus, und ein Typ mit Smokingjacke, aber darunter nackter Brust, mit Jeans und Turnschuhen betrat die Bühne. Großer Applaus, auch ich klatschte begeistert, weil ich nicht länger Tanjas Gemecker hören mußte.

Der Smokingtyp verbeugte sich, bis kein einziger mehr klatschte. »Liebe Freunde, liebe Herrn und Mädels, da bin ich endlich wieder, ihr kennt mich ja alle. Aber ich begrüße auch all diejenigen, die mich bisher nicht kannten.« Vorn klatschte einer. »Und besonders herzlich grüße ich alle meine Fans, die heute nicht da sein können.« Logischerweise klatschte keiner. »Ich finde es supertoll, daß ich das über die Grenzen unserer Metropole hinaus bekannte Duo ›Die Großstadt-Glamour-Girls‹ ansagen darf: Lila-Lulu und Divine! Oder, wie wir Insider der Avantgarde-Szene sie nennen: ›Die Quietschenden Titten‹! Die Mädels sind superliebe Freundinnen von mir. Lila-Lulu wird zuerst mein Lieblingslied singen. Also Applaus!«
Ein Typ mit Stoppelbart im platzengen lila Pailettenfummel hüpfte auf die Bühne. Seine Strümpfe bestanden nur aus Laufmaschen, durch die Laufmaschen standen seine Beinhaare raus. An seinen ausgelatschten Stöckelschuhen war die lila Schuhfarbe vom Selbstfärben an allen Gehfalten abgeplatzt. Er ließ sich ebenfalls solange wie möglich beklatschen. Dann rief er ins Mikro: »Huhu, ich bin die Lila-Lulu von Frankfurz« und machte mit dem Mund Furzgeräusche.
Erneuter begeisterter Applaus. Ein Mann mit unauffälligem Pullover setzte sich unauffällig an den Flügel. Er haute pathetisch in die Tasten.
»Ich komm jetzt, ich komm jetzt!« kreischte Lila-Lulu. »Ich komm jetzt mit meinen Lieblingslied!« Er stemmte die Arme in die Hüften: »Meine Herren, sagen Sie mir... kann denn Liebe Sünde sein?« Riesenapplaus. Der Mann am Flügel intonierte den berühmten Zarah-Leander-Song. Lila-Lulu stöhnte: »Kann denn Liebe Sünde sein?« Er versuchte, wie Zarah Leander zu singen, klang aber wie ein verstopfter Staubsauger. »Darf es keiner wissen, wenn man sich fickt, wenn man einmal alles vergißt... und fast in die Hose pißt? Vor Glück!« Dann rief er tuntig:

»Huch, Liebling, ich hab vergessen, meine Pille zu nehmen, vor Glück!« Dabei schwenkte er seinen Hintern so blöde hin und her, wie es keine Frau je tun würde und niemals Zarah Leander. Und er drückte dauernd an seinem Schaumgummibusen herum, und die Busen machten Quietschtöne. Jedesmal, wenn ein Busen quietschte, quietschten auch die Fans. Die Stelle, wo es heißt, daß die kleinen Spießer immer nur von Moral reden würden, wiederholte Lila-Lulu so lange, bis sein Gesang im Beifall der versammelten Nichtspießer unterging.
Der Ansager kam wieder: »Jetzt, liebe Freunde und Herren und Mädels, jetzt darf ich die fettere Hälfte, hahaha! der Quietschenden Titten ansagen: Unsere Divine! Divine, du Schwein, komm rein, hahaha!«
Divine, wirklich dick wie ein Mastschwein, in eine trägerlose rosa Paillettenpelle gezwängt, hob zur Begrüßung die Arme über den Kopf – er hatte sich Toupets unter die Achseln geklebt. Das hätte Annabell sicher gefallen. Nachdem sich der Beifallsorkan gelegt hatte, sangen Lila-Lulu und Divine gemeinsam einen alten Katja-Ebstein-Hit: »Was hat sie, was ich nicht habe?« Divine zeigte dabei anklagend auf Lila-Lulu, der eine Hand zwischen die Beine preßte wie eine Frau, die dringend aufs Klo muß. Als das Lied zu Ende war, drückte er mit beiden Händen auf seinen Oberschenkel, und es pinkelte auf die Bühne. Vermutlich hatte er einen wassergefüllten Ballon unterm Rock. Die Fans kriegten sich nicht mehr ein. Ich fand es peinlich, klatschte aber trotzdem, damit niemand dachte, ich hätte was gegen Schwule. Tanja klatschte nicht. Michael ignorierte das Geschehen völlig, er schrieb in sein Filofax.
Divine reckte seinen Mastschwein-Hintern dem Publikum entgegen. Lila-Lulu kreischte: »Weil wir so viele begnadete Bläser unter uns haben, oder vor uns, hahaha, jetzt was für Freunde der Blasmusik!« Und der Mann am Flügel spielte: »Der Wind hat mir ein Lied erzählt«, wieder ein Zarah-Leander-Hit. Lila-Lulu kniete sich vor den Arsch von Divine und sang: »Der Wind hat mir ein Lied erzählt«, und jedesmal, wenn das Wort »Wind« vorkam, furzte Divine, und das Publikum johlte.
Am Schluß hieß es: »Komm, komm, komm...«, und da furzte

Divine nicht, sondern stöhnte orgasmusmäßig. Nach diesem Höhepunkt gab es eine Pause.
Michael klappte sein Filofax zu: »Fertig ist die Besprechung.«
»Lies vor«, sagte Rufus.
»Im Avantgarde-Theater-Zentrum geben sich an den kommenden Wochenenden einmal mehr die über die Grenzen unserer Metropole hinaus gefeierten Travestie-Stars Lila-Lulu und Divine ein Stelldichein. Lila-Lulu und Divine – im bürgerlichen Leben sind die Damen Herren – offenbaren ihr verborgenes weibliches Potential. Die breite Palette ihrer Ausdrucksmöglichkeiten reicht von zarten Zwischentönen bis zur lebenssprühenden Burleske, macht ihre Show zur Entdeckungsreise einer grenzüberschreitenden Sexualität. Hier wird keine bierernste feministische Selbstfindungsproblematik zelebriert, hier hält die Veuve-Cliquot-frivole Clique der Travestie dem Spießertum einen kritisch-bissigen Spiegel vor. Ein Muß für progressive Männer, aber auch für Frauen, die bereits gelernt haben, über sich selbst lachen zu können. Wieder eine Show von Weltstadt-Esprit, die einmal mehr zeigt, was Avantgarde in unserer Metropole bedeutet. Das Publikum dankte mit Standing ovations.«
»Beachtlich schnell hast du das geschrieben«, staunte Rufus.
»Kein Problem, das ist das Standard-Kultur-Gesäusel. Und als Überschrift nehme ich: ›Grenzüberschreitende Travestie als Aufbruch in die Welt verdrängter Emotionen‹ – so was kommt bei unseren Lesern an.«
»Warum soll es Avantgarde sein, wenn Männer vorführen, daß Frauen grauenhaft sind und nicht singen können?« fragte Tanja wütend. »Ein abgegriffeneres Thema gibt's doch nicht.«
»Würde ich über die Kultur dieser Stadt so schreiben, wie sie tatsächlich ist, würde man merken, wie überflüssig mein Job als Kulturberichterstatter ist«, antwortete Michael genauso wütend.
»Davon abgesehen: ›Standing ovations‹ gab es auch nicht.«
»Da drüben sind zwei aufgestanden.«
»Die sind aufgestanden, um zu gehen.«
»Sie sind eindeutig aufgestanden, während geklatscht wurde, also waren es Standing ovations. Außerdem schreiben wir das jetzt immer.«

»Würden Frauen so eine Show als Männer verkleidet machen, wäre es keine Avantgarde-Kunst, nur dämlicher Männerhaß.«
»Wenn es dir nicht gefällt, kannst du ja gehen. Dann schreibe ich noch dazu ... nur eine einzelne Dame, in ihrer weiblichen Ehre gekränkt, verließ demonstrativ das Avantgarde-Theater... ich schreib es gern, dadurch wird's für die progressiven Spießer noch attraktiver.«
»Vergiß es. Aber du hättest mich vorher warnen können. Oder hast du auch pädagogische Ambitionen?«
»Nein. Ich dachte, du kennst unser Avantgarde-Theater.«
Rufus schaffte es, das Thema zu wechseln. »Weißt du jetzt, was du über den Kochkurs schreibst?«
»Nein. Die Kochstory ist zu langweilig, ich will das mit einer Glücksstory aufmotzen. So nach der Art ›Wo Töpfe ihren Deckel finden‹ – gibt es irgendwelche Erfolgsmeldungen bei euch?«
Tanja lachte.
Rufus seufzte: »Soweit sind wir noch nicht. Aber eigentlich habe ich doch einen Erfolg zu melden«, er sah Tanja bedeutungsvoll an.
»Welchen?«
»Meinen Entschluß, nicht länger auf die Entscheidungen anderer zu warten, sondern selbst Entscheidungen zu fordern.«
Genau das hatte ich auch beschlossen. »Auf was hast du gewartet?« rief ich.
»Vielleicht habe ich auf eine Frau wie Tanja gewartet, die mir sagt, wo's lang geht.«
»Ist ja toll!« Und Tanja küßte Rufus mitten auf die Augenbraue.
»Haltet mich auf dem laufenden«, sagte Michael.
Die Quietschenden Titten hüpften wieder auf die Bühne. Sie hatten sich mit Lippenstift beschmiert wie Clowns. Sie sangen wieder so ein altes, bekanntes Lied, das man immer gerne hört: »Küß mich, bitte, bitte, küß mich...« – aber sie sangen es natürlich anders, sie röchelten: »Fick mich, bitte, bitte, fick mich, bis das letzte rauskommt, dann mach ich 'ne Pause! Aber nur 'ne kleine.«
Ich zog die Mundwinkel nach oben, damit man mir nicht nachsagen konnte, ich sei eine humorlose Emanze. Meine Gedanken

kreisten um Rufus und Tanja. Wenn er auf sie gewartet hatte, dann müßte er jetzt im Glück schwimmen, die ganze Welt umarmen wollen, aber er umarmte nicht mal Tanja. Und Tanja war in die Betrachtung ihres reparierten Opalrings versunken.
Als die Quietschenden Titten endlich Ruhe gaben, zischte Michael: »Mir reicht's. Wir verschwinden in eine kulturfreie Zone.«
»Ich will nach Hause«, sagte Tanja, »ich will morgen schön sein. Da gehe ich nämlich zu einer Ausstellung im Französischen Bankenzentrum.«
Michael sah in sein Filofax: »Richtig, da ist morgen abend Ausstellungseröffnung. Da gibt es immer vorzügliche Kanapees und Champagner vom Feinsten. Da geh ich auch hin. Und ich kann dir garantieren, daß es dir dort gefallen wird. Weißt du, was ausgestellt wird?«
»Historischer Schmuck aus Frankreich. Bei meinem Juwelier hing das Plakat, und als ich sagte, daß mich das interessiert, hat er mir eine Karte zur Eröffnung geschenkt.«
»Herzlichen Glückwunsch«, sagte Rufus.
– Zwischen wie vielen Männern stand Tanja? Ich blickte überhaupt nicht mehr durch. Rufus, Detlef und ein Juwelier? Aber das ging mich auch alles nichts an.
»Schöner, fremder Mann«, sangen die Quietschenden Titten – ausnahmsweise ernsthaft und innig.
»Ich gehe jetzt«, sagte ich, »ich mach mich sofort morgen früh an die Entwürfe.«
»Sollen wir dich zum Bus bringen?« fragte Rufus besorgt wie üblich.
Nicht nötig. Ich sah meinen Weg klar vor mir.

67. Kapitel

Im Morgengrauen hämmerte es an meine Tür. Als es mir gelungen war, ein Auge zu öffnen, sah ich Nora im orange Jogginganzug vor dem Bett. Aufgeregt rief sie: »Angela Faber rief gestern abend an, die Tochter von Benedikts Chef!«
»Sie ist meine Cousine«, flüsterte ich verschlafen. Mußte mir Nora mitten in der Nacht erklären, wer Angela Faber ist?! Und ich kein Nachthemd an. Ich zog die Bettdecke an den Hals.
»Sie kam gerade aus dem Urlaub zurück, deshalb hatte sie völlig vergessen, daß Benedikt auf Fortbildungsseminar ist, sie hat sich sehr, sehr freundlich entschuldigt.«
So was Blödes! Wenigstens war Angela clever genug gewesen, Nora nicht zu sagen, daß Benedikt gar nicht auf einem Fortbildungsseminar der Firma war. Oder war sie noch blöder und hatte tatsächlich geglaubt, sie hätte es vergessen? Durchaus möglich bei Angelas Spatzenhirnchen!
»Ich mußte ihr sagen, daß deine Bekannten mit diesem Hotel Benedikt hinters Licht geführt haben und keinen Pfennig für die Neugestaltung ausgeben können. Die wollten nur gratis an Benedikts Ideen kommen. Ich hoffe nur, daß der Junge deswegen keinen Ärger bekommt mit seinem Chef, und deshalb kommt das Fräulein Faber heute nachmittag um fünfzehn Uhr vorbei.«
»Warum kommt sie hierher? Benedikt kommt erst morgen abend von seinem Vater...bildungsseminar.« Uff! Sie hatte nichts gemerkt.
»Sie will mit dir selbst reden, Benedikts Chef wünscht das.«
Sollte ich jetzt schuld sein, daß das Büro den Auftrag nicht bekam? Wenn jemand daran schuld war, dann Onkel Georg! Wenn ihm Projekte unter drei Millionen zu popelig waren, hätte er das vorher sagen müssen. Nicht erst Benedikt ins Messer laufen lassen. »Dann soll sie kommen!« sagte ich wach und wütend.
»Es ist so schade, daß auch Medi verreist ist. Medi würde gerne das Fräulein Faber kennenlernen.«
Macht nichts. Ganz im Gegenteil: Dafür würde Angela nun mich kennenlernen.

Ich stand sofort auf und begann, mein Zimmer aufzuräumen. Ausgerechnet Angela war mein erster Gast hier. Sollte sie nur kommen – hier konnte sie sehen, wie toll ich mit ganz wenig Geld ein Zimmer einrichten konnte. Jeder würde mein Zimmerchen schöner finden als die langweilige Möbelausstellung in ihren Räumen. Sie hatte keine Chance: Knapp und klar würde ich ihr sagen, daß von meiner Seite kein weiteres Interesse an einem Arbeitsverhältnis bei ihrem Daddy bestand, den Job konnte er sich sonstwohin stecken. Und wenn ihrem Daddy das Hotelprojekt zuwenig Profit brachte, dann sollte er gefälligst ohne zu klagen auf den Auftrag verzichten. Statt seine Pseudo-Sekretärin Angela zum Meckern herzuschicken!
Beim Aufräumen fiel mir ein, daß Angela das ganze häßliche Haus sehen würde, die ganze gammelige Einrichtung – was würde sie denken beim Anblick von Noras hochwertiger Wohnzimmervitrine? Diese Peinlichkeit mußte ich Benedikt ersparen. Angela durfte nur mein Zimmer und Benedikts Zimmer sehen. Ich mußte sie vor Nora abpassen, sie sofort nach oben bringen. Ich betete, daß Nora nichts vermasselte. Ich putzte die Flurtreppe und das Klo – falls Angela aufs Klo gehen wollte, konnte ich ihr das schlecht verweigern.
Außerdem kaufte ich Blumen. Blumen sind der beste Beweis für gepflegte Häuslichkeit. Edle Tulpen für mein Zimmer und einen elend teuren riesigen Frühlingsblumenstrauß, den ich unten im Flur auf einem Hocker arrangierte, um Angelas Blick von der Tapete und den Kunstdrucken abzulenken. Der Effekt war wirklich verblüffend, wenn man nun zur Haustür reinkam, um die Ecke bog, sah man nur noch den Blumenstrauß.
Als Nora den Strauß sah, sagte sie: »Im Garten sind auch bereits Tulpen, die könnte ich dann Montag Medi zur Begrüßung schenken.«
»Da freut sie sich bestimmt«, sagte ich nichtsahnend.
Eine Stunde später stand im Flur noch ein Strauß, vier mickrige Tulpen und dürre Ästchen in einer halbmeterhohen Bodenvase aus gelbgraubraun gestreifter Keramik. Aus der Vase ragte ein Plastikeinsatz, ohne den die mickrigen Blumen spurlos in der Vase versunken wären. Das Allerschlimmste: Nora hatte diese

Bodenvase direkt neben den Hocker mit meinem prächtigen Strauß gestellt. Ihr lächerlicher Strauß machte meinen lächerlich und mich dazu – Angela würde mit einem Blick merken, daß die Blumen extra für sie aufgestellt waren.
Ich war viel zu nervös, um mit Nora einen anderen Platz für ihre Vase zu diskutieren. Schließlich beschloß ich: Kurz ehe Angela kam, würde ich die Bodenvase schnell in die Ecke hinter der Treppe schieben. Das sind immer die besten Lösungen: still und heimlich Tatsachen schaffen!
Dann löste ich das Kleidungsproblem. Es wäre blöd gewesen, mich für Angela besonders schick zu machen, ich wollte völlig normal aussehen. Nach reiflicher Überlegung entschied ich mich für mein 185-Mark-T-Shirt und alte, aber saubere Jeans, dazu meine Veilchenohrringe. Gegen Angelas Schmuckhalden konnte ich sowieso nicht konkurrieren, aber mein Schmuck war von dem Mann, der mich liebte! Und passend zu den Ohrringen ein winziger Hauch lila Lidschatten im äußeren Augenwinkel, nur einen Tupfer. Ich prüfte mein Outfit im Spiegel – exakt richtig, um Angela mitzuteilen, was eigentlich Sache ist.
Und falls sie total meckern wollte, war ich durchaus bereit, die Bombe platzen zu lassen. Erst würde ich ihr mitteilen, daß ich auf den Job bei ihrem Daddy keinerlei Wert lege »... und davon abgesehen«, würde ich sagen, »Benedikt und ich heiraten in Kürze.« Soll sie nur kommen.
Eine Minute vor drei schlich ich die Treppe hinunter, schob leise die Bodenvase hinter die Treppe und schlich zurück. Jetzt konnte sie kommen.

68. Kapitel

Sie hatte den Nerv, anderthalb Stunden zu spät zu kommen! Entnervt starrte ich vom Badezimmerfenster auf die Straße, als endlich ihr Wagen vorfuhr, hörte ich im gleichen Moment Nora zur Tür rennen. Natürlich hatte sie die Straße vom Küchenfenster aus überwacht.

Ich hörte Nora vor der Haustür: »Wie schön, Fräulein Faber, Sie bei uns begrüßen zu dürfen, mein Sohn hat mir schon soviel von Ihnen erzählt, und nur Gutes!«

»Mein Daddy hat mich aufgehalten«, hörte ich Angela, »wir hatten eine Besprechung, ganz dringend...«

Gemessenen Schritts ging ich hinunter – neben der Wohnzimmertür, neben dem Hocker mit meinem Blumenstrauß, stand wieder Noras Bodenvase. Mich packte die Empörung: Das war zuviel für Angela!

Sie standen noch an der Tür.

»Ich kenne das Problem von Benedikt! Sie wissen ja selbst, wie oft der Junge Überstunden macht!«

Ein Strauß war mehr als genug für Angela. Sie würde hier nicht blumengesäumt Einzug halten. Dann würde eben mein Strauß verschwinden, ich riß ihn aus der Vase... und da sahen sie mich... »Hallo, Angela, auch schon da?« sagte ich so lässig wie möglich.

»Ooooh, Hallöchen«, machte Angela neckisch, »Blumen zur Begrüßung, das wäre aber nicht nötig gewesen.«

Ich kam mir unendlich blöde vor, wie ein kleines Kind, das der großen Respektsperson einen Blumenstrauß überreichen muß. Fast hätte ich einen Knicks gemacht. Aber als ich sah, wie Angela angezogen war, kam ich wieder zur Besinnung. Sie trug einen Stretch-Overall in Schimmelgrün, seitlich am Busen hatte er beige Streifen, die schlanker machen sollten, es aber nicht taten. Der Overall hatte überall wulstige Nähte, die dekorativ sein sollten, aber nur wulstig waren. Das schlimmste war der dicke weiße Reißverschluß, der sich über dem Bauch wölbte und bis zwischen die Beine reichte. Und dazu diese rotblonde Zöpfchen-Frisur. Sie sah aus wie eine Käthe-Kruse-Puppe, die

ein grausames Kind in einen Barbie-Puppen-Dreß gezwängt hat.
Und sie war mit Barbie-Puppen-Schmuck behängt: drei Halsketten übereinander, pro Finger mindestens einen Ring. Angelas Anblick war eine optische Vergewaltigung. Glaubte sie im Ernst, ich hätte es nötig, für sie einen so teuren Blumenstrauß zu kaufen?!
»Die Blumen sind nicht für dich«, sagte ich, »ich wollte sie gerade in die Vase stellen«, ich stopfte sie vor Angelas Augen in die Vase, »Benedikt hat sie mir geschickt.« – Welch geniale Ausrede!
»Benedikt hat dir Blumen geschickt?« rief Nora. »Aber warum sollte der Junge dir Blumen schicken?«
»Es gibt die merkwürdigsten Anlässe, um Blumen zu schicken«, sagte Angela affig.
Nora sagte nichts mehr.
Das war meine Chance, zu verhindern, daß Nora Angela ins Wohnzimmer abschleppte. »Wir gehen hinauf in mein Zimmer«, befahl ich und ging hoch.
Angela folgte mir ohne Widerspruch, sie sagte zu Nora: »Ich hab leider keine Zeit.«
Großartig, wie das geklappt hatte. Ich schloß laut die Tür meines Zimmers hinter uns, Nora sollte nicht auf die Idee kommen, uns zu stören.

Angela ließ sich aufs Bett plumpsen, so als gehöre das Zimmer ihr und ich sei der Besucher. Sie sah sich einmal um: »Ist ja ein winziges Zimmer.«
Wollte sie etwa auch noch mein Zimmer kritisieren? Ich blieb ganz cool: »Der Kaffee ist jetzt kalt, weil du so spät gekommen bist.«
»Ich will sowieso keinen Kaffee«, sagte Angela, »ich bekomme nämlich ein Babylein.«
»Du?!« Ich war total verblüfft. »Du? Schwanger?« Ich konnte nicht anders, ich mußte auf ihren Bauch starren, ihr Stretch-Overall saß wie angepappt, schwanger sah ihr Bauch nicht aus, und nirgendwo zeichnete sich ein Slip unter dem engen Ding ab –

mich überkam die Erwartung, gleich zwischen den Zähnen des Reißverschlusses ein Schamhaar von Angela zu entdecken. Ich riß mich zusammen, auch zu geschmacklosen Töpfen gehört schließlich ein Deckel. »Oh, das freut mich echt«, sagte ich betont erfreut.

»Ich glaub nicht, daß du dich echt freust, daß ich ein Babylein bekomme«, sagte Angela und machte einen Barbie-Puppen-Schmollmund.

»Echt, du!« sagte ich noch betonter erfreut. Und eigentlich war das wirklich erfreulich für mich – wenn sie ein Kind bekam, würde sie demnächst aus der Firma ihres Daddys verschwinden, und dann...

»Benedikt ist der Vater.«

»Benedikt? Welcher Benedikt?« sage ich, und in meinem Mund ist plötzlich ein Geschmack, als hätte ich Aluminium gegessen. »Ich kenne deinen Benedikt nicht.«

»Es gibt nur einen Benedikt«, sagt sie.

»Das ist nicht wahr, ich kenne mehrere, die Benedikt heißen, zum Beispiel...«, und plötzlich ist auch in meinem Bauch ein Geschmack, als hätte ich Aluminium gegessen.

»Es gibt nur einen Benedikt«, sagt sie, »für dich oder für mich.«

»Kannst du mal aufhören, solchen Schwachsinn zu quatschen!« brülle ich sie an. »Das hast du wohl geträumt, daß Benedikt mit dir...«, mir fehlt das Wort. »Wann soll denn das gewesen sein?«

Sie lächelt sonnig. »Zum Beispiel am 24. Dezember.«

»Du bist verückt. Du lügst. Am 24. Dezember war nämlich zufällig Weihnachten.«

»Da hat Benedikt mich besucht. Da hat er den Wagen geholt. Und zur Feier haben wir ein Sektilein getrunken, und Benni meinte, Sekt und Sex...«

»Und deine Eltern!« schrei ich, »wo waren die?«

»Liebe Viola«, sagt Angela affig-eisig, »ich bin dreißig Jahre alt, – besser gesagt jung, da dürfen mich meine Eltern schon mal allein zu Hause lassen. Aber wenn du es ganz genau wissen willst...«

»Ich will es ganz genau wissen!«

»Meine Eltern waren zur Weihnachtsbescherung mit ihrem Rotary-Club in einem Waisenheim und haben den Waisenkindern echte Steiff-Teddybären geschenkt.«

»Es ist unglaublich«, ich kann nur noch flüstern.

»Ich hab's auch kaum geglaubt«, sagt Angela, »so ein Steiff-Teddy kostet ein kleines Vermögen, aber der Rotary-Club läßt sich nie lumpen. Und Daddy hat mit der Zeitung abgesprochen, daß ausdrücklich erwähnt wird, daß echte Steiff-Teddys gespendet wurden, also hat es sich vom Renommee her doch gelohnt.«

»Deine Scheiß-Steiff-Teddys interessieren mich nicht!«

»Du hast doch gesagt, du willst es ganz genau wissen.«

»Und sogar wenn Benedikt irgendwann mal, aus Versehen, dich im Suff...«

»Werd bitte nicht ausfallend«, sagt sie, als hätte ich eine Majestät beleidigt. »Ich bin keineswegs gleich beim ersten Mal schwanger geworden. Erst beim dritten Mal.«

»Und wann soll das gewesen sein?«

»Wenn du es so genau wissen willst: am 23. März.«

»Was war das für ein Tag?«

»Freitag vor drei Wochen.«

Da war ich im Kochkurs.

»Weißt du, was das bedeutet?« fragt sie mit sonnigem Lächeln.

»Was soll das bedeuten?«

»Es wird ein Weihnachtsbaby. Mutti ist außer sich vor Glück – Weihnachten ist sie Oma!«

Vor drei Wochen: An diesem Abend hatte ich mit Rufus Rindsrouladen gemacht – und Benedikt mit Angela ein Weihnachtsbaby. »Es ist nicht wahr!« schrei ich leise.

»Doch. Diesmal hat sich das Ei eingenistet. Mein Frauenarzt sagt zwar, ich müßte notfalls mit einem Kaiserschnitt rechnen, ich mit meinen schmalen Becken, aber Mutti meint, das hätte ihr damals der Arzt auch gesagt, als sie mit mir schwanger war, aber dann...«

»Glaubst du etwa, Benedikt heiratet dich jetzt? Nur weil du schwanger bist?«

Sie macht ein Schmollmaul: »Daddy erlaubt es nicht.«

»Wieso erlaubt er es nicht?«
Mit Schmollmaul sagt sie: »Darüber möchte ich nicht sprechen.«
Ich bin sprachlos. Dann brüll ich sie an: »Du willst nicht drüber sprechen, weil du lügst. Es ist alles Lüge!«
»Daddy hat Angst, Benedikt hätte es auf mein Geld abgesehen und daß er nur in die Firma einheiraten will.«
»Das ist nicht wahr!«
»Das sag ich Daddy auch. Aber Daddy sagt, ich kann auch ein Baby haben, ohne zu heiraten. Das hätte ich gar nicht nötig.«
Plötzlich schnieft sie: »Daddy ist sogar so gemein, daß er Benedikt rausschmeißen will, wenn wir heiraten.« Sie schnieft wieder. »Aber ich kriege ihn noch rum.«
»Aber Benedikt kriegst du nicht rum!«
»Bei uns war es Liebe auf den ersten Blick. Schon als er kam und sich bei uns beworben hat, hat er mir gleich so verschmitzt in die Augen gesehen.« Sie zieht neckisch an einem Zöpfchen.
Und da entdecke ich an ihrer rechten Hand, als einen von acht Ringen, diesen Rubinreif. Ein Rubin am andern. Der Ring, der eigentlich mein Ring werden sollte.
»Verschwinde, verschwinde sofort aus meinem Zimmer! Aus meinem Leben. Hau ab.«
»Ich muß sowieso gehen.« Sie stemmt sich von unserm Bett hoch. »Kannst du mich rausschleusen, ohne daß ich noch mal mit seiner Mutti reden muß?«
Ich lache höhnisch: »Niemand kann dieses Haus verlassen, ohne daß es seine Mutter merkt. Erzähl ihr doch dein Märchen!«
»Wir haben ausgemacht, daß es Benni seiner Mutti selbst sagt. Sein Vater weiß es jetzt schon.«
»Du lügst.«
»Benni hat mich angerufen. Und Benni meint, wenn sein Vater mit seinem Porsche bei meinem Daddy aufkreuzt, wird mein Daddy bestimmt weich.«
»Habt ihr auch ausgemacht, daß du es mir sagst?«
»Benni meinte, ich als Frau könnte dir besser verständlich machen, was es bedeutet, ein Kind zu bekommen. Und daß es für ihn unendlich viel bedeutet, Vater zu werden. Also, jetzt weißt du es. Tschüsilein.« Sie geht.

Ich bleibe, ohne mich zu rühren, an der Tür meines Zimmers stehen. Sie knarrt die Treppe hinunter.
Sofort kommt Nora aus dem Wohnzimmer: »Liebes Fräulein Faber, möchten Sie einen Kaffee mit mir trinken, oder bevorzugen Sie Tee wie meine Tochter Mercedes? Ich blättere gerade in meinen Fotoalben...«
»Ich hab keine Zeit, ich hab jetzt wieder einen Termin mit meinen Daddy. Aber wir sehen uns bestimmt bald wieder.«
Und an der Tür sagt Angela noch: »Ist es nicht wunderbar, daß wieder Frühling ist? Wie sich überall neues Leben regt...«
Es ist eine Lüge.
Alles ist tot.
Ich bin auch tot.
Wäre ich nicht tot, würde ich ja heulen.
Aber ich heule überhaupt nicht.

69. Kapitel

Ich saß erstarrt auf dem Stuhl, auf dem ich gesessen hatte, als Angela ihre Geschichte erzählte.
Ich saß erstarrt in Benedikts Zimmer. Nichts, nichts bewies, daß Angelas Geschichte wahr war.
Ich wollte zu einer Telefonzelle, Benedikt anrufen, aber ich war nicht fähig, diese Treppen runterzugehen, diese Türen zu öffnen, ich war erstarrt.
Aber schließlich, es war längst dunkel, siegte mein gesunder Menschenverstand, der mir bewies, daß das alles nicht wahr sein konnte, und ich ging zur Telefonzelle. Und Benedikt war sofort am Autotelefon.
Er kam gerade von seinem Vater, fuhr gerade ins Hotel zurück.
Und Benedikt sagte: »Viola, ich kann es verstehen, wenn du die Konsequenzen aus dieser Geschichte ziehst.«
»Was meinst du? Was soll ich tun?«
»Ich meine, das bringt dir nichts, wenn du bei meiner Mutter zu Hause sitzt und dich quälst. Es ist bestimmt nicht deine Schuld.«

»Hast du Angela den Ring geschenkt, den Rubinring?«
»Den hat sie sich heimlich gekauft. So ist sie eben. Ich konnte nichts machen.«
»Es ist nicht wahr! Es ist alles nicht wahr, auch nicht, daß du jetzt deinen Vater besuchst und daß du mit Mercedes unterwegs bist«, schrie ich heulend.
Benedikt schwieg.
Dann hörte ich Mercedes sagen: »Ich sitze hier im Auto neben ihm. Also dann, alles Gute.«
Dann war wieder Benedikt am Telefon.
Ich heulte nur.
»Viola, ich glaub, daß es dir hilft, wenn du weißt, daß dein Onkel Georg heute abend mit deinem Vater telefoniert hat. Du mußt es deinem Vater nicht mehr selbst sagen.«
»Und was soll ich tun?«
Nein, es war nicht der schlimmste Augenblick meines Lebens, als Angela sagte, daß sie von Benedikt schwanger sei. Der schlimmste Augenblick meines Lebens war der Moment, nachdem Benedikt gesagt hatte: »Viola, du kannst jederzeit zu deinem Vater zurück.«
Und da war wieder mein Geld zu Ende.

Das waren niemals Benedikts letzte Worte gewesen. Ich rannte durch die Straßen, um jemand zu finden, der einen Zehnmarkschein wechseln konnte oder mir eine Telefonkarte verkaufen würde. Ich fand niemand. Ich rannte nach Hause, um Benedikt von dort anzurufen. Nora sah fern, bewachte das Telefon. In einer Hosentasche fand ich etwas Kleingeld, rannte zur Telefonzelle zurück, schaffte es tatsächlich, mit meinen Zehnpfennigstücken Benedikt anzuwählen, aber er war schon in seinem Hotel. Und ich wußte nicht, in welchem. In meiner Verzweiflung kam ich auf die geniale Idee: Ich rief Rufus an, er hatte sicher, ganz bestimmt, ein Verzeichnis sämtlicher Hotels. Rufus würde mir sagen können, wo Benedikt war, was ich machen sollte, um ihn zu finden. Und Rufus war am Apparat der Rezeption.
»Hallo, was ist los?« rief er, »wo bist du?«
Ich weiß nicht mehr, was ich Rufus erzählte. Ich hörte im Hinter-

grund Tanja lachen, sie sei ganz zufällig im Hotel vorbeigekommen, und dann hörte Tanja auf zu lachen. Und Rufus sagte: »Viola, bitte geh jetzt nach Hause. Wir kommen so schnell wie möglich.«

Ich ging zurück, blieb vor dem Haus stehen, was sollte ich dort, durfte ich das Haus überhaupt noch betreten? Ich setzte mich an den Straßenrand, starrte in die schwarze Ferne, auf die schwarze Straße vor mir, dachte an nichts als an Rufus' klapprigen VW-Kombi, der kommen würde, sofort oder demnächst oder irgendwann.

Irgendwann bremste ein Taxi vor mir. Heraus stieg Tanja. »Wie kannst du dich in deinen dunklen Klamotten nachts auf die Straße setzen! Das Taxi hätte dich beinah überfahren!«

»Mir egal.«

»Also komm«, sagte Tanja energisch und ging zum Haus, »wir holen jetzt das Überlebensnotwendige.«

Wozu brauchte ich das Überlebensnotwendige? Aber ich schloß ihr willenlos die Tür auf.

Nora öffnete ihre Schlafzimmertür. Ich sah sie nicht an, ging in mein Zimmer.

»Guten Abend«, sagte Tanja, »entschuldigen Sie bitte, ich wollte nur kurz was abholen. Ich hoffe, ich habe Sie nicht geweckt. Gute Nacht.«

»Ich dachte, es ist mein Sohn«, sagte Nora erstaunt. »Sind Sie eine Bekannte von Herrn Windrich?«

»Ich kenne ihn.«

»Mein Sohn ist zur Zeit auf Fortbildungsseminar ...«

»Ich will nichts von Ihrem Sohn. Mein Taxi wartet unten. Gute Nacht.«

Nora verschwand.

Unter Tanjas Anleitung packte ich aus meinem Regal irgendwelche Unterwäsche, Pullis und Schuhe und Kosmetikbeutel in einen Koffer. »Nimm deinen Mantel mit«, sagte Tanja, »es kann wieder kalt werden.«

Es war bereits eiskalt.

»Wo fahren wir hin?«

»Ins Hotel natürlich. Rufus konnte nicht mit, er muß aufs Hotel

aufpassen, außerdem hat ihn dein Anruf nervlich völlig fertiggemacht.« Sie lachte, als sei das lustig.
Rufus wartete am Hoteleingang, benahm sich, als sei ich das fieberhaft erwartete Spenderherz für einen operationsbereiten Milliardär oder sonstwas Lebensrettendes, in letzter Sekunde Angeliefertes. Und dabei war ich das Gegenteil von alledem. Er hätte gedacht, daß ich in Zimmer 11 wohnen könnte, ob mir das Zimmer recht sei? Ich hätte doch mal gesagt, daß mir die 11 am besten gefällt. Ob er meinen Vater anrufen solle? Mein Vater würde sich sicher Sorgen machen. Tanja sagte, nachts um eins meinen Vater anzurufen, sei übertrieben. Und ich solle ein Glas Rotwein trinken mit einer Schlaftablette. Rufus sagte, das könnte mir schaden. Tanja sagte, das könnte nur nützen. Mir war alles egal.
Sie brachten mich in Zimmer 11, das Zimmer mit der Margeritentapete und einem französischen Bett. Tanja brachte ein Glas Rotwein, in dem Krümel sprudelten. Plötzlich ging es mir besser – neben dem Bett stand ein Telefon. Endlich ein Telefon griffbereit.
Das waren nicht Benedikts letzte Worte gewesen.

70. Kapitel

Als ich am Sonntag morgen aufwachte, läutete eine Hochzeitskirchenglocke. Ich verstand nicht mehr, warum ich im Hotel Harmonie war, alles war zu überstürzt. Aber Benedikts Autotelefon war besetzt, und immer, wenn es nicht besetzt war, war er nicht da, zum Verzweifeln.
Es klopfte an meine Tür. Es war nur Rufus. Mein Vater hätte angerufen, er war selbst auf die Idee gekommen, daß ich im Hotel sein könnte. Mein Vater sei sehr nett und erleichtert gewesen, und ich solle meinen Vater anrufen, sobald es mir besser geht. Und Rufus meinte, ich müsse etwas essen, er hätte einen sehr lekkeren Sauerbraten mikrowellenbereit.
Mich interessierte nur eines: »Triffst du heute Tanja?«

»Nein.«
»Aber du kannst sie anrufen.« Ich hatte nämlich die Idee: Tanja sollte ihren Ex-Freund Detlef anrufen, er als Benedikts Kollege würde wissen, ob alles nur Lüge war, was Angela von sich gab.
»Aber Benedikt hat es dir selbst bestätigt«, sagte Rufus. Außerdem sei Tanja wahrscheinlich nicht zu Hause, sie wollte heute spazierengehen mit ihrem Juwelier.
Tanja war aber zu Hause, hatte allerdings keine Lust, jetzt Detlef anzurufen, sie wollte spazierengehen mit ihrem Juwelier. Aber sie erklärte sich bereit, Detlef anzurufen, ja, heute, aber später.
Ich wartete in der Hotelhalle, in Herrn Hedderichs Verschlag, starrte auf den Fernseher, das war besser, als in Zimmer 11 aufs Telefon zu starren.
Endlich, erst nach der Tagesschau, rief Tanja an: »Detlef hat gesagt, ihn würde es nicht wundern, wenn Benedikt Angela geschwängert hätte.«
»Hat er das wirklich so gesagt? Das glaube ich nicht.«
»Sinngemäß hat er das gesagt.«
»Aber er muß doch eine Erklärung dafür haben, das kann er nicht einfach so behaupten.«
»Eine Erklärung«, Tanja zögerte, »Detlef meint, es sei denkbar, daß Benedikt, gewissen Zwängen unterliegend, der Tochter des Chefs zu Willen sein mußte.«
Eindeutig, daß sich Tanja das zurechtgedacht hatte. »Sag mir bitte, was er wirklich gesagt hat!«
»Ich hab's vergessen!« schrie Tanja. »Benedikt hat dich verlassen, weil er jetzt die Tochter vom Chef am Wickel hat. Egal warum! Es genügt, daß es wahr ist!«
»Wenn du vergessen hast, was Detlef wirklich gesagt hat, dann gib mir bitte seine Telefonnummer.«
Tanja knallte den Hörer auf.
Und Rufus sagte wieder, Benedikt hätte es doch selbst gesagt. Und ich solle meinen Vater anrufen. Nein, Rufus hatte selbst gesagt, ich soll meinen Vater erst anrufen, wenn es mir besser geht, jetzt ging es mir schlechter. Ich rannte in mein Zimmer 11.
Nachts um halb eins hielt ich es nicht mehr aus, Tanja mußte sich daran erinnern, was Detlef wirklich gesagt hatte. Ich mußte es ewig klingeln lassen, bis sie ans Telefon ging.

»Okay«, sagte sie verschlafen, »jetzt fällt mir wieder wortwörtlich ein, was Detlef gesagt hat«, und irgendwie drohend fragte sie, »möchtest du es mitschreiben?«
»Mitschreiben? Nein, ich wollte es nur genau wissen, möglicherweise...«
»Er hat gesagt: Natürlich hat der Windrich die Tochter vom Chef gehobelt, das ist das einzige, was dieses Windei kann. Der muß Karriere übers Bett machen. Und wer einmal die Tochter vom Chef gehobelt hat, muß immer wieder drüber!« Tanja knallte den Hörer auf.

71. Kapitel

Es gibt keinen idealeren Ort als ein Hotel, um Selbstmord zu begehen. Wenn nichts mehr zu ändern ist, gibt es nichts Idealeres, als Selbstmord zu begehen.
Oder Angela müßte sterben. Letzte Woche hatte ich in einer Illustrierten diese merkwürdige Frage gelesen: »Wenn Sie die Möglichkeit hätten, einen Menschen umzubringen, ohne daß Sie jemals als Täter entdeckt würden, würden Sie es dann tun?«
Letzte Woche hatte ich spontan gedacht: Nein. Jetzt war ich klüger: JA. JA. JA. ANGELA.
Würde ich jemals vergessen können, daß Benedikt einst bereit gewesen war, mich wegen Angela zu verlassen? Er kann doch nichts dafür. Er hat mich nicht wegen Angela verlassen wollen, nur wegen des Kindes. Das ist Höhere Gewalt.
Angela hatte Schwangerschaftslotto gespielt. Und gewonnen. Benedikt hatte verloren. Oder? Nora würde behaupten, Angela sei die bessere Partie. Was wäre denn gewesen, wenn ich auch von Benedikt schwanger wäre? In diesem Moment fiel mir ein: Ich hatte einen Lottoschein gehabt mit sechs Richtigen und hatte vergessen, ihn abzugeben...

Wer nicht geliebt wird, ist bedeutungslos. Ich war bedeutungslos geworden. Wenn man bedeutungslos geworden ist, gibt es kei-

nen idealeren Weg, ein bedeutungsvoller Mensch zu werden, als Selbstmord zu begehen. Nach deinem Selbstmord sagen plötzlich alle, du wärst eine interessante Persönlichkeit gewesen, verkannt von der Gesellschaft. Nach deinem Selbstmord bist du plötzlich die liebste Freundin von all denen, die vorher nichts mit dir zu tun haben wollten.
Das Leben ist wie ein guter Roman: Happy-Ends gibt es nur in schlechten Romanen. Aber wenn am Ende alle unglücklich sind, hoffnungslos für alle Zeit, dann ist es ein bedeutendes Werk. Warum ist es so spießig, ein bißchen glücklich sein zu wollen?

Wenn nichts mehr zu ändern ist, sollte man einfach aus dem Fenster springen, sich einfach die Pulsadern aufschneiden. Alles sprach dafür, Selbstmord zu begehen. Die Margeriten auf der Tapete waren wie Grabschmuck.
Nur ein Schritt. Nur ein Schnitt. Oder eine Handvoll Schlaftabletten.
O Scheiße, Scheiße, Scheiße.

72. Kapitel

Vielleicht tat ich es nicht wegen Rufus: Spring ich aus dem Fenster, hat er den Ärger mit meiner zerschmetterten Leiche. Schneid ich mir die Pulsadern auf, muß er das Blut wegputzen – Frau Hedderich würde nur danebenstehen und erzählen, wieviel Blut sie bei ihren Krankheiten jeweils verloren hatte. Und Schlaftabletten hatte ich keine einzige.
Montagmorgen rief meine Mutter an, sie könne es nicht glauben, wie vor den Kopf gestoßen sei sie. Im Hintergrund rief Annabell, wenn ich zurückkäme, dürfte ich mit Solveig spielen. Solveig schrie: »Ich will telefonieren!« Mein Vater ließ ausrichten, er würde später anrufen.
Als er dann vom Büro anrief, erzählte er, sein Bruder Georg sei stinkwütend auf Benedikt, der seine behütete Tochter verführt hätte, und wolle von einer Hochzeit der beiden absolut nichts

wissen. »Aber das ist deren Sache«, sagte mein Vater, als ginge mich das alles nichts mehr an. Und er meine, eigentlich sei es besser, wenn ich vorläufig im Hotel weiterarbeite, bei dem freundlichen Herrn Berger, Arbeit sei die beste Therapie gegen allen Kummer. »Man muß nur irgendwas tun, dann geht das Leben weiter.«
Mein Vater verstand nicht, daß es entsetzlich ist, wenn das Leben weitergeht, obwohl die Welt stillstehen müßte.

Benedikts Autotelefon war gestört, ohne Pause kam das Besetztzeichen. Wenn ich zu Hause anrief, ging nur Nora ans Telefon. Ich legte auf. Wenn ich bei Benedikt im Büro anrief, war Angela dran. Ich legte auf. Einmal nahm Herr Wöltje ab: »Herr Windrich ist nicht da«, sagte er, »kann ich ihm was ausrichten?« Ich ließ ihm meine Telefonnummer und meine Zimmernummer ausrichten. Herr Wöltje notierte es, als hätte er keine Ahnung, wer ich bin. Benedikt rief nicht an.
Drei endlose Tage und endlosere Nächte lag ich neben dem Telefon. Ich küßte mein Kopfkissen und fragte mich, ob Benedikt allein in unserem Bett ist.
Rufus versorgte mich mit Essen. Ich wollte nichts essen. Ob Walkwoman in meinem Zimmer staubsaugen solle? Nein.
Schon in der zweiten Nacht lief bei Angela zu Hause ein Anrufbeantworter. »Hällouh«, sagte Angela mit ihrer verlogenen Nuttenstimme auf dem Anrufbeantworter, »wir sind derzeit nicht erreichbar. Sie erreichen uns zu den üblichen Geschäftszeiten« – klick. Aus.
Ich küßte mein Kopfkissen und fragte mich, wie lange Benedikt das aushält.

73. Kapitel

Nach drei Tagen hielt ich es nicht mehr aus neben dem Telefon, ich wollte lieber putzen. Rufus behandelte mich wie eine Schwerkranke. Ob ich tatsächlich in der Lage sei, zu putzen?
»Warum nicht? Ich hab mir nicht das Bein gebrochen.«
Und Rufus fragte: »Kann man putzen mit einem gebrochenen Herzen?«
Warum nicht. Alles, was ich tat, war nur ein anderes Wort für warten.
Am Freitag kam Walkwoman zu mir. Mit feuchten Augen sagte sie: »Ich hab dir meinen Ersatzwalkman mitgebracht. Du brauchst die Musik. Du weißt, wo meine Kassetten in den Regalen liegen. Nimm dir, was du brauchst.«
Walkwoman hatte recht: Mit einem Walkman ist es einfacher zu überleben, das Herz verkrampft sich nicht, wenn ein Telefon klingelt, weil man nicht hört, wenn ein Telefon klingelt. Und wenn man die Musik ganz laut stellt, betäubt sie jeden Gedanken.
Ich arbeitete wie in einem Nebel. Es gab genug zu tun. Zehn Frauen, die Strickmaschinen-Verkäuferinnen werden wollten, logierten für eine Woche bei uns. In der Nähe des Hotels fand ein Ausbildungsseminar für Wirkwaren-Heimgeräte-Propagandistinnen statt. Rufus sagte, die Frauen täten ihm leid, sie müßten für diese Ausbildung viel Geld bezahlen und eine Strickmaschine kaufen, nur um einen Job zu bekommen, der mehr als fragwürdig sei. Einmal sah ich morgens alle zusammen weggehen – keine trug einen strickmaschinengestrickten Pullover oder sonstwas Strickmaschinengestricktes, sie trugen alle Jeans, Blusen und Stoffjacken. Überall waren Menschen, denen man nicht ansah, was sie machten, was sie fühlten. Alle wirkten ganz normal. Aber überall in diesem Hotel waren verzweifelte Existenzen.

Rufus wollte von mir kein Geld für Zimmer 11 nehmen. Das Hotel sei sowieso nicht ausgebucht. Und er könne das Frau Schnappensiep gegenüber ohne weiteres vertreten. Aber ich wollte nichts geschenkt. Schließlich schlug Rufus vor, soviel zu

nehmen, wie ich für mein Zimmer an Mercedes bezahlt hatte. Ich war einverstanden. »Du rechnest dann die Monatsmiete auf Tage um«, sagte ich.
»Auf Tage umrechnen, warum denn das?«
»Es wird sich nur um Tage handeln, bis sich alles geklärt hat. Meinst du nicht?«
»Ja so, ja. Natürlich.« Er betrachtete seine Plastiksandalen, als er sagte: »Das Charakteristische an Wundern ist, daß sie ganz plötzlich auftreten.«

In der zweiten Woche nach Ausbruch der Katastrophe zerbrach mir beim Abspülen ein Zahnputzglas. Es zerbrach wie mein Leben, ein Sprung mittendurch. Was für ein Hohn, daß ich am gleichen Tag einen richtigen Marienkäfer fand mit nur zwei Punkten.
Alles war Angelas Schuld. Sie hatte die Katastrophe ins Rollen gebracht, wie Frauen wie sie seit Anbeginn der Geschichte Katastrophen ins Rollen bringen: Sie war mit dem Mann einer anderen ins Bett gestiegen.
Rufus erzählte mir eines Abends, daß Tanja bereits vor Wochen angedeutet hätte, daß es mit Benedikt so enden würde. Sie hätte es gewußt, von Detlef.
»Warum habt ihr es mir nicht gesagt?«
»Hättest du es geglaubt?«

74. Kapitel

Ich verließ das Hotel nicht, ich hatte Angst, den Anruf zu verpassen.
Und ich konnte das Hotel nicht verlassen, ich hatte Angst, draußen sofort von einem Auto überfahren zu werden. Ich hatte das Gefühl, zu einem Nichts geworden zu sein, kein Autofahrer würde mich sehen.
Aber einmal mußte ich hinaus, ich mußte dringend Tampax kaufen. Als ich die Drogerie betrat, unterhielten sich die Verkäu-

ferinnen weiter, als sei ich unsichtbar. Ich stand eine Weile rum, sagte »Guten Tag«, hustete, niemand reagierte. Ich ging so unbemerkt, wie ich gekommen war. Nun hatte ich die Gewißheit: Ich war zu einem Nichts geworden.
Zitternd kam ich ins Hotel zurück. Und dann ging Rufus und besorgte die Tampax. Er brachte eine Packung Normal und eine Packung Super. Nie zuvor hatte sich ein Mann für mich in eine so peinliche Situation begeben.

75. Kapitel

Wie die Tage zu Wochen wurden, weiß ich nicht. Rufus fragte jeden Abend, ob ich oben in seiner Wohnung mit ihm essen will, oder unten in der Küche, oder mit ihm weggehen will zum Essen. Nein, nein, nein. Rufus muß ohne mich weggehen, er trifft sich mit Tanja, mit Metropolen-Michael, und mal geht er abends zu Frau Schnappensiep. Beim letzten Kochkursabend machte er mit Tanja Erdbeertorte und brachte mir ein großes Stück mit. Und ein Stück Zwiebelkuchen mit herzlichen Grüßen von Wolfgang, Winfried und Wolfram.

Ich will in der Hotelhalle sitzen, es könnte ja sein, jeder Augenblick ist gleich wahrscheinlich, daß Benedikt kommt. Und außerdem: Wenn ich abends in der Hotelhalle sitze, habe ich das Gefühl, Gast zu sein, nur für kurze Zeit hier zu sein. Bis alles vorbei ist.
Herrn Hedderich ist es recht, wenn ich mit ihm vor dem Fernseher sitze, dann muß er sich von keinem Gast stören lassen. Ich gebe die Schlüssel raus, darf auch Anmeldungsformulare prüfen, er transportiert allenfalls mit dem Kofferkuli Gepäck vom Auto zum Aufzug. Dafür bekommt er meistens Trinkgeld. Vom Trinkgeld trinkt er ein zusätzliches Bier. Alles andere interessiert Herrn Hedderich nicht.
Einmal, in der zweiten Woche, kommt Frau Schnappensiep zu mir und sagt: »Liebe Frau Faber, Sie sind noch so jung, davon geht die Welt nicht unter.«

Alles ist relativ. Demnächst werde ich sechsundzwanzig, und mein Leben ist schon vorbei.

In der dritten Woche schickt das Architekturbüro Faber die Pläne vom Hotel zurück. Mein Onkel hat einen Brief dazu geschrieben: »Wir bedauern sehr, daß unser Büro in Ihrer Angelegenheit nicht für Sie tätig werden konnte. Für weitere Auskünfte stehen wir Ihnen jederzeit gerne zur Verfügung.
Anbei Ihre Unterlagen zu unserer Entlastung zurück.
Mit freundlichen Grüßen
Georg Faber.«
»Was heißt das«, frage ich Rufus, »zu unserer Entlastung?«
»So schreibt man das eben, es bedeutet nichts.«
Auch alle Fotos von den Zimmern und vom Haus, die ich Benedikt als Anschauungsmaterial gegeben habe, kommen zur Entlastung zurück. Sonst nichts. Kein Wort von Benedikt.

Ich fühle mich wie ein entkerntes Haus. Ja, Benedikt hat auch mich entkernt.

Vier Wochen nach Ausbruch der Katastrophe bekam ich auch Post, es war aber nur ein Bankauszug. Die alte Adresse war durchgestrichen, »jetzt Hotel Harmonie« drübergeschrieben. Warum »jetzt«? – warum nicht »zur Zeit«? Rufus meinte, es hätte nichts zu bedeuten, bestimmt hätte es der Postbote geschrieben.
Im Bankauszug sah ich, daß die nächste Miete an Mercedes ab 15. Mai abgebucht war.
»Warum zahlst du dort noch Miete?« fragte Rufus.
Was für eine Frage. Solange ich Miete bezahle, kann ich jederzeit zurückkommen.
An diesem Abend kam Tanja. Sie wollte etwas mit Rufus besprechen. Mit mir wollte sie nichts besprechen. Erst als ich sie direkt darauf ansprach, sagte sie, Detlef hätte sich zum Fall Benedikt nicht mehr geäußert. Und sie sagte: »Kümmere dich um das Geld, daß du vom Windrich noch bekommst.«
»Was für Geld? Wie kommst du auf die Idee?«

»Nach allem, was du erzählt hast! Wieviel schuldet er dir?«
Ich hatte keine Lust, darüber nachzudenken. »Vielleicht die Hälfte vom Verkauf unseres alten BMWs, aber dafür hat er mir das halbe Cabrio zu Weihnachten geschenkt. Und vielleicht bekomme ich noch Geld vom Umzug, weil Benedikt alles von meinem Onkel zurückbekommen hat, und von den Einkäufen schuldet er mir vielleicht auch was... andererseits hat Benedikt immer bezahlt, wenn wir mal weggegangen sind...«
»Warum sind Frauen nur so doof, wenn es um Geld geht«, rief Tanja, »ich werd in meinem Beruf zur Frauenhasserin! Gestern hat mir wieder eine Sekretärin, die einen Kredit wollte, um die Kaution für eine neue Wohnung bezahlen zu können, die Ohren vollgeheult. Jahrelang hat sie unverheiratet mit ihrem Typen zusammengelebt, und weil beide gleich viel verdienten, haben sie alle Ausgaben gleichmäßig verteilt. Von seinem Konto wurden die Kredite für die Eigentumswohnung abgebucht und fürs Auto, und sie bezahlte Strom, Telefon, Versicherungen und die Lebensmittel. Und alles genau aufgeschrieben und ausgeglichen. Und jetzt ist die Beziehung futsch, weil er meint, die Erotik sei futsch. Zum Trost bleiben ihm die Eigentumswohnung und das Auto. Und ihr bleiben die bezahlten Stromrechnungen und Telefonrechnungen und die Lebensmittel im Kühlschrank. Er hat sein Geld in männlicher Klugheit investiert, und sie steht da, als typische Frau, die ihr Geld für Nichtigkeiten verpulvert hat. – Es ist gar nicht so, daß Männer mehr Geld verdienen müssen als Frauen, um mehr Geld als Frauen zu haben, sie lassen sich nur nicht auf die sentimentale Tour ums Geld bringen.«
»Benedikt wird mir das Geld schon zurückgeben.«
»Je länger du wartest, desto weniger bekommst du zurück. Alte Gläubiger-Weisheit. Sag auch mal was, Rufus.«
»Ich halt mich da raus. Aber ich finde auch, Viola sollte keine Miete mehr an seine Schwester zahlen.«
»An die zahlst du noch Miete! Wenn du mir den Auftrag erteilst, kann ich den Dauerauftrag kündigen. Ich kann sogar die Miete für diesen Monat zurückbuchen lassen.«
»Ich möchte warten, bis Benedikt sich meldet.«
»Wenn du die Miete stornierst, gibst du ihm wenigstens einen

Anlaß, sich zu melden.« Mit einer Bestimmtheit, die keinen Zweifel ließ, sagte Tanja: »Jede Wette, dann meldet er sich.« Also erteilte ich Tanja den Auftrag, den Dauerauftrag und die letzte Überweisung zu stornieren.
»Und bitte, tu mir noch einen Gefallen«, sagte Tanja dann, »trenn dich endlich von diesen billigen Plastik-Ohrringen.«
»Die Ohrringe haben doch nichts zu bedeuten.«
»Natürlich haben sie was zu bedeuten. Du trägst sie noch, weil du nicht glauben willst, daß es aus ist.«
»Ich muß zuerst wissen, warum es aus ist.«
»Viola ist wie die naiven Dinosaurierforscher«, sagte Rufus, »die wollen auch immer nur wissen, warum die Dinosaurier ausgestorben sind.«
»Ja und?« fragte Tanja.
»Man muß fragen: Warum haben die Dinosaurier überhaupt so lange gelebt?«
»Also Rufus, warum haben sie überhaupt so lange gelebt?«
»Weil sie immens anpassungsfähig waren. Keine andere auf dem Land lebende Wirbeltierart gab es nur annähernd so lange. Aber alle hacken immer nur auf den Dinosauriern rum. Jeder sucht nach irgendeinem Defekt, den sie gehabt haben könnten. Statt mal zu fragen, was die andern Tierarten gemacht haben!«
»Was haben die andern Tierarten gemacht?« fragte Tanja.
»Die sind viel schneller ausgestorben. Und als es die Dinosaurier erwischt hat, sind massenhaft andere Tiere und Pflanzen ausgestorben, aber nach denen kräht kein Hahn. Wenn man bedenkt, daß es echte Menschen, Menschen, die intelligent genug sind, um Feuer anzumachen, nicht mal nullkommazwei Millionen Jahre gibt, dagegen hundertundvierzig Millionen Jahre lang Dinosaurier – da muß man sagen: So lange wie die Dinos halten wir nie durch. Und da sollte man doch auch mal fragen, wie haben die das überhaupt geschafft!«
»Wahrscheinlich ist alles, was ein sehr kleines Hirn hat, sehr anpassungsfähig«, sagte Tanja.
»Jedenfalls sind die Dinosaurier nicht daran schuld, daß sie ausgestorben sind.«
»Entschuldige bitte«, sagte Tanja, »es gibt immer einen Grund,

über sein Herzensthema zu reden, und ich finde Saurier auch wahnsinnig interessant, aber wie kamen wir noch mal von Ohrringen auf Saurier?«

»Ist doch klar, wie ich darauf kam. Ich meine, es ist sinnlos, wenn Viola ständig fragt, warum die Beziehung gestorben ist, statt mal zu fragen, warum sie überhaupt so lange überlebt hat.«

»Na, das ist klar!« rief Tanja. »Die Beziehung ging gut im studentischen Klima, solange es nur um Lust und Liebe ging. Dann änderte sich das Klima, es ging um Karriere und Geld, da wird die Anpassung schwieriger. Und wer sich nicht anpassen kann, muß untergehen.«

»Das unerbittliche Gesetz der Evolution«, sagte Rufus.

»Ich hab das im BWL-Studium als unerbittliches Gesetz der freien Marktwirtschaft gelernt.«

»Kannst du nicht mal von was anderem reden als immer nur von Geld?« sagte ich genervt zu Tanja. »Ich finde es richtig, was Rufus sagt, die Dinosaurier waren nicht daran schuld. Es kam plötzlich eine Katastrophe auf sie zu...«

»Kannst du nicht mal an was anderes denken als immer nur an Liebe?« unterbrach mich Tanja. »Um auf die Plastikohrringe zurückzukommen – gib sie ihm zurück, laß dir dafür das halbe Auto auszahlen.«

»Hör auf!«

»Komm jetzt«, sagte Rufus zu Tanja, »wir gehen jetzt. Und unterwegs erkläre ich dir, warum jeder Dinosaurier ein Saurier ist, aber nicht jeder Saurier ein Dinosaurier.«

»Warum?« fragte Tanja.

»Aus Dank dafür, daß du mir beigebracht hast, was der Unterschied ist zwischen einem Darlehen und einem Zwischenfinanzierungskredit.«

Tanja lachte.

Dann gingen sie, die beiden Kumpels, sie wollten in ein Bistro. Dort sollte Rufus Tanjas Juwelier kennenlernen. Werner hieß er. Tanja fragte nicht, ob ich mitwollte. Ich hätte sowieso nicht mitgewollt. Ich wollte allein sein mit meinen Gedanken.

76. Kapitel

Ich lag im Bett, im Walkman eine Elvis-Kassette. Sein Lied ›Heartbreak Hotel‹ war mein Lied geworden. Elvis sang:
»Since my baby left me
I've found a new place to dwell
down at the end of lonely street
at Heartbreak Hotel...
Oh, I'm so lonely, baby,
oh, I'm so lonely, baby
I could die...«
Und in der letzten Strophe sang er: »I pray to die« – darum beten, zu sterben... Es war so wahr, was Elvis sang.

Ich hörte dieses Lied meines Leids wieder und wieder. Ich versuchte es zu übersetzen, auf deutsch war es blöd, jedenfalls, wenn man es im richtigen Rhythmus übersetzte, aber es war, als hätte Elvis es für mich geschrieben:
Seit Benedikt mich verließ
hause ich in diesem Verlies
Am Ende der Straße der Einsamkeit
im Hotel Harmonie...
Ach, ich bin so einsam, Benedikt
ach, ich bin so einsam, Benedikt...
Es gelang mir nicht, »I pray to die« im Rhythmus zu übersetzen. Und ich dachte: Wenn der Schmerz echt ist, kann man ihn nicht beschreiben. Und dann spulte ich die Kassette zurück und hörte es wieder:
Since my baby left me...
Seit Benedikt mich verließ...

Irgendwie fiel mir die Bibel im Nachttisch ein. Irgendwie erinnerte ich mich, daß das Buch Hiob das traurigste Buch der Bibel ist – oder öffnen sich die Bibeln im Hotel Harmonie von allein beim Buch Hiob?
Hiobs Geschichte beginnt wie meine Geschichte – eine Geschichte des Glücks: »Es war ein Mann, im Lande Uz, der hieß Hiob. Der war fromm und rechtschaffen, gottesfürchtig und

mied das Böse.« Hiob war der glücklichste und reichste Mann seines Landes. Er besaß siebentausend Schafe, dreitausend Kamele, tausend Rinder, fünfhundert Eselinnen und sieben Söhne und drei Töchter.
Und sein Glück erzeugte das Unheil. Eines Tages trat der Satan vor Gott, und der Satan sprach: »Meinst du, daß Hiob Gott umsonst fürchtet? Wenn ich Hiob alles nehme, was er besitzt, was gilt's, er wird dir ins Angesicht absagen.«
Und Gott erlaubte dem Satan, Hiob alles zu nehmen, um Hiobs Treue zu prüfen.
Und der Satan ließ Hiobs Schafe vom Blitz erschlagen, Feinde raubten die Kamele, die Eselinnen, die Rinder. Und alle Kinder Hiobs wurden bei einem Festessen von den Mauern ihres einstürzenden Hauses erschlagen.
Aber Hiob sprach:
»Der HERR hat's gegeben, der HERR hat's genommen; der Name des HERRN sei gepriesen!«
Aber der Satan ließ nicht locker, er quälte Hiob weiter, Hiob bekam Aussatz. Und jetzt, als Hiob nichts mehr besaß, nur sein krankes Überleben, verzweifelte er. Und er klagte:
»Warum bin ich nicht gestorben bei meiner Geburt?
Warum bin ich nicht umgekommen, als ich aus dem Mutterleib kam? Dann läge ich da und wäre still, dann schliefe ich und hätte Ruhe wie eine Fehlgeburt, die man verscharrt hat, hätte ich nie gelebt...«
Und während ich das las, sang Elvis:
»I'm so lonesome, baby
I pray to die...«
Und ich las weiter und spulte die Kassette nicht zurück, und das nächste Lied auf der Kassette war wieder ein Lied über mein Leid, ganz langsam und traurig sang Elvis jetzt:
»Are you lonesome tonight?«
Ja, ich war so einsam. Ja, ich vermißte Benedikt. Ja, mein Herz war von Schmerzen erfüllt.

Und wieder war alles wahr, was Elvis sang.

Und Hiob klagte: »Wie ein Tagelöhner auf seinen Lohn wartet,

so habe ich wohl ganze Monate vergeblich gearbeitet, und viele elende Nächte sind mir geworden.«
Und wieder war alles wahr, was Hiob sprach. Ich las die Bibelabschnitte durcheinander: »Wenn ich dachte, mein Bett soll mich trösten, mein Lager soll meinen Jammer erleichtern, so erschreckst du mich mit Träumen und machtest mir Grauen, daß ich mir wünschte, erwürgt zu sein, und den Tod lieber hätte...«
Und dann las ich: »Mein Antlitz ist gerötet vom Weinen«, und dann: »Er kommt nicht zurück...«
Und in den gleichen Augenblicken sang Elvis mit seiner unheimlich verständnisvollen Stimme in mein Ohr:
»I will be home again«.
Und ich blätterte weiter und las von Hiobs drei Freunden Elifas, Bildad und Zofar, die versuchten, ihn zu trösten.
Und Zofar sprach: »Weißt du nicht, daß es allezeit so gegangen ist, seitdem Menschen auf der Erde gewesen sind, daß das Frohlocken der Gottlosen nicht lange währt und die Freude der Ruchlosen nur einen Augenblick?«
Und Elifas sprach: »Die Gottlosen gehen schwanger mit Mühsal und gebären Unglück, und ihr Schoß bringt Trug zur Welt.«
Und Zofar sprach: »Er wird erwerben und doch nichts davon genießen und über seine eingetauschten Güter nicht froh werden.«
Und Hiob sprach: »Ich wartete auf das Gute, und es kam das Böse; ich hoffte auf Licht, und es kam Finsternis.«
Und die Kassette lief weiter, und jetzt sang Elvis:
»One night with you
is what I'm now praying for...«
Und Elifas sprach: »Rufe doch, ob dir einer antwortet!«
Und Elvis sang: »Just call my name,
and I'll be right by your side...«
Trotz seines Unglücks verlor Hiob nie den Glauben an Gott. Und am Ende wurde er dafür reichlich belohnt. Gott gab ihm doppelt soviel, wie er verloren hatte: Vierzehntausend Schafe, sechstausend Kamele, zweitausend Rinder und tausend Eselinnen. Und Hiob zeugte nochmals sieben Söhne und drei Töchter. Und diese Töchter waren die Schönsten im ganzen Land.

Und am Ende blieb in meinem Kopf der wichtigste Satz aus dem Buch Hiob:
»Der HERR hat's gegeben,
der HERR hat's genommen;
Der Name des HERRN sei gepriesen.«

Und wie Hiob sprach ich:
Benedikt hat meinem Leben Sinn gegeben,
Benedikt hat meinem Leben den Sinn genommen;
Benedikts Name sei...
– ich weiß es nicht.

Aber am Ende sang Hiob: »Ich weiß, daß mein Erlöser lebt!«
Und Elvis sprach: »Just call my name, and I'll be right by your side.«
Benedikt! Benedikt! Benedikt!

Aber nach dem Ende kam wieder der Anfang:
»Since my baby left me...
I'm so lonesome...«

77. Kapitel

Dreiunddreißig Nächte war ich schon allein.

Und dann, mittags um eins, ruft mich Rufus ans Telefon: »Er ist es.«
Ich bin so sprachlos, daß ich Rufus nicht sagen kann, daß ich lieber von meinem Zimmer mit Benedikt telefonieren will, ich habe es mir schon so oft vorgestellt, wie es sein wird, wenn er mich anruft, und jetzt höre ich seine Stimme wieder: »Hallo, Viola, wie geht's denn so? Hörst du mich?«
»Ja.«
»Geht's dir gut? Hörst du mich?«
»Ja.«

»Du, ich muß dich stören, wegen einer etwas unangenehmen Sache. Nora macht sich Sorgen, weil du noch den Hausschlüssel hast. Bitte, versteh mich nicht falsch, das ist kein Mißtrauen gegen dich, sie hat nur Angst, du könntest den Schlüssel verlieren, und jemand Unbefugtes könnte ins Haus kommen, sie will schon das Türschloß auswechseln lassen, du weißt ja, wie sie ist.«
»Ja.«
»Und deine Sachen, ich denke, du willst deine Sachen wiederhaben. Und Medi sagte mir, du würdest keine Miete mehr zahlen. Finde ich auch völlig okay.«
»Ja.«
»Du, ich habe deine Sachen zusammengesucht, ich will nicht, daß dir irgendwas fehlt. Ich denk mir, du stellst deine Sachen besser im Hotel unter, da hast du alles griffbereit.«
»Ja.«
»Ich meine, es eilt nicht, aber wie wär's denn, wenn du deine Sachen dieses Wochenende abholst, sagen wir diesen Samstag nachmittag? Da hätte ich übers Büro jemand günstig an der Hand, der einen Kleintransporter hat und beim Einpacken hilft. Das wäre sehr günstig.«
»Ja.«
»Können wir also festmachen, diesen Samstag um drei?«
»Ja.«
»Schön, ich freu mich. Mach's gut«, sagt Benedikt und lacht dabei ein bißchen. Und ein bißchen ist's, als würde er mir ein Küßchen übers Telefon schicken.
»Ja. Ich freu mich auch.«

»Es bedeutet, daß du deine Sachen abholen sollst«, sagt Rufus.
Es bedeutet, daß ich Benedikt am Samstag wiedersehe.
Und am gleichen Nachmittag entdecke ich, in einem Papierkorb, eine echte Tiffany-Lackpapier-Tüte! Rufus sagt mir, daß ein Japaner in dem Zimmer übernachtet hat. Unglaublich, was manche Leute wegwerfen! Jetzt habe ich auch eine Tiffany-Tüte – wenn das kein gutes Zeichen ist! Ich werde sie Samstag tragen, wenn ich zu Benedikt fahre.
Plötzlich hat alles wieder einen Sinn.

78. Kapitel

Und wenn es wahr ist, daß ich Benedikt zum letztenmal sehen werde, dann muß er mir diese eine Nacht schenken, diese letzte Nacht. Und danach will ich nie wieder mit einem Mann schlafen... Aber tief in meinem Herzen weiß ich, daß es nicht das letztemal sein wird, daß diese Nacht alles ändern wird. Und ich denke nur noch:
»One night with you
is what I'm now praying for.«

Als ich zur Münzbergstraße fuhr, klopfte mein Herz so hysterisch, daß ich glaubte, jeder im Bus müßte es hören. Ich war viel zu früh dran, ich hatte mir viel zuviel Parfüm überallhin gesprüht. Aber egal, wenn Benedikt merkt, wie sehr ich mich für diesen Tag, diese Nacht vorbereitet habe, er weiß es sowieso.
Ich hatte mir schwarze Designerjeans gekauft, nicht bei C&A!, rosa Turnschuhe und einen rosa Pulli – empfindliches Rosa war sicher nicht das Ideale für einen Umzug, aber ich wollte fröhlich wirken.
Benedikts Auto war nicht zu sehen. Ich wartete vor dem Haus. Kurz nach drei kam ein Kleinlaster vorgefahren. Der Fahrer sah aus, wie man sich Möbelpacker vorstellt, und er zerquetschte mir fast die Hand, als er mich begrüßte und sagte: »Ich Italiener, ich sehr eilig.«
»Ich will auf meinen Freund warten, Herr Windrich kommt bestimmt sofort.«
»Ich anfangen. Ich sehr eilig.« Er klingelte.
Heraus kam Nora im neuen, dunkelblauen Jogginganzug, mit strahlendem Lächeln rief sie: »Wunderbar, daß ihr pünktlich seid, ich soll ein ganz, ganz herzliches Grüßchen von Benedikt ausrichten, es tut ihm schrecklich leid, er hat heute nachmittag einen ganz, ganz dringenden Termin. Aber er hat mir aufgetragen, ganz, ganz taktvoll zu sein, und deshalb werde ich so schnell wie möglich das Haus verlassen und Medi besuchen, damit ihr ganz ungestört seid.« Vertraulich wie nie zuvor sagte sie mir ins

Ohr: »Benedikt hat gesagt, ich darf nur so lange bleiben, bis du kontrolliert hast, daß all deine Sachen da sind.«

»Er ist also nicht da.« Alles andere interessierte mich nicht.

»Dafür habe ich mit seiner Hilfe schon vor Wochen alles eingepackt, was sich einpacken ließ.«

In meinem Zimmer, überall, auch auf dem Bett, standen die alten Umzugskartons mit den aufgeklebten Inhaltslisten, sie hatten in die Kartons wieder das gepackt, was auf den Listen stand. Die Sachen, die Benedikt gehörten, waren von den Listen gestrichen. Der Italiener begann sofort mit der Arbeit und trug meine Stühle hinunter ins Auto.

Mein Service war ordentlich verpackt, die Gläser, mein Besteck, meine Bücher, meine Malutensilien, meine Pullis, meine Schuhe, meine Handtücher, meine Bettwäsche, meine Unterwäsche. Beim Gedanken, daß Nora meine Unterwäsche eingepackt hatte, verkrampfte sich mein Unterleib.

»Benedikt wünscht, daß alles ganz korrekt ist.« Zum Beweis öffnete Nora den Karton, auf dem ›Küchenkram‹ stand: oben drauf lag der Geschirrtrockenständer, den ich gekauft hatte, um nicht mehr abtrocknen zu müssen, sogar den hatte sie eingepackt. Und daneben ein zerknittertes, halbleeres Paket Kaffee.

Meine Klamotten hingen noch an der Stange, diverse sperrige Dinge standen noch im Regal, meine Nähmaschine, der Wäschekorb, ein Koffer. Nett von Benedikt, daß er Nora nicht erlaubt hatte, meinen großen Strohhut einzupacken, sie hätte ihn garantiert zerdrückt.

Meine Kronleuchterkisten fehlten.

»Ihr habt meinen Kronleuchter vergessen, die Kisten stehen auf dem Speicher.«

»Ich dachte, den Kronleuchter haben du und Benedikt gemeinsam bekommen?«

»Mein Vater hat gesagt, wenn ich mal ein eigenes Büro habe, soll der Kronleuchter dort hängen«, sagte ich mechanisch und ging hinunter, um aus der Gerümpelkammer die Leiter zu holen.

Die Gerümpelkammer war abgeschlossen. Ich ging wieder hoch, sagte zu Nora, ohne sie anzusehen: »Ich brauch die Leiter, um den Kronleuchter im Zimmer abzumontieren.«

»Es soll keinesfalls der Eindruck entstehen, als ob Benedikt auf dem Kronleuchter beharrt. Aber Medi meint völlig zu Recht, wenn der Hauptteil des Kronleuchters, der bereits in ihrem Zimmer hängt, wieder abgemacht wird, wäre die gesamte Zimmerdecke ruiniert, durch deine Bohrlöcher.«
»Ich verlasse dieses Haus nicht ohne meinen Kronleuchter«, sagte ich so entschieden, daß ich mich selbst wunderte. Ich winkte dem Möbelpacker, zusammen holten wir die drei großen Kronleuchterkisten vom Speicher, stellten sie vor die Zimmertür.
Nora ging hinunter, stellte die Leiter vor die Küchentür.
Ich schleppte mit dem Möbelpacker das Bett hinaus auf den Flur. Er wollte es zerlegen und ins Auto packen, aber ich wollte dieses Bett nicht mehr, es grauste mir vor diesem Bett, es roch auch so komisch, es mußte nur aus dem Zimmer, damit wir die Leiter aufstellen konnten.
Der Möbelpacker schraubte sehr sorgfältig den Kronleuchter von der Decke, nachdem wir die Kristallblitze und Ketten abgehängt und extra verpackt hatten. »Ich sehr eilig, aber sehr vorsichtig«, sagte er.
Nora kam wieder rauf, sagte beleidigt: »Ich darf dann aber darum bitten, daß Medis Zimmer ohne Bohrlöcher in der Decke verlassen wird. Außerdem wäre es Benedikt sehr, sehr lieb, wenn das Zimmer völlig entrümpelt wird. In letzter Zeit konnte er nicht mehr hier schlafen, die Erinnerung ist zu belastend für ihn.«
»Er schläft doch jetzt bei Angela«, sagte ich, als ginge es mich nichts an.
»Nein, er schläft nebenan auf der kleinen Liege. Das kann kein Dauerzustand sein, ohnehin ist er nervlich immens angespannt.«
»Soll er doch bei Angela schlafen«, sagte ich, als ginge es mich überhaupt nichts an.
Plötzlich redete Nora mit weinerlicher Stimme:
»Angelas Vater sagt, solange Benedikts Verhältnisse nicht einwandfrei korrekt geklärt sind, darf Benedikt nicht in seinem Haus verkehren.«

»Dann muß er Angela eben hier bumsen. Ich laß ihm unser altes Bett hier.«
»Angelas Vater erlaubt das nicht! Er versucht, Benedikt zu schikanieren, für Benedikt ist diese Situation eine ungeheure Belastung, er wird schließlich Vater! Und ich werde Großmutter!« Dann ging sie in ihr Schlafzimmer.
Ich schraubte meinen türkisbewölkten Paravent von der Wand. Eigentlich hatte ich ihn hierlassen wollen, er war für dieses Zimmer gemacht, aber nun hatte ich es endgültig verstanden: Ich war hier nicht mehr erwünscht. Alles, was ich getan hatte, war nicht mehr erwünscht. Ohne Spuren zu hinterlassen, sollte ich aus Benedikts Leben verschwinden. Alles sollte sein, als hätte es mich nie gegeben.
Ich wollte so viel denken, aber mein Gehirn war aus Kaugummi. Nur ein einziger, endloser Gedanke: Es ist aus. Er will mich nicht mehr. Ich fühlte mich ausgelöscht. Der freundliche Möbelpakker merkte es irgendwie, er riß mir den Paravent aus den Händen: »Zu schwer für junge Frau.«
Nora tauchte wieder auf: »Ringsum Bohrlöcher, Medis Zimmer ist zerstört!«
»Ich werde die Löcher zuspachteln«, sagte ich ganz ruhig, »oben auf dem Speicher ist mein Renovierungskram.«
»Also gut«, nun jammerte Nora nicht mehr, »Benedikt meint ohnehin, demnächst würde das ganze Haus renoviert. Aber als Medis Interessenvertreterin möchte ich darum bitten, daß ihr Zimmer so ordentlich zurückgegeben wird, wie es vorgefunden wurde, und bitte auch so sauber.« Sie deutete sehr kurz hinaus in den Flur, sie hatte den Staubsauger bereitgestellt.
Der Packer kam und sah demonstrativ auf seine Uhr, es war kurz vor vier. Nora sah ebenfalls auf die Uhr, lächelte plötzlich wie eine Heilige, schüttelte meine Hand: »So, ehe wir noch in Unfrieden scheiden, will ich mich ganz, ganz schnell zu Medi zurückziehen. Und den Hausschlüssel bitte unter Benedikts Pudelmütze unten in der Flurgarderobe verstecken und dann einfach die Haustür kräftig zuziehen. Bis ich von Medi zurückkomme, wird nichts passieren. Also dann, alles, alles, alles Gute, soll ich auch von Medi ausrichten und – last but not least – von Benedikt.«

Ich konnte nicht mal nicken. Ich starrte ihr hinterher, bis ich die Haustür ins Schloß fallen hörte. Im nächsten Moment ging ich in Benedikts Zimmer – ich wollte in sein Zimmer gehen: abgeschlossen. Jede Tür war abgeschlossen.
Ich fühlte mich wie wahnsinnig. Als sei ich endgültig gestorben.
Der Packer hatte schon fast alles runtergetragen. Um die letzten Spuren meiner ehemaligen Existenz auszulöschen, mußten wir nur noch die Löcher zuspachteln. Ich holte die Spachtelmasse aus der Kiste mit dem Renovierungskram vom Speicher, stieg auf die Leiter und begann mechanisch wie ein Roboter, die Löcher zu verspachteln.
Der Möbelpacker kam mit einer Bildzeitung, anklagend hielt er mir die Schlagzeile entgegen: »Sogar der Papst drückt ihnen die Daumen! Lieber Gott, schenk uns ein Wunder!!!«
»Sie verstehen?« fragte er ungeduldig.
Mein Gehirn war zu betäubt, um das zu verstehen. Ich stieg von der Leiter, las im Kleingedruckten, daß heute um 17 Uhr das Fußballspiel des Jahres beginnt – Deutschland gegen Italien –, das Unrecht des Jahrhunderts: alle Deutschen krank am Knie und Italien unbezwingbar.
»Ich Italiener, darum sehr eilig.«
Das Elend des Möbelpackers lenkte mich von meinem eigenen ab. »Das habe ich nicht gewußt.«
Er griff sich an den Kopf: »Nur Frau nix wissen.«
»Sie können gleich gehen, ich kann die Löcher allein zuspachteln und fahr später mit dem Bus zurück.« Ich schrieb ihm die Adresse vom Hotel und Rufus' Namen auf den Rand der Bildzeitung. Als ich ihm erklärte, er könne im Hotel das Spiel auf einem großen Bildschirm sehen, war er beruhigt.
»Ich besser sofort gehen«, sagte er und trug die letzten vier Regalbretter und zwei Kartons auf einmal runter.
Es war mir recht, daß er weg war mit seiner Hektik. Mit der Ruhe eines Roboters sah ich mich um. Wo ich den Paravent abgeschraubt hatte, hatte sich am unteren Rand die Tapete gelöst. Ich wollte sie mit etwas Spachtelmasse ankleben, da kam es über mich...

…ich zog an der Tapete, und sie löste sich auf der ganzen Breite. Sie ließ sich mühelos von unten nach oben abziehen – ich fühlte mich wie in einem Werbespot für den Spezial-Tapetenkleister, der es möglich macht, Tapeten einfach wieder abzureißen. Es klappte so gut, wie Herr Lafatap versprochen hatte. Unter der Tapete kam Madame Mercedes' staubgrünlicher Wandanstrich zum Vorschein, er hatte keinen Schaden genommen, er sah noch so vergammelt aus wie letztes Jahr. In einer halben Stunde hatte ich sämtliche Tapetenbahnen abgezogen, vom Boden bis zur Decke. Was für ein absurder Kontrast, die staubgrüngammeligen Wände über dem schönen türkisblauglänzenden Fußboden. Ich ging hinauf auf den Speicher. In einem Karton standen all meine angebrochenen Lackdosen von der Renovierung. Dazwischen uralte Lackdosen, die Madame Mercedes gehörten, jene Lacke, mit denen sie einst die Ränder ihrer Spanplatten bepinselt hatte. Der Karton war zu schwer, ich mußte die Hälfte ausladen und zweimal die Speichertreppe rauf und runter. Der Fußboden unter dem Linoleum in Madame Mercedes' Zimmer war braun gewesen, braunen Lack gab es nicht. Kein Problem – nichts ist einfacher zu mischen als Braun. Mit dem Schraubenzieher hebelte ich eine Dose nach der anderen auf. Zuerst eine noch halbvolle Zehnliterdose Weißlack. Dann den grauen Lack, dann den schwarzen, beide von der Renovierung von Benedikts Zimmer. Der türkisblaue war von meinem Zimmer. Mit dem pinkroten Seidenglanzlack hatte ich mal ein Herz für Benedikt gemalt. Aus Madame Mercedes' Restbeständen wählte ich Lack in Blutrot, Sonnenblumengelb, Chagall-Lila und Giftgrün. Mit dem Schraubenzieher durchstach ich die alten Lackhäute, tatsächlich war noch flüssiger Lack drunter. Ich kippte Dose für Dose in die große Weißlackdose, wischte mit dem Pinsel die zähen Lackreste und die Farbhäute raus. Langsam färbte sich der Weißlack grau, dunkelgrau, graurot, graubraun… ich rührte und rührte, die alten Lacke waren zäh. Ich fand eine Flasche Universalverdünner, kippte sie dazu, schon ging's besser. Die Oberfläche des Lacks krisselte sich, der Lack begann zu flocken. Tja, das geschieht eben, wenn man Hochglanzlack und Seidenglanzlack mischt, und wer weiß, welcher Art Madame Mercedes' Uraltfarben waren? Tja, immer wenn man Dinge mischt, die nicht zusammenpassen, kommt es zu Spannungen, dachte ich vor mich hin. Ich fühlte mich wie eine kochende Hexe, sehr interessant, wie die Lackhäute in der Soße zerkrümelten. Ich gab noch eine Dose Abbeizer dazu, sehr interessant, wie jetzt der Lack geradezu rasant ausflockte. Sehr interessant, wie heiß sich nun die Dose anfühlte – oder war mir Abbeizer über die Finger gelaufen? Egal, ich nahm die Dose und goß eine dünne Spur des graubraunen Krümellackes wie Schokoladenguß über das erste Dielenbrett vor dem Fenster. Und über den Heizkörper. Beim zweiten Dielenbrett gelang es mir schon, eine beinah gleichmäßige Wellenlinie aus der Lackdose zu gießen. Sehr interessant, die vielen Blasen, die am Fußboden entstanden, als sich der Fußbodenlack anlöste, der Abbeizer war von wirklich hochwertiger Qualität. Sehr interessant, die zerbröselten Lackhäute dazwischen, sie sahen aus wie hauchzarte, zerbrochene Borkenschokolade auf teuren Torten. Sehr interessant, die ganz zufällig entstehenden Farbschlieren von Gelb, Blau, Pink, Schwarz. Hochinteressant, das Muster meiner Turnschuhsohlen auf dem Boden, Schritt für Schritt mehr kleine braune Ringe und Kreise, wie die Saugnäpfe von Tintenfischen.

Allerdings stank es gesundheitsgefährdend. Ich öffnete das Fenster, holte tief Luft, und hörte mit einem Schlag einen Schrei ringsum: »OOOOHHHJAAAAA!!! OOOOOHJAHHH!!! OOOOOHHJAAAAA!!!!«

Zuerst glaubte ich an eine Halluzination, dann verstand ich, was es bedeutete: ein Tor für Deutschland. Ein Wunder für Deutschland. Es war erst zwanzig nach sechs, da war das Spiel nicht entschieden, da konnte noch viel passieren. Ich hatte Wichtigeres zu überlegen.

Damals, als ich dieses Zimmer zum erstenmal betrat, da waren die Scheiben so schmutzig gewesen, daß das Licht trüb wirkte – wie könnte man diesen Effekt wieder erzielen? Ich überlegte mit dem kalten Herzen eines Profis. Ich sah die Lacke im Karton durch und fand den Klarlack, mit dem ich den Fußboden versiegelt hatte. Der braungraue Lack in meinem Pinsel vermischte sich mit dem Klarlack zu einem geradezu idealen, durchsichtigen

Gelbgrau. Ruck zuck strich ich die Fensterscheiben von oben bis unten, innen und außen. Ich schloß die Fenster, um den Effekt zu prüfen: perfekt! Als wären die Scheiben noch nie geputzt worden. Muß eine furchtbare Arbeit sein, all den Lack wieder von den Scheiben zu kratzen, dachte ich ruhig. Nun, im trüben Licht, erinnerte ich mich wieder ganz genau, wie das Zimmer damals ausgesehen hatte...
Ich kroch noch einmal die Treppenleiter zum Speicher hoch. In einer Ecke stand jener Karton, in den ich damals Madame Mercedes Kunstdrucke gepackt hatte. Mit einem Griff hatte ich, was ich suchte, da war es, eingewickelt in den Katastrophenbericht über den Bus, der brennend in die Schlucht stürzte...
Beim Runtersteigen ruinierte ich meinen rosa Pulli, die braunen Lackpunkte von meinen Schuhsohlen hatten sich auf die Treppe übertragen, waren nun auch auf meinem Pulli, egal, sie waren überall. Mit einem Schlag haute ich einen Nagel in die Wand, hängte das Bild auf. Ich ging aus dem Zimmer, schloß die Tür, öffnete sie wieder mit einem Ruck: perfekt! Wie damals: Ich hätte vor Entsetzen wieder fast geschrien, da hing sie wieder, die gräßlich schreiende Frau von Edvard Munch...

Mehr konnte ich nicht tun. Ich mußte gehen, auch wenn es mir schwerfiel, jede Rille meiner Turnschuhe war mit Lack gefüllt, ich klebte bei jedem Schritt fest. Aber dann sah ich den Staubsauger im Flur. Ich hatte den Staubsauger vergessen. Ich tastete den Staubsack ab. Er war voll, seit Wochen nicht geleert. Dann würde ich ihn wieder leeren, auf einmal mehr sollte es nicht ankommen. Es sollte alles ganz, ganz korrekt sein. Ich schüttelte den Staub, die Papierschnipsel, die Haare von Nora, Benedikt und mir, den ganzen Dreck aus dem Staubsack über die Lacksoße. Nun war es sogar ein klein bißchen staubiger als damals, Aber nur vorübergehend – bis Mercedes ihr Zimmer kontrollieren würde, wäre der Staub längst mit dem Lack verklebt. Nun war wirklich alles erledigt.

Wunschgemäß versteckte ich den Hausschüssel unter Benedikts alter Pudelmütze an der Garderobe, zog wunschgemäß die Tür kräftig hinter mir zu. Und in der Sekunde, als ich der Tür den Rücken gekehrt hatte, da war es wieder überall: Jedes Auto hupte, jedes Haus jubelte, am hellblauen Himmel zerknallten drei rosarote Feuerwerksterne. Das Spiel war zu Ende. Das Wunder war geschehen.

79. Kapitel

Rufus empfängt mich, als wäre ich eine Leiche, die von ihrer eigenen Beerdigung zurückkommt. Erschüttert betrachtet er meine lackverdreckten Jeans, mein lackverdrecktes einst rosa Sweatshirt.

»Kann ich zwei Wochen Urlaub haben?« frage ich.

Erschüttert fragt Rufus: »Warum?«

»Damit ich Frau Schnappensiep neue Entwürfe präsentieren kann. Ich werde Entwürfe machen, da wird sie nicht mehr nein sagen können.«

»Meinst du?«

»Ich weiß es.«

Rufus sagt, wenn ich samstags und sonntags, wenn Walkwoman frei hat, putzen kann, wäre das zu machen. »Und sonst?« fragt er.

»Damit wäre alles geklärt.« Mehr ist nicht mehr zu klären.

Meine Habseligkeiten stehen noch in der Hotelhalle. Rufus meint, in Zimmer 11 sei das nicht unterzubringen. Ich soll eins der großen Zimmer nehmen. Ich habe die Wahl zwischen Zimmer 8 mit Segelschiff-Tapete, dem bleichgrünen Zimmer 9, wo überall die Farbe abblättert und der Fernseher in der Vitrine steht, und Zimmer 1 mit grauen Chrysanthemen auf beigem Grund. Ich nehme die Chrysanthemen. Die Regalbretter und Kronleuchterkisten bringen wir in einen Kellerraum, bei Rufus bin ich sicher, daß er nicht versuchen wird, sich hinterrücks meinen Kronleuchter unter den Nagel zu reißen. Meinen Paravent stelle ich im Zimmer auf. Das dezimiert die sichtbaren Chrysanthemen.

Am Sonntag besorge ich mir aus dem Frühstücksnebenraum zwei Tische, ich brauche eine große Arbeitsfläche. Montag gehe ich in einen Fotokopierladen und vergrößere alle Fotos von der Hotelfassade. Das ist das wichtigste, Frau Schnappensiep wird es am meisten beeindrucken, wie ich ihren braunen Klotz in ein weiß-dunkelblau-goldenes Anwesen verwandele. Ich übermale die Fotokopien, trage genau ein, wo auf den blauen Balkongittern goldene Akzente gesetzt werden sollen. Wenn nur die Rosetten zwischen den Blattornamenten vergoldet werden, macht das viel her, es ergibt eine goldene Tupfenstruktur, und das kann nicht allzu teuer sein. Ich klebe die kolorierten Fotokopien auf Kartons, daneben Farbproben, anhand derer ich Frau Schnappensiep erklären werde, daß das Dunkelblau auch schön aussehen wird, wenn die Gitter mal verdreckt sind. In diesem Punkt will ich bei Frau Schnappensiep kein Risiko eingehen.

Auf den alten Plänen ist zu sehen, wie die Fenster im Erdgeschoß früher waren: höher und oben gerundet, nicht so breit. Was würde es kosten, Fenster im alten Stil einzubauen?
Und diese Neonkästen in den Fenstern, auf denen Hotel Harmonie steht, müssen weg. Goldene Messingbuchstaben über der Tür, von einem Strahler angeleuchtet – was würde das kosten?
Ich mache Leistungsverzeichnisse für die Handwerker. Jeder Posten muß genau beschrieben werden, nur so kann ich zuverlässige Kostenvoranschläge bekommen. Ich bespreche alles mit Rufus. Einer der teuersten Posten wird der Installateur, keine Frage. Sollte man doch Zimmer ohne Bad lassen?
Wir sehen gemeinsam die Pläne durch. Wir haben pro Etage zwei Zimmer mit alten geräumigen Bädern: Zimmer 1 und 2, die können bleiben, wie sie sind. Zimmer 3 hat eine häßliche, freistehende Duschkabine mit Plastikschiebetüren und eine Kloecke nach Art einer Gefängniszelle. Zimmer 4 und 5 haben nur Waschbecken. Zimmer 6 wieder eine Plastikduschkabine und eine etwas bessere Toilette. Zimmer 7 nur ein Waschbecken. Das große Zimmer 8 hat auch nur ein Waschbecken, aber die Gäste, die in diesem Zimmer wohnen, bekommen immer den Schlüssel zum zweiten Etagenbad. Jede Etage hat zwei Etagen-

bäder, nur eines hat Herr Hedderich überall zum Putz-Gerümpel-Raum umfunktioniert. Als ich mich wundere, warum es für acht Zimmer zwei Etagenbäder gibt, vermutet Rufus, daß früher ein Bad für Damen und eines für Herren vorgesehen war, so wie es auf jeder Etage auch eine Damen- und eine Herrentoilette gibt. Ja, natürlich.
Der Anfang ist einfach: Würde man bei Zimmer 8 die Wand zum Etagenbad durchbrechen, hätte man einen direkten Zugang. Und daneben einen Durchbruch zur angrenzenden Herrentoilette, dann hätte Zimmer 8 sogar eine separate Toilette. Natürlich müßte die Toilette umgesetzt und der Vorraum abgetrennt werden, den könnte man als Abstellkammer für Putzmittel und Leitern benutzen.
Was Zimmer 3 betrifft: Man könnte den engen Flur, der vor Zimmer 3 zum Wäschekabuff führt, kürzen, da ein Bad für Zimmer 3 bauen – man müßte nur eine Trennwand einziehen, allerdings auch den Eingang zum Zimmer verlegen.
Von Zimmer 4 könnte eine Durchbruch zum Putz-Gerümpel-Etagenbad gemacht werden. Dieses Etagenbad ist kleiner als das andere, aber wenn man da eine Dusche einbaut, hätte noch gut eine Toilette Platz, damit wäre Zimmer 4 ein vollwertiges Einzelzimmer. Bei Zimmer 5 könnte man genauso die ehemalige Damentoilette mit dem Zimmer verbinden. Dafür müßte der Zugang vom Flur zugemauert werden. Die Duschkabine und die Toilette in Zimmer 6 waren ebenfalls erneuerungsbedürftig. Hier war so viel Platz, daß es für ein Bad reichte.
Bleibt das Problemzimmer 7 hinter dem Aufzug. Ein Zimmer ohne alles, Rufus findet es auch optimal, einen Teil vom angrenzenden, großen Zimmer 8 abzutrennen und da für Zimmer 7 ein Bad einzubauen. Aber die Lösung ist teuer, sie erfordert Installationen, wo bisher keine sind, erfordert Trennwände und eine neue Tür durch eine tragende Wand.

Alles zusammen bedeutet das pro Etage:
7 Durchbrüche für Türen
2 neue Bäder
3 neue Duschen mit WC

4 Türen zumauern
4 Toiletten entfernen oder verlegen
6 Waschbecken samt Kachelhintergrund entfernen
– das sind insgesamt für alle Etagen: 21 Durchbrüche für Türen, 9 neue Duschen mit WC und Waschbecken, 6 Bäder mit WC und Waschbecken ... nicht abzuschätzen, was das kosten wird.

Rufus meint, es sei unbezahlte Arbeit genug, wenn ich die Entwürfe und die Leistungsverzeichnisse mache, er als Geschäftsführer kümmere sich um den finanziellen Teil, um die Kostenvoranschläge, er hat im Hotel schon mit Handwerkern zu tun gehabt, die will er fragen.
»Wenn mir Frau Schnappensiep den Auftrag gibt, gebe ich dir einen Unterauftrag, du sollst nicht umsonst für mich arbeiten.«
Rufus lacht. Und es klingt so, als sehe er durchaus Chancen, daß Frau Schnappensiep nicht nein sagt.
Je weiter die Planung fortschreitet, desto deutlicher stellt sich heraus, daß die Innenausstattung der Räume ein mindestens ebenso teurer Posten wie die Installationen wird. Wo kann man sparen? Ich kaufe jede Wohnzeitschrift, die zu haben ist. Es ist immer das gleiche: hundert Quadratmeter große Räume, darunter fangen die Zeitschriften-Stylisten nicht an, die Möglichkeit einer Einrichtung in Erwägung zu ziehen.
Außerdem wird mir klar, daß man ein Hotelzimmer ganz anders gestalten muß als das Zimmer einer normalen Wohnung. Eine Wohnung lebt von tausend Kleinigkeiten, von Topfpflanzen, Bildern, Krimskrams, Büchern, malerischer Unordnung, all das fehlt in einem Hotelzimmer. Wenn man ein normales Zimmer weiß streicht, ist trotzdem genug Leben drin. Aber ein weißes Hotelzimmer wirkt wie ein Krankenhauszimmer. Also brauche ich Tapeten. Endlich entdecke ich unter den wenigen Fotos von real existierenden Wohnungen ein reizendes kleines Zimmer – alles blauweiß. Eine Tapete wie Meißner Zwiebelmuster mit einer blauweißen Bogenkante als Abschluß. Jahrzehntelang gab es keine Tapetenabschlußkanten, weil angeblich kein Mensch Tapetenabschlußkanten wollte, jetzt sind sie wieder da. Und sie sind wunderbar. Wenn man kleine Räume nicht bis zur Decke

tapeziert, sondern nur bis dreißig, vierzig Zentimeter darunter, wirkt die Zimmerdecke und deshalb das ganze Zimmer größer, der Raum wirkt leichter, weil man nicht vom Tapetenmuster erschlagen wird. Und Tapeten spart man auch – jedenfalls so viel, daß der Preis für die schönen Kanten nicht ins Gewicht fällt. Und dazu blauweiß gestreifte Vorhänge, ein blauweiß gemusterter Bettüberwurf, ein schlichter Holzboden. – Holzboden ist für ein Hotel nicht gut, ich brauche Teppichboden, weil Teppich die Schritte dämpft.

Ich klebe das Foto an meinen Paravent als Anschauungsmaterial: Das wäre nicht teuer, trotzdem, wo kann man sparen? Wie Elisabeth gesagt hatte: Restposten kaufen. Zimmer für Zimmer berechne ich, wieviel Rollen Tapeten man braucht, wieviel Quadratmeter Teppich. Wenn man Restposten kaufen will, muß man genau wissen, wieviel man braucht.

Ich suche die Kaufhäuser ab, die Teppichparadiese, Baumärkte, Tapetengeschäfte; notiere mir Preise, Farben und zeichne die Muster von den wenigen Tapeten und Teppichen auf, die in Frage kommen. Ja, es gibt viele billige Teppichreste, aber von billigen Teppichen, und die sehen leider immer billig aus. Und ich will keinen Bouclérteppich, da bleibt aller Dreck hängen. Und mit Teppichfliesen, die sich nach einem Jahr vom Boden lösen, darf ich Frau Schnappensiep nicht kommen.

Ich kontrolliere wieder und wieder jedes Foto, das ich von den Hotelzimmern gemacht habe, wo ist ein Möbelstück, das ich übernehmen könnte? Ich entdecke insgesamt fünfzehn gute Stühle. Einige davon gehören sogar zusammen. Stühle, die voneinander getrennt wurden, vermutlich als sie Herrn Hedderich in die Hände fielen, und dann irgendwo hingestellt wurden. Fünfzehn gute Stühle – ich brauche mindestens fünfzig. Ich prüfe noch mal und entdecke sechs weitere Stühle, die verwendbar wären, wenn sie passend zur Farbstimmung eines Zimmers neu lackiert werden. Einen soliden alten Stuhl neu zu lackieren ist billiger, als einen neuen zu kaufen – natürlich müßten sämtliche Stuhlpolster neu bezogen werden. Auch einige Sessel wären neu bezogen hübsch.

Die Schränke sind ein größeres Problem: Höchstens fünf kann

ich übernehmen. Weitere fünf könnte man wie die Wand tapezieren, optisch integrieren und auf die Außenfront Spiegel schrauben. Einige Zimmer haben keinen Spiegel. Man merkt, daß hier ein Mann wie Herr Hedderich, dem egal ist, wie er aussieht, jahrelang die Einrichtung programmiert hat. Sogar Rufus sagt, es müsse in jedes Zimmer ein Spiegel, in dem sich der Gast in ganzer Größe sehen kann, und er hoffe, daß sich dadurch die Kleidungsmoral deutlich hebe. Manche Gäste hätten den Nerv, halb angezogen zum Frühstück zu erscheinen, würden die sich vorher ganz im Spiegel sehen, würden sie hoffentlich vom Schlimmsten Abstand nehmen. Ansonsten, sagt Rufus, wären die Betten das Wichtigste. Ein Hotel sei höchstens so gut wie seine Betten. Was kosten neue Betten, wieviel braucht man?
Und das Elend mit den Lampen – abgesehen von zwei erträglichen Glaskugeln sind alle scheußlich, immer scheußlich gewesen und würden immer scheußlich bleiben. Es gibt solche Objekte, denen keine Mode hilft. Die Architekturzeitschriften helfen mir nicht weiter: Da sind nie Deckenlampen zu sehen, nur antike oder hypermoderne Stehlampen und Wandleuchten. Sonst sind in den Architekturzeitschriften alle Räume von Kerzenleuchtern erhellt. – Die billigste Möglichkeit wären schlichte, weiße Strahler an der Decke. Aber das wirkt zu kalt, zu technisch. Wenn man sie in Stuckrosetten integrieren könnte ... aber der Stuck, den es in diesem Hotel bestimmt einst gegeben hat, ist irgendwann einem modernen Malermeister zum Opfer gefallen. Sollte man neue Stuckrosetten aus Kunststoff an die Decke kleben? Die sind billig. Aber so wirken sie auch, wie ein schäbiges Betrugsmanöver.
»Woran erkennt man, ob Stuck aus Plastik oder Gips ist?« fragt Rufus.
»Der alte Stuck hat keine so scharfen Kanten.«
»Das kann nicht am Gips liegen«, sagt Rufus, »wenn man einen Gipsabguß macht, hat der Abguß sehr exakte Kanten.«
»Es liegt daran, daß der alte Stuck dutzendfach übermalt ist.«
Und dann habe ich die Idee: Man müßte den neuen Stuck mehrmals mit Farbe überpinseln, dann würde niemand mehr erkennen, daß es Kunststoff ist. Nur drei Leute wüßten die Wahrheit: ich, Rufus und der Maler.

Ein Problem jagt das andere. Was ist unter dem Linoleum im Foyer? Das ist das Faszinierende an Linoleum: Alles, was darunter ist, ist besser. Wieder die Hoffnung auf altrömische Mosaiken. Ich schneide in einer Fensterecke ein Stück Linoleum vom Boden. Drunter ist eine enttäuschend graue Steinmasse. Erst als ich mit Spachtel, Putzmittel, Universalverdünner die Dreck- und Klebstoffschicht entfernt habe, erkenne ich: Es ist Terrazzo. Schwarz mit weißen Einsprengseln. Terrazzo, das hat man früher oft gemacht, vor allem in Häusern, in denen viele Menschen herumlaufen. Wenn man den Terrazzo poliert, wird das ein schöner Boden. Nächster Posten: Was kostet es, die Löcher, die Herr Hedderich für den Aufbau seines Verschlags in den Boden gebohrt hat, zu reparieren? Was kostet es, die Holzpaneele von den Wänden zu entfernen? Was ist unter dem Linoleum im Frühstücksraum? Tatsächlich Parkett! Was kostet es, das Parkett abzuschleifen und zu versiegeln? Wieviel ist Frau Schnappensiep bereit zu zahlen? Rufus weiß es auch nicht.

80. Kapitel

Mein Geburtstag fiel dieses Jahr auf Sonntag, was bedeutete, daß ich an diesem Tag als Putzfrau arbeitete.

Von meinem Vater bekam ich einen Tag vorher eine Geburtstagskarte, darin ein Scheck, ich soll mir was Fröhliches kaufen. Meine Schwester hatte ein Taschenbuch beigelegt, einen Frauenroman der anspruchsvollen Sorte: »Eine Frau ging durch die Hölle«. Auf der Rückseite steht, es sei ein Tatsachenroman von schonungsloser Offenheit, der Frauen dennoch Mut macht. Ich las den letzten Satz des Romans: »Mit unendlicher Kraft beugte ich mich hinab zu meiner kleinen Tochter, überschüttete sie mit zärtlichen Küssen und hauchte in ihr kleines Ohr: Etwas Besseres als einen Mann finden wir überall.«
Aha. Vielen Dank.

Und Elisabeth hatte geschrieben:
»Liebe Viola,
alles Gute zum 26. wünschen Dir Peter und ich!
Stündlich erwarte ich Deinen Anruf (Du erreichst mich fast immer in unserem Büro, also bei Peter), ich will unbedingt mit Dir bei Hagen und von Müller die Show abziehen.
Endlich bin ich selbständig. Zwar habe ich außer einem kleinen Vorschußhonorar bislang nichts verdient, aber es geht uns super. Wir haben den nächsten Auftrag: ein Abenteuerspielplatz-Modell. Ein 08/15-Abenteuerspielplatz, und es wundert mich, daß es dafür noch keine standardisierten Plastikbauteile gibt. Wir müssen auch solche Wipptiere, wie sie überall auf diesen Spielplätzen stehen, maßstabsgetreu anfertigen. Peter hat bereits einen Wipp-Elefanten aus Pappmaché gemacht und ich ein Wipp-Huhn. Für die Spirale habe ich die Spirale aus einem Notizblock rausgeschnitten. Die vom Architekturbüro waren begeistert von unseren Modellfiguren, weil sie besser aussehen als das richtige Spielgerät. Peter und ich arbeiten jetzt nach der Devise: Alles, was wir machen, soll besser aussehen, als es in Realität je aussehen wird, schließlich wollen die Leute mit unseren Modellen Wettbewerbe gewinnen, und wir wollen die Aufträge für die Modelle.
Übrigens gibt es auch Negatives zu vermelden: Herr von Müller, mein Ex-Chef, der verhinderte Zuhälter, hat mir den Kahnweiler-Tisch nicht verkauft!!! Früher sagte er doch, ich müßte sechs Monate bei ihm arbeiten, um Möbel billiger zu bekommen. An meinem vorletzten Arbeitstag sagte er, da mir pro Jahr nur verbilligte Einkäufe in Höhe von drei Monatsgehältern zustehen, mache das bei meiner sechsmonatigen Firmenzugehörigkeit nur anderthalb Monatsgehälter, und weil der Kahnweiler-Tisch teurer ist als anderthalb Monatsgehälter, sei er nicht verpflichtet, mir darauf 25 Prozent Rabatt zu geben. Lumpige 10 Prozent bot er mir an! Ich habe Müller gesagt, daß ich auf seine Prozente verzichte. Er wurde noch frech, ich würde bald sehen, wie weit ich ohne Beziehungen kommen würde. Peter meint, daß wir den Tisch auch so billiger bekommen, wir sind jetzt schließlich ein branchenverwandtes Unternehmen. Wir haben an die Firma

Kahnweiler geschrieben, daß unsere aufstrebende Firma für ihre repräsentativen Geschäftsräume einen großen Kahnweiler-Tisch plus acht Stühle in Erwägung zu ziehen bereit sei, wenn man uns mit entsprechenden Rabattvorschlägen entgegenkommt. Mal sehn, was die antworten.
Also, wann kommst Du zum Einkaufen?
Viele Grüße auch an Deinen Benedikt.
Deine Elisabeth + Peter.«

Elisabeth wußte also nicht, daß ich noch immer Putzfrau war, mittlerweile sogar alleinstehende Putzfrau. Bisher war ich allenfalls ehrenamtlich Innenarchitektin – in einem mit Chrysanthemen tapezierten Büro. Aber auch bei Elisabeth hatte nicht alles nach Wunsch und Plan geklappt. Merkwürdig, obwohl ich ihr ihren Tisch total gönnte, machte mir ihr Brief mehr Mut als eine totale Erfolgsmeldung.
Elisabeths Brief war an die Münzbergstraße adressiert, aber er war nur zwei Tage unterwegs gewesen, zweifellos hatten Windrichs längst beantragt, daß meine Post nicht mehr zu ihnen geschickt wird.
Und Benedikt hatte mir nicht gratuliert. Was hätte er auch schreiben sollen? Er wurde jetzt Vater. Sein Kind hatte das Modell meines Lebens zerstört, so wie damals Solveig unser Modell zerstört hatte...

Am Sonntagmorgen, ich holte gerade den Staubsauger aus dem Putzraum im ersten Stock, kam Rufus mit einem Blumenbündel – Gerbera, Iris, Rosen und noch lila Flieder –, der Strauß war ein Gewaltakt in Grün, Orange, Gelb, Blau, Rot und Lila, aber rührend. Für den Nachmittag kündigte Rufus noch ein Geschenk an und den Besuch von Tanja, die es mitbringen würde.
Und er hatte einen Erdbeerkuchen selbst gebacken und mit einer Sahnesprühdose »Viola« drauf gesprüht und um meinen Namen herum ein Herz. Es war der rührendste Erdbeerkuchen, den ich je gesehn hatte: Er hatte keine rote Glasur, sondern eine farblose, so sah man deutlich, wie sich Rufus abgemüht hatte, die halbierten Erdbeeren in ordentlichen konzentrischen Kreisen

auf den Kuchen zu legen. Es waren auch einige grüne Erdbeeren dazwischen. Aber der Kuchen war sehr eßbar.
Und Rufus und Tanja schenkten mir zusammen einen Herzanhänger. Ein Herz, mindestens fünf Zentimeter groß, an einer schwarzen Seidenkordel. Die eine Hälfte vom Herz war golden, die andere silbern, zwischen den Hälften verlief ein zickzackiger Riß, und die goldene und die silberne Hälfte paßten nicht exakt aneinander, deshalb hatte das Herz in der Mitte einen offenen Spalt. Ich nahm es in die Hand, es war schön und schwer.
»Es ist von Tanjas Juwelier«, sagte Rufus, »wir dachten, es wäre passend.«
»Ein gebrochenes Herz«, sagte Tanja strahlend. »Gebrochene Herzen sind derzeit der Renner bei Werner. Gefällt's dir?«
»Sehr. Es ist so schön. Und so wertvoll...«
»Es ist aus Silber. Die Hälfte ist vergoldet. Werner macht keine gebrochenen Herzen aus Gold, er meint, sie sollten nicht zu teuer sein, ein gebrochenes Herz trägt man nur eine Saison.«
Ich legte das Herz an der schwarzen Seidenkordel um den Hals: »Ich werde es immer tragen.«
Tanja lachte. Rufus seufzte.

81. Kapitel

In der ersten Juniwoche kommt ein Malermeister ins Hotel. Rufus hat ihn bestellt. Posten für Posten gehen wir die Malerarbeiten durch. Er nimmt das Leistungsverzeichnis mit, er wird Herrn Berger einen Kostenvoranschlag schicken. Ich will Kostenvoranschläge von weiteren Firmen, aber Rufus sagt, er sei überzeugt, dieser Maler würde ein günstiges Angebot machen, da könne er sicher sein, daß die Preise eingehalten würden und die Termine. Rufus hat Angst vor Dumpingpreisen, die sich später als leere Versprechungen herausstellen. »Warten wir erst mal ab, was alles zusammenkommt«, sagt er.
Dann kommt ein Installateur. Die Kosten für Sanitärausstattungen schwanken beträchtlich, er bietet mir als Restposten bor-

deauxrote Toilettenbecken an, die will er billig abgeben. Ich will keine bordeauxroten Toiletten. Es stellt sich heraus, daß es ein klassisches weißes Modell gibt, das bedeutend billiger ist als die bordeauxroten Restklos.

Dann kommt ein Schreiner: vierzehn Einbauschränke, neun neue Türblätter. Alle alten Türen sollen wiederverwendet werden. Und sämtliche Türen zum Flur sollen abgeschliffen und lasiert werden.

Der Maurermeister sagt, was die architektonischen Änderungen meines Entwurfs betreffe, sei es kein Problem, alles nach meinen Wünschen umzubauen. Und seine Firma arbeite seit Jahren mit einem Architekturbüro zusammen, und selbstverständlich besorge er alle erforderlichen Genehmigungen. »Machen Sie sich keine Sorgen, junge Frau«, sagt der Maurermeister. Ja, aber was das kosten wird, das kann er vorerst wirklich nicht sagen. Er will Termine wissen – da kann ich vorerst wirklich nichts sagen. Zuerst muß Frau Schnappensiep das Machtwort sprechen.

Und dann kommt Frau Schnappensiep. Und sie ist entzückt von meiner Hotelfassade. Entzückt von meinen Zimmerentwürfen. Ich habe zu einem grün-weißen Zimmer Farbmuster auf einen Karton geklebt und ein Teppichmuster, das ich einem Verkäufer abgeluchst habe: ein grüner Teppich mit unregelmäßigem Streifenmuster, ein bißchen wie Rasen. Überhaupt nicht teuer. Und die grün-weiße Tapete, die ich in einem Kaufhaus entdeckt habe, habe ich so exakt wie möglich nachgezeichnet: ein Biedermeiermuster mit klaren grünen Streifen. Dazu eine Tapetenkante, schlicht und schön wie eine Efeuranke. Und ein leuchtendgrüner Vorhang, er wird über eine Stange drapiert und seitlich von weiß-grünen Kordeln gehalten. Und gottseidank meckert sie nicht, man würde nach jedem Waschen einen Dekorateur bezahlen müssen, um den Vorhang wieder zu drapieren. Und die zwei Fast-Biedermeier-Stühle, die wir haben, habe ich als Einrichtung eingezeichnet und den runden Tisch aus Zimmer 5, der tatsächlich dazu paßt, und einen Schrank aus Zimmer 22. Und sie ist entzückt: »Oh, da hätte sogar Goethe mit seiner Frau von Stein Kaffee getrunken. Goethe fand Grün so beruhigend.«

Und dann zeige ich ihr ein gelbes Zimmer. Natürlich kein gelber Teppichboden, damit sie nicht über die Schmutzempfindlichkeit meckert, sondern ein anthrazitgrauer, auf dem zwei vorhandene Stühle stehen, die man nur anthrazitgrau lackieren müßte. Matt lackieren, dann sieht man nicht jeden Fingerabdruck drauf, und überhaupt sollte man alte Möbel nur matt lackieren, das ist stilecht. Und ein Stoffmuster für Stuhlpolster: ein leuchtendgelber glänzender Stoff, denn glänzende Stoffe wirken immer sauberer als Stoffe mit rauher Oberfläche. Und die Wände sind mattgelb gestrichen mit einer schwarzweißen Abschlußkante, dazu schwarzweiß gestreifte Vorhänge. Und sie sagt: »Sie haben einen ganz feinen klassischen Geschmack!«
Vor Aufregung kann ich nur sagen, daß ich klassische Lösungen wollte, weil die nie unmodern werden, und daß ich möglichst viele der vorhandenen Möbel verwendet hätte.
Sie lacht mich an: »Und wie sehen Ihre Papierkörbe aus?«
Und ich sage: »Ich habe keine Papierkörbe in den Zimmern, nur im Bad. Ich finde, das genügt, so muß die Putzfrau nur einen putzen. Die im Bad sind groß, weiß, rund, aus Blech. Mit Schwingdeckel, in die man eine Plastiktüte einklemmen kann, für Abfälle aller Art. Und am billigsten sind sie bei Woolworth, sogar billiger als im Bau-Paradies.«
»Und keine dreieckigen Kühlschränke?«
»Überhaupt keine Kühlschränke. Rufus meint, es sei zu personalaufwendig, sich um Minibars zu kümmern. Wir dachten, es wäre sinnvoller, unten in der Empfangshalle eine kleine Bar einzurichten, und zwar in der vorderen Hälfte vom Kontor. Das Kontor kann halbiert werden, weil Rufus meint, daß man die Buchhaltung und alles auf Computer umstellen sollte, und dann braucht er nicht mehr soviel Platz für die Ablage.«
»Du willst auf Computer umstellen?« ruft Frau Schnappensiep.
»Wir haben ja schon drüber geredet, ich bin der Ansicht, daß sich die Anschaffung lohnt. Ich muß mich eben einarbeiten.«
»Wer soll die Bar bedienen?«
»Derjenige, der die Rezeption beaufsichtigt. Das wäre kein Personalmehraufwand«, sagt Rufus entschieden.

»Und statt für jedes Zimmer einen Fernseher zu kaufen, finden wir es besser, den großen Fernseher für alle Gäste ins Foyer zu stellen und dazu eine schöne Sitzgruppe«, sage ich und zeige ihr die Zeichnung vom Foyer, und sie deutet begeistert auf den schwarzweißen Terrazzoboden: »Ja, so war das ganz früher. Unsere Mutter ließ das Linoleum legen, weil sie dachte, es sei besser zu putzen.«
»Das Foyer sollte zuletzt renoviert werden. Wir sollten im dritten Stock anfangen und von oben nach unten alles fertig und sauber machen.«
»Viola hat einen genauen Arbeitsabfolge-Plan gemacht«, sagte Rufus.
»Und wo ist der Ersatz für Herrn Hedderichs Refugium?«
»Hinter der Rezeption könnte man einen kleinen Raum für den Nachtportier einbauen. Für die Koffer wäre unter der Treppe reichlich Platz, der Schreiner müßte da Schränke einbauen.«
Und dann zeige ich ihr verschiedene Farbentwürfe für das Foyer: auf weißem Grund große Flächen in Rokokorosa, strukturiert wie Marmor, abgesetzt mit schmalen grauen Linien, das gibt einen plastischen Effekt, automatisch stellt man sich Säulen vor zwischen den rokokorosa Flächen. Und das zeige ich ihr auch mit braunrot marmorierten Wandflächen, mit vanillegelb marmorierten Wandflächen und in Weißgrau. Und zum Glück sagt sie, in Rokokorosa fände sie es am schönsten – ich hatte befürchtet, sie würde sich für Braunrot entscheiden, was mir am wenigsten gefällt.
Aber dann ruft sie: »Halt! Was soll das alles kosten?«
Und Rufus seufzt tief, geht ins Kontor, kommt wieder mit einem Stapel Papier und gibt ihr die Kostenvoranschläge vom Maler, vom Installateur, vom Schreiner, vom Fliesenleger, vom Glaser...
Und sie blättert um, Seite für Seite: »Fünfundsechzigtausend Mark, plus fünfundsiebzigtausend Mark, plus fünfzigtausend Mark – ohne Materialkosten, plus achtzehntausend Mark ohne Materialkosten, plus siebentausend Mark mit Materialkosten, plus... was ist mit dem Dachausbau?«
»Der ist nicht drin.«

Und sie läßt die Listen auf den Tisch sinken: »Na dann, viel Vergnügen. Dann machen Sie mal.« Und sie steht auf, schüttelt mir die Hand: »Auf Wiedersehen, alles Gute, viel Erfolg.«
Und Rufus begleitet sie hinaus, und ich bleibe sitzen wie ohnmächtig, und Rufus kommt wieder, und ich frage: »Was hat sie gesagt?«
Und Rufus sagt: »Du hast es doch gehört. Herzlichen Glückwunsch, Viola, du hast den Auftrag!«

82. Kapitel

Plötzlich weiß ich nicht mehr, wo anfangen.
»Ist doch ganz klar«, sagt Rufus, »alles steht genau auf deinem Plan, als erstes werden die Fenster im Erdgeschoß erneuert, dann die Fassade...«
»Bist du sicher, daß Frau Schnappensiep erlaubt hat, daß die Fenster unten erneuert werden?«
»Du hast sie rundum überzeugt, daß du kostenbewußt und überlegt arbeitest. Und sie will mit allem nichts mehr zu tun haben, bis zur Wiedereröffnung. Ich verwalte die Finanzen und muß sie nur auf dem laufenden halten.«
»Ehrlich?«
»Ehrlich. Glaubst du, sie hat Lust, sich um die Handwerker zu kümmern? Und ich schließe das Hotel, sobald die Handwerker im Haus arbeiten. Es bringt mehr, wenn ich mich um die Organisation kümmere, statt um ein paar Gäste, die wegen des Baulärms weniger bezahlen wollen. Ich werde für die nächsten drei Monate alle Buchungen absagen, den Leuten ein anderes Hotel empfehlen. Viele Buchungen haben wir im Sommer sowieso nicht, hier macht keiner Urlaub.«
»Glaubst du, wir können in drei Monaten fertig sein?«
»Wenigstens soweit, daß wir wieder etwas vermieten können. Und wenn wir sofort anfangen, kann das klappen.«
»Aber erst muß der Kredit genehmigt sein.«
Rufus lacht: »Der Kredit ist genehmigt. Um die Wahrheit zu sa-

gen, hat sich die Chefin schon vor einiger Zeit von Tanja überzeugen lassen, daß die Hotelrenovierung nicht an Herrn Windrich scheitern sollte.«
Ach so. Hätte ich mich also nicht in letzter Minute auf den Auftrag gestürzt, hätte ihn eben jemand anderes bekommen. Da hatte ich noch mal Glück gehabt – man durfte nur nicht fragen, was das Glück gekostet hatte. »Und wieviel werde ich verdienen?«
»Wie ausgemacht, soviel wie bei deinem Onkel. Rückwirkend ab 1. Juni wirst du als Innenarchitektin bezahlt. Ich werde mir von unserem Steuerberater sagen lassen, was du als Selbständige zu beachten hast.«
»Wahnsinn! Ich bin dir so dankbar, Rufus! Darf ich dich zum Essen einladen?«
»Gerne. Aber bitte sei mir nicht dankbar. Das macht mir angst.«
Ich rufe meinen Vater an, Tanja, Elisabeth. Alle haben die ganze Zeit gewußt, daß ich den Auftrag bekommen würde. Als ich Elisabeth erzähle, daß Benedikt und ich nicht mehr zusammen sind, sagt sie: »Ich habe mir schon einige Zeit Sorgen gemacht, was aus dir werden soll, wenn du mit diesem Typen zusammenbleibst. Er hat dich nie unterstützt.«

Dann geht alles drunter und drüber. Schon drei Tage später kommen die ersten Handwerker. Nur sind es nicht die Maurer, die haben noch keine Zeit, es ist der Installateur und ein Fliesenleger mit Handlanger. Aber auch ohne Maurervorarbeiten gibt es schon genug für sie tun. Sie wollen mir nicht glauben, daß einige der alten Waschbecken wieder verwendet werden sollen. Es bleibt ihnen nichts anderes übrig, sie müssen es mir glauben. Aber kaum ist die erste Wand in einem Klo neu gefliest, gibt es einen Riesenkrach. Statt der weißen Kacheln die ich ausgesucht habe, hat der Handwerker ockerbraune gekachelt und hatte sogar den Nerv, in unregelmäßigen Abständen sogenannte Schmuckkacheln mit je einem großen und einem kleinen Fliegenpilz darauf dazwischenzusetzen. Als ich frage, wie er auf die Idee kommt, sagt er: »Anweisung vom Chef.«

»Aber ich hab mit Ihrem Chef alles genau besprochen.«
»Ihr Chef hat gesagt, er will diese Fliesen.«
Ich rase zu Rufus. »Wie kannst du den Leuten sagen, sie sollen andere Kacheln verlegen?! Was sollen deine geschmacklosen Fliegenpilze auf dem Klo?!«
Es stellt sich heraus, daß der Fliesenleger Rufus gefragt hat, ob er exakt die gleichen Fliesen wolle, die ich ausgesucht habe, nur in besserer Qualität und zum gleichen Preis. Und Rufus hatte arglos gesagt, wenn es die gleichen wären nur besser, sei es ihm recht. Es stellt sich heraus, daß der Fliesenleger mit exakt gleichen Kacheln gemeint hat, Kacheln von gleicher Größe und vom gleichen Hersteller. Er mault furchtbar, als er die Dinger wieder von der Wand klopfen muß.
Ich kontrolliere, ob er die schwarzen und weißen Fliesen mitgebracht hat. In die neuen Bäder sollen, wie in die alten, schwarzweiße Schachbrettfußböden, die überstehen alle Trends. Ja, er hat sie. Im Flur entdecke ich einen Karton mit der Aufschrift: »Schmuckkacheln. Dessin: Alt-Holland.«
»Was ist das?«
Es sind Kacheln mit blauen Windmühlen drauf.
»Ihr Chef hat uns gesagt, wir können alle Restposten verarbeiten, die wir haben.«
»Das habe ich gesagt, aber ich habe die Restposten, die in Frage kommen, ausgesucht. Windmühlen waren nicht dabei.«
»Die Frau von unserem Chef hat die auch in der Küche und ist sehr zufrieden damit.«
Der Handlanger sagt: »Ohne Bier diskutiere ich das nicht.«
Ich bringe den Männern Bier, sie versprechen, die Kacheln am Abend mitzunehmen, damit kein weiterer Schaden mit den Windmühlen angerichtet wird.
Rufus sagt den Handwerkern, sie hätten bei allen Fragen mich zu fragen. Sie nehmen es zur Kenntnis. Ich male ein großes Schild, klebe es unten an die Eingangstür:

Bauleitung: Viola Faber
Zimmer 1 im 1. Stock

Heimlich fotografiere ich das Schild.

In der gleichen Woche kommen auch die Maurer. Nur kann mit der Fassadenrenovierung nicht begonnen werden, weil die neuen Fensterscheiben fehlen. Die Maurer fangen also im Haus an. Ich staune, wie schnell alles losgeht, Rufus lobt sich: »Man muß eben wissen, wo man gute Handwerker herbekommt.« Ich muß Rufus auch loben.

Die drei Dauergäste und zwei Stammgäste, die noch unbedingt hier wohnen wollen, haben wir in den ersten Stock umquartiert. Walkwoman macht die Zimmer sauber, sie versorgt auch die Handwerker mit Bier und hilft, Zimmer für Zimmer zu entrümpeln.

Herrn Hedderichs Schwiegersohn soll alle Möbel, die wir nicht mehr wollen, der Caritas zurückbringen, er sagt, die wollte die Caritas nicht geschenkt, wir müßten für den Abtransport zahlen. Als Rufus sauer wird, nimmt er sie doch umsonst mit. Bei der Gelegenheit wird auch der Keller entrümpelt, da sind tatsächlich noch acht sehr gute Stühle, vermutlich aus der Originalausstattung des Hotels, wieder mindestens zweitausend Mark gespart! Herr Hedderich will die Stühle abschmirgeln und polieren, das macht er leidenschaftlich gern.

Ich muß unbedingt Teppiche und Tapeten besorgen. Was unsere Malerfirma im Angebot hat, ist zu spießig oder so teuer, daß es billiger zu beschaffen sein müßte. Das Wichtigste sind die Teppiche, weil die das Teuerste sind. Wieder suche ich die Einkaufsparadiese ab. Die Reste, die ich bereits ausgewählt hatte, sind glücklicherweise noch da. Außerdem entdecke ich einen rostroten Teppich mit einem Muster aus dunkleren Quadraten und einem klassischen Mäanderrand. Fast reine Wolle, nur 280 DM für vier Meter auf drei Meter. Er ist so spottbillig, weil er seitlich einen ein Meter langen Brandfleck hat. Ich kenne alle Zimmermaße schon auswendig, dieser Teppich würde genau in Zimmer 2 oder 10 oder 19 passen. Nur im Eingangsbereich würde ein Quadratmeter fehlen. Da könnte man die Dielen abschleifen und versiegeln lassen.

»Über den Fleck müssen Sie was drüberstellen«, erklärt der Verkäufer.

Auf die Idee bin ich auch schon gekommen. Ich werde ein Bett drüberstellen. Auf diesem rostroten Teppich werden alte aufpolierte Stühle gut aussehen, wenn man die Polster mit einem afrikanischen oder provenzalischen Muster bezieht, etwas in Braun, Rot, Schwarz, Weiß. Fehlt nur die Tapete. So ein Teppich braucht in einem Hotelzimmer unbedingt eine Tapete, sonst wirkt das Zimmer dumpf und witzlos.

Die Teppiche werden geliefert. Um die Tapeten zu besorgen, leiht mir Rufus den Kombi. Ich kaufe schlichte Streifentapeten in Blau-weiß, Grün-weiß, Gelb-weiß und ein blau-weißes Biedermeiermuster und weiße Strukturtapete. Außerdem lasse ich matten blauen Acryllack passend zur Streifentapete mischen, damit soll ein Nachttischschränkchen gestrichen werden. Das Schränkchen hat zwar eine Marmorplatte, aber das Holz ist so schäbig, daß das Schränkchen nicht antik, sondern nur gammelig wirkt. In mattem Blau wird es rustikalen Charme entfalten. Allerdings darf man lackierte Möbel nur sehr sparsam einsetzen, sonst entsteht der Eindruck eines billig renovierten Kinderzimmers. In einem grün-weißen Zimmer sollen zwei Stühle mattgrün gestrichen und grün-weiß-gestreift bezogen werden. Insgesamt habe ich jetzt Tapeten für acht Zimmer und Teppiche für sechs.

Ich bezahle alles mit Blanko-Verrechnungsschecks, die Rufus bereits unterschrieben hat, ich muß nur die Summe eintragen. Eine Verkäuferin glaubt tatsächlich, ich sei eine der aus Film-Funk-Fernsehen bekannten Luxusfrauen, die von ihren Männern mit Blankoschecks überschüttet werden. Als ich ihr sage, daß ich als Innenarchitektin für ein Hotel einkaufe, merkt sie, daß ich eine berufstätige Frau bin, wie sie selbst auch, und die Bewunderung in ihren Augen erlischt.

83. Kapitel

Ich rufe Elisabeth an, was empfiehlt sie für die langen Hotelflure? Sie empfiehlt dringend, mit ihr gemeinsam das Angebot bei Hagen und von Müller zu prüfen. Rufus meint, wenn ich bei Elisabeths Edel-Wohnausstatter günstig einkaufen könne, dann nichts wie hin. Davon abgesehen war es die ideale Gelegenheit, meine Eltern wiederzusehen: Nun kam ich als selbständige Innenarchitektin auf Großeinkaufstour, nicht als abgestoßene Geliebte von Benedikt.

Ich wollte am Mittwoch in der Mittagszeit fahren, aber weil der Installateur in einer Dusche eine Armatur eingebaut hatte, bei der es eine halbe Stunde dauert, bis man herausgefunden hat, wie man anderes als kochendheißes oder eiskaltes Wasser bekommt, und weil ich dem Installateur beibringen mußte, daß diese Armatur für ein Hotel mit täglich wechselnden Gästen, die sich verbrühen und Unmengen Wasser verschwenden, bis sie kapiert haben, wie dieses Ding funktioniert, absolut untragbar und sofort wieder zu entfernen und gegen die von mir gewünschten einfachen Armaturen auszutauschen sei, verpaßte ich zwei Züge und kam erst ziemlich spät in München bei meinen Eltern an.

Meine Mutter drückte mir an der Tür ein in Geschenkpapier verpacktes Päckchen in die Hand und sagte: »Du wirst schon ungeduldig erwartet, Viola, hier ist dein Geschenk für Solveig.«

Schon kam Solveig angerast, schrie: »Ich will mein Geschenk!« entriß mir das Päckchen, raste davon, meine Mutter hinterher.

Vater saß mit Annabell im Wohnzimmer. Kaum saß ich auch, sagte Annabell: »Ich hab mit Angela telefoniert, ihre Schwangerschaft scheint ihr blendend zu bekommen.«

»Nichts interessiert mich weniger«, sagte ich wahrheitsgemäß.

»Und Benedikt ist überglücklich«, sagte Annabell, »er hat sich so nach einem Kind gesehnt!«

»Das ist mir neu«, sagte ich auch wahrheitsgemäß.

»Ich hatte bei Herrn Benedikt eher den Eindruck, daß er sich nach einem noch größeren Wagen sehnt«, sagte mein Vater. »Bei manchen Männern geht die Liebe durch den Magen, und bei manchen geht sie durch den Wagen.«

Annabell ignorierte meinen Vater: »Angela hat mir gesagt, daß es ein Mädchen wird, es soll Amanda heißen, weil es ein Kind der Liebe ist.«
»Ein Kind der Liebe! Lachhaft!« rief mein Vater.
Und ich sagte völlig cool: »Ich finde, ein Kind von Benedikt sollte auch so einen Autonamen wie Mercedes bekommen, zum Beispiel Opelia.«
Mein Vater lachte sich fast kaputt. Annabell sah mich nur verachtungsvoll an: »Wenn du dich weigerst, Benedikt ein Kind zu schenken, mußt du die Konsequenzen tragen.«
»Ich trage die Konsequenzen gerne«, sagte unser Vater, »soll Georg die Karriere seines Möchte-gern-Schwiegersohns finanzieren, der hat mehr Geld als ich.«
Das Kind, das Annabell dem unbekannten Schweden geschenkt hatte, kam angerannt und plärrte: »Ich will Eis, die blöde Oma gibt mir kein Eis.«
»Es ist kein Eis mehr im Kühlschrank«, sagte meine Mutter verzweifelt.
»Ich hab's gegessen«, sagte mein Vater.
»Der böse Opa!« rief meine Mutter kindgemäß.
Annabell küßte Solveig die Tränen vom Gesicht und fragte sanft: »Mein armes Kind, hat du Lust, für den bösen Opa später Rente zu bezahlen?«
Nein, dazu hatte Solveig keine Lust. Meinem Vater war's egal, er zahle seine Rente sowieso selbst, sagte er.
Als sie endlich weg waren, holte sich mein Vater einen Whisky, trank ihn in einem Zug leer. Angewidert verzog er das Gesicht: »Jeden Abend muß ich Opa sein, ich langweile mich zu Tode. Jetzt weiß ich, warum Männer in meinem Alter hinter jungen Frauen her sind, die müssen sie nicht als Omas erleben. Unsere Ehe ist in der Enkel-Krise.«
Um ihn auf andere Gedanken zu bringen, gab ich ihm meine nächste Schuldenrückzahlung, er freute sich, aber nur kurz. Er trank noch einen Whisky, dann sagte er: »Jetzt muß Opa ins Heia-Bett.«
Er tat mir leid. Er war ein alter Mann geworden. Dabei steht in jeder Illustrierten, daß Kinder jung halten! Was war denn los?

84. Kapitel

Um am vielleicht größten Einkaufstag meines Lebens keine Zeit zu verlieren, treffe ich Elisabeth direkt vor Hagen und von Müller. Sie erscheint im supereleganten, schwarzweißen, chanelmäßigen Sommerkostüm: »Hab ich mir für meine Geschäftskontakte zugelegt. So was brauchst du demnächst auch.«

Ich doch nicht. Ich lebe auf einer Baustelle zwischen grauen Chrysanthemen. Und seit Benedikt aus meinem Leben verschwunden ist, ist es sowieso egal, wie ich aussehe.

Aber Elisabeth sagt: »Wenn dein Hotelprojekt fertig ist, brauchst du einen neuen Job. Vielleicht können wir dich dann einstellen. Aber ich werde zur Bedingung machen, daß du ein gutes Kostüm hast. Denk daran, wenn du dich bei mir bewirbst.«

So weit will ich nicht in die Zukunft denken, aber zugegeben, die Aussicht ist erfreulich.

Am Eingang von Hagen und von Müllers dreistöckigem Edel-Wohnimperium ist eine Ansammlung idiotischer Stühle zu besichtigen: Stühle mit sieben Beinen, mit drei Beinen, Stühle mit meterhoher Lehne, bei einem Stuhl tragen die Beine Stöckelschuhe, einer ist aus Plexiglas mit weißem Lederpolster, einer bunt getupft wie ein pointillistisches Gemälde, einer gefleckt wie ein Leopard mit einem fünften Bein als Schwanz, daneben ein Drahtgeflechtstuhl, gemütlich wie eine Mausefalle. Ich sage gerade zu Elisabeth: »Solchen Quatsch will ich nicht«, da steht schon ihr Ex-Chef, Herr von Müller, neben uns.

»Schönen Tag, Fräulein Leibnitz, schön, Sie wieder bei uns begrüßen zu dürfen, wie gehen Ihre Geschäfte?«

»Ausgezeichnet. Und da ich nun nicht mehr bei Ihnen angestellt bin, dürfen Sie mich als Frau Leibnitz begrüßen«, sagt Elisabeth hoheitsvoll. »Ich begleite heute Frau Faber, sie ist ebenfalls selbständige Innenarchitektin und richtet derzeit ein Hotel in Frankfurt ein.«

Ich ziehe meine Einkaufsliste aus meiner Tiffany-Tüte und teile Herrn von Müller mit, daß mir Teppiche für den Flur in drei Etagen fehlen und Teppiche für achtzehn Hotelzimmer, ingesamt fast vierhundert Quadratmeter. Außerdem Tapeten und Möbel.

»Sehr erfreut, Sie kennenzulernen, Frau Faber«, sagt der Ex-Chef.
»Wir sehen zuerst die Endlos-Läufer für den Flur an«, entscheidet Elisabeth.
»Sehr gerne.«
Wir gehen ins Untergeschoß. Sogar hier unten ist es sehr nobel. Herr von Müller entrollt persönlich die Teppichmuster. Es sind Webteppiche mit den schönsten Mustern, die ich je auf Teppichen gesehen habe: ein roter mit einem gelben Damastmuster, wie auf einem mittelalterlichen Gemälde, dann einer mit japanischen Motiven an den Rändern, dann ein graublauer, von Jugendstil-Ranken überzogen – selbstverständlich ist jedes Muster in vielen Farben erhältlich –, dann ein beigerosagrundiger mit schwarzem Art-Deco-Muster und dann einer in leuchtendem Blau mit goldgelb-weiß-schwarzen Rankenornamenten, an den Rändern ein Fries schreitender Löwen – ich steh nicht auf Löwen, ich weiß nicht warum, aber dieser Teppich würde grandios in den Hotelfluren aussehen, dieses Königsblau, und das Rankenmuster so üppig, daß Schmutzflecke untergehen... »Was kostet der Meter?« frage ich gierig. Ein Webteppich kann doch nicht so teuer sein.
»Das ist französischer Klassizismus, zeitlose Eleganz in Perfektion«, sagt Herr von Müller, »dieser Hersteller macht ausschließlich Kopien alter Muster. Das Original stammt aus einem Schloß bei Fontainebleau, eine liebestolle Gräfin hat es ihrem Liebhaber geschenkt, hundertundneunundfünfzig Mark. Pro Meter.«
Ungefähr dreimal soviel, wie ich ausgeben will. »Leider ist er nicht breit genug für den Flur.«
Mein Ausrede wird abgeschmettert: »Gnädige Frau, dieser Teppich ist ein Läufer, der wird niemals von Wand zu Wand verlegt, nur in der Mitte eines Flurs oder einer Treppe verspannt. Nach alter Art wird an den Enden ein Saum genäht und eine Stange durchgeschoben, die am Boden verschraubt wird. Bedenken Sie, wie praktisch das ist: Sie können den Teppich zur Reinigung vom Boden nehmen oder ihn in die andere Richtung legen, wenn er ungleichmäßig abgenutzt wird. Und da Sie nicht die gesamte Bodenfläche mit Teppich auslegen, sparen Sie bares Geld.«

Der Anblick des Teppichs allein überzeugt mich. Diese Farben! Aber zu teuer. »An den Rändern, wo kein Teppich ist, müßte der Holzboden abgeschliffen und versiegelt werden«, sage ich und hole meinen Taschenrechner aus der Tiffany-Tüte.
»Eigentlich sind wir nur wegen reduzierter Ware gekommen«, sagt Elisabeth völlig ungeniert.
Herr von Müller winkt eine Verkäuferin herbei und bittet, ihn zu entschuldigen, ein bedeutendes Telefongespräch erwartet ihn.
Die Verkäuferin winkt einen jungen Ausländer aus dem Lager herbei, um die Restpostenteppiche aufzurollen. Ja, das ist eine andere Qualität als alles, was ich in Billigläden gesehen habe. Ich nehme sofort einen tiefblauen Teppichrest mit sehr dezentem japanischen Muster, 5 × 2,75 Meter, er reicht für ein mittelgroßes Zimmer, zum Beispiel Zimmer 6 oder 15 oder 23. Zum kalten Teppichblau fehlt eine Tapete in wärmerer Farbe. In der Tapetenabteilung im 2. Stock finden wir eine leuchtendgelbe mit glänzender Moiréstruktur. Die Tapete ist teuer. Zum Trost zeigt die Verkäuferin einen gelben Vorhangstoff, ebenfalls Moiré, hundert Prozent feuerfest, und der edle Stoff hat, wo er gefaltet war, eine Staubkante – geht in der Reinigung problemlos raus –, vierzig Prozent reduziert. Gekauft.
Weil der Vorhangstoff für zwei Fenster reicht, beginnen wir die Einrichtung des nächsten Zimmers bei den Vorhängen. Jetzt dazu einen fast schwarzen Teppichrest mit dünnen gelben Streifen, ausreichend für ein kleines Zimmer. Da die Zimmer ab Fußleiste nur 2,50 Meter hoch tapeziert werden, genügen sechs Rollen einer gelbweißen Tapete. Als Tapetenabschluß wird für dieses Zimmer eine Kunststoffstuckleiste vorgesehen, aber die kaufe ich nicht bei Hagen und von Müller, hier gibt's nur echten Stuck zu horrendem Preis.
Der nächste Teppichrest ist beige mit unregelmäßigen Ovalen wie Kieselsteine. Dazu ein Sonderangebot aus der Möbelabteilung: ein Tisch mit einer beigen Granitplatte – eigentlich sind solche Tische nicht mein Fall, aber wenn er auf dem Kieselteppich steht und die Wände seidenmatt beige gestrichen sind, wird das Zimmer so ruhig wirken wie ein japanischer Steingarten. Ideal für Gäste, die zu einer Beerdigung kommen. Außerdem

kaufe ich gleich noch vier Bistrotische mit weißer Marmorplatte. Einer ist dramatisch reduziert, weil eine Kante angeschlagen ist – die kann der Installateur rundschleifen. Für ein Einzelzimmer wähle ich einen englischen Schreibtisch, selbstverständlich wird er auf einem grünen Teppich stehen.
Ich hatte für jeden Posten einen Durchschnittspreis kalkuliert und notiere nun bei jedem Kauf die Differenz zu meiner Kalkulation, so behalte ich Posten für Posten den Überblick.
Da steht ein gemütliches Doppelbett aus massivem Holz im Landhausstil, das Kopfende oval geschwungen. Nicht reduziert, aber günstig. Eigentlich wollte ich alle Betten bei uns in einem Bettencenter kaufen, wo Rufus die Matratzen bestellen will. Getreu seinem Motto, daß jedes Hotel nur so gut ist wie die Betten, hatte er – gar nicht sparsam – nicht nur mittelharte und mittelweiche Matratzen ausgesucht, sondern auch einige ganz weiche und einige ganz harte, für Leute, die es eben so gewohnt sind, und ich hatte dort bereits schlichte Betten ohne Kopf- und Fußende ausgesucht, aber dieses Angebot hier muß ich mir nicht entgehen lassen. Weil dieses Bett am schönsten auf einem Holzfußboden aussieht, notiere ich es für Zimmer 8 im ersten Stock, darunter ist der Frühstücksraum, da braucht man keine Teppichschalldämpfung. Und weil Teppich oder Bodenversiegeln etwa gleich viel kostet, stört es meine Kalkulation nicht.
Man kann auch bei einem Bettüberwurf beginnen, ein Zimmer einzurichten. Man muß es sogar, wenn ein Bettüberwurf mit einem indianischen Blumenmuster wegen eines Webfehlers, den man nur sieht, wenn man links vor dem Bett auf dem Boden liegt, reduziert ist. »Wer, aus welchem Grund auch immer, links vor dem Bett auf dem Boden liegt, sieht keine Webfehler mehr«, sagt Elisabeth völlig zu Recht. Dazu gibt es, zum Normalpreis, die Tapete im gleichen Muster. Paßt hervorragend zu dem rostroten Teppich, den ich aus dem Kaufhaus habe.
Irgendwann kommt das teuerste Problem. Die Sitzgruppe fürs Foyer. Es hat keinen Sinn, mehrere kleine Sofas aufzustellen, da setzt sich auf jedes Sofa immer nur einer, das ist zu teuer. Ich will eine Polstersitzreihe. Mit hoher Rückenlehne – jeder Sessel wirkt um so gemütlicher, je höher die Lehne ist. Und Sessel und Sofas

müssen kompakt auf dem Boden stehen, Sitzmöbel mit dünnen Beinen wirken immer unbequem. Nachdem wir wirklich alles angesehen haben, fällt die Entscheidung für eine halboval geschwungene Sitzgruppe aus zehn Polstersitzen am Stück. Die Sitzgruppe soll vor dem linken Fenster stehen, anstelle von Herrn Hedderichs Verschlag. Da hat jeder gute Sicht auf den Fernseher, der an der Seite vom Kontor, die zur Bar umgebaut wird, stehen wird. An der Theke außenrum haben acht Barhokker Platz, ich kaufe vorerst nur vier, wenn sich der Barbetrieb bewährt, kann man weitere nachkaufen, habe ich mit Rufus besprochen. Die Barhocker bitte ohne den üblichen Chrom, sondern schwarzmatt lackiert, das ist eleganter und billiger. Aber dann die elementare Frage: Soll die Sitzgruppe auch mit schwarzem Leder bezogen werden? Zu teuer. Und jeder hat schwarzes Leder. Ich hole die Farbmuster aus meiner Tiffany-Tüte: zu den rokokorosa marmorierten, weiß und grau abgesetzten Wänden würde natürlich eine Sitzgruppe in Rosa, Weiß oder Grau passen – aber viel zu empfindlich. Elisabeth hat die Idee: Es gibt einen italienischen Möbelstoffhersteller, der macht einen Stoff, der aussieht wie unser Terrazzoboden. Aber wird die Sitzgruppe nicht wie aus Stein gegossen wirken? Nicht wenn sie mit gelblichem Licht beleuchtet wird. Und glücklicherweise ist es für die Firma Hagen und von Müller kein Problem, den italienischen Stoff dem deutschen Sitzgruppenhersteller zu schicken!
Fehlen noch die Tische zur Sitzgruppe. Und Elisabeth, die alle Raffinessen kennt, die man hier verlangen kann, empfiehlt runde Tische mit rosaroten Marmorplatten. Toll zu den rosamarmorierten Wänden. Und rosarote Marmorplatten sind nur ein bißchen teurer als weiße, sehen aber mindestens doppelt so teuer aus. Nach diesen nervenzerfetzenden Entscheidungen gehen wir Mittagessen. Ich lade Elisabeth ein, in ein ganz vornehmes Café.
Unermüdlich fängt Elisabeth sofort wieder mit dem Löwenläufer an. Er sei jede Mark wert. Und von Wand zu Wand gespannter Teppich wirke in engen Fluren muffig, dagegen ein Läufer mittendurch, das hat Stil.
»Aber in den Fluren gehen links und rechts vom Fahrstuhl Sei-

tengänge ab, wie soll man einen Teppich mit solchem Randmuster um die Ecke legen?«
»Ganz einfach, die Läufer werden von einem Ende des Flurs zum andern Ende gespannt, wo die Gänge sich kreuzen, legt man sie überkreuz. Das wirkt sehr großzügig.«
Ich rechne. »Dann brauch ich siebenundfünfzig Meter! Zwölf Meter mehr als nötig, das ist zu großzügig.«
»Ab fünfzig Meter muß er dir fünf Prozent Rabatt extra geben. Zusätzlich verlangst du zehn Prozent Großeinkaufsrabatt und noch drei Prozent Skonto. So ein Teppich macht einen Supereindruck. Glaub es mir.«
Natürlich glaube ich es ihr und berechne schon die Rabatte: »Wenn wir noch ein paar günstige Sachen bekommen, ist der Löwenläufer drin.«
Zurück bei Hagen und von Müller überkommt uns die Idee, drei total coole Zimmer zu kreieren. Manager-Zimmer. In Grau, Schwarz, Weiß – was sonst. Elisabeth plädiert für ungemusterte Teppiche, aber das weiß ich besser: Menschen im Hotel machen ständig Flecken, ein unifarbener Teppich wäre nach wenigen Monaten ein Fleckenteppich. Frau Schnappensieps Denkweise ist meine Denkweise geworden. Elisabeth blödelt herum und schlägt vor, auch ein Zimmer für Musikstars zu schaffen, mit permanenten Rauchschwaden über dem Fußboden, wie man es im Fernsehen ständig sieht. Dann fällt ihr was Vernünftigeres ein, nämlich, daß es den Teppich mit den beigen Kieseln auch in Kieselgrau gibt, nur nicht reduziert. Der Preis hält sich in meinen Grenzen. Außerdem für jedes Manager-Zimmer schwarze Würfel als Nachttischchen und zwei schwarze Schreibmaschinentische, ebenfalls von nicht zu unterbietender Schlichtheit. Auf einen kann der Manager seinen Computer stellen, auf den anderen sein Aktenköfferchen. Dazu pro Zimmer zwei schwarzgebeizte Korbsessel, die wirken witziger als büroübliche Ledersessel und kosten die Hälfte. Und ein guter, preiswerter grauer Bettüberwurf mit einem geometrischen Reliefmuster.
Elisabeth findet das zu trist: »Irgendwie sollte sich ein Hotelzimmer von einem Büro unterscheiden.«
»Allen, die an den typischen Designerstil glauben, wird's schon

gefallen. Und manche Leute fühlen sich in einem Büro zu Hause.« Ich bin dafür, es auszuprobieren, weil es nicht teuer wird. »Wir werden den Managern als Farbtupfer ein schönes gelbes Telefonbuch hinlegen«, sage ich.
Und jetzt zum Ausgleich einige Zimmer mit Blümchentapeten. Elisabeth hat wieder Skrupel: »Bei Blümchentapeten sagt jeder sofort, sie wären kitschig.«
»Blümchentapeten sind wie Männer, manche sind ganz reizend«, sagt die Verkäuferin, die sich sonst aus unseren Überlegungen raushält.
»Ein guter Vergleich«, sagt Elisabeth, »Blümchentapeten sind wirklich wie Männer: Die meisten sind bescheuert und viel zu dominant.«
Darauf sagt die Verkäuferin nichts mehr. Aber wir finden eine umwerfend prächtige Tapete, die auch Elisabeth überzeugt: mit großen Blumenbouquets in Pink und Rosa, die Bouquets mit himmelblauen Schleifen gebunden. Eine Tapete, schön wie der ganze Frühling auf einen Schlag. Und eine Bordüre wie himmelblaues Schleifenband als Abschluß. Für ein so großes Muster braucht man ein großes Zimmer. Und weil ein schlichter Holzboden am besten zu dieser Tapete paßt, gegen die jede optische Konkurrenz zwecklos ist, wird sie ebenfalls für Zimmer 8 vorgesehen. Dazu ein Schrank im Landhausstil, himmelblau lackiert. Es wird entzückend aussehen.
Noch drei kleinere Zimmer mit kleineren Blümchenmustern. Und rasengrünem Teppich. Außerdem brauche ich Spiegel. Die in der Wohnaccessoires-Abteilung sind schön, ich kaufe sie trotzdem nicht, weil ich beim Glaser viel billiger Spiegelglas in goldene Leisten rahmen lassen kann. Aber ich entdecke Nachttischlampen mit Porzellanfuß: es gibt kugelrunde Lampenfüße, würfeleckige, amphorengleiche, und das in allen Farben, mit glänzenden Lampenschirmen in allen Farben. Und sie kosten weniger als alle, die ich bisher in Betracht gezogen hatte.
»Das ist so ein Lockvogelangebot für Männer, die ein Geschenk suchen«, sagt Elisabeth, »diese Lampen kosten wenig, sind aber aus einem Nobelladen, die werden gern gekauft. Und wenn die Männer schon mal hier sind, kaufen sie gleich für sich selbst eine Büroeinrichtung.«

Ich kaufe die Lampen auch sehr gern. Und zwar achtundvierzig Stück. Wir fangen an, festzulegen, wie viele weiße mit weißem Schirm, blaue mit weißem Schirm, blaue mit blauem Schirm, grüne mit weißem Schirm, grüne mit grünem Schirm, indianischrote, beige, schwarze, gelbe wir brauchen. Die Verkäuferin bringt uns Kaffee und Edel-Kekse. Nach einer Stunde haben wir jedes Zimmer mit der optimalen Lampe ausgestattet. Und die Lampen haben meine Kalkulation um über tausend Mark reduziert. Jetzt ist es möglich: Ich kann den Löwenläufer kaufen!

»Ehe wir mit Edel-Müller verhandeln, besichtigen wir zum Abschluß die Schreckenskammer«, sagt Elisabeth. Wieder eine andere Verkäuferin begleitet uns. Die Schreckenskammer ist im Keller. Hier lagert alles, was bestellt und nicht abgeholt und an keinen anderen Menschen zu verkaufen war. Eine komplette Einrichtung für eine Jagdhütte – alle Sitzlehnen aus Hirschgeweihen; lilaorange gezackte Boutiquenmöbel; pseudobarocke lebensgroße Madonnen, die eine Glühbirne hochhalten; aber auch ein Teppich mit langstieligen roten Rosen auf schwarzem Grund, ziemlich verrückt, aber sehr witzig. Ich nehme ihn sofort. Der hat mir gerade noch gefehlt! Mit einem knallroten Bettüberwurf wird das ein super Zimmer.

»Ist der Teppich von Frau Futura noch da?« fragt Elisabeth.

»Natürlich«, flüstert die Verkäuferin.

»Zeigen Sie ihn mal meiner Freundin.«

Die Verkäuferin rollt widerwillig einen runden Teppich aus, zwei Meter Durchmesser, als erstes fällt ein großes Monogramm im Mittelfeld ins Auge, gelb auf azurblauem Grund steht da: FH. Drumherum Sterne. Dann Sternkreis-Figuren, plastisch und klassisch wirken sie, außen wieder Sterne. »Es ist ein ähnlicher Stil wie der Löwenläufer«, sage ich bewundernd.

»Er ist von der gleichen Firma, eine Einzelanfertigung.«

»Was bedeutet das FH?«

»Es bedeutet: Frau Futura, Hellseherin. Die Dame war Spezialistin für Fernheilungen und starb an Krebs, ehe sie den Teppich bezahlt hat. Und weil sie nur Schulden hinterließ, brachte ihn der Gerichtsvollzieher zurück.«

»Wenn man auf Fernheilungen spezialisiert ist und wird selbst

krank, nützt das nichts, weil man sich selbst immer nah ist«, sagt die Verkäuferin. Man merkt ihr an, daß sie über das Problem heftig nachgedacht hat. »Wir haben sämtliche Kunden angeschrieben, die FH als Monogramm haben, aber sobald ich den Leuten sage, wo der Teppich herkommt, will ihn keiner. Ich bin sicher, daß ein Fluch darauf lastet.«
»Er hat über viertausend gekostet und jetzt neunhundertfünfzig«, sagt Elisabeth.
»Der Chef würde ihn auch für weniger weggeben, er glaubt inzwischen selbst, daß ein Fluch drauf lastet«, tuschelt uns die Verkäuferin zu. »Das Ding bringt uns noch die Motten ins Haus, oder Schlimmeres.« Sie wirft einen argwöhnischen Blick auf den wunderbaren Teppich.
Ich bin nicht abergläubisch, jedenfalls habe ich keine Angst vor einem Teppich. Aber was mache ich mit einem Teppich, auf dem FH steht? Dieser Teppich wäre im Prinzip ideal als Mittelpunkt des Foyers – da soll der ovale Kirschbaumtisch stehen, um Prospekte auszulegen und Blumen aufzustellen, und wenn man den Tisch einfach nur auf den Terrazzoboden stellt, macht das zu wenig her. »Vielleicht könnte man das Mittelstück mit dem Monogramm rausschneiden und ein anderes Teppichstück einsetzen?«
»Diese Farbe in dieser Qualität bekommen sie von keiner andern Firma«, sagt die Verkäuferin.
»Man könnte was bestellen, aber das wird teuer«, sagt Elisabeth. »Überleg dir's in Ruhe, den Teppich kauft dir keiner weg. Wir müssen jetzt mit Herrn von Müller verhandeln.«
Herr von Müller erwartet uns in seinem echt barocken Büro.
»Ich hoffe, Sie hatten viel Spaß bei der Auswahl«, sagt er.
»Wir sind nicht gekommen, um viel Spaß zu haben, sondern um viel Rabatt zu bekommen«, sagt Elisabeth.
»Sie haben viel reduzierte Ware gekauft«, sagt Herr von Müller, »eigentlich geben wir auf reduzierte Ware...«
»...ebenfalls zehn Prozent Rabatt, wenn die Gesamtsumme über zwanzigtausend Mark liegt«, sagt Elisabeth.
Herr von Müller sagt nichts mehr.
Ich tippe auf meinem Taschenrechner herum und fühle mich ein

bißchen wie ein Cowboy, der mit einer geladenen Pistole spielt: »Wenn ich siebenundfünfzig Meter von dem Löwenläufer nehme, wieviel Sonderrabatt geben Sie mir dann?«
»Fünf Prozent«, antwortet mir Elisabeth.
Herr von Müller guckt giftig, sagt aber nur: »Wir brauchen die exakten Längenabschnitte, damit die Schlaufen eingenäht werden können. Der Läufer hat zwei Monate Lieferzeit.«
»Vorher brauchen wir ihn auch nicht. Die Sitzgruppe kommt auch erst in zwei Monaten. Alles andere brauche ich in spätestens drei Wochen.«
»Und wie bezahlen Sie?« will Herr von Müller wissen.
Ich habe einen Blankoscheck zur Verrechnung. Rufus meinte, ich müßte wahrscheinlich eine Anzahlung machen. »Ich bezahle zehn Prozent der ersten Lieferung im voraus, den Rest jeweils sofort bei Lieferung«, erkläre ich.
»Macht noch mal drei Prozent Skonto«, sagt Elisabeth.
Herr von Müller guckt giftiger und addiert und addiert und subtrahiert und subtrahiert.
Ich prüfe und prüfe. Gesamtsumme abzüglich aller Rabatte: 44716,50 Mark.
»Machen wir eine runde Summe«, sage ich, »machen wir fünfundvierzigtausend, dann nehme ich noch den Teppich von Frau Futura.«
Herr von Müller sieht mich mit offenem Mund an, dann macht er den Mund wieder zu: »Sehr gern, gnädige Frau.«

Herr von Müller begleitet uns zur Tür. »Sind Sie weiterhin an dem Kahnweiler-Tisch interessiert, Fräulein Leibnitz?«
»Oh ja«, sagt Elisabeth, »trotzdem bitte weiterhin ›Frau‹ Leibnitz.«
»Wollen Sie ihn noch mal ansehen, Frau Leibnitz?«
»Ich seh ihn immer wieder gerne.« Lächelnd geleitet uns Herr von Müller in ein Konferenzzimmer.
Zum erstenmal seh ich ihn: Es ist ein toller Auszieh-Tisch mit den zwölf verschiedenen Beinen, eines der wenigen schönen modernen Möbel. Die Metall-Tischplatte ist grau-schwarz patiniert, mit einem Hauch von Kupferspangrün, die Platte ist so extrem

dünn, daß sie zu schweben scheint. Ein Tischbein hat einen Klauenfuß, der eine Kugel hält, eines ist wie ein alter Teppichklopfer gebogen, eines ist barock, eines im Empirestil mit einer sich nach unten verjüngenden Säule, eines ist dramatisch gezackt – Elisabeth hat recht, das ist ein Tisch fürs Leben.
»Falls du auch einen Kahnweiler-Tisch willst«, sagt Elisabeth, »ich habe Beziehungen zur Firma Kahnweiler. Auf Wiedersehn, Herr von Müller.«
Draußen sagt Elisabeth, daß es gar nicht wahr ist – die Firma Kahnweiler hat bisher nicht geantwortet. »Aber Edel-Müller hat's geglaubt. Dieser Tag war ein großes Vergnügen!«
»Ohne dich hätte ich nie soviel Rabatt bekommen. Ich müßte dir ein Honorar für deine Beratung zahlen.«
»Quatsch! Und außerdem, nachdem ich ihm eine so gute Kundin gebracht habe, wird er mir künftig auf alles, was ich kaufe, auch zehn Prozent geben. Es hat sich auch für mich gelohnt.«
Von der nächsten Telefonzelle rufe ich Rufus an, er freut sich sehr, daß wir so erfolgreich waren. Als ich ihm erzähle, daß ich den Teppich einer verstorbenen Hellseherin, der ursprünglich über viertausend Mark kostete, für 283,50 Mark bekommen habe, und Rufus frage, ob er fürchtet, daß ein Fluch darauf liegt, lacht er: »Warum denn? Die Hellseherin hat Glück gehabt, sie hatte ihren Teppich, ohne je dafür bezahlen zu müssen. Soviel Glück haben wenige. Und du hast ihn auch fast geschenkt bekommen. Falls ein Fluch auf dem Teppich liegt, trifft er nur die, die ihn verkaufen wollen. Den Käufern bringt er Glück, so seh ich das. Und sicher kannst du das FH kaschieren, damit ist alles in Ordnung.« Ansonsten, berichtet Rufus, seien heute die neuen Fenster fürs Erdgeschoß gekommen, und sie hätten genau die Maße, die ich ihm zur Kontrolle aufgeschrieben hatte. »Morgen wird ein besonders lauter Tag, da werden die Maurer Fenster unten einbauen.«
»Also, dann bis morgen. Tschüs!«
Ich freu mich auf morgen, auf meine Arbeit, und ich freu mich auch ein bißchen, Rufus wiederzusehen. Dann trinken Elisabeth und ich in einem Edel-Bistro zwei Glas Champagner auf unseren Einkaufserfolg.

Als ich zu Hause alles erzählen will, hört nur mein Vater zu. Meine Mutter und Annabell sind mit Solveig beschäftigt. Solveig hatte geglaubt, daß ich immer, wenn ich zur Tür reinkomme, ein Geschenk für sie hätte, aber heute hatte mein Mutter kein Geschenk parat, folglich bekam Solveig einen Tobsuchtsanfall. Und ich bin dran schuld, sagt Annabell. Und meine Mutter ist auch schuld, klagt sich meine Mutter selbst an.

Es ist wieder dicke Luft. Mein Vater sagt leise zu mir: »Deine Mutter wird sich demnächst entscheiden müssen, ob sie Ehefrau bleiben will oder Oma.«

Mir wird ganz mulmig. Noch nie bin ich auf den Gedanken gekommen, meine Eltern könnten sich trennen. »Das ist nicht dein Ernst!«

»Warum nicht«, sagt mein Vater, »wenn ich hier keine Rolle mehr spiele, kann ich gehen.«

Benedikt fällt mir ein – den ganzen Tag über hatte ich fast nicht an ihn gedacht, bei ihm spiele ich auch keine Rolle mehr. Und dann muß man gehen.

Im Nebenzimmer rufen meine Mutter und Annabell abwechselnd: »Solveig, lach mal! Solveig, willst du ein Eis? Solveig, sieh mal...!« Solveig!... Solveig!... Solveig!

Benedikts Mutter fällt mir ein: Hat eigentlich Nora je einen Satz gesagt, in dem sie nicht von Benedikt oder Mercedes sprach? Ich weiß es nicht, es ist vorbei. »Vielleicht wird alles wieder gut«, sage ich zu meinem Vater.

Er lacht wie ein Verzweifelter.

Am nächsten Morgen fahre ich ganz früh zurück, ich will nicht noch mal Solveig und Annabell erleben. Als ich mich von meiner Mutter verabschiede, sage ich: »Tschüs, Oma!« Es fällt ihr nicht auf.

Mein Vater fährt mich zum Bahnhof. Er schweigt vor sich hin.

»Vielleicht könntest du irgendeinen Kurs machen, um neue Leute kennenzulernen«, sagte ich, um ihn aufzuheitern.

»Ich könnte einen Privatkochkurs bei Frau Engelhardt machen.«

»Bitte nicht, Papa!« – Das wäre das Ende der Ehe meiner Eltern.

Mein Vater lacht: »Kochkurse sind doch sehr nützlich. Aber mach dir keine Sorgen, Herr Engelhardt würde es nicht erlauben.«
Ich kann darüber nicht lachen. Bitte nicht noch eine Trennung!
Mein Vater muß ins Büro. Er setzt mich vor dem Bahnhof ab. Und zum Abschied sagt er: »Viele Grüße auch an deinen Be...«, und dann stoppt er und sagt: »Herrn Berger.«
Ich weiß genau, was er sagen wollte. Aber ich lächle und sage, daß ich Herrn Berger grüßen werde.

85. Kapitel

Bis die große Möbellieferung kommt, ist viel zu tun. Überall, wo kein Teppich liegen wird, müssen die Böden abgeschliffen werden. Die Schleifmaschine, dazu Bohrmaschine und Säge vom Schreiner, der Schränke einbaut, vertreiben die letzten Gäste. Auch alle Türen werden zur Flurseite abgeschliffen und neu lasiert. Auf der Zimmerseite werden sie weiß lackiert, denn eine braune Türfläche würde die Farbharmonie der Zimmer stören.
Es ist ein großer Tag, als das Linoleum aus dem Foyer verschwindet. Zum Glück ist der alte Kleber spröde wie Glas und läßt sich abschleifen. Mit dem Linoleum verschwindet auch Herrn Hedderichs Verschlag im Bauschuttcontainer. Herr Hedderich trägt es gelassen, weil ich ihn überzeugt habe, daß der neue Portierraum hinter der Rezeption viel schöner wird. Und daneben entsteht auch ein kleiner Abstellraum, in dem er alles Handwerkszeug unterbringen kann, besser denn je.
Der schwarzweiße Terrazzoboden hat an der Wand entlang ein Muster aus weißen Mosaiksteinchen, vier Streifen, die einen dreißig Zentimeter breiten Rand ergeben – heute würde es ein Vermögen kosten, so einen Boden machen zu lassen. Nur sind diverse Löcher im Boden von Herrn Hedderichs Verschlag. Einer der Fliesenleger weiß die Lösung: Wo die Sitzgruppe den Boden verdecken wird, schneidet er Terrazzostücke raus und verklebt damit die Löcher. Tadellos. Poliert wird der Boden erst

später, wenn keine akute Kratzergefahr mehr besteht, vorläufig wird er mit einer dicken Plastikfolie geschützt.
Nachdem überall der Schleifstaub abgewischt und aufgesaugt ist, können die Maler kommen. Sie sind zuerst tagelang damit beschäftigt, die Kabel für die Decken- und Wandbeleuchtung unter Putz und unter neue Stuckkanten an der Decke zu verlegen; alle Löcher von den abgerissenen Holzpaneelen zu verspachteln; alle Wände zu glätten; alles weiß zu grundieren. Und dann ist es taghell im ehemals schummrigen Foyer. Als wäre aus einem Keller ein Atelier geworden.
Die Maler machen erst mal oben weiter – meine Entwürfe, wo im Foyer marmorierte Flächen hinsollen und wo diese Flächen von grauen Linien, und in welchen Abständen umrahmt sind, sind ihnen zu kompliziert. Sie könnten eine ganze Wand am Stück marmorieren, aber all diese Flächen ausmessen und einzeichnen, das würde viel zu teuer. Also zeichne ich die Linien selbst auf die weiße Wand. Rufus hilft mir. Er zieht auf der Leiter die Striche oben entlang der raumhohen Leiste, die wir als Lineal benutzen, ich zieh die Striche unten, in der Mitte ziehen wir sie abwechselnd. Eine elende Präzisionsarbeit.
Um einen Platz zu haben, wo wir uns hinsetzen können, wenn wir uns eine Pause leisten, stellen wir einige müllreife Sessel und einen Müll-Tisch ins Foyer, ich verdecke die Sessel mit alten Bettlaken. Die Bettlaken-Sitzgruppe zwischen den weißen Wänden, auf denen nur zarte Linien zu sehen sind, dazu die weißgraue Plastikfolie auf dem Boden – es sieht aus wie in einem modernen Theaterstück. Es gefällt mir.
Rufus sagt: »Das Stück, das wir hier spielen, wird oft in Theaterprogrammen angekündigt.«
»Wie heißt das Stück?«
»Wegen Umbauarbeiten geschlossen.«
Als ich überlege, warum ich über den Scherz so lache, denke ich, daß ich auch aus Angst lache. Angst, daß wir alles nicht schaffen. Ein Glück, daß Frau Schnappensiep im Sommerurlaub weilt, wie könnte ich ihr erklären, daß aus dieser kahlen Kulisse wird, was ich ihr versprochen habe? Und Rufus sagt, er hätte Zweifel, ob die Maler ihren Zeit- und Kostenplan einhalten. Aber das sei

nicht meine Schuld. Sorgen mache ich mir natürlich trotzdem. Wie wird das alles enden?
Herrn Hedderich gefällt die Bettlaken-Sitzgruppe sehr gut. Er streicht hier die sechzig Stühle vom Frühstücksraum. Abgesehen davon, daß sie alle gleich aussehen, sind es Stühle ohne besonderen Reiz, aber man sitzt wirklich bequem, und sechzig neue wären zu teuer gewesen. Weiß gestrichen und mit angeknüpften rosa-grün-weiß gestreiften Kissen werden sie dem Frühstücksraum eine beschwingte Atmosphäre geben, er soll wie ein elegantes Gartencafé wirken. Herr Hedderich lackiert mit leidenschaftlicher Sorgfalt immer acht Stühle gleichzeitig, pro Tag werden zwei fertig. Frau Hedderich näht die Stuhlkissen, das macht sie gerne, weil sie dabei sitzen kann. Sie schafft vier Kissen pro Tag – die meiste Zeit kocht sie für die Handwerker und für uns. Der rosa-grün-weiß gestreifte Kissenstoff ist aus dem hiesigen Bettencenter und ist eigentlich ein Matratzenbezugsstoff, er war ein solches Supersonderangebot, daß ich einen ganzen Ballen davon gekauft habe. Damit werden noch ein paar Sessel neu bezogen, sie sind bereits beim Polsterer.

Pünktlich in der zweiten Juliwoche kommt ein großer Möbelwagen von Hagen und von Müller, außer dem Löwenläufer und der Sitzgruppe ist alles dabei. Als letztes wird Frau Futuras Teppich ausgeladen – das heißt, er wurde als allererstes eingeladen. Rufus erklärt, das Teppichblau sei seine Lieblingsfarbe, und es sei das gleiche Blau wie mein Wintermantel. Ich lasse ihn in dem Glauben, obwohl das Teppichblau viel ruhiger ist als das meines Mantels, mit Rufus' Farbgefühl ist es eben nicht weit her. Ich vermesse das FH-Monogramm auf Frau Futuras Teppich, es ist immerhin 65 cm × 65 cm. Ich will es rausschneiden, ein Teppichstück in einer Kontrastfarbe einsetzen, aber Rufus jammert, vorher müßte alles andere versucht werden, lieber was drüberlegen, nicht den schönen Teppich anschneiden. Also gut. Warten wir ab, den Teppich brauchen wir noch lange nicht.
Die gesamte Lieferung wird vorläufig im Frühstücksraum untergestellt, jedes Stück bekommt einen Aufkleber mit Zimmernummer, damit es später kein Chaos gibt.

Kaum sind die ersten Zimmer tapeziert, stelle ich fest, daß auf einer Wand in Zimmer 16 noch nach dem Trocken große Beulen sind.
»Das liegt an der Tapete«, sagt der freche Malergeselle.
»Das ist eine teure Tapete!«
»Dann liegt es an der Wand!«
»Es liegt an Ihnen! Machen Sie diese Beulen raus!«
»Das geht nicht, ich kann nicht neu tapezieren, weil keine Tapete mehr da ist, Sie haben alles viel zu knapp kalkuliert.«
»Ich bin davon ausgegangen, daß ein Maler mit Ihrem Stundenlohn ohne Beulen tapezieren kann.«
Er sagt nichts mehr, aber mir bleibt trotzdem nichts anderes übrig, als zu überlegen, was ich über die Beulen hängen kann. Natürlich Bilder, aber was für Bilder?
Was für Bilder passen in ein Hotelzimmer? Frauen lieben Blumenstilleben. Aber die ewigen Blumenstiche von Maria Sibylla Merian sind zu langweilig. Und Männer finden so was kitschig. Männer mögen die Männerstilleben mit Bierhumpen und Weingläsern, mit gekochten Hummern und toten Fasanen – so was finden sie nicht kitschig. Am liebsten mögen Männer Aktgemälde. Aber in einem Hotel wirkt das zu puffig. Irgendwie fällt mir ein, daß ich mal ein Buch angesehen habe mit allen Porträts der Schönheiten-Galerie von König Ludwig I. von Bayern. Der ließ ein paar Dutzend Frauen malen, die er für besonders schön hielt. Ich erinnere mich genau, weil Benedikt gesagt hatte, ich sehe einer gewissen Caroline aus der Schönheiten-Galerie ähnlich. Das wäre doch was – ich könnte in einige Zimmer je sechs dieser Porträts hängen, in schmale goldene Leisten gerahmt. Das wären für Männer und für Frauen interessante Studienobjekte, jeder könnte sich fragen: »Was hat er nur an der gefunden?« Und damit wäre jede Beule in Zimmer 16 abzudecken.
Überhaupt sollte ich mehr Bilder aufhängen. Bilder sind die beste Möglichkeit, um einem Zimmer eine persönliche Note zu geben. Als ich Rufus beim Mittagessen erzähle, daß ich Kunstdrucke besorgen und rahmen lassen will, fällt ihm auch was ein. Er bringt aus seiner Wohnung einen großen Kunstdruckkalender vom vorletzten Jahr. Es sind Landschaftsfotos mit Sauriern.

»Das gefällt mir am besten«, sagt Rufus und zeigt das Kalenderblatt vom April: ein graubraun gescheckter, baumgroßer Saurier, der einen rosablühenden Magnolienbaum abfrißt, als wär's ein Blumenkohl. Im Schatten der Magnolie schlummern aneinandergekuschelt zwei Saurierbabys.
»Hm«, sage ich, »ist das nicht ein bißchen kitschig, Saurier unter Magnolien?«
»Wieso kitschig? So hat das ausgesehen. Magnolien gehören zu den ältesten Bäumen, die gab es bereits vor hundert Millionen Jahren.«
Auf dem nächsten Blatt rennen bleichhäutige Saurier, gejagt von einem größeren mit einem Rüssel auf dem Hinterkopf, durch einen Schachtelhalmwald. Auf dem Augustkalenderblatt Kampf der Seesaurier. Ein krokodilähnlicher Fisch springt aus den Wellen, einem Riesentier mit Schlangenhals an die Gurgel. Dann ein Wüstensaurier, der mit bluttriefendem Gebiß einen erbeuteten Verwandten abschleppt, Richtung Felshöhle, wo vier kleine Saurier schwanzwedelnd auf ihr Futter warten. Reizend. Als nächstes ein fledermausähnliches Riesenvieh schwebend über einem Ginkgobaum, im spitzen, zahnbesetzten Schnabel einen rosaroten Storch, der heftig zappelt. »Das ist ein Flamingo. Die haben auch schon viel überlebt.«
Das Novemberblatt ist besonders dramatisch. Zwei Flugsaurier über dem Meer, am Himmel schwarze Wolken, von einer senkrechten Spur durchschnitten. »Die letzte Sekunde im Leben von zwei Peterosauriern, dahinten stürzt ein Meteor ins Meer«, erklärt Rufus.
Auf dem Dezemberblatt endlich wieder eine friedliche Szene: ein Vieh, dessen Kopf in den Wolken verschwindet, umflattert von einer Schar Flamingos, die neben ihm klein wie Spatzen wirken.
»Gefallen sie dir?« fragt Rufus begeistert.
Ich finde die Bilder zu kitschig, aber ich will Rufus nicht kränken und was gegen seine Saurier sagen: »Ja, sie gefallen mir, aber willst du dich wirklich von diesen Bildern trennen?«
»Ja, ja, ich wollte sie längst schon rahmen lassen.«
Also gut, mit grauem Passepartout und schwarz gerahmt werden sie nicht mehr so bunt wirken. »Wenn du damit einverstan-

den bist, hängen wir je drei oder vier Saurierbilder in die Manager-Zimmer, da passen sie hin.«
Rufus ist hocherfreut.

Ich rufe Elisabeth an, sie weiß auch nicht, wo man die Kunstdrucke mit den Porträts der Schönheiten-Galerie kaufen kann, will aber in den Museen anrufen. »Rat mal, was ich vor mir sehe?« fragt sie. Und ehe ich raten kann: »Meinen Kahnweiler-Tisch. Dreißig Prozent Rabatt!« Sie kichert: »Gestern ist er gekommen, plus acht Stühle. Hier sieht es vielleicht aus, traumhaft! Ich wollte dich auch schon anrufen, aber wir haben so viel zu tun, wir können nämlich zehn Prozent Rabatt zusätzlich bekommen, wenn wir der Firma Kahnweiler ein Foto unserer repräsentativen Geschäftsräume zur Verfügung stellen, die wollen einen Prospekt machen, in dem die führenden Innenarchitektinnen und Innenarchitekten des Landes an ihren Kahnweiler-Tischen zu sehen sind, deshalb bauen wir gerade alles fürs Foto auf, Peter leuchtet das Zimmer so aus, daß es wie ein endloser Raum wirkt, und ich werde mindestens so bedeutend aussehen wie die Leiterin eines Museums für moderne Kunst. Und dann werde ich Peter fotografieren, daß er aussieht wie der Chef der Bundesbank in seiner Kommandozentrale. Soll ich dir einen Prospekt schicken lassen? Das wäre doch auch ein Tisch für dein Foyer.«
»Der ist viel zu groß.«
»Es gibt ihn auch kleiner und in rund.«
»Und er ist viel zu teuer.«
»Du bekommst über mich dreißig Prozent.«
»Trotzdem zu teuer. Und farblich würde er auch nicht passen.«
»Du kannst die Tischplatte in einer andern Farbe bestellen. Das Metall läßt sich nach Wunsch patinieren.«
»Aber ich brauche einen Tisch, der das FH auf dem Teppich verdeckt.«
»Dann hängt einfach eine bodenlange Tischdecke drüber.«
»Elisabeth«, sage ich langsam, »kannst du mir erklären, warum ich einen Tisch für ein paar tausend Mark kaufen soll, um ihn dann unter einer Tischdecke zu verstecken?«

Elisabeth denkt nach. »Ich denke, Hauptsache, man hat ihn.« Dann lacht sie albern, »du hast recht, das war wohl eine Lektion zum Thema ›Wie Liebe blind macht‹.«
Ja, das war es. Aber das war auch die Idee. Einfach über einen runden Tisch eine lange, prachtvolle Tischdecke legen. Damit wäre das FH unsichtbar. Manchmal kommt man nicht auf die einfachsten Lösungen. Und eine Tischdecke ist höchstens relativ teuer, nicht absolut. Ich verspreche Elisabeth, daß ich demnächst, wenn sie weiß, wo es die Kunstdrucke gibt und ich hier kurz weg kann, nach München fahre, ihren Tisch bewundere, die Kunstdrucke besorge und bei Hagen und von Müller den idealen Stoff für die Foyer-Tischdecke.
Schon eine halbe Stunde später habe ich den Tisch, den ich brauche, ich muß nur in meiner Planung etwas vertauschen: der ovale Kirschbaumtisch, den ich bisher fürs Foyer vorgesehen hatte, weil es unser bester Tisch ist, obwohl er eigentlich als Tisch an so zentraler Stelle nicht gut genug ist, kommt nun in das große Zimmer 18, wo er wirklich edel wirken wird, und dafür der runde aus 18 ins Foyer. Für den Preis einer Tischdecke ist ein großes Problem optimal gelöst. Und Rufus, der den Teppich von Frau Futura mindestens so schön wie einen Saurier findet, ist froh, daß ihm keine Faser geknickt wird.

Am handwerkerfreien Sonntag stellen Rufus und ich probehalber die zwei rosa Marmortische ins Foyer. Ich imaginiere mir dazu die fehlende terrazzogemusterte Sitzgruppe und zwischen den vorgezeichneten Linien an den Wänden rosaroten Marmor und in der Mitte des Foyers Frau Futuras Teppich samt rundem Tisch mit, ja, blauer Tischdecke – trotzdem, irgendwas fehlt. Das Foyer ist so hoch, daß die weiße Decke vielleicht eine zu große sterile Fläche wird. Vielleicht wird alles anders wirken, wenn die Wände Farbe haben? Montagfrüh sage ich dem Chef der Malertruppe, er soll eine Partie marmorieren, damit ich weiter entscheiden kann.
Und damit beginnt das Desaster. Drei Tage schmieren er und seine Kollegen abwechselnd an der Wand herum. Angeblich gibt es viele Möglichkeiten, Marmor zu malen – Tatsache ist, daß sie

keine davon beherrschen. Alle stehen herum und reden dummes Zeug. Herr Hedderich kennt einen jungen Mann, der kann Marmor malen, daß ihn selbst Experten nicht von echtem Marmor unterscheiden können. ... dann erfahren wir, daß der junge Mann vor vierzig Jahren, einen Tag nach seiner Verlobung, von einem Traktor umgefahren wurde, auf der Stelle tot. Die Maler erinnern sich ebenfalls an ebenfalls verstorbene Maler, die mit verbundenen Augen Marmor malen konnten – alles, was sie selbst zustande bringen, sieht aus wie an die Wand geklatschte Erdbeersahnetorte. Schließlich einigen sie sich darauf, daß alles meine Schuld ist, heutzutage würde ausschließlich echter Marmor verlegt. Und gemalter Marmor könnte nie wie echter Marmor aussehen, überhaupt kein Vergleich sei das, wenn man einmal echten Marmor gesehen hätte.
Am dritten Abend sitze ich heulend vor der Erdbeersahnetortenwand. Wenn es so wird, kann ich das Foyer vergessen. Rufus will mich beruhigen, er wird ab morgen versuchen, einen anderen Maler aufzutreiben. Donnerstag mittag kommt er mit der Botschaft, in den nächsten Tagen käme der beste Malerspezialist, der zu haben sei.
Rufus ist optimistisch, sein Informant sei ein intimer Kenner der Handwerker-Szene. Ich bin skeptisch. Aber die Erdbeersahnetorte wird von der Wand getilgt, weiß überstrichen.

An diesem Abend kommt nach längerer Zeit mal wieder Tanja vorbei, sie hat ihren Freund Werner, den Juwelier, dabei. Sie wollen demnächst in Urlaub fahren und uns vorher noch mal sehen. Er trägt einen weißen Leinenanzug, ist braun gebrannt, lacht wie ein Reklamemann für Rasierwasser. Tanja trägt ein schwarzes Leinenkleid und sieht auch so super aus, daß ich kaum wage, den beiden die Hand zu geben, ich bin so eingedreckt. Und an Tanjas Ohren sehe ich große, goldene Kugeln, mattiert, brillantbesetzt. »Sind die von Werner?«
»Natürlich.«
Werner begrüßt Rufus wie einen alten Kumpel und mich fragt er auch gleich: »Ist das deine Naturhaarfarbe oder Staub auf deinem Kopf?«

Tanja fragt: »Habt ihr diesen Sommer schon mal die Sonne gesehen?«
»Ja, wenn wir über den Hof zum Müllcontainer gehen oder vor die Tür zum Bauschuttcontainer.«
»Auf dieser Baustelle hier bekommt man sofort Durst«, sagt Werner. Rufus holt eine Flasche Sekt-Hausmarke. Ich bitte die Gäste, in unserer Wegen-Umbau-geschlossen-Theaterkulisse Platz zu nehmen.
»Wir trinken auf den Fortschritt der Arbeit«, sagt Tanja, »ist schon was fertig?«
»Ja, oben.«
Werner springt sofort auf, aber wir sind zu müde, um Zimmer vorzuführen. »Wartet bitte, bis mehr fertig sind.«
»Ihr seid ja schon total fertig«, sagt Werner und setzt sich wieder. Er prostet mir zu: »Lach mal, guck nicht so traurig.«
»Ich warte auf den Mann, der Marmor malen kann«, sage ich depressiv.
Werner kringelt sich vor Lachen: »Super, guter Rhythmus, sollte man vertonen – Ich warte auf den Mann, der Marmor malen kann...« – er springt auf – »früher hab ich Schlagzeug gespielt.«
In einer Ecke findet er leere Farbeimer und zwei Pinsel, er baut sich die Eimer wie ein Schlagzeug auf und singt: »Wart mit mir auf den Mann, der Marmor malen kann, yeah, du ja, yeah, du da. Yeah.«
Sehr lustig, wenn man Lust hat zu lachen und nicht auf den Mann wartet, der Marmor malen kann.
Werner variiert Tonart und Text: »O yeah, sie wartet auf den Mann, der Marmor malen kann, dann fängt für sie ein neues, neues Leben an. Yeah, hey, tell me – kannst du Marmor malen... hey, tell me...«
»Wir fahren zweieinhalb Wochen nach Griechenland«, sagt Tanja, »in einen Erlebnis-Club. Werner hat gern viel Action.«
Unnötig, das zu sagen, wenn man Werner am Farbeimer-Schlagzeug sieht. Er trommelt jetzt, ohne zu singen, aber es hört sich an wie Gesang, als er mich fragt: »Tell me, Viola, bist du mit dem gebrochenen Herzen aus meinen Atelier zufrieden?«
Ja, es ist wundervoll, ich trage es zur Zeit nur deshalb nicht, weil

es schade wäre, so schönen Schmuck auf einer Baustelle zu tragen. Außerdem geht die Handwerker mein gebrochenes Herz nichts an. »Demnächst, wenn wieder bessere Zeiten kommen, werde ich es immer tragen.«
Werner findet auch das sehr lustig. Sofort singt er: »Was wird aus den gebrochenen Herzen, die auf Marmor warten unter Schmerzen, la, la la…«
Rufus bringt die nächste Flasche Sekt. Werner kippt ihn runter wie Bier, trommelt und singt: »Marmor, Stein und Eisen bricht«, Tanja lacht und singt mit. Rufus und ich hängen sang- und klanglos in den Sesseln.
Nach der zweiten Flasche sagt Tanja: »Werner, wir gehen. Mit diesem Publikum ist nichts anzufangen.« Und zu uns sagt sie: »Bleibt sitzen, schont eure Kräfte. Wir schicken euch eine Postkarte.« Lachend und singend ziehen sie ab.
Wir bleiben sitzen. Ich versuche, an was anderes als an den Mann, der Marmor malen kann, zu denken: »Macht es dir nichts aus, daß Tanja jetzt mit ihrem Juwelier wegfährt?«
»Warum soll mir das was ausmachen?«
»Ich dachte, du und Tanja…«
»Zwischen uns war nie was.«
»Warum nicht, ich dachte…«
»Ich weiß nicht, warum nichts zwischen uns war. Zwischen den meisten Leuten ist nie was. Ich finde Tanja toll, ich unterhalte mich gerne mit ihr, aber mit ihr zusammenleben – da versagt meine Vorstellungskraft. Ihre auch. Das ist alles.«
Gut möglich, daß das alles ist, denke ich und sage: »Ich bin so müde, gehen wir ins Bett.« Und wie ich das so sage, denke ich, daß Leute, die uns nicht kennen, jetzt denken könnten, wir gingen zusammen ins Bett. Aber da versagt meine Vorstellungskraft, obwohl man im Dunkeln Rufus' Bärte nicht sehen würde. Und obwohl ich mir vorstellen kann, daß Rufus warm ist und weich und vielleicht auch stark – aber nach einem Mann wie Benedikt neben einem Mann wie Rufus aufzuwachen, das kann ich mir nicht vorstellen. Und auch Tanjas neuer Werner sieht so gut aus. Aber wer sieht im Vergleich zu Rufus nicht blendend aus?!

»Warum hast du eigentlich überall Bärte?« habe ich Rufus mal gefragt. Er hat gesagt, das sei praktisch. Und er hätte mal eine Bartflechte gehabt, einen Ausschlag am Kinn und über der Lippe, der verschwand, als er sich nicht mehr rasierte. Wahrscheinlich ist es auch praktisch, nur eine Augenbraue zu haben. Und ich habe auch schon gesagt: »Ich sollte mal zum Friseur gehen und mir eine ganz andere Frisur machen lassen« und gehofft, er würde sagen, daß er mitgeht und irgendwas gegen seinen Deppenpony unternimmt, aber er sagte nur: »Ich finde sie so schön, wie sie ist.« Es hat keinen Zweck.
Verglichen mit Benedikt wäre Rufus ein schäbiger Restposten. Ein Mann ist kein Teppich – trotzdem.
»Also, gehen wir ins Bett«, sagt auch Rufus. »Gute Nacht, bis morgen früh.«
Ich bin froh, daß ich jetzt jeden Abend so todmüde bin, daß ich sofort einschlafe. Nur morgens beim Aufwachen ist mein erster Gedanke: Wo hat Benedikt heute nacht geschlafen? Was wäre, wenn Angela bei der Geburt stirbt? Oder das Baby?
Aber man kann auch mit Walkman auf dem Kopf die Zähne putzen, sich anziehen und sogar kämmen, und die Musik überdröhnt zuverlässig alle Stimmen in meinem Kopf.

86. Kapitel

Der Marmorspezialist ist ein Türke, der kaum Deutsch spricht. Er sieht flüchtig über die Marmormuster, die ich in Kunstzeitschriften gefunden habe, Abbildungen von rosamarmorierten Wänden in Kirchen und Schlössern, betrachtet etwas interessierter die bereitstehenden Wandfarben und sagt nur: »Ich morge wiederkomme, mit kleine Kollege.«
Als ich am nächsten Morgen um sieben ins Foyer komme, hat er bereits angefangen, einen der zwei Meter breiten Streifen, die marmoriert werden sollen, transparent rosa zu streichen, und er hat längs einen Mittelstrich gezogen. Neben ihm steht sein Lehrling, höchstens einsfünfzig groß, höchstens fünfzehn Jahre alt.

Der Maler malt, und der Lehrling sieht zu. Sie reden türkisch miteinander und drehen sich nicht um, als ich guten Morgen sage. Als die ganze Fläche rosa gestrichen ist, tupfen beide mit Schwämmen auf der feuchten Farbe rum. Dadurch wird sie leicht wolkig. Dann malt der Maler mit einem dünnen Pinsel und hellbrauner Farbe diagonal von oben links nach unten rechts und von unten links nach oben rechts ein grobes, unregelmäßiges Maschendrahtgitter. Und er malt das Gitter nur bis zur Mitte der rosa Fläche. Es sieht scheußlich aus, wie eine Tapete, die in Prospekten als Tapete-für-junge-Menschen gepriesen wird.
»Warum malen Sie nur die Hälfte der Fläche?« frage ich, »der ganze Streifen muß marmoriert werden.«
Der kleine Türke sagt: »Der Meister malt Marmor nur in schmalen Streifen, sonst sieht er unnatürlich aus. Er malt ihn so, daß es aussieht, als ob zwei Marmorplatten aneinanderliegen. Mein Meister malt keinen Phantasiemarmor, nur echten Marmor.«
Aha. Mehr wird nicht mitgeteilt. Wenigstens scheint dieser Meister zu wissen, was er tut. Auch wenn er vorläufig nur Maschendraht malt und dann die Farbe großenteils wieder abwischt. Er malt eine weitere Lage Maschendraht in Hellgrau fast parallel zu den hellbraunen Maschen, spritzt mit dem Pinsel verdünnte Farbe auf das Maschendrahtmuster und tupft die Flecken mit einem zerknitterten Lappen ab. Am Nachmittag malt er mit einem flachen, eckigen Pinsel und mit stark verdünnter Farbe durchsichtige Adern über die Wand. Und plötzlich habe ich Hoffnung, es könnte Marmor werden.
Er malt das andere halbe Marmorfeld. An der Mittellinie trifft das Gittermuster nicht aufeinander, aber trotzdem wirkt es wie eine einheitliche Fläche – wie zwei echte Marmorplatten aneinander! Um vier läßt der Meister über seinen Lehrling wissen, daß beide morgen wiederkämen.
Am nächsten Tag darf der Lehrling den Marmor mit einem schwach glänzenden Klarlack überziehen. Als der Lack noch nicht ganz trocken ist, stäubt er ein weißes Pulver auf und poliert. Und siehe da, es ist Marmor mit dem typischen Marmorglanz. Ein Traum ist wahr geworden. Der Meister arbeitet schon am nächsten Streifen.

»Wo habt ihr das gelernt?« fragt einer der deutschen Maler. Der Lehrling sagt: »Der Vater von meinem Chef hat schon die Hagia Sophia restauriert. Das ist bei uns so was wie bei euch der Kölner Dom.«
»Die Türken müssen Marmor malen können«, sagt einer der Deutschen, »die können sich keinen echten Marmor leisten, bei der Wirtschaftslage.«
Aber alle nennen den türkischen Malerchef nun sehr respektvoll »unseren Marmormeister«.
Für den Marmormeister ist es auch kein Problem, die neue Rezeptionstheke zu marmorieren. Diese Lösung ist viel toller und billiger als meine ursprüngliche Idee, sie mit Terrazzo verputzen zu lassen. Oben kommt eine Glasplatte auf die Theke, um die Marmorbemalung zu schützen.
Außerdem sollen die Wände des Kontors und der angrenzenden Bar in das Marmorstreifensystem integriert werden, was bedeutet, daß die Tür zum Kontor marmoriert werden muß. Für den Marmormeister ist auch das kein Problem, er kann alles zu Marmor machen.

Elisabeth rief an, sofort als sie herausgefunden hatte, wo es die Kunstdrucke mit den Damen der Schönheiten-Galerie gab: nicht im Museumsbuchladen, aber eine große Kunstbuchhandlung hat alle vorrätig. Also, wann ich käme? »Wir wollen etwas Wichtiges mit dir besprechen«, sagte Elisabeth, »wir haben interessante Neuigkeiten zu bieten.«
Es war günstig, sofort dieses Wochenende zu fahren. Sonntag hin, Montag einkaufen und zurück. Im Moment klappte alles. Unser Marmormeister marmorierte die letzten Streifen, die andern Maler strichen oben die Flure – in sonnigem Hellgelb, passend zu den Ranken und Löwen des Läufers. Ich hatte den Marmormeister gebeten, den andern Malern beizubringen, so wie er mit einem zerknitterten Lappen eine leichte Struktur in die Farbe zu tupfen. Weil durch das Abtupfen die weiße Grundierung stellenweise zum Vorschein kam, konnte das Gelb kräftiger sein, ohne aufdringlich zu wirken. Und die gelbweiße Struktur war besser als eine einheitlich hellgelbe Wand, auf der man jede

Staubflocke sieht. Am liebsten hätte ich auch in den Fluren marmorierte Wände gehabt, aber Rufus sagte, bei dem Arbeitszeitaufwand könnten wir uns nicht mehr Marmor leisten. Egal, auch so war der Flur optimal. Und an der Decke wurde vor jeder Zimmertür eine klassizistische Stuckrosette angebracht – aus Kunststoff, dreifach überstrichen, und in die Mitte der Rosetten hatte ich ein Loch geschnitten, da kam die Fassung rein für einen Spotstrahler. Im Prinzip eine ganz simple Beleuchtung, trotzdem dramatisch, weil das Licht von Tür zu Tür akzentuiert war.

Als ich zu Hause meinen Kurzbesuch ankündigte, war erstaunlicherweise nicht Solveig am Apparat, sondern meine Mutter. »Wir haben eine unvorstellbare Überraschung für dich«, rief sie, »aber ich darf nichts verraten!« Es hörte sich nicht so an, als sei mein Vater zu Frau Engelhardt gezogen.

Mein Vater holte mich vom Bahnhof ab und verriet die Sensation: »Deine Schwester hat eine bezahlte Arbeitsstelle!«

»Als was?«

»Als Berufsmutter.«

»Was ist denn das?«

»Das will sie dir gleich selbst erzählen.« Mein Vater holte ein sehr kleines Päckchen aus seiner Hemdtasche. »Soll ich dir von Solveigs Oma geben, dein Geschenk für Solveig.«

»Was ist in einem so kleinen Päckchen?«

»Es ist Lidschatten.«

»Für eine Vierjährige?«

»Solveig ist doch eine ganz tolle Frau«, sagte mein Vater und lachte, »vielleicht wird sie sogar noch Annabell dazu bringen, Lidschatten zu benutzen.«

»So was würde Annabell niemals tun!«

»Wunder gibt es immer wieder«, sagte mein Vater.

Ich war wirklich gespannt.

Annabell erzählte die Geschichte, als seien Wunder bei einem Kind wie Solveig jederzeit möglich. »Das haben wir alles Solveig zu verdanken«, sagte sie ständig. Folgendes war geschehen: Ein alleinerziehender Vater hatte über Annabells Selbsthilfegruppe für Kindabhängige eine kontinuierliche weibliche Bezugsperson für seinen kleinen Sohn gesucht. Das Kind hieß Tobias, sein Vater war erfolgreicher Rechtsanwalt und hatte das alleinige Sorgerecht für seinen Sohn. Sorgerecht sei nämlich seine Spezialität als Jurist, außerdem hatte er sogar einen Doktortitel, sah super aus und hieß Horst. Dutzende von alleinerziehenden Müttern hatten sich mit ihren Kindern bei Tobias und Horst beworben. Aber Annabell hatte den Job bekommen, weil der Tobias Solveig allen andern Kindern vorgezogen hatte. »Solveig hat alle ausgestochen«, sagte Annabell vor Stolz platzend. Und auch Horst sei bezaubert von Solveig, er liebe kleine blonde Mädchen. Und sein Tobias sei auch blond, ein Jahr jünger als Solveig, trotzdem schon sehr dominant, aber die sanfte Solveig hätte den Rabauken mit einem Lächeln um den Finger gewickelt. »Sobald der Horst sein Schlafzimmer verlegt hat, werden wir ganz hinziehen. Der Horst hat ein super Haus. Wir sind jetzt schon immer dort. Wir haben nur heute ausnahmsweise frei, weil der Horst mit dem Tobias auf der Promotions-Party eines Kollegen ist. Vor Mitternacht kommen sie nicht zurück, haben sie gesagt.«

»Wann kann man deinen neuen Lover kennenlernen?« fragte ich, zugegeben nicht frei von Neid.

»Horst ist nicht mein Lover«, rief Annabell vor Moral triefend, »wie kannst du so was vor Solveig sagen!« Dann flüsterte sie mir zu: »Der Horst steht auf ganz junge Gören. Aber Tobias darf natürlich nicht merken, daß sein Vater wechselnde Damenbekanntschaften hat. Er könnte die Namen gar nicht alle behalten.«

»Trotzdem sollst du da wohnen?«

»Natürlich, Kinder brauchen Tag und Nacht eine Mutter. Ich schlafe direkt neben dem Kinderzimmer. Der Horst schläft eine Etage höher, wegen seiner Dämchen.«

»Ich will mit Tobias spielen«, kreischte Solveig. Sie hatte sich den blauen Lidschatten aus dem Mitbringselpäckchen rund um die Augen geschmiert und sah aus wie ein müder Waschbär.

»Heute nacht spielen wir wieder mit dem Tobias«, sagte Annabell und erzählte weiter: »Eine Freundin von uns hat die Horoskope von Solveig und Tobias berechnet, die Frau hat jahrzehntelange Erfahrung und war sehr skeptisch, ob die Sternzeichen

zusammenpassen, aber sie mußte zu ihrer eigenen Überraschung zugeben, daß die beiden im Grunde füreinander bestimmt sind.«
»Arbeitest du darauf hin, Oma zu werden?«
»Das ist der natürlichste Gang der Dinge. Außerdem wäre der Tobias eine Superpartie für die Solveig.«
»Ich will einen Lippenstift«, kreischte Solveig.
»Sag der Oma, sie soll dir einen geben. Da wird der Tobias staunen, wenn du so schöne rote Lippen hast.«
Und was tat meine Mutter? Sie gab Solveig einen echten Helena-Rubinstein-Lippenstift!
»Ich muß jetzt zu Elisabeth und Peter«, sagte ich, »wir haben eine dringende geschäftliche Besprechung.«
»Was glaubst du, was ich heute noch alles zu erledigen habe«, sagte Annabell wichtigtuerisch, »Mutter sein ist ein Fünfundzwanzig-Stunden-Job jeden Tag, und jetzt hab ich sogar für zwei Kinder zu sorgen. Das ist unvorstellbar!«
»Dann mach's mal gut.«
»Du auch. Angela, hab ich gehört, geht es immer noch blendend. Ihre Haare sind jetzt durch die Schwangerschaft viel schöner.«

Mein Vater fuhr mich zu Peter und Elisabeth. Unterwegs sagte er: »Berufsmutter ist ja ein schöner Frauenberuf, abgesehen von der Tatsache, daß Annabell außer Kost und Logis nur ein Taschengeld verdient. Aber ich will nicht klagen, ich bin heilfroh, daß sie nicht mehr bei uns rumsitzt. Ich frag mich nur, wozu all die Anstrengungen, emanzipiert zu werden? Nur um mit einem unehelichen Kind Hausmädchen bei einem reichen Mann zu werden? Manchmal denke ich, daß heute die angeblich fortschrittlichsten Frauen da enden, wo vor hundert Jahren die ärmsten angefangen haben. Kannst du mir erklären, warum das so ist?«
Ich konnte es nicht erklären. Ich wußte, daß mein Vater indirekt auch mich fragte, was aus mir werden sollte. In knapp drei Wochen würden alle Möbel geliefert und arrangiert sein, alle Vorhänge drapiert, alle Zimmer fotografiert, und dann? Ich wußte es doch auch nicht.

Mein Vater wollte unsere Geschäftsbesprechung nicht stören, er verzichtete darauf, Elisabeth und Peter guten Tag zu sagen, und fuhr gleich wieder heim.
Peters Zweizimmerwohnung bestand aus einem picobello schwarz-weiß gestylten Flur, links eine tadellos aufgeräumte, aber trotzdem gemütliche Küche, rechts ein kleines, tadellos aufgeräumtes Schlafzimmer, geradeaus die »Repräsentativen Geschäftsräume«. Auf dem wunderbaren Kahnweiler-Tisch standen hintereinander aufgereiht acht blaue Wasserflaschen mit je einer roten Rose drin. Die erste Rose war knospig, die zweite leicht erblüht, die dritte voll erblüht, ab der fünften waren sie weniger oder mehr verblüht.
»Macht ihr eine Studie, wie Rosen verwelken?«
»Das sind acht milde Gaben von Herrn Kahnweiler junior. Seit er unsere Fotos bekommen hat, läßt er mir täglich eine Rose schicken.«
»Mir schickt er keine«, sagte Peter, »mein Foto hat ihm nicht so zugesagt.«
»Und er hat mehrmals angerufen, um rauszufinden, ob ich verheiratet bin oder sonstige schlechte Eigenschaften habe.«
»Toll.«
»Was ist daran toll? Eine Rose ist eine Rose und kostet weniger als alles andere, was offiziell als Geschenk durchgeht. Ich hasse Männer, die einzelne Rosen verschenken, popeliger geht's nicht. Was gibt es denn sonst für Geschenke, die nicht mehr kosten als eine Portion Pommes frites?«
»Davon abgesehen, hat er Elisabeth auf seine Yacht eingeladen«, sagte Peter.
»Ich dürfte den ganzen Monat August mit ihm auf seiner Yacht im Mittelmeer kreuzen, und es würde mich keinen Pfennig kosten.«
»Ist doch toll, oder?« Aber dann fügte ich schnell hinzu: »Peter hat er wahrscheinlich nicht eingeladen?«
Peter lachte: »Nein. Ich war echt erstaunt, wie wenig man als Nicht-Ehemann von der Konkurrenz ernst genommen wird.«
»Und Herr Kahnweiler junior war sehr erstaunt, als ich ihn darauf hinwies, daß es mich allerhand kosten würde, ihm auf seiner

Yacht zur Verfügung zu stehen. Immerhin bauen wir hier eine Firma auf. Was denkt sich der Mensch denn? Hält er mich für geschäftsunfähig? Aber ich war sehr höflich, um die extra zehn Prozent Rabatt für den Tisch nicht zu gefährden, und habe gesagt, wir seien mit Aufträgen so total eingedeckt, daß ich sein großzügiges Angebot nicht annehmen könnte. Und weißt du, was er dann gesagt hat?«

Ich wußte es nicht.

»Er hat gemerkt, daß er mich nicht so billig bekommt, und hat uns einen Auftrag für einen Messestand gegeben.«

»Ein Traumauftrag!« rief Peter. »Für die tolle Kahnweiler-Kollektion machen wir einen Messestand von zweihundert Quadratmeter. Nächste Woche schickt er den Vertrag. Statt Rosen.«

»Er wollte mich beeindrucken, indem er mir zeigt, was er sich alles leisten kann. Den Auftrag hätte ich niemals bekommen, hätte ich auf seinem Kahn vor Dankbarkeit über eine Rose pro Tag Purzelbäume geschlagen und die Planken geschrubbt.«

»Außerdem haben wir noch einen Auftrag«, sagte Peter, »einen Blumenladen neu gestalten. Er gehört einer Bekannten meiner Mutter. Ich werde die ganze Verkaufsfläche mit beweglichen Podesten in verschiedenen Höhen bestücken, auf jedes Podest wird ein Blumenkübel gestellt, und in jedem Podest sind Halogenstrahler, die die Blumen punktuell beleuchten. Der Laden wird aussehen wie ein Zaubermärchenwald.«

»Und deshalb wollten wir auch mit dir reden«, sagte Elisabeth. »Wenn wir mehr Aufträge haben, bei denen man viel unterwegs sein muß, ist hier niemand. Und das geht nicht. Eine Bürokraft, die nichts kann außer Tippen und Telefonabnehmen, ist für uns unrentabel. Aber du könntest hier an den Modellen arbeiten. Aber davon abgesehen: Du könntest mit der Mappe von deinem Hotelprojekt alle kleinen Hotels abklappern und vielleicht einen entsprechenden Auftrag bringen.«

»Meint ihr?

»Das Hotel ist das Wahnsinns-Vorzeigeprojekt!« riefen Elisabeth und Peter.

»Das ist die Idee«, sagte ich. »Abgemacht! Sobald das Hotelprojekt beendet ist, werde ich mich bei euch bewerben. Und für das Bewerbungsgespräch kauf ich mir ein sehr anständiges Kostüm.«

Dann stritten wir uns eine Viertelstunde darüber, wer von uns im letzten Monat mehr verdient hatte und die andern zum Essen einladen durfte. Ich gewann eindeutig und lud die beiden zu einem teuren Franzosen ein. Als ich von Annabell erzählte, wurde uns erst bewußt, wie wahnsinnig gut alles zusammenpaßte: Ich konnte hier wieder in meine alte Wohnung ziehen! Und gleich einen neuen Job! Wunder über Wunder! Zu dritt tranken wir vierzehn Glas Blanc de Blanc und vier Perriers!

Ich kam spät, völlig aufgekratzt und gar nicht nüchtern nach Hause, sagte meinen Eltern aber nur, sie brauchten sich keine Sorgen um mich zu machen.

Am nächsten Morgen war ich der erste Kunde in der Kunstbuchhandlung. Ich kaufte den ganzen Satz mit achtunddreißig Schönheiten, die König Ludwig I. malen ließ, nicht in Originalgröße, DIN A4 genügte, unsere Zimmer waren nicht so groß wie die Säle, für die diese Bilder gemalt wurden.

Dann zu Hagen und von Müller. Eine Verkäuferin erkannte mich sofort: »Grüß Gott, Sie sind doch die Kundin, die den Teppich der Hellseherin gekauft hat, wie geht's denn so?« Sie war eher enttäuscht, daß sich seit dem Eintreffen des Teppichs im Hotel keine Unglücksfälle ereignet hatten, und half heftig, einen passenden Tischdeckenstoff zu finden. Sie fand es eine gute Idee, das FH-Monogramm so zu verbergen: »Muß ja keiner wissen, daß es dieser Teppich ist«, sagte sie und zeigte mir Muster kompliziertester Tischdeckendrapierungen und überzeugte mich, daß eine einfache Tischdecke zu langweilig wäre. Sie empfahl eine Drapierung, bei der an ein rundes Stück Stoff, im Durchmesser etwas größer als die Tischplatte, eine bodenlange Röhre angenäht wird, und in die Naht um die Tischkante und in die rückwärtige Längsnaht werden Stoffbahnen eingenäht, deren lose Enden man vorn dekorativ verknüpft. Ich schrieb genau auf, wie es gemacht wird, damit ich es Frau Hedderich, die alles nähen wollte, erklären konnte. Weil der Tisch auf dem üppigen

Teppich und vor dem Hintergrund des alten Aufzugs stehen würde, dessen Gitter, frisch weiß lackiert, wie ein Spitzenmuster wirkte, durfte der Stoff keine weiteren Effekte bieten: Ich nahm einen ungemusterten, matten blauen Seidenrips. Wie selbstverständlich wurden mir zehn Prozent Rabatt abgezogen.
Weil der Stoff elend schwer war, nahm ich ein Taxi zum Bahnhof und fühlte mich sehr professionell mit meiner Hagen und von Müller-Tüte.

Erst im Zug überkam mich Traurigkeit. Oder war es der Kater von gestern? Nun fuhr ich zurück, und in einigen Wochen würde ich wieder zurückfahren. Und mein Leben neu beginnen. Rufus hatte mir neulich etwas erzählt von der »Irreversibilität der Phylogenese«, das heißt, hatte er erklärt, wenn Lebewesen einen höheren Entwicklungsstand erreicht haben, setzt sich der höhere Entwicklungsstand durch. Aber dann fiel mir ein, daß Rufus auch gesagt hatte, das gelte nur für die gesamte Entwicklung einer Art von Lebewesen, jedes Mitglied dieser Art hätte trotzdem die Chance, ein totaler genetischer Flop zu werden. Wir waren auf das Thema gekommen, weil mich Rufus gefragt hatte, falls es zwischen Benedikt und Angela zum Bruch käme, ob ich dann zu Benedikt zurückgehen wollte?
Und da hatte ich gesagt: »Nein. Es gibt kein Zurück.« Weil ich Angst hätte, daß mit Benedikt das gleiche wieder passieren kann. Und Benedikt blieb von nun an für immer der Vater von Angelas Kind. Nein, ich wollte nicht zurück. Aber ich wußte nur, was ich nicht wollte.
In meinem Kopf ging alles durcheinander. Ich kam mir vor, als wäre ich dazu verdammt, mein Leben lang den angepappten Anfang eines Tesafilms auf einer Tesafilmrolle zu finden. Wie viele Stunden meines Lebens hatte ich schon damit verbracht, den Anfang einer Tesafilmrolle zu finden? Ewigkeiten tastet man die Rolle ab, bis man den angeklebten Anfang findet, kratzt ihn mühsam los, und kaum hat man das Stückchen, das man braucht, abgeschnitten, klebt der Anfang schon wieder an der Rolle. Sicher, es gibt Menschen, die haben ihren Tesafilm auf Tesafilmabrollgeräten, bei denen nie die Rolle rausrutscht, mit

tadellos funktionierender Abreißkante, die haben noch nie im Leben einen Anfang gesucht. Diese Menschen haben auch immer eine Ersatzrolle Tesafilm parat, haben wahrscheinlich schon von Geburt an eine Lebensversicherung und wissen immer, wo es langgeht. Ich gehöre nicht dazu. Und ich hatte Angst, allein in die Wohnung zurückzuziehen, in der ich mit Benedikt so glücklich gewesen war.

87. Kapitel

Als ich Rufus von meinen neuen Job-Aussichten erzählte, sagte er zuerst gar nichts. Nur seine Augenbraue ging hoch. Dann holte er hektisch einen Terminkalender: »Wir müssen einen Zeitplan machen. Ich hab mir überlegt, daß ich eine große Eröffnung will, zu der auch die Presse eingeladen wird, also brauchen wir einen Termin, der rechtzeitig bekanntgemacht wird. Was meinst du, wann alles fertig ist?«

»In vier Wochen wird auch die erste Etage fertig sein, und bis dahin müssen die Sachen von Hagen und von Müller gekommen sein, der Flurläufer ist schnell verlegt, und bis in vier Wochen ist auch der Frühstücksraum fertig und das gesamte Foyer, also ich denke Anfang September, spätestens Mitte September, ist alles vorbei.«

»Das ist viel zu früh«, sagte Rufus. »Falls irgendwas nicht klappt, und irgendwas wird bestimmt nicht klappen, machen wir uns völlig verrückt. Wir können vorher schon Zimmer vermieten, aber ich setze für die offizielle Eröffnung lieber einen ziemlich späten Termin fest, zu dem wir auf jeden Fall fertig sind.« Er blätterte Seite für Seite seines Terminkalenders um. Dann sagte er: »Hiermit entscheide ich, daß wir am 3. November, das ist der erste Freitag im November, das Hotel wiedereröffnen. Ende der Entscheidung.«

»Das ist noch fast ein Vierteljahr! Was soll ich so lange hier machen? Das kann ich Frau Schnappensiep gegenüber nicht verantworten... Aber ich könnte zur Eröffnung wiederkommen, da möchte ich gern dabeisein.«

»Du kannst vorher nicht weg. Schließlich bist du hier nicht nur die Innenarchitektin, sondern auch die künstlerische Leiterin.«
»Davon hat mir Frau Schnappensiep nichts gesagt.«
»Aber mir. Ich darf nichts Künstlerisches entscheiden. Wenn du es nicht glaubst, ruf sie an, falls sie mal aus dem Urlaub zurückkommt.«
Ich mußte ein bißchen lachen, weil Rufus auch ein bißchen lachte. »Aber was soll ich bis November machen?«
»Bis November gibt es unentwegt zu tun. Wir brauchen zum Beispiel einen neuen Hotelprospekt, dafür brauchen wir Fotos, und der Prospekt muß gestaltet werden, und du mußt dich um den Druck des Prospekts kümmern, und außerdem könntest du einen Entwurf machen zum Ausbau des Dachgeschosses. Ich finde, meine Personalwohnung entspricht nicht mehr dem Standard dieses Hotels.«
»Bist du größenwahnsinnig geworden? Du hast selbst gesagt, es sei kein Geld mehr da. Was wird Frau Schnappensiep sagen?«
»Dein Gehalt ist längst eingeplant, alles andere soll nicht deine Sorge sein. Und nächstes Jahr dachte ich, wird wieder mehr Geld dasein, und da könnte man das Dach ausbauen. Und den Hinterhof begrünen und...«
»Hattest du noch mehr so teure Ideen?«
»Ich werde schon dafür sorgen, daß Frau Schnappensiep bestätigt, daß es bis zur Eröffnung genug für dich zu tun gibt.«
Ich lachte. Wenn Rufus das sagte, stimmte es. Und ich lachte auch, weil ich eine Sorge weniger hatte: die Angst, bald wieder umziehen zu müssen. Zwar hatte ich die Angst nur vertagt, aber immerhin für drei Monate, bis Freitag, den 3. November.
Und Rufus, als könnte er meine Gedanken lesen, sagte: »Hervorragend! Wieder ein Problem durch Aufschub gelöst.«
Ich rief meinen Vater an, wenn ich erst im November zurückkomme, kann ich dann Annabells Wohnung noch haben? Na, selbstverständlich. Jederzeit. Aber zuerst soll ich meine Arbeit so gut wie möglich zu Ende bringen.

Am 1. August wird das Gerüst aufgestellt. Das geht ruckzuck. Und schon am nächsten Tag kommt die nächste Handwerker-

truppe, die Fassaden-Anstrichspezialisten. Innerhalb weniger Tage verwandelt sich die braune Absteige in ein weißes Hotel. Weil das Wetter so schön ist, geben sich die Maler besonders viel Mühe, die Balkongitter königsblau zu lackieren und die Rosetten liebevoll zu vergolden. Obwohl das Gerüst die Ansicht verstellt, beginnt man die entstehende Pracht zu ahnen.
Passanten, meist Leute aus der Nachbarschaft, gucken neugierig rein. »Das ist ja schön hier!« sagt jeder beim Anblick der Marmorstreifen. Und jeder fragt: »Wann wird das Hotel wiedereröffnet?«
»Offiziell am 3. November«, sagt Rufus, »aber ab Oktober werden voraussichtlich wieder Zimmer vermietet, einen genauen Termin kann ich Ihnen noch nicht nennen.«
Aber wir zeigen gern die fertigen Zimmer im zweiten und im dritten Stock, damit die Leute wissen, was sie erwartet, falls sie irgendwann Gäste hier unterbringen. Und alle sind begeistert. Auch noch, als Rufus die neuen Preise nennt – teilweise mehr als doppelt soviel wie bisher! Niemand meckert, alle meinen, für ein Hotel dieser Kategorie sei das preiswert.
Ein Mann wollte Rufus unbedingt überreden, bereits für Ende August zwei Zimmer freizugeben, für Gäste, die zur Hochzeit seines Sohnes kommen, aber Rufus lehnte ab. Der Frühstücksraum ist nicht fertig, und wir haben zur Zeit keine Zeit, uns um Gäste zu kümmern. »Wenn Sie zur Taufe Ihres Enkelkindes einladen, sind wir voll für Sie da«, sagte Rufus.
»Der Enkel ist längst getauft. Wo leben Sie denn!« rief der Mann. »Deshalb muß man heute nicht mehr heiraten, das haben die Frauen zum Glück begriffen. Nur wird leider in der Firma, in der mein Sohn beschäftigt ist, Personal abgebaut, und ein Verheirateter mit Kind ist nach dem Sozialplan des Betriebsrats besser abgesichert, deshalb muß mein Sohn jetzt heiraten.«
»Tut mir leid, trotz der tragischen Gründe, die zur Hochzeit Ihres Sohnes führten, findet hier Ende August noch kein Hotelbetrieb statt.«
Als der Mann weg war, fragte Rufus: »Wann war das eigentlich, als die Ehe aus Liebe ausgestorben ist?«
Ich wußte es nicht. Ich überlegte, was Benedikt antworten

würde. Zum Glück kam in diesem Moment Frau Hedderich mit der frohen Botschaft, daß sie alle Stuhlkissen fertig habe – sonst hätte ich vielleicht geheult. Und ich dachte, daß Benedikt nur gelacht hätte. Er hätte die Frage gar nicht verstanden.

* * *

Einerseits, weil die großen Arbeiten deutlich dem Ende zugingen, sah es aus, als ginge es Schlag auf Schlag voran, andererseits blieb die Liste unerledigter Kleinarbeiten endlos. Herr Hedderich war mit den zu streichenden Stühlen im Rückstand, weil er es für wichtiger hielt, dem Schreiner beim Einbau der Kofferabstellregale beratend zur Seite zu stehen. Frau Hedderich nähte jetzt Vorhänge, aber weil sie auch für uns alle kochte, ging das nicht so schnell. Als ich Frau Hedderich zeigte, daß die Vorhänge nicht nach Hausfrauenart gekräuselt werden, weil man da zuviel Stoff braucht und außerdem die Muster in Falten verschwinden, sondern daß ich mit Dekoklammern nur einige gleichmäßige Falten am Rand jeder Vorhanghälfte feststecken werde, gefiel ihr das so gut, daß ich ihr versprechen mußte, demnächst sämtliche Vorhänge ihrer Wohnung in gleichmäßige Falten zu klammern.

Und Rufus hatte endlich seinen Computer bekommen. Es hatte so lange gedauert, weil sich Rufus nicht hatte entscheiden können, welche Hardware und welche Software für Hotelzwecke optimal waren, nun hatte er ihn, weil das Kontor nicht fertig war, oben in seiner Wohnung installiert und erzählte ständig von seinen verzweifelten Bemühungen, sich den Computer untertan zu machen.

Ich hatte auch ein neues Problem: die Marmorstreifen im Foyer, sie sind perfekt, zweifellos, aber die Perfektion des Foyers wirkt fast steril. Ich durchsuchte sämtliche Architekturzeitschriften und Illustrierten nach Fotos von Hotelfoyers – in allen schönen Hotels strotzen die Foyers vor üppigen Blumenarrangements. Wahrscheinlich haben die extra Foyer-Floristen. Die würden vor jeden der zwölf Marmorstreifen zweimal pro Woche einen frischen Strauß für hundert Mark stellen. Macht zweitausendvierhundert Mark für Foyerblumen pro Woche. Oder machen

das diese Hotels nur, wenn der Fotograf der Architekturzeitschrift kommt? Egal, wir können es uns nicht leisten.
Es gibt noch soviel Schönes mehr, was wir uns nicht leisten können – in allen schönen Hotels hängen echte Gemälde. Allein von der Größe her eindrucksvoll. Wir können uns höchstens Kunstdrucke leisten. Aber Kunstdrucke sind nur in kleinen Formaten ästhetisch verträglich, große Kunstdrucke zeigen nur, daß es zu mehr nicht gereicht hat. Genau wie künstliche Blumen. Dann entdeckte ich im Reiseteil einer Illustrierten Fotos eines Hotels, wo im Foyer und Restaurant mengenweise Bilder eines einzigen Malers hingen, und las, daß dieses Hotel ständig die Bilder dieses Künstlers ausstellt und in seinem Auftrag provisionsfrei verkauft. Ich las: »Der Künstler schätzt die Hotelgäste als schnellentschlossene Käufer, er schätzt nicht weniger den Hotelier, der ihm die Preisverhandlungen abnimmt. Die Liebe beruht auf Gegenseitigkeit: Der Hotelier schätzt den Künstler als kostenlosen Kunstausstatter.«
– Das könnten wir uns auch leisten!
Rufus geriet ins Schwärmen, als ich mit ihm darüber redete: Oh ja, eine Kunstausstellung im Foyer! Ja, er hätte gerne ein Hotel für Künstler, Journalisten, Schriftsteller, er träume davon, an der Hotelbar eine intellektuelle Elite zu versammeln, zum Beispiel auch durchreisende Saurierforscher...
»Aber wo findet man einen guten Maler?« unterbrach ich seine Träume. »Du hast so ein Geschick, gute Handwerker zu finden, kannst du auch einen guten Künstler finden?«
»Das ist ganz einfach, Michael soll eine Anzeige ins Metropolen-Magazin setzen, das lesen alle Künstler hier, und dann werden sie kommen, und du wählst aus.«
Rufus war Feuer und Flamme. Er rief sofort Michael an, verabredete sich für spätabends mit ihm und zeigte mir am nächsten Morgen das Inserat, das bereits beim Metropolen-Magazin abgegeben war:

KünstlerInnen für Ausstellung gesucht!

Ein Metropolen-Hotel, das demnächst mit neuem Stil eröffnet, gibt KünstlerInnen die Chance, ihre Bilder auszustellen. Geplant ist eine permanente Verkaufsausstellung im Foyer. Die Hotelleitung wird die Bilder zu den von den KünstlerInnen gewünschten Preisen provisionsfrei verkaufen oder wird kaufinteressierte BesucherInnen des Hotels direkt an die KünstlerInnen verweisen. Interessierte KünstlerInnen bitte zwischen 9 Uhr und 20 Uhr mit Arbeitsproben vorbeikommen. Hotel Harmonie...

»Warum hast du das mit ›Innen‹ geschrieben?« fragte ich.
»Weil Michael sagte, daß es die Setzerin vom Metropolen-Magazin so wünscht. Und wenn man es nicht selbst so schreibt, verwendet sie nur die weibliche Form.«
Aha. Ich mag das ›Innen‹ nicht besonders, vielleicht weil es bei ›InnenarchitektInnen‹ irgendwie albern wirkt. Aber egal.
»Wann erscheint das nächste Metropolen-Magazin?«
»Leider erst in zwei Wochen.«

* * *

Dafür erscheint schon drei Tage später, am Sonntagmorgen, völlig unangemeldet, mit Ehegatten in Anzug und Krawatte, Frau Schnappensiep. Ich stehe gerade auf einer Leiter im Foyer, kratze Lackspuren von den Fensterscheiben und sehe entsprechend aus. Frau Schnappensiep sieht blendend aus. Sie ist fast so braun, wie es das Hotel vor ihrem Urlaub noch war, und sie ist von der unverhofften Schönheit ihres weißen Hotels mit den goldenen Rosetten auf den blaulackierten Balkonen so überwältigt, daß ihr vor Rührung die Wimperntusche verschmiert.
Herr Dr. Schnappensiep ist ein sehr würdiger Mann und bedeutend älter als sie, er behandelt mich, obwohl ich verdreckte Jeans und ein leider noch verdreckteres T-Shirt anhabe, wie die Star-Innenarchitektin. »Meine Frau sagte mir bereits, daß Sie sehr sorgfältig arbeiten, ich kann das nur bestätigen«, sagt er, nachdem er lange die Marmorwände bestaunt hat.
Frau Schnappensiep findet das Foyer »überwältigend«. Die breite, trotzdem schlichte Kunststoffstuckkante ringsum, die die Deckenbeleuchtung verbergen soll, erkennt sie nicht als neu, sondern sagt: »Phantastisch, genau wie früher!« Ich reiße ein Stück Plastikplane vom Boden, und obwohl der Terrazzo

noch nicht poliert ist, sagt sie: »Sogar noch herrlicher als früher.« Als wir die Folien abmachen, um die marmorierte Rezeption zu zeigen, tut sie, als würde sie vor Begeisterung in Ohnmacht fallen. Sie lobt die Glasplatte auf der Rezeptionstheke: »Nichts wirkt sauberer als eine saubere Glasplatte!«

Rufus telefoniert Frau Hedderich herbei, die sich freut, Herrn Schnappensiep mal wieder zu sehen. Herr Schnappensiep erkundigt sich hochinteressiert nach dem Gesundheitszustand des Hedderich-Clans, Frau Hedderich jammert erwartungsgemäß. Dann sagt sie: »Ganz ehrlich, so wie es jetzt hier ist, so war es früher nicht.«

»Wie meinen Sie das, Frau Hedderich?« fragt Herr Dr. Schnappensiep.

»So schön war's nicht!« ruft Frau Hedderich.

Jetzt will Frau Schnappensiep sofort die fertigen Zimmer sehen. Sie findet tatsächlich für jedes Zimmer ein anderes Jubelwort: »Entzückend!«, »Exquisit!«, »Schick!«, »Umwerfend«, »Absolut entzückend!«, »Hinreißend!«, »Superb!«, »Absolut umwerfend!« Die Manager-Zimmer – ohne Saurierbilder, die sind noch beim Rahmen, findet sie »Perfekt!«, »Markant!«, »Super!«, »Klassisch!«, »Raffiniert!«

Die Bäder, Duschen und Toiletten mit den schwarzweiß gewürfelten Fußböden und den halbhoch weißgekachelten Wänden mit schmaler schwarzer Kachelleiste als Abschluß findet sie »luxuriös«. Und die Tatsache, daß die Spiegel mindestens dreimal so breit sind wie die Waschbecken »absolut luxuriös«.

»Die Spiegel sind so breit, damit sich kurzsichtige Gäste beim Schminken oder Rasieren nicht übers Waschbecken beugen müssen, sondern daneben direkt vor dem Spiegel stehen können. Außerdem läßt nichts ein kleines Bad größer wirken als ein großer Spiegel, und die Spiegelfläche ist billiger als eine gekachelte Fläche. Es sind ganz einfache Spiegel, die nur durch die schwarzen Kachelleisten gerahmt und optisch in die Wand integriert sind.«

»Überwältigend raffiniert«, befindet Frau Schnappensiep.

Bei der Besichtigung meines Lieblingszimmers, das große Zimmer 8 im ersten Stock, das nun mit den Blumenbouquets und dem himmelblauen Schleifenfries tapeziert ist, dazu der himmelblaue Landhausschrank, himmelblauweiß gestreifte Vorhänge und weiße Keramiklampen auf abgebeizten Nachttischchen, die exakt in der Farbe des abgeschliffenen Fußbodens lasiert sind, kann sie sich nicht beruhigen: »Himmlisch! Traumhaft! Absolut entzückend!«

Sogar Herr Dr. Schnappensiep sagt: »Rundum reizend!«

»Das war's«, sagt Rufus, »weiter sind wir nicht.«

Wieder im Flur, ergeht sich Frau Schnappensiep über die unglaubliche Eleganz des gelb-wolkigen Wandanstrichs. Was wird sie erst sagen, wenn sie demnächst den Löwenläufer sieht, denke ich gerade, als Frau Schnappensiep ruft: »Hier ist also Ihr Büro!« Sie hat das Schild entdeckt an Zimmer 1: Bauleitung Viola Faber.

»Das Zimmer ist noch nicht renoviert«, sage ich.

Trotzdem bleibt Frau Schnappensiep vor der Tür stehen, wie eine Katze vor dem Kühlschrank.

»Wollen Sie es trotzdem sehen?« muß ich schließlich fragen.

»Wenn es Ihnen nichts ausmacht.«

»Bitte, treten Sie ein.«

»Das ist ja...«, ruft Frau Schnappensiep, als sie die grauen Chrysanthemen auf der bräunlichen Tapete sieht, »entsetzlich, grauenhaft! Und dieses Linoleum... abscheulich! Gräßlich! Ja, warum nehmen Sie nicht eines der renovierten Zimmer?!«

»Weil dauernd Handwerker mit dreckigen Schuhen zu mir kommen.«

»Und was ist hinter dem Paravent?« will Frau Schnappensiep wissen.

Was erwartet sie? Befürchtet sie, ich hätte hinter dem Paravent das Hotel-Pseudo-Silberbesteck gebunkert? »Hinter dem Paravent ist nur das Bett. Bitte sehen Sie selbst. Ich wollte die Handwerker nicht auf der Bettkante empfangen, deshalb hab ich meinen Paravent davorgestellt.«

Frau Schnappensiep ist fassungslos: »Was, Sie schlafen hier auch? Hier, wo Sie Handwerker empfangen müssen! Also, Rufus, das ist ja das allerletzte! Ja sag mal, kannst du Frau Faber kein anständiges Zimmer geben?«

»Ach, du lieber Himmel«, sagt Rufus völlig verlegen, »ich hab das irgendwie vergessen.«
Herr Dr. Schnappensiep blickt betreten zu Boden.
»Das hat sich einfach ergeben«, sage ich, »Rufus kann nichts dafür, ich wollte in der 1. Etage sein, weil die Handwerker oben angefangen haben. Und es macht mir überhaupt nichts aus, wie ich wohne. Das ist egal.«
»Sie müssen in das prächtige Zimmer 8 ziehen!«
»Niemals«, sage ich entschieden, »dann zerkratzen die Handwerker mit ihren Sicherheitseisen an den Schuhen den Fußboden.«
Rufus seufzt: »Tu mir einen Gefallen, nimm dir oben wenigstens ein schönes Schlafzimmer.«
»Also gut, ich geh in die 22, in das schöne Einzelzimmer.«
»Das ist das kleinste Zimmer. Ihr seht selbst, wie schrecklich bescheiden sie ist«, sagt Rufus zu Schnappensieps.
Kaum wieder auf dem Flur, setzt Frau Schnappensiep ihre Jubelei fort. »Hast du die wunderhübschen Messingschildchen mit den aparten Nummern an den prachtvollen Türen gesehen?« ruft sie ihrem Mann zu. »Wo haben Sie diese stilvollen Schilder nur gefunden?«
»An den Türen, Bärbel«, sagte Rufus, »die waren immer an den Türen, sie waren nur im Lauf der Jahre schwarz geworden. Viola hat sie abgelaugt und dem Installateur zum Polieren gegeben.«
»Die Messingnägel, mit denen sie angemacht sind, sind neu«, erkläre ich, »die alten Stahlnägel paßten nicht dazu.«
»Ja, ist das denn die Möglichkeit?« ruft Frau Schnappensiep.
»Habt ihr ausgezeichnet gemacht«, sagt Herr Schnappensiep.
»Wir sind noch lange nicht fertig«, sagt Rufus. »Und obwohl wir gespart haben wie verrückt...« Rufus beläßt es bei dieser deutlichen Andeutung.
Und Frau Schnappensiep fragt nichts weiter dazu, sondern lobt Rufus für die brillante Idee, den Eröffnungstermin auf November zu setzen, wenn alle Leute aus dem Urlaub zurück sind, aber noch nicht völlig im Weihnachtsstreß, und Herr Schnappensiep kann die Meinung seiner Frau nur bestätigen.
Leider, verkündigt Frau Schnappensiep, muß sie in den nächsten

Wochen wieder wegfahren, diesmal macht sie aber keinen Urlaub, sondern begleitet ihren Mann zur Kur. Das ist nur deshalb möglich, erfahren wir, weil die Tochter Micki in Frankreich im Landschulheim ist und Benni beziehungsweise Schnappi, also der Sohn, so lange bei einem Schulfreund wohnen will, und Benni, der Hund, geht mit zur Kur. Aber sobald es ihr irgendwie möglich ist, wird sie wiederkommen, weil sie kaum erwarten kann, wie alles aussehen wird, wenn es fertig ist.

»Wir planen im Foyer eine Kunstausstellung«, sage ich, als sie sich schon verabschieden, und erzähle, warum die Ausstellung nichts kosten wird.

»Sie haben grandiose Ideen!« ruft Frau Schnappensiep.

Mutig sage ich: »Rufus sagte mir, es sei Ihnen recht, wenn ich noch bis November hier arbeite.«

»Wir sind Ihnen so dankbar, daß Sie die künstlerische Leitung dieses Projekts übernommen haben! Rufus allein hätte das nie geschafft, das weiß er selbst. Sie wissen gar nicht, was das für uns bedeutet!«

»Das hätten wir uns nicht vorstellen können, was Sie für diesen Preis möglich gemacht haben«, sagt Herr Dr. Schnappensiep.

Ich weiß gar nicht, was ich sagen soll zu so viel Lob. Als Schnappensieps weg sind, frage ich Rufus: »Hast du mit ihr telefoniert, ehe sie kam?«

»Ja. Ich wußte, daß sie kommen will, aber ich wußte ehrlich nicht, daß sie heute unangemeldet anrückt.«

»Hast du ihr gesagt, daß sie mir sagen soll, daß ich die künstlerische Leiterin hier bin?

»Ich schwöre es«, sagt Rufus, »sie hat es freiwillig und aus voller Überzeugung gesagt.«

Froh rufe ich Elisabeth an. Vor November ist mit meiner Mitarbeit in ihrer Firma nicht zu rechnen. Elisabeth sagt, daß sie und Peter geduldig weiter auf ihre Chance warten wollen, mich einstellen zu dürfen. Soviel Lob an einem Tag! Als Elisabeth fragt, wie es mir so geht, kann ich nur noch sagen: »Ach, nicht schlecht.«

Am Nachmittag hilft mir Rufus, meine persönlichen Sachen aus

dem Bauleitungs-Chrysanthemen-Zimmer in Zimmer 22 zu bringen. Rufus drängt mich, ein größeres Zimmer zu nehmen, aber mir ist 22 recht, es hat einen sehr großen Einbauschrank, und da steht auch der schöne englische Schreibtisch mit sieben Schubladen – 22 ist ein ideales Zimmer für jemand, der länger hier wohnt, und mit der grün-weiß-gestreiften Tapete und der Efeurankenkante und dem rasengrünen Teppich ist es ein sehr beruhigendes Zimmer. Und das Duschbad, obwohl klein, ist wirklich fein. Es ist ein Zimmer, das ab demnächst fast hundertfünfzig Mark pro Nacht kosten wird, aber Rufus weigert sich, mehr Miete als bisher von meinem Gehalt abzuziehen. Ich solle den Wechsel vom Elendsquartier in dieses Zimmer bitte als kleine Gehaltszulage akzeptieren. Und er schließt gleich das Zimmertelefon an. Telefonieren darf ich auch umsonst.
Nach dem Umzug bringt er eine Flasche seiner Sekt-Hausmarke auf mein Zimmer. »Stoßen wir darauf an, daß du dich hier wie zu Hause fühlst.«
Ja, ich fühle mich hier wohl wie nie zuvor. Ich habe eine neue Heimat. Wenigstens für zehn Wochen.

88. Kapitel

»Die Neuigkeit des Tages – Tanja hat angerufen, sie hat sich von Werner getrennt!« rief mir Rufus zwei Tage später morgens entgegen. »Sie ist seit einer Woche aus dem Urlaub zurück, hat sich nur nicht gemeldet, weil sie Wichtigeres zu tun hatte.«
»Warum hat sie sich getrennt?«
»Wollte sie am Telefon nicht sagen, sie hat aus ihrer Bank angerufen.«
»Ist sie sehr depressiv?«
»Sie klang überzeugend nicht-depressiv. Sie will uns heute abend in einem Gartenlokal treffen, du gehst doch mit?«
»Wenn ich euch nicht störe«, sagte ich und dachte: Wenn es Tanja war, die sich von Werner getrennt hatte, warum sollte es dann Tanja schlechtgehen? Und Tanja weiß immer, wo's lang-

geht. Vielleicht hat sie schon den nächsten Mann auf der Tesafilmrolle ihres Lebens?
In der Handwerkermittagspause durchsuchte ich meine Klamotten nach etwas Gartenlokalmäßigem für den Abend, ich wollte mal was anderes tragen als dreckige Jeans und vergammelte T-Shirts. Das einzig geeignete war ein Kleid vom vorletzten Jahr, aus knallroter Viscose, wie üblich von C & A, aber ich hatte den häßlichen Gürtel – schlampig auf einen Plastikstreifen aufgesteppten Stoff, sofort bei C & A weggeworfen, ohne diesen Gürtel sah das Kleid fast aus wie ein Designerkleid. Ich hatte es im ersten Sommer mit Benedikt viel getragen, aber letztes Jahr nur einmal, als ich mit Benedikt in einer Pizzeria war. Dazu passend besaß ich rote Leinenschuhe, die an der Ferse nur ein Riemchen haben und schmale hohe Absätze, die waren überhaupt nicht aus der Mode gekommen. Das Kleid und die Schuhe hatten eine längere Lebensdauer als die Liebe meines Lebens.
Und ich dachte, daß ich jetzt zwar genügend Geld verdiene, um mir sofort etwas Neues zu kaufen, aber ich hatte überhaupt keine Zeit dazu. Es war auch besser so, ich wollte möglichst viel für meine ungewisse Zukunft sparen. Um das Kleid zu aktualisieren, wollte ich meine Gebrochenes-Herz-Kette dazu tragen, das Gold sah wunderbar aus auf dem Rot, aber abends, ich hatte schon mein Zimmer abgeschlossen, drehte ich mich noch mal um, legte die Kette wieder ab. Irgendwie erschien es mir unpassend, daß ich zum Treffen mit Tanja ein gebrochenes Herz trug, vom Juwelier, den Tanja verlassen hatte.
Als ich rot gedreßt ins Foyer kam, sagte Rufus, er hätte mich zuerst nicht erkannt. Er sagte es so ernsthaft, daß ich mich fragte, wie ich sonst aussehe, und als ich darüber nachdachte, erschien es mir leider möglich, daß er mich tatsächlich nicht erkannt hatte: Sonst trat ich hier nur als graue Putzmaus oder grauer Handwerkerschreck in Erscheinung.

Tanja wartete schon im Gartenlokal, ganz allein saß sie in der hintersten Ecke, sie winkte uns zu und wirkte überhaupt nicht wie eine Frischgetrennte. Und sie trug die großen brillantbestückten Ohrringe von Werner.

Nach der üblichen Du-bist-aber-braun!-Wie-war-das-Wetter-Begrüßung und nachdem wir uns Weißbier bestellt hatten, fragte Rufus ohne Umschweife: »Liebe Tanja, erzähl uns, warum hast du dich von Werner getrennt?«
»Sexuelle Unverträglichkeit«, sagte Tanja prompt.
»Was heißt das?«
»Das ist ein delikates Thema«, lachte Tanja, »aber eigentlich ist es ein alltägliches Phänomen. Also ich will mal behaupten, daß ich keinerlei perverse Neigungen habe und Werner auch nicht, aber sagen wir mal so: Er ist mir sexuell etwas zu kunstgewerblich. Zuviel Schnörkel, zuviel Inszenierung. Er hat eben gerne viel Action.«
Rufus dachte nach. Nach reiflicher Überlegung sagte er: »Glaubst du nicht, daß man in der Liebe Kompromisse machen kann? Aus Liebe?«
Tanja macht keine Kompromisse, dachte ich, für Tanja kommt nur ein makelloser Mann in Frage.
»Oh, ich bin durchaus der Meinung, daß man in jeder Beziehung viele Kompromisse machen muß«, rief Tanja zu meiner Überraschung, »aber sexuelle Unverträglichkeit halte ich für ein Problem, das im Lauf der Zeit nie besser, nur schlimmer wird. Wenn man sexuell nicht zusammenpaßt, bedeuten Kompromisse nur Frustration.«
»Wie hat Werner darauf reagiert?« fragte ich. Ich identifiziere mich immer mit den Verlassenen.
»Wir haben uns in aller Freundschaft von der Idee einer gemeinsamen Zukunft getrennt. Werner ist die unerschütterliche Frohnatur. Inklusive einer deutlichen Neigung zum Fremdgehen, das hab ich im Urlaub deutlich gemerkt. Und wenn man mit solch einem Mann von Anfang an sexuelle Probleme hat, kann man mit der Stoppuhr drauf warten, bis er fremdgeht. Und das könnte ich nicht tolerieren.«
»Aber die Ohrringe von ihm hast du behalten«, sagte ich.
»Natürlich behalte ich sie. Glaubst du etwa, ich hätte die geschenkt bekommen?«
»Du hast selbst gesagt, daß sie von Werner sind.«
»Natürlich sind sie von Werner, aber ich habe sie selbstverständ-

lich bezahlt. Zu einem realen Freundschaftspreis. Werner ist ein großzügiger Mensch, aber er kann mir nicht nach ein paar Wochen Bekanntschaft so teure Ohrringe schenken. So was gibt's nur in Kitschromanen und im Werbefernsehen. Auch ein Juwelier kann seinen Schmuck nicht verschenken. Genausowenig, wie ich Aktien verschenken kann, nur weil ich bei einer Bank arbeite.«

»Ich dachte auch, du hättest sie geschenkt bekommen«, sagte Rufus.

»Auch wenn ich sie geschenkt bekommen hätte, würde ich nicht auf die Idee kommen, sie zurückzugeben. Denn bis ein Mann was verschenkt, hat er selbst genügend dafür bekommen. Nichts ist so teuer bezahlt wie Schmuck, den man von Männern geschenkt bekommt.« Und dann fragte sie mich: »Hast du endlich ausgerechnet, was deine Veilchenohrringe gekostet haben?«

Nein, hatte ich nicht. Ich schwieg.

Zum Glück sagte Rufus: »Also, dann auf einen Neuen.«

»Viola kennt den Neuen schon«, lachte Tanja. »Er kommt nachher vorbei.«

»Wer?« Einen Augenblick blieb mein Herz stehen. Wen kannte ich denn? Benedikt?! Nein, das konnte nicht sein. Rufus! Nein. Jemand aus dem Kochkurs? »Wer?«

»Ich gebe meinem alten Freund Detlef eine neue Chance.«

»Ach, Detlef!« rief Rufus.

»Zurück zu Detlef?« rief ich genauso erstaunt.

»Warum denn nicht? Er hat einen gewissen Bonus, er hatte sich schließlich früher einige Zeit bewährt. Und warum soll ich nun Ewigkeiten nach einem anderen suchen? Ich bin keine achtzehn mehr und nicht mehr so naiv zu glauben, daß man mit jeder sexuellen Erfahrung die große Leidenschaft erlebt. Vermutlich stellt man bei sorgfältiger Marktanalyse viel häufiger fest, daß anderswo nichts Besseres geboten wird.«

»Aber ihr habt euch dauernd gestritten!«

»Der gute Detlef hat in den acht Monaten, die wir getrennt waren, einiges dazu gelernt. Zum Beispiel ein bißchen putzen. Und er hat gelernt, was das tägliche Allein-Leben kostet.«

»Ja, ihr habt euch immer über Geld gestritten«, sagte Rufus.

»Genau. Aber es gibt ein altbewährtes Mittel gegen einen geizigen Partner – man heiratet ihn. Da lernt er dann ganz nebenbei, daß Gemeinsamkeit auch finanzielle Gemeinsamkeit bedeutet. Geiz ist ein Problem, das sich sehr gut durch die Ehe lösen läßt.«

»Du willst heiraten!« rief ich. »Deshalb?!«

»Es ist sehr viel klüger, einen Geizhals zu heiraten, als mit einem großzügigen Mann unverheiratet zusammenzuleben«, sagte Tanja und lächelte tückisch. »Die großzügigen Männer geben ihr Geld nur für sich selbst großzügig aus.«

»Aha«, sagte Rufus, »spricht sonst irgendwas für Detlef, wenn man fragen darf?«

»Einiges. Erstens habe ich eine Neigung zu Architekten. Ein Architekt ist mir lieber als ein Banker. Ich habe selbst einen unkreativen Beruf, das wird mir im Doppelpack zuviel. Ein Juwelier hätte mir auch gefallen, aber das war ja nichts.«

»Also lieber einen sparsamen Architekten als einen sexuell unverträglichen Juwelier«, sagte Rufus.

»Irgendeinen Fehler hat jeder«, sagte Tanja. »Außerdem ist zu bedenken, daß Geizhälse durchaus ihr Gutes haben: Das ist die einzige Sorte Männer, die wirklich voll dafür ist, daß Frauen berufstätig sind – wenn's auch nur aus Angst ist, daß sie sonst alles allein bezahlen müßten. Detlef wird mir nicht in den Ohren liegen, ich soll mal kurz für zehn, zwanzig Jahre in meinem Beruf pausieren, damit er Karriere und Kinder unter einen Hut bekommt. Da wird man sich gegebenenfalls eine gemeinsame Lösung einfallen lassen. Anders werde ich meinen Beitrag zur Überbevölkerung der Welt nicht leisten.«

»Hervorragend, deine Lebensplanung nach dem Prinzip der Risiko-Minimierung«, sagte Rufus.

»Ich wär ja blöde, würde ich ausgerechnet bei der Wahl eines Ehemanns ein Risiko eingehen. Bekanntlich ist gerade bei diesem Artikel der Umtausch mit viel Zeit und Kosten verbunden. Aber ganz im Ernst, so geizig ist Detlef nun auch nicht. Er ist nur wie alle Männer, er versucht, möglichst viel umsonst zu bekommen. Und je mehr sie umsonst bekommen, desto mehr verlangen sie umsonst. Den Männern ist kein Argument zu blöd, um ihr

Geld zu schützen: Mal darf man aus Liebe keine Ansprüche an sie stellen, mal um zu beweisen, wie emanzipiert man ist.«

»Und was sagt Detlef zu deinen Heiratsabsichten?« Auch Tanjas Träume mußten einen Haken haben.

»Detlef kam selbst auf die Idee. Er weiß jetzt, was er sich ohne mich nicht leisten kann. Aber dieses Jahr heiraten wir nicht mehr. Ich dachte, nächstes Jahr im Mai, da möchte ich eine große Hochzeitsreise machen.«

Rufus lachte: »Liebe Tanja, du wirst wie üblich alles nach deinen Wünschen regeln.«

»Ich kann's immer noch nicht begreifen, daß du zu Detlef zurückkehrst.« Ich konnte es wirklich nicht begreifen.

Tanja sagte total cool: »Würden sich die Frauen mehr um ihre eigenen Interessen kümmern, müßten sie nicht soviel über die Männer jammern. Das ist meine Überzeugung. Und deshalb kann ich Detlef heiraten.« Plötzlich winkte sie Richtung Eingang vom Gartenlokal. Detlef war gekommen. »Was ich schnell noch sagen wollte«, flüsterte Tanja verschwörerisch, »ich finde, es hat keinen Zweck, wenn die Frauen endlos über die Männer jammern, wir müssen eben lernen, mit dem vorhandenen Material zu arbeiten.«

Das vorhandene Material und Tanja begrüßten sich wie Frischverliebte.

Zu mir sagte Detlef: »Schön, dich wiederzusehen«, dann vertiefte er sich sofort mit Rufus, den er bisher nur aus Tanjas Berichten gekannt hatte, in ein ewiges Gespräch über Möglichkeiten und Kosten eines Dachausbaus im Hotel. Er erwähnte Benedikt und Angela mit keinem Wort. Ich wußte, was das bedeutete: Es hatte sich nichts verändert. Benedikt wurde immer noch Vater von Angelas Kind. Was hätte sich auch ändern können?

»Wie findest du das glückliche Paar?« fragte Rufus auf dem Heimweg.

»Irgendwie ganz überzeugend.«

Obwohl das alles zu vernünftig war, um die wahre Liebe zu sein.

Oder war die wahre Liebe zwischen den beiden nur für eine Weile verschüttet gewesen?

Wo war der Unterschied zwischen wahrer Liebe und Berechnung?
Auch für Detlef hatte es ein Zurück gegeben. Aber Detlef war in der Zwischenzeit nicht der künftige Vater eines Kindes einer anderen Frau geworden. Schließlich sagte ich nur: »Das vorhandene Material ist eben von recht unterschiedlicher Qualität.«

89. Kapitel

Das Metropolen-Magazin vom September, in dem unsere Anzeige erscheinen sollte, war noch nicht am Kiosk erhältlich, da stand schon ein Mann im Foyer, eindeutig ein Künstler, von Kappe bis Turnschuh giftrot angezogen, und er hatte eine blaue Haarsträhne und sagenhaft dreckige Fingernägel. Er habe das Metropolen-Magazin abonniert und bekomme es deshalb Tage früher als die breite Masse, erklärte er und legte eine gigantisch große Mappe auf den Boden, darin ein Stapel Blätter mit langen und kurzen Strichen in Rot, Blau, Gelb. Er sah mich nicht an, während er Blatt für Blatt umblätterte, sondern betrachtete staunend fasziniert die Striche. Mir gefielen sie nicht so gut.
Als er alle gezeigt hatte, sagte er: »Das sind jetzt nur Arbeiten auf Papier. Das können Sie haben in Acryl auf Leinwand, da wäre mein Standardformat 4 Meter auf 2,45 Meter oder Querformat bis 8,60 Meter. Hier paßt das rein.«
Ich wußte nicht recht, was ich sagen sollte, also sagte ich vorsichtig: »Die Bilder sagen mir nicht so viel.«
»Die sagen überhaupt nichts! Das ist Malerei – reine, pure Malerei!« rief der giftrote Künstler. »Warum sollen Bilder was sagen?! Das sind doch keine Hörspiele mit Aufhänger!«
»Ich dachte nur…«
»Absolut nichts denken Leute, die den Blödsinn nachquatschen, ein Bild müßte was sagen!« Er schichtete die Blätter in die Mappe zurück und ging. An der Tür drehte er sich noch mal um: »Hängen Sie sich 'nen Papagei an die Wand, der sagt Ihnen was.«

Das war kein guter Anfang, das kann nur besser werden, dachte ich.

Am Nachmittag, ich drapierte gerade Vorhänge im zweiten Stock, kam Rufus: »Unten wartet die nächste Künstlerin.«

Da stand ein mickriges Mädchen mit einer mickrigen Mappe, sie sagte: »Ich heiße Michaela und habe einen kleinen, vierzehn Monate alten Sohn, meine Hobbys sind Malen und Lesen, und ich möchte mich um die Ausstellung bewerben.«

Zitternd gab sie mir Blätter mit perforiertem Rand, aus einem Schülerzeichenblock rausgerissen, auf den Blättern zerlaufende Klekse in Braun, Grau, Olivgrün. Während ich die welligen Blätter durchsah, hatte sie wie ein Baby den Zeigefinger der linken Hand in den Mund gesteckt und sah mich ängstlich an.

Automatisch duzte ich sie: »Vielleicht kannst du mir sagen, was deine Bilder bedeuten, was du dir dabei gedacht hast?«

Sie nahm den Finger aus dem Mund: »Ich bin ein sehr spontaner Mensch und möchte in meinen Bildern meine Gefühle zum Ausdruck bringen.«

»Ich weiß nicht«, sagte ich, »ob diese Gefühle für eine Hotelhalle das richtige sind.«

»Das weiß ich auch nicht«, sagte sie. »Ich dachte nur, daß ich vielleicht Kunst studieren will, wenn mein Sohn aus dem Gröbsten raus ist, und weil ich gelesen habe, daß man eine Aufnahmeprüfung machen muß, wenn man auf eine Kunstakademie will, dachte ich, die nehmen mich vielleicht eher, wenn ich schon eine Ausstellung gemacht habe.«

»Ich denke, wenn dein Kind erst vierzehn Monate alt ist, hast du noch viel Zeit.«

»Das denke ich auch«, sagte sie und war sofort bereit zu gehen. »Aber es hat unheimlich viel Spaß gemacht, mich zu bewerben.«

»Mir hat es auch unheimlich viel Spaß gemacht, deine Bilder anzusehen«, sagte ich, weil sie mir leid tat.

Wie wird das weitergehen? Drei Tage lang erschienen keine KünstlerInnen. Dafür kam die Lieferung von Hagen und von Müller, mit der Sitzgruppe fürs Foyer und dem Löwenläufer. Als ich vor Rufus einen Abschnitt des Löwenläufers ausrollte, brach er in fast so viele Jubelworte aus wie Frau Schnappensiep. »Wenn Bärbel den Teppich sieht, überschlägt sie sich«, rief er. Auch die Handwerker standen anerkennend nickend um den Läufer, und ein Maler, ein großer Angeber, deutete vom Läufer zu den Wänden, zur Decke und sprach: »Das käme sogar für meine Wohnung in Frage.«

Dann stellten die Handwerker erstaunt fest, daß der Läufer in exakt passenden Abschnitten geliefert worden war, und wollten ihn sofort verlegen. Nein, alles wurde wieder zusammengerollt – solange hier Handwerker mit dreckigen Schuhen rumliefen, blieb die Plastikfolie am Boden.

Und im Foyer nahm ich die Folie nur für einen Abend vom Boden, um die Terrazzostoff-Sitzgruppe auf dem Terrazzoboden zu bewundern – sie sah besser aus, als ich mir erträumt hatte. Weil die Sitzgruppe zu groß war, um sie sonstwo vorübergehend unterzubringen, blieb sie im Foyer mit doppelter Plastikfolie umwickelt. Herr Hedderich fand sie trotzdem so bequem, daß er beschloß, künftig hier seine Stühle zu streichen. Die Wegen-Renovierung-geschlossen-Bettlaken-Sitzgruppe landete im Bauschuttcontainer.

Alles wurde immer perfekter, aber mit zunehmender Perfektion wurde zunehmend deutlicher, daß in diesem Foyer Bilder fehlten, um den Eindruck kalter Pracht zu verhindern. Am Donnerstag kam das Metropolen-Magazin an die Kioske, aber den ganzen Tag kein Künstler zu uns.

Abends um neun, ich wollte gerade duschen, rief Herr Hedderich in meinem Zimmer an, lobte sich zuerst selbst: Er würde soeben die letzten Stühle lackieren. Dann erzählte er, was ich sowieso wußte: Rufus hätte ihm gesagt, ich sei für die Ausstellung zuständig. Dann die Nachricht: Soeben sei deshalb jemand gekommen.

Hoffnungsfroh rannte ich runter. Und ich erkannte sie sofort, obwohl ich ihren Namen vergessen hatte: Es war die Mutter von Lara-Joy mit Lara-Joy. Lara-Joy stand still neben ihr, der Rotz lief ihr wieder aus der Nase, aber sie versuchte nicht, den Rotz an die Wände zu schmieren. Wirklich ein nettes Kind.

Lara-Joys Mutter sagte: »Ich bin alleinerziehende Mutter und hatte keine Zeit, früher zu kommen.«
Offenbar erinnerte sie sich überhaupt nicht an mich, also tat ich auch, als würde ich mich nicht an sie erinnern. »Das macht nichts«, sagte ich.
Sie hatte keine Mappe, sondern zusammengerollt in einer Plastiktüte mit draufgeklebtem Atomkraft-nein-danke-Aufkleber große Bögen von teurem Aquarellpapier, darauf Blatt für Blatt bunte Abdrucke von Händen, wie sie auch in ihrer Wohnung hingen. Kleine und große Hände – zweifellos die Patschhände von Lara-Joy und Lara-Joy-Mama. »Was meinst du, was man für die Bilder nehmen kann?« fragte sie.
Glaubte sie ehrlich, jemand würde dafür etwas bezahlen?! »Schwer zu schätzen«, sagte ich, »außerdem müßte man die Sachen rahmen, und wir haben keine Rahmen hier.«
Sie warf einen Blick auf die Marmorwände: »Man kann die Bilder mit Tesafilm an alle Wände kleben, das sieht lustig aus.«
»Hier werden keine Handabdrücke an die Wände geklebt.«
»Warum bist du denn so aggressiv?« fragte Lara-Joys Mutter strafend. Und dann: »Ich kenn dich von irgendwoher. Du hast kein Kind.«
»Das hat damit nichts zu tun.«
»Das sagen alle, die kein Kind haben«, sagte sie gnadenlos beleidigt. Sie legte Lara-Joy schützend ihre Hand auf den Kopf. »Können wir hier wenigstens mal A-A machen?«
Ich zeigte ihr den Weg zu den Toiletten.
Als sie eine Viertelstunde später zurückkam, sagte sie nicht auf Wiedersehen. Gottseidank nicht.
»Ich hab mir das anders vorgestellt«, sagte Rufus, als ich ihm von den Handdrucken berichtete.
»Von jetzt an kann das Angebot nur besser werden«, sagte ich, immer noch optimistisch.

Am letzten Freitag im August waren die Handwerker mit den oberen Etagen fertig und fingen im Frühstücksraum an. Alle Möbel, die hier zwischengelagert waren, kamen an ihre endgültigen Plätze in den Hotelzimmern.

Die von Herrn Hedderich lackierten Stühle, an die Walkwoman mit je vier schönen Schleifen grün-weiß-rosa gestreifte Kissen gebunden hatte, wurden vorübergehend in Zimmer 1 gelagert. Zimmer 1, das Bauleitungs-Chrysanthemen-Zimmer war nach der Renovierung auch ein grün-weiß-rosa Zimmer geworden, mit zwei nach dem Aufpolstern und Neubeziehen überraschend edlen grün-weiß-rosa Polstersesseln. Nun, nachdem die Handwerker oben fertig waren, brauchte ich Zimmer 1 nicht mehr. Die letzte Runde fand unten statt.

Grün, Weiß, Rosa und ein Hauch von Gold, das ist der Farbklang des Frühstücksraums, der abends als Gesellschaftsraum genutzt werden soll. Drei Wände sollen rosa, leicht gewölkt gestrichen werden, nach Art der Flurwände. Die Fensterfront zum Hof wird grün-weiß-gestreift tapeziert. Ich hatte lange gebraucht, bis ich mich durchgerungen hatte, eine Wand anders zu machen, noch dazu die breite Fensterfront, aber das Grün der Tapete würde sich mit dem Grün der Bäume und der Kübelpflanzen, die eines Tages auf einer Terrasse vor den Fenstern stehen, verbinden, und dadurch würde der Raum zur Hofseite offen, viel größer und luftiger wirken.

Die Spur von Gold ist in der Tapetenkante: ein Motiv mit grünen Lorbeerblättern und goldenen Vögeln. Über der Tapetenkante eine stark geschwungene Stuckleiste, dahinter werden wie im Foyer Spotstrahler installiert. Und zusätzlich auf halber Höhe Wandlampen, denn für Abendgesellschaften wäre die helle Frühstücksbeleuchtung unpassend. Sie werden wie die Deckenlampen in den Fluren auf Stuckrosetten montiert, es sind blütenähnliche Milchglasschirme mit einem geriffelten goldenen Knopf in der Mitte. Noch ein Hauch von Gold. Die Wandlampen waren ursprünglich sehr preiswerte Nachttischlämpchen aus dem Kaufhaus – als Nachttischlämpchen sahen sie dämlich aus, der Schirm paßte nicht zum Fuß, aber nur der Schirm mit dem goldenen Knopf auf Stuck montiert, sieht aus wie eine stilisierte Margerite. Abends würden überall Margeriten leuchten.

Zwei Elektriker legten Kabel unter Putz, ein Maler begann die Decke zu streichen, zwei andere laugten die verblichenen blauen Rosen auf beigegrünlichem Grund von der Wand. Als ich am

Nachmittag fragte, wann die abscheulich ockergelbe Kunstlederfalttür zwischen Frühstücksraum und Nebenraum entfernt wird, sagte ein Maler, die würde nicht entfernt. Ich hätte selbst gesagt, die Falttür müsse bleiben. Unmöglich, daß ich das gesagt hatte. Jedenfalls hätte ich nicht ausdrücklich gesagt, daß die Trennwand raus solle. Das war möglich – ich wäre nicht auf die Idee gekommen, jemand könnte annehmen, das Kunstlederscheusal solle bleiben!
»Wir halten uns wortgenau an Ihre Anweisungen«, sagte der Maler, als gäbe ich völlig unberechenbare und idiotische Anweisungen.
Also sagte ich ausdrücklich, daß diese Trennwand zu verschwinden habe, und zwar ersatzlos.
»Was wollen Sie mit einem so großen Raum?« meckerte der Maler, nur damit er was meckerte.
»Hier wird ab demnächst ein so großer Raum gebraucht«, sagte ich und verließ den Frühstücksraum, ohne mich auf weitere Diskussionen einzulassen.
Vorn am Eingang stand Rufus mit einem Mann, der ein auffallend biederes Kurzarmhemd trug. Rufus sagte: »Da kommt Frau Faber, sie ist für die Ausstellung zuständig.«

Der Mann kam sofort zu mir. »Da haben Sie Glück gehabt, daß ich Ihre Anzeige gesehen habe«, sagte er. Er hatte einen Stapel Leinwandbilder dabei, von einem praktischen Tragegriff zusammengehalten. Mit einem Ruck hatte er den praktischen Tragegriff geöffnet und stellte die Bilder zack, zack, zack gegen die Wand, dabei erzählte er: »Ich bin nicht hauptberuflich Maler, noch nicht, kommt noch. Derzeit bin ich noch nebenbei als Beamter beim Finanzamt tätig. Meine Freundin geht zweimal wöchentlich zum Sport. Ich passe in der Zeit auf die gemeinsame Tochter auf. Da habe ich angefangen, die Malerei für mich zu entdecken. Das geht schnell und bringt am meisten.«
Es waren sechs Bilder, jedes etwa 50 cm breit, 75 cm hoch. Auf jedem Bild ein großes ovalähnliches Rosa. Auf jedem Oval zwei matschartige Klekse in Blau und eine dunkelrosa Linie, mal ist die Linie nach oben gebogen, mal nach unten, mal gerade. Die

Farbe zentimeterdick hingespachtelt. Echte Essig-und-Ölbilder. Und dazu breite Rahmen aus Fichtenholz, klobig wie Kaminholzscheite. Nein, danke!

Er trat zwei Schritte zurück, stützte eine Hand in die Hüfte, kniff ein Auge zu und sagte: »Da haben Sie Glück gehabt! Super-Farbkombination. Wie für Ihre Wände geschaffen!«

»Ist das reine Malerei?« begann ich mein Ablehnungsgespräch.

»Das ist meine Tochter. Ich bringe ihre Gefühle auf die Leinwand«, er zeigte von Bild zu Bild: »hier Freude, hier Wut, hier Trauer, Hunger, Müdigkeit, Überraschung.«

Tatsächlich: Die dunkelrosa Linie zeigte beim Bild Freude freudig nach oben, bei Trauer traurig nach unten, bei Wut ist es eine wütende Zackenlinie, und bei Hunger oder Überraschung ein hungriges oder überraschtes Oval. Auf jedem Bild ist auch eine Art herzförmiger Klecks. »Was ist das?« fragte ich.

»Das ist ein Herz. Hier beim Motiv Trauer habe ich das Herz schwarz gemalt. Das läuft ganz spontan bei mir ab, wie ich die Farbe kreativ einsetze.«

»Ich seh ein Problem«, sagte ich, »wer soll das kaufen?«

»Da besteht ein riesiges Interesse dafür! Überlegen Sie mal, wie viele Väter es heutzutage gibt! Und das ist ein riesiger Wachstumsmarkt. Überlegen Sie mal, was Sie mit einem Kind für Steuerermäßigungen bekommen!«

»Aber Sie hängen sich auch kein Bild von einem wildfremden Kind in die Wohnung.«

»Ich male meine Tochter ja nicht als wildfremdes Kind, sondern als Kind-an-sich. Und mein Stil ist so modern, da können Sie die Bilder einfach auf den Kopf stellen, wie es dieser berühmte Maler macht – wie heißt er gleich –, und dann ist das im Handumdrehen Hunderttausende wert.« Er nahm die Bilder und stellte sie zack, zack, zack auf den Kopf. Er trat wieder einige Schritte zurück, Hand in die Hüfte, Auge zugekniffen: »Auf den Kopf gestellt bringen die das Zehnfache, und das sieht auch nicht schlecht aus.«

Zugegeben, es sah nicht schlechter aus. Die Mundlinie, die vorher freudig nach oben zeigte, zeigte jetzt nach unten, wirkte aber trotzdem nicht traurig, sondern wie ein freudiges Baby, das Kopfstand macht. Interessant.

»Ich werd achttausend bis fünfzehntausend pro Bild verlangen, da muß man richtig hinlangen, sonst wissen die Leute gar nicht, daß es Kunst ist. Die Rahmen kosten extra.«
Das Gemälde »Trauer« rutschte, knallte flach auf den Boden, als ich es aufrichtete, hatte ich prompt einen Spreisel vom groben Fichtenholz im Daumen. »Die Rahmen sind nicht kindgemäß«, sagte ich.
Das interessierte ihn überhaupt nicht. »Wieviel zahlen Sie mir pro Ausstellung?« wollte er wissen.
»Wir zahlen gar nichts. Wir geben Künstlern die Gelegenheit auszustellen, und wenn jemand ein Bild kaufen will, verkaufen wir es zum vom Künstler gewünschten Preis, provisionsfrei.«
»Wie denn, für die Ausstellung zahlen Sie nichts?«
»Nein.«
»Das sind aber alles Originale, die ich Ihnen zur Verfügung stelle. Okay, wenn jemand ein Bild gekauft hat, kann ich es kopieren, das geht bei mir ruckzuck, aber für eine Ausstellung muß ich auch Geld bekommen. Ich kann doch nicht umsonst arbeiten, da mach ich mich ja strafbar.«
»Wir können Sie nicht dafür bezahlen, daß Sie Ihre Bilder hier ausstellen wollen.«
»Und was bieten Sie mir an Werbung? Da muß Werbung dafür gemacht werden. Ich dachte an Plakatwände mit großem Foto: ich und meine Tochter – ein Super-Thema.«
»Wir können kein Geld für Werbung ausgeben.«
»Dann taugt Ihr Laden nichts. Da müssen Sie sich einen andern suchen. So nicht. Nicht mit mir!«
Er packte seine Werke in den praktischen Tragegriff und ging.
Rufus, der die ganze Zeit still in der Sitzgruppe gesessen hatte, sagte: »Ich hab mir das mit den Künstlern einfacher vorgestellt.«
»Und diese Künstler haben es sich mit der Kunst einfacher vorgestellt.« Das half uns aber auch nicht weiter. Nur unser Optimismus.

Abends um sieben, Rufus und ich aßen in der Küche, klingelte es heftig, es war ein Mann im schwarzen Hemd, also vermuteten

wir sofort, daß es ein Künstler ist, und ich ging zur Tür: »Guten Abend, kommen Sie wegen...«
»Ist Ihr Chef da?«
»Um was geht's denn?«
»Um das Inserat im Metropolen-Magazin.«
»Wenn Sie Bilder für die Ausstellung haben, die können Sie mir zeigen.«
»Ist der Chef nicht da?«
»Ich bin dafür zuständig.« Sein Gesicht ließ keinen Zweifel, daß es ihm nicht paßte, mit mir zu reden. Aber ich hatte im Umgang mit den Handwerkern längst gelernt, völlig zu ignorieren, ob einer Lust hat, mit einer Frau zu verhandeln, oder ob das unter seinem Niveau ist, und sagte: »Zeigen Sie mir, was Sie mitgebracht haben.«
»Haben Sie wenigstens Hammer und Nägel da?«
»Wozu?«
»Damit ich die Sachen aufhängen kann, ich muß ja sehen, wie das wirkt.«
»Ich möchte erst Ihre Bilder sehen, ehe wir Nägel in die Wände schlagen.«
War es Verachtung oder Mitleid in seinem Blick? Mir war's egal. Er ging hinaus und kam mit vier Leinwänden zurück, alle groß wie Türen. Er wollte sie nicht vor die marmorierten Wände stellen, sondern entschied sich für den frischlackierten Aufzug als Hintergrund. Ich hatte nichts dagegen, die Farbe war schon trocken.
Er stellte alle Bilder mit der Rückseite nach vorn, dann drehte er das erste um. Ich sah ein mit Stacheldraht abgegrenztes Gehege: schrecklich hohe, nach innen geknickte Stacheldrahtzäune wie in einem Konzentrationslager, darin eingegattert eine Herde graugesichtiger Pandabären, die sehr traurig herumsitzen und in ihren kleinen Vorderpfoten welke Bambussprossen halten. Im Stacheldraht hat sich eine weiße Taube verfangen, mit welken Zweiglein im Schnabel. Das Blut der Taube tropft von Stacheldrahtreihe zu Stacheldrahtreihe, perlt sehr plastisch gemalt von den Stacheln. Unten eine zackige Signatur, größer als die Taube, der Maler heißt Bernhard Schrank oder so ähnlich.

Auf dem zweiten Bild Fabrikschornsteine, aus denen schwefelgelber Rauch quillt. Im Vordergrund ein mickriges Tischchen, darauf eine Vase mit graugelben Sonnenblumen, unter dem Tischchen liegt eine, vermutlich tote, Friedenstaube.
Auf dem dritten Bild ein Atompilz, explodierend über einer Palmeninsel, am Strand der Insel liegen zwei Frauen mit gespreizten Beinen und einem dunkelbraunem Strich zwischen den Beinen wie ein Reißverschluß. Daneben ein Mann, der eine Zigarre qualmt, die atompilzähnlichen Rauch von sich gibt. Das Gesicht des Mannes ist wie ein Arsch gemalt.
Auf dem vierten Bild eine Demonstration, die offensichtlich durch eine Puffgegend führt. Links und rechts im Bild sind Häuser, aus den Fenstern sehen nackte Frauen mit dicken Busen und aufgetakelt geschminkten Gesichtern hinunter auf einen Demonstrationszug von Arschgesichtern. Die Demonstranten tragen Transparente, auf denen liebevoll exakt gepinselt steht: »Ausländer raus« und »Jude verrecke« und viel Schlimmeres. Und mindestens ein Dutzend exakt gemalter Hakenkreuzfahnen.
»Nein«, sagte ich entschieden. »Nein, diese Bilder passen nicht hierher.«
»Natürlich passen sie hierher. Das ist genau das Forum, das meine Bilder brauchen.«
»Nein, ich will sie nicht haben.«
»Sie haben was gegen Ausländer, was? Das macht Sie betroffen, was, weil Sie selbst 'ne verkappte Faschistin sind!«
»Nein, ich habe nichts gegen Ausländer, und ein Hotel lebt großenteils von Ausländern, und deshalb will ich keine solchen Bilder hier. Stellen Sie sich vor, Sie sind selbst im Ausland in einem Hotel, und da sehen Sie solche...«
Angewidert unterbrach er mich: »Du willst lieber nette Heile-Welt-Bildchen mit Blümchen und Engelchen. So'n Weiberkitsch!« Angewidert zeigte er auf die Wände, an denen seine Werke nicht hängen werden. »Das ist ja alles so dekadente Deko-Scheiße hier.«
Rufus kam aus der Küche. Er mußte gehört haben, was der Typ gesagt hatte. »Guten Abend«, sagte Rufus.

»Das ist der Chef«, sagte ich zu dem Typen und zu Rufus: »Ich finde, das paßt nicht hierher.«
Der Künstler nahm mich nicht mehr zur Kenntnis. »Angenehm«, sagte er zu Rufus, nannte seinen Namen, schüttelte ihm die Hand und führte die Bilder noch mal vor.
»Ich hab keine Ahnung von Kunst«, sagte Rufus und deutete auf das Gemälde mit den traurigen Pandabären im Konzentrationslager, »aber würde einer dieser Bären sich je erheben, würde er furchtbar auf die Schnauze fallen.«
»Warum denn?«
»Bitte, denken Sie nicht, ich hätte was gegen Pandabären, aber so ein Bär läuft auf vier Beinen und hat einen schweren Oberkörper, und Sie haben die Hinterbeine dreimal länger als die Vorderbeine gemalt – deshalb müssen Ihre Bären, wenn sie aufstehen, ganz furchtbar auf die Schnauze fallen.«
»Ich merke schon, Sie sind in Ihrer Meinung total beeinflußt! Das ist ja alles nur Schubladen-Denken!«
Als er die Tür hinter sich zugeknallt hatte, sahen wir uns an und lachten. »Und was nun?« fragte ich, jetzt ohne Optimismus. Rufus wußte es genausowenig wie ich.

Und dann kam Harald.

90. Kapitel

Montagvormittag im Frühstücksraum sprach mich ein Mann an, der sich, als ich hereingekommen war, mit einem der Handwerker unterhalten hatte; der Mann war vielleicht Mitte Dreißig, hatte eine Wuschelfrisur aus dunklen Locken, trug Jeans und weißes Polohemd, als er mich sah, lächelte er mich an, indem er einen Mundwinkel etwas nach oben zog, nahm mit eleganter Hand die Zigarette aus dem Mund und sagte: »Schönen guten Morgen, ich bin Harald Sommerhalter, und Sie sind Frau Faber?«
»Ja«, sagte ich und lächelte. Automatisch.

»Eine schöne Atmosphäre hier«, sagte er, »und der Marmor in der Eingangshalle ist meisterhaft gemalt.«

»Ja«, sagte ich.

»Der Elektriker erzählte mir, daß Sie die Innenarchitektin sind, die die gesamte Gestaltung gemacht hat.«

»Ja.«

»Ja«, sagte auch er, »so muß eine Hotelhalle aussehen, als ob man eine andere Welt betritt, in der Wunder möglich sind. Nicht diese internationale Standard-Langeweile.«

»Ja«, sagte ich wieder.

»Dieser überwiegend schwarze Fußboden wird die Farbigkeit der Wände noch mehr zum Leuchten bringen. Und diese Schlichtheit, das ist der Boden, auf dem wahrer Luxus gedeiht.«

»Ja«. Und lächelte ihn wieder an. Was wollte er eigentlich hier?

»Kann ich die Zimmer sehen?«

Aha, ein potentieller Gast oder jemand, der Gäste hier unterbringen wollte. »Zur Zeit ist das Hotel geschlossen, aber ich kann Ihnen gern einige Zimmer zeigen.«

Ich zeigte ihm nicht nur einige Zimmer, sondern alle. Er war nicht nur begeistert, sondern lobte überall exakt jene Details, die ich selbst auch am besten fand. Vor allem die Farbgestaltung und Farbkombinationen. Sogar als ich ihm im dritten Stock die Nr. 19, das mittlere Zimmer zur Straßenfront, zeigte, das mit den roten Rosen auf dem schwarzen Teppich und dazu rosarote Wände, eines meiner Lieblingszimmer, weil die Farbigkeit eine künstlerische Qualität hat und man sich in diesem Zimmer fühlt wie in einer Rosenblüte, da sagte er nicht, das fände er zu gewagt oder kitschig, sondern: »Alle Achtung, das ist leidenschaftlich. Ist das Ihre Hochzeitssuite?«

»Ich glaube kaum, daß jemand seine Hochzeitsreise in diese Stadt macht.«

»Da haben Sie recht. Aber es ist ein Zimmer für eine Nacht der Leidenschaft.«

Ich sagte nichts dazu. Gottseidank machte er keine weiteren Kommentare zu den Spiegelschränken und ihrer möglichen Funktion in Nächten der Leidenschaft, wie ich kurz befürchtet hatte.

Er wollte nicht mit dem Aufzug runterfahren, sondern die Treppe runtergehen, um die Schönheit der Flure weiter auf sich wirken zu lassen. Unten ging ich zur plastikverhüllten Rezeption, Rufus hatte hier ein Buch deponiert, in das wir Interessenten eintrugen, Rufus würde sie benachrichtigen, sobald wieder Zimmer vermietet werden. »Und was kann ich jetzt für Sie tun, Herr Sommerhalter?«
Er lächelte: »Michael Schweizer vom Metropolen-Magazin hat mir erzählt, daß Sie Bilder ausstellen wollen, und deshalb wollte ich mir Ihr Hotel ansehen. Möchten Sie meine Bilder sehen?«
»Ja«, sagte ich verblüfft.
»Dann warten Sie einen Moment.«
Ich setzte mich in die Sitzgruppe, und mein Herz klopfte komisch. Fast hätte ich gebetet: Lieber Gott, mach, daß die Bilder gut sind.
Er war hinausgegangen. Ich sah ihm hinterher. Direkt vor der Tür parkte ein schäbiger Fiat. Er ging zur anderen Straßenseite, nahm aus einem Auto mit offenem Verdeck große Bilder. Das Auto war ein antiker, schwarzer Morgan. Ein Luxus-Cabrio, mit einer geraden Frontscheibe, mit Speichenrädern, ein Super-Traum-Auto, wie man es nur im Kino sieht. Umgotteswillen. Konnte ein Mann, der so ein absolutes Auto fuhr, schlechte Bilder malen? Ich riß ihm die Tür auf.
Er brachte zwei Bilder, in Wellpappe gewickelt. Sie schienen schwer zu sein. Was auch immer es für Bilder waren – jedenfalls hatten sie wenigstens die ideale Größe, etwa 1,5 Meter hoch. Er ging noch mal raus, brachte wieder zwei Bilder, dann noch mal drei.
Ich hatte solche Angst vor dem Moment, in dem die Hoffnung enden würde, daß ich sagte: »Darf ich Ihnen zuerst einen Kaffee anbieten?«
Er lächelte: »Wenn Sie zuerst einen Kaffee brauchen, ehe Sie meine Bilder ansehen können, bitte.«
»So hab ich das nicht gemeint«, sagte ich und blieb sitzen.
Und da hatte er schon ein Bild aus der Wellpappe gewickelt, und mein Herz blieb kurz stehen vor Erstaunen, vor Freude, und dann klopfte es dumpf in meinem Hals.

Das Bild war modern und antik zugleich. Es war eine Frau in einem Abendkleid, nein, mehr als das – es war eine Dame in einer Robe. Über der schwarzen Seide des Rocks dunkelgraue Spitzenvolants, und ich fragte mich: Wie kann man Seide so malen, daß sie aussieht wie echte Seide, und Spitzen mit Bogenkanten darüber, die auch aussehen wie echt?! Und die Dame stand in einem kostbaren Raum, der gar nicht richtig zu erkennen war, aber genau zu erahnen, ein braun und golden strukturiertes Dunkel, aber der Kopf der Dame war in freier Landschaft, von azurblauem Wolkenhimmel umgeben, und aus den Wolken führte ein schwarzer Keil direkt über ihr Gesicht. Es war kein richtiger Keil, eher eine keilförmige Wolke, die das Gesicht bis zum Kinn verdeckte, und der Keil wirkte nicht bedrohlich, er verbarg nur ihr Gesicht. Und man fragte sich nicht, wie die Dame eigentlich aussah, alles, was man sonst sah, war prächtig genug. Sie trug eine dreireihige Perlenkette, die Perlen waren so transparent gemalt, daß sie fast feucht wirkten. Das Kleid war trägerlos, tief dekolletiert, der Busen der Dame entzückend und die runden Schultern vollendet. Am Korsagenoberteil des Kleides war die schwarze Seide mit matten schwarzen Blattmotiven bestickt, gemalt, als wären sie auf die Leinwand gestickt. In ihrer Hand, angewinkelt in Taillenhöhe, hielt die Dame einen Spiegel, sie hielt ihn dem Betrachter zugewandt, und man wußte sofort, daß es ein Spiegel ist, obwohl sich darin nichts spiegelte. Und wie das alles gemalt war – die Wolken, die Stoffe, die Spitzen, die Haut. Vollkommen!

»Ich hätte nicht geglaubt, daß man heute noch so malen kann«, sagte ich, als ich wieder sprechen konnte.

»Doch, man kann heute noch so malen«, sagte der Maler, »wenn man will, kann man es.«

»So hab ich es nicht gemeint, ich meinte, ich hätte mir nicht vorstellen können, daß jemand überhaupt in der Lage ist, so malen zu können.«

»Kennen Sie die reizenden Gemälde, die François Boucher von Madame Pompadour malte? Boucher ist mein Lieblingsmaler, keiner hat wie er die Frauen gemalt. Ich habe früher einige Bouchers kopiert, und viel von ihm gelernt. Ich habe auch

Watteau kopiert, unübertroffen, wie er Seide und Spitze malt. Und Fragonard! Ich bin ein Anhänger der Französischen Schule des achtzehnten Jahrhunderts, Sie auch?«
Ich hatte keine Ahnung, ob ich Anhänger der Französischen Schule des achtzehnten Jahrhundert bin, aber wenn das, was ich sah, Französische Schule des achtzehnten Jahrhunderts ist, dann bin ich ein glühender Anhänger der Französischen Schule des achtzehnten Jahrhunderts, und ich sagte überzeugt: »Ja.«
Er wickelte das nächste Bild aus. Wieder eine Dame in großer Robe. Gelbe Seide, über und über bestickt mit Schmetterlingen in Orange und Braun, Rosa und Rot, Türkis und Grün. Das Kleid hat gerüschte Tüllärmel, die die schönen Arme durchscheinen lassen. Und wieder steht die Dame unter Wolken, und ein schwarzer Keil verdeckt ihr Gesicht. Ihr zu Füßen eine getigerte Katze, kein Schmusetier, sondern ein wütendes Vieh. Die Katze, mit gebleckten Zähnen, hebt die Kralle gegen einen Schmetterling auf der gelben Seide, und man hört es schon ratschen.
Auf dem dritten Bild ein Mann, auch sein Gesicht hinter einem schwarzen Keil, und er steht, auf einen Golfschläger gestützt, in einem Rosengarten. Und die Rosenblüten sind Blatt für Blatt gemalt, aber trotzdem nicht pedantisch, sondern ganz selbstverständlich wie gewachsene Rosen. Und wie die andern Bilder war auch dieses gerahmt, mit einer glatten, fünf Zentimeter breiten Goldleiste. Es war vollkommener nicht vorstellbar!
Und auf dem vierten Bild wieder eine Frau, auch ihr Gesicht von einem Keil verdeckt, aber sie hat eine Hand vor dem Keil oder dem Gesicht, und ihre Hand ist vollkommen, und sie trägt einen großen Perlenring und ein Brillantarmband. Und ihr Kleid ist das raffinierteste von allen: champagnerfarbene plissierte Seide, die sich um ihre perfekte Figur schmiegt, und am Dekolleté und am Saum sind die Plissees aufgebogen wie schäumende Wellen. Hinter ihr, aus den Wolken fallend, ein Vorhang, sie hält ihn mit der linken Hand geöffnet, und der Vorhang ist aus rotem Samt, mit goldenen Lorbeerblättern bestickt. Es könnte eine Schauspielerin sein, die vor den Theatervorhang tritt.
Auf dem nächsten Bild eine Göttin. Nackt posiert sie auf Wolken. Und die Wolken sind von der Sonne beschienen, ein

Wolkenschatten verdeckt das Gesicht der Göttin, ihr Körper ist ziemlich braun, nur an ihrer Hüfte ein dünner hellerer Streifen, und an ihrer haarlosen Scham ist die Haut auch weiß, als würde sie sich sonst im Bikinislip sonnen. Es ist bezaubernd, witzig und wunderbar.

Und noch eine Göttin, die aus der Dunkelheit heraustritt. Sie trägt nur einen Tüllschleier, und es ist nicht zu fassen, wie dieser Harald Sommerhalter Tüll auf Haut und Tüll vor Abendhimmel malen kann. Und Blumen – überall fallen Frühlingsblumen aus dem Tüll, wahrscheinlich ist es die Göttin des Frühlings, aber es ist egal, wer es ist, und egal, daß auch ihr Gesicht verborgen ist, auch dieses Bild ist ein gemalter Traum.

Und Harald Sommerhalter wickelte das letzte Bild aus, es ist ein Mann, nackt, ein Gott, er lehnt an einer Säule inmitten von Wolken, auch er hat kein Gesicht, und er hält sich eine zusammengerollte Zeitung vor seinen Pimmel, und ich sprang auf, um mir das ganz aus der Nähe anzusehen, es sah aus, als könnte man lesen, was auf dieser Zeitung steht, aber aus der Nähe sieht man, daß es abstrakte Häkchen sind, aber wenn man nur zwei Meter zurücktritt, denkt man, es wäre die Seite mit den Aktienkursen.

Jetzt nur nichts Falsches sagen, dachte ich. »Warum wollen Sie diese tollen Bilder hier ausstellen?«

»Die Atmosphäre, die Sie hier geschaffen haben, gefällt mir.«

»Sie müssen berühmt sein, wenn Sie so malen können, es tut mir leid, daß ich Sie bisher nicht kannte, ich wohne nicht so lange hier...« Und da fiel mir ein, daß ich genau heute vor einem Jahr hergekommen bin, und fragte mich, was das bedeutete?

»Können Sie sich vorstellen, daß jemand nicht berühmt sein will, lieber so lebt, wie er es sich selbst vorstellt?« fragte Harald Sommerhalter und zündete sich die nächste Zigarette an.

»Ja«, sagte ich, obwohl ich es mir eigentlich nicht genau vorstellen konnte. »Ich meine nur, daß wir Ihnen leider nichts für die Ausstellung bezahlen können.«

»Natürlich nicht«, sagte er, »kein Künstler wird dafür bezahlt, daß er ausstellt, die meisten müssen sogar dem Galeristen Zuschüsse für Ausstellungen geben. Aber das ist nicht mein Problem. Wissen Sie, ich habe mich mit meinem hiesigen Galeristen verkracht. Ich habe gerade die Bilder bei ihm abgeholt. Ich kann den Galeristen sogar verstehen, er möchte nur Bilder ausstellen, die er auch verkaufen darf. Aber diese Bilder hier möchte ich nicht verkaufen. Und außerdem«, er lächelte mich an, »außerdem hab ich mich auch mit meiner Freundin verkracht.«

»Ja?« sagte ich und versuchte, nicht zurückzulächeln.

»Ich könnte die Bilder hier ausstellen, damit die, die über meine Bilder reden oder schreiben wollen, hier ihre Kunstbetrachtungen abhalten können. Meine Bilder sind kaum in der Öffentlichkeit zu sehen, die Leute, für die ich male, zeigen ihren Reichtum niemals öffentlich. Und ich will keine Besucher in meinem Atelier. Ich brauche absolute Ruhe. Bisher haben mir meine Ex-Freundin und der Galerist die Leute vom Hals gehalten. Jetzt wäre es für mich gut, wenn die Bilder hier hängen, dann könnte ich allen sagen, geht in dieses Hotel und laßt mich in Ruhe.«

»Ja«, sagte ich, »das wäre eine gute Lösung.« Und dann sagte ich schnell: »Darf ich Ihnen jetzt einen Kaffee bringen? Oder möchten Sie Champagner?« – Was trinken Künstler am Vormittag? Haben wir überhaupt Champagner oder nur Sekt?

»Ich hätte gerne einen Kamillentee, ich hab gestern zuviel getrunken.«

Selbstverständlich, sofort. Ich eilte in die Küche, Frau Hedderich hat gottseidank Kamillenteebeutel. »Ist Ihnen nicht gut?« fragte sie.

»Mir geht's prima. Wo ist Rufus?«

»Wenn er nicht unten ist, ist er oben.«

Ja, natürlich ist er oben, bei seinem Computer. Ich telefonierte ihn runter: »Rufus, der Maler ist da! Der Maler, dessen Bilder wir ausstellen werden. Metropolen-Michael hat ihn geschickt. Harald Sommerhalter. Du kennst ihn nicht? Komm sofort, die Bilder mußt du sehen!«

Rufus kam sofort. Als ich das Kännchen Kamillentee hinausbrachte, begrüßte er schon den Maler, den uns der Himmel geschickt hatte.

»Sind Sie der Besitzer des Hotels, Herr Berger?« fragte Harald Sommerhalter.

»Ich bin der sogenannte Geschäftsführer.«

»Was meinen Sie mit ›sogenannt‹?«
Rufus lachte: »Ich sage das gewohnheitsmäßig. Vielleicht, weil ich dieses Hotel früher als sogenanntes Hotel bezeichnet habe. Ich hab mich noch nicht daran gewöhnt, daß es jetzt ein richtiges Hotel wird.« Dann drehte sich Rufus zu den Bildern und rief: »Fabelhaft!« Und: »Ganz großartig!« Und: »Was bedeutet dieser dunkle Fleck über allen Gesichtern?«
Ich hatte nicht gewagt, das zu fragen. Aus Angst, der Künstler würde sich unverstanden fühlen.
Aber Harald Sommerhalter sagte: »Ich male die Träume von der Vollkommenheit – hat mal ein Kritiker über mich geschrieben. Das fand ich okay. Obwohl ich Vollkommenheit hasse. Vollkommenheit ist langweilig. Vollkommenheit tötet die Phantasie. Und wozu soll ich ein Gesicht malen? Das kann schon morgen ganz anders aussehen. Male ich die Dame heute mit einer römischen Nase, geht sie morgen zum Schönheitschirurgen und kommt mit einer Stupsnase zurück. Oder plötzlich hat sie ein spitzes Kinn, wo vorher gar keines war. Ich male keine Ansichten, nur Ausstrahlung. Alles Vergängliche ist aus meinen Bildern eliminiert. Deshalb male ich keine Gesichter, die Leute können sich meinetwegen ein Foto drüberhängen mit ihrer jeweils gerade aktuellen Nase.«
»Ja«, sagte ich.
»Das einzige, was unverändert überdauert, sind die Haute-Couture-Modelle. Die haben wahre Identität. Die kann man malen. Was auch sonst? Sehen Sie, der Kleidercode der heutigen Individualität ist der Konformismus. Die typische Individualistin trägt Jeans, Chanel-T-Shirt und Hermès-Handtasche. Oder Jeans, Benetton-T-Shirt und Plastiktüte.«
Ich mußte lachen.
»Und der typische Individualist trägt wie ich Jeans und Lacoste-Hemd. Eine malerische Katastrophe! Ich kann keine Baumwollstoffe malen. Monet konnte es, Renoir konnte es, aber ich will es nicht. Wissen Sie, was meine Überzeugung ist?«
Ich wagte nicht zu sagen, daß ich es nicht ahnte, schließlich bin ich Anhängerin der Französischen Schule des achtzehnten Jahrhunderts.

»Ich finde, Baumwolle gehört in die Waschmaschine und nicht auf die Leinwand.«
Sehr lustig.
»Was kosten Ihre Bilder?« fragte Rufus dazwischen.
»Ab zwanzigtausend.«
»Ab zwanzigtausend?« rief ich.
»Es spielt keine Rolle, was sie kosten, diese Bilder dürfen nicht verkauft werden«, sagte Harald Sommerhalter.
»Aber wenn wir diese Bilder hier aufhängen dürfen, müssen Sie versichert sein«, sagte Rufus.
»Versichert sind sie sowieso, aber nett, daß Sie daran denken. Wir hängen die Bilder an dünnen Stahlseilen auf, oben an der Stuckkante befestigt. Die Stahlseile werden mit einer kleinen Alarmanlage verbunden, damit ist die Versicherung zufrieden, das Hotel ist ja ständig bewacht.«
»Was kostet so eine Anlage?« fragte Rufus und zog alarmiert die Augenbraue hoch.
»Kein Problem, das bezahle ich«, sagte Harald Sommerhalter. »Wenn ich die Bilder aufhänge, bringe ich jemanden mit, der das macht.«
»Wir müssen das vertraglich regeln«, sagte Rufus, »zu Ihrer eigenen Sicherheit. Ich habe nicht mit solchen Dimensionen gerechnet, als Viola, also Frau Faber, die Idee mit der Ausstellung hatte.«
»Sie heißen Viola? Paßt der Name zu Ihnen?« fragte Harald Sommerhalter interessiert. »Ich würde Sie nicht in Violett malen, das ist nicht Ihre Farbe, Violett ist zu gewollt, zu sehr Femme fatale. Oder ist Ihr Violett das des frommen, bescheidenen Veilchens? Hoffentlich nicht.« Er sah mich prüfend an.
Ich lachte nur.
Rufus sagte: »Also, ich habe einen Notar in der Verwandtschaft – in der sogenannten Verwandtschaft –, der könnte einen Vertrag aufsetzen, damit klar ist, daß Sie uns die Bilder nur geliehen haben. Nächste Woche kommt unser Herr Dr. Schnappensiep aus der Kur zurück, da könnte ich das regeln, wenn Ihnen das recht ist.«
»Das ist gut, sehr korrekt«, sagte Harald Sommerhalter. »Könnte ich noch etwas Kamillentee haben?«

Selbstverständlich, sofort.
»Wie ist der Raum beleuchtet?« fragte er, als ich das zweite Kännchen Kamillentee gebracht hatte.
»In der Stuckkante sind Spotstrahler, und wir haben in den Marmorstreifen Anschlüsse für die Wandbeleuchtung, wir könnten spezielle Bilderlampen direkt über den Rahmen anbringen.«
»Alles ist ideal hier«, sagte er und sah zur Decke hinauf. »Dieser weiße Plafond allerdings ...«
»Ja?« sagte ich. Ich selbst war mit dieser weißen Decke nicht zufrieden, deshalb machte mir auch die Beleuchtung des Raums solche Probleme, und Harald Sommerhalter, der Künstler, empfand wie ich. »Vielleicht sollte man die Decke etwas abtönen? Was meinen Sie?« fragte ich aufgeregt.
Er sah noch nach oben: »Weiße Plafonds wirken naturgemäß etwas bedeutungslos. Über dem Kopf sollte man Wolken haben, das macht die Gedanken frei.«
»Ja, Wolken wie auf Ihren Bildern!«
»Nein, keine Wolken wie auf meinen Bildern.«
»Nein?«
»Die Wolken auf meinen Bildern sind Wolken, die von vorn gemalt sind. Was Sie an der Decke brauchen, sind Wolken, die von unten zu sehen sind. Solche Wolken habe ich noch nie gemalt. Wolken von unten, das ist Luft gewordener Marmor!« Er sprang auf, ging zur Mitte des Foyers, lief nach oben blickend im Kreis herum: »Ich würde gerne aus diesem nichtssagenden Plafond Luft gewordenen Marmor machen.«
»Ist das wahr?« fragte ich leise.
»Was würde das kosten?« fragte Rufus laut.
»Nur ein paar Wolken, was würde das kosten? Fünftausend Mark?«
»Können wir uns nicht leisten«, sagte Rufus.
»Können wir nicht irgendwo noch sparen?« fragte ich ihn.
»Nein.«
»Ja«, sagte Harald Sommerhalter und setzte sich wieder, »dann mach ich es umsonst.«
»Umsonst?« rief Rufus, »warum?«
»Zur Übung.«

»Es sind rund fünfundsechzig Quadratmeter Deckenfläche«, sagte Rufus.
»Na sehen Sie, das ist eine Herausforderung, die sich lohnt. Und es ist ein Ruf des Schicksals, daß ich just in dem Augenblick komme, in dem hier dringend ein Wolkenmeer benötigt wird. Meine Bilder profitieren außerdem auch davon.«
»Das Geld für die Farben haben wir auf jeden Fall«, sagte ich begeistert zu Rufus, »und wenn ich die Farben selbst zahle.«
»Nein«, sagte Rufus, »kommt nicht in Frage, daß du das bezahlst. Und so teuer sind die Farben nicht.«
»Ich kann nur erstklassige Farben brauchen, keine Anstreicherfarbe. Ich bringe meine eigenen Pigmente mit«, sagte Harald Sommerhalter. »Das muß mit Acryl gemalt werden. Ich male sonst nie mit Acryl, aber hier geht es nicht anders.« Er sah wieder zur Decke: »Und ich brauche ein Gerüst. Wie Michelangelo werde ich unter der Decke liegen. Habe ich Ewigkeiten nicht mehr gemacht.«
»Im Hof liegen Teile vom Fassadengerüst, die bereits abgebaut wurden, unsere Handwerker könnten Ihnen daraus ein Gerüst fürs Foyer bauen«, sagte Rufus.
Dankbar lachte ich ihn an, endlich tat er auch was, um diesen Traum zu realisieren.
»Lassen Sie zwei rollbare Gerüste machen«, sagte Harald Sommerhalter, »eines, auf dem ich liegen, und eines, auf dem ich stehen kann.«
»Gut«, sagte Rufus. Und zum Glück sagte er nicht, daß zwei Gerüste zu teuer wären.
»Es gefällt mir, wie engagiert Sie alles angehen«, sagte Harald Sommerhalter. »Schade, daß wir die Bilder noch nicht aufhängen können. Ich nehm sie wieder mit, bis es soweit ist. Wann wird das Gerüst aufgebaut sein?«
»Morgen«, sagte ich.
»Schon morgen?« fragte Rufus.
»Es wird jetzt sofort aufgebaut«, sagte ich.
»Dann fang ich gleich morgen an. Rufen Sie mich sicherheitshalber morgen früh an, aber bitte nicht vor elf.« Er zog aus einem Kroko-Portemonnaie zwei Visitenkarten, sie sahen aus wie

handgeschrieben, in einer schönen Künstlerhandschrift, aber die Handschrift war gedruckt. Wie raffiniert! Er gab Rufus eine und mir eine und sagte: »Übrigens, wenn wir zusammenarbeiten, sollten wir uns duzen.«

»Ja«, sagte ich glücklich, genau das hatte ich auch gewollt.

»Und ich heiße Rufus«, sagte Rufus.

Harald stand auf: »Ich muß in mein Atelier zurück. Seit ich mich mit meiner Freundin verkracht habe, wächst mir der Alltag über den Kopf, es wird mir guttun, mich hier etwas zu entspannen.« Er betrachtete wieder die Decke: »Das wird eine außergewöhnliche Erfahrung. Ich werde heute nacht den Himmel studieren und Skizzen machen.«

Wir halfen Harald, die Bilder zum Auto zu bringen. Rufus sagte kein Wort zu dem tollen Wagen.

Harald winkte, als er wegfuhr, ich winkte ihm hinterher.

»Ein merkwürdiger Typ«, sagte Rufus, »es scheint für ihn keinerlei Grenzen zu geben.«

»Wie meinst du das?«

»Ich hatte den Eindruck, daß er einfach macht, was er will.«

»Findest du das nicht toll?« sagte ich. »Ich finde ihn toll! Und wie er malt!«

»Vielleicht bin ich nur neidisch«, sagte Rufus.

Ich überließ Rufus seinen Charakteranalysen und kümmerte mich um die Gerüste. Die Maler brauchten bis Feierabend, um ein 4 Meter langes Gerüst, auf dem Harald hin- und herlaufen konnte, und ein 2 x 2 Meter großes Gerüst zum Draufliegen zusammenzuschrauben. Einer der Elektriker, 1,83 Meter groß, etwa so groß wie Harald, erprobte stellvertretend für den Künstler die bequeme Erreichbarkeit des Plafonds. Ich selbst rannte Leiter rauf, Leiter runter, um die Wände gegen Farbspritzer mit Plastikfolie abzudecken. Als die Handwerker gingen, war ich noch nicht fertig. Rufus sagte, das hätte Zeit bis morgen, und die Handwerker sollten es machen, aber ich sagte, wenn Harald die Decke umsonst malt, dann will ich auch mit meinen unbezahlten Überstunden umsonst für dieses Werk arbeiten.

Es wurde neun, bis ich endlich alles perfekt abgedeckt hatte.

Draußen war es schon dunkel geworden. Todmüde schlich ich hinauf in mein Zimmer. Vielleicht machte Harald gerade jetzt Skizzen vom Nachthimmel? Im Dunkeln stand ich am Fenster. Es war eine Nacht, in der kein Wind zu spüren war. Es war eine mondlose Nacht. Neumond. Keine einzige Wolke am Himmel. »Hoffentlich kommt Harald morgen wieder«, war mein letzter Gedanke, ehe ich einschlief.

91. Kapitel

»Hoffentlich kommt Harald heute wieder«, war mein erster Gedanke, als ich aufwachte. Und dann merkte ich, daß es das erstemal seit damals war, daß ich beim Aufstehen nicht zuerst an Benedikt gedacht hatte oder an die Möglichkeit, Angela könnte bei der Geburt samt Baby sterben. Ich lachte und wußte nicht, warum.
Ich ging hinunter in die Küche und frühstückte wie üblich mit Rufus. Ihm war nicht aufgefallen, daß gestern nacht keine Wolken am Himmel waren. Er hatte vermutlich nur auf seinen Computer gestarrt. Ich redete auf Rufus ein, daß die Wolkendecke das wichtigste Gestaltungselement überhaupt sei und daß sich Frau Schnappensiep wie in einem Renaissance-Palazzo fühlen würde, aber Rufus speicherte gar nicht richtig ab, was ich sagte, mußte schließlich aber wenigstens zugeben, daß er die Bilder von Harald auch phantastisch fand.
Harald wollte nicht vor elf angerufen werden. Also ging ich erst mal Prospekte für Bilderlampen besorgen. Ich kannte das Angebot zwar, aber Harald sollte auch sagen, was er optimal fand. Unterwegs kaufte ich kurzentschlossen eine weiße Leinenhose und ein schwarzes und ein himbeerrotes Top, beide mit sehr weitem U-Boot-Ausschnitt, deshalb rutschten sie an einer Schulter ständig runter – es sah todschick aus. Ich ließ das rote Top und die weiße Leinenhose gleich an.
Als Rufus mich sah, ging seine Augenbraue zuerst erfreut nach oben, aber dann sanken seine Bärte nach unten: »Hast du das für Harald gekauft?«

»Nein, für mich«, lachte ich. »Wie kommst du denn auf die Idee?«
Fünf nach elf rief ich Harald an. Alles sei bereit, ob er Lust hätte zu kommen? Ja. Kurz nach zwölf war er da. Lobend stellte er fest, daß die Gerüste stabil und in der Höhe richtig waren. Er brachte aus dem Morgan einen Stapel weißer Plastikeimer und durchsichtiger Plastikbehälter mit Farbpulver. Er schüttete weißes, blaues, rotes, gelbes und schwarzes Pulver in die Eimer und sagte dann: »Jetzt brauche ich Kaffee und Wasser.«
Das Wasser brauchte er, um die Farben anzurühren. Außerdem goß er Acrylbinder in die Farbpampe, sie müsse so dick sein wie Buttermilch. Es war schon mittags gegen zwei, als Harald fragte: »Also, wo fangen wir an?«
»In der Mitte«, schlug ich vor.
»Nein, an einer weniger auffälligen Stelle, dort«, er zeigte Richtung Küchentür. »Die Mitte mache ich erst, wenn ich mich perfekt eingearbeitet habe, und die Ränder zum Schluß, wenn ich schon zu perfekt bin.« Er zeigte auf den alten, weißgestrichenen Lampenhaken in der Mitte: »Also, da ist die Sonne, dann ist dahinten das Himmelsblau nicht mehr gelblich, sondern rötlich abgetönt.« Er nahm einen neuen Eimer, goß Blau, wenig Weiß und eine Spur Rot rein, rührte um, strich die Farbe auf einen Zeichenblock, den er mitgebracht hatte, überlegte, gab mehr Weiß dazu und begab sich auf das Laufgerüst. Oben angekommen, verlangte er ein Brett, das er quer übers Sicherheitsgeländer legen wollte, um darauf die Farben abzustellen, damit er sich nicht dauernd bücken mußte. Ich besorgte das Brett und starrte bewundernd nach oben. Nun fing er an. Er malte eine anderthalb Meter breite und zwei Meter lange Fläche in einem zarten Blau, dem der Rotstich nicht anzumerken war. Leicht strich er den großen Pinsel hin und her, als schreibe er lauter Achten. Dann rief er runter: »Geh mal raus, ob draußen Wolken zu sehen sind. Ich konnte gestern keine einzige finden.«
Ja, da war eine kleine Wolkengruppe. Harald kam raus, als ich ihm die Wolken meldete. »Sollen wir mit diesen Wolken, die an diesem Mittag über dieses Haus zogen, anfangen?« fragte er.
»Ja.«

»Nein, sie sind zu massiv. Ich muß sie völlig auflösen.« Er holte sich alle Farben aufs Gerüst und malte mit einem Weiß, in dem eine Spur Grau war, eine hauchzarte Wolke übers Blau. An einer Seite verwischte er die Konturen der Wolke, auf der andern Seite verstärkte er sie mit reinem Weiß – es entstand eine bezaubernd zarte Wolke.
»Super«, rief ich von unten.
Er kam runter, sah sich die Wolke an: »Kann so bleiben. Scheißarbeit, dieses Grundieren.«
»Kann ich dir helfen?«
»Kannst du das?« fragte Harald. Er fragte nicht herablassend, er wollte nur ganz sachlich wissen, ob ich das konnte.
»Klar«, sagte ich, »ich hab schon viel gestrichen.«
»Dann probier es.« Er mischte in einem neuen Eimer ein zartes Blau wie vorher, aber eine Spur blauer: »Geh auf das andere Gerüst, im Liegen ist es einfacher, jedenfalls bekommst du keine Genickstarre.«
Lachend legte ich mich aufs Gerüst, Harald gab mir den Farbeimer und einen Pinsel rauf. Wie Harald strich ich den großen Pinsel sorgfältig am Rand des Eimers ab, und ohne zu kleckern gelang es mir, vier breite Pinselstriche exakt nebeneinander an die Decke zu bringen.
»Scheint zu gehen«, rief Harald von unten. »Versuch den Pinsel beim Malen zu schwingen, als würdest du Wolken in Blau malen, wenn dazwischen eine weiße Ecke stehenbleibt, das macht nichts. Wichtig ist, daß das Himmelsblau keine gerade Richtungsstruktur hat. Verstehst du, was ich meine?«
»Ja«, rief ich und schwang den Pinsel wie Harald, als würde ich Ketten aneinanderhängender Achten malen. Und da war es schon geschehen: kalte Tropfen sickerten durch mein neues Top. Sie sickerten auf meinen Busen, auf meinen Bauch, als wollten sie mich berühren. Sie sickerten auf meine Schenkel. Ich sah an mir herunter: Auf dem roten Top sahen die Flecken dunkel aus, aber auf der weißen Leinenhose kamen sie originalblau zur Geltung. Ich wußte es: Wenn ich nicht sofort die Farbe auswusch, waren die Flecken nie wieder zu entfernen. Wenn sie einmal trocken sind, ist es zu spät. Ich blieb liegen. Alles, was zählte,

war auf diesem Gerüst zu liegen, und gleich nebenan war Harald. Das Gerüst war wie ein Bett.
Und ich gab mich meinen Träumen hin. Egal, wenn dies das Ende meiner neuen weißen Leinenhose und des roten T-Shirts ist. Dies ist vielleicht der Beginn einer wunderbaren Zukunft. Und wenn ich will, kann ich morgen wieder Leinenjeans kaufen und ein neues T-Shirt. Angeblich kaufen sich alle anderen Frauen unablässig Klamotten, die sie höchstens einmal tragen. Und das sogar vom schwer verdienten Geld ihrer Männer. Also konnte ich mir von meinem selbstverdienten Geld, das mir nicht so schwer verdient erschien, wie es das Geld der Männer immer sein soll, genauso Klamotten für nur einen Tag leisten – für den ersten Tag, den ich mit Harald zusammen war. Außerdem konnte ich die Hose und das Top weiterhin als Arbeitskleidung tragen, wer sagt denn, daß man nur alte Sachen für Dreckarbeiten tragen darf? Dies war meine Arbeitskleidung. Es war alles egal.
Nur war nach zwei Quadratmetern Blau mein Arm so lahm, daß ich ihn kaum mehr heben konnte. Die Handwerker verließen den Frühstücksraum. Für sie war Feierabend. Sie betrachteten die erste Wolke und sagten zu Harald: »Mühselige Arbeit, wann wollen Sie damit fertig sein?«
»Keine Ahnung«, sagte Harald.
»Mehr als sechs Quadratmeter schaffen Sie kaum pro Tag«, sagte der Angebermaler, als sei er der Chef. »Da werden Sie frühestens in zwei Wochen fertig«, sagte ein anderer, als wäre er der Chef vom Chef.
»Dann bin ich eben erst in zwei Wochen fertig«, sagte Harald.
Schon in zwei Wochen, dachte ich.
Die Handwerker gingen, Harald setzte sich in die Sitzgruppe und rauchte. Er rauchte ständig, auch beim Malen. Ich beschloß, auch eine Pause zu machen, kroch vom Gerüst, setzte mich neben Harald: »Es ist so ungewohnt, nach oben zu streichen, mein Arm ist völlig lahm.«
»Du hast keine Muskeln«, sagte Harald, legte seinen Arm um mich und kniff mich ein bißchen in meine nicht-vorhandenen Armmuskeln. Ich lachte. Und da kam Rufus.

»Um Gottes willen«, rief er, »wie siehst du denn aus?!«
Er meinte mich.
»Dein schöner Pulli und deine Hose sind voll Farbe! Und du hast die Hose und den Pulli erst heute morgen gekauft!«
»Na und?« sagte ich, als würde ich jeden Tag für zweihundert Mark Klamotten versauen.
»Mir gefällt's«, sagte Harald und betrachtete die Flecken auf meinem Busen, »eine gute Methode, um Vollkommenheit zu zerstören.«
»Dann ist ja alles in Ordnung«, sagte Rufus und ging wieder nach oben zu seinem Computer.
Harald sah mich an: »Sag mal, ist das dein Freund?«
»Nein, das ist mein Chef. Und weil ich Innenarchitektin bin, hat er, beziehungsweise hat unsere Oberchefin mich hier angestellt, bis der Umbau fertig ist, danach ziehe ich wieder zurück.« Und ich erzählte Harald meine ganze Geschichte, von meinen Putzfrauenanfängen bis zum bitteren Ende mit Benedikt, und ich erzählte auch, daß Rufus eigentlich Saurierforscher ist und auch nur zufällig hier arbeitet. Und Harald ließ mich reden und sagte nur immer sehr verständnisvoll »hm«, »hm«, »hm«.
»Seit Benedikt Windrich mich verlassen hat, leben Rufus und ich wie der Glöckner von Notre-Dame und seine Putzfrau in diesem Hotel.«
Harald lachte: »Ist Rufus der Glöckner von Notre-Dame? Dazu ist er zu groß, er müßte gebückt gehen. Aber seine Frisur und die Haare im Gesicht sind überzeugend. Und malerisch sehr interessant.«
»Es ist egal, wie er aussieht, er will eben so bleiben, wie er ist. Wir arbeiten nur zusammen. Und er ist sehr nett.«
»Muß ein Mann schön sein?« sagte Harald nachdenklich. Er sah mich an. »Du solltest einen gutaussehenden Mann haben, du brauchst das.«
Ich lachte und wurde rot. Harald mit seinen dunklen Locken und seinem immer leicht amüsiert wirkenden Mund sah sinnlos gut aus, und natürlich wußte er das.
»Gut, wenn Rufus nicht dein Freund ist, was sitzen wir hier rum? Komm, wir gehen, ich will was essen und trinken.«

»Ich zieh mich schnell um.«
»Mir gefällst du so. Ich zieh mich auch nicht um.« Er stand auf, verschloß die Farbeimer mit Plastikdeckeln, stellte die Pinsel in Wasser, nahm mich bei der Hand, zog mich aus dem Hotel, zu seinem Morgan, und wir fuhren los.
Es war wieder eine laue, mondlose Nacht. Harald fuhr zu einem Bistro, man konnte draußen sitzen, und er bestellte Rotwein und Steaks mit Salat und Backkartoffeln in der Folie. »Die einfachsten Sachen schmecken am besten«, sagte er.
»Ja.« Und dann mußte ich es fragen: »Was macht deine Freundin jetzt?«
»Meine Ex-Freundin? Die ist Kunsthistorikerin bei Sotheby's. Sie ist Expertin für Malerei des achtzehnten und neunzehnten Jahrhunderts. Sie weiß alles.«
»Ich meine, was macht sie jetzt? Hat sie einen neuen Freund?«
»Sie hat sich von mir getrennt, weil sie zuwenig Zeit für sich hatte oder weil ich zu zeitraubend war. Was soll sie sich da mit einem neuen Mann belasten?«
»Wie heißt sie?«
»Waltraud.«
Ich konnte mir ein Lächeln nicht verkneifen – was für ein spießiger Name. »Und wie ist sie so?«
Harald machte ein angewidertes Gesicht: »Sie ist vollkommen.«
»Vollkommen?«
»Absolut und unerträglich vollkommen.«
»Malst du sie auf deinen Bildern?«
»Es ist witzlos, Waltraud zu malen. Ich kann pro Bild höchstens eine Hand von ihr malen oder den Busen oder ein Bein. Ihr Gesicht kann man überhaupt nicht malen. Viel zu vollkommen. Außerdem ist sie blond, und Blondinen wirken vor Wolken immer fade.«
Ich strich mir durch meine dunklen Haare. Sie waren voller Farbe. Etwas verlegen sah ich Harald an. Er hatte blaue Augen, blauer als die von Benedikt.
Harald sagte: »Sei froh, daß du nicht vollkommen bist.«
Ich hatte allen Grund, darüber froh zu sein.

Harald bezahlte für mich mit, als sei es die selbstverständlichste Sache der Welt. Er fuhr mich zum Hotel zurück, als sei es die selbstverständlichste Sache der Welt. Vor der Tür legte er seine Hand auf meine Schulter: »Viola, wenn das Wolkenwerk vollendet ist, werden wir ein rauschendes Fest feiern. Und bis es soweit ist, werden wir alle Kräfte in unsere Arbeit stecken. Ja?«

»Ja«, sagte ich. »Morgen machen wir weiter. Bis morgen. Schlaf gut. Tschüs.«

Wenn das Wolkenwerk vollendet ist...

92. Kapitel

Am nächsten Tag kam Harald wieder gegen Mittag, er war nicht direkt abweisend, aber er interessierte sich für nichts als Wolken. Er wollte Wolken sehen – aber der Himmel war strahlend wolkenlos. Er grundierte einige Quadratmeter, dann saß er ungeduldig herum, ich versorgte ihn mit Kaffee und Pizza und zeigte ihm die Prospekte von den Bilderleuchten, er wählte die schlichtesten, die allerdings auch die teuersten waren. Ja, diese Lampen über diesen Bilder würden besser aussehen als alles, was ich bisher in Erwägung gezogen hatte. War es nicht ein Wink des Schicksals, daß ich mich, ehe Harald gekommen war, noch nicht festgelegt hatte?

Ich hatte noch ein Problem auf meiner Liste, bei dem mir Harald helfen konnte: Der Schriftzug ›Hotel Harmonie‹ mußte neu gestaltet werden. Ich hatte daran gedacht, auf beiden Schaufensterscheiben den Namen in goldener Schreibschrift anbringen zu lassen, aber Harald meinte, Schreibschrift wirke zu verspielt, fast unseriös. Er fand meine andere Idee – Metallbuchstaben über dem Eingang, die von einem Spot angestrahlt werden – viel besser. Ich fand die Lösung auch besser, nur war sie auch viel teurer. Ein Kunstschlosser müßte die Buchstaben in Handarbeit anfertigen und wetterfest vergolden, und man brauchte exakte Vorlagen. Also, in welcher Schrift?

Harald zeichnete auf seinem Block ›Hotel Harmonie‹ in diversen Schriftarten, erstaunlich, wie locker und doch exakt er Buchstaben zeichnen konnte, er zeichnete schmale Buchstaben, breite, große und kleine, dann entschied er: »Schwere Großbuchstaben müssen es sein. HOTEL HARMONIE – da muß man sich automatisch ein Ausrufezeichen vorstellen, da muß Power rein. Der Name ist antiquiert, ein typischer Hotelname der fünfziger Jahre, damals hat man große Hoffnungen in noch größere Worte gepackt. Heute wirkt das lächerlich.«
Ja, das fand ich auch.
Rufus kam: »Geht's gut voran?«
»Überhaupt nicht«, sagte Harald, »wir warten auf Wolken.«
»Dann wartet mal schön«, sagte Rufus schlecht gelaunt.
»Wie geht es deinem Computer?« fragte ich.
»Meine Daten sind zusammengebrochen«, sagte Rufus und machte ein Gesicht, als wären wir dran schuld. »Ich hatte fast alles gespeichert, und jetzt sind sie verschwunden.«
»Hat das einen tieferen Sinn?« fragte Harald, und als Rufus nicht antwortete: »Möchtest du dich zu uns setzen?«
»Nein.« Rufus blieb stur stehen.
»Wir machen Entwürfe für den neuen Schriftzug«, sagte ich. Rufus sollte nicht denken, wir würden hier nur rumsitzen und uns nett unterhalten.
»Rufus, am besten wäre ein schwarzer Schriftzug aus gezackten Horrorbuchstaben, wie an einer Geisterbahn«, rief Harald. »Anders kann man mit ›Hotel Harmonie‹ keinen mehr überzeugen. ›Harmonie‹ ist total out. Das ist so ein typischer Nachkriegsname.«
»Ist mir bekannt«, sagte Rufus, »heute würde man es ›Hotel zur aggressionsfreien Zone‹ nennen. Ein typischer Vorkriegsname vermutlich.«
Harald lachte: »Und dich, Rufus, würde ich in Grün malen.«
Ich lachte auch. Ja, Rufus wäre das ideale Modell, um von Harald gemalt zu werden – mit einem Keil vor dem Gesicht. Und heute trug er ein blaßkotzgrünes Kurzarmhemd zu seinen bräunlichen Jeans.
»Ausgerechnet Grün!« sonst gab Rufus aber keine Meinungen

zu Grün von sich, sondern verschwand zu seinem zusammengebrochenen Daten.
»Hätte er mich jetzt rausgeschmissen, wenn ich sein Angestellter wäre?« fragte Harald hinterher.
»Nein, niemals, er ist wirklich sehr nett.«
»Ist er verheiratet? Hat er eine Freundin? Ist er schwul? Hat er einen Freund?«
»Er hatte früher eine Freundin. Zur Zeit nicht. Ich glaube, er hat kein Interesse an einer Beziehung.«
»Sehr interessant hier«, sagte Harald, »nur Singles hier, die kein Interesse an Beziehungen haben. Ich liebe diese latent erotische Atmosphäre, sie wirkt so kreativitätssteigernd.«
Ich kicherte.

Am nächsten Tag war der Himmel voller Wolken und Harald strahlend gelaunt. Er stellte sich einen Stuhl in den Hof und skizzierte den ganzen Nachmittag Wolken. Er skizzierte mit stark verdünnten Farben zarte Wolkenübergänge oder fransige Konturen, weiße Wolken von der Sonne beschienen, blaue Wolken im Schatten, graue Wolken unter der Sonne, und es war ein neues Erlebnis, Wolken zu sehen, wenn man sie so genau betrachtete wie Harald. Erst gegen Abend sagte er: »Der Rest ist bekannt«, und begab sich aufs Gerüst. Weil ihm die Spotbeleuchtung in der Stuckkante zu schwach war, installierten wir Klemmlampen an den Geländern der Gerüste.
Als Rufus gegen neun runterkam, um zu kontrollieren, ob die Tür abgeschlossen ist, staunte er, daß Harald noch oben auf dem Gerüst arbeitete und ich unten Farben anrührte. Er bekam wohl ein schlechtes Gewissen, daß er uns der Faulheit verdächtigt hatte, und rief: »Ihr arbeitet euch noch tot! Hört auf, einmal muß Schluß sein! Ich hol euch was zu trinken. Sollen wir essen gehen?« Undsoweiter.
Aber Harald sagte: »Ich grundiere, bis ich vom Gerüst falle. Und am Wochenende arbeite ich auch, wenn die Handwerker weg sind. Ich brauche nur Ruhe, sonst gar nichts.«
»Dann will ich nicht weiter stören«, sagte Rufus.
»Dich hab ich damit nicht gemeint«, rief Harald vom Gerüst,

aber Rufus war schon beleidigt abgezogen. Und dann hörte ich Harald leise sagen: »Doch, er stört mich auch.«
Ich schwebte auf den Wolken, die Harald für mich an die Decke malte.
Am Wochenende war es am allerschönsten. Es regnete. Draußen Wolken, drinnen Wolken. Und ich durfte Harald wieder helfen: Ich wurde immer besser beim Grundieren. Ich hatte einen Radiorecorder auf meinem Liegegerüst, Harald sagte, normalerweise könne er bei der Arbeit keine Musik ertragen, aber mittlerweile könne er die Wolken mit geschlossenen Augen malen, und in dieser Phase sei Musik nicht schlecht.
Im Radio lief auf allen Sendern, in allen Hitparaden ein unglaublich guter alter Hit, ein super Song – er begann damit, daß ein Chor von Girls fragt:
»Does he love me?!
I want to know!
How can I tell, if he loves me so?!
Is it in his eyes?«
Und eine Solosängerin antwortete: »Oh nohoho!
If you want to know, if he loves you so – it's in his kiss!
That's where it is.«

Und dieser Song wurde jede Stunde mindestens einmal gespielt. Es war der Hit des Monats, und immer wenn er kam, rief Harald: »Da kommt's! Nimm's auf!«
Am Sonntagvormittag hatten wir eine ganze Kassettenseite voll: »If you want to know, if he loves you so – it's in his kiss!«
Wir malten, jeder auf seinem Gerüst, wie besessen im Rhythmus dieser Musik. Harald drummerte die Farbe wie ein Schlagzeuger gegen die Decke. »Ich müßte zwei Pinsel haben«, schrie er zu mir rüber. Mein Pinsel schwang hin und her wie ein Fingerschnippsen. Dieser Song hat einen Rhythmus, bei dem man sich zwingen muß, nicht die Hüften auf und ab zu bewegen, wenn man auf einem Gerüst liegt. Der Rhythmus abwechselnd zwischen zackigem Auf und Ab und sanften Auf und Ab. »Does he love me? I want to know!«
Nur manchmal tranken wir kurz unten zusammen Kaffee. Und

Harald gestand mir, daß seine Ex-Waltraud ständig geklagt hätte, daß er lieber in seinem Atelier sitze als am Strand von Acapulco.
Ich verstand Harald total. Hätte mir jemand von sonnigem Nichtstun vorgeschwärmt, hätte ich auch gesagt, daß es nichts Schöneres gibt, als Stunde um Stunde auf einem Gerüst den Himmel zu grundieren.
Erst um drei machten wir Mittagspause... und danach legte sich Harald zu mir aufs Gerüst. Und er sagte: »Ich probiere jetzt, Naß-in-Naß zu malen, das geht auch mit Acrylfarben.« Er drummerte mit seinem Pinsel weiße Wolken in meine nasse blaue Grundierung, und naß in naß ließen sich die Wolkenränder noch zarter verwischen. Und Harald sagte: »Das hätten wir gleich so machen sollen. Jetzt bleib ich hier neben dir. Oh, yeah!«
Und Harald lag an meiner Seite auf dem Gerüst, und unsere Pinsel kreuzten sich, aber wir berührten uns nicht. Nur einmal traf mich ein Spritzer von seinem Pinsel direkt an der Lippe. Und mein Herz klopfte laut, aber Harald hörte es nicht, weil gerade wieder der Chor stöhnte:
»Is it the way he talks?«
»Oh nohoho, it's in his kiss«, jubelte die Solosängerin.
Und wieder alle: »If you want to know,
if he loves you so – it's in his kiss!
If it's love – if it really is, it's there in his kiss!«
Und ich hörte Harald singen: »Do you want to know, why I love her so? It's in her kiss!«
Aber wir küßten uns nicht. Wir malten Wolken. Und ich sang leise: »It's the way he is... If it's love, if it really is...« und dachte dabei... dann warte, bis das Wolkenwerk vollendet ist...
Die Wolken vibrierten.
Irgendwann brüllte jemand unten vor dem Gerüst: »Kommt ihr gut voran?«
»Ja«, rief ich runter.
»Nein«, rief Harald.
»Wie geht es deinem Computerprogramm?« rief ich.
»Alles im Eimer! Ist das ein Höllenlärm hier!« Rufus knallte die Tür zum Kontor hinter sich zu.

»Er wird sich bald wieder einkriegen«, flüsterte ich Harald zu, »er ist sonst wirklich nie aggressiv, er ist eigentlich immer sehr nett. Ehrlich.«
»Das hast du mir schon gesagt«, sagte Harald, drehte den Recorder noch lauter und sang: »Is it the way he looks? Ohho noho!« dabei betrachtete er seine Wolken. »Wahnsinnig gute Atmosphäre hier! Und so klassisch.«
»Daß er sich über seine zusammengebrochenen Daten so ärgert. Verstehst du, was er hat?«
»Ja«, sagte Harald, lächelte etwas zu den Wolken hinauf und zündete sich die nächste Zigarette an.
Manche Songs kann man hundertmal hören. Harald verschob das Gerüst. Ich blieb darauf liegen. Die Wolken vibrierten noch stärker. Wir näherten uns dem Lampenhaken, dem Mittelpunkt unseres Universums. »Jetzt machen wir's in Azurblau«, sagte Harald und klatschte die Farbe nach oben.
Und der Chor sang: »If it's love, if it really is, find out, what you want to know!«
Wir hörten nicht, wann Rufus das Kontor wieder verließ. Die Musik war zu laut.

93. Kapitel

Montag sind die Handwerker endgültig fertig mit dem an drei Wänden und Türen rosa gestrichenen und an der Fensterfront grün-weiß-gestreiften Frühstücks-Gesellschaftsraum und helfen beim Einräumen. Um den Eindruck zu vervollkommnen, lege ich die neuen Tischdecken auf. Für den Frühstücksbetrieb sind grüne, rosa und weiße vorgesehen – die unterschiedlichen Tischdeckenfarben gliedern den großen Raum in individuelle Einheiten, Rufus hatte mich auf die Idee gebracht: »Beim Frühstück im Hotel ist jeder gern für sich allein«, hatte er gesagt. Bei Festlichkeiten sollen immer nur weiße, nur rosa oder nur grüne Tischdecken aufgelegt werden. Es ist so schön hier geworden, daß ich ständig daran denken muß, daß ich demnächst nicht mehr hier bin. Ich sehe hinaus auf den Hof – Rufus will noch Entwürfe für eine Terrassengestaltung von mir, er plant bereits für nächstes Jahr, wenn wieder Geld da sei. Nächstes Jahr würden da draußen Sonnenschirme stehen, und man könnte stellenweise den Beton aufschlagen, Erde aufschütten, mit Blumengruppen und einem bepflanzten Zaun die Terrasse gegen den Hof abgrenzen. Aber das hat Zeit. Jetzt ist die vorläufig letzte Etappe der Handwerkerarbeiten beendet. Es gibt zwar noch viel zu tun, aber das sind alles Kleinigkeiten. Die Handwerker können gehen. Und meine Zeit ist in zwei Monaten abgelaufen.

Als Harald gegen Mittag kam, sagte ich zu ihm: »Nächstes Jahr, wenn im Hof alles grünt und blüht, komme ich wieder.« Und ich zitterte: Würde Harald jetzt sagen »Bleib gleich hier!« – was würde ich antworten?

Aber Harald sagte: »Dann mußt du oben im Rosenzimmer wohnen.«

In Zimmer 19. Das Zimmer für eine Nacht der Leidenschaft, wie Harald es genannt hatte. Wäre das eine Zukunft? Immer wieder herkommen, immer wieder mit Harald eine Nacht der Leidenschaft im Rosenzimmer verbringen? Die ewige Romanze mit dem fernen Geliebten? Ich sah Harald an, aber Harald sagte nichts mehr.

Er war deutlich schlecht gelaunt. Er sei kaputt von unserem Wochenende auf dem Gerüst, erklärte er. Ich brachte ihm Kaffee, aber er blieb geistesabwesend und total geräuschempfindlich, es störte ihn schon das Rascheln einer Plastikplane. Als er schließlich aufs Gerüst stieg, kam der Angeberhandwerker und fragte frech, ob er an seiner Decke auch mal zu Potte kommen würde? – Harald kletterte wieder runter, sagte zu dem Handwerker: »Wie bereits Michelangelo sagte, sag ich euch: Kommt wieder, wenn ich fertig bin.« Und ging.

An der Tür murmelte er, ohne sich umzudrehen: »Ruf mich an, wenn hier wieder Ruhe ist.«

»Morgen, bis morgen!« rief ich ihm hinterher. Ich fand es auch besser, wenn wir morgen gemeinsam weiterarbeiten würden, wenn niemand mehr uns störte.

Außerdem lief Rufus dauernd durchs Foyer, um das Kontor einzuräumen. Es ist nur noch halb so groß wie vorher, der schöne Mahagonischrank, der stand, wo jetzt die Bar eingebaut ist, verleiht nun Zimmer 20 das Luxusflair eines mit Antiquitäten ausgestatteten Raums. Rufus genügen die zwei einfachen Aktenschränke, er will alle Unterlagen ausmisten und im Computer speichern. Deshalb will er in den nächsten zwei Wochen auf keinen Fall Zimmer vermieten, und deshalb soll Walkwoman ab morgen Urlaub haben. Der Computer bleibt vorläufig oben in seiner Wohnung, damit er Tag und Nacht sein Programm optimieren kann.
Gegen Feierabend fand zur Feier des Endes der letzten Handwerker-Etappe ein kleiner Umtrunk statt, bei dem Rufus alle zur Eröffnung am 3. November einlud. Ein Handwerker drückte mir zum Abschied so brutal die Hand, daß ich dachte, meine Fingerknochen seien gebrochen. Als alle das Hotel verlassen hatten, heulte ich fast vor Erschöpfung. – Wie wunderbar, daß alle restlichen Arbeiten ohne Handwerkerpublikum gemacht werden, daß ich ab morgen mit Harald allein weiterarbeiten kann.

Und Harald kam wieder und war bereit, mit letzter Kraft die letzten Wolken zu malen. Er wollte nicht mehr, daß ich vorgrundiere, weil er nun extrazarte Wolken, ganz naß in naß malen wollte. Es sei nicht gegen meine Leistung als Grundiererin gerichtet, sagte er charmant, es sei ein Opfer, das wir dem Effekt zu bringen hätten.
Ich konnte trotzdem in Haralds Nähe bleiben. Ich hatte fürs Schlüsselbrett der Rezeption neue Zimmernummernschilder aus Messing gekauft, die alten aus Resopal waren so häßlich, und der Schreiner hatte die neuen Nummern exakt auf das alte, jetzt aber frischlasierte Schlüsselbrett geschraubt, allerdings war auf jedem der neuen Nummernschilder noch eines dieser elend klebenden Preisschilder, und als ich sie abgepopelt hatte, überall Klebereste. Würde man die nicht entfernen, würden in einigen Wochen überall Staubfusseln pappen und die ganze Pracht zunichte machen. Also tupfte ich die Klebereste mit Fett ein, so lassen sie sich am besten abrubbeln. Es war ein echter Putzfrauen-

job. Aber Innenarchitektin sein bedeutet nicht nur, große Entwürfe zu machen, sondern auch kleine Mängel zu beseitigen. Und Harald konnte auch nicht nur kreativ Wolken malen, erst kam die unkreative Grundierung. In vollkommener Harmonie arbeiteten wir wieder zusammen, er oben, ich unten.
Rufus war weggefahren, um Besorgungen zu machen, als er wiederkam, brachte er einen Vertrag, von Herrn Dr. Schnappensiep notariell bestätigt und von Rufus unterschrieben, in dem stand, daß die geliehenen und zum noch einzutragenden Datum übergebenen Gemälde des Herrn Harald Sommerhalter, deren genaue Beschreibung ebenfalls noch vom Künstler anzufügen sei, weiterhin Eigentum des Herrn Harald Sommerhalter seien. »Es steht auch drin, daß du deine Gemälde jederzeit wieder mitnehmen kannst«, sagte Rufus und betonte »jederzeit«.
Harald sagte nur: »Du bist sehr korrekt, Rufus, ich weiß das zu schätzen.« Dann wollte Harald nicht mehr gestört werden. Nicht mal von mir. Als Rufus weg war, sagte er: »Solange ich das nicht fertig habe, bin ich nicht fähig, an was anderes zu denken, verstehst du das?«
Ja. Und ich war auch zu müde, um wegzugehen. Und viel zu müde, um die erste Nacht mit Harald zu verbringen.

Am nächsten Tag ging es uns beiden besser. Harald sang auf dem Gerüst vor sich hin, ich saß in der Sitzecke und aktualisierte meine Liste zu erledigender Arbeiten – in der Bar fehlten die Glasplatten und Halterungen für die Gläser, aber das war kein Problem, das konnte Herr Hedderich alles anschrauben, da klingelte es an der Tür.
Es war Tanja.
Schon durch die Scheibe rief sie: »Ich hab meinen freien Nachmittag und hab vorher mit Rufus telefoniert, er sagte, jetzt hätte ich die Gelegenheit, den wundertätigen Künstler zu erleben.« Dann erblickte sie die fast fertige Wolkendecke, ich sah es ihr an – das hätte sie nicht gedacht. Nein, wirklich nicht! Sie rief: »Sagenhaft! Wenn ich daran denke, wie es hier vor einigen Monaten aussah! Jetzt ist es ein Palast!«
Harald kam sogar vom Gerüst, um Tanja zu begrüßen.

Sie fragte ehrfurchtsvoll: »Wann sind Sie mit diesem Meisterwerk fertig?«
»Vielleicht morgen.«
»Morgen schon?«
»Vorausgesetzt, man läßt mich in Ruhe arbeiten.«
»Ich verschwinde sofort wieder«, sagte Tanja artig, »ich wollte in der Nähe in eine Boutique, ich störe Sie nicht länger.«
»Geh mit ihr«, sagte Harald zu mir, »kauf dir ein Kleid wie eine Wolke.«
Ich kicherte. Wenn Harald morgen fertig ist, dann feiern wir morgen das große Fest. »Ja, ich werde dich begleiten, wenn ich darf«, sagte ich kichernd zu Tanja, »und wenn ich mich vorher nicht umziehen muß.«
Sie sah etwas irritiert auf meinen Putzpullover und meine farbbeschmierten Jeans, sagte aber nur: »Also, gehn wir« und zu Harald: »Hat mich sehr gefreut, Sie kennenzulernen. Ich bin sehr gespannt auf Ihre Bilder.«
Harald winkte uns eine Kußhand hinterher.
»Wie findest du ihn?« fragte ich gleich vor der Tür.
»Scheint tatsächlich ein guter Typ zu sein. Er schafft sich im Hotel den idealen Ausstellungsraum für seine Werke, aber trotzdem toll, daß er es umsonst macht. Scheint ein fanatischer Künstler zu sein. Und beachtlich reich dazu.«
»Glaubst du?«
»Hast du die Uhr gesehen, die er trägt?«
Natürlich kannte ich Haralds Uhr mit der Mondphase und den goldenen Sternen und vielen feinst gemalten Ziffern auf weißem Email, sie hatte eine Tages-, Monats- und sogar eine Jahresanzeige. »Die Uhr paßt zu ihm«, sagte ich, »sie ist antik und trotzdem modern, sie ist wie seine Bilder. Ich finde die Uhr toll.«
»Es ist eine Audemars Piguet«, sagte Tanja.
»Ist das so was wie eine Rolex?«
»Nein. Zwanzigmal so teuer wie eine Rolex. Meinst du nicht, daß dieser Mann in anderen Dimensionen zu Hause ist als du oder ich beispielsweise?«
»Für Harald zählt nur seine Arbeit. Alles andere ist ihm egal. Und er trägt auch Pullover mit Löchern«, lachte ich.

»Was soll man sonst zu einer Audemars Piguet tragen?« sagte Tanja.
Ich fragte mich nur, was ich morgen tragen sollte. Tanja suchte was Berufstaugliches. Und ich? Was trägt man, wenn man mit einem Künstler das Fest der Vollendung feiert? Ein Kleid wie eine Wolke? So was gibt es nicht.
In der ersten Boutique prüfte ich lange ein beiges Seidencrêpekleid, schlicht wie eine unbefleckte Leinwand. Das würde Harald nicht gefallen, zu perfekt. Tanja störte, ohne sich zu entschuldigen, zwei Verkäuferinnen in ihrer Unterhaltung, ob es hier auch irgend etwas gebe, was man als berufstätige Frau tragen könnte? Nachdem ihr die gestörte Verkäuferin beleidigt ein pokurzes Stretchding, ein Satinkleid mit taillentiefem Rückenschlitz und eines mit Lochmuster gezeigt hatte, sagte Tanja, sie würde in einer Bank arbeiten, nicht in einem Nachtlokal. Wir wanderten in die nächste Boutique.
Dort sah ich ein violettes Wollkostüm. Nicht übel, mit großen Bogenkanten an den Taschen und am Revers, aber dann fiel mir ein, daß Harald gesagt hat, Violett sei nicht meine Farbe. Tanja fand es auch nicht überwältigend und alles andere indiskutabel.
Der dritte Laden war derart nobel, daß ich mich ohne Tanja nie reingetraut hätte. Am Eingang lauerte uns eine Verkäuferin im Herzogin-Witwe-Look auf: schwarzes Kleid, Perlenkette und ein Hermès-Tuch über der Schulter geknotet. Es wird mir ewig ein Rätsel bleiben, wie man es schafft, daß diese glitschigen Tücher nicht ständig runterrutschen. Die Herzogin-Witwe war bemüht, mein Putzfrauen-Outfit zu übersehen, übersah dabei auch Tanja, sie fragte nur mich höchst interessiert: »Sie wünschen, gnädige Frau?«
Ich, die gnädige Frau, erklärte, daß ich etwas Elegantes, allerdings eher Schlichtes, aber nicht zu Biederes suche.
»Wir führen ausschließlich elegante Modelle, die niemals bieder sind«, sagte sie mit einem reizenden Lächeln, »an was haben Sie konkret gedacht?«
Tja, was wollte ich nun Elegantes? Einen Badeanzug oder einen Skipullover? Alle Möglichkeiten schienen offen. »Ein Kostüm vermutlich«, sagte ich eingeschüchtert.

»Wenn mir die Damen bitte folgen wollen.«
Es war so ein Nobelladen, wo man nichts selbst anfassen darf. Sie öffnete eine Schiebetür und zerrte einen braunen Lappen hervor. Eine unförmige Leinenjacke, so lang, daß sie den strichengen Rock fast verdeckte. »Wunderschön«, behauptete die Herzogin-Witwe, »und reduziert, Sie sind genau der Typ dafür.«
»Nein«, sagte ich.
»Nein«, sagte Tanja.
Ihre zweite Empfehlung war ein blaßrosa Kostümchen, oben ein Satinjäckchen, unten ein weiter Rock mit dazugehörendem blaßgrünem Petticoat. Damit könnte man in einer Schüleraufführung ein Heckenröschen im Frühlingswind darstellen. Sonst fiel mir keine Verwendungsmöglichkeit ein. »Nein danke.«
»Was kann ich Ihnen dann zeigen? Bitte helfen Sie mir!« Meine Wünsche schienen das Vorstellungsvermögen der Herzogin-Witwe zu überschreiten.
Tanja kam mir zur Hilfe. Sie erklärte, was ich brauchte, wobei sie einfach unterstellte, daß ich etwas Repräsentatives für meinen künftigen Job bei Elisabeth wollte und daß sie selbst auch etwas Derartiges suche, nur eine Spur konservativer vermutlich, dem Image einer Bankkauffrau in leitender Position angemessen.
Die Herzogin-Witwe nickte entzückt: »O sicher, nun begreife ich, was Sie suchen. Unsere Investment-Clothes-Linie.« Sie verschwand im Hintergrund und kam zurück mit einer Plastikhülle, darin war ein Kostüm in einem leuchtenden Blau, mein Lieblingsblau. »Soeben eingetroffen«, verkündete sie.
»Das wär was«, sagte ich gierig.
Und Tanja sagte: »Ja.«
Es war ein Kostüm aus grobgewebtem Tweed, im leuchtenden Blau waren Einsprengsel von weißen, türkisgrünen und rosa Fäden. Ein Kostüm im Chanelstil mit vier Taschen auf der Jacke, die Taschen und das Revers mit einer blauweißen Kordel paspeliert, und massenhaft schöne Goldknöpfe, die gottseidank nicht so billig aussahen, wie Goldknöpfe meist aussehen. Ich wußte es auf den ersten Blick: Das war das Kostüm, um mit Elisabeth zu Auftraggebern zu gehen, und dieses Kostüm war auch ideal zur Eröffnungsfeier des Hotels. »Was kostet es?«

»Wollen Sie es anprobieren?« Die Herzogin-Witwe enthüllte das Kostüm, half mir in die Jacke, sagte dabei entschuldigend zu Tanja: »Diese Jacke dürfte Ihnen oben ein Ideechen zu eng sein, ich bringe sofort ein Modell in Ihrer Zwischengröße. Möchten Sie es in Business-Grau?«
»Das wäre sicher gut«, sagte Tanja, »obwohl, in Blau ist es auch toll.«
Und die Jacke saß bei mir wirklich wie angegossen. Und sie war so schön gefüttert. »Was kostet das Kostüm?« fragte ich, zum Äußersten entschlossen.
»Es ist ein Prêt-à-porter-Modell, sonst wäre es unbezahlbar, aber es ist selbst für einen Fachmann nicht von einem Haute-Couture-Modell zu unterscheiden«, erklärte die Herzogin-Witwe und suchte die Jackentaschen mit einem reizenden Lächeln nach dem Preisschild ab. Es war oben links versteckt. Mit dem gleichen reizenden Lächeln sagte sie: »Dreitausendneunhundertundneunzig Mark.«
Dreitausendneunhundertundneunzig Mark! »Das sind fast viertausend Mark!«
»Durchaus«, stimmte mir die Herzogin-Witwe zu.
Ich war entschlossen gewesen, es um jeden Preis zu kaufen – aber nicht um diesen. Tapfer sagte ich: »Das kann ich mir nicht leisten.«
»Sie dürfen nicht vergessen, dieses Kostüm ist eine Investition, das tragen Sie jahrelang.«
»Sogar wenn ich es mir leisten könnte, würde ich es mir nicht leisten«, sagte Tanja solidarisch.
Aus der Traum.
Die Herzogin-Witwe kapitulierte ohne weitere Argumente vor unserer ungenügenden Kaufkraft. Ich gab ihr die Jacke zurück, sie prüfte das Futter, als sei zu befürchten, daß ich auf das edle Stück abgefärbt hätte.
»Vielen Dank, auf Wiedersehen«, sagten wir.
»Schönen Tag noch«, sagte die Herzogin-Witwe.
»Wer kann sich so was kaufen?« fragte ich mich, Tanja und den Rest der Welt draußen vor der Tür.
»Ich kannte eine, die erbte nach dem Abitur von ihrer Großmut-

ter viel Geld und hat sich jahrelang solche Klamotten gekauft. Die hat immer behauptet, diese Klamotten seien eine Investition, um einen Mann zu finden, der künftig das Zeug bezahlt. Natürlich hat sie keinen gefunden, der dazu Lust hatte. Jetzt ist sie pleite. Unlängst hat jemand gesehen, wie sie bei Woolworth ein Paar Gummistiefel kaufte.«

»Und was machen wir jetzt?« Ich hatte keine Lust mehr. Aber Tanja blieb entschlossen, was Kaufbares zu finden.

Tatsächlich fanden wir in der übernächsten Boutique ein Kostüm, mit weißem Wollrock und schwarzweißer Jacke – an mir wirkte es zu streng, an Tanja sah es super aus. Es kostete immerhin achthundert Mark, aber Tanja sagte, nichts sei so teuer wie Berufskleidung für Frauen. Und ihr sei schon vor Jahren aufgefallen, daß es zwar billige Abendkleider gibt, die nicht billig aussehen, auch billige Partykleider, die viel hermachen, aber kein billiges Kostüm, das nicht billig aussieht. So gesehen, und im Vergleich zu dem Investment-Kostüm, war es günstig. Und auch dieses Kostüm konnte man jahrelang tragen.

Während Tanja bezahlte, entdeckte ich neben der Kasse einen Karton voll schwarzer Kleiderbügel, die man umsonst mitnehmen durfte, und wir brauchten im Hotel dringend unzählige Kleiderbügel. Ich finde es unmöglich, wenn in einem Schrank zu wenig Kleiderbügel sind. Weil Tanja das teure Kostüm gekauft hatte, schenkte man mir eine große Tüte für die Gratis-Kleiderbügel.

Hochzufrieden verließen wir den Laden, und da sah ich auf einem Ständer vor der Tür einen dunkelblauen Blazer, dramatisch reduziert. So was kann man immer brauchen, geradezu ständig bei Elisabeth. Tanja sagte, falls ich ihn nicht kaufe, würde sie ihn nehmen.

Also gingen wir wieder rein, ich probierte ihn ohne Pullover, er paßte einwandfrei. Die Verkäuferin erzählte den üblichen Senf dazu, daß ich den Blazer auch mal zu einem Rock tragen könnte oder auch mal mit einer Bluse drunter, ehe sie auch noch sagen konnte, daß der Blazer auch zu Jeans passen würde, sagte ich: »Ist gekauft«, gab ihr den Blazer, ging in die Kabine zurück, um meinen Pullover wieder übers T-Shirt zu ziehen, da hörte ich

eine bekannte Stimme fragen: »Ich hab in einer Anzeige gelesen, daß Sie die Endlich-schwanger-Kollektion führen. Ist die neue Winterkollektion schon da?«
Es war die Stimme einer Vorstadt-Nutte.
»Sicher, meine Dame.«
Mit einem Ruck riß ich den Vorhang der Kabine zu. Als ich wieder denken konnte, sah ich vorsichtig an der Seite raus, tatsächlich, es war Angela! Und nicht nur sie! Neben ihr stand Mercedes, neben Mercedes ein Mann – das alte Arschloch, der mir im Hotel zehn Mark für eine schnelle Nummer geboten hatte! Der mit seinem Ehering und der erfundenen Ehefrau.
Benedikt M. Windrich war nicht zu sehen.
»Ich brauche ein Umstandsabendkleid«, sagte Angela. Sie trug einen Jogginganzug, der eine Leihgabe von Nora hätte sein können, hätte nicht groß über dem Bauch gestanden: »Baby an Bord«. Angela war fett wie Drillinge an Bord.
»Umstandsabendkleider da drüben«, sagte die Verkäuferin. Angela, Mercedes und Macker folgten ihr.
Ich zischte Tanja, die vor der Kabine wartete, durch den Vorhangspalt zu: »Die Blonde da, die Schwangere, das ist doch Angela! Und die Dürre, Dunkelhaarige ist Mercedes!«
»Ach du liebe Güte, ja, das ist Angela!« rief Tanja leise und kam in die Kabine. Tanja guckte links vom Vorhang raus, ich rechts.
Angela kam wieder, gefolgt von der Verkäuferin, die etwas Kanariengelbes auf einem Bügel trug, Mercedes und Macker hinterher. Angela ging in die Kabine auf der andern Seite des Raums, uns direkt gegenüber.
»Ich hab sie ewig nicht mehr gesehen, meine Güte, wie sieht die denn aus!« zischte Tanja. »Wieso ist sie blond geworden? Reicht es nicht, daß sie schwanger ist?!«
Mercedes und ihr Macker, das alte Arschloch, standen nur drei Meter von uns entfernt vor Angelas Kabine.
»Das ist der Typ, der früher immer im Hotel wohnte«, flüsterte ich Tanja zu, »der, den Rufus rausgeworfen hat, als er mir zehn Mark für eine schnelle Nummer geboten hat. Mercedes hat ihn immer als ihren Herzallerliebsten bezeichnet, aber damals, als sie uns den Lehmann vorführte, dachte ich, sie hätte sich mit dem hier verkracht.«

»Ach, das ist nicht der Leihmann?« flüsterte Tanja. »Na klar, wie der aussieht, da kann man keine Leihgebühr verlangen.«
»Der Lehmann von Rent-a-Gentleman, der sieht gut aus und ist nett, aber der war Mercedes auf Dauer wohl zu teuer«, flüsterte ich.
Mercedes sagte zu ihrem sogenannten Herzallerliebsten: »Sogar Mutti geht mit auf den Bauherren- und Architektenball, nur du hast wieder keine Zeit. Da muß ich einem meiner anderen Verehrer die Gunst erweisen. Wehe, du bist eifersüchtig.«
Was er als Antwort brummte, konnten wir nicht verstehen, jedenfalls war's nicht viel.
Angela kam aus der Umkleidekabine. Dieses Kanariengelb zu ihren blonden Haaren sah grausam aus, noch grausamer war das Kleid. Es hatte ab Busenhöhe eine Chiffongardine, die in der Mitte auseinanderklaffte wie ein sich öffnender Vorhang. Da kam Angelas Bauch hervor. Die Verkäuferin nahm die beiden Gardinenstreifen, zog sie nach hinten und knüpfte sie locker über Angelas Hintern zusammen. »So trägt man das«, sagte sie. Nun war der Bauch noch besser zu sehen, und Angela, ganz Schwangere, legte sofort ihre Hand auf den Bauch. Unter dem Chiffon war ein kanariengelber Stretchanzug, zum Oberteil mit der Chiffongardine gehörten kniekurze stretchenge Hosen. Eine Pampelmuse mit Schleier auf Stelzen.
»Das ist hervorragendes Material, das dehnt sich und dehnt sich und liegt trotzdem immer hautnah an«, sagte die Verkäuferin, »das bringt Ihr Bäuchlein hervorragend zur Geltung.«
»Meinst du, das gefällt Benni?« fragte Angela Mercedes.
Aha, er ist also nicht dabei, dachte ich. Sonst nichts.
»Bestimmt gefällt ihm das«, sagte Mercedes schwärmerisch, »er freut sich ja so abgöttisch auf sein Kind.«
»Das ist das Schönste an der Schwangerschaft, daß man richtig dick sein darf«, sagte die Verkäuferin.
»Ja, also das nehme ich«, sagte Angela, »außerdem will ich das lange Rote anprobieren.«
Kaum war Angela wieder in der Umkleidekabine, drehte sich Mercedes um, direkt in unsere Richtung, zog eine Grimasse, blies die Backen auf und hielt sich die Hand vor den Mund, als

ob sie kotzen müßte. Ihr Macker verdrehte die Augen in Richtung Angela und zeigte seine widerliche Zunge.
»Reizendes Paar«, zischte Tanja.
Die Verkäuferin reichte Angela was bodenlanges Bordeauxrotes in die Kabine.
»Das wird dir auch toll stehen«, rief Mercedes mit Grimassen-Grinsen vor der Kabine.
»Wenn wir schon hier sind«, sagte ihr sogenannter Herzallerliebster, »ich brauche ein Geschenk für meine kranke Frau.«
Er ging zu dem Blusenständer links, nahm ein rüschenstrotzendes Exemplar raus: »Die ist hübsch.«
»Ist die nicht zu jugendlich für deine Frau?« fragte Mercedes.
»Die steht jeder«, sagte das alte Arschloch mit Kennermiene.
Mercedes sah aufs Preisschild: »Aber sehr, sehr teuer.«
»Wenn ich mit dir einkaufen gehe, muß ich auch meiner kranken Frau was mitbringen.« Er gab die Bluse der Verkäuferin: »Die in Größe vierzig.« Dann sagte er zu Mercedes: »Jetzt sieh mich nicht so frustriert an, such dir auch was aus, du sollst auch was haben.«
»Er hat gar keine kranke Frau«, flüsterte ich Tanja zu, »wahrscheinlich kauft er die Bluse für eine andere Freundin. Aber Mercedes weiß gar nicht, daß er nicht verheiratet ist.«
»Ich weiß«, zischte Tanja zurück, »du hast mir die Geschichte erzählt und Rufus auch, ich erinnere mich.«
»Was wähle ich denn?« jammerte Mercedes. »Wie fändest du ein hautenges Paillettenkleid? Ich mit meiner Figur könnte das tragen, ich bin schlank wie eine Gerte.«
»Dann nimm es doch«, brummte der sogenannte Herzallerliebste.
Angela kam aus der Umkleidekabine. Das bordeauxrote Kleid drapierte sich straff um ihren Busen, und an der Hüfte spannten Drapierungen, nur der Bauch wölbte sich undrapiert vor.
»Süß«, rief die Verkäuferin, »solche Modelle finden Sie eben nur in der Endlich-schwanger-Kollektion!«
»Meinst du, das gefällt Benni?« fragte Angela wieder.
Tanja tat, als würde sie vor Lachen in den Vorhang beißen.
»Bestimmt, das ist ein ganz raffiniertes Modell, das hat Pariser

Chic«, sagte Mercedes, ihre Stimme klang etwas verzerrt. »Wäre ich schwanger, würde ich das tragen.«
Sogar Angela schien zu merken, daß Mercedes log. »Ich weiß nicht recht«, sagte sie.
»Dieses Modell können Sie auch tragen, wenn Sie mal nicht schwanger sind, es paßt sich jeder Figur perfekt an«, sagte die Verkäuferin.
»Dann zieh du es an, wenn du es so raffiniert findest«, sagte Angela zu Mercedes.
»Ich?«
»Probieren Sie 's. Sie werden sehen, dieses Modell dehnt sich in alle Richtungen, so geschickt ist das geschnitten«, sagte die Verkäuferin.
»Na los«, sagte Angela.
Mercedes zögerte, aber dann gehorchte sie.
Als sie mit dem Kleid aus der Kabine kam, rief Tanja leise: »Ist denn das die Möglichkeit?« – Die Busendrapierung, bei Angela straff gespannt, hing bei Mercedes durch bis zur Taille, die Hüftdrapierungen hingen tiefer als ihr hängender Hintern.
»An dir sieht es besser aus«, sagte Angela.
»Nein, an dir«, sagte Mercedes. Sie wandte sich an ihren Macker: »Findest du doch auch!«
»Nimm es«, sagte der Macker, »damit die Sache erledigt ist. Ich will was essen gehen, eh ich zurückfahre. Angela ist doch deine beste Freundin, da könnt ihr untereinander tauschen, ihr Frauen tauscht sowieso ständig eure Kleider.«
»Wenn du meinst«, sagte Mercedes zögernd.
»Packen Sie es ein«, befahl der Verehrer der Verkäuferin.
Angela seufzte: »Ich brauch dringend noch einen Home-Dreß. Was ganz Puscheliges, wenn ich mit Benni vor dem Kamin sitze.«
Die Verkäuferin brachte einen Stretchanzug aus buntgemustertem Plüschsamt.
Es war ein ungeheuerlicher Anblick: Angela sah darin aus wie ein Dinosaurier: fetter Körper, dürre Ärmchen, Stampfbeine, und das alles in einem rosaorangeschwarzen Zackenmuster.
»Das würde Rufus gefallen«, flüsterte ich.

»Nein«, sagte Tanja, »du unterschätzt ihn.«
Sogar Angela bekam Skrupel, als sie sich im Spiegel sah: »Da muß ich erst meinen Mann fragen«, sagte sie.
»Was?« zischte ich. »Ist sie verheiratet? Hat ihr Daddy erlaubt, daß sie Benedikt heiraten darf?«
»Im Gegenteil«, zischte Tanja zurück, »der Faber hat letzte Woche Benedikts Mutter am Telefon angebrüllt, wenn sie weiterhin rumerzählt, Benedikt würde in seine Firma einheiraten und Teilhaber, dann würde er juristisch gegen sie vorgehen, das sei geschäftsschädigender Rufmord.«
»Ehrlich?«
»Detlef hat es genau gehört, so hat der Faber am Telefon gebrüllt.«
»Benni wird begeistert sein«, heuchelte Mercedes vor unserer Kabine.
»Es ist ein sehr jugendliches Modell«, sagte die Verkäuferin.
»Jugendlich?« fragte Angela dämlich.
»Unsere Chefeinkäuferin wählt diese jugendlichen Modelle sehr bewußt, wir haben viele Kundinnen, die einen jüngeren Mann haben, und die kaufen so was sehr, sehr gern.«
»Ich habe auch einen jüngeren Mann«, sagte Angela dämlich grinsend.
»Da liegen Sie voll im Trend«, lobte die Verkäuferin, »man hat heute gern jüngere Männer.«
»Ist das wahr?« flüsterte Tanja. »Ist Benedikt jünger als Angela?«
»Einen Monat.«
»Alle Achtung«, sagte Tanja, »Angela läßt wirklich keine Gelegenheit aus, sich lächerlich zu machen.«
»Also, okay, dann nehm ich das auch«, sagte Angela, »das wär's dann für heute.«
»So, nun sind wir armen Männer wieder gefragt, jetzt geht's ans Zahlen. Da darf man dann als Mann auch gern ein Jährchen älter sein«, rief der Herzallerliebste durch den Laden und überreichte der Verkäuferin mit großspuriger Geste seine Kreditkarte. Noch lauter rief er: »Ich bezahle alles für diese Dame!« und zeigte auf Mercedes. Dann klopfte er Angela auf die Schul-

ter: »Selbstverständlich würde ich auch für Sie bezahlen, aber da bekäme ich Ärger mit Ihrem Verlobten.«
»Ja«, sagte Angela mürrisch.
Mercedes sagte zuckersüß: »Wir unverheirateten Frauen haben es doch viel besser, bei uns müssen sich die Männer noch richtig Mühe geben, da wird man nach Strich und Faden verwöhnt.«
»Wenn ich Sie zur Kasse bitten darf«, sagte die Verkäuferin.
»Aber sicher«, dröhnte der Herzallerliebste noch mal, »dafür sind wir Männer schließlich da.« Als wüßte es nicht schon der ganze Laden.
»Geschafft, endlich gehen sie«, sagte ich zu Tanja, »wir warten noch, bis sie draußen sind« – da wurde der Vorhang unserer Kabine aufgerissen.
»Was machen Sie denn noch hier?« Es war die Verkäuferin, die uns vorher bedient hatte.
»Wir gehen gerade«, sagte Tanja.
Die Verkäuferin sah uns äußerst mißtrauisch an, aber Tanja ging lässig an ihr vorbei. Ich hinterher, geduckt hinter den Kleiderständern schlich ich an der Kasse vorbei, wo Angela und ihre lieben Freunde warteten, da rief die Verkäuferin: »Was ist mit dem reduzierten Blazer, wollen Sie den etwa nicht mehr?«
Geduckt, mit dem Rücken zur Kasse, rief ich zurück: »Ich hab's mir anders überlegt.«
»Die Kleiderbügel können Sie trotzdem mitnehmen, die sind gratis!« rief die Verkäuferin wütend. In der Panik hatte ich meine Tüte stehenlassen. Die Verkäuferin kam mit der Tüte zu mir, weil ich das Gefühl hatte, daß man mich von der Kasse aus beobachtete, sagte ich: »Ich nehm den Blazer doch«, und wollte mit ihr zurück zur Umkleidekabine.
Nun hielt sie mich eindeutig für bekloppt. »Der Blazer liegt bereits an der Kasse«, sagte sie, »kommen Sie bitte mit.«
Mit gesenktem Kopf stellte ich mich an den Packtisch neben der Kasse und versuchte, Angela und Mercedes nicht zu sehen. Die Verkäuferin sagte zu der, die gerade Angelas Dinosaurier-Anzug einpackte: »Das ist die Kundin mit dem reduzierten Blazer, pakken Sie der den Kleiderbügel dazu, die Kundin hat Verwendung dafür.« Ich nickte nur.

»Ach, das ist ja die...«, rief Angela. Meinen Namen sprach sie nicht aus, als hätte sie ihn vergessen.
»Ach ja, die...«, sagte Mercedes, die sich demonstrativ auch nicht an meinen Namen erinnerte.
»Hallo«, sagte ich, aber meine Stimme war nicht mehr, was sie mal gewesen war.
»Geben Sie ihr meine Bügel dazu«, sagte Angela, »wir haben zu Hause nur Designerbügel aus reinem Plexiglas.«
»Meinen bitte ebenfalls«, echote Mercedes, »ich verwende ausschließlich Edelholzbügel.«
»Gerne, meine Damen«, sagte die Verkäuferin, legte die Bügel beiseite und überreichte dem Herzallerliebsten den Kreditkartenbeleg: »Wenn Sie so freundlich sind und hier unterschreiben.«
Er nahm den Beleg mit spitzen Fingern, schnörkelte ihn durch die Luft bis vor die Nase von Mercedes: »Unterschreib du, ich will gar nicht wissen, was du mich wieder kostest. Der Schreck kommt früh genug mit der Abrechnung.«
Kichernd unterschrieb Mercedes. »Ach, du bist mein Herzallerliebster«, sagte sie, als sie ihm den Beleg zurückgab. Dann betrachtete sie mich mit ungemein belustigter Miene: »Wie man sieht, bist du immer noch als Staubsaugerpilotin aktiv.«
Ihr herzallerliebstes Arschloch lachte dröhnend.
»Wie aufregend«, sagte Tanja plötzlich sehr laut, »gerade waren wir Zeugen einer Straftat. Echter Kreditkartenbetrug.«
»Wieso?« fragte die Verkäuferin pikiert. »Wie kommen Sie auf die Idee, ich habe die Karte durchgezogen, sie ist nicht gestohlen gemeldet oder gesperrt.«
»Es war trotzdem Kreditkartenbetrug«, sagte Tanja, »und Sie als Verkäuferin müßten genau wissen, warum. Wenn eine Frau den Beleg zur Scheckkarte eines Mannes unterschreibt, dann unterschreibt ganz offensichtlich nicht der Inhaber der Karte. Folglich ist es Betrug, Urkundenfälschung.«
Die Verkäuferin sah noch pikierter auf die Kreditkarte. »Was Sie sagen, ist mir selbstverständlich bekannt«, sagte sie hoheitsvoll. »Da auf dieser Kreditkarte jedoch der Name einer Dame steht, konnte ich davon ausgehen, daß alles seine Richtigkeit hat.«

Verschwörerisch lächelnd fragte sie Mercedes: »Sie sind doch Frau Mercedes Windrich? Das ist doch Ihre Karte?«
»Selbstverständlich«, sagte Mercedes, und dann fauchte sie Tanja an: »Wie können Sie es wagen, mir eine Straftat zu unterstellen! Ich werde Sie anzeigen!«
»Ach so, Sie haben ihm zum Bezahlen vorher Ihre Karte gegeben! Sie haben uns so geschickt eine Straftat vorgespielt, daß es tatsächlich so aussah, als wolle der Herr Ihre Einkäufe bezahlen. Ich hatte mich schon gewundert.«
Angela keuchte wie ein sterbender Dinosaurier: »Mir wird schlecht. Ich muß an die frische Luft.«
»Gehen wir«, sagte Mercedes und hakte Angela unter.
Das herzallerliebste Arschloch trug die Tüten. »Dazu sind wir Männer ja da«, sagte er zur Verkäuferin, allerdings ziemlich kleinlaut.
»Viel Spaß mit den Einkäufen«, sagte die Verkäuferin und begleitete das Trio zur Tür. Wieder an der Kasse, fragte sie mich giftig: »Und wie bezahlen Sie?«
»Bar.« Ich kann es mir leisten, bar zu bezahlen, ich muß keinen Mann aushalten, dachte ich. Und ich wunderte mich, wie egal mir plötzlich meine Vergangenheit war. Die arme Angela, ihr Vater verbot ihr die Heirat, obwohl sie schwanger war. Der arme Benedikt war nun erst recht von seinem Chef abhängig. Und Mercedes konnte einem sowieso nur leid tun: Angela konnte sie nicht schröpfen, im Gegenteil, es würde sie den letzten Pfennig kosten, Angelas Hofdame spielen zu dürfen. Aber das war mir alles so egal.

Vor dem Laden fragte Tanja, wie ich mich nach dieser denkwürdigen Begegnung fühlte.
»Besser als vorher.« Es war wahr.
»Freut mich«, sagte Tanja.
»Aber hast du keine Angst, daß dein Detlef Ärger mit Angela bekommt, weil du Mercedes so blamiert hast?«
Tanja lachte: »Nein, da hab ich keine Angst, Detlef hat es nicht nötig, vor Angela zu kuschen. Sollte er das nötig haben, bekäme er Ärger mit mir. Und er muß auch nicht vor seinem Chef ku-

schen, dazu ist seine Arbeit zu gut.« Tanja sah auf ihre Uhr: »Ich bin jetzt mit Detlef verabredet, wir wollen was essen gehen, kommst du mit? Du kannst dir von Detlef bestätigen lassen, was ich dir vorher erzählt habe.«
»Nein, ich will lieber zurück zu... meiner Arbeit.«
»Dann darf ich dir noch einen schönen Abend wünschen. Ruf mich an, wenn der Meister eine öffentliche Besichtigung seines Werkes gestattet. Und grüße Rufus.«
Auf dem Rückweg dachte ich, daß es blödsinnig wäre, für das Fest mit Harald eine aufgetakelte Klamotte zu kaufen. Ihm gefiel ich, wie ich bin. Außerdem hatte ich neulich in einer Illustrierten gelesen, Yves Saint Laurent persönlich hätte gesagt: »Eine Frau braucht, um schön zu sein nur drei Dinge: einen schwarzen Rock, einen schwarzen Pullover und den Mann, den sie liebt, an ihrer Seite.« Ich hatte alles, was ich brauchte.

Harald lachte mir entgegen. Es interessierte ihn nicht, was ich in meinen großen Tüten hatte, er rief: »Da bist du endlich, ich hab auf dich gewartet, ich brauch dich zur Generalprobe.«
»Bist du fertig?« Ich war ganz aufgeregt. Aber dann sah ich selbst, daß er zwar fast, aber nicht ganz fertig war.
»In den fehlenden Partien muß ich morgen einige Akzente setzen. Und über der Sitzgruppe nehm ich etwas Blau raus, damit die Wolken höher schweben. Aber jetzt muß ich mit dir proben.«
»Was proben wir?«
»Wart ab. Du stellst dich hierher.« Er zeigte vor die Rezeption. Er holte den Radiorecorder vom Gerüst, stellte ihn auf den Boden. Er ging zum Auto, kam mit einer Kassette zurück, legte die Kassette ein, es war aber nichts zu hören.
Harald kam zu mir, drückte mich sehr leicht an sich, nahm meine linke Hand, legte sie auf seine Schulter, nahm meine rechte Hand, hob sie hoch und sah mir in die Augen. Mir wurde schwummrig.
»Wann...«, fragte ich.
»Pst«, machte Harald.
Und da ging es los:

»Dala, dalah, la, la, lala
Dala, dalah, la, la, lala«, zupften Geigen.
Und dann brüllte ein Chor:
»DONAU SO BLAU!
SO SCHÖN!
UND BLAU!
SO STRAHLEND BLAU!
SO SCHÖN!«
– Es war der Donauwalzer von Johann Strauß. Au weia!

»Leider, ich glaub, ich kann keinen Wa...«, da hatte Harald mich schon vorwärts gedreht, weiter rum, wieder rum, immer weiter, drehend vorwärts, und er drückte mich leicht an sich, und ich dachte noch, wie schwierig es in der Tanzstunde gewesen war, um die Ecken zu kommen, da hatten wir bereits die erste Kurve passiert. Und dann wunderte ich mich, daß dieser Donauwalzer gesungen wurde, aber das war typisch Harald, er hatte nicht irgendeinen Donauwalzer ausgewählt, sondern den absoluten Donauwalzer, der mehr war als jeder Donauwalzer je zuvor.
Unmengen von Sängerknaben quietschten:
»...Nun singt ein fröhliches, seliges Lied,
das wie Jauchzen die Lüfte durchzieht...
Dala dalah la la lala
dalalalah la la laa!«
Der größte Teil vom Text war nicht zu verstehen, weil diese hohen, hellen Stimmen alle durcheinander sangen, es war einfach nur Jubelgesang. Und dabei drehte mich Harald, und ich sah Harald an, und Harald sah hinauf zu den Wolken.
»DONAU SO BLAU!
SO SCHÖN UND BLAU!
Dala dalah la la lala
Dala dalah la la lala...«
Und wutsch um die Ecke rum, und die Knaben sangen so was Ähnliches wie:
»Und geht's auf der Donau lang,
dadada-bambam,
dadada-bambam!«

Und danach sangen junge Knaben und alte Knaben durcheinander – die jungen Knaben quietschten:
»... Laladidada laladam
laladidadam laladam«,
die alten Knaben dröhnten:
»... der Himmel sei gnädig dem liebenden Paar,
schütz immerdar
es vor Gefahr...
da da di da da dam...«
Es war unerträglich kitschig. Und wir tanzten in unseren Anstreicherklamotten den Donauwalzer. Das Leben war ein Traum. Mit Harald war alles Musik.
»Junges Blut, frischer Mut«, dröhnten die alten Knaben,
»dada di da damm
dada di da damm...«
und wir drehten uns immer, immer der Donau lang.
»... Whamm!«
Weiter ging's:
»... Was der Tag, uns auch bringen mag,
laladi da damm
la la di da damm...«
»Hier hakt es«, sagte Harald vor der Tür des Kontors, »der Rhythmus dieser Wolke ist zu schwer, ich muß morgen etwas Pathos rausnehmen.«
»... Nun singt ein fröhliches, seliges Lied,
das wie Jauchzen die Lüfte durchzieht,
dammda di da damm, damm da damm...«
Manchmal pendelte Harald hin und her, ohne Drehung, was gut war, weil mir schwindlig war und ich Angst hatte, demnächst ohnmächtig zu werden. Was war das auf der Treppe? War's ein flücht'ger Schatten? War's ein Einbrecher? War's Rufus? Schon waren wir wieder vorbei. Auf der Donau lang, bamm, bamm, bamm...
»... was der Tag
uns auch bringen mag...«
»Diese Wolke dort hängt schief«, sagte Harald, »die muß weg.«

»Ich finde alle Wolken wunderbar«, sagte ich atemlos.
»Eine falsche Wolke ist wie ein falsches Gefühl, ich könnte mich nie daran gewöhnen«, sagte Harald. »Eine falsche Wolke ist eine kitschige Wolke. Also weg.«
»Bambam dadadamm bamm!
Und zum Schluß,
wenn ich dann auch weinen
muß... dada di dadamm, da da da...«
Es ist ein nicht endensollender Donauwalzer.

Als er trotzdem endete, stand ich wie betäubt, Harald verbeugte sich vor mir, zog meine Hand an seine Lippen und rief: »Mehr Musik! Mehr Licht!«
Ich blieb einfach stehen.
Er schaltete die Deckenbeleuchtung ein, spulte die Kassette zurück, verbeugte sich wieder vor mir, ergriff wieder meine Hand – ich sah wieder in seine Augen, und da ging es wieder los:
»AUGEN SO BLAU!
SO SCHÖN!
UND BLAU!
SO STRAHLEND BLAU!«
Zufällig bemerkte ich wieder den Schatten auf der Treppe. Für den Fall, daß es Rufus war, rief ich ihm zu: »Ich habe dir viele Kleiderbügel mitgebracht!«
Der Schatten verschwand.
»...Junges Blut, frischer Mut...«
– Keine Ahnung, was dieser Text zu bedeuten hatte –
»...da da dida damm, dada dam,
Taratirampampam!
Und so geht's auf der Donau entlang.
Whamm! Whamm!
Und zum Schluß, wenn ich dann auch weinen muß...«

»Das gleiche noch mal«, rief Harald sofort beim letzten Ton, »ich muß es noch mal in diesem Rhythmus erleben. Die Decke ist zu schwach beleuchtet, gibt's hier nicht mehr Licht?«
»Man könnte stärkere Birnen einschrauben«, keuchte ich.

»Dazu haben wir jetzt keine Zeit. Darf ich bitten?«

»AUGEN SO BLAU...«

Und Harald drehte mich ganz locker an einem Finger um mich selbst, wie Leute in alten Filmen Rock'n'Roll tanzen, und im Augenblick, als ich mich ihm wieder zudrehte, sah ich unsere Hände vor den Wolken, und ich sah sie vor mir, als wären sie ein Teil von Michelangelos berühmtem Deckengemälde, der Erschaffung des Adam. Gott hat Adam mit einem Finger seiner ausgestreckten Hand berührt. Und Adam beginnt zu leben. Genauso war es.

Wieder vibrierten die Wolken.

Wieder wogte die Donau.

»Bambam bamm bamm bambam bambam!«

Welch Getöse!

»Und erobert die Herzen mit Macht!« schrien die Sängerknaben. Wieder ging der Text im Gebrüll unter, das einzige, was ich noch verstand, war:

»JAWOHL für ew'ge Zeit!
JAWOHL zur Seligkeit!«

Bums! Tschäng! Quietsch! Aus! Ende! Schluß!!!

Verbeugung von Harald. Ich knickste. Harald küßte meine Hand. – Wenn uns jemand sehen würde, in unseren Anstreicherklamotten!

Ich lachte so, daß mir die Tränen runterliefen.

Was für ein Tag!

»Morgen ist es vollendet«, sagte Harald.

Und morgen ist auch noch eine Nacht.

94. Kapitel

Harald kam am Samstag früher als üblich, er wollte eine Thermoskanne Kaffee aufs Gerüst und absolute Ruhe. Als ich zwei Stunden später wieder zu fragen wagte, ob er etwas brauche, reagierte er nur sauer: »Verschwinde bis heute abend, etwa um sechs bin ich fertig und ein anderer Mensch.«

Auf Zehenspitzen verschwand ich.
Die Tatsache, daß Harald nur Stunden vor der Vollendung des großen Werkes war, inspirierte mich, ebenfalls etwas Großartiges zu beenden. Ich beschloß, die Löwenläufer in den Fluren zu verlegen. Eigentlich war das erst kurz vor der Eröffnung geplant, aber da nun niemand mehr mit Farbe an den Schuhen durchs Haus latschte, konnte es auch heute gemacht werden.
Im dritten Stock fing ich an – zugegeben nicht ganz uneigennützig – ich wollte zuerst, schon in dieser Nacht, auf meinem Flur vor der Tür meines Zimmers die Pracht erleben. Ich entfernte die Plastikplane von den versiegelten Bodendielen, gut, daß Walkwoman schon so weit wie möglich saubergemacht hatte, so genügte es jetzt, kurz staubzusaugen und alle Klebebandreste abzupopeln. Die Läufer waren für jede Etage in den Putzräumen bereitgelegt, jeweils ein langer Abschnitt und zwei kürzere für die Flure links und rechts vom Aufzug. Die Halterungen mit den Teppichstangen hatte der Schreiner schon angeschraubt. Ich mußte sie nur an einer Seite wieder abschrauben, die Stange rausschieben, durch die eingenähte Schlaufe im Teppich schieben, die Halterung wieder festschrauben. Das ging ruckzuck. Ich rollte den Läufer zur gegenüberliegenden Halterung am anderen Ende des Flurs: bis zur Stange fehlten zehn Zentimeter. Das war durchaus kein Grund zur Panik, ich wußte genau, daß die Maße stimmten. Sicher lag es daran, daß der Teppich aufgerollt war, vielleicht zu eng gerollt, auf jeden Fall war er etwas geschnurrt. Ich zog und zog.
Es gelang mir, den Läufer drei Zentimeter zu dehnen. Mehr nicht. Also schraubte ich erst mal die beiden kurzen Läufer an einer Seite an. Dann probierte ich hin und her, ob es besser ist, wenn die lange Läuferbahn durchgehend zu sehen ist, oder besser, wenn die Seitenläufer das lange Stück überkreuzen. Die Überkreuzung sah besser aus, man sah deutlicher, wie üppig der teure Teppich verlegt ist. Nur fehlten an allen Enden mehrere Zentimeter zu den Halterungen. Ich zog und zerrte. Schließlich rief ich Rufus an. Er kam sofort zu Hilfe.
Wir saßen nebeneinander auf dem Boden, zogen mit allen vereinten Kräften am Teppich, und Millimeter für Millimeter erreichten wir unser Ziel.

»Uff, alleine hätte ich das nie geschafft«, sagte ich.
»Ich auch nicht«, sagte Rufus.
Das gleiche machten wir im zweiten Stock. Ich ging mit dem Staubsauger vor Rufus her, der hinter mir die Läufer ausrollte. Wir popelten Klebebandreste ab, schraubten Halterungen ab, schraubten sie wieder an und zogen, zogen und zogen an den Teppichbahnen. Es machte auch Spaß, mit Rufus zu arbeiten, nur war die Arbeit mit Rufus leider kein musikerfüllter Traum – immerhin war das Resultat trotzdem toll.
»Machen wir noch den ersten Stock?« fragte Rufus.
Es war kurz vor sechs, demnächst konnte ich mich wieder bei Harald sehen lassen. »Ich kann nicht mehr«, sagte ich, »außerdem soll ich noch Harald helfen.«
»Falls du wieder meine Hilfe brauchst«, sagte Rufus, und es klang leicht beleidigt, »ruf mich an.«
»Klar, Rufus, danke, Rufus.«

Weil von Harald nichts zu hören war, ging ich erst mal in mein Zimmer, um mich umzuziehen. Meine Haare hatte ich schon morgens gewaschen und lange geföhnt, nun würde ich mich so schön wie möglich machen – aber nicht aufgetakelt schön. Es war kein warmer Abend, also konnte ich mein langärmeliges schwarzes T-Shirt tragen, zuerst wollte ich einfach schwarze Jeans dazu anziehen, entschied mich dann aber für meinen engen schwarzen Rock, weil ich dazu meine roten hohen Schuhe tragen konnte. Sollte ich mein gebrochenes Herz tragen? Nein, es paßte nicht.
Ich schlich die Treppe runter, um Harald nicht durch das Gerumpel des Aufzugs zu erschrecken, wahrscheinlich war er noch nicht ganz fertig. Ich würde ganz leise warten, bis er soweit war.
Ich kam im Dunkeln die Treppe herunter, im Foyer war jede verfügbare Lichtquelle eingeschaltet, von Harald war kein Ton zu hören, und da sah ich ihn – er lag vor dem Gerüst auf dem Boden, auf dem Rücken! Regungslos!
»Um Gottes willen«, schrie ich, rannte zu ihm, beugte mich über ihn, »ist dir was passiert?«

Er deutete nach oben.
Ich sah nach oben, es wurde mir schwarz vor Augen, ich schloß die Augen, ich sank neben Harald auf den Boden. »NEIN!« schrie ich.
»Nein?« lachte Harald.
Ich mußte die Augen wieder öffnen. Da war es immer noch. »Nein!«
Von der Wand des Kontors bis fast zur Mitte der Halle zog sich ein gigantischer schwarzer Keil!
Es war ein Keil, der aus der Unendlichkeit zu kommen schien, der die Atmosphäre zersprengte, der alles zerstörte. Es war, als schlüge in der nächsten Zehntelsekunde der größte Meteor aller Zeiten ein, ja, in der nächsten Zehntelsekunde war das endgültige Ende der Welt.
Ich dachte, ich würde wahnsinnig. »Warum hast du das gemacht?« fragte ich mit letzter Kraft.
»Ich hatte keine andere Wahl«, sagte Harald, als hätte ich gefragt, warum er geboren sei. Und er beugte sich über mich und fragte belustigt wie ein Lehrer, der einem Kind eine Frage stellt, auf die es nur eine simple Antwort gibt: »Was hättest du zum Beispiel gemacht?«
»Harald! Ich hätte diesen Klumpenkeil weggelassen! Er macht alles kaputt.«
»Das glaube ich dir nicht«, sagte er.
»Harald, das hier ist ein Hotel! Du kannst nicht die Gäste mit dem Schrecken eines Weltuntergangs empfangen! Das paßt in ein Beerdigungsinstitut. Oder in eine Geisterbahn. Bist du verrückt?!«
»Ich bin nicht verrückt«, sagte Harald wütend. »Ich will das auch nicht als Schrecken eines Weltuntergangs interpretieren. Es ist eine Negation. Ich kann nicht lediglich eine michelangeloeske Wolkendekoration fabrizieren!«
»Der Klumpen muß weg! Wenn du ihn nicht wegmachst, werde ich ihn übermalen.«
»Das wirst du nicht tun.«
»Doch, ich schwöre es!« Ich stand auf.
Harald stand auch auf.

»Ich sage dir noch mal: Wenn du diesen Keil nicht wegmachst, mache ich ihn weg. Dieser grauenhafte Keil zerstört alles, was wir, was Rufus und ich, geplant haben.«
Harald lief einmal rund im Foyer. »Ist das dein Ernst?«
»JA.«
»Gut, ich mach ihn wieder weg«, sagte er. »Er erscheint etwas zu oberflächlich, zu leicht. Aber vorher muß das Experiment fotografiert werden.«
Es war mir ein Rätsel, was an diesem Klumpen leicht und oberflächlich sein sollte. Ich war nur froh, daß Harald so schnell einlenkte. Aber ich war ihm nicht dankbar, ich war nicht glücklich darüber, das war kein Friede, mit dem alles wieder wurde, wie es gewesen war. Harald war nur aus Lust und Laune, aus Freude an seinem Experiment bereit gewesen, den Erfolg meiner Arbeit zu zerstören.
Mechanisch sagte ich: »Ich hole meinen Fotoapparat und fotografiere es sofort.«
»Nein«, sagte Harald, »das muß professionell gemacht werden.« Er ging zum Telefon.
Die Nummer, die er wählte, war sofort am Apparat.
»Ich bin's«, sagte er nur. »Kannst du für mich fotografieren?«
Kurze Pause.
»Sofort morgen früh wäre besser«, sagte er. Wieder Pause, gerade lang genug, um »ja« zu sagen. Harald nannte die Adresse vom Hotel, sagte »ich danke dir« und legte auf.
Er sah auf meine roten Schuhe, als er sagte: »Waltraud kommt morgen früh um zehn zum Fotografieren. Ich komme mittags und male dir wieder nette Donauwolken über den Weltuntergang. Einverstanden?«
»Dann bis morgen.«
Er ging.
Ich rührte keinen Finger, um ihn aufzuhalten.

Ich rief Rufus an: »Es ist eine Katastrophe passiert, aber sie wird behoben werden.«
»Was ist passiert?«
»Sieh nicht an die Decke, wenn du ins Foyer kommst. Ich kann

es dir nicht beschreiben. Aber es wird alles wieder in Ordnung gebracht. Es wird alles wieder gut.«
Natürlich kam Rufus sofort runter. Er verbarg sein Entsetzen, so gut er konnte.
Ich hatte Schuldgefühle ihm gegenüber: »Wenn diese Waltraud morgen nicht bis zwölf erschienen ist, fange ich an, den Klumpen selbst zu übermalen. Ich versprech es dir.«
»Eigentlich finde ich den Klumpen gar nicht so schlecht«, sagte Rufus, »er sieht aus wie der Meteor, der angeblich am Ende der Kreidezeit ins Meer stürzte. Vielleicht ist tatsächlich mit einem Schlag alles ausgestorben.«

95. Kapitel

Sie kam zehn vor zehn.
Ehe ich Waldtraud sah, hatte ich mir nie überlegt, wie eine vollkommene Frau aussieht, als ich Waltraud sah, wußte ich es. Sie war groß, blond, die Haare hochgesteckt, einzelne, lockige Strähnen umspielten ihr vollkommenes Gesicht. Und ihre Lippen – es hört sich banal an –, ihre Lippen waren zum Küssen. Sie trug ein pfirsichfarbenes Kostüm, es sah an ihr so wenig kitschig aus, wie ein Pfirsich kitschig ist, es war einfach das Richtige zu ihrer Pfirsichhaut. Betroffen betrachtete ich das Kostüm: Es gab wenig Hoffnung, daß es weniger als viertausend Mark gekostet hatte. Am Revers ein schwarzer, ungeschliffener Edelstein, wie ein Keil gebrochen, die Ränder des Keils mit quadratischen Brillanten besetzt. Ich hatte noch nie ein Schmuckstück gesehen, bei dem so große Brillanten so dezent eingesetzt waren.
»Guten Morgen«, sagte Waltraud. »Ich hoffe, ich komme nicht zu früh, ich wollte Sie nicht warten lassen.« Ihre Stimme war wie Schlagsahne.
»Guten Morgen«, sagte ich. Meine Stimme war wie verhagelt.
Rufus lächelte töricht, als sie ihm die Hand gab.
»Harald hat mir viel von Ihnen erzählt«, sagte sie, »wirklich eine bezaubernde Atmosphäre hier.«

Ich räusperte mich und sah zur Decke.
Sie sah auch zur Decke. »Oh, ja«, sagte sie, »der Keil sollte weg. Er ist zu zweidimensional in den Randbereichen, da hat er keine echte Masse.«
»Mir ist er massig genug«, sagte ich.
»Es ist nur ein Experiment, es hat künstlerisch kein Gewicht. Und Sie haben völlig recht, das paßt nicht in ein Hotel.«
»Vielen Dank«, sagte ich echt dankbar.
»Ich habe Scheinwerfer mitgebracht, ich hole sie rasch aus dem Auto.« Sie ging hinaus, ihre schwarzen Wildlederstöckelschuhe hatten um die Knöchel gekreuzte Riemchen und sahen wahnsinnig sexy aus, und das Wildleder war fein wie Samt.
»Ich helfe Ihnen«, rief Rufus und folgte ihr.
Ich starrte den beiden hinterher. Ich wußte sofort, welches von den parkenden Autos ihres war: Richtig, es war der silberweiße Morgan, das gleiche Modell wie Harald, nur hatte sie es eben in Silberweiß.
Sie baute routiniert die Scheinwerfer auf, leuchtete den Klumpen aus, daß man noch mehr Angst bekam, er würde einem sofort das Hirn zerschmettern. Sie fotografierte konzentriert, stellte mehrmals die Scheinwerfer um: in der wechselnden Beleuchtung schien der Klumpen mal mit der vorderen spitzen Kante zuerst auf den Betrachter zu knallen, mal schien er einen mit der Seitenkante zu erschlagen.
»Sie machen das toll«, sagte Rufus, der bewundernd im Weg stand.
Selbstverständlich macht sie es toll, dachte ich, sie ist ein Profi, der für einen Profi arbeitet. Wäre sie kein Profi, hätte sie Harald nicht zum Fotografieren erwählt.
»Es gehört zu meinem Beruf, Gemälde zu fotografieren«, sagte sie bescheiden lächelnd.
»Ich habe gehört, Sie arbeiten bei Sotheby's«, sagte Rufus.
– Von wem hatte er das gehört, von mir? Soweit ich mich erinnerte, hatte ich es nur Tanja erzählt.
»Ja«, lächelte sie, »mein Spezialgebiet ist Malerei des achtzehnten und neunzehnten Jahrhunderts. Ich betreue auch Kunden, wenn sie zu unseren Auktionen kommen oder uns zur Beratung

aufsuchen. Und ich glaube, wir könnten unsere auswärtigen Besucher sehr schön bei Ihnen unterbringen.«
»Das wäre super«, sagte Rufus eifrig. »Meinen Sie, Harald wird trotzdem seine Bilder hier aufhängen? Wenn der Keil weg ist?«
»Ich bestehe darauf«, sagte sie mit ihrer Schlagsahnenstimme, »ich habe zur Bedingung gemacht, daß Harald seine Bilder nicht im Atelier ausstellt, sonst bleiben wir getrennte Leute. Ich will ihn keineswegs dominieren, es ist in seinem eigenen Interesse, Harald weiß selbst, wieviel Zeit ihm Auftraggeber stehlen. Und noch mehr Zeit stehlen all die Kunstkenner, die meinen, sie müßten wissen, wie der Künstler aussieht, um sein Werk einordnen zu können. Harald darf sich nicht dauernd stören lassen. Hier die Bilder auszustellen, ist die optimale Lösung.«
»Warum malt er immer diese Meteoritenkeile?«
»Nun, da Sie näher mit seinem Werk beschäftigt sind, kann ich Ihnen ein sehr privates Motiv verraten, über das Harald aber nie spricht – man deutet den Keil als Auflehnung gegen seinen Vater.«
»Wieso denn das?«
»Kennen Sie seinen Vater nicht? Professor Sommerhalter?«
»Nein.«
»Professor Sommerhalter ist ein international bekannter Schönheitschirurg. Harald macht seinem Vater zum Vorwurf, er hätte Schönheit zum Klischee gemacht, und damit ist Schönheit kein Thema mehr für die Kunst.«
»Ach.« Mehr brachte ich nicht raus.
»Im Grunde möchte Harald Schönheit malen, aber die meisten Menschen würden Haralds Werk nur als zwanghafte Wiederholung des Schaffens seines Vaters sehen. Das ist das psychologische Denken unserer Zeit – man möchte Harald durch seinen Vater definieren, nicht durch sein eigenes Werk. Das ist lähmend.«
»Lähmend«, Rufus nickte ihr in tiefem Verständnis zu.
»Harald muß das Werk seines Vaters negieren, um selbst schöpferisch sein zu können. Sie wissen selbst, nur was man selbst erschafft, macht glücklich. Harald als einziges Kind hat es besonders schwer, vom Reichtum seines Vaters unbeeinflußt

zu bleiben. Es ist nicht gut für einen Künstler, nicht kämpfen zu müssen, das macht kraftlos.«

Ich staunte Waltraud an – alles an ihr erschien mir vollkommen. Wie hatte ich es wagen können zu glauben, gegen eine vollkommene Person konkurrieren zu können? Ich murmelte: »Ich fürchte, Harald ist stocksauer auf mich.«

»Aber nein«, sagte sie, »er beginnt heute nachmittag mit der Übermalung. Und die Bilder werden in der Woche vor der Eröffnung aufgehängt. Ich lasse das durch unsere Experten machen, die hängen die Bilder ohne die geringste Beschädigung Ihrer Wände auf. Die machen das perfekt.«

Ich hatte keinen Zweifel daran.

Sie machte sechsunddreißig Aufnahmen von dem Monsterkeil. Dann durfte ihr Rufus helfen, die Scheinwerfer abzubauen, und durfte sie zum Auto tragen. Zusätzlich gewährte sie Rufus das große Vergnügen, ein Täßchen Kaffee mit uns zu trinken.

»Falls Sie irgendwann irgendwelche Probleme mit den Bildern haben, rufen Sie mich sofort in meinem Büro an, ich stehe jederzeit zu Ihrer Verfügung.« Sie entnahm ihrer vollkommenen Handtasche eine Visitenkarte. »Bitte nicht erschrecken«, sagte sie, als sie mir die Karte überreichte.

Warum sollte ich erschrecken? Ich las:

Dr. Waltraud Gräfin Wartenstein

Peng!

»Sind Sie eine Gräfin?« Ich fühlte mich wie eine Kröte vor einer Prinzessin.

»Das ist es, was Harald und mich so verbindet, wir beide müssen lebenslänglich darum kämpfen, als das akzeptiert zu werden, was wir selbst geschaffen haben. Zuerst bin ich Kunsthistorikerin.«

»Entschuldigen Sie bitte«, ich kam mir noch mickriger vor.

»Sie sind erschöpft«, sagte sie mitfühlend, »so ist es immer, wenn man monatelang an einer Herzenssache gearbeitet hat und steht kurz vor der Fertigstellung. Bald werden Sie sich besser fühlen.«

»Bitte«, sagte Rufus, »sagen Sie mir, wie ich Sie korrekt anrede.«

Sie lächelte: »Ich heiße Waltraud, da Sie sich mit Harald duzen, sollten wir uns auch duzen, ja?«
»Ja, danke«, sagte Rufus.
Ich sagte auch »ja, danke.«
»Aber, liebe verehrte Waltraud, wenn du zu unserem Eröffnungsfest am 3. November kommst, wie stelle ich dich dann korrekt vor?« Rufus überschlug sich fast.
»Nur merken, daß man nicht ›Frau Gräfin‹ sagt. Es heißt ›Gräfin Wartenstein‹, wie es ›Graf Dracula‹ heißt. Und der Doktortitel kommt immer vor dem Adelstitel – da kann man dann wieder sagen ›Frau Doktor Gräfin Wartenstein‹, aber damit die Anrede nicht zu lang wird, läßt man ›Frau‹ weg, denn das sieht man auch so.« Sie lächelte Rufus hinreißend weiblich an. »Und wenn man den Namen schreibt, dann: Doktortitel, Vorname, Adelstitel, Nachname. Alles klar?«
»Ja.« Rufus lachte begeistert, aber welcher Mann hätte das bei Waltraud nicht getan?
Zum Abschied dankte sie uns herzlich. Keine Ahnung, wofür sie uns dankte. Wir sahen ihr nach, als hätte uns eine Fee besucht. Wie Kröten, die die Luft angehalten haben, sackten wir zusammen, als ihr Morgan am Horizont verschwunden war. Rufus kehrte nachdenklich an seinen Computer zurück.
Und dann war es mit meiner Beherrschung vorbei, ich heulte in meinen Kaffee. Harald kam aus einer anderen Welt. Seine Welt war nichts für mich. Tanja hatte es gleich gesagt. Merkwürdig, daß man den Leuten, die es immer gleich gewußt haben, nie dankbar ist, wenn sie wieder recht gehabt haben.

Nachmittags kam Harald, begrüßte mich, als wäre nichts gewesen, und begann den Keil zu übermalen. Die weiße Farbe deckte das Schwarz nicht ganz ab.
»Reg dich nicht auf«, sagte Harald, »morgen übermale ich noch mal, und übermorgen sehen wir hier nur Wolken. Ich werde sie dir heiterer malen als vorher.« Er war charmanter denn je. Aber ich war plötzlich gegen seinen Charme immun.
Ich ging hinauf in mein Zimmer. Ich gehörte nicht zu Haralds Welt. Die einzige, die ihm ebenbürtig war, war eine vollkom-

mene Frau wie Waltraud. Ich wäre allenfalls eine Gelegenheits-Muse geworden. Eine Aushilfs-Muse.

Aber Harald gehört auch nicht in meine Welt. Ich will nie wieder einen Mann, der bereit ist, meine Arbeit, meinen Erfolg seiner Selbstverwirklichung zu opfern. Auch wenn dieser Mann noch so toll ist. So toll kann gar kein Mann sein.
Ich hatte die richtige Entscheidung getroffen. Die Musik in meinem Kopf hatte aufgehört zu spielen.

96. Kapitel

Alles paßte zusammen: Am Montag kam Post von Elisabeth, sie schickte mit herzlichen Grüßen den neuen Kahnweiler-Katalog. Auf dem Umschlagbild Elisabeth. Schön lächelte sie an ihrem schönen Tisch. »Herzlichen Glückwunsch«, sagte ich zu ihrem Foto. Damit hatte sie zusätzliche zehn Prozent Rabatt ergattert. Im Katalog noch ein Foto von Elisabeth, da posierte sie mit Telefon am Ohr vor dem Tisch, betrachtete mit Kennerblick ein Stück Holz, das sie in der anderen Hand hielt. Hinter ihr ein wandgroßer Jahres-Terminkalender, dicht beschrieben. Ich erkannte Peters präzise Schrift auf dem Kalender, er hatte die Attrappe fürs Foto gebastelt. Unter dem Foto stand: »Wir freuen uns mitteilen zu können, daß es uns gelungen ist, das erfolgreiche Innenarchitekten-Team Leibnitz und Partner für die Gestaltung unseres Messestands auf der Interbüromö zu gewinnen.« Hervorragend.
Ich zeigte Rufus den Katalog: »Da werde ich ab demnächst arbeiten.«
Rufus schüttelte betrübt den Kopf: »Kannst du nicht hier bleiben?«
»Als was?« fragte ich zurück, »ab November will mich Frau Schnappensiep nur noch als Putzfrau.«
Rufus seufzte.
Ich zeigte Harald den Katalog. »Eine schöne Frau, ein schöner

Tisch, viele schöne Stühle«, meinte er unbeeindruckt und malte weiter. Das war alles, was ihn interessierte.

Quadratmeter für Quadratmeter übermalte er den schwarzen Klumpen zur grauweißen Fläche, weißen Fläche, grundierte blau, dann tauchten wieder Wolken auf. Mittwochabend war er wie versprochen fertig, aber nicht zufrieden. Donnerstagfrüh machte er schlechtgelaunt Korrekturen. Schlag zwölf warf er den Pinsel vom Gerüst: »Jetzt reicht's! Es ist heiterer als zuvor.«

»Vorher war es heiterer«, fand ich.

»Schwer zu sagen«, sagte Rufus zögernd.

»Es ist heiterer«, rief Harald wütend, »der Rest der Heiterkeit ist dem Publikum überlassen. Es geht nicht heiterer, ohne falsch zu werden.« Er stieg vom Gerüst und schaltete unten den Recorder ein.

»DOES HE LOVE ME? I WANT TO KNOW!...«

»Was ist denn das?!« sagte Harald, als hätte er diesen Song nie gehört. Er nahm die Kassette raus, suchte den Boden ab, da lag seine Donauwalzer-Kassette.

»DONAU SO BLAU...
SO SCHÖN UND BLAU...«

Er forderte mich nicht auf, er tanzte allein durchs Foyer und sah hinauf zu den erneuerten Wolken. »Der Rhythmus stimmt«, sagte er.

»...und zum Schluß
wenn ich dann auch weinen muß...«

»Jetzt reicht's mir.« Harald drückte die Stoptaste. »Ende vom Lied! Hier endet die Macht des Malers!« Er begann sofort seine Farbdosen zusammenzuräumen.

Als er schweigend den endgültig letzten Karton ins Auto geschafft hatte, fragte ich: »Wann kommst du wieder, um die Bilder aufzuhängen?«

»Rechtzeitig.«

»Die Eröffnung ist in sechs Wochen.«

»Weiß ich.«

Damit war alles gesagt, alles beendet.
An der Tür warf Harald einen letzten Blick zur Decke: »Daran kann ich nichts mehr ändern.« Dann sah er wütend Rufus an: »Komm mit, ich will dir was geben.«
Rufus ging mit ihm zum Morgan, der direkt vor dem Fenster parkte. Harald redete kurz und unfreundlich auf Rufus ein, ich sah, wie Rufus aus seiner schäbigen Jeans sein Portemonnaie zog, dann steckte Rufus das Portemonnaie wieder ein, stieg zu Harald ins Auto, sie fuhren weg.

Ich sah hinauf zur wiedervollendeten Wolkendecke, doch, sie war durchaus heiter. Sogar sicher sehr heiter, falls man selbst heiter war. Mein Herz krampfte sich mehr zusammen, als es schon zusammengekrampft war: Nun war erreicht, was ich gewünscht hatte, nun war es vorbei.

Ich nahm mir vor, ab sofort nicht mehr an das Ende zu denken, nur noch daran, was als nächstes zu tun ist. Sobald das Malgerüst abgebaut war, konnte die Plastikplane entfernt werden, als nächstes konnte ich das Foyer für den Hotelprospekt fotografieren. Es sollte ein Faltprospekt werden, auf der Vorderseite die Hotelfassade – allerdings mußte da zuerst der neue Schriftzug angebracht werden –, auf der Rückseite des Prospekts das Foyer in ganzer Pracht. Auf den Innenseiten Fotos von den schönsten Zimmern, vom Landhauszimmer mit den Blumenbouquets und himmelblauen Schleifen, vom blau-weißen Porzellanzimmer, vom grün-weißen Efeuzimmer, auch vom Rosenzimmer und von einem Managerzimmer mit Saurierbildern, und ein Zimmer mit den Bildern aus der Schönheiten-Galerie. Außerdem ein Foto von einem Badezimmer, die Leute wollen sehen, was sie erwartet. Es mußte auch ein großes Foto vom Frühstücksraum rein, und weil Rufus versuchen wollte, diesen Raum für Abendgesellschaften zu vermieten, mußte er für das Foto überzeugend festlich hergerichtet werden.
Frau Hedderich hatte mir in einem Küchenschrank einen Stapel fast antiker Damastservietten gezeigt, aber die Bischofsmützen-Faltung, die sie für festliche Servietten vorschlug, dauerte Ewig-

keiten und sah aus wie schon hundertmal gesehen. Ich fand es einfacher und effektvoller, die Servietten mit einer Satinbandschleife zu binden, und hatte schon Band in Rosa, Grün und Gold gekauft. Das Band war teuer, trotzdem viel billiger als die Arbeitszeit zum Bischofsmützenfalten. Aber weil ich die angestaubten Damastservietten in die Wäscherei gegeben hatte, konnte ich mich damit jetzt nicht weiter befassen.

Aber ich konnte, da Harald keine Farbe mehr durchs Foyer spritzte, endlich die Plastikfolien von der Sitzgruppe und von den rosaroten Marmortischen abpellen.

Rufus kam nicht zum Mittagessen zurück. Er kam auch nicht am Nachmittag, als ich die Küchenschränke nach brauchbaren Blumenvasen durchsuchte, aber nur alte Gurkengläser und Obstsaftflaschen fand. Er kam nicht am späten Nachmittag, als ich in den unteren Toiletten mit einer Rasierklinge die verschmierte Fugenspachtelmasse von den Kacheln schabte. Es war ein schwüler Tag, ein Tag zum Draußensitzen – vielleicht erholten sich Rufus und Harald von all dem Streß, saßen irgendwo und unterhielten sich über Gott und die Welt, Kunst und Hotels und Saurier.

Gegen sechs machte ich auch Feierabend, duschte mich, wusch meine verklebten Haare und wartete. Die beiden waren seit über fünf Stunden weg.

Um halb acht wurde es dunkel, ich bekam Angst, es könnte was passiert sein, ein Unfall, Harald war ein rasanter Fahrer, das hatte ich selbst erlebt, ich malte mir nichts Konkretes aus, nur diffuse Angst befiel mich. Ich sah hinaus, Blätter zogen in wirbelnden Haufen durch die Straße. Es würde heute noch ein Gewitter geben.

Um mich vom Warten abzulenken, kontrollierte ich in allen Zimmern, ob die Fenster geschlossen waren, und zählte in den Schränken die Kleiderbügel. Ich wollte pro Gast ein Dutzend Kleiderbügel. Gestern, als ich kurz weggegangen war, um kleine Porzellanhaken zu kaufen, die Herr Hedderich in den Erdgeschoß-Toiletten innen an die Türen schrauben sollte, damit die werten Klobesucher Handtaschen und Mäntel im Bedarfsfall

nicht auf den Boden legen müssen, hatte ich vor einer Billig-Boutique wieder Kleiderbügel gefunden – die stellten sie einfach im Karton vor die Tür, und ich beschloß, schnell noch hinzugehen, heute war Langer Donnerstag, vielleicht gab es neue Bügel. Und bis ich zurück war, würde Rufus da sein.
Tatsächlich: Ich fand achtzehn Bügel. Als ich zurückkam, war es halb neun, die Hoteltür war genau so verschlossen, wie ich abgeschlossen hatte, und nirgendwo brannte Licht.
Ich ging in die erste Etage hinauf, verteilte die neuergatterten Bügel, da hörte ich es unten an der Tür klingeln, pausenlos wie eine Alarmanlage. Ich ging hinaus auf den Balkon, es konnte nicht Rufus sein, Rufus hat einen Schlüssel.
Unten stand Harald.
»Bist du es, Harald?« rief ich runter.
»Ja.«
Neben Harald stand ein Mann im schwarzen Anzug.
»Wo ist Rufus? Ist was passiert?«
»Komm runter! Mach auf!«
Ich rannte runter.
Aufgeregt machte ich Licht an, schloß aufgeregt auf, ich beruhigte mich aber, als Harald mich anlächelte, das ließ, gottlob, nicht auf einen Unfall schließen. Und der Mann neben Harald sah auch nicht aus wie ein Beerdigungsunternehmer, eher wie ein Musiker, er trug eine Fliege zum weißen Hemd, und sein Anzug hatte glänzende Revers.
»Da haben wir den Salat«, sagte der Mann neben Harald, »sie erkennt mich nicht mehr.«
Harald grinste.

Es war Rufus.

Mein Gott – es war Rufus. Rufus mit kurzen dunklen Lockenhaaren! Rufus mit zwei Augenbrauen!! Rufus ohne Bärte!!! Rufus im Smoking...

97. Kapitel

»Rufus!« rief ich, fiel ihm um den Hals, fast hätte ich ihn auf den Mund geküßt. Und er drückte mich an sich. Als ich seine weiche Wange auf meinem Gesicht spürte, fühlte ich mich zittrig. Oder war es Rufus, der zitterte? »Rufus! Wie siehst du denn aus?!«

»Gut sieht er aus«, sagte Harald. »Jane Fonda soll gesagt haben: Eine gute Frisur ist so wichtig wie ein hübscher Busen – stand beim Friseur auf einem Wandteller. Jane Fonda ist eine kluge Frau.«

»Toll siehst du aus!« rief ich. Wo heute früh der Deppenpony war, hatte Rufus nun eine Stirn! Statt des haarigen Zensurbalkens über den Augen zwei Augenbrauen! Statt dieser länglichen kümmerlichen Wellen kurze lässige Locken. Wo seine Bärte gewesen waren, glatte makellose Haut. »Wo wart ihr?«

»Bei Cliff, unserem Dorf-Starfriseur, eigentlich heißt er Richard«, sagte Harald und wackelte tuntig mit Händen und Hüften. »Er ist dumm wie die Nacht dunkel, aber Haare schneiden kann er. Sogar ich erlaube ihm, meine Haare zu schneiden.«

Ich konnte meinen Blick nicht von Rufus wenden, er sah so gut aus, daß ich gar nicht mehr wagte, ihn anzufassen. Und was er für schöne Zähne hatte! Und er hatte tatsächlich ein Kinn, ich hatte geglaubt, er hätte kein Kinn und deshalb...

»Harald hat sich unmöglich aufgeführt«, rief Rufus, »er schleppte mich in Cliffs Salon, und man sagte uns, ich könnte eventuell einen Termin in zwei Wochen haben. Darauf hat Harald einen Aufstand gemacht.«

Harald rief mit tuntiger Stimme: »Ich hab gesagt, hier komme ich und sage, schafft mir einen neuen Mann! Und ihr Bürokraten der Kreativität schickt ihn weg! Hört ihr nicht den Schrei eines Verzweifelten nach Kunst?!«

»Außerdem hat Harald geschrien, es sei eine lebensrettende Maßnahme, und wenn Richard mir die Haare nicht schneidet, sei es unterlassene Hilfeleistung«, erzählte Rufus. »Am erfolgreichsten war Haralds Strategie, Cliff ständig Richard zu nennen. Das gefiel ihm überhaupt nicht.«

»Dieser Richard ist ein Idiot«, sagte Harald, »Richard turnt auf

allen Vernissagen rum und macht sich als Künstlermäzen wichtig. Er glaubt, Mäzen hätte was zu tun mit Mätzchen machen. Dabei hat er nur mal ein Bild von einem Maler gekauft, der mit ihm ins Bett ging. Sein Kunstgefühl paßt in einen Tangaslip.«
»Nach Haralds Auftritt bekamen wir sofort einen Termin. Seine Assistenten haben mich in den Stuhl gesetzt, als wäre ich eine Puppe, an der geprüft wird, was sie bei einem Auffahrunfall aushält. Niemand hat mich gefragt, was ich will. Dann haben sie experimentell herausgefunden, daß ich eine Naturwelle hätte und die Stützkraft meiner Haare ausreiche, um Locken zu tragen.«
»Sie haben die Naturwelle zur Kunstwelle erhoben«, rief Harald.
»Mindestens die Hälfte meiner Augenbrauen wurden von einer Augenbrauen-Ausrupf-Spezialistin ausgerupft, die restlichen hat sie Stück für Stück gestutzt. Sie haben mich mit Champagner narkotisiert, und Harald hat die ganze Zeit geschrien: Schwester, mehr Champagner, die Narkose läßt nach!«
»Was hab ich gelitten, als die an deiner Nase die Mitesser rausquetschte, du hättest ihr Gesicht sehen sollen«, rief Harald.
»Vier Stunden haben sie an mir herumgewerkelt. Und in sechs Wochen muß ich wiederkommen. Cliff hat erklärt, wenn man Augenbrauen ständig zupft, hören sie auf nachzuwachsen, und wenn man Mitesser ständig ausquetscht...«
»Ich kann es nicht ertragen«, schrie Harald, »schaff mir frisches Narkosemittel her.«
Rufus ging in die Küche, ich starrte ihm hinterher, ich konnte es nicht fassen, daß aus dem Glöckner von Notre-Dame ein Mann wie... ja, wie Rufus geworden war. Mit einemmal sah er besser aus als die meisten Schauspieler, die je für einen Oscar nominiert wurden!
Rufus brachte das Narkosemittel: die Sekt-Hausmarke.
»Woher ist der Smoking? Hast du den von Harald?«
»Nein, den haben wir gekauft«, sagte Harald, »ich hab mir auch einen neuen gekauft. Waltraud meinte unlängst, ich sei nicht Picasso, ich könnte ab und zu was anderes tragen als Anstreicherlumpen. Ich tu ihr den Gefallen, ich kann auch im Smoking malen.«

»Wir haben noch was im Auto«, rief Rufus. »Und gleich regnet es, es hat schon geblitzt.«
»Aber nur ganz in der Ferne.« Harald trank erst sein Glas aus, ehe er hinausging.
Er kam zurück mit einem Karton, groß genug, um darin eine dicke Leiche zu transportieren. Er legte ihn vor meine Füße.
»Was ist das?«
»Das mußt du erklären«, sagte Harald zu Rufus.
»Das ist ein Kleid«, erklärte Rufus.
Verblüfft wickelte ich das Packpapier ab, darunter war ein nachtblauer Karton, auf dem mit Goldbuchstaben »solo donna« stand und noch was Italienisches oder Französisches, staunend öffnete ich den Karton: ...es war Rot. Rot mit leuchtendem Blaustich, der das Rot bewahrte, grell und ordinär zu sein. Ich nahm es aus dem nachtblauen Seidenpapier, es war bodenlang, mit weitem Rock. Und von oben bis in Hüfthöhe über und über mit Rosen besetzt! Auch auf den langen Ärmeln Rosen aus Seide, aus Samt, aus Tüll, total witzig durcheinander kombiniert. Ich fühlte mich wie der große Gewinner in einem Fernsehquiz, ich konnte nur noch »Super! Super! Super!« sagen.
»Wir sahen es an einer Schaufensterpuppe, und Harald sagte, das sei das Kleid für dich, deshalb wollte ich es dir schenken.«
»Das schenkst du mir? Rufus! Es ist unglaublich schön... ich weiß nur nicht, wann ich es anziehen soll... ich hatte noch nie so ein Kleid... ich glaube, es ist ein Ballkleid!«
»Das ist Berufskleidung«, sagte Harald.
»Berufskleidung?« Der Ausschnitt war taillentief, über dem Busen nur ein schmaler Streifen, ein seidenüberrüschter getarnter Gummizug, mit einer Rose in der Mitte. Ich hielt es vor mich.
»Unmöglich!«, sagte Harald, »das ist der Rückenausschnitt. Dachtest du, wir wollen dich auf den Strich schicken?«
»Ach so.« Vorn war es bedeutend hochgeschlossener.
»Harald möchte, daß das Hotel mit einem Ball eröffnet wird«, sagte Rufus.
»Warum denn das?«
»Aus Spaß«, sagte Harald. »Und jetzt will ich aus Spaß auf das gute Ende trinken.«

Es ist ein Abschiedsgeschenk, dachte ich. Ein wunderbares Abschiedsgeschenk. Ich drückte das wunderbare Ballkleid an mich, drückte Rufus an mich: »Ich danke dir!« Ich streichelte seine Wange, seinen Hals, und einen Moment dachte ich, Rufus hätte mich auf die Innenfläche meiner Hand geküßt.
Von ferne donnerte es.
»Ich will hier noch das Gewitter erleben«, sagte Harald. »Man sitzt hier so gemütlich, nachdem das Plastik von den Polstern ist, und ich scheine ja niemanden zu stören.«
»Ich werde jetzt das Kleid anprobieren«, sagte ich.
»Das Kleid will ich nicht sehen«, sagte Harald, »ich weiß, daß es dir paßt, ich weiß, daß es hierher paßt, ich sehe es lieber bei der passenden Gelegenheit. Jetzt wünsche ich Blitze zu sehen und Donner zu hören.« Er goß sich Sekt nach.
»Aber ich möchte gern das Kleid an dir sehen«, sagte Rufus, »und dann möchte ich gern mit dir sprechen.«
»Über was?«
»Vermutlich über etwas vollkommen Belangloses«, sagte Harald und zündete sich die nächste Zigarette an.
Rufus stöhnte: »Harald, bitte, wir haben doch Zeit, oder?«
Ich fuhr mit dem Aufzug hinauf, um keine Zeit zu verlieren. Aber als ich mein Zimmer betrat, dachte ich, daß man ein großes rotes Ballkleid unmöglich in einem kleinen grünen Arbeitszimmer anprobieren sollte, nahm meinen Generalschlüssel, ging über den Flur in Zimmer 19. Das Zimmer mit den rosenroten Wänden, mit den roten Rosen auf dem schwarzen Teppich. Wozu hatten wir zu jedem Kleid das passende Zimmer?!
Ich erkannte mich kaum, als ich mich in den Spiegel-Schranktüren sah, ich sah aus wie ein Rosenstrauß. Das Kleid paßte wie für mich gemacht, durch den getarnten Gummizug am Rücken rutschte der eingearbeitete BH nicht, und es paßte auch zentimetergenau an den Hüften, wo der weite Rock begann. Und überall plusterten sich Rosen. Ich rannte in mein Zimmer, holte meine roten hohen Schuhe, zurück ins Rosenzimmer, zog sie an, perfekt, nun endete der Rocksaum eine Schuhspitzenhöhe über dem Boden, perfekt, so würde ich den Rock nicht als Kehrmaschine über den Boden schleifen.

Ich war von meinem Spiegelbild begeistert. Dieses Rot zu meinen dunklen Haaren, dieses wunderbare Kleid zu einem, ja, schönen Mann wie Rufus... mit ihm würde ich Walzer tanzen bei der Eröffnung, und mit Harald natürlich auch... und da kam sie wieder über mich, die Traurigkeit des Abschieds. Und dann dachte ich wieder, daß ich nicht mehr an morgen denken will, schon gar nicht an die Zeit in sechs Wochen, wenn ich wieder sein werde, wo ich hergekommen bin, wenn ich wieder von vorn anfange. Ich wollte die Traurigkeit aus meinem Kopf vertreiben. Ich sah mich im Spiegel und dachte: Man muß für solche Augenblicke leben, man darf nicht an die Zukunft denken. Rufus hatte mir dieses Kleid geschenkt, Harald hatte es ausgesucht... es sollte der schönste Abschied meines Lebens werden.

Ich hörte das Telefon in meinem Zimmer, in der 22, klingeln. Ich ging hinüber.

Es war Rufus: »Kann ich zu dir raufkommen? Harald nervt mich.«

»Klar, komm rauf, ich bin in der 19.«

Im Hintergrund hörte ich Harald brüllen: »Einen Moment!«

Dann tönte Musik durchs Telefon und durchs Treppenhaus:

»If it's love
if it really is
it's there in his kiss...«

Rufus sagte: »Wie du hörst, kann man hier nicht reden, ich komm rauf.«

Ich erwartete Rufus auf dem Balkon.

»Wie schön du bist, Viola«, sagte er.

»Und du erst, Rufus«, sagte ich und lachte. »Warum hast du dich heute von deinem Bart getrennt?«

»Harald hat gesagt, er gibt mir den guten Rat, aber es war eigentlich ein Befehl. Er hat gesagt, es sei höchste Zeit. Er hat gesagt, ich wirke auf dich zu leidenschaftslos.«

Rufus stand mir gegenüber, an die andere Seite des Balkons gelehnt. Er sah überhaupt nicht leidenschaftslos aus, nun da sein Gesicht sozusagen der Öffentlichkeit zugänglich war. Er sah aus, als sei er der Leidenschaft durchaus fähig, und er sah auch

etwas leidend aus. Und Rufus sagte: »Es bricht mir das Herz, wenn ich daran denke, daß du weggehst.«
»Denk nicht dran.« Und ich log: »Ich denke auch nicht dran.«
»Ich kann aber an nichts anderes denken.« Und er senkte den Kopf, kam auf meine Seite des Balkons und umarmte mich. Und er zerdrückte die Rosen auf meinem Kleid, aber ich dachte: vergiß die Rosen. Man muß sie nur über Wasserdampf halten, dann werden sie wieder knitterfrei. Ich wollte nur an Rufus und an jetzt denken.
Vom Foyer schwallte Musik herauf:
»...squeeze him
and hold him tight
and find out what you want to knohohow...
if it's love
if it really is...«
Rufus ließ mich los: »Moment, ich muß die Tür zumachen.«
Die Musik verstummte nicht ganz, wurde aber weniger penetrant. Rufus kam auf den Balkon zurück, stellte sich wieder zwei Meter von mir entfernt auf die andere Seite. »Viola, du hast dich entschieden, zurückzugehen. Du hast recht, du kannst hier nicht als Putzfrau bleiben. Putzfrau ist keine Perspektive. Aber ich möchte nicht, daß du weggehst.« Es donnerte. »Also muß ich auch endlich deutlich werden, auch wenn ich mir damit das Risiko einer Ablehnung einhandle. Ich wollte dich also fragen, ob du bleiben willst, und deshalb wollte ich dich fragen...«
Es donnerte. Rufus sah zum Himmel, »...jetzt könnte es doch endlich blitzen.«
Ich sah auch zum Himmel. Nein, es blitzte nicht. Eine Wolke fetzte am Fast-Vollmond vorbei. Ich atmete nicht, ängstlich hielt ich die Luft an – wußte ich auf seine Frage eine Antwort?
»Viola, möchtest du meine Geschäftsführerin werden?«
»Deine Geschäftsführerin? Wie kommst du denn auf die Idee?«
»Ich schaffe es nicht ohne dich. Ich will es ohne dich nicht schaffen.«
Es blitzte.
»Endlich«, sagte Rufus, »endlich die richtige Atmosphäre für meine Geständnisse. Viola, ich muß dir zwei Geständnisse machen.» Er schluckte.

Ich schluckte auch. Zwei Geständnisse?
»Erstens, Viola: Ich bin farbenblind.«
»Du bist farbenblind?!«
»Ich bin ziemlich grünblind. Ich kann dir ein ärztliches Gutachten zeigen.«
»Und was bedeutet das?«
»Ich kann Grün oft nicht von Rot oder Braun oder Grau unterscheiden, aber so schlimm ist es nicht, ich komm damit gut durchs Leben, ich bin kein Invalide. Bitte, frag mich jetzt nicht wie alle Leute, ob ich überhaupt Auto fahren darf – natürlich, ich weiß doch, daß die rote Ampelphase immer oben ist. Das ist kein Problem. Aber wenn ich das Hotel allein weiterführe, sieht es bald wieder aus wie früher. Du hast einen Stil hierhergebracht, der mich, der alle begeistert. Ich habe schon immer Leute mit deinem Geschmack bewundert, nicht nur aus meiner Unfähigkeit heraus...« Es blitzte wieder. Rufus stoppte seine Rede. Es donnerte. »Ach, es hat keinen Sinn drumrumzureden... von dem Abend an, als wir uns kennenlernten, habe ich gehofft, daß eines Tages, wenn es zwischen dir und diesem Benedikt zu Ende ist, daß ich dann bei dir Chancen haben könnte...«
»Wie konntest du damals denken, daß es zwischen mir und Benedikt enden könnte?«
»Es war so eine Ahnung von Anfang an. Es hat mich irgendwie gerührt, als ich dich in deinem abgeschabten Mantel sah und ihn mit seinem großen BMW, und als du dann bei uns angefangen hast zu putzen, da dachte ich immer mehr...«
»Wenn du wirklich farbenblind bist, wie konntest du dann sehen, daß mein Mantel abgeschabt war?«
»Bei Blau habe ich keine Probleme. Und außerdem: Manchmal sieht man die Dinge klarer, wenn man sie nicht so bunt sieht.«
Ich lachte laut: »Du bist farbenblind! Welche Farbe haben deine Unterhosen?«
Rufus wurde etwas rot, das war sogar auf dem dunklen Balkon zu merken, er betastete erschreckt seine Smokinghose, ob der Reißverschluß offen war. Ich wurde auch rot, unmöglich von mir, in dieser Situation Rufus nach seinen Unterhosen zu fragen. Es war mir nur so rausgerutscht. Einfach so, weil man mit Rufus

eben über alles reden konnte. »Wie kommst du darauf?« fragte Rufus, als er gemerkt hatte, daß seine Hose nicht offen war.
»In deiner Küche hab ich mal deine Unterhosen gesehen, die waren so rosagrau, und da hab ich mich gefragt, warum ein Mann freiwillig solche Unterhosen trägt.«
»Rosagrau? Ich dachte, sie sind hellgrün. Die Verkäuferin sagte, es sei ein sehr schönes Apfelgrün. Wahrscheinlich hab ich sie auch mit was Braunem, das ich für Grün hielt, verfärbt.« Rufus löste sich einen Schritt von seinem Balkongitter. »Könntest du es ertragen, mit einem Farbenblinden zusammenzusein?«
»Ach, Rufus«, ich umarmte ihn, »das macht doch nichts, wenn du farbenblind bist!«
»Bleibst du bei mir?«
»Ja.«
Ja, ich hatte mich entschieden. Rufus braucht mich. Und ich brauche einen Mann wie Rufus. Für ihn war ich nicht nur eine Stufe seiner Karriereleiter, oder nur als Aushilfs-Muse angenehm – Rufus wollte mich als Geschäftsführerin, Rufus wollte mit mir zusammenarbeiten… »Ja, ich bleibe bei dir.«
»Ist das wahr?«
»Ja.«
Die Rosen des Luxuskleids knirschten, als Rufus mich umarmte. Als ich ihn umarmte. Es ist alles egal, und egal, was er sonst zu gestehen hat, ich bleibe bei ihm. In meinem Kopf rotierten die Zukunftspläne, und ich flüsterte ihm ins Ohr: »Ich muß nicht wahnsinnig viel Geld verdienen, ich will nur nie mehr abhängig sein von meinem Vater. Und falls Frau Schnappensiep nicht einverstanden ist, mich als zweite Geschäftsführerin zu bezahlen, dann werde ich versuchen, mich hier selbständig zu machen. Wenn du mir dabei hilfst, werde ich es schaffen.« Ja, Rufus würde mir dabei helfen.
Rufus zerdrückte noch ein paar Rosen. »Du mußt dich nicht sofort entscheiden, aber ich kann dir zwei Möglichkeiten anbieten: Entweder verdienst du als Geschäftsführerin künftig soviel wie bisher, oder wir beide machen halbe-halbe – das kann in den nächsten Jahren etwas weniger sein, als du jetzt verdienst, aber auf lange Sicht wäre es besser für dich.«

»Hast du etwa schon mit Bärbel Schnappensiep darüber geredet?«

»Hab ich.« Rufus sah wieder zum Himmel. »Sobald es wieder blitzt, mach ich dir das zweite furchtbare Geständnis. Aber bis es blitzt...« Er küßte mich. Ich küßte ihn. Die Rosen knirschten. Eine Donnerwoge schreckte uns auf.

»Jetzt haben wir den Blitz verpaßt«, sagte Rufus. Und dann flüsterte er: »Ich muß dir gestehen, Viola, ich bin der Besitzer dieses Hotels.«

Sein Mund war noch auf meinem Mund, als ich rief: »DU!?«

»Ich. Bärbel Schnappensiep ist meine Schwester. Weißt du, ich hab mich die ganze Zeit gewundert, daß du's nicht gemerkt hast. Aber ich wollte es auch vor dir geheimhalten, und du hast andere Sorgen gehabt, deshalb hast du es nicht gemerkt. Bärbel und ich haben das Hotel von unseren Eltern geerbt, solche Hotels sind immer Familienbetriebe. Anders geht das nicht. Und ich will das auch künftig nicht allein machen, sonst verpachte ich es lieber, geh von hier weg und mach ganz was anderes, bei München gibt es hochbedeutende Plattenkalk-Steinbrüche, vielleicht finde ich noch das Fossil des Jahrhunderts...«

»Dir gehört die Hälfte vom Hotel?!«

»Nein. Ich habe Bärbel mit Tanjas und der Banken Hilfe ihre Hälfte abgekauft. Als Bärbel die Kostenvoranschläge von Benedikt gesehen hatte, hat sie kapituliert.«

»Warum hast du mir das nie gesagt?«

»Weil ich Angst hatte, daß du mich dann nur als Hotelbesitzer siehst. Und denkst, ich wäre reich.«

»Wenn dir das Hotel gehört, bist du reich!« Ich starrte Rufus an, diesen wahnsinnig tollen Mann im Smoking, der mir dieses tolle Abendkleid geschenkt hatte, mit dem ich in dieser Fast-Vollmondnacht, umgeben von Donner und Blitz, auf diesem tollen Balkon stand. »Alles ist nur ein kitschiger Traum.«

»Ich kann dir beweisen, daß es kein kitschiger Traum ist.«

»Wie?«

Es blitzte, donnerte, der erste Regentropfen traf mich.

»Ich kann dir einen Computerausdruck geben als Beweis...«

Es blitzte wie blöd.

»... Viola, ich habe mehr als eine Million Mark Schulden.«
»Ist das wahr?«
»Du weißt, was der Umbau gekostet hat. Und Bärbel hat zwar aus Familiensinn weniger als üblich verlangt, aber nicht zuwenig.«
»Du hast eine Million Schulden?«
»Mehr.«
»Eine Million Schulden«, ich lachte, umarmte ihn, »aber Rufus, das macht doch nichts!«
Mit einem Schlag goß es vom Himmel. Wir flüchteten ins Zimmer. Dann waren endgültig alle Rosen zerdrückt.

98. Kapitel

Es regnete und regnete. Irgendwann fuhr ein Auto mit aufgedrehter Stereoanlage weg:
»... Does he love me?
I want to know!
How can I tell, if he loves me so?
If you want to know, if he loves you so...
It's in his kiss!
That's where it is...«

Harald hatte seine Musik mitgenommen.
Und das war richtig so. Mit Rufus war es anders... keine ängstliche Ekstase. Keine chaotische Unterwürfigkeit. Wir waren eine Ewigkeit entfernt von der nächsten Katastrophe.
Und Rufus wußte, was er tat. Und er war nicht rücksichtsvollbetulich. Und er sagte auch nicht »Du bist gut im Bett«, wie es die Männer im Fernsehen und in Romanen immer sagen. Rufus sagte: »Ich liebe dich. Von jetzt an schlafen wir immer in diesem Zimmer.«
Und ich sagte: »Ich liebe dich. Egal, wo wir zusammen schlafen.«
Eigentlich war es zuviel Glück. Aber wer hätte gesagt: Ich will nicht mehr – das ist zuviel Glück?!

99. Kapitel

Unsere Umgebung reagierte total unüberrascht: Als Rufus Hedderichs mitteilte, daß ich dem Hotel Harmonie als Geschäftsführerin erhalten bleibe, verantwortlich für die Schönheit des Hotels, das Wohl des Personals und für sein persönliches Glück, sagte Frau Hedderich nur: »Na endlich.«

Mein Vater sagte ebenfalls: »Na endlich! Glück auf der ganzen Linie!« Er schien so unüberrascht, daß er, als hätte er es längst geplant, sofort erzählte, er würde ab demnächst die von Annabell verlassene und für mich reservierte Wohnung an eine Studentin vermieten. Dann versprach er, Annabell kein Wort von dem Eröffnungsball zu verraten, Annabell war zuzutrauen, daß sie mit Solveig und Solveigs neuem Lebensgefährten, dem tyrannischen Juristensohn anrücken würde. Mein Vater meinte auch, daß ein Ball ohne tobende Kinder aufregend genug ist. Obwohl sich Solveig in der Gesellschaft des tyrannischen Juristensohns, von der Hyäne zum Schaf entwickle. Mein Vater sprach auch mit Rufus am Telefon, und Rufus lachte und sagte zu meinem Vater: »Wir alle brauchen Freunde, um zu überleben.« Und: »Ja, es ist mehr als nur eine geschäftliche Verbindung, nein, viel mehr.«

Frau Schnappensiep brachte ein Gebinde wackelnder Orchideenzweige, was sie eindeutig für den Höhepunkt der Exklusivität hielt, um mir zu meinen neuen Aufgaben und Rufus zu seinem neuen Aussehen und Outfit zu gratulieren. »Endlich! Endlich!« rief sie, als sei ihr Leben ein einziges Warten auf diese Ereignisse gewesen. Daß zur Wiedereröffnung ein Ball stattfinden sollte, begeisterte sie sogar noch mehr als die vollendete Wolkendecke und der Löwenläufer zusammen, sie mußte ihre Jubeladjektive neu kombinieren: »Traumhaft-herrlich! Fabelhaft-phantastisch!«

Wie Tanja »Na endlich« sagte, bedeutete eindeutig: »Ich hab's ja gleich gewußt.«

Metropolen-Michael sagte: »Na endlich werde ich meine Kochkurs-Story mit Human-touch los. Endlich paßt meine Headline: Schuld war nur der Marmorkuchen.«

»Muß das sein?« fragte Rufus.
»Unbedingt. Entweder nehm ich es als Headline zur Kochkurs-Story oder zum Bericht der Hoteleröffnung. Mal sehn, wozu es besser paßt.«
»Da kann man nur gespannt sein«, sagte Rufus.
»Unbedingt«, sagte Michael.

Nur Elisabeth hatte nicht damit gerechnet, trug es aber mit Fassung: »Willst du nicht mehr Innenarchitektin sein?«
»Doch. Es gibt noch soviel hier zu tun. Und ich möchte bei Rufus bleiben. Und alles andere, was es hier zu tun gibt, macht mir auch Spaß. Und falls es im Hotel irgendwann nicht mehr genug für mich zu tun gibt, dann wird Rufus mir helfen, hier etwas aufzubauen.«
»Verstehe«, sagte Elisabeth, »ich müßte lügen, wenn ich sagen würde, daß ich es nicht verstehe. Rufus scheint ein netter Mann zu sein. Also, reserviere uns für die Eröffnung das schönste Zimmer, und denk daran: Es muß nicht unbedingt mit Blümchentapete sein.«

So schnell wie die Nächte vergingen die Tage bis zur Eröffnung. Ich, die neue Geschäftsführerin, stellte eine weitere Putzfrau ein, Frau Kroheinrichsen-Claussen.
Wir begannen ab Anfang Oktober Zimmer zu vermieten, wir wollten uns langsam wieder an den Normalbetrieb gewöhnen, hatten aber bald mehr zu tun als früher in den besten Zeiten. Ende Oktober hatten wir eine Auslastung von 45 Prozent, im Vorjahresmonat waren es nur 25 Prozent gewesen, berechnete Rufus. Und wir bekamen täglich neue Reservierungen. »Jeder zufriedene Gast bringt einen neuen zufriedenen Gast – jeder unzufriedene Gast macht zwanzig andere unzufrieden«, sagte Rufus, »das ist eine alte Hotelweisheit.« Und wir hatten keine unzufriedenen Gäste.
Anfang Oktober entschieden wir auch, den Frühstücksraum ab November als Café-Restaurant zu verpachten. Nur das Frühstück für die Hotelgäste sollte künftig noch unter Frau Hedderichs Regie gemacht werden. Alles andere wird zuviel für sie und

für uns. Durch ein Inserat fanden wir einen ehrgeizigen österreichischen Koch, Alfred D., er hat Hotelerfahrung und eine Crew von vier ebenfalls österreichischen Freunden, Thomas und Marianne M., Brigitte und Gerd, mit denen will er das Café-Restaurant bewirtschaften. Alfred fand, das Hotel sei von feudaler Pracht, und er als Österreicher fühle sich hier wie zu Hause, und die sechzig Sitzplätze im Frühstücksraum beziehungsweise Restaurant seien gerade richtig, er plane eine aufwendige Gourmet-Küche, kein Massenlokal. Wir waren uns einig. Rufus machte mit ihm einen Pachtvertrag, zu sehr günstigen Bedingungen, zunächst begrenzt auf ein Jahr, dann wird man weitersehen. Wir haben für die Ausstattung, die Sauberkeit des Restaurants zu sorgen und für die Werbung – es ist klar, daß das Restaurant von Hotelgästen allein nicht leben kann, es muß allgemein bekannt werden. Alfred wird dafür zu sorgen haben, daß jeder, der einmal bei ihm gegessen hat, wiederkommen will. Alfred ist total optimistisch: »Unzufriedene Gäste leisten wir uns einfach nicht.«

Bärbel Schnappensiep, die mich, seit wir uns duzen, gern als mütterliche Freundin berät, empfahl mir dringend, auf die Balleinladungskarten ›Dunkler Anzug oder Smoking‹ drucken zu lassen, sonst käme womöglich, entsetzlich, einer der Herren in Jeans, und das würde nun gar nicht zu meinem absolut bezaubernden Kleid passen. Sie selbst möchte ein hinreißend schönes, langes Winter-Abenddirndl tragen, das sie bei Harrods in London gekauft hat. Wie immer ein Winter-Abenddirndl aus London aussehen mag, ein Herr in Jeans wäre dazu unpassend. Es würde genügen, erklärte Bärbel, ›Dunkler Anzug oder Smoking‹ zu schreiben, die Damen wüßten damit automatisch, daß ihrerseits mindestens ein anständiges Cocktailkleid erforderlich, aber auch ein Ballkleid möglich sei. »Machen wir«, sagte ich.
Zwei Tage später rief sie wieder an und empfahl, unten auf die Karten nicht ›U. A. w. g.‹ zu drucken, was die vornehme Abkürzung von ›Um Antwort wird gebeten‹ sei, sondern ›R. S. V. P.‹, das sei noch vornehmer, weit internationaler und bedeute ›répondez s'il vous plaît‹. Machen wir nicht. Rufus fand das zu affig, auf die Karten wird gedruckt: »Bitte bald antworten.«

Die meisten Zusagen kommen sofort, telefonisch, Waltraud fragt an, ob sie noch zwei PR-Leute von Sotheby's, wichtige Leute, die ebenfalls internationale Klienten in einem schönen Hotel unterbringen wollen, mitbringen kann? Nichts lieber als das.

Tanja möchte außer Detlef ihren Juwelier Werner mitbringen. Gerne. Werner möchte unser sogenannter Hotel- und Hofjuwelier werden, sagt er, und zweitens seine neue Flamme mitbringen. Darf er.

Frau Masur ruft an, sie hat von Bärbel gehört, welch Ereignis bevorsteht, und möchte spaßeshalber auch zum Ball kommen, und zwar mit ihrer Freundin, die spaßeshalber Herrn Lehmann kennenlernen will. Um Herrn Lehmanns Bestellung wird sich Frau Masur selbst kümmern. Und sie möchte im Hotel übernachten, wünscht ein Zimmer mit französischem Bett – für sich und ihre Freundin, natürlich nicht für Herrn Lehmann –, aber Bärbel Schnappensiep soll das nicht unbedingt erfahren, eigentlich überhaupt auf keinen Fall, sagte Frau Masur, Bärbels konservativer Moral sei solches Wissen vorzuenthalten.

Da wir alle Gäste, die hier übernachten, bitten wollen, am Ballabend ihre Zimmer kurz zur allgemeinen Besichtigung freizugeben, wird kaum zu verheimlichen sein, wenn Frau Masur mit ihrer Freundin statt mit Herrn Lehmann ein französisches Bett teilt. Also geben wir Frau Masur und Freundin nebeneinanderliegende Zimmer. »Damit ist offiziell der Abstand beziehungsweise der Anstand gewahrt«, sagte Rufus. Sie bekommen die 15 und die 16, beides Zimmer, in denen Bilder aus der Schönheiten-Galerie hängen, das wird ihnen gefallen.

Für Elisabeth und Peter reservierte ich zuerst im ersten Stock das Zimmer mit der gelben Moirétapete, ein Zimmer, in dem nichts gemustert ist, das nur vom Farbkontrast Gelb-Weiß-Schwarz Power bekommt, aber dann entscheide ich entgegen Elisabeths Wunsch, ihr das Landhauszimmer Nr. 8 zu geben – Elisabeth muß einmal erleben, wie schön es ist, zwischen Blumensträußen auf der Tapete aufzuwachen. Meine Eltern bekommen das Zimmer mit den schönsten Saurierbildern – es ist an der Zeit, daß mein Vater sein Wissen über Saurier erweitert.

Sonst wird niemand hier übernachten, für das Wochenende der Eröffnung haben wir keine Buchungen angenommen. Außerdem bekommt Walkwoman den Auftrag, diskret alle Zimmer nach der allgemeinen Besichtigung abzuschließen, Rufus will nicht am Morgen nach dem Ball sämtliche Hotelbetten nach uneingeladenen Champagnerleichen durchsuchen.

Wir verschickten auch Einladungen an die Gesellschaftsressorts aller Zeitungen und Journale der Gegend, je mehr über die Eröffnung berichtet wird, um so besser. Ein zusätzlicher Anreiz ist die Ausstellung von Harald Sommerhalters Bildern. Tatsächlich sagten fünf Presseleute sofort zu. Wir bestellten außerdem einen Fotografen, der alle Gäste fotografieren soll.
Was fehlte noch? Die Druckvorlagen für den Prospekt sind fertig, Rufus hatte die neue Preisliste gemacht, sie soll dem Prospekt extra beigelegt werden, alle Texte sind deutsch und englisch geschrieben, aber wir können die Druckvorlagen nicht in die Druckerei bringen, weil ein Foto fehlt, das von der Fassade mit dem neuen Schriftzug HOTEL HARMONIE. Die Buchstaben sollten längst fertig sein. Tag für Tag warten wir darauf. Der Kunstschlosser ist ein unmöglicher Typ. Er wurde Rufus von einem andern Handwerker als Meister seines Fachs empfohlen, er arbeite langsam, aber sorgfältig. Bisher arbeitet er nur langsam, falls überhaupt.
Der Kunstschlosser hat einen Anrufbeantworter, ruft aber nie zurück. Man muß hinfahren. Als ich das erstemal kam, um höflich persönlich anzufragen, wann eventuell die Buchstaben endlich fertig wären, hatte er nur ein H, ein O, ein T und ein E fertig. Und alle noch nicht vergoldet. Und er sagte, er mache jetzt zuerst das R, denn das R sei das Schwierigste überhaupt. »Verstehen Sie, was ich meine«, sagte er, »diese Rundung vom R?«
»Ja«, sagte ich geduldig.
»Schwieriger als das R ist eigentlich nur das B, das hat nämlich zwei Rundungen. Es ist doppelt so schwierig wie das R, weil die obere Rundung bei dieser Schriftart völlig anders ist als die untere Rundung. Das ist wie bei einer Frau«, er taxierte mich, »bei Ihnen ist das nicht so, aber bei sehr vielen Frauen ist die obere

Rundung vorn kleiner als die untere Rundung hinten. Es gibt natürlich auch Frauen, bei denen sind beide Rundungen vorn, das ist dann aber nicht so schön wie bei einem B.«

Ich beschloß, sein Frauengewäsch zu ignorieren. Er war zu doof. Ich kam mir vor, als müßte ich in einer Kleinkindersendung mitspielen, und ein trotteliges Plüschmonster erklärt mir den Unterschied zwischen einem R und einem B. »Ich brauch kein B«, sagte ich wie ein konsumbewußtes Plüschmonster.

»Ein S ist auch nicht einfach«, sagte er.

Ich dachte, ich spinne. »Ich brauch auch kein S!«

»Haha, Sie werden lachen, genau das hat mein Sohn früher auch gesagt. Der hat alle S verkehrt herum gemalt, spiegelverkehrt. Als er noch ein Kind war, wohlgemerkt. Heute beherrscht er das S aus dem ff.«

Ich quälte mir ein Lächeln ab.

»Kennen Sie die Geschichte von Karl Valentin? Von dem Mann, der zum Bäcker geht...«

»Ja«, unterbrach ich ihn sofort, »ich hab lange in München gewohnt, und Karl Valentin war Münchner, deshalb...«

»Passen Sie auf, da geht ein Mann zu einem Bäcker und bestellt ein B. Er sagt nicht genau, was er für ein B will, nur aus Brezelteig soll es sein, weil er es ja beim Bäcker bestellt.«

»Ich kenne die Geschichte.«

»Und da der Mann überhaupt nicht sagt, wie viele Rundungen er in dem B will«, dabei walzte dieser Kunstschlosser-Idiot seine dreckigen Hände vor seiner Brust, um eine Rundung anzudeuten – es hätte vollauf genügt, hätte er auf seinen Fettbauch gezeigt, »also macht der Bäcker nur eine Rundung in das B, nämlich ein kleines b. Als der Kunde das b sieht, sagt er, das würde er nicht kaufen, er hätte ein großes B gewollt, mit zwei Rundungen.«

»Ja«, sagte ich.

»Also muß der Bäcker noch ein B backen, aber irgendwie ist das wieder falsch...«

»Ja.«

»Und der Bäcker, der ja nur ein kleiner Handwerker ist, der seinen Kunden nach der Pfeife tanzen muß, macht noch ein B, ein großes B.«

»Ja, mit zwei Rundungen.«
»Und wissen Sie, was der Kunde da sagt?«
»Ja.«
»Also, der Bäcker sagt, als der Kunde endlich zufrieden ist: Bitte schön, der Herr, darf ich es Ihnen jetzt einpacken? Und da sagt der Kunde: Das ist nicht nötig, ich eß es gleich!«
Ich nickte nur.
»Wenn Sie aus München sind, müssen Sie die Geschichte aber kennen.«
»Wann ist die Schrift fertig?«
»Schwer zu sagen«, sagte er nachdenklich, »wissen Sie, ich habe noch andere Kunden. Fragen Sie nächste Woche noch mal.«

Rufus sagte, ich soll es sein lassen, mich über diesen Idioten weiter zu ärgern. Aber ich fahre eine Woche später wieder hin. Und was sagt er?
»Ich bin nicht fertig. Ich mußte ganz von vorn anfangen.«
»Warum denn das? Was soll das heißen?«
Er kicherte: »Ich hab von vorn angefangen und hab' schon das ganze Hotel fertig. Das L ging schnell. So ist das immer beim L. Haha.«
Weil ich nicht lachte, sagte er, ich solle nicht so frustriert gucken, er habe zusätzlich ein A und das zweite E und ein R fertig.
»Über das R haben wir schon gesprochen«, sagte ich eisig. »Haben Sie das M?«
Er glotzte mich an: »Das M? Nein. Sie als Laie stellen sich das zu einfach vor. So ein M, das muß die richtigen Proportionen haben, das muß wie ein guter Hängebusen aussehen, ein guter Hängebusen, wohlgemerkt...«
»Wenn Sie nicht in drei Tagen fertig sind, können Sie alle ihre blöden Buchstaben für sich behalten«, sagte ich in gerade noch sozial verträglicher Lautstärke und ging grußlos.
Dieser Handwerker war die Krönung! »Keine einzige Frau würde es wagen, so blödes Zeug über Männer zu quatschen«, sagte ich Rufus. »Zu diesem Idioten geh ich nicht mehr. Wenn die Dinger nicht in drei Tagen geliefert sind, lassen wir das woanders machen. Und zur Eröffnung male ich den Hotelnamen

mit Dispersionsfarbe auf Stoff, und den spannen wir als Transparent über den Eingang, das sieht witzig aus, und Hauptsache, die Leute wissen, wo das Hotel ist, bis wir was Besseres haben. Und für den Prospekt nehmen wir eines meiner Fotos ohne Hotelnamen, der Name steht im Prospekt deutlich genug.«
»Großartig«, sagte Rufus. »Auf die Idee hätten wir vorher kommen sollen, und jetzt ärgern wir uns nicht mehr über diesen Schlosser.«
Genau. Wir machten genau das Gegenteil von uns ärgern.

Und alles klappte prima. Der Boden im Foyer wurde auf Hochglanz poliert, die Gläser wurden poliert, das Besteck.
Rufus hatte vor, bei der Eröffnung eine Rede zu halten, und machte sich ständig Notizen, wem er alles wofür danken wollte.
Die zerknitterten Rosen auf meinem Ballkleid wurden Stück für Stück in der Reinigung mit dem Dampfstrahl revitalisiert.

Am Montag der Eröffnungswoche wurden Haralds Gemälde unter Haralds Aufsicht von den Bilderaufhänge-Experten aufgehängt. Sie installierten auch die Bilderlampen, koppelten jede mit einer raffinierten kleinen Alarmanlage, perfekt.
Und an diesem Tag lösten wir auch das Problem der Wolken-Beleuchtung, die Harald immer etwas zu duster und mir immer etwas zu bescheiden erschienen war, für alle Zeit. Die Experten von Sotheby's prüften den alten Deckenhaken, er ist stabil. Die Leitung auch intakt. Und am Abend war es soweit: Da strahlten unter den Wolken dreistöckig zweiunddreißig Kerzenglühbirnen, zweiunddreißig goldene Drachen und gläserne Blitze und sechzehn sternengeschliffene Kristallketten, die die goldene Sonne mit der azurblauen Porzellankugel halten. Und es war, als würde von nun an auf die Wolken und auf uns immer die Sonne scheinen.
Rufus küßte mich unter unserem Kronleuchter: »Ich danke dir.«
Ich küßte Rufus unter unserem Kronleuchter: »Jetzt ist alles endlich an dem Platz, wo es hingehört.«

100. Kapitel

Das Wetter zu unserem Ball hätte nicht besser sein können: es stürmte gemeingefährlich und regnete – aber durch unser Foyer wehte der Frühling, der Sommer, hinauf bis ins oberste Stockwerk.
Am Morgen räumten wir das Rosenzimmer, ich schloß alles in den Schrank, bezog das Bett mit nagelneuer rosaroter Bettwäsche, dann sah es unschuldiger aus als eine Jungfrau. Niemand muß wissen, daß das Rosenzimmer das Zimmer ist, in dem wir unsere Nächte verbringen.
Mittags, schon kurz nach zwölf, kamen als erste Gäste Frau Masur und Freundin. Frau Masur nickte Rufus zu und fragte ihn, wo Herr Berger sei. Sie hatte ihn nicht erkannt! Er hätte sich sogar mehr verändert als das Hotel! Frau Masurs Freundin hieß Annette, hatte rote Korkenzieherlocken, sie war auch etwa Anfang Vierzig, wirkte aber jünger, weil sie dauernd kicherte. Freundlicherweise ließen uns die beiden schnell wieder allein, wir hätten jetzt sicher noch viel zu tun. O ja, das hatten wir.
Wir mußten die lange weiße Stoffbahn, auf die ich mit schwarzen, fünfzig Zentimeter hohen Buchstaben HOTEL HARMONIE gepinselt hatte, am Balkon im ersten Stock befestigen. Natürlich hatte der Idioten-Schlosser die Buchstaben nicht geliefert. Aber abgesehen davon, daß diese Schrift auf Stoff nicht für die Ewigkeit war, sah es sehr gut aus, und ein bißchen Improvisation gehört zu einer Einweihung.
Kaum waren wir damit fertig, kamen meine Eltern. »Ist das etwa dein Kronleuchter?!« rief meine Mutter als erstes. Dann sagte sie unablässig: »Das hätte ich nicht gedacht.«
Ich wollte lieber nicht wissen, was sie gedacht hatte. Mein Vater war von Rufus sofort begeistert. Meine Mutter tat, als sei Rufus nur die nächste vorübergehende Erscheinung in meinem Leben, vielleicht wollte sie auch seine Nerven testen, jedenfalls interessierte sie sich überhaupt nicht für ihn, sondern fing an, von ihrem entzückend lebhaften Enkelkind Solveig vorzuschwärmen, wir alle könnten von Solveig soviel lernen, zum Beispiel, was freie Persönlichkeitsentfaltung sei. Als sie den Nerv hatte, noch

zu schwärmen, wie ungeheuer kreativ Solveig wäre, und wie schade, daß die Kreativität bei uns Erwachsenen so verkümmert sei – und das angesichts unseres Foyers! –, platzte mir fast der Kragen. Zum Glück kamen Thomas und Marianne aus Alfreds Crew und wollten wissen, was jetzt im Foyer arrangiert werden sollte. Da kapierte meine Mutter dann, daß es anderes zu tun gab, als ihren Enkelkindgeschichtchen zu lauschen.

Unter dem Kronleuchter mußte der Teppich von Frau Futura ausgelegt werden, darauf der alte runde Tisch, darauf die blaue Decke mit den Drapierungen, darauf das ein Meter hohe Gesteck roter Rosen, das bereits seit gestern auf der Rezeptiontheke stand. Heute waren die Rosen schöner als gestern, sie waren erblüht. Ich hatte Rufus gefragt, ob er nicht auch rote Rosen als zentrale Blumendekoration am schönsten fände, und Rufus hatte gesagt: »Ja, rote Rosen, wie auf deinem Kleid.«

»Dein Geschmack wird täglich besser«, hatte ich gelacht und dieses getürmte Gesteck aus drei verschiedenen Sorten roter Rosen bestellt, nur eine Sorte wäre zu bieder gewesen – außerdem waren die Rosen auf meinem Kleid auch nicht alle gleich.

Der Tisch samt Decke stand im neuen Portiersraum bereit. Da war auch Frau Futuras Teppich. Nein, war er nicht. Rufus sagte, er hätte ihn zuletzt im Frühstücksraum gesehen. Herr Hedderich hatte ihn angeblich noch nie gesehen, was unmöglich war. Er war auch nicht in einem der Küchenschränke. Hatte ihn ein Handwerker geklaut? Oder ein Gast? Hatte ihn Herr Hedderich aus Versehen in den Müllcontainer geworfen? Oder lag doch ein Fluch auf diesem Hellseherinnen-Teppich? Wir waren noch dabei, alle Unmöglichkeiten und Möglichkeiten durchzudenken, als ein Taxi vorfuhr: Elisabeth und Peter.

»Wo bin ich? Und in welchem Jahrhundert?« rief Elisabeth, als sie die Wolken, die Gemälde und alles sah.

»Welch ein Wahnsinn!« Peter bestaunte wie damals den Kronleuchter.

Das Problem des verschwundenen Teppichs interessierte beide nicht. Elisabeth sagte sogar: »Sei froh, daß er weg ist. Ehrlich: Wolken, Kronleuchter, Rosengesteck, Tischdeckendrapierung – es reicht.«

Da hatte sie vielleicht recht.
Und Peter sagte: »Würde ein Fluch auf dem Teppich liegen, wäre das hier nicht so geworden. Das wird dir jeder gute Hellseher bestätigen.«
»Richtig«, sagte Rufus, »es gehört einfach dazu, daß etwas schiefgeht.« Dann mußte Rufus wieder mal die Druckerei anrufen, er hatte nämlich bereits einen Posten, bei dem alles schiefging: der Hotelprospekt. Angeblich war die Maschine, die die Prospekte falzte, kaputtgegangen. Angeblich war sie nur unseretwegen Samstagfrüh repariert worden, angeblich sollten die Prospekte noch heute geliefert werden. Aber wann? Das war es, was Rufus nervte.
»Ich finde, er sieht aus wie ein Hotelbesitzer«, flüsterte mir Elisabeth zu, »aber farbenblind sieht er gar nicht aus.«

Ich mußte den Teppich vergessen, ich mußte mit Alfred ein letztes Mal den Zeitplan des Abends durchgehen.
Also, um sieben begann das Fest. Wir hatten extra auf die Einladungen gedruckt »Um pünktliches Erscheinen wird gebeten«, um nicht den ganzen Abend im Foyer zu stehen und immer noch einen Nachzügler begrüßen zu müssen. Bis acht sollten die Leute im Foyer lustwandeln, echten Champagner trinken oder Alkoholfreies, und überall würden Tabletts mit Canapés stehen, damit niemand hungrig lustwandeln mußte. Also, bis acht würden wir die Gäste begrüßen, die Gäste sollten sich miteinander unterhalten, die Bilder bewundern, fotografiert werden. Um acht wollte Rufus seine Rede halten. Anschließend sollten alle Zimmer gezeigt werden, das würde bis etwa neun dauern, dann würde Alfred am Büffet eine Suppe servieren und sonstige warme Kleinigkeiten und natürlich Unmengen kalter Platten. Die Desserts erst gegen elf. Weil mehr Gäste kommen würden, als Sitzplätze im Frühstücksraum-Restaurant waren, wurden im Foyer zusätzliche Tische aufgestellt, damit niemand seinen Teller auf dem Abendkleid balancieren mußte.
Und um zehn der Höhepunkt des Abends – jedenfalls für Rufus und für mich: Wir beide würden den Ball eröffnen. Mit einem echten Walzer.

Wir hatten geübt, unten im Foyer, oben im Flur, nachts in unserem Zimmer. Wir konnten zusammen Walzer tanzen, als sei Walzertanzen uns angeboren. Nein, es war nicht der Donauwalzer, mit dem wir den Ball eröffnen würden, die Kassette sollte erst später gespielt werden – einmal für Harald und dann nochmal, weil es so schön ist, unseren Österreichern Alfred und Crew zuliebe –, Rufus und ich würden zuerst den wunderbaren Walzer »Wunderbar« tanzen, gesungen von Zarah Leander. Das paßte – weil alles so wunderbar war. Und Zarah singt deutsch und englisch durcheinander:
»Wunderbar! Wunderbar! What a perfect night for love!«
...und es ist so witzig, daß sie auch singt:
»There's not a single cloud above!«
...Das würden wir unter den Wolken tanzen. Dieser Walzer war eine Idee von Bärbel, sie hatte uns die alte Platte mitgebracht, und wir waren sofort begeistert gewesen. Alles war geplant, alles war bereit, wir mußten uns nur noch umziehen, was sollte jetzt noch schiefgehen?
Trotzdem zitterte ich vor Aufregung, als ich Rufus wieder in seinem Smoking sah und in diesem weißen Hemd mit den Biesen und die Fliege dazu und sein Lächeln.

Und dann standen wir ab viertel vor sieben unten im Foyer, ich mit meinem Rosenkleid, hinter mir der Rosenstrauß, über mir der Kronleuchter, neben mir Rufus. Was sollte jetzt noch schiefgehen?
Die Champagnergläser wurden gefüllt. Aus der Küche kam Walkwoman, sie trug ein schwarzes Pannesamtkleid und eine neckische weiße Schürze und zur Feier des Tages keinen Walkman, so daß mir zum erstenmal seit langem wieder einfiel, daß sie eigentlich Carmen heißt, und sie brachte ein großes Tablett, beladen mit Canapés, zeigte strahlend auf die mandelsplitterbestreuten Hühnchenteile: »Die sind am besten. Die Lachsschnittchen sind auch super, aber Vorsicht, die Kaviarkörner kullern leicht runter. Ach, und übrigens«, sagte sie dann, »vorher, als ihr oben wart, hat ein Fahrer die Prospekte gebracht. Es steht jetzt alles hinter der Rezeption.«

Ich wollte die Prospekte schnell noch auslegen, aber Rufus sagte, er wolle sie erst am Ende des Abends den Gästen mitgeben, als Souvenir. Ja, das war besser.
»Uff«, sagte Rufus, »jetzt kann wirklich nichts mehr schiefgehen.«
Punkt sieben hielt ein Kleinlaster vor der Tür. Es waren die Handwerker, pünktlich wie selten. Im Kleinlaster das Geschenk für Rufus, ihren Auftraggeber. Es war eine Badewanne, gefüllt mit gehacktem Eis und Bierflaschen, auch ein paar Weinflaschen darunter. Aber die Badewanne ist eindeutig das Hauptgeschenk. Sie ist antik, ein makellos erhaltenes Exemplar von seltener Schönheit, die hohen Beine wie Seepferdchen geformt und der Wannenrand wie ein Kranz von Muscheln facettiert. Noch nie hatte ich eine so schöne Badewanne gesehen! Und dazu eine goldglänzende Messingarmatur, mit einer Brause, die auf einer Gabel liegt wie ein antikes Telefon. Einem pensionierten Sanitärhändler hätten sie die Wanne abgekauft, betonten sie, um den Verdacht zu zerstreuen, sie dem ehemaligen Besitzer als angebliche Schrottware gratis abgenommen zu haben. Und Rufus soll die Wanne im Sommer auf die Terrasse stellen, als Getränkekühler. »Das ist sehr in«, erklärte einer. »Oder Sie bepflanzen die Wanne, dann können Sie mit der Brause die Blumen gießen«, schlug ein anderer vor.
»Sie kommt ins Dachgeschoß«, flüsterte ich Rufus zu, nachdem er sich ausführlich bedankt hatte, »und zwar als Badewanne.«
Dann waren schon zwanzig, dreißig, vierzig Gäste da. Wir schüttelten am laufenden Band Hände, machten Gäste miteinander bekannt, dankten für die Komplimente über das Hotel, über mein Kleid, Rufus wurde von einem Journalisten genervt, der kam von einem kleinen Monatsmagazin, wollte aber jetzt sofort wissen, was der Umbau gekostet habe, welche Zielgruppe Rufus mit dem Hotel ansprechen wolle? Warum auf den Gemälden überall Keile über die Gesichter gemalt seien? Ob der Marmor an den Wänden echt sei? Ob Rufus Werbung in seinem Magazin machen wolle? Rufus sagte, er möge sich bitte gedulden, er würde nachher genug darüber reden, und ließ ihn stehen, um Gräfin Waltraud und ihren Hofstaat willkommen zu heißen.

Waltraud trug ein schmales Abendkleid, champagnerfarben, über und über mit Perlen bestickt, sie sah aus wie ein Gemälde von Harald, nur noch schöner, weil über ihrem edlen Pfirsichteint eben kein schwarzer Keil ist. Jeder, der einen Fotoapparat hatte, fotografierte Waltraud ausführlich vor Haralds Bildern. Sie winkte Rufus und mich zu sich, wir sollen mit auf die Fotos. »Was seht ihr alle schön aus!« rief jemand bei jedem Foto. Eindeutig am vornehmsten war der Chef-Fliesenleger, er trug einen Frack. Seine Gattin einen goldenen Skai-Minirock, so eine Po-Manschette, dazu einen Pullover mit Satinapplikationen. Zuerst dachte ich, es wären Windmühlen auf ihrem Pulli, es waren aber ziemlich verkrüppelt wirkende Kätzchen.

Plötzlich sah ich im Gedränge Onkel Georg. Er sprach mit einem der Installateure, der zeigte auf Rufus, dann kam er zu uns.

»Onkel Georg! Was machst du denn hier?«

»Sie sind Herr Faber! Der Architekt Faber!« rief Rufus. »Ich freue mich so, daß Sie gekommen sind. Endlich darf ich Ihnen persönlich danken, daß Sie mir alle Ihre besten Handwerker vermittelt haben!«

»Kommt, hört auf, Kinder«, sagte Onkel Georg, »das war das Mindeste, was ich für Viola tun konnte.« Er schüttelte mir die Hand: »Kinder, ich freu mich so für euch.«

»Du hast die Handwerker vermittelt?«

Onkel Georg winkte ab. »Gibt's hier auch Bier?«

»Ja, an der Bar.«

»Dein Onkel hat mich mal angerufen«, sagte Rufus, »und angeboten immer zu helfen, wenn ich Handwerker und Beratung brauche.«

»Hören Sie auf, das ist nicht der Rede wert, die paar Telefongespräche«, sagte Onkel Georg.

»Sie haben uns soviel geholfen«, sagte Rufus.

»Entschuldigen Sie uns einen Augenblick, Herr Berger«, sagte Onkel Georg und zog mich beiseite: »Viola, wenn du mir eine Freude machen willst – weißt du, nachdem mir Viktor, also dein Vater, erzählt hat, daß es dir wieder so gut geht, dachte ich, das wäre doch heute die Gelegenheit, daß du dich ein bißchen mit Angela aussöhnst, ich will keinen ewigen Familienkrach deswe-

gen. Weißt du, Angela wartet draußen im Auto, sie traut sich nicht rein. Aber den Möchte-gern-Schwiegersohn haben wir zu Hause gelassen, der durfte nicht mit.«
Er wäre sowieso zu feige gewesen, mich zu sehen, dachte ich kurz. »Na klar, ich hole Angela rein.«
»Ich hol sie schon«, sagte Onkel Georg, »und unterwegs besorge ich mir ein Bier.«
Und dann kam Angela. Sie trug tatsächlich dieses ungeheuerliche Kanariengelbe. Eine Pampelmuse, kurz vor dem Platzen, sie war schwangerer als je zuvor. Warum hatte Benedikt ihr nicht verboten, sich mit diesem Kleid lächerlich zu machen, wenn es Angela nicht selbst merkte? Wahrscheinlich war es zwecklos, bei Angela ist nichts zu retten.
»Hällouh«, sagte sie.
»Grüß dich, ich freue mich, dich hier zu sehen«, sagte ich. Was für eine Leistung, daß sie zusätzlich zu ihrem Bauch kiloweise Schmuck herumschleppte! »Wann ist es denn soweit?« erkundigte ich mich höflich.
»Weißt du doch, an Weihnachten. Ich schenke Benni Amanda-Babylein.«
»Ach so, ja«, ich hatte es echt vergessen. Ich hatte nur befürchtet, sie könnte schon heute abend hier platzen.
»Hast du das Kleid aus der Boutique, wo wir dich neulich trafen?« Sie lächelte mein Kleid an wie ein neidisches Krododil.
»Nein, Rufus hat es mir gekauft, ich war nicht dabei.«
Nun guckte sie wie ein frustriertes Krokodil. Um den Anblick meines Kleides nicht länger ertragen zu müssen, drehte sie sich hektisch um: »Da ist ja auch einer meiner Freunde, der heimliche Herzallerliebste von Medi!«
Sie hatte Herrn Lehmann entdeckt und ließ mich sofort stehen. Ich folgte ihr, sie beachtete mich nicht.
Herr Lehmann unterhielt sich angeregt mit Frau Masur, die vermutlich ein Kleid von Armani trug, jedenfalls war über ihr mittelanthrazitgraues Kleid nichts weiter zu sagen, als daß es tadellos war. Dafür trug ihre Freundin Annette ein giftgrünes Charlestonkleid mit Straußenfederboa. Und Bärbel, ihr Londoner Winter-Abenddirndl hätte auch Maria Stuart sehr gut gekleidet.

»Hällouh«, sagte Angela und tippte Herrn Lehmann neckisch auf die Schulter. Die Damen um ihn ignorierte sie – typisch. Herr Lehmann sah sie erstaunt an: »Ja, bitte?«
»Wir kennen uns doch«, sagte Angela mit Diva-Sound, »ich bin die Freundin von der herzallerliebsten Mercedes-Maus.«
»Entschuldigen Sie bitte, Lehmann, Dieter Lehmann ist mein Name«, sagte Herr Lehmann mit sehr knappem Kopfnicken.
»Dieter?« fragte Angela verwirrt.
»Ja, das ist Dieter«, sagte Frau Masur, von einem Ohr zum andern grinsend.
»Ja, das ist Dieter«, kicherte ihre Freundin Annette.
Angela stand da mit offenem Schmollmund.
»Geht es Ihnen gut?« fragte Bärbel.
Ich hielt mich im Hintergrund, damit ich Angela nicht vorstellen mußte. Bärbel hätte sich neben einer Pampelmuse in Chiffonrüschen garantiert noch unwohler gefühlt als neben einem Mann in Jeans.
»Vielleicht habe ich mich geirrt«, sagte Angela, »ich bin nämlich schwanger.«
»Ja«, sagte Frau Masur, »da werden Sie sich wohl geirrt haben.«
»Ach, Sie sind schwanger«, kicherte ihre Freundin. »Hätten Sie es nicht gesagt, hätte ich es gar nicht gemerkt«, dann prustete sie in ihr Glas.
»Möchten Sie sich nicht setzen?« fragte Bärbel. Und sie sagte es so, daß klar war, Angela möge sich bitte weitweg setzen.
Notgedrungen geruhte Angela, mich wieder zur Kenntnis zu nehmen: »Ich muß mich setzen«, sagte sie vorwurfsvoll.
Ich führte sie zur Sitzgruppe. Da saß Werner mit einer Tanja nicht unähnlichen Schönheit. Werner war die richtige Gesellschaft für die schmucktriefende Angela. »Darf ich dir meinen Juwelier vorstellen?« sagte ich.
»Deinen Juwelier?!« Zuerst erschlaffte sie vor Neid, dann riß sie beide Hände auf ihren Bauch, damit Werner die Ansammlung ihrer Ringe und Armreifchen besser sehen konnte. Affig wie üblich, sagte sie zu Werner: »Wenn Sie für mich auch was Hübsches haben, besuche ich Sie mal. Ich muß Sie aber warnen, meine Haut verträgt nur 750er Gold.«

»Ich hab nichts für Sie«, sagte Werner, »ich führe keine Massenware. Aber wenn Sie mal ein gutes Stück wollen, ein Einzelstück, lassen Sie sich von Viola meine Adresse geben.«
Angela stand empört auf: »Ich muß jetzt zu meinem Daddy!« Sie ging aber zu dem Fliesenleger im Frack. An ihren Gesten war deutlich zu erkennen, daß sie sich über meinen unverschämten Juwelier ausließ.
»Das war geschäftsschädigend für dich«, sagte ich zu Werner.
»Ach was, wer solches Zeug trägt, kauft sowieso nicht bei mir. Sie darf gern weitererzählen, was ich gesagt habe, das freut meine Kundinnen.« Dann schäkerte er weiter mit seiner tanjaähnlichen Schönheit.
Später sah ich Angela mit meiner Mutter in einer Ecke sitzen, sie fachsimpelten über Geburten.

Es war schon nach acht, als Rufus an sein Glas klingelte. Er dankte den Gästen für ihr Kommen und erzählte die Geschichte der Hotelrenovierung, wobei er allen, die daran irgendwann beteiligt waren, in der Reihenfolge ihres Erscheinens dankte: Zuerst dankte er Tanja, dann seiner Schwester und seinem Schwager – als er mir dankte, zerdrückte er unter großem Beifall viele Rosen auf meinem Kleid –, er dankte allen Handwerkern, er dankte meinem Onkel heftig, er dankte Elisabeth für ihre Unterstützung, er dankte allen bis hin zu Harald und Dr. Gräfin Wartenstein. Nach all dem Dank verkündete er, wieder unter großem Beifall, daß wir jetzt die Zimmer besichtigen.
Rufus führte einen Teil der Gäste, ich die andern. Nur Angela blieb unten sitzen, das sei zuviel für sie. Alle andern, über hundert festlich gestimmte und gekleidete Menschen, drängten sich durch die Flure. Wir besichtigten zuerst die erste Etage, zeigten auch die Zimmer, in denen unsere Gäste wohnen, die allgemeine Begeisterung wurde in der zweiten Etage schon fast langweilig, aber es freute mich sehr, daß Elisabeth alles zurücknahm, was sie je gegen Blümchentapeten gesagt hatte. Ihre Kommentare interessierten mich mehr als all das überschwengliche Lob, weil Elisabeth professionell mitdachte.

»Gut, daß du die Bilder in einfachem Glas gerahmt hast und nicht in dem matten reflexfreien Glas«, sagte sie, »modernes Glas paßt nicht zu Drucken von alten Bildern.«
»Find ich auch, außerdem ist das normale Glas billiger. Nur die Saurierbilder sind unter Reflexglas.«
»Bei Sauriern ist das kein Stilbruch«, bestätigte Elisabeth.
Bei der Besichtigungstour im dritten Stock verließ Harald mit mir als letzter das Rosenzimmer. »Wie schön, daß ihr immer noch hier schlaft«, flüsterte er mir zu.
»Woran hast du das gemerkt?« flüsterte ich erschrocken.
Er nahm meine Hand, küßte meine Fingerspitzen: »Da auf dem Boden steht dein Nagellack, und das After Shave daneben dürfte Rufus gehören. Welch idyllisches Stilleben.«
Hätte Harald nicht drauf gezeigt, hätte ich es immer noch nicht gesehen: der rote Nagellack und das schwarze After Shave paßten sich so tückisch dem Teppichboden an. Heute morgen, beim Aufräumen, hatte ich die beiden Flaschen vom Tisch genommen, auf den Boden gestellt und dann übersehen. »Harald, wieso merkst du so was immer?«
»Weil ich es merken will.«
Elisabeth hatte mitgehört und lachte: »Das Zimmer, in dem ihr uns untergebracht habt, ist aber auch sehr zu empfehlen.«

Um neun begann das Essen. Jeder konnte sich hinsetzen, wo er wollte, mit wem er wollte. Frohes Geplauder, der Lärmpegel stieg. Viertel vor zehn ging Frau Hedderich, die sich heute bester Gesundheit erfreute, leicht beschwipst, mit einem Gong gongend, herum und bat alle, ins Foyer zu kommen, der Chef wünsche noch eine Rede zu halten.
Rufus stellte sich vor den Tisch, vor die Rosen, und ich glühte vor Stolz, als ich ihn ansah. Und vorher hatte er eine so gute Rede gehalten, eine so lange Rede, ohne sich zu verhaspeln und überhaupt. Aber jetzt wirkte er aufgeregter als vorher, er hatte einen Zettel in der Hand, und seine Hand zitterte leicht. Und er lehnte sich gegen den Tisch: »Sehr geehrte Damen und Herren, liebe Freunde, jetzt möchte ich Ihnen was zeigen.« Er winkte Herrn Hedderich, der im reichlich engen Anzug beim Kontor stand.

Herr Hedderich brachte aus dem Kontor eine große Rolle und legte sie vor Rufus auf den Boden. Rufus entrollte die Rolle. Es war der Teppich von Frau Futura.
Was ist denn jetzt los? dachte ich, will er jetzt den Teppich versteigern? Oder haben sie ihn eben wiedergefunden?
Allgemeines »Ah«, und »Da sind ja Sternkreiszeichen ringsum!« Und: »Hier ist alles so schön!« Und: »Was bedeutet das FH?«
Rufus stellte sich auf den Teppich, auf das FH. »Dieser Teppich kam, wie alles Schöne hier, durch Viola ins Haus. Sie erzählte mir, was man ihr erzählt hatte, als sie ihn für einen Spottpreis kaufte, nämlich, daß dieser Teppich ein Unglücksteppich sei, er gehörte einer Hellseherin... Das FH ist ihr Firmenzeichen: Frau Futura, Hellseherin. Wir wissen über Frau Futura nur, daß sie, kurz nachdem sie den Teppich gekauft hatte, starb...«
Rufus machte eine Pause. Betroffenes Schweigen im Publikum.
»...aber sie starb lange, ehe sie den Teppich bezahlt hatte...«
Einiges erleichtertes Gelächter.
»Sehen Sie«, sagte Rufus, »ich bin der Meinung, daß das Unvermeidliche kein Unglück ist.«
Pause, in der ich Rufus so toll fand wie nie zuvor.
»Und vielleicht besteht Glück nur darin, das Unglück zu vermeiden...«
Rufus wurde unterbrochen von Applaus, es war nur einer, der klatschte – mein Vater.
Rufus räusperte sich, sah auf seinen Zettel: »Obwohl dieser Teppich ein Unglücksteppich sein sollte, war Viola so klug und mutig, trotzdem zuzugreifen. Und wie Viola habe ich diesen Teppich als Geschenk des Zufalls interpretiert. Und da ich überzeugt bin, daß aus Zufällen Schicksal entstehen kann, also auch das Glück, wollte ich aus diesem Zufall ein Glückssymbol schaffen.«
Pause. Absolute Stille.
»Dieses Hotel heißt Harmonie, so hieß es schon damals, als unsere Eltern es gekauft haben, und nie hat der Name zu diesem Hotel gepaßt...« Rufus sah zu Bärbel, »du weißt, was ich meine.«
»Ja«, sagte Bärbel ernst, »du meinst unsere Eltern.«

»Harmonie ist ein altmodisches Wort, ein großes, leeres Wort, deshalb habe ich beschlossen, den Hotelnamen zu ändern...«

»Ach, du lieber Himmel«, sagte ich ganz leise, hielt mir erschreckt die Hand vor den Mund, aber ich wußte nicht, was jetzt kommen würde.

»...es war eine einsame Entscheidung von mir, eine Idee kam zur andern... mein Name – ich meine meinen Nachnamen – ist nicht so außergewöhnlich, daß er für ein außergewöhnliches Hotel stehen könnte, ›Berger‹ gibt es in jedem Telefonbuch spaltenweise, und...«, nun lächelte er endlich wieder, »ein Hotel Rufus wollte ich nicht haben...«

Rufus sah auf seinen Zettel: »Also, der Wert großer Worte bemißt sich nur daran, was man sich ihre Verwirklichung kosten läßt. Das alte Hotel Harmonie soll künftig als Symbol neuer Harmonie zwischen den beiden Menschen, die es leiten, es soll künftig heißen...«

Und da ging der Kronleuchter aus. Mit einem Schlag. Alles Licht ging aus. Und die Küchentür ging auf, und Alfred und seine Crew trugen fünf Torten herein mit Kerzen bestückt wie Geburtstagstorten, trugen sie durchs Publikum, und auf jeder Torte las ich, mit Schokoladenguß geschrieben:

Willkommen in FABERGER'S HOTEL
Willkommen in FABERGER'S HOTEL
Willkommen in FABERGER'S HOTEL
Willkommen in FABERGER'S HOTEL
Willkommen in FABERGER'S HOTEL

Und dann ging plötzlich das Licht über der Rezeption wieder an, und auf dem Tresen standen große goldene Buchstaben, hastig in ungleichen Abständen aufgestellt:

FA B ER G ER S H O T E L

– und den Apostroph, dieses Komma, das oben zwischen das R und das S gehört, den hielt Walkwoman in der Hand.

Alle klatschten wie wild. Außer mir. Ich glaubte nicht, was ich sah.

Herr Dr. Schnappensiep schniefte. Von Bärbel sah man nur ein spitzenbesetztes Dirndl-Taschentuch.

Rufus unterbrach den Jubel: »Was ich noch sagen wollte: Das Glück, das keiner von uns alleine schaffen kann, werden wir gemeinsam schaffen, das ist meine Hoffnung.«

»Ist ja rührend«, rief Metropolen-Michael sofort, wobei seine Stimme völlig ungerührt klang, »aber den Kombinamen bekommt ihr nie als Familiennamen durch. Falls ihr mal zu heiraten beabsichtigt, das wird nie genehmigt.«

So schlagartig, wie vorher der Beifall begann, waren die Leute nun still. Nur eine Frau lachte höhnisch-dämlich-kindisch. Es war Angela.

Das war zuviel für mich, vor ein paar Monaten stand ich allein mit meinem Putzeimer auf der Welt, und nun war mein Name die Hälfte eines Hotels geworden! Ich rannte zu Rufus, umarmte ihn. »Das macht doch nichts!« rief ich. »Heiraten können wir doch trotzdem!«

»Meine Damen und Herren, Sie haben es alle gehört. Sind Sie bereit, darüber abzustimmen, ob das ein Heiratsantrag war?« rief mein Mann und lachte.

ENDE

Wir danken für die freundliche Abdruckgenehmigung von Passagen aus urheberrechtlich geschützten Werken. Für:

One night with you
(Bartholomew/King) International Music Publications, Essex, England

Heartbreak Hotel
(Axton/Durden/Presley) © 1956 by Tree Publ. Co. Inc.
Rechte für D/A/CH: Edition Corona KG Rolf Budde GmbH & Co, Berlin

The Shoop Shoop Song (It's in his kiss)
(Rudy Clark) © by T. M. Music
Rechte für D/A/CH: Musikverlag Intersong GmbH, Hamburg

Diamonds are a girl's best friend
(Styne/Robin) © 1949 by Consolidated Music Publishers
Rechte für D/A/CH: Rolf Budde GmbH & Co, Berlin

I wanna be loved by you
(Kalmar/Ruby/Stothart) © 1928 by Harms Inc.
Rechte für D/A/CH: Neue Welt Musikverlag GmbH

Wunderbar
(Porter) © 1949 by Buxton Hill Music Corp.
Rechte für D/Osteuropa: Chappell & Co. GmbH, Hamburg

Im Bechtermünz Verlag ist außerdem erschienen:

Françoise Dorin
Gute Nacht, ich schlaf allein

416 Seiten, Format 13,5 x 21,5 cm
gebunden, Best.-Nr. 117 060
ISBN 3-8289-6921-6
DM 18,-

Antoinette, Catherine, Pascal und Michel haben die ideale Lösung fürs Zusammenleben gefunden: Gemeinsam bewohnen sie ein Haus, jeder hat seine eigene Wohnung und ist trotzdem nie allein. Probleme tauchen erst auf, als Außenstehende in die verschworene Gemeinschaft eindringen...
Mit unvergleichlichem Humor und typisch französischer Leichtigkeit erzählt!